Émile Zola

L'Assommoir (1877)

Collection dirigée par
Marc Robert

Notes et dossier
Daniela Battiston-Schirmann
agrégée de lettres modernes
Sylvie Lemler
agrégée de lettres modernes

L'ASSOMMOIR

L'ŒUVRE DANS L'HISTOIRE

LIRE L'ŒUVRE

Conception graphique de la maquette : c-album,
Jean-Baptiste Taine, Rachel Pfleger
Principe de couverture : Double
Mise en pages : Chesteroc International Graphics
Suivi éditorial : Luce Camus

© Hatier Paris, 2012
ISBN : 978-2-218-93949-5

L'ŒUVRE DANS UN GENRE

VERS L'ÉPREUVE
ARGUMENTER, COMMENTER, RÉDIGER

L'ASSOMMOIR

Préface

Les *Rougon-Macquart* doivent se composer d'une vingtaine de romans. Depuis 1869, le plan général est arrêté, et je le suis avec une rigueur extrême. *L'Assommoir* est venu à son heure, je l'ai écrit, comme j'écrirai les autres, sans me déranger une seconde de ma ligne droite. C'est ce qui fait ma force. J'ai un but auquel je vais.

Lorsque *L'Assommoir* a paru dans un journal, il a été attaqué avec une brutalité sans exemple, dénoncé, chargé de tous les crimes. Est-il bien nécessaire d'expliquer ici, en quelques lignes, mes intentions d'écrivain ? J'ai voulu peindre la déchéance fatale d'une famille ouvrière, dans le milieu empesté de nos faubourgs. Au bout de l'ivrognerie et de la fainéantise, il y a le relâchement des liens de la famille, les ordures de la promiscuité, l'oubli progressif des sentiments honnêtes, puis comme dénouement la honte et la mort. C'est de la morale en action, simplement.

L'Assommoir est à coup sûr le plus chaste de mes livres. Souvent j'ai dû toucher à des plaies autrement épouvantables. La forme seule a effaré. On s'est fâché contre les mots. Mon crime est d'avoir eu la curiosité littéraire de ramasser et de couler dans un moule très travaillé la langue du peuple. Ah ! la forme, là est le grand crime ! Des dictionnaire de cette langue existent pourtant, des lettrés l'étudient et jouissent de sa verdeur, de l'imprévu et de la force de ses images. Elle est un

25 régal pour les grammairiens fureteurs. N'importe, personne n'a entrevu que ma volonté était de faire un travail purement philologique, que je crois d'un vif intérêt historique et social.

Je ne me défends pas, d'ailleurs. Mon œuvre me défendra. C'est une œuvre de vérité, le premier roman sur le peuple, qui 30 ne mente pas et qui ait l'odeur du peuple. Et il ne faut point conclure que le peuple tout entier est mauvais, car mes personnages ne sont pas mauvais, ils ne sont qu'ignorants et gâtés par le milieu de rude besogne et de misère où ils vivent. Seulement, il faudrait lire mes romans, les comprendre, voir nette- 35 ment leur ensemble, avant de porter les jugements tout faits, grotesques et odieux, qui circulent sur ma personne et sur mes œuvres. Ah! si l'on savait combien mes amis s'égayent de la légende stupéfiante dont on amuse la foule! Si l'on savait combien le buveur de sang, le romancier féroce, est un digne 40 bourgeois, un homme d'étude et d'art, vivant sagement dans son coin, et dont l'unique ambition est de laisser une œuvre aussi large et aussi vivante qu'il pourra! Je ne démens aucun conte, je travaille, je m'en remets au temps et à la bonne foi publique pour me découvrir enfin sous l'amas des sottises 45 entassées.

Émile Zola
Paris, 1er janvier 1877

I

Gervaise avait attendu Lantier jusqu'à deux heures du matin. Puis, toute frissonnante d'être restée en camisole à l'air vif de la fenêtre, elle s'était assoupie, jetée en travers du lit, fiévreuse, les joues trempées de larmes. Depuis huit jours, au sortir du Veau à Deux Têtes, où ils mangeaient, il l'envoyait se coucher avec les enfants et ne reparaissait que tard dans la nuit, en racontant qu'il cherchait du travail. Ce soir-là, pendant qu'elle guettait son retour, elle croyait l'avoir vu entrer au bal du Grand-Balcon[1], dont les dix fenêtres flambantes éclairaient d'une nappe d'incendie la coulée noire des boulevards extérieurs ; et, derrière lui, elle avait aperçu la petite Adèle, une brunisseuse[2] qui dînait à leur restaurant, marchant à cinq ou six pas, les mains ballantes comme si elle venait de lui quitter le bras pour ne pas passer ensemble sous la clarté crue des globes de la porte.

Quand Gervaise s'éveilla, vers cinq heures, raidie, les reins brisés, elle éclata en sanglots. Lantier n'était pas rentré. Pour la première fois, il découchait. Elle resta assise au bord du lit, sous le lambeau de perse[3] déteinte qui tombait de la flèche attachée au plafond par une ficelle. Et, lentement, de ses yeux

---

1. *Le bal du Grand-Balcon* : avec ses dix fenêtres de façade et son grand éclairage, il se trouvait en haut du boulevard de La Chapelle. \ **2.** *Brunisseuse* : ouvrière qui polit le métal. \ **3.** *Perse* : toile imprimée.

voilés de larmes, elle faisait le tour de la misérable chambre
garnie, meublée d'une commode de noyer dont un tiroir
manquait, de trois chaises de paille et d'une petite table graisseuse, sur laquelle traînait un pot à eau ébréché. On avait
ajouté, pour les enfants, un lit de fer qui barrait la commode
et emplissait les deux tiers de la pièce. La malle de Gervaise et
de Lantier, grande ouverte dans un coin, montrait ses flancs
vides, un vieux chapeau d'homme tout au fond, enfoui sous
des chemises et des chaussettes sales ; tandis que, le long
des murs, sur le dossier des meubles, pendaient un châle troué,
un pantalon mangé par la boue, les dernières nippes dont
les marchands d'habits ne voulaient pas. Au milieu de la
cheminée, entre deux flambeaux de zinc dépareillés, il y avait
un paquet de reconnaissances du mont-de-piété[1], d'un rose
tendre. C'était la belle chambre de l'hôtel, la chambre du
premier, qui donnait sur le boulevard.

Cependant, couchés côte à côte sur le même oreiller, les deux
enfants dormaient. Claude, qui avait huit ans, ses petites mains
rejetées hors de la couverture, respirait d'une haleine lente,
tandis qu'Étienne, âgé de quatre ans seulement, souriait, un
bras passé au cou de son frère. Lorsque le regard noyé de leur
mère s'arrêta sur eux, elle eut une nouvelle crise de sanglots,
elle tamponna un mouchoir sur sa bouche, pour étouffer les
légers cris qui lui échappaient. Et, pieds nus, sans songer à
remettre ses savates tombées, elle retourna s'accouder à la
fenêtre, elle reprit son attente de la nuit, interrogeant les trottoirs au loin.

L'hôtel se trouvait sur le boulevard de La Chapelle, à gauche
de la barrière Poissonnière. C'était une masure de deux étages,
peinte en rouge lie de vin jusqu'au second, avec des persiennes
pourries par la pluie. Au-dessus d'une lanterne aux vitres étoi-

_____
1. *Mont-de-piété* : organisme municipal de prêt d'argent en échange d'objets laissés en gage.

lées, on parvenait à lire entre les deux fenêtres : *Hôtel Boncœur,*
tenu par Marsoullier, en grandes lettres jaunes, dont la moisissure du plâtre avait emporté des morceaux. Gervaise, que la
55 lanterne gênait, se haussait, son mouchoir sur les lèvres. Elle
regardait à droite, du côté du boulevard de Rochechouart, où
des groupes de bouchers, devant les abattoirs, stationnaient en
tabliers sanglants ; et le vent frais apportait une puanteur par
moments, une odeur fauve de bêtes massacrées. Elle regardait
60 à gauche, enfilant un long ruban d'avenue, s'arrêtant presque
en face d'elle, à la masse blanche de l'hôpital de Lariboisière,
alors en construction. Lentement, d'un bout à l'autre de l'horizon, elle suivait le mur de l'octroi [1], derrière lequel, la nuit,
elle entendait parfois des cris d'assassinés ; et elle fouillait les
65 angles écartés, les coins sombres, noirs d'humidité et d'ordure,
avec la peur d'y découvrir le corps de Lantier, le ventre troué
de coups de couteau. Quand elle levait les yeux, au-delà de
cette muraille grise et interminable qui entourait la ville d'une
bande de désert, elle apercevait une grande lueur, une poussière
70 de soleil, pleine déjà du grondement matinal de Paris. Mais
c'était toujours à la barrière Poissonnière qu'elle revenait, le cou
tendu, s'étourdissant à voir couler, entre les deux pavillons
trapus de l'octroi, le flot ininterrompu d'hommes, de bêtes, de
charrettes, qui descendait des hauteurs de Montmartre et de La
75 Chapelle. Il y avait là un piétinement de troupeau, une foule
que de brusques arrêts étalaient en mares sur la chaussée, un
défilé sans fin d'ouvriers allant au travail, leurs outils sur le dos,
leur pain sous le bras ; et la cohue s'engouffrait dans Paris où
elle se noyait, continuellement. Lorsque Gervaise, parmi tout
80 ce monde, croyait reconnaître Lantier, elle se penchait davantage, au risque de tomber ; puis, elle appuyait plus fortement
son mouchoir sur la bouche, comme pour renfoncer sa douleur.

---

1. *Mur de l'octroi* : mur d'enceinte de la ville.

Une voix jeune et gaie lui fit quitter la fenêtre.

« Le bourgeois n'est donc pas là, madame Lantier.

85 — Mais non, monsieur Coupeau », répondit-elle en tâchant de sourire.

C'était un ouvrier zingueur qui occupait, tout en haut de l'hôtel, un cabinet de dix francs. Il avait son sac passé à l'épaule. Ayant trouvé la clef sur la porte, il était entré, en ami.

90 « Vous savez, continua-t-il, maintenant, je travaille là, à l'hôpital… Hein ! quel joli mois de mai ! Ça pique dur, ce matin. »

Et il regardait le visage de Gervaise, rougi par les larmes. Quand il vit que le lit n'était pas défait, il hocha doucement 95 la tête ; puis, il vint jusqu'à la couchette des enfants qui dormaient toujours avec leurs mines roses de chérubins ; et, baissant la voix :

« Allons ! le bourgeois n'est pas sage, n'est-ce pas ?… Ne vous désolez pas, madame Lantier. Il s'occupe beaucoup de 100 politique ; l'autre jour, quand on a voté pour Eugène Sue [1], un bon, paraît-il, il était comme un fou. Peut-être bien qu'il a passé la nuit avec des amis à dire du mal de cette crapule de Bonaparte.

— Non, non, murmura-t-elle avec effort, ce n'est pas ce que 105 vous croyez. Je sais où est Lantier… Nous avons nos chagrins comme tout le monde, mon Dieu ! »

Coupeau cligna les yeux, pour montrer qu'il n'était pas dupe de ce mensonge. Et il partit, après lui avoir offert d'aller chercher son lait, si elle ne voulait pas sortir : elle était une 110 belle et brave femme, elle pouvait compter sur lui, le jour où elle serait dans la peine. Gervaise, dès qu'il se fut éloigné, se remit à la fenêtre.

---

1. *Eugène Sue* (1804-1857) : écrivain célèbre pour ses romans-feuilletons. Il est élu député de Paris en 1850.

À la barrière, le piétinement de troupeau continuait, dans le froid du matin. On reconnaissait les serruriers à leurs bourgerons[1] bleus, les maçons à leurs cottes[2] blanches, les peintres à leurs paletots[3], sous lesquels de longues blouses passaient. Cette foule, de loin, gardait un effacement plâtreux, un ton neutre, où le bleu déteint et le gris sale dominaient. Par moments, un ouvrier s'arrêtait court, rallumait sa pipe, tandis qu'autour de lui les autres marchaient toujours, sans un rire, sans une parole dite à un camarade, les joues terreuses, la face tendue vers Paris, qui, un à un, les dévorait, par la rue béante du faubourg Poissonnière. Cependant, aux deux coins de la rue des Poissonniers, à la porte des deux marchands de vin qui enlevaient leurs volets, des hommes ralentissaient le pas ; et, avant d'entrer, ils restaient au bord du trottoir, avec des regards obliques sur Paris, les bras mous, déjà gagnés à une journée de flâne. Devant les comptoirs, des groupes s'offraient des tournées, s'oubliaient là, debout, emplissant les salles, crachant, toussant, s'éclaircissant la gorge à coups de petits verres. Gervaise guettait, à gauche de la rue, la salle du père Colombe, où elle pensait avoir vu Lantier, lorsqu'une grosse femme, nu-tête, en tablier, l'interpella du milieu de la chaussée.

« Dites donc, madame Lantier, vous êtes bien matinale ! »

Gervaise se pencha.

« Tiens ! c'est vous, madame Boche !... Oh ! j'ai un tas de besogne, aujourd'hui !

— Oui, n'est-ce pas ? les choses ne se font pas toutes seules. »

Et une conversation s'engagea, de la fenêtre au trottoir. Mme Boche était concierge de la maison dont le restaurant du *Veau à Deux Têtes* occupait le rez-de-chaussée. Plusieurs fois, Gervaise avait attendu Lantier dans sa loge, pour ne pas

---

1. *Bourgerons* : blouses de toile des ouvriers. \ **2.** *Cottes* : vêtements de travail recouvrant la poitrine et les jambes. \ **3.** *Paletots* : sur-vestes.

s'attabler seule avec tous les hommes qui mangeaient, à côté. La concierge raconta qu'elle allait à deux pas, rue de la Charbonnière, pour trouver au lit un employé, dont son mari ne pouvait tirer le raccommodage d'une redingote. Ensuite, elle parla d'un de ses locataires qui était rentré avec une femme, la veille, et qui avait empêché le monde de dormir, jusqu'à trois heures du matin. Mais, tout en bavardant, elle dévisageait la jeune femme, d'un air de curiosité aiguë ; et elle semblait n'être venue là, se poser sous la fenêtre, que pour savoir.

« M. Lantier est donc encore couché ? demanda-t-elle brusque-ment.

— Oui, il dort », répondit Gervaise, qui ne put s'empêcher de rougir. Mme Boche vit les larmes lui remonter aux yeux ; et, satisfaite sans doute, elle s'éloignait en traitant les hommes de sacrés fainéants, lorsqu'elle revint, pour crier :

« C'est ce matin que vous allez au lavoir, n'est-ce pas ?... J'ai quelque chose à laver, je vous garderai une place à côté de moi, et nous causerons. »

Puis, comme prise d'une subite pitié :

« Ma pauvre petite, vous feriez bien mieux de ne pas rester là, vous prendrez du mal… Vous êtes violette. »

Gervaise s'entêta encore à la fenêtre pendant deux mortelles heures, jusqu'à huit heures. Les boutiques s'étaient ouvertes. Le flot de blouses descendant des hauteurs avait cessé ; et seuls quelques retardataires franchissaient la barrière à grandes enjambées. Chez les marchands de vin, les mêmes hommes, debout, continuaient à boire, à tousser et à cracher. Aux ouvriers avaient succédé les ouvrières, les brunisseuses, les modistes[1], les fleuristes, se serrant dans leurs minces vête-ments, trottant le long des boulevards extérieurs ; elles allaient

---

1. *Modistes* : elles façonnent et vendent les chapeaux.

par bandes de trois ou quatre, causaient vivement, avec de
175 légers rires et des regards luisants jetés autour d'elles ; de loin
en loin, une, toute seule, maigre, l'air pâle et sérieux, suivait
le mur de l'octroi, en évitant les coulées d'ordures. Puis, les
employés étaient passés, soufflant dans leurs doigts, mangeant
leur pain d'un sou en marchant ; des jeunes gens efflanqués, aux
180 habits trop courts, aux yeux battus, tout brouillés de sommeil ;
de petits vieux qui roulaient sur leurs pieds, la face blême, usée
par les longues heures du bureau, regardant leur montre pour
régler leur marche à quelques secondes près. Et les boulevards
avaient pris leur paix du matin ; les rentiers du voisinage se
185 promenaient au soleil ; les mères, en cheveux, en jupes sales,
berçaient dans leurs bras des enfants au maillot, qu'elles chan-
geaient sur les bancs ; toute une marmaille mal mouchée,
débraillée, se bousculait, se traînait par terre, au milieu de
piaulements, de rires et de pleurs. Alors, Gervaise se sentit
190 étouffer, saisie d'un vertige d'angoisse, à bout d'espoir ; il lui
semblait que tout était fini, que les temps étaient finis, que
Lantier ne rentrerait plus jamais. Elle allait, les regards perdus,
des vieux abattoirs noirs de leur massacre et de leur puanteur,
à l'hôpital neuf, blafard, montrant, par les trous encore béants
195 de ses rangées de fenêtres, des salles nues où la mort devait
faucher. En face d'elle, derrière le mur de l'octroi, le ciel éclatant, le lever de soleil qui grandissait au-dessus du réveil
énorme de Paris, l'éblouissait.

La jeune femme était assise sur une chaise, les mains aban-
200 données, ne pleurant plus, lorsque Lantier entra tranquillement.

« C'est toi ! C'est toi ! cria-t-elle, en voulant se jeter à son cou.
— Oui, c'est moi. Après ? répondit-il. Tu ne vas pas commencer
tes bêtises, peut-être ! »

205 Il l'avait écartée. Puis, d'un geste de mauvaise humeur, il
lança à la volée son chapeau de feutre noir sur la commode.

C'était un garçon de vingt-six ans, petit, très brun, d'une jolie figure, avec de minces moustaches, qu'il frisait toujours d'un mouvement machinal de la main. Il portait une cotte d'ouvrier, une vieille redingote tachée, qu'il pinçait à la taille, et avait en parlant un accent provençal très prononcé.

Gervaise, retombée sur la chaise, se plaignait doucement, par courtes phrases.

« Je n'ai pas pu fermer l'œil… Je croyais qu'on t'avait donné un mauvais coup… Où es-tu allé ? Où-as-tu passé la nuit ? Mon Dieu ! ne recommence pas, je deviendrais folle… Dis, Auguste, où es-tu allé ?

— Où j'avais affaire, parbleu ! dit-il avec un haussement d'épaules. J'étais à huit heures à la Glacière, chez cet ami qui doit monter une fabrique de chapeaux. Je me suis attardé. Alors, j'ai préféré coucher… Puis, tu sais, je n'aime pas qu'on me moucharde. Fiche-moi la paix ! »

La jeune femme se remit à sangloter. Les éclats de voix, les mouvements brusques de Lantier, qui culbutait les chaises, venaient de réveiller les enfants. Ils se dressèrent sur leur séant, demi-nus, débrouillant leurs cheveux de leurs petites mains ; et, entendant pleurer leur mère, ils poussèrent des cris terribles, pleurant eux aussi de leurs yeux à peine ouverts.

« Ah ! voilà la musique ! s'écria Lantier furieux. Je vous avertis, je reprends la porte, moi ! Et je file pour tout de bon, cette fois… Vous ne voulez pas vous taire ? Bonsoir ! je retourne d'où je viens. »

Il avait déjà repris son chapeau sur la commode. Mais Gervaise se précipita, balbutiant :

« Non, non ! »

Et elle étouffa les larmes des petits sous des caresses. Elle baisait leurs cheveux, elle les recouchait avec des paroles tendres. Les petits, calmés tout d'un coup, riant sur l'oreiller, s'amusèrent à se pincer. Cependant, le père, sans même retirer

240 ses bottes, s'était jeté sur le lit, l'air éreinté, la face marbrée par une nuit blanche. Il ne s'endormit pas, il resta les yeux grands ouverts, à faire le tour de la chambre.

« C'est propre, ici ! » murmura-t-il. Puis, après avoir regardé un instant Gervaise, il ajouta méchamment :

245 « Tu ne te débarbouilles donc plus ? »

Gervaise n'avait que vingt-deux ans. Elle était grande, un peu mince, avec des traits fins, déjà tirés par les rudesses de la vie. Dépeignée, en savates, grelottant sous sa camisole blanche où les meubles avaient laissé de leur poussière et de leur graisse,

250 elle semblait vieillie de dix ans par les heures d'angoisse et de larmes qu'elle venait de passer. Le mot de Lantier la fit sortir de son attitude peureuse et résignée.

« Tu n'es pas juste, dit-elle en s'animant. Tu sais bien que je fais tout ce que je peux. Ce n'est pas ma faute, si nous

255 sommes tombés ici... Je voudrais te voir, avec les deux enfants, dans une pièce où il n'y a pas même un fourneau pour avoir de l'eau chaude... Il fallait, en arrivant à Paris, au lieu de manger ton argent, nous établir tout de suite, comme tu l'avais promis.

260 — Dis donc ! cria-t-il, tu as croqué le magot avec moi ; ça ne te va pas, aujourd'hui, de cracher sur les bons morceaux ! »

Mais elle ne parut pas l'entendre, elle continua :

« Enfin, avec du courage, on pourra encore s'en tirer... J'ai vu, hier soir, Mme Fauconnier, la blanchisseuse de la rue

265 Neuve ; elle me prendra lundi. Si tu te mets avec ton ami de la Glacière, nous reviendrons sur l'eau avant six mois, le temps de nous nipper et de louer un trou quelque part, où nous serons chez nous... Oh ! il faudra travailler, travailler... »

Lantier se tourna vers la ruelle, d'un air d'ennui. Gervaise

270 alors s'emporta.

« Oui, c'est ça, on sait que l'amour du travail ne t'étouffe guère. Tu crèves d'ambition, tu voudrais être habillé comme

un monsieur et promener des catins[1] en jupes de soie. N'est-
ce pas ? Tu ne me trouves plus assez bien, depuis que tu m'as
275 fait mettre toutes mes robes au mont-de-piété… Tiens !
Auguste, je ne voulais pas t'en parler, j'aurais attendu encore,
mais je sais où tu as passé la nuit ; je t'ai vu entrer au Grand-
Balcon avec cette traînée d'Adèle. Ah ! tu les choisis bien ! Elle
est propre, celle-là ! elle a raison de prendre des airs de prin-
280 cesse… Elle a couché avec tout le restaurant. »

D'un saut, Lantier se jeta à bas du lit. Ses yeux étaient
devenus d'un noir d'encre dans son visage blême. Chez ce petit
homme, la colère soufflait une tempête.

« Oui, oui, avec tout le restaurant ! répéta la jeune femme.
285 Mme Boche va leur donner congé, à elle et à sa grande bringue
de sœur, parce qu'il y a toujours une queue d'hommes dans
l'escalier. »

Lantier leva les deux poings ; puis, résistant au besoin de la
battre, il lui saisit les bras, la secoua violemment, l'envoya
290 tomber sur le lit des enfants, qui se mirent de nouveau à crier.
Et il se recoucha, en bégayant, de l'air farouche d'un homme
qui prend une résolution devant laquelle il hésitait encore :

« Tu ne sais pas ce que tu viens de faire, Gervaise… Tu as
eu tort, tu verras. »

295 Pendant un instant, les enfants sanglotèrent. Leur mère,
restée ployée au bord du lit, les tenait dans une même étreinte ;
et elle répétait cette phrase, à vingt reprises, d'une voix
monotone :

« Ah ! si vous n'étiez pas là, mes pauvres petits !… Si vous
300 n'étiez pas là !… Si vous n'étiez pas là !… »

Tranquillement allongé, les yeux levés au-dessus de lui, sur
le lambeau de perse déteinte, Lantier n'écoutait plus,
s'enfonçait dans une idée fixe. Il resta ainsi près d'une heure ;

---

1. *Catins* : prostituées.

sans céder au sommeil, malgré la fatigue qui appesantissait ses paupières. Quand il se retourna, s'appuyant sur le coude, la face dure et déterminée, Gervaise achevait de ranger la chambre. Elle faisait le lit des enfants, qu'elle venait de lever et d'habiller. Il la regarda donner un coup de balai, essuyer les meubles ; la pièce restait noire, lamentable, avec son plafond fumeux, son papier décollé par l'humidité, ses trois chaises et sa commode éclopées, où la crasse s'entêtait et s'étalait sous le torchon. Puis, pendant qu'elle se lavait à grande eau, après avoir rattaché ses cheveux, devant le petit miroir rond, pendu à l'espagnolette, qui lui servait pour se raser, il parut examiner ses bras nus, son cou nu, tout le nu qu'elle montrait, comme si des comparaisons s'établissaient dans son esprit. Et il eut une moue des lèvres. Gervaise boitait de la jambe droite ; mais on ne s'en apercevait guère que les jours de fatigue, quand elle s'abandonnait, les hanches brisées. Ce matin-là, rompue par sa nuit, elle traînait sa jambe, elle s'appuyait aux murs.

Le silence régnait, ils n'avaient plus échangé une parole. Lui, semblait attendre. Elle, rongeant sa douleur, s'efforçant d'avoir un visage indifférent, se hâtait. Comme elle faisait un paquet du linge sale jeté dans un coin, derrière la malle, il ouvrit enfin les lèvres, il demanda :

« Qu'est-ce que tu fais ?... Où vas-tu ? »

Elle ne répondit pas d'abord. Puis, lorsqu'il répéta sa question, furieusement, elle se décida.

« Tu le vois bien, peut-être... Je vais laver tout ça... Les enfants ne peuvent pas vivre dans la crotte. »

Il lui laissa ramasser deux ou trois mouchoirs. Et, au bout d'un nouveau silence, il reprit :

« Est-ce que tu as de l'argent ? »

Du coup, elle se releva, le regarda en face, sans lâcher les chemises sales des petits qu'elle tenait à la main.

« De l'argent ! Où veux-tu donc que je l'aie volé ?… Tu sais
bien que j'ai eu trois francs avant-hier sur ma jupe noire. Nous
avons déjeuné deux fois là-dessus, et l'on va vite, avec la char-
340 cuterie… Non, sans doute, je n'ai pas d'argent. J'ai quatre
sous pour le lavoir… Je n'en gagne pas comme certaines
femmes. »

Il ne s'arrêta pas à cette allusion. Il était descendu du lit, il
passait en revue les quelques loques pendues autour de la
345 chambre. Il finit par décrocher le pantalon et le châle, ouvrit
la commode, ajouta au paquet une camisole et deux chemises
de femme ; puis, jetant le tout sur les bras de Gervaise :

« Tiens, porte ça au clou [1].

— Tu ne veux pas que je porte aussi les enfants ? demanda-
350 t-elle. Hein ! si l'on prêtait sur les enfants, ce serait un fameux
débarras ! »

Elle alla au mont-de-piété, pourtant. Quand elle revint, au
bout d'une demi-heure, elle posa une pièce de cent sous sur la
cheminée, en joignant la reconnaissance [2] aux autres, entre les
355 deux flambeaux.

« Voilà ce qu'ils m'ont donné, dit-elle. Je voulais six francs,
mais il n'y a pas eu moyen. Oh ! ils ne se ruineront pas… Et
l'on trouve toujours un monde, là-dedans ! »

Lantier ne prit pas tout de suite la pièce de cent sous. Il
360 aurait voulu qu'elle fît de la monnaie, pour lui laisser quelque
chose. Mais il se décida à la glisser dans la poche de son gilet,
quand il vit, sur la commode, un reste de jambon dans un
papier, avec un bout de pain.

« Je n'ai pas osé aller chez la laitière, parce que nous lui
365 devons huit jours, expliqua Gervaise. Mais je reviendrai de
bonne heure, tu iras chercher du pain et des côtelettes panées,

---

1. *Au clou* : au mont-de-piété. \ **2.** *Reconnaissance* : papier du mont-de-piété attestant un prêt
d'argent en gage d'un objet.

pendant que je ne serai pas là, et nous déjeunerons… Prends aussi un litre de vin. »

370 Il ne dit pas non. La paix semblait se faire. La jeune femme achevait de mettre en paquet le linge sale. Mais quand elle voulut prendre les chemises et les chaussettes de Lantier au fond de la malle, il lui cria de laisser ça.

« Laisse mon linge, entends-tu ! Je ne veux pas !

375 — Qu'est-ce que tu ne veux pas ? demanda-t-elle en se redressant. Tu ne comptes pas, sans doute, remettre ces pourritures ? Il faut bien les laver. »

Et elle l'examinait, inquiète, retrouvant sur son visage de joli garçon la même dureté, comme si rien, désormais, ne devait le fléchir. Il se fâcha, lui arracha des mains le linge qu'il 380 rejeta dans la malle.

« Tonnerre de Dieu ! Obéis-moi donc une fois ! Quand je te dis que je ne veux pas !

— Mais pourquoi ? reprit-elle, pâlissante, effleurée d'un soupçon terrible. Tu n'as pas besoin de tes chemises mainte-385 nant, tu ne vas pas partir… Qu'est-ce que ça peut te faire que je les emporte ? »

Il hésita un instant, gêné par les yeux ardents qu'elle fixait sur lui.

« Pourquoi ? pourquoi ? bégayait-il… Parbleu ! tu vas dire 390 partout que tu m'entretiens, que tu laves, que tu raccommodes. Eh bien ! ça m'embête, là ! Fais tes affaires, je ferai les miennes… Les blanchisseuses ne travaillent pas pour les chiens. »

Elle le supplia, se défendit de s'être jamais plainte ; mais il ferma la malle brutalement, s'assit dessus, lui cria : Non ! dans 395 la figure. Il était bien le maître de ce qui lui appartenait ! Puis, pour échapper aux regards dont elle le poursuivit, il retourna s'étendre sur le lit, en disant qu'il avait sommeil, et qu'elle ne lui cassât pas la tête davantage. Cette fois, en effet, il parut s'endormir.

400 Gervaise resta un moment indécise. Elle était tentée de repousser du pied le paquet de linge, de s'asseoir là, à coudre. La respiration régulière de Lantier finit par la rassurer. Elle prit la boule de bleu [1] et le morceau de savon qui lui restaient de son dernier savonnage ; et s'approchant des petits qui jouaient
405 tranquillement avec de vieux bouchons, devant la fenêtre, elle les baisa, en leur disant à voix basse :

« Soyez bien sages, ne faites pas de bruit. Papa dort. »

Quand elle quitta la chambre, les rires adoucis de Claude et d'Étienne sonnaient seuls dans le grand silence, sous le plafond
410 noir. Il était dix heures. Un rai de soleil entrait par la fenêtre entrouverte.

Sur le boulevard, Gervaise tourna à gauche et suivit la rue Neuve-de-la-Goutte-d'Or. En passant devant la boutique de Mme Fauconnier, elle salua d'un petit signe de tête. Le lavoir
415 où elle allait, était situé vers le milieu de la rue, à l'endroit où le pavé commençait à monter. Au-dessus d'un bâtiment plat, trois énormes réservoirs d'eau, des cylindres de zinc fortement boulonnés, montraient leurs rondeurs grises ; tandis que, derrière, s'élevait le séchoir, un deuxième étage très haut, clos
420 de tous les côtés par des persiennes à lames minces, au travers desquelles passait le grand air, et qui laissaient voir des pièces de linge séchant sur des fils de laiton. À droite des réservoirs, le tuyau étroit de la machine à vapeur soufflait, d'une haleine rude et régulière, des jets de fumée blanche. Gervaise, sans
425 retrousser ses jupes, en femme habituée aux flaques, s'engagea sous la porte encombrée de jarres d'eau de Javel. Elle connaissait déjà la maîtresse du lavoir, une petite femme délicate, aux yeux malades, assise dans un cabinet vitré, avec des registres devant elle, des pains de savon sur des étagères, des boules de
430 bleu dans des bocaux, des livres de bicarbonate de soude en

---

1. *Bleu* : lessive.

paquets. Et, en passant, elle lui réclama son battoir et sa brosse, qu'elle lui avait donnés à garder, lors de son dernier savonnage. Puis, après avoir pris son numéro, elle entra.

C'était un immense hangar, à plafond plat, à poutres appa-
435 rentes, monté sur des piliers de fonte, fermé par de larges fenêtres claires. Un plein jour blafard passait librement dans la buée chaude suspendue comme un brouillard laiteux. Des fumées montaient de certains coins, s'étalant, noyant les fonds d'un voile bleuâtre. Il pleuvait une humidité lourde, chargée
440 d'une odeur savonneuse, une odeur fade, moite, continue ; et, par moments, des souffles plus forts d'eau de Javel dominaient. Le long des batteries, aux deux côtés de l'allée centrale, il y avait des files de femmes, les bras nus jusqu'aux épaules, le cou nu, les jupes raccourcies montrant des bas de couleur et de
445 gros souliers lacés. Elles tapaient furieusement, riaient, se renversaient pour crier un mot dans le vacarme, se penchaient au fond de leurs baquets, ordurières, brutales, dégingandées, trempées comme par une averse, les chairs rougies et fumantes. Autour d'elles, sous elles, coulait un grand ruissellement, les
450 seaux d'eau chaude promenés et vidés d'un trait, les robinets d'eau froide ouverts, pissant de haut, les éclaboussements des battoirs, les égouttures des linges rincés, les mares où elles pataugeaient s'en allant par petits ruisseaux sur les dalles en pente. Et, au milieu des cris, des coups cadencés, du
455 bruit murmurant de pluie, de cette clameur d'orage s'étouffant sous le plafond mouillé, la machine à vapeur, à droite, toute blanche d'une rosée fine, haletait et ronflait sans relâche, avec la trépidation dansante de son volant qui semblait régler l'énormité du tapage.

460 Cependant, Gervaise, à petits pas, suivait l'allée, en jetant des regards à droite et à gauche. Elle portait son paquet de linge passé au bras, la hanche haute, boitant plus fort, dans le va-et-vient des laveuses qui la bousculaient.

« Eh! par ici, ma petite! » cria la grosse voix de Mme Boche.

Puis, quand la jeune femme l'eut rejointe, à gauche, tout au bout, la concierge, qui frottait furieusement une chaussette, se mit à parler par courtes phrases, sans lâcher sa besogne.

« Mettez-vous là, je vous ai gardé votre place… Oh! je n'en ai pas pour longtemps. Boche ne salit presque pas son linge… Et vous? Ça ne va pas traîner non plus, hein? Il est tout petit, votre paquet. Avant midi, nous aurons expédié ça, et nous pourrons aller déjeuner… Moi, je donnais mon linge à une blanchisseuse de la rue Poulet; mais elle m'emportait tout, avec son chlore et ses brosses. Alors, je lave moi-même. C'est tout gagné. Ça ne coûte que le savon… Dites donc, voilà des chemises que vous auriez dû mettre à couler [1]. Ces gueux d'enfants, ma parole! ça a de la suie au derrière. »

Gervaise défaisait son paquet, étalait les chemises des petits; et comme Mme Boche lui conseillait de prendre un seau d'eau de lessive, elle répondit :

« Oh! non, l'eau chaude suffira… Ça me connaît. »

Elle avait trié le linge, mis à part les quelques pièces de couleur. Puis, après avoir empli son baquet de quatre seaux d'eau froide, pris au robinet, derrière elle, elle plongea le tas du linge blanc; et, relevant sa jupe, la tirant entre ses cuisses, elle entra dans une boîte, posée debout, qui lui arrivait au ventre.

« Ça vous connaît, hein? répétait Mme Boche. Vous étiez blanchisseuse dans votre pays, n'est-ce pas, ma petite? »

Gervaise, les manches retroussées, montrant ses beaux bras de blonde, jeunes encore, à peine rosés aux coudes, commençait à décrasser son linge. Elle venait d'étaler une chemise sur la planche étroite de la batterie, mangée et blanchie par l'usure de l'eau; elle la frottait de savon, la retournait, la frottait de

---

1. *Mettre à couler* : faire bouillir.

495 l'autre côté. Avant de répondre, elle empoigna son battoir, se mit à taper, criant ses phrases, les ponctuant à coups rudes et cadencés.

« Oui, oui, blanchisseuse… À dix ans… Il y a douze ans de ça… Nous allions à la rivière… Ça sentait meilleur 500 qu'ici… Il fallait voir, il y avait un coin sous les arbres… avec de l'eau claire qui courait… Vous savez, à Plassans… Vous ne connaissez pas Plassans ?… près de Marseille ?

— C'est du chien[1], ça ! s'écria Mme Boche, émerveillée de la rudesse des coups de battoir. Quelle mâtine ! elle vous aplati- 505 rait du fer, avec ses petits bras de demoiselle ! »

La conversation continua, très haut. La concierge, parfois, était obligée de se pencher, n'entendant pas. Tout le linge blanc fut battu, et ferme ! Gervaise le replongea dans le baquet, le reprit pièce par pièce pour le frotter de savon une seconde fois 510 et le brosser. D'une main, elle fixait la pièce sur la batterie ; de l'autre main, qui tenait la courte brosse de chiendent, elle tirait du linge une mousse sale, qui, par longues bavures, tombait. Alors, dans le petit bruit de la brosse, elles se rapprochèrent, elles causèrent d'une façon plus intime.

515 « Non, nous ne sommes pas mariés, reprit Gervaise. Moi, je ne m'en cache pas. Lantier n'est pas si gentil pour qu'on souhaite d'être sa femme. S'il n'y avait pas les enfants, allez !… J'avais quatorze ans et lui dix-huit, quand nous avons eu notre premier. L'autre est venu quatre ans plus tard… C'est arrivé 520 comme ça arrive toujours, vous savez. Je n'étais pas heureuse chez nous ; le père Macquart, pour un oui, pour un non, m'al- longeait des coups de pied dans les reins. Alors, ma foi, on songe à s'amuser dehors… On nous aurait mariés, mais je ne sais plus, nos parents n'ont pas voulu. »

---

1. *C'est du chien* : c'est de la poigne.

525 Elle secoua ses mains, qui rougissaient sous la mousse blanche.

« L'eau est joliment dure à Paris », dit-elle.

Mme Boche ne lavait plus que mollement. Elle s'arrêtait, faisant durer son savonnage, pour rester là, à connaître cette 530 histoire, qui torturait sa curiosité depuis quinze jours. Sa bouche était à demi ouverte dans sa grosse face ; ses yeux, à fleur de tête, luisaient. Elle pensait, avec la satisfaction d'avoir deviné :

« C'est ça, la petite cause trop. Il y a eu du grabuge. »

535 Puis, tout haut :

« Il n'est pas gentil, alors ?

— Ne m'en parlez pas ! répondit Gervaise, il était très bien pour moi, là-bas ; mais, depuis que nous sommes à Paris, je ne peux plus en venir à bout... Il faut vous dire que sa mère est 540 morte l'année dernière, en lui laissant quelque chose, dix-sept cents francs à peu près. Il voulait partir pour Paris. Alors, comme le père Macquart m'envoyait toujours des gifles sans crier gare, j'ai consenti à m'en aller avec lui ; nous avons fait le voyage avec les deux enfants. Il devait m'établir blanchisseuse 545 et travailler de son état de chapelier. Nous aurions été très heureux... Mais, voyez-vous, Lantier est un ambitieux, un dépensier, un homme qui ne songe qu'à son amusement. Il ne vaut pas grand-chose, enfin... Nous sommes donc descendus à l'hôtel Montmartre, rue Montmartre. Et ç'a été des dîners, 550 des voitures, le théâtre, une montre pour lui, une robe de soie pour moi ; car il n'a pas mauvais cœur, quand il a de l'argent. Vous comprenez, tout le tremblement, si bien qu'au bout de deux mois nous étions nettoyés [1]. C'est à ce moment-là que nous sommes venus habiter l'hôtel Boncœur et que la sacrée 555 vie a commencé... »

---

1. *Nous étions nettoyés* : nous n'avions plus un sou.

Elle s'interrompit, serrée tout d'un coup à la gorge, rentrant ses larmes. Elle avait fini de brosser son linge.

« Il faut que j'aille chercher mon eau chaude », murmura-t-elle. Mais Mme Boche, très contrariée de cet arrêt dans les confidences, appela le garçon du lavoir qui passait.

« Mon petit Charles, vous serez bien gentil, allez donc chercher un seau d'eau chaude à madame, qui est pressée. »

Le garçon prit le seau et le rapporta plein. Gervaise paya, c'était un sou le seau. Elle versa l'eau chaude dans le baquet, et savonna le linge une dernière fois, avec les mains, se ployant au-dessus de la batterie, au milieu d'une vapeur qui accrochait des filets de fumée grise dans ses cheveux blonds.

« Tenez, mettez donc des cristaux, j'en ai là », dit obligeamment la concierge.

Et elle vida dans le baquet de Gervaise le fond d'un sac de bicarbonate de soude, qu'elle avait apporté. Elle lui offrit aussi de l'eau de Javel ; mais la jeune femme refusa ; c'était bon pour les taches de graisse et les taches de vin.

« Je le crois un peu coureur », reprit Mme Boche, en revenant à Lantier, sans le nommer.

Gervaise, les reins en deux, les mains enfoncées et crispées dans le linge, se contenta de hocher la tête.

« Oui, oui, continua l'autre, je me suis aperçue de plusieurs petites choses... »

Mais elle se récria, devant le brusque mouvement de Gervaise qui s'était relevée, toute pâle, en la dévisageant.

« Oh ! non, je ne sais rien !... Il aime à rire, je crois, voilà tout... Ainsi, les deux filles qui logent chez vous, Adèle et Virginie, vous les connaissez, eh bien ! il plaisante avec elles, et ça ne va pas plus loin, j'en suis sûre. »

La jeune femme, droite devant elle, la face en sueur, les bras ruisselants, la regardait toujours, d'un regard fixe et profond. Alors, la concierge se fâcha, s'appliqua un coup de

poing sur la poitrine, en donnant sa parole d'honneur. Elle
590 criait :

« Je ne sais rien, là, quand je vous le dis ! »

Puis, se calmant, elle ajouta d'une voix doucereuse comme
on parle à une personne à qui la vérité ne vaudrait rien :

« Moi, je trouve qu'il a les yeux francs… Il vous épousera,
595 ma petite, je vous le promets ! »

Gervaise s'essuya le front de sa main mouillée. Puis, elle tira
de l'eau une autre pièce de linge, en hochant de nouveau la tête.
Un instant, toutes deux gardèrent le silence. Autour d'elles, le
lavoir s'était apaisé. Onze heures sonnaient. La moitié des
600 laveuses, assises d'une jambe au bord de leurs baquets, avec un
litre de vin débouché à leurs pieds, mangeaient des saucisses
dans des morceaux de pain fendus. Seules, les ménagères
venues là pour laver leurs petits paquets de linge, se hâtaient,
en regardant l'œil-de-bœuf accroché au-dessus du bureau.
605 Quelques coups de battoir partaient encore, espacés, au milieu
des rires adoucis, des conversations qui s'empâtaient dans un
bruit glouton de mâchoires ; tandis que la machine à vapeur,
allant son train, sans repos ni trêve, semblait hausser la voix,
vibrante, ronflante, emplissant l'immense salle. Mais pas une
610 des femmes ne l'entendait ; c'était comme la respiration même
du lavoir, une haleine ardente amassant sous les poutres du
plafond l'éternelle buée qui flottait. La chaleur devenait into-
lérable ; des rais de soleil entraient à gauche, par les hautes
fenêtres, allumant les vapeurs fumantes de nappes opalisées,
615 d'un gris rose et d'un gris bleu très tendres. Et, comme des
plaintes s'élevaient, le garçon Charles allait d'une fenêtre à
l'autre, tirait des stores de grosse toile ; ensuite, il passa de
l'autre côté, du côté de l'ombre, et ouvrit des vasistas. On
l'acclamait, on battait des mains ; une gaieté formidable
620 roulait. Bientôt, les derniers battoirs eux-mêmes se turent. Les
laveuses, la bouche pleine, ne faisaient plus que des gestes avec

les couteaux ouverts qu'elles tenaient au poing. Le silence devenait tel, qu'on entendait régulièrement, tout au bout, le grin-
cement de la pelle du chauffeur, prenant du charbon de terre
625 et le jetant dans le fourneau de la machine.

Cependant, Gervaise lavait son linge de couleur dans l'eau
chaude, grasse de savon, qu'elle avait conservée. Quand elle eut
fini, elle approcha un tréteau, jeta en travers toutes les pièces,
qui faisaient par terre des mares bleuâtres. Et elle commença
630 à rincer. Derrière elle, le robinet d'eau froide coulait au-dessus
d'un vaste baquet, fixé au sol, et que traversaient deux barres
de bois, pour soutenir le linge. Au-dessus, en l'air, deux autres
barres passaient, où le linge achevait de s'égoutter.

« Voilà qui va être fini, ce n'est pas malheureux, dit Mme Boche.
635 Je reste pour vous aider à tordre tout ça.

— Oh ! ce n'est pas la peine, je vous remercie bien, répondit
la jeune femme, qui pétrissait de ses poings et barbotait les
pièces de couleur dans l'eau claire. Si j'avais des draps, je ne dis
pas. »

640 Mais il lui fallut pourtant accepter l'aide de la concierge.
Elles tordaient toutes deux, chacune à un bout, une jupe, un
petit lainage marron mauvais teint, d'où sortait une eau
jaunâtre, lorsque Mme Boche s'écria :

« Tiens ! la grande Virginie !... Qu'est-ce qu'elle vient laver
645 ici, celle-là, avec ses quatre guenilles dans un mouchoir ? »

Gervaise avait vivement levé la tête. Virginie était une fille
de son âge, plus grande qu'elle, brune, jolie, malgré sa figure
un peu longue. Elle avait une vieille robe noire à volants, un
ruban rouge au cou ; et elle était coiffée avec soin, le chignon
650 pris dans un filet en chenille bleue. Un instant, au milieu de
l'allée centrale, elle pinça les paupières, ayant l'air de chercher ;
puis, quand elle eut aperçu Gervaise, elle vint passer près
d'elle, raide, insolente, balançant ses hanches, et s'installa sur
la même rangée, à cinq baquets de distance.

655 « En voilà un caprice ! continuait Mme Boche, à voix plus basse. Jamais elle ne savonne une paire de manches… Ah ! une fameuse fainéante, je vous en réponds ! Une couturière qui ne recoud pas seulement ses bottines ! C'est comme sa sœur, la brunisseuse, cette gredine d'Adèle, qui manque l'atelier deux
660 jours sur trois ! Ça n'a ni père ni mère connus, ça vit d'on ne sait quoi, et si l'on voulait parler… Qu'est-ce qu'elle frotte donc là ? Hein ! c'est un jupon ? Il est joliment dégoûtant, il a dû en voir de propres, ce jupon ! »

Mme Boche, évidemment, voulait faire plaisir à Gervaise. La
665 vérité était qu'elle prenait souvent le café avec Adèle et Virginie, quand les petites avaient de l'argent. Gervaise ne répondait pas, se dépêchait, les mains fiévreuses. Elle venait de faire son bleu, dans un petit baquet monté sur trois pieds. Elle trempait ses pièces de blanc, les agitait un instant au fond
670 de l'eau teintée, dont le reflet prenait une pointe de laque ; et, après les avoir tordues légèrement, elle les alignait sur les barres de bois, en haut. Pendant toute cette besogne, elle affectait de tourner le dos à Virginie. Mais elle entendait des ricanements, elle sentait sur elle ses regards obliques. Virginie
675 semblait n'être venue que pour la provoquer. Un instant, Gervaise s'étant retournée, elles se regardèrent toutes deux, fixement.

« Laissez-la donc, murmura Mme Boche. Vous n'allez peut-être pas vous prendre aux cheveux… Quand je vous dis qu'il
680 n'y a rien ! Ce n'est pas elle, là ! »

À ce moment, comme la jeune femme pendait sa dernière pièce de linge, il y eut des rires à la porte du lavoir.

« C'est deux gosses qui demandent maman ! » cria Charles.

Toutes les femmes se penchèrent. Gervaise reconnut Claude
685 et Étienne. Dès qu'ils l'aperçurent, ils coururent à elle, au milieu des flaques, tapant sur les dalles les talons de leurs souliers dénoués. Claude, l'aîné, donnait la main à son petit

frère. Les laveuses, sur leur passage, avaient de légers cris de
tendresse, à les voir un peu effrayés, souriant pourtant. Et ils
690 restèrent là, devant leur mère, sans se lâcher, levant leurs têtes
blondes.

« C'est papa qui vous envoie ? » demanda Gervaise.

Mais, comme elle se baissait pour rattacher les cordons des
souliers d'Étienne, elle vit, à un doigt de Claude, la clé de la
695 chambre avec son numéro de cuivre, qu'il balançait.

« Tiens ! tu m'apportes la clé ! dit-elle, très surprise. Pourquoi donc ? »

L'enfant, en apercevant la clé qu'il avait oubliée à son doigt,
parut se souvenir et cria de sa voix claire :

700 « Papa est parti.

— Il est allé acheter le déjeuner, il vous a dit de venir me
chercher ici ? »

Claude regarda son frère, hésita, ne sachant plus. Puis, il
reprit d'un trait :

705 « Papa est parti… Il a sauté du lit, il a mis toutes les affaires
dans la malle, il a descendu la malle sur une voiture… Il est
parti. »

Gervaise, accroupie, se releva lentement, la figure blanche,
portant les mains à ses joues et à ses tempes, comme si elle
710 entendait sa tête craquer. Et elle ne put trouver qu'un mot, elle
le répéta vingt fois sur le même ton :

« Ah ! mon Dieu !… ah ! mon Dieu !… ah ! mon
Dieu !… »

Mme Boche, cependant, interrogeait l'enfant à son tour, tout
715 allumée de se trouver dans cette histoire.

« Voyons, mon petit, il faut dire les choses… C'est lui qui
a fermé la porte et qui vous a dit d'apporter la clé, n'est-ce
pas ? »

Et, baissant la voix, à l'oreille de Claude :

720 « Est-ce qu'il y avait une dame dans la voiture ? »

L'enfant se troubla de nouveau. Il recommença son histoire, d'un air triomphant :

« Il a sauté du lit, il a mis toutes les affaires dans la malle, il est parti... »

725 Alors, comme Mme Boche le laissait aller, il tira son frère devant le robinet. Ils s'amusèrent tous les deux à faire couler l'eau.

Gervaise ne pouvait pleurer. Elle étouffait, les reins appuyés contre son baquet, le visage toujours entre les mains. De courts 730 frissons la secouaient. Par moments, un long soupir passait, tandis qu'elle s'enfonçait davantage les poings sur les yeux, comme pour s'anéantir dans le noir de son abandon. C'était un trou de ténèbres au fond duquel il lui semblait tomber.

« Allons, ma petite, que diable ! murmurait Mme Boche.

735 — Si vous saviez ! si vous saviez ! dit-elle enfin tout bas. Il m'a envoyé ce matin porter mon châle et mes chemises au mont-de-piété pour payer cette voiture... »

Et elle pleura. Le souvenir de sa course au mont-de-piété, en précisant un fait de la matinée, lui avait arraché les sanglots 740 qui s'étranglaient dans sa gorge. Cette course-là, c'était une abomination, la grosse douleur dans son désespoir. Les larmes coulaient sur son menton que ses mains avaient déjà mouillé, sans qu'elle songeât seulement à prendre son mouchoir.

« Soyez raisonnable, taisez-vous, on vous regarde, répétait 745 Mme Boche qui s'empressait autour d'elle. Est-il possible de se faire tant de mal pour un homme !... Vous l'aimez donc toujours, hein ? ma pauvre chérie. Tout à l'heure, vous étiez joliment montée contre lui. Et vous voilà, maintenant, à le pleurer, à vous crever le cœur... Mon Dieu, que nous sommes 750 bêtes ! »

Puis, elle se montra maternelle.

« Une jolie petite femme comme vous ! S'il est permis !... On peut tout vous raconter à présent, n'est-ce pas ? Eh bien,

vous vous souvenez, quand je suis passée sous votre fenêtre, je
me doutais déjà… Imaginez-vous que, cette nuit, lorsque
Adèle est rentrée, j'ai entendu un pas d'homme avec le sien.
Alors, j'ai voulu savoir, j'ai regardé dans l'escalier. Le particulier[1] était déjà au deuxième étage, mais j'ai bien reconnu la
redingote de M. Lantier. Boche, qui faisait le guet, ce matin,
l'a vu redescendre tranquillement… C'était avec Adèle, vous
entendez. Virginie a maintenant un monsieur chez lequel elle
va deux fois par semaine. Seulement, ce n'est guère propre tout
de même, car elles n'ont qu'une chambre et une alcôve, et je
ne sais trop où Virginie a pu coucher. »

Elle s'interrompit un instant, se retournant, reprenant de sa
grosse voix étouffée :

« Elle rit de vous voir pleurer, cette sans-cœur là-bas. Je
mettrais ma main au feu que son savonnage est une frime…
Elle a emballé les deux autres et elle est venue ici pour leur
raconter la tête que vous feriez. »

Gervaise ôta ses mains, regarda. Quand elle aperçut devant
elle Virginie, au milieu de trois ou quatre femmes, parlant bas,
la dévisageant, elle fut prise d'une colère folle. Les bras en
avant, cherchant à terre, tournant sur elle-même, dans un
tremblement de tous ses membres, elle marcha quelques pas,
rencontra un seau plein, le saisit à deux mains, le vida à toute
volée.

« Chameau, va ! » cria la grande Virginie.

Elle avait fait un saut en arrière, ses bottines seules étaient
mouillées. Cependant, le lavoir, que les larmes de la jeune
femme révolutionnaient depuis un instant, se bousculait pour
voir la bataille. Des laveuses, qui achevaient leur pain,
montèrent sur des baquets. D'autres accoururent, les mains
pleines de savon. Un cercle se forma.

---

1. *Le particulier* : l'homme.

785 « Ah! le chameau! répétait la grande Virginie. Qu'est-ce qui lui prend, à cette enragée-là! »

Gervaise en arrêt, le menton tendu, la face convulsée, ne répondait pas, n'ayant point encore le coup de gosier[1] de Paris. L'autre continua :

790 « Va donc! C'est las de rouler la province, ça n'avait pas douze ans que ça servait de paillasse à soldats, ça a laissé une jambe dans son pays... Elle est tombée de pourriture, sa jambe... »

Un rire courut. Virginie, voyant son succès, s'approcha de 795 deux pas, redressant sa haute taille, criant plus fort :

« Hein! avance un peu, pour voir, que je te fasse ton affaire! Tu sais, il ne faut pas venir nous embêter, ici... Est-ce que je la connais, moi, cette peau! Si elle m'avait attrapée, je lui aurais joliment retroussé ses jupons; vous auriez vu ça. Qu'elle 800 dise seulement ce que je lui ai fait... Dis, rouchie[2], qu'est-ce qu'on t'a fait?

— Ne causez pas tant, bégaya Gervaise. Vous savez bien... On a vu mon mari, hier soir... Et taisez-vous, parce que je vous étranglerais, bien sûr.

805 — Son mari! Ah! elle est bonne, celle-là!... Le mari à madame! Comme si on avait des maris avec cette dégaine!... Ce n'est pas ma faute s'il t'a lâchée. Je ne te l'ai pas volé, peut-être. On peut me fouiller... Veux-tu que je te dise, tu l'empoisonnais, cet homme! Il était trop gentil pour toi... Avait-il 810 son collier, au moins? Qui est-ce qui a trouvé le mari à madame?... Il y aura récompense... »

Les rires recommencèrent. Gervaise, à voix presque basse, se contentait toujours de murmurer :

« Vous savez bien, vous savez bien... C'est votre sœur, je 815 l'étranglerai, votre sœur...

---

1. *Le coup de gosier* : la repartie. \ **2.** *Rouchie* : fille de mauvaise vie.

— Oui, va te frotter à ma sœur, reprit Virginie en ricanant. Ah ! c'est ma sœur ! C'est bien possible, ma sœur a un autre chic que toi… Mais est-ce que ça me regarde ! Est-ce qu'on ne peut plus laver son linge tranquillement ! Flanque-moi la paix, 820 entends-tu, parce qu'en voilà assez ! »

Et ce fut elle qui revint, après avoir donné cinq ou six coups de battoir, grisée par les injures, emportée. Elle se tut et recommença ainsi trois fois :

« Eh bien, oui, c'est ma sœur. Là, es-tu contente ?… Ils 825 s'adorent tous les deux. Il faut les voir se bécoter !… Et il t'a lâchée avec tes bâtards ! De jolis mômes qui ont des croûtes plein la figure ! Il y en a un d'un gendarme, n'est-ce pas ? et tu en as fait crever trois autres, parce que tu ne voulais pas de surcroît de bagage pour venir… C'est ton Lantier qui nous a 830 raconté ça. Ah ! il en dit de belles, il en avait assez de ta carcasse !

— Salope ! salope ! salope ! » hurla Gervaise, hors d'elle, reprise par un tremblement furieux.

Elle tourna, chercha une fois encore par terre ; et, ne 835 trouvant que le petit baquet, elle le prit par les pieds, lança l'eau du bleu à la figure de Virginie.

« Rosse ! elle m'a perdu ma robe ! cria celle-ci, qui avait toute une épaule mouillée et sa main gauche teinte en bleu. Attends, gadoue ! »

840 À son tour, elle saisit un seau, le vida sur la jeune femme. Alors, une bataille formidable s'engagea. Elles couraient toutes deux le long des baquets, s'emparant des seaux pleins, revenant se les jeter à la tête. Et chaque déluge était accompagné d'un éclat de voix. Gervaise elle-même répondait, à présent.

845 « Tiens ! saleté !… Tu l'as reçu celui-là. Ça te calmera le derrière.

— Ah ! la carne ! Voilà pour ta crasse. Débarbouille-toi une fois dans ta vie.

— Oui, oui, je vas te dessaler, grande morue !

850 — Encore un !… Rince-toi les dents, fais ta toilette pour ton quart de ce soir, au coin de la rue Belhomme. »

Elles finirent par emplir les seaux aux robinets. Et, en attendant qu'ils fussent pleins, elles continuaient leurs ordures. Les premiers seaux, mal lancés, les touchaient à peine. Mais elles 855 se faisaient la main. Ce fut Virginie qui, la première, en reçut un en pleine figure ; l'eau entrant par son cou, coula dans son dos et dans sa gorge, pissa par-dessous sa robe. Elle était encore tout étourdie, quand un second la prit de biais, lui donna une forte claque contre l'oreille gauche en trempant son chignon, 860 qui se déroula comme une ficelle. Gervaise fut d'abord atteinte aux jambes ; un seau lui emplit ses souliers, rejaillit jusqu'à ses cuisses ; deux autres l'inondèrent aux hanches. Bientôt, d'ailleurs, il ne fut plus possible de juger les coups. Elles étaient l'une et l'autre ruisselantes de la tête aux pieds, les corsages 865 plaqués aux épaules, les jupes collant sur les reins, maigries, roidies, grelottantes, s'égouttant de tous les côtés ainsi que des parapluies pendant une averse.

« Elles sont rien drôles ! » dit la voix enrouée d'une laveuse.

Le lavoir s'amusait énormément. On s'était reculé, pour ne 870 pas recevoir les éclaboussures. Des applaudissements, des plaisanteries montaient, au milieu du bruit d'écluse des seaux vidés à toute volée. Par terre, des mares coulaient, les deux femmes pataugeaient jusqu'aux chevilles. Cependant, Virginie, ménageant une traîtrise, s'emparant brusquement d'un seau d'eau 875 de lessive bouillante, qu'une de ses voisines avait laissé là, le jeta. Il y eut un cri. On crut Gervaise ébouillantée. Mais elle n'avait que le pied gauche brûlé légèrement. Et, de toutes ses forces, exaspérée par la douleur, sans le remplir cette fois, elle envoya un seau dans les jambes de Virginie, qui tomba.

880 Toutes les laveuses parlaient ensemble.

« Elle lui a cassé une patte !

— Dame ! l'autre a bien voulu la faire cuire !

— Elle a raison, après tout, la blonde, si on lui a pris son homme ! »

885 Mᵐᵉ Boche levait les bras au ciel, en s'exclamant. Elle s'était prudemment garée entre deux baquets ; et les enfants, Claude et Étienne, pleurant, suffoquant, épouvantés, se pendaient à sa robe, avec ce cri continu : Maman ! maman ! qui se brisait dans leurs sanglots. Quand elle vit Virginie par terre, elle accourut,
890 tirant Gervaise par ses jupes, répétant :

« Voyons, allez-vous-en ! Soyez raisonnable... J'ai les sangs tournés, ma parole ! On n'a jamais vu une tuerie pareille. »

Mais elle recula, elle retourna se réfugier entre les deux baquets, avec les enfants. Virginie venait de sauter à la gorge
895 de Gervaise. Elle la serrait au cou, tâchait de l'étrangler. Alors, celle-ci, d'une violente secousse, se dégagea, se pendit à la queue de son chignon, comme si elle avait voulu lui arracher la tête. La bataille recommença, muette, sans un cri, sans une injure. Elles ne se prenaient pas corps à corps,
900 s'attaquaient à la figure, les mains ouvertes et crochues, pinçant, griffant ce qu'elles empoignaient. Le ruban rouge et le filet en chenille bleue de la grande brune furent arrachés ; son corsage, craqué au cou, montra sa peau, tout un bout d'épaule ; tandis que la blonde, déshabillée, une manche de
905 sa camisole blanche ôtée sans qu'elle sût comment, avait un accroc à sa chemise qui découvrait le pli nu de sa taille. Des lambeaux d'étoffe volaient. D'abord, ce fut sur Gervaise que le sang parut, trois longues égratignures descendant de la bouche sous le menton ; et elle garantissait ses yeux, les
910 fermait à chaque claque, de peur d'être éborgnée. Virginie ne saignait pas encore. Gervaise visait ses oreilles, s'enrageait de ne pouvoir les prendre, quand elle saisit enfin l'une des boucles, une poire de verre jaune ; elle tira, fendit l'oreille ; le sang coula.

915 « Elles se tuent ! Séparez-les, ces guenons ! » dirent plusieurs voix.

Les laveuses s'étaient rapprochées. Il se formait deux camps : les unes excitaient les deux femmes comme des chiennes qui se battent ; les autres, plus nerveuses, toutes tremblantes, tour-
920 naient la tête, en avaient assez, répétaient qu'elles en seraient malades, bien sûr. Et une bataille générale faillit avoir lieu ; on se traitait de sans-cœur, de propre à rien ; des bras nus se tendaient ; trois gifles retentirent.

Mme Boche, pourtant, cherchait le garçon de lavoir.
925 « Charles ! Charles !… Où est-il donc ? »

Et elle le trouva au premier rang, regardant, les bras croisés. C'était un grand gaillard, à cou énorme. Il riait, il jouissait des morceaux de peau que les deux femmes montraient. La petite blonde était grasse comme une caille. Ça serait farce, si sa
930 chemise se fendait.

« Tiens ! murmura-t-il en clignant un œil, elle a une fraise [1] sous le bras.

— Comment ! vous êtes là ! cria Mme Boche en l'apercevant. Mais aidez-nous à les séparer !… Vous pouvez bien les séparer,
935 vous !

— Ah ! bien ! non, merci ! s'il n'y a que moi ! dit-il tran-quillement. Pour me faire griffer l'œil comme l'autre jour, n'est-ce pas ?… Je ne suis pas ici pour ça, j'aurais trop de besogne… N'ayez pas peur, allez ! Ça leur fait du bien, une
940 petite saignée. Ça les attendrit. »

La concierge parla alors d'aller avertir les sergents de ville. Mais la maîtresse du lavoir, la jeune femme délicate, aux yeux malades, s'y opposa formellement. Elle répéta à plusieurs reprises :
945 « Non, non, je ne veux pas, ça compromet la maison. »

---

1. *Fraise* : tache en forme de fraise.

Par terre, la lutte continuait. Tout d'un coup, Virginie se redressa sur les genoux. Elle venait de ramasser un battoir, elle le brandissait. Elle râlait, la voix changée :

« Voilà du chien, attends ! Apprête ton linge sale ! »

950 Gervaise, vivement, allongea la main, prit également un battoir, le tint levé comme une massue. Et elle avait, elle aussi, une voix rauque.

« Ah ! tu veux la grande lessive… Donne ta peau que j'en fasse des torchons ! »

955 Un moment, elles restèrent là, agenouillées, à se menacer. Les cheveux dans la face, la poitrine soufflante, boueuses, tuméfiées, elles se guettaient, attendant, reprenant haleine. Gervaise porta le premier coup ; son battoir glissa sur l'épaule de Virginie. Et elle se jeta de côté pour éviter le battoir de celle-960 ci, qui l'effleura à la hanche. Alors, mises en train, elles se tapèrent comme les laveuses tapent leur linge, rudement, en cadence. Quand elles se touchaient, le coup s'amortissait, on aurait dit une claque dans un baquet d'eau.

Autour d'elles, les blanchisseuses ne riaient plus ; plusieurs 965 s'en étaient allées, en disant que ça leur cassait l'estomac ; les autres, celles qui restaient, allongeaient le cou, les yeux allumés d'une lueur de cruauté, trouvant ces gaillardes-là très crânes. Mme Boche avait emmené Claude et Étienne ; et l'on entendait, à l'autre bout, l'éclat de leurs sanglots mêlé aux heurts sonores 970 des deux battoirs.

Mais Gervaise, brusquement, hurla. Virginie venait de l'atteindre à toute volée sur son bras nu, au-dessus du coude ; une plaque rouge parut, la chair enfla tout de suite. Alors, elle se rua. On crut qu'elle voulait assommer l'autre.

975 « Assez ! assez ! » cria-t-on.

Elle avait un visage si terrible, que personne n'osa approcher. Les forces décuplées, elle saisit Virginie par la taille, la plia, lui colla la figure sur les dalles, les reins en l'air ; et, malgré

les secousses, elle lui releva les jupes, largement. Dessous, il y
980 avait un pantalon. Elle passa la main dans la fente, l'arracha,
montra tout, les cuisses nues, les fesses nues. Puis, le battoir levé,
elle se mit à battre, comme elle battait autrefois à Plassans, au
bord de la Viorne, quand sa patronne lavait le linge de la
garnison. Le bois mollissait dans les chairs avec un bruit mouillé.
985 À chaque tape, une bande rouge marbrait la peau blanche.

« Oh! Oh! » murmurait le garçon Charles, émerveillé, les
yeux agrandis.

Des rires, de nouveau, avaient couru. Mais bientôt le cri :
Assez! assez! recommença. Gervaise n'entendait pas, ne se
990 lassait pas. Elle regardait sa besogne, penchée, préoccupée de
ne pas laisser une place sèche. Elle voulait toute cette peau
battue, couverte de confusion. Et elle causait, prise d'une gaieté
féroce, se rappelant une chanson de lavandière :

« Pan! pan! Margot au lavoir... Pan! pan! à coups de
995 battoir... Pan! pan! va laver son cœur... Pan! pan! tout noir
de douleur... »

Et elle reprenait :

« Ça c'est pour toi, ça c'est pour ta sœur, ça c'est pour
Lantier... Quand tu les verras, tu leur donneras ça... Atten-
1000 tion! je recommence. Ça c'est pour Lantier, ça c'est pour ta
sœur, ça c'est pour toi... Pan! pan! Margot au lavoir... Pan!
pan! à coups de battoir... »

On dut lui arracher Virginie des mains. La grande brune, la
figure en larmes, pourpre, confuse, reprit son linge, se sauva;
1005 elle était vaincue. Cependant, Gervaise repassait la manche de
sa camisole, rattachait ses jupes. Son bras la faisait souffrir, et
elle pria Mme Boche de lui mettre son linge sur l'épaule. La
concierge racontait la bataille, disait ses émotions et parlait de
lui visiter le corps, pour voir.

1010 « Vous avez peut-être bien quelque chose de cassé... J'ai
entendu un coup... »

Mais la jeune femme voulait s'en aller. Elle ne répondait pas aux apitoiements, à l'ovation bavarde des laveuses qui l'entouraient, droites dans leurs tabliers. Quand elle fut chargée, elle gagna la porte, où ses enfants l'attendaient.

«C'est deux heures, ça fait deux sous», lui dit en l'arrêtant la maîtresse du lavoir, déjà réinstallée dans son cabinet vitré.

Pourquoi deux sous? Elle ne comprenait plus qu'on lui demandait le prix de sa place. Puis, elle donna ses deux sous. Et, boitant fortement sous le poids du linge mouillé pendu à son épaule, ruisselante, le coude bleu, la joue en sang, elle s'en alla, en traînant de ses bras nus Étienne et Claude, qui trottaient à ses côtés, secoués encore et barbouillés de leurs sanglots.

Derrière elle, le lavoir reprenait son bruit énorme d'écluse. Les laveuses avaient mangé leur pain, bu leur vin, et elles tapaient plus dur, les faces allumées, égayées par le coup de torchon[1] de Gervaise et de Virginie. Le long des baquets, de nouveau, s'agitaient une fureur de bras, des profils anguleux de marionnettes aux reins cassés, aux épaules déjetées, se pliant violemment comme sur des charnières. Les conversations continuaient d'un bout à l'autre des allées. Les voix, les rires, les mots gras se fêlaient dans le grand gargouillement de l'eau. Les robinets crachaient, les seaux jetaient des flaquées[2], une rivière coulait sous les batteries. C'était le chien[3] de l'après-midi, le linge pilé à coups de battoir. Dans l'immense salle, les fumées devenaient rousses, trouées seulement par des ronds de soleil, des balles d'or, que les déchirures des rideaux laissaient passer. On respirait l'étouffement tiède des odeurs savonneuses. Tout d'un coup, le hangar s'emplit d'une buée blanche; l'énorme couvercle du cuvier où bouillait la lessive,

---

1. *Coup de torchon* : bagarre. \ 2. *Flaquées* : jets d'eau violents. \ 3. *Le chien* : l'heure de pointe.

montait mécaniquement le long d'une tige centrale à
crémaillère ; et le trou béant du cuivre, au fond de sa maçonnerie de briques, exhalait des tourbillons de vapeur, d'une
1045 saveur sucrée de potasse. Cependant, à côté, les essoreuses
fonctionnaient ; des paquets de linge, dans des cylindres de
fonte, rendaient leur eau sous un tour de roue de la machine,
haletante, fumante, secouant plus rudement le lavoir de la
besogne continue de ses bras d'acier.

1050   Quand Gervaise mit le pied dans l'allée de l'hôtel Boncœur,
les larmes la reprirent. C'était une allée noire, étroite, avec un
ruisseau longeant le mur, pour les eaux sales ; et cette puanteur
qu'elle retrouvait lui faisait songer aux quinze jours passés là
avec Lantier, quinze jours de misère et de querelles, dont le
1055 souvenir, à cette heure, était un regret cuisant. Il lui sembla
entrer dans son abandon. En haut, la chambre était nue, pleine
de soleil, la fenêtre ouverte. Ce coup de soleil, cette nappe de
poussière d'or dansante, rendait lamentables le plafond noir,
les murs au papier arraché. Il n'y avait plus, à un clou de la
1060 cheminée, qu'un petit fichu de femme, tordu comme une
ficelle. Le lit des enfants, tiré au milieu de la pièce, découvrait
la commode, dont les tiroirs laissés ouverts montraient leurs
flancs vides. Lantier s'était lavé et avait achevé la pommade,
deux sous de pommade dans une carte à jouer ; l'eau grasse de
1065 ses mains emplissait la cuvette. Et il n'avait rien oublié, le coin
occupé jusque-là par la malle paraissait à Gervaise faire un trou
immense. Elle ne retrouva même pas le petit miroir rond
accroché à l'espagnolette. Alors, elle eut un pressentiment, elle
regarda sur la cheminée : Lantier avait emporté les reconnais-
1070 sances, le paquet rose tendre n'était plus là entre les flambeaux
de zinc dépareillés.

Elle pendit son linge au dossier d'une chaise ; elle demeura
debout, tournant, examinant les meubles, frappée d'une telle
stupeur, que ses larmes ne coulaient plus. Il lui restait un sou

1075 sur les quatre sous gardés pour le lavoir. Puis, entendant rire à
la fenêtre Étienne et Claude, déjà consolés, elle s'approcha, prit
leurs têtes sous ses bras, s'oublia un instant devant cette
chaussée grise, où elle avait vu, le matin, s'éveiller le peuple
ouvrier, le travail géant de Paris. À cette heure, le pavé échauffé
1080 par les besognes du jour allumait une réverbération ardente au-
dessus de la ville, derrière le mur de l'octroi. C'était sur ce pavé,
dans cet air de fournaise, qu'on la jetait toute seule avec les
petits ; et elle enfila d'un regard les boulevards extérieurs, à
droite, à gauche, s'arrêtant aux deux bouts, prise d'une épou-
1085 vante sourde, comme si sa vie, désormais, allait tenir là, entre
un abattoir et un hôpital.

II

Trois semaines plus tard, vers onze heures et demie, un jour de beau soleil, Gervaise et Coupeau, l'ouvrier zingueur, mangeaient ensemble une prune[1], à l'Assommoir du père Colombe[2]. Coupeau, qui fumait une cigarette sur le trottoir, l'avait forcée à entrer comme elle traversait la rue, revenant de porter du linge ; et son grand panier carré de blanchisseuse était par terre, près d'elle, derrière la petite table de zinc.

L'Assommoir du père Colombe se trouvait au coin de la rue des Poissonniers et du boulevard de Rochechouart. L'enseigne portait, en longues lettres bleues, le seul mot : *Distillation*, d'un bout à l'autre. Il y avait à la porte, dans deux moitiés de futaille[3], des lauriers-roses poussiéreux. Le comptoir énorme, avec ses files de verres, sa fontaine et ses mesures d'étain, s'allongeait à gauche en entrant ; et la vaste salle, tout autour, était ornée de gros tonneaux peints en jaune clair, miroitants de vernis, dont les cercles et les cannelles[4] de cuivre luisaient. Plus haut, sur des étagères, des bouteilles de liqueurs, des bocaux

---

1. *Prune* : fruit macéré dans l'alcool. \ 2. *Assommoir* : le terme est défini dans *Le Sublime* (1870) de Denis Poulot : « Le distillateur, débitant de liquide, ou assommoir, ainsi nommé à cause de l'excellence de ses produits qui vous assomment rapidement un individu. » Selon Alfred Delvau, dans son *Dictionnaire de la langue verte* (1866), autre grande source de Zola, l'Assommoir était le nom d'un cabaret de Belleville, « devenu celui de tous les cabarets de bas étage, où le peuple boit des liquides frelatés qui le tuent ». Zola renforce la valeur métaphorique du mot et l'intègre dans la langue populaire de ses personnages. \ 3. *Futaille* : fût, tonneau. \ 4. *Cannelles* : robinets de tonneaux.

de fruits, toutes sortes de fioles en bon ordre, cachaient les murs, reflétaient dans la glace, derrière le comptoir, leurs taches
20 vives, vert pomme, or pâle, laque tendre. Mais la curiosité de la maison était, au fond, de l'autre côté d'une barrière de chêne, dans une cour vitrée, l'appareil à distiller que les consommateurs voyaient fonctionner, des alambics[1] aux longs cols, des serpentins descendant sous terre, une cuisine du diable devant
25 laquelle venaient rêver les ouvriers soûlards.

À cette heure du déjeuner, l'Assommoir restait vide. Un gros homme de quarante ans, le père Colombe, en gilet à manches, servait une petite fille d'une dizaine d'années, qui lui demandait quatre sous de goutte dans une tasse. Une nappe de
30 soleil entrait par la porte, chauffait le parquet toujours humide des crachats des fumeurs. Et, du comptoir, des tonneaux, de toute la salle, montait une odeur liquoreuse, une fumée d'alcool qui semblait épaissir et griser les poussières volantes du soleil.

35 Cependant, Coupeau roulait une nouvelle cigarette. Il était très propre, avec un bourgeron et une petite casquette de toile bleue, riant, montrant ses dents blanches. La mâchoire inférieure saillante, le nez légèrement écrasé, il avait de beaux yeux marron, la face d'un chien joyeux et bon enfant. Sa grosse
40 chevelure frisée se tenait tout debout. Il gardait la peau encore tendre de ses vingt-six ans. En face de lui, Gervaise, en caraco d'orléans[2] noir, la tête nue, achevait de manger sa prune, qu'elle tenait par la queue, du bout des doigts. Ils étaient près de la rue, à la première des quatre tables rangées le long des
45 tonneaux, devant le comptoir.

Lorsque le zingueur eut allumé sa cigarette, il posa les coudes sur la table, avança la face, regarda un instant sans

---

1. *Alambics* : appareils à distiller constitués d'une chaudière reliée à un tube formé de plusieurs coudes. \ **2.** *Caraco d'orléans* : corsage en tissu mélangé de laine et de coton.

parler la jeune femme, dont le joli visage de blonde avait, ce jour-là, une transparence laiteuse de fine porcelaine. Puis, faisant allusion à une affaire connue d'eux seuls, débattue déjà, il demanda simplement à demi-voix :

« Alors, non ? Vous dites non ?

— Oh ! bien sûr, non, monsieur Coupeau, répondit tranquillement Gervaise souriante. Vous n'allez peut-être pas me parler de ça ici. Vous m'aviez promis pourtant d'être raisonnable... Si j'avais su, j'aurais refusé votre consommation. »

Il ne reprit pas la parole, continua à la regarder, de tout près, avec une tendresse hardie et qui s'offrait, passionné surtout pour les coins de ses lèvres, de petits coins d'un rose pâle, un peu mouillé, laissant voir le rouge vif de la bouche, quand elle souriait. Elle, pourtant, ne se reculait pas, demeurait placide et affectueuse. Au bout d'un silence, elle dit encore :

« Vous n'y songez pas, vraiment. Je suis une vieille femme, moi ; j'ai un grand garçon de huit ans... Qu'est-ce que nous ferions ensemble ?

— Pardi ! murmura Coupeau en clignant les yeux, ce que font les autres ! »

Mais elle eut un geste d'ennui.

« Ah ! si vous croyez que c'est toujours amusant ? On voit bien que vous n'avez pas été en ménage... Non, monsieur Coupeau, il faut que je pense aux choses sérieuses. La rigolade, ça ne mène à rien, entendez-vous ! J'ai deux bouches à la maison, et qui avalent ferme, allez ! Comment voulez-vous que j'arrive à élever mon petit monde, si je m'amuse à la bagatelle ?... Et puis, écoutez, mon malheur a été une fameuse leçon. Vous savez, les hommes maintenant, ça ne fait plus mon affaire. On ne me repincera pas de longtemps. »

Elle expliquait sans colère avec une grande sagesse, très froide, comme si elle avait traité une question d'ouvrage, les raisons qui l'empêchaient de passer un corps de fichu à

l'empois[1]. On voyait qu'elle avait arrêté ça dans sa tête, après
de mûres réflexions. Coupeau, attendri, répétait :

« Vous me causez bien de la peine, bien de la peine…

— Oui, c'est ce que je vois, reprit-elle, et j'en suis fâchée pour
85 vous, monsieur Coupeau… Il ne faut pas que ça vous blesse.
Si j'avais des idées à rire, mon Dieu ! ça serait encore plutôt avec
vous qu'avec un autre. Vous avez l'air bon garçon, vous êtes
gentil. On se mettrait ensemble, n'est-ce pas ? et on irait tant
qu'on irait. Je ne fais pas ma princesse, je ne dis point que ça
90 n'aurait pas pu arriver… Seulement, à quoi bon, puisque je
n'en ai pas envie ? Me voilà chez Mme Fauconnier depuis quinze
jours. Les petits vont à l'école. Je travaille, je suis contente…
Hein ! le mieux alors est de rester comme on est. »

Elle se baissa pour prendre son panier.

95 « Vous me faites causer, on doit m'attendre chez la
patronne… Vous en trouverez une autre, allez ! monsieur
Coupeau, plus jolie que moi, et qui n'aura pas deux marmots
à traîner. »

Il regardait l'œil-de-bœuf, encadré dans la glace. Il la fit
100 rasseoir, en criant :

« Attendez donc ! Il n'est que onze heures trente-cinq… J'ai
encore vingt-cinq minutes… Vous ne craignez pourtant pas
que je fasse des bêtises ; il y a la table entre nous… Alors, vous
me détestez, au point de ne pas vouloir faire un bout de
105 causette ? »

Elle posa de nouveau son panier, pour ne pas le désobliger ;
et ils parlèrent en bons amis. Elle avait mangé, avant d'aller
porter son linge ; lui, ce jour-là, s'était dépêché d'avaler sa
soupe et son bœuf, pour venir la guetter. Gervaise, tout en
110 répondant avec complaisance, regardait par les vitres, entre les
bocaux de fruits à l'eau-de-vie, le mouvement de la rue, où

---

1. *Empois* : amidon pour empeser le linge.

l'heure du déjeuner mettait un écrasement de foule extraordinaire. Sur les deux trottoirs, dans l'étranglement étroit
des maisons, c'était une hâte de pas, des bras ballants, un
115 coudoiement sans fin.

Les retardataires, des ouvriers retenus au travail, la mine
maussade de faim, coupaient la chaussée à grandes enjambées,
entraient en face chez un boulanger; et, lorsqu'ils reparaissaient, une livre de pain sous le bras, ils allaient trois portes
120 plus haut, au *Veau à Deux Têtes*, manger un ordinaire de six
sous. Il y avait aussi, à côté du boulanger, une fruitière qui
vendait des pommes de terre frites et des moules au persil; un
défilé continu d'ouvrières, en longs tabliers, emportaient des
cornets de pommes de terre et des moules dans des tasses;
125 d'autres, de jolies filles en cheveux, l'air délicat, achetaient des
bottes de radis. Quand Gervaise se penchait, elle apercevait
encore une boutique de charcutier, pleine de monde, d'où
sortaient des enfants, tenant sur leur main, enveloppés d'un
papier gras, une côtelette panée, une saucisse ou un bout de
130 boudin tout chaud. Cependant, le long de la chaussée poissée
d'une boue noire, même par les beaux temps, dans le piétinement de la foule en marche, quelques ouvriers quittaient
déjà les gargotes, descendaient en bandes, flânant, les mains
ouvertes battant les cuisses, lourds de nourriture, tranquilles
135 et lents au milieu des bousculades de la cohue

Un groupe s'était formé à la porte de l'Assommoir.

« Dis donc, Bibi-la-Grillade, demanda une voix enrouée,
est-ce que tu paies une tournée de vitriol [1] ? »

Cinq ouvriers entrèrent, se tinrent debout.

140 « Ah! ce voleur de père Colombe! reprit la voix. Vous savez,
il nous faut de la vieille, et pas des coquilles de noix, de vrais
verres! »

---

1. *Vitriol* : eau-de-vie.

Le père Colombe, paisiblement, servait. Une autre société de trois ouvriers arriva. Peu à peu, les blouses s'amassaient à l'angle du trottoir, faisaient là une courte station, finissaient par se pousser dans la salle, entre les deux lauriers-roses gris de poussière.

« Vous êtes bête ! vous ne songez qu'à la saleté ! disait Gervaise à Coupeau. Sans doute que je l'aimais… Seulement, après la façon dégoûtante dont il m'a lâchée… »

Ils parlaient de Lantier. Gervaise ne l'avait pas revu ; elle croyait qu'il vivait avec la sœur de Virginie, à la Glacière, chez cet ami qui devait monter une fabrique de chapeaux. D'ailleurs, elle ne songeait guère à courir après lui. Ça lui avait d'abord fait une grosse peine ; elle voulait même aller se jeter à l'eau ; mais, à présent, elle s'était raisonnée, tout se trouvait pour le mieux. Peut-être qu'avec Lantier elle n'aurait jamais pu élever les petits, tant il mangeait d'argent. Il pouvait venir embrasser Claude et Étienne, elle ne le flanquerait pas à la porte. Seulement, pour elle, elle se ferait hacher en morceaux avant de se laisser toucher du bout des doigts. Et elle disait ces choses en femme résolue, ayant son plan de vie bien arrêté, tandis que Coupeau, qui ne lâchait pas son désir de l'avoir, plaisantait, tournait tout à l'ordure, lui faisait sur Lantier des questions très crues, si gaiement, avec des dents si blanches, qu'elle ne pensait pas à se blesser.

« C'est vous qui le battiez, dit-il enfin. Oh ! vous n'êtes pas bonne ! Vous donnez le fouet au monde. »

Elle l'interrompit par un long rire. C'était vrai, pourtant, elle avait donné le fouet à cette grande carcasse de Virginie. Ce jour-là, elle aurait étranglé quelqu'un de bien bon cœur. Et elle se mit à rire plus fort, parce que Coupeau lui racontait que Virginie, désolée d'avoir tout montré, venait de quitter le quartier. Son visage, pourtant, gardait une douceur enfantine ; elle avançait ses mains potelées, en répétant qu'elle n'écraserait

pas une mouche ; elle ne connaissait les coups que pour en
avoir déjà joliment reçu dans sa vie. Alors, elle en vint à causer
de sa jeunesse, à Plassans. Elle n'était point coureuse du tout ;
les hommes l'ennuyaient ; quand Lantier l'avait prise, à
180 quatorze ans, elle trouvait ca gentil parce qu'il se disait son
mari et qu'elle croyait jouer au ménage. Son seul défaut,
assurait-elle, était d'être très sensible, d'aimer tout le monde,
de se passionner pour des gens qui lui faisaient ensuite mille
misères. Ainsi, quand elle aimait un homme, elle ne songeait
185 pas aux bêtises, elle rêvait uniquement de vivre toujours
ensemble, très heureux. Et, comme Coupeau ricanait et lui
parlait de ses deux enfants, qu'elle n'avait certainement pas
mis couver sous le traversin, elle lui allongea des tapes sur les
doigts, elle ajouta que, bien sûr, elle était bâtie sur le patron
190 des autres femmes ; seulement, on avait tort de croire les
femmes toujours acharnées après ça ; les femmes songeaient
à leur ménage, se coupaient en quatre dans la maison, se
couchaient trop lasses, le soir, pour ne pas dormir tout de suite.
Elle, d'ailleurs, ressemblait à sa mère, une grosse travailleuse,
195 morte à la peine, qui avait servi de bête de somme au père
Macquart pendant plus de vingt ans. Elle était encore toute
mince, tandis que sa mère avait des épaules à démolir les
portes en passant ; mais ca n'empêchait pas, elle lui ressemblait
par sa rage de s'attacher aux gens. Même, si elle boitait un peu,
200 elle tenait ça de la pauvre femme, que le père Macquart rouait
de coups. Cent fois, celle-ci lui avait raconté les nuits où le
père, rentrant soûl, se montrait d'une galanterie si brutale,
qu'il lui cassait les membres ; et sûrement, elle avait poussé
une de ces nuits-là, avec sa jambe en retard [1].

---

1. Ce passage permet de relier *L'Assommoir* à *La Fortune des Rougon*. Il résume en effet la vie
de Fine Gavaudan, la mère de Gervaise, racontée dans le premier roman de la série des
Rougon-Macquart.

205 « Oh ! ce n'est presque rien, ça ne se voit pas », dit Coupeau pour faire sa cour.

Elle hocha le menton ; elle savait bien que ça se voyait ; à quarante ans, elle se casserait en deux. Puis, doucement, avec un léger rire :

210 « Vous avez un drôle de goût d'aimer une boiteuse. »

Alors, lui, les coudes toujours sur la table, avançant la face davantage, la complimenta en risquant les mots, comme pour la griser. Mais elle disait toujours non de la tête, sans se laisser tenter, caressée pourtant par cette voix câline. Elle écoutait, les regards 215 dehors, paraissant s'intéresser de nouveau à la foule croissante. Maintenant, dans les boutiques vides, on donnait un coup de balai ; la fruitière retirait sa dernière poêlée de pommes de terre frites, tandis que le charcutier remettait en ordre les assiettes débandées[1] de son comptoir. De tous les gargots[2], des bandes 220 d'ouvriers sortaient ; des gaillards barbus se poussaient d'une claque, jouaient comme des gamins, avec le tapage de leurs gros souliers ferrés, écorchant le pavé dans une glissade ; d'autres, les deux mains au fond de leurs poches, fumaient d'un air réfléchi, les yeux au soleil, les paupières clignotantes. C'était un envahis-225 sement du trottoir, de la chaussée, des ruisseaux, un flot paresseux coulant des portes ouvertes, s'arrêtant au milieu des voitures, faisant une traînée de blouses, de bourgerons et de vieux paletots, toute pâlie et déteinte sous la nappe de lumière blonde qui enfi-lait la rue. Au loin, des cloches d'usine sonnaient ; et les ouvriers 230 ne se pressaient pas, rallumaient des pipes ; puis, le dos arrondi, après s'être appelés d'un marchand de vin à l'autre, ils se déci-daient à reprendre le chemin de l'atelier, en traînant les pieds. Gervaise s'amusa à suivre trois ouvriers, un grand et deux petits, qui se retournaient tous les dix pas ; ils finirent par descendre la 235 rue, ils vinrent droit à l'Assommoir du père Colombe.

---

1. *Débandées* : éparpillées. \ **2.** *Gargots* : restaurants bon marché.

« Ah bien ! murmura-t-elle, en voilà trois qui ont un fameux poil dans la main !

— Tiens, dit Coupeau, je le connais, le grand ; c'est Mes-Bottes, un camarade. »

240 L'Assommoir s'était empli. On parlait très fort, avec des éclats de voix qui déchiraient le murmure gras des enrouements. Des coups de poing sur le comptoir, par moments, faisaient tinter les verres. Tous debout, les mains croisées sur le ventre ou rejetées derrière le dos, les buveurs formaient de 245 petits groupes, serrés les uns contre les autres ; il y avait des sociétés, près des tonneaux, qui devaient attendre un quart d'heure, avant de pouvoir commander leurs tournées au père Colombe.

« Comment ! c'est cet aristo de Cadet-Cassis[1] ! cria Mes-250 Bottes, en appliquant une rude tape sur l'épaule de Coupeau. Un joli monsieur qui fume du papier et qui a du linge !… On veut donc épater sa connaissance, on lui paie des douceurs !

— Hein ! ne m'embête pas ! » répondit Coupeau, très contrarié. Mais l'autre ricanait.

255 « Suffit ! on est à la hauteur, mon bonhomme… Les mufes[2] sont des mufes, voilà ! »

Il tourna le dos, après avoir louché terriblement, en regardant Gervaise. Celle-ci se reculait, un peu effrayée. La fumée des pipes, l'odeur forte de tous ces hommes, montaient dans 260 l'air chargé d'alcool ; et elle étouffait, prise d'une petite toux.

« Oh ! c'est vilain de boire ! » dit-elle à demi-voix.

Et elle raconta qu'autrefois, avec sa mère, elle buvait de l'anisette, à Plassans. Mais elle avait failli en mourir un jour, et ça l'avait dégoûtée ; elle ne pouvait plus voir les liqueurs.

265 « Tenez, ajouta-t-elle en montrant son verre, j'ai mangé ma

---

1. Le surnom de Coupeau est tiré du *Sublime*, de même que Mes-Bottes, Bibi-la-Grillade, Bec-Salé dit Boit-sans-Soif, et Gueule d'Or (Gouget). \ **2.** *Mufes* : crétins, lâches.

prune ; seulement, je laisserai la sauce, parce que ça me ferait du mal. »

Coupeau, lui aussi, ne comprenait pas qu'on pût avaler de pleins verres d'eau-de-vie. Une prune par-ci, par-là, ça n'était pas mauvais. Quant au vitriol, à l'absinthe et aux autres cochonneries, bonsoir ! il n'en fallait pas. Les camarades avaient beau le blaguer, il restait à la porte, lorsque ces cheulards-là[1] entraient à la mine à poivre[2]. Le papa Coupeau, qui était zingueur comme lui, s'était écrabouillé la tête sur le pavé de la rue Coquenard, en tombant, un jour de ribote[3], de la gouttière du numéro 25 ; et ce souvenir, dans la famille, les rendait tous sages. Lui, lorsqu'il passait rue Coquenard et qu'il voyait la place, il aurait plutôt bu l'eau du ruisseau que d'avaler un canon[4] gratis chez le marchand de vin. Il conclut par cette phrase :

« Dans notre métier, il faut des jambes solides. »

Gervaise avait repris son panier. Elle ne se levait pourtant pas, le tenait sur ses genoux, les regards perdus, rêvant, comme si les paroles du jeune ouvrier éveillaient en elle des pensées lointaines d'existence. Et elle dit encore, lentement, sans transition apparente :

« Mon Dieu ! je ne suis pas ambitieuse, je ne demande pas grand-chose… Mon idéal, ce serait de travailler tranquille, de manger toujours du pain, d'avoir un trou un peu propre pour dormir, vous savez, un lit, une table et deux chaises, pas davantage… Ah ! je voudrais aussi élever mes enfants, en faire de bons sujets, si c'était possible… Il y a encore un idéal, ce serait de ne pas être battue, si je me remettais jamais en ménage ; non, ça ne me plairait pas d'être battue… Et c'est tout, vous voyez, c'est tout… »

---

1. *Cheulards* : soûlards. \ **2.** *La mine à poivre* : établissement où l'eau-de-vie consommée est distillée sur place. \ **3.** *Ribote* : ivresse. \ **4.** *Canon* : verre de vin.

Elle cherchait, interrogeait ses désirs, ne trouvait plus rien de sérieux qui la tentât. Cependant, elle reprit, après avoir hésité :

« Oui, on peut à la fin avoir le désir de mourir dans son lit… Moi, après avoir bien trimé toute ma vie, je mourrais volontiers dans mon lit, chez moi. »

Et elle se leva. Coupeau, qui approuvait vivement ses souhaits, était déjà debout, s'inquiétant de l'heure. Mais ils ne sortirent pas tout de suite ; elle eut la curiosité d'aller regarder, au fond, derrière la barrière de chêne, le grand alambic de cuivre rouge, qui fonctionnait sous le vitrage clair de la petite cour ; et le zingueur, qui l'avait suivie, lui expliqua comment ça marchait, indiquant du doigt les différentes pièces de l'appareil, montrant l'énorme cornue[1] d'où tombait un filet limpide d'alcool. L'alambic, avec ses récipients de forme étrange, ses enroulements sans fin de tuyaux, gardait une mine sombre ; pas une fumée ne s'échappait ; à peine entendait-on un souffle intérieur, un ronflement souterrain ; c'était comme une besogne de nuit faite en plein jour, par un travailleur morne, puissant et muet. Cependant, Mes-Bottes, accompagné de ses deux camarades, était venu s'accouder sur la barrière, en attendant qu'un coin du comptoir fût libre. Il avait un rire de poulie mal graissée, hochant la tête, les yeux attendris, fixés sur la machine à soûler. Tonnerre de Dieu ! elle était bien gentille ! Il y avait, dans ce gros bedon de cuivre, de quoi se tenir le gosier au frais pendant huit jours. Lui, aurait voulu qu'on lui soudât le bout du serpentin entre les dents, pour sentir le vitriol encore chaud l'emplir, lui descendre jusqu'aux talons, toujours, toujours, comme un petit ruisseau. Dame ! il ne se serait plus dérangé, ça aurait joliment remplacé les dés à coudre de ce roussin[2] de père Colombe ! Et les

---

1. *Cornue* : récipient à col allongé. \ 2. *Roussin* : mouchard.

camarades ricanaient, disaient que cet animal de Mes-Bottes avait un fichu grelot[1], tout de même. L'alambic, sourdement, sans une flamme, sans une gaieté dans les reflets éteints de ses
330 cuivres, continuait, laissait couler sa sueur d'alcool, pareil à une source lente et entêtée, qui à la longue devait envahir la salle, se répandre sur les boulevards extérieurs, inonder le trou immense de Paris. Alors, Gervaise, prise d'un frisson, recula ; et elle tâchait de sourire, en murmurant :

335 « C'est bête, ça me fait froid, cette machine… La boisson me fait froid… »

Puis, revenant sur l'idée qu'elle caressait d'un bonheur parfait :

« Hein ? n'est-ce pas ? ça vaudrait bien mieux : travailler,
340 manger du pain, avoir un trou à soi, élever ses enfants, mourir dans son lit…

— Et ne pas être battue, ajouta Coupeau gaiement. Mais je ne vous battrais pas, moi, si vous vouliez, madame Gervaise… Il n'y a pas de crainte, je ne bois jamais, puis je vous aime trop…
345 Voyons, c'est pour ce soir, nous nous chaufferons les petons. »

Il avait baissé la voix, il lui parlait dans le cou, tandis qu'elle s'ouvrait un chemin, son panier en avant au milieu des hommes. Mais elle dit encore non, de la tête, à plusieurs reprises. Pourtant, elle se retournait, lui souriait, semblait
350 heureuse de savoir qu'il ne buvait pas. Bien sûr, elle lui aurait dit oui, si elle ne s'était pas juré de ne point se remettre avec un homme. Enfin, ils gagnèrent la porte, ils sortirent. Derrière eux l'Assommoir restait plein, soufflant jusqu'à la rue le bruit des voix enrouées et l'odeur liquoreuse des tournées de vitriol.
355 On entendait Mes-Bottes traiter le père Colombe de fripouille, en l'accusant de n'avoir rempli son verre qu'à moitié. Lui, était un bon, un chouette, un d'attaque. Ah ! zut ! le singe[2] pouvait

---

1. *Avoir un fichu grelot* : avoir du bagout. \ **2.** *Le singe* : le patron.

se fouiller, il ne retournerait pas à la boîte, il avait la flemme. Et il proposait aux deux camarades d'aller au *Petit bonhomme qui*
360 *tousse*, une mine à poivre de la barrière Saint-Denis, où l'on buvait du chien [1] tout pur.

« Ah! on respire, dit Gervaise, sur le trottoir. Eh bien! adieu, et merci, monsieur Coupeau… Je rentre vite. »

Elle allait suivre le boulevard. Mais il lui avait pris la main,
365 il ne la lâchait pas, répétant :

« Faites donc le tour avec moi, passez par la rue de la Goutte-d'Or, ça ne vous allonge guère… Il faut que j'aille chez ma sœur, avant de retourner au chantier… Nous nous accompagnerons. »

370 Elle finit par accepter, et ils montèrent lentement la rue des Poissonniers, côte à côte, sans se donner le bras. Il lui parlait de sa famille. La mère, maman Coupeau, une ancienne giletière [2], faisait des ménages, à cause de ses yeux qui s'en allaient. Elle avait eu ses soixante-deux ans le 3 du mois
375 dernier. Lui, était le plus jeune. L'une de ses sœurs, Mme Lerat, une veuve de trente-six ans, travaillait dans les fleurs et habitait la rue des Moines, aux Batignolles. L'autre, âgée de trente ans, avait épousé un chaîniste [3], ce pince-sans-rire de Lorilleux. C'était chez celle-là qu'il allait, rue de la Goutte-
380 d'Or. Elle logeait dans la grande maison, à gauche. Le soir, il mangeait la pot-bouille [4] chez les Lorilleux ; c'était une économie pour tous les trois. Même, il passait chez eux les avertir de ne pas l'attendre, parce qu'il était invité ce jour-là par un ami.

385 Gervaise, qui l'écoutait, lui coupa brusquement la parole pour lui demander en souriant :

---

1. *Du chien* : de l'eau-de-vie. \ **2.** *Giletière* : ouvrière qui confectionne des gilets. \ **3.** *Chaîniste* : ouvrier qui fabrique des chaînes en or ou en argent. \ **4.** *La pot-bouille* : le repas quotidien.

« Vous vous appelez donc Cadet-Cassis, monsieur Coupeau ?

— Oh ! répondit-il, c'est un surnom que les camarades m'ont donné, parce que je prends généralement du cassis, quand ils m'emmènent de force chez le marchand de vin... Autant s'appeler Cadet-Cassis que Mes-Bottes, n'est-ce pas ?

— Bien sûr, ce n'est pas vilain Cadet-Cassis », déclara la jeune femme.

Et elle l'interrogea sur son travail. Il travaillait toujours là, derrière le mur de l'octroi, au nouvel hôpital. Oh ! la besogne ne manquait pas, il ne quitterait certainement pas ce chantier de l'année. Il y en avait des mètres et des mètres de gouttières !

« Vous savez, dit-il, je vois l'hôtel Boncœur, quand je suis là-haut... Hier, vous étiez à la fenêtre, j'ai fait aller les bras, mais vous ne m'avez pas aperçu. »

Cependant, ils s'étaient déjà engagés d'une centaine de pas dans la rue de la Goutte-d'Or, lorsqu'il s'arrêta, levant les yeux, disant :

« Voilà la maison... Moi, je suis né plus loin, au 22... Mais cette maison-là, tout de même, fait un joli tas de maçonnerie ! C'est grand comme une caserne, là-dedans ! »

Gervaise haussait le menton, examinait la façade. Sur la rue, la maison avait cinq étages, alignant chacun à la file quinze fenêtres, dont les persiennes noires, aux lames cassées, donnaient un air de ruine à cet immense pan de muraille. En bas, quatre boutiques occupaient le rez-de-chaussée : à droite de la porte, une vaste salle de gargote graisseuse ; à gauche, un charbonnier, un mercier et une marchande de parapluies. La maison paraissait d'autant plus colossale qu'elle s'élevait entre deux petites constructions basses, chétives, collées contre elle ; et, carrée, pareille à un bloc de mortier gâché grossièrement, se pourrissant et s'émiettant sous la pluie, elle profilait sur le ciel clair, au-dessus des toits voisins, son énorme cube brut, ses flancs non crépis, couleur de boue, d'une nudité interminable de murs de prison, où des rangées de pierres d'attente semblaient des mâchoires caduques, bâillant dans le vide. Mais Gervaise regardait surtout la porte, une immense porte ronde, s'élevant jusqu'au deuxième étage, creusant un porche profond, à l'autre bout duquel on voyait le coup de jour blafard d'une grande cour. Au milieu de ce porche, pavé comme la rue, un ruisseau coulait, roulant une eau rose très tendre.

« Entrez donc, dit Coupeau, on ne vous mangera pas. »

Gervaise voulut l'attendre dans la rue. Cependant, elle ne put s'empêcher de s'enfoncer sous le porche, jusqu'à la loge du concierge, qui était à droite. Et là, au seuil, elle leva de nouveau les yeux. À l'intérieur, les façades avaient six étages, quatre façades régulières enfermant le vaste carré de la cour. C'étaient des murailles grises, mangées d'une lèpre jaune, rayées de bavures par l'égouttement des toits, qui montaient toutes plates du pavé aux ardoises, sans une moulure ; seuls les tuyaux de descente se coudaient aux étages, où les caisses béantes des plombs [1] mettaient la tache de leur fonte rouillée. Les fenêtres sans persiennes montraient des vitres nues, d'un vert glauque d'eau trouble. Certaines, ouvertes, laissaient pendre des matelas à carreaux bleus, qui prenaient l'air ; devant d'autres, sur des cordes tendues, des linges séchaient, toute la lessive d'un ménage, les chemises de l'homme, les camisoles de la femme, les culottes des gamins ; il y en avait une, au troisième, où s'étalait une couche d'enfant, emplâtrée d'ordure. Du haut en bas, les logements trop petits crevaient au-dehors, lâchaient des bouts de leur misère par toutes les fentes. En bas, desservant chaque façade, une porte haute et étroite, sans boiserie, taillée dans le nu du plâtre, creusait un vestibule lézardé, au fond duquel tournaient les marches

---

1. *Plombs* : cuvettes pour l'évacuation des eaux sales.

boueuses d'un escalier à rampe de fer ; et l'on comptait ainsi quatre escaliers, indiqués par les quatre premières lettres de l'alphabet, peintes sur le mur. Les rez-de-chaussée étaient aménagés en immenses ateliers, fermés par des vitrages noirs
455 de poussière : la forge d'un serrurier y flambait ; on entendait plus loin des coups de rabot d'un menuisier ; tandis que, près de la loge, un laboratoire de teinturier lâchait à gros bouillons ce ruisseau d'un rose tendre coulant sous le porche. Salie de flaques d'eau teintée, de copeaux, d'escarbilles [1] de charbon,
460 plantée d'herbe sur ses bords, entre ses pavés disjoints, la cour s'éclairait d'une clarté crue, comme coupée en deux par la ligne où le soleil s'arrêtait. Du côté de l'ombre, autour de la fontaine dont le robinet entretenait là une continuelle humidité, trois petites poules piquaient le sol, cherchaient
465 des vers de terre, les pattes crottées. Et Gervaise lentement promenait son regard, l'abaissait du sixième étage au pavé, remontait, surprise de cette énormité, se sentant au milieu d'un organe vivant, au cœur même d'une ville, intéressée par la maison, comme si elle avait eu devant elle une personne
470 géante.

« Est-ce que madame demande quelqu'un ? » cria la concierge, intriguée, en paraissant à la porte de la loge. Mais la jeune femme expliqua qu'elle attendait une personne. Elle retourna vers la rue ; puis, comme Coupeau tardait, elle revint,
475 attirée, regardant encore. La maison ne lui semblait pas laide. Parmi les loques pendues aux fenêtres, des coins de gaieté riaient, une giroflée fleurie dans un pot, une cage de serins d'où tombait un gazouillement, des miroirs à barbe mettant au fond de l'ombre des éclats d'étoiles rondes. En bas, un menuisier
480 chantait, accompagné par les sifflements réguliers de sa varlope [2] ; pendant que, dans l'atelier de serrurerie, un tintamarre de

---

1. *Escarbilles de charbon* : morceaux de charbon incomplètement brûlés. \ **2.** *Varlope* : rabot.

marteaux battant en cadence faisait une grosse sonnerie argentine. Puis, à presque toutes les croisées ouvertes, sur le fond de
la misère entrevue, des enfants montraient leurs têtes
485 barbouillées et rieuses, des femmes cousaient, avec des profils
calmes penchés sur l'ouvrage. C'était la reprise de la tâche après
le déjeuner, les chambres vides des hommes travaillant au-
dehors, la maison rentrant dans cette grande paix, coupée
uniquement du bruit des métiers, du bercement d'un refrain,
490 toujours le même, répété pendant des heures. La cour seulement était un peu humide. Si Gervaise avait demeuré là, elle
aurait voulu un logement au fond, du côté du soleil. Elle avait
fait cinq ou six pas, elle respirait cette odeur fade des logis
pauvres, une odeur de poussière ancienne, de saleté rance; mais,
495 comme l'âcreté des eaux de teinture dominait, elle trouvait que
ça sentait beaucoup moins mauvais qu'à l'hôtel Boncœur.
Et elle choisissait déjà sa fenêtre, une fenêtre dans l'encoignure
de gauche, où il y avait une petite caisse, plantée de haricots
d'Espagne, dont les tiges minces commençaient à s'enrouler
500 autour d'un berceau de ficelles.

« Je vous ai fait attendre, hein? dit Coupeau, qu'elle
entendit tout d'un coup près d'elle. C'est une histoire, quand
je ne dîne pas chez eux, d'autant plus qu'aujourd'hui ma sœur
a acheté du veau. »

505 Et comme elle avait eu un léger tressaillement de surprise,
il continua, en promenant à son tour ses regards :

« Vous regardiez la maison. C'est toujours loué du haut en
bas. Il y a trois cents locataires, je crois... Moi, si j'avais eu des
meubles, j'aurai guetté un cabinet... On serait bien ici, n'est-
510 ce pas?

— Oui, on serait bien, murmura Gervaise. À Plassans, ce
n'était pas si peuplé, dans notre rue... Tenez, c'est gentil, cette
fenêtre, au cinquième, avec des haricots. »

Alors, avec son entêtement, il lui demanda encore si elle

515 voulait. Dès qu'ils auraient un lit, ils loueraient là. Mais elle
se sauvait, elle se hâtait sous le porche, en le priant de ne pas
recommencer ses bêtises. La maison pouvait crouler, elle n'y
coucherait bien sûr pas sous la même couverture que lui. Pourtant, Coupeau, en la quittant devant l'atelier de Mme Faucon-
520 nier, put garder un instant dans la sienne sa main qu'elle lui
abandonnait en toute amitié.

Pendant un mois, les bons rapports de la jeune femme et de
l'ouvrier zingueur continuèrent. Il la trouvait joliment courageuse, quand il la voyait se tuer au travail, soigner les enfants,
525 trouver encore le moyen de coudre le soir à toutes sortes de chiffons. Il y avait des femmes pas propres, noceuses, sur leur
bouche[1] ; mais, sacré mâtin ! elle ne leur ressemblait guère, elle
prenait trop la vie au sérieux ! Alors, elle riait, elle se défendait
modestement. Pour son malheur, elle n'avait pas été toujours
530 aussi sage. Et elle faisait allusion à ses premières couches, dès
quatorze ans ; elle revenait sur les litres d'anisette vidés avec sa
mère, autrefois. L'expérience la corrigeait un peu, voilà tout.
On avait tort de lui croire une grosse volonté ; elle était très
faible, au contraire ; elle se laissait aller où on la poussait, par
535 crainte de causer de la peine à quelqu'un. Son rêve était de vivre
dans une société honnête, parce que la mauvaise société, disait-
elle, c'était comme un coup d'assommoir, ça vous cassait le
crâne, ça vous aplatissait une femme en moins de rien. Elle se
sentait prise d'une sueur devant l'avenir et se comparait à un
540 sou lancé en l'air retombant pile ou face, selon les hasards du
pavé. Tout ce qu'elle avait déjà vu, les mauvais exemples étalés
sous ses yeux d'enfant, lui donnaient une fière leçon. Mais
Coupeau la plaisantait de ses idées noires, la ramenait à tout son
courage, en essayant de lui pincer les hanches ; elle le repous-
545 sait, lui allongeait des claques sur les mains, pendant qu'il

---

1. *Sur leur bouche* : goumandes.

criait en riant que, pour une femme faible, elle n'était pas d'un assaut commode. Lui, rigoleur, ne s'embarrassait pas de l'avenir. Les jours amenaient les jours, pardi. On aurait toujours bien la niche et la pâtée. Le quartier lui semblait propre, à part
550 une bonne moitié des soûlards dont on aurait pu débarrasser les ruisseaux. Il n'était pas méchant diable, tenait parfois des discours très sensés, avait même un brin de coquetterie, une raie soignée sur le côté de la tête, de jolies cravates, une paire de souliers vernis pour le dimanche. Avec cela, une adresse et
555 une effronterie de singe, une drôlerie gouailleuse d'ouvrier parisien, pleine de bagou, charmante encore sur son museau jeune.

Tous deux avaient fini par se rendre une foule de services, à l'hôtel Boncœur. Coupeau allait lui chercher son lait, se
560 chargeait de ses commissions, portait ses paquets de linge ; souvent, le soir, comme il revenait du travail le premier, il promenait les enfants, sur le boulevard extérieur. Gervaise, pour lui rendre ses politesses, montait dans l'étroit cabinet où il couchait sous les toits ; et elle visitait ses vêtements, mettant
565 des boutons aux cottes, reprisant les vestes de toile. Une grande familiarité s'établissait entre eux. Elle ne s'ennuyait pas, quand il était là, amusée des chansons qu'il apportait, de cette continuelle blague des faubourgs de Paris, toute nouvelle encore pour elle. Lui, à se frotter toujours contre ses jupes,
570 s'allumait de plus en plus. Il était pincé, et ferme ! Ça finissait par le gêner. Il riait toujours, mais l'estomac si mal à l'aise, si serré, qu'il ne trouvait plus ça drôle. Les bêtises continuaient, il ne pouvait la rencontrer sans lui crier : « Quand est-ce ? » Elle savait ce qu'il voulait dire, et elle lui promettait la chose
575 pour la semaine des quatre jeudis. Alors, il la taquinait, se rendait chez elle avec ses pantoufles à la main, comme pour emménager. Elle en plaisantait, passait très bien sa journée sans une rougeur dans les continuelles allusions polissonnes,

au milieu desquelles il la faisait vivre. Pourvu qu'il ne fût pas
580 brutal, elle lui tolérait tout. Elle se fâcha seulement un jour où,
voulant lui prendre un baiser de force, il lui avait arraché des
cheveux.

Vers les derniers jours de juin, Coupeau perdit sa gaieté. Il
devenait tout chose. Gervaise, inquiète de certains regards, se
585 barricadait la nuit. Puis, après une bouderie qui avait duré du
dimanche au mardi, tout d'un coup, un mardi soir, il vint
frapper chez elle, vers onze heures. Elle ne voulait pas lui ouvrir ;
mais il avait la voix si douce et si tremblante, qu'elle finit par
retirer la commode poussée contre la porte. Quand il fut entré,
590 elle le crut malade, tant il lui parut pâle, les yeux rougis, le
visage marbré. Et il restait debout, bégayant, hochant la tête.
Non, non, il n'était pas malade. Il pleurait depuis deux heures,
en haut, dans sa chambre ; il pleurait comme un enfant, en
mordant son oreiller, pour ne pas être entendu des voisins. Voilà
595 trois nuits qu'il ne dormait plus. Ça ne pouvait pas continuer
comme ça.

« Écoutez, madame Gervaise, dit-il la gorge serrée, sur le
point d'être repris par ses larmes, il faut en finir, n'est-ce
pas ?… Nous allons nous marier ensemble. Moi je veux bien,
600 je suis décidé. »

Gervaise montrait une grande surprise. Elle était très
grave.

« Oh ! monsieur Coupeau, murmura-t-elle, qu'est-ce que
vous allez chercher là ! Je ne vous ai jamais demandé cette
605 chose, vous le savez bien. Ça ne me convenait pas, voilà tout…
Oh ! non, non, c'est sérieux, maintenant ; réfléchissez, je vous
en prie. »

Mais il continuait à hocher la tête, d'un air de résolution
inébranlable. C'était tout réfléchi. Il était descendu, parce qu'il
610 avait besoin de passer une bonne nuit. Elle n'allait pas le laisser
remonter pleurer, peut-être ! Dès qu'elle aurait dit oui, il ne la

tourmenterait plus, elle pourrait se coucher tranquillement. Il voulait simplement lui entendre dire oui. On causerait le lendemain.

615 « Bien sûr, je ne dirai pas oui comme ça, reprit Gervaise. Je ne tiens pas à ce que, plus tard, vous m'accusiez de vous avoir poussé à faire une bêtise... Voyez-vous, monsieur Coupeau, vous avez tort de vous entêter. Vous ignorez vous-même ce que vous éprouvez pour moi. Si vous ne me rencontriez pas de huit

620 jours, ça vous passerait, je parie. Les hommes, souvent, se marient pour une nuit, la première, et puis les nuits se suivent, les jours s'allongent, toute la vie, et ils sont joliment embêtés... Asseyez-vous là, je veux bien causer tout de suite. »

Alors, jusqu'à une heure du matin, dans la chambre noire,

625 à la clarté fumeuse d'une chandelle qu'ils oubliaient de moucher, ils discutèrent leur mariage, baissant la voix, afin de ne pas réveiller les deux enfants, Claude et Étienne, qui dormaient avec leur petit souffle, la tête sur le même oreiller. Et Gervaise revenait toujours à eux, les montrait à Coupeau ;

630 c'était là une drôle de dot qu'elle lui apportait, elle ne pouvait vraiment pas l'encombrer de deux mioches. Puis, elle était prise de honte pour lui. Qu'est-ce qu'on dirait dans le quartier ? On l'avait connue avec son amant, on savait son histoire ; ce ne serait guère propre, quand on les verrait s'épouser, au bout de

635 deux mois à peine. À toutes ces bonnes raisons, Coupeau répondait par des haussements d'épaules. Il se moquait bien du quartier ! Il ne mettait pas son nez dans les affaires des autres ; il aurait eu trop peur de le salir, d'abord ! Eh bien, oui, elle avait eu Lantier avant lui. Où était le mal ? Elle ne faisait pas la vie,

640 elle n'amènerait pas des hommes dans son ménage, comme tant de femmes, et des plus riches. Quant aux enfants, ils grandiraient, on les élèverait, parbleu ! Jamais il ne trouverait une femme aussi courageuse, aussi bonne, remplie de plus de qualités. D'ailleurs, ce n'était pas tout ça, elle aurait pu rouler

645 sur les trottoirs, être laide, fainéante, dégoûtante, avoir une
séquelle [1] d'enfants crottés, ça n'aurait pas compté à ses yeux :
il la voulait.

« Oui, je vous veux, répétait-il, en tapant son poing sur son
genou d'un martèlement continu. Vous entendez bien, je vous
650 veux… Il n'y a rien à dire à ça, je pense ? »

Gervaise, peu à peu, s'attendrissait. Une lâcheté du cœur et
des sens la prenait, au milieu de ce désir brutal dont elle se
sentait enveloppée. Elle ne hasardait plus que des objections
timides, les mains tombées sur ses jupes, la face noyée de
655 douceur. Du dehors, par la fenêtre entrouverte, la belle nuit de
juin envoyait des souffles chauds, qui effaraient la chandelle,
dont la haute mèche rougeâtre charbonnait ; dans le grand
silence du quartier endormi, on entendait seulement les
sanglots d'enfant d'un ivrogne, couché sur le dos, au milieu du
660 boulevard ; tandis que, très loin, au fond de quelque restaurant,
un violon jouait un quadrille canaille à quelque noce attardée,
une petite musique cristalline, nette et déliée comme une
phrase d'harmonica. Coupeau, voyant la jeune femme à bout
d'arguments, silencieuse et vaguement souriante, avait saisi ses
665 mains, l'attirait vers lui. Elle était dans une de ces heures
d'abandon dont elle se méfiait tant, gagnée, trop émue pour
rien refuser et faire de la peine à quelqu'un. Mais le zingueur
ne comprit pas qu'elle se donnait, il se contenta de lui serrer
les poignets à les broyer, pour prendre possession d'elle ; et ils
670 eurent tous les deux un soupir, à cette légère douleur, dans
laquelle se satisfaisait un peu de leur tendresse.

« Vous dites oui, n'est-ce pas ? demanda-t-il.

— Comme vous me tourmentez ! murmura-t-elle. Vous le
voulez ? eh bien, oui… Mon Dieu, nous faisons là une grande
675 folie, peut-être. »

---

1. *Séquelle* : suite, bande.

Il s'était levé, l'avait empoignée par la taille, lui appliquait un rude baiser sur la figure, au hasard. Puis, comme cette caresse faisait un gros bruit, il s'inquiéta le premier, regardant Claude et Étienne, marchant à pas de loup, baissant la voix.

680 «Chut! soyons sages, dit-il, il ne faut pas réveiller les gosses... À demain.»

Et il remonta à sa chambre. Gervaise, toute tremblante, resta près d'une heure assise au bord de son lit, sans songer à se déshabiller. Elle était touchée, elle trouvait Coupeau très

685 honnête; car elle avait bien cru un moment que c'était fini, qu'il allait coucher là. L'ivrogne, en bas, sous la fenêtre, avait une plainte plus rauque de bête perdue. Au loin, le violon à la ronde canaille se taisait.

Les jours suivants, Coupeau voulut décider Gervaise à

690 monter un soir chez sa sœur, rue de la Goutte-d'Or. Mais la jeune femme, très timide, montrait un grand effroi de cette visite aux Lorilleux. Elle remarquait parfaitement que le zingueur avait une peur sourde du ménage. Sans doute il ne dépendait pas de sa sœur, qui n'était même pas l'aînée. Maman

695 Coupeau donnerait son consentement des deux mains, car jamais elle ne contrarierait son fils. Seulement, dans la famille, les Lorilleux passaient pour gagner jusqu'à dix francs par jour; et ils tiraient de là une véritable autorité. Coupeau n'aurait pas osé se marier, sans qu'ils eussent avant tout accepté sa

700 femme.

«Je leur ai parlé de vous, ils connaissent nos projets, expliquait-il à Gervaise. Mon Dieu! que vous êtes enfant! Venez ce soir... Je vous ai avertie, n'est-ce pas? Vous trouverez ma sœur un peu raide. Lorilleux non plus n'est pas toujours aimable.

705 Au fond, ils sont très vexés, parce que, si je me marie, je ne mangerai plus chez eux, et ce sera une économie de moins. Mais ça ne fait rien, ils ne vous mettront pas à la porte... Faites ça pour moi, c'est absolument nécessaire.»

Ces paroles effrayaient Gervaise davantage. Un samedi soir,
pourtant, elle céda. Coupeau vint la chercher à huit heures et
demie. Elle s'était habillée : une robe noire, avec un châle à
palmes jaunes en mousseline de laine imprimée, et un bonnet
blanc garni d'une petite dentelle. Depuis six semaines qu'elle
travaillait, elle avait économisé les sept francs du châle et les
deux francs cinquante du bonnet ; la robe était une vieille robe
nettoyée et refaite.

« Ils vous attendent, lui dit Coupeau, pendant qu'ils
faisaient le tour par la rue des Poissonniers. Oh ! ils commencent à s'habituer à l'idée de me voir marié. Ce soir, ils ont l'air
très gentil… Et puis, si vous n'avez jamais vu faire des chaînes
d'or, ça vous amusera à regarder. Ils ont justement une
commande pressée pour lundi.

— Ils ont de l'or chez eux ? demanda Gervaise.

— Je crois bien, il y en a sur les murs, il y en a par terre, il
y en a partout. »

Cependant, ils s'étaient engagés sous la porte ronde et
avaient traversé la cour. Les Lorilleux demeuraient au sixième,
escalier B. Coupeau lui cria en riant d'empoigner ferme la
rampe et de ne plus la lâcher. Elle leva les yeux, cligna les
paupières, en apercevant la haute tour creuse de la cage de l'escalier, éclairée par trois becs de gaz, de deux étages en deux
étages ; le dernier, tout en haut, avait l'air d'une étoile trem-
blotante dans un ciel noir, tandis que les deux autres jetaient
de longues clartés, étrangement découpées, le long de la spirale
interminable des marches.

« Hein ? dit le zingueur en arrivant au palier du premier
étage, ça sent joliment la soupe à l'oignon. On a mangé de la
soupe à l'oignon pour sûr. »

En effet, l'escalier B, gris, sale, la rampe et les marches graisseuses, les murs éraflés montrant le plâtre, était encore plein
d'une violente odeur de cuisine. Sur chaque palier, des couloirs

s'enfonçaient, sonores de vacarme, des portes s'ouvraient, peintes en jaune, noircies à la serrure par la crasse des mains ; et, au ras de la fenêtre, le plomb soufflait une humidité fétide,
745 dont la puanteur se mêlait à l'âcreté de l'oignon cuit. On entendait, du rez-de-chaussée au sixième, des bruits de vaisselle, des poêlons qu'on barbotait [1], des casseroles qu'on grattait avec des cuillers pour les récurer. Au premier étage, Gervaise aperçut, dans l'entrebâillement d'une porte, sur laquelle le mot *Dessi-*
750 *nateur* était écrit en grosses lettres, deux hommes attablés devant une toile cirée desservie, causant furieusement, au milieu de la fumée de leurs pipes. Le second étage et le troisième, plus tranquilles, laissaient passer seulement par les fentes des boiseries la cadence d'un berceau, les pleurs étouffés
755 d'un enfant, la grosse voix d'une femme coulant avec un sourd murmure d'eau courante, sans paroles distinctes ; et elle put lire des pancartes clouées, portant des noms : *Madame Gaudron, cardeuse* [2], et plus loin : *Monsieur Madinier, atelier de cartonnage.* On se battait au quatrième : un piétinement dont le plancher
760 tremblait, des meubles culbutés, un effroyable tapage de jurons et de coups ; ce qui n'empêchait pas les voisins d'en face de jouer aux cartes, la porte ouverte, pour avoir de l'air. Mais, quand elle fut au cinquième, Gervaise dut souffler ; elle n'avait pas l'habitude de monter ; ce mur qui tournait toujours, ces
765 logement entrevus qui défilaient, lui cassaient la tête. Une famille, d'ailleurs, barrait le palier ; le père lavait des assiettes sur un petit fourneau de terre, près du plomb, tandis que la mère, adossée à la rampe, nettoyait le bambin, avant d'aller le coucher. Cependant, Coupeau encourageait la jeune femme. Ils
770 arrivaient. Et, lorsqu'il fut enfin au sixième, il se retourna pour l'aider d'un sourire. Elle, la tête levée, cherchait d'où venait un

---

1. *Qu'on barbotait* : qu'on remuait dans l'eau. \ **2.** *Cardeuse* : ouvrière qui démêle les fibres de laine et les nettoie.

filet de voix, qu'elle écoutait depuis la première marche, clair
et perçant, dominant les autres bruits. C'était, sous les toits,
une petite vieille qui chantait en habillant des poupées à treize
775 sous. Gervaise vit encore, au moment où une grande fille
rentrait avec un seau dans une chambre voisine, un lit défait,
où un homme en manches de chemise attendait, vautré, les
yeux en l'air ; sur la porte refermée, une carte de visite écrite à
la main indiquait : *Mademoiselle Clémence, repasseuse.* Alors, tout
780 en haut, les jambes cassées, l'haleine courte, elle eut la curiosité de se pencher au-dessus de la rampe ; maintenant, c'était
le bec de gaz d'en bas qui semblait une étoile, au fond du puits
étroit des six étages ; et les odeurs, la vie énorme et grondante
de la maison, lui arrivaient dans une seule haleine, battaient
785 d'un coup de chaleur son visage inquiet, se hasardant là comme
au bord d'un gouffre.

« Nous ne sommes pas arrivés, dit Coupeau. Oh ! c'est un
voyage ! »

Il avait pris, à gauche, un long corridor. Il tourna deux fois,
790 la première encore à gauche, la seconde à droite. Le corridor
s'allongeait toujours, se bifurquait, resserré, lézardé, décrépi,
de loin en loin éclairé par une mince flamme de gaz ; et les
portes uniformes, à la file comme des portes de prison ou de
couvent, continuaient à montrer, presque toutes grandes
795 ouvertes, des intérieurs de misère et de travail, que la chaude
soirée de juin emplissait d'une buée rousse. Enfin, ils arrivèrent
à un bout de couloir complètement sombre.

« Nous y sommes, reprit le zingueur. Attention ! tenez-vous
au mur ; il y a trois marches. »

800 Et Gervaise fit encore une dizaine de pas, dans l'obscurité,
prudemment. Elle buta, compta les trois marches. Mais,
au fond du couloir, Coupeau venait de pousser une porte,
sans frapper. Une vive clarté s'étala sur le carreau. Ils
entrèrent.

805 C'était une pièce étranglée, une sorte de boyau, qui semblait le prolongement même du corridor. Un rideau de laine déteinte, en ce moment relevé par une ficelle, coupait le boyau en deux. Le premier compartiment contenait un lit, poussé sous un angle du plafond mansardé, un poêle de fonte encore 810 tiède du dîner, deux chaises, une table et une armoire dont il avait fallu scier la corniche pour qu'elle pût tenir entre le lit et la porte. Dans le second compartiment se trouvait installé l'atelier : au fond, une étroite forge avec son soufflet ; à droite, un étau scellé au mur, sous une étagère où traînaient des 815 ferrailles ; à gauche, auprès de la fenêtre, un établi tout petit, encombré de pinces, de cisailles, de scies microscopiques, grasses et très sales.

« C'est nous ! » cria Coupeau, en s'avançant jusqu'au rideau de laine. Mais on ne répondit pas tout de suite. Gervaise, fort 820 émotionnée, remuée surtout par cette idée qu'elle allait entrer dans un lieu plein d'or, se tenait derrière l'ouvrier, balbutiant, hasardant des hochements de tête, pour saluer. La grande clarté, une lampe brûlant sur l'établi, un brasier de charbon flambant dans la forge, accroissait encore son 825 trouble. Elle finit pourtant par voir Mme Lorilleux, petite, rousse, assez forte, tirant de toute la vigueur de ses bras courts, à l'aide d'une grosse tenaille, un fil de métal noir, qu'elle passait dans les trous d'une filière fixée à l'étau. Devant l'établi, Lorilleux, aussi petit de taille, mais d'épaules 830 plus grêles, travaillait, du bout de ses pinces, avec une vivacité de singe, à un travail si menu, qu'il se perdait entre ses doigts noueux. Ce fut le mari qui leva le premier la tête, une tête aux cheveux rares, d'une pâleur jaune de vieille cire, longue et souffrante.

835 « Ah ! c'est vous, bien, bien ! murmura-t-il. Nous sommes pressés, vous savez… N'entrez pas dans l'atelier, ça nous gênerait. Restez dans la chambre. »

Et il reprit son travail menu, la face de nouveau dans le reflet verdâtre d'une boule d'eau[1], à travers laquelle la lampe
840 envoyait sur son ouvrage un rond de vive lumière.

« Prends les chaises ! cria à son tour Mme Lorilleux. C'est cette dame, n'est-ce pas ? Très bien, très bien ! »

Elle avait roulé le fil ; elle le porta à la forge, et là, activant le brasier avec un large éventail de bois, elle le mit à recuire,
845 avant de le passer dans les derniers trous de la filière.

Coupeau avança les chaises, fit asseoir Gervaise au bord du rideau. La pièce était si étroite, qu'il ne put se caser à côté d'elle. Il s'assit en arrière, et il se penchait pour lui donner, dans le cou, des explications sur le travail. La jeune femme, interdite par
850 l'étrange accueil des Lorilleux, mal à l'aise sous leurs regards obliques, avait un bourdonnement aux oreilles qui l'empêchait d'entendre. Elle trouvait la femme très vieille pour ses trente ans, l'air revêche, malpropre avec ses cheveux queue de vache, roulés sur sa camisole défaite. Le mari, d'une année plus âgé
855 seulement, lui semblait un vieillard, aux minces lèvres méchantes, en manches de chemise, les pieds nus dans des pantoufles éculées. Et ce qui la consternait surtout, c'était la petitesse de l'atelier, les murs barbouillés, la ferraille ternie des outils, toute la saleté noire traînant là dans un bric-à-brac de
860 marchand de vieux clous. Il faisait terriblement chaud. Des gouttes de sueur perlaient sur la face verdie de Lorilleux ; tandis que Mme Lorilleux se décidait à retirer sa camisole, les bras nus, la chemise plaquant sur les seins tombés.

« Et l'or ? » demanda Gervaise à demi-voix.

865 Ses regards inquiets fouillaient les coins, cherchaient, parmi toute cette crasse, le resplendissement qu'elle avait rêvé. Mais Coupeau s'était mis à rire.

_____

1. *Boule d'eau* : masse de métal utilisée pour polir l'or.

« L'or ? dit-il ; tenez, en voilà, en voilà encore, et en voilà à vos pieds ! »

870 Il avait indiqué successivement le fil aminci que travaillait sa sœur, et un autre paquet de fil, pareil à une liasse de fil de fer, accroché au mur, près de l'étau ; puis, se mettant à quatre pattes, il venait de ramasser par terre, sous la claie de bois qui recouvrait le carreau de l'atelier, un déchet, un brin semblable
875 à la pointe d'une aiguille rouillée. Gervaise se récriait. Ce n'était pas de l'or, peut-être, ce métal noirâtre, vilain comme du fer ! Il dut mordre le déchet, lui montrer l'entaille luisante de ses dents. Et il reprenait ses explications : les patrons fournissaient l'or en fil, tout allié [1] ; les ouvriers le passaient
880 d'abord par la filière pour l'obtenir à la grosseur voulue, en ayant soin de le faire recuire cinq ou six fois pendant l'opération, afin qu'il ne cassât pas. Oh ! il fallait une bonne poigne et de l'habitude ! Sa sœur empêchait son mari de toucher aux filières, parce qu'il toussait. Elle avait de fameux bras, il lui
885 avait vu tirer l'or aussi mince qu'un cheveu.

Cependant, Lorilleux, pris d'un accès de toux, se pliait sur son tabouret. Au milieu de la quinte, il parla, il dit d'une voix suffoquée, toujours sans regarder Gervaise, comme s'il eût constaté la chose uniquement pour lui :

890 « Moi, je fais la colonne. »

Coupeau força Gervaise à se lever. Elle pouvait bien s'approcher, elle verrait. Le chaîniste consentit d'un grognement. Il enroulait le fil préparé par sa femme autour d'un mandrin, une baguette d'acier très mince. Puis, il donna un léger coup
895 de scie, qui tout le long du mandrin coupa le fil, dont chaque tour forma un maillon. Ensuite il souda. Les maillons étaient posés sur un gros morceau de charbon de bois. Il les mouillait d'une goutte de borax, prise dans le cul d'un verre cassé, à côté

---

1. *Allié* : mêlé en un tout.

de lui; et, rapidement, il les rougissait à la lampe sous la
flamme horizontale du chalumeau. Alors, quand il eut une
centaine de maillons il se remit une fois encore à son travail
menu, appuyé au bord de la cheville, un bout de planchette que
le frottement de ses mains avait poli. Il ployait la maille à la
pince, la serrait d'un côté, l'introduisait dans la maille supérieure déjà en place, la rouvrait à l'aide d'une pointe; cela avec
une régularité continue, les mailles succédant aux mailles, si
vivement, que la chaîne s'allongeait peu à peu sous les yeux de
Gervaise, sans lui permettre de suivre et de bien comprendre.

« C'est la colonne, dit Coupeau. Il y a le jaseron, le forçat,
la gourmette, la corde. Mais ça, c'est la colonne. Lorilleux ne
fait que la colonne. »

Celui-ci eut un ricanement de satisfaction. Il cria, tout en
continuant à pincer les mailles, invisibles entre ses ongles
noirs :

« Écoute donc, Cadet-Cassis !... J'établissais un calcul, ce
matin. J'ai commencé à douze ans, n'est-ce pas ? Eh bien! sais-
tu quel bout de colonne j'ai dû faire au jour d'aujourd'hui ? »

Il leva sa face pâle, cligna ses paupières rougies.

« Huit mille mètres, entends-tu ! Deux lieues !... Hein ! un
bout de colonne de deux lieues ! Il y a de quoi entortiller le cou
à toutes les femelles du quartier... Et, tu sais, le bout s'allonge
toujours. J'espère bien aller de Paris à Versailles. »

Gervaise était retournée s'asseoir, désillusionnée, trouvant
tout très laid. Elle sourit pour faire plaisir aux Lorilleux. Ce qui
la gênait surtout, c'était le silence gardé sur son mariage, sur
cette affaire si grosse pour elle, sans laquelle elle ne serait
certainement pas venue. Les Lorilleux continuaient à la traiter
en curieuse importune amenée par Coupeau. Et une conversation s'étant enfin engagée, elle roula uniquement sur les locataires de la maison. Mme Lorilleux demanda à son frère s'il
n'avait pas entendu en montant les gens du quatrième se

battre. Ces Bénard s'assommaient tous les jours ; le mari rentrait soûl comme un cochon ; la femme aussi avait bien des torts, elle criait des choses dégoûtantes. Puis, on parla du dessi-
935 nateur du premier, ce grand escogriffe de Baudequin, un poseur criblé de dettes, toujours fumant, toujours gueulant avec des camarades. L'atelier de cartonnage de M. Madinier n'allait plus que d'une patte ; le patron avait encore congédié deux ouvrières la veille ; ce serait pain bénit, s'il faisait la
940 culbute, car il mangeait tout, il laissait ses enfants le derrière nu. Mme Gaudron cardait drôlement ses matelas : elle se trouvait encore enceinte, ce qui finissait par n'être guère propre, à son âge. Le propriétaire venait de donner congé aux Coquet, au cinquième, ils devaient trois termes ; puis, ils s'entêtaient à
945 allumer leur fourneau sur le carré[1] ; même que, le samedi d'auparavant, Mlle Remanjou, la vieille du sixième, en reportant ses poupées, était descendue à temps pour empêcher le petit Linguerlot d'avoir le corps tout brûlé. Quant à Mlle Clémence, la repasseuse, elle se conduisait comme elle l'entendait, mais
950 on ne pouvait pas dire, elle adorait les animaux, elle possédait un cœur d'or. Hein ! quel dommage, une belle fille pareille aller avec tous les hommes ! On la rencontrerait une nuit sur un trottoir, pour sûr.

« Tiens, en voilà une, dit Lorilleux à sa femme, en lui
955 donnant le bout de chaîne auquel il travaillait depuis le déjeuner. Tu peux la dresser. »

Et il ajouta, avec l'insistance d'un homme qui ne lâche pas aisément une plaisanterie :

« Encore quatre pieds et demi... Ça me rapproche de
960 Versailles. »

Cependant, Mme Lorilleux, après l'avoir fait recuire, dressait la colonne, en la passant à la filière de réglage. Elle

---

1. *Sur le carré* : sur le palier.

la mit ensuite dans une petite casserole de cuivre à long manche, pleine d'eau seconde[1], et la dérocha[2], au feu de la forge. Gervaise, de nouveau poussée par Coupeau, dut suivre cette dernière opération. Quand la chaîne fut dérochée, elle devint d'un rouge sombre. Elle était finie, prête à livrer.

« On livre en blanc, expliqua encore le zingueur. Ce sont les polisseuses qui frottent ça avec du drap. »

Mais Gervaise se sentait à bout de courage. La chaleur, de plus en plus forte, la suffoquait. On laissait la porte fermée, parce que le moindre courant d'air enrhumait Lorilleux. Alors, comme on ne parlait toujours pas de leur mariage, elle voulut s'en aller, elle tira légèrement la veste de Coupeau. Celui-ci comprit. Il commençait, d'ailleurs, à être également embarrassé et vexé de cette affectation de silence.

« Eh bien ! nous partons, dit-il. Nous vous laissons travailler. »

Il piétina un instant, il attendit, espérant un mot, une allusion quelconque. Enfin, il se décida à entamer les choses lui-même.

« Dites donc, Lorilleux, nous comptons sur vous, vous serez le témoin de ma femme. »

Le chaîniste leva la tête, joua la surprise, avec un ricanement ; tandis que sa femme, lâchant les filières, se plantait au milieu de l'atelier.

« C'est donc sérieux ? murmura-t-il. Ce sacré Cadet-Cassis, on ne sait jamais s'il veut rire.

— Ah oui, madame est la personne, dit à son tour la femme en dévisageant Gervaise. Mon Dieu ! nous n'avons pas de conseil à vous donner, nous autres… C'est une drôle d'idée de se marier tout de même. Enfin, si ça vous va à l'un et à l'autre.

---

1. *Eau seconde* : lessive caustique de potasse ou de soude pour nettoyer l'or. \ 2. *Dérocha* : nettoya.

Quand ça ne réussit pas, on s'en prend à soi, voilà tout. Et ça ne réussit pas souvent, pas souvent, pas souvent… »

995 La voix ralentie sur ces derniers mots, elle hochait la tête, passant de la figure de la jeune femme à ses mains, à ses pieds, comme si elle avait voulu la déshabiller, pour lui voir les grains de la peau. Elle dut la trouver mieux qu'elle ne comptait.

« Mon frère est bien libre, continua-t-elle d'un ton plus 1000 pincé. Sans doute, la famille aurait peut-être désiré… On fait toujours des projets. Mais les choses tournent si drôlement… Moi, d'abord, je ne veux pas me disputer. Il nous aurait amené la dernière des dernières, je lui aurais dit : "Épouse-la et fiche-moi la paix…" Il n'était pourtant pas mal ici, avec 1005 nous. Il est assez gras, on voit bien qu'il ne jeûnait guère. Et toujours sa soupe chaude, juste à la minute… Dis donc, Lorilleux, tu ne trouves pas que madame ressemble à Thérèse, tu sais bien, cette femme d'en face qui est morte de la poitrine[1] ?

1010 — Oui, il y a un faux air, répondit le chaîniste.

— Et vous avez deux enfants, madame. Ah ! çà, par exemple, je l'ai dit à mon frère : "Je ne comprends pas comment tu épouses une femme qui a deux enfants…" Il ne faut pas vous fâcher, si je prends ses intérêts ; c'est bien naturel… Vous 1015 n'avez pas l'air fort, avec ça… N'est-ce pas, Lorilleux, madame n'a pas l'air fort ?

— Non non, elle n'est pas forte. »

Ils ne parlèrent pas de sa jambe. Mais Gervaise comprenait, à leurs regards obliques et au pincement de leurs lèvres, qu'ils 1020 y faisaient allusion. Elle restait devant eux, serrée dans son mince châle à palmes jaunes répondant par des monosyllabes, comme devant des juges. Coupeau, la voyant souffrir, finit par crier :

---

1. *Morte de la poitrine* : morte de la tuberculose, maladie pulmonaire.

« Ce n'est pas tout ça... Ce que vous dites et rien, c'est la même chose. La noce aura lieu le samedi 29 juillet. J'ai calculé sur l'almanach. Est-ce convenu ? Ça vous va-t-il ?

— Oh ! Ça nous va toujours, dit sa sœur. Tu n'avais pas besoin de nous consulter... Je n'empêcherai pas Lorilleux d'être témoin. Je veux avoir la paix. »

Gervaise, la tête basse, ne sachant plus à quoi s'occuper, avait fourré le bout de son pied dans un losange de la claie de bois, dont le carreau de l'atelier était couvert ; puis, de peur d'avoir dérangé quelque chose en le retirant, elle s'était baissée, tâtant avec la main. Lorilleux, vivement, approcha la lampe. Et il lui examinait les doigts avec méfiance.

« Il faut prendre garde, dit-il, les petits morceaux d'or, ça se colle sous les souliers, et ça s'emporte, sans qu'on le sache. »

Ce fut toute une affaire. Les patrons n'accordaient pas un milligramme de déchet. Et il montra la patte de lièvre avec laquelle il brossait les parcelles d'or restées sur la cheville, et la peau étalée sur ses genoux, mise là pour les recevoir. Deux fois par semaine, on balayait soigneusement l'atelier ; on gardait les ordures, on les brûlait, on passait les cendres, dans lesquelles on trouvait par mois jusqu'à vingt-cinq et trente francs d'or.

Mme Lorilleux ne quittait pas du regard les souliers de Gervaise.

« Mais il n'y a pas à se fâcher, murmura-t-elle avec un sourire aimable. Madame peut regarder ses semelles. »

Et Gervaise, très rouge, se rassit, leva ses pieds, fit voir qu'il n'y avait rien. Coupeau avait ouvert la porte en criant : Bonsoir ! d'une voix brusque. Il l'appela, du corridor. Alors, elle sortit à son tour, après avoir balbutié une phrase de politesse : elle espérait bien qu'on se reverrait et qu'on s'entendrait tous ensemble. Mais les Lorilleux s'étaient déjà remis à l'ouvrage au fond du trou noir de l'atelier, où la petite forge luisait, comme un dernier charbon blanchissant dans la grosse chaleur d'un four. La femme, un coin de la chemise glissé sur l'épaule, la peau rougie par le reflet du brasier, tirait un nouveau fil, gonflait à chaque effort son cou, dont les muscles se roulaient, pareils à des ficelles. Le mari, courbé sous la lueur verte de la boule d'eau, recommençant un bout de chaîne, ployait la maille à la pince, la serrait d'un côté, l'introduisait dans la maille supérieure, la rouvrait à l'aide d'une pointe, continuellement, mécaniquement, sans perdre un geste pour essuyer la sueur de sa face. Quand Gervaise déboucha des corridors sur le palier du sixième, elle ne put retenir cette parole, des larmes aux yeux :

« Ça ne promet pas beaucoup de bonheur. »

Coupeau branla furieusement la tête. Lorilleux lui revaudrait cette soirée-là. Avait-on jamais vu un pareil grigou[1] ! Croire qu'on allait lui emporter trois grains de sa poussière d'or ! Toutes ces histoires, c'était de l'avarice pure. Sa sœur avait peut-être cru qu'il ne se marierait jamais, pour lui économiser quatre sous sur son pot-au-feu ? Enfin, ça se ferait quand même le 29 juillet. Il se moquait pas mal d'eux !

Mais Gervaise, en descendant l'escalier, se sentait toujours le cœur gros, tourmentée d'une bête de peur, qui lui faisait fouiller avec inquiétude les ombres grandies de la rampe. À cette heure, l'escalier dormait, désert, éclairé seulement par le bec de gaz du second étage, dont la flamme rapetissée mettait, au fond de ce puits de ténèbres, la goutte de clarté d'une veilleuse. Derrière les portes fermées, on entendait le gros silence, le sommeil écrasé des ouvriers couchés au sortir de table. Pourtant, un rire adouci sortait de la chambre de la repasseuse, tandis qu'un filet de lumière glissait par la serrure de Mlle Remanjou, taillant encore, avec un petit bruit de

---

1. *Grigou* : avare.

ciseaux, les robes de gaze des poupées à treize sous. En bas, chez
Mme Gaudron, un enfant continuait à pleurer. Et les plombs
soufflaient une puanteur plus forte, au milieu de la grande
paix, noire et muette.

Puis, dans la cour, pendant que Coupeau demandait le
cordon[1] d'une voix chantante, Gervaise se retourna, regarda
une dernière fois la maison. Elle paraissait grandie sous le ciel
sans lune. Les façades grises, comme nettoyées de leur lèpre et
badigeonnées d'ombre, s'étendaient, montaient ; et elles étaient
plus nues encore, toutes plates, déshabillées des loques séchant
le jour au soleil. Les fenêtres closes dormaient. Quelques-unes,
éparses, vivement allumées, ouvraient des yeux, semblaient
faire loucher certains coins. Au-dessus de chaque vestibule, de
bas en haut, à la file, les vitres des six paliers, blanches d'une
lueur pâle, dressaient une tour étroite de lumière. Un rayon de
lampe, tombé de l'atelier de cartonnage, au second, mettait une
traînée jaune sur le pavé de la cour, trouant les ténèbres qui
noyaient les ateliers des rez-de-chaussée. Et, du fond de ces
ténèbres, dans le loin humide, des gouttes d'eau, sonores au
milieu du silence, tombaient une à une du robinet mal tourné
de la fontaine. Alors, il sembla à Gervaise que la maison était
sur elle, écrasante, glaciale à ses épaules. C'était toujours sa bête
de peur, un enfantillage dont elle souriait ensuite.

« Prenez garde ! » cria Coupeau. Et elle dut, pour sortir,
sauter par-dessus une grande mare, qui avait coulé de la
teinturerie. Ce jour-là, la mare était bleue, d'un azur profond
de ciel d'été, où la petite lampe de nuit du concierge allumait
des étoiles.

---

1. *Cordon* : petite corde permettant au concierge d'ouvrir la porte sans sortir de sa loge.

III

Gervaise ne voulait pas de noce. À quoi bon dépenser de l'argent ? Puis, elle restait un peu honteuse ; il lui semblait inutile d'étaler le mariage devant tout le quartier. Mais Coupeau se récriait : on ne pouvait pas se marier comme ça, sans manger un morceau ensemble. Lui, se battait joliment l'œil du quartier ! Oh ! quelque chose de tout simple, un petit tour de balade l'après-midi, en attendant d'aller tordre le cou à un lapin, au premier gargot[1] venu. Et pas de musique au dessert, bien sûr, pas de clarinette pour secouer le panier aux crottes[2] des dames. Histoire de trinquer seulement, avant de revenir faire dodo chacun chez soi. Le zingueur, plaisantant, rigolant, décida la jeune femme, lorsqu'il lui eut juré qu'on ne s'amuserait pas. Il aurait l'œil sur les verres, pour empêcher les coups de soleil. Alors, il organisa un pique-nique à cent sous par tête, chez Auguste, au Moulin-d'Argent, boulevard de La Chapelle. C'était un petit marchand de vin dans les prix doux, qui avait un bastringue[3] au fond de son arrière-boutique, sous les trois acacias de sa cour. Au premier, on serait parfaitement bien. Pendant dix jours, il racola des convives, dans la maison de sa sœur, rue de la Goutte-d'Or : M. Madinier, Mlle Remanjou, Mme Gaudron et son mari. Il finit même par faire accepter à

---

1. *Gargot* : restaurant bon marché. \ 2. *Panier aux crottes* : arrière-train. \ 3. *Bastringue* : guinguette de barrière.

Gervaise deux camarades, Bibi-la-Grillade et Mes-Bottes ; sans
doute Mes-Bottes levait le coude, mais il avait un appétit si
farce [1], qu'on l'invitait toujours dans les pique-niques, à cause
25 de la tête du marchand de soupe en voyant ce sacré trou-là
avaler ses douze livres de pain. La jeune femme, de son côté,
promit d'amener sa patronne, Mme Fauconnier, et les Boche, de
très braves gens. Tout compte fait, on se trouverait quinze à
table, c'était assez. Quand on est trop de monde, ça se termine
30 toujours par des disputes.

Cependant, Coupeau n'avait pas le sou. Sans chercher à
crâner, il entendait agir en homme propre. Il emprunta
cinquante francs à son patron ! Là-dessus, il acheta d'abord l'alliance, une alliance d'or de douze francs, que Lorilleux lui
35 procura en fabrique pour neuf francs. Il se commanda ensuite
une redingote, un pantalon et un gilet, chez un tailleur de la
rue Myrrha, auquel il donna seulement un acompte de vingt-
cinq francs ; ses souliers vernis et son bolivar [2] pouvaient encore
marcher. Quand il eut mis de côté les dix francs du pique-
40 nique, son écot [3] et celui de Gervaise, les enfants devant passer
par-dessus le marché [4], il lui resta tout juste six francs, le prix
d'une messe à l'autel des pauvres. Certes, il n'aimait pas les
corbeaux [5], ça lui crevait le cœur de porter ses six francs à ces
galfâtres-là [6], qui n'en avaient pas besoin pour se tenir le gosier
45 frais. Mais un mariage sans messe, on avait beau dire, ce n'était
pas un mariage. Il alla lui-même à l'église marchander ; et,
pendant une heure, il s'attrapa avec un vieux petit prêtre, en
soutane sale, voleur comme une fruitière. Il avait envie de lui
ficher des calottes. Puis, par blague, il lui demanda s'il ne trou-
50 verait pas, dans sa boutique, une messe d'occasion, point trop

---

1. *Farce* : amusant, grotesque. \ **2.** *Bolivar* : chapeau haut-de-forme à larges bords. \ **3.** *Écot* :
quote-part d'un convive pour un repas à frais communs. \ **4.** *Par-dessus le marché* : en plus
de cela. \ **5.** *Les corbeaux* : les prêtres. \ **6.** *Galfâtres* : abrutis, idiots.

détériorée, et dont un couple bon enfant ferait encore son
beurre. Le vieux petit prêtre, tout en grognant que Dieu n'aurait aucun plaisir à bénir son union, finit par lui laisser sa messe
à cinq francs. C'était toujours vingt sous d'économie. Il lui
55 restait vingt sous.

Gervaise, elle aussi, tenait à être propre. Dès que le
mariage fut décidé, elle s'arrangea, fit des heures en plus, le
soir, arriva à mettre trente francs de côté. Elle avait une grosse
envie d'un petit mantelet de soie, affiché treize francs, rue du
60 faubourg Poissonnière. Elle se le paya, puis racheta pour dix
francs au mari d'une blanchisseuse, morte dans la maison de
Mme Fauconnier, une robe de laine gros bleu, qu'elle refit
complètement à sa taille. Avec les sept francs qui restaient,
elle eut une paire de gants de coton, une rose pour son bonnet
65 et des souliers pour son aîné Claude. Heureusement les petits
avaient des blouses possibles[1]. Elle passa quatre nuits,
nettoyant tout, visitant jusqu'aux plus petits trous de ses bas
et de sa chemise.

Enfin, le vendredi soir, la veille du grand jour, Gervaise et
70 Coupeau, en rentrant du travail, eurent encore à trimer jusqu'à
onze heures. Puis, avant de se coucher chacun chez soi, ils
passèrent une heure ensemble, dans la chambre de la jeune
femme, bien contents d'être au bout de cet embarras. Malgré
leur résolution de ne pas se casser les côtes pour le quartier, ils
75 avaient fini par prendre les choses à cœur et par s'éreinter.
Quand ils se dirent bonsoir, ils dormaient debout. Mais, tout
de même, ils poussaient un gros soupir de soulagement. Maintenant, c'était réglé. Coupeau avait pour témoins M. Madinier
et Bibi-la-Grillade ; Gervaise comptait sur Lorilleux et sur
80 Boche. On devait aller tranquillement à la mairie et à l'église,

---

1. *Possibles* : acceptables, convenables.

tous les six, sans traîner derrière soi une queue de monde. Les deux sœurs du marié avaient même déclaré qu'elles resteraient chez elles, leur présence n'étant pas nécessaire. Seule maman Coupeau s'était mise à pleurer, en disant qu'elle partirait plutôt
85 en avant, pour se cacher dans un coin ; et on avait promis de l'emmener. Quant au rendez-vous de toute la société, il était fixé à une heure, au Moulin-d'Argent. De là on irait gagner la faim[1] dans la plaine Saint-Denis ; on prendrait le chemin de fer et on retournerait à pattes, le long de la grande route. La partie
90 s'annonçait très bien, pas une bosse à tout avaler[2] mais un brin de rigolade, quelque chose de gentil et d'honnête.

Le samedi matin, en s'habillant, Coupeau fut pris d'inquiétude, devant sa pièce de vingt sous. Il venait de songer que, par politesse, il lui faudrait offrir un verre de vin et une tranche de
95 jambon aux témoins, en attendant le dîner. Puis, il y aurait peut-être des frais imprévus. Décidément, vingt sous, ça ne suffisait pas. Alors, après s'être chargé de conduire Claude et Étienne chez Mme Boche, qui devait les amener le soir au dîner, il courut rue de la Goutte-d'Or et monta carrément
100 emprunter dix francs à Lorilleux. Par exemple, ça lui écorchait le gosier, car il s'attendait à la grimace de son beau-frère. Celui-ci grogna, ricana d'un air de mauvaise bête, et finalement prêta les deux pièces de cent sous. Mais Coupeau entendit sa sœur qui disait entre ses dents que « ça commençait bien ».

105 Le mariage à la mairie était pour dix heures et demie. Il faisait très beau, un soleil du tonnerre, rôtissant les rues. Pour ne pas être regardés, les mariés, la maman et les quatre témoins se séparèrent en deux bandes. En avant, Gervaise marchait au bras de Lorilleux, tandis que M. Madinier conduisait maman
110 Coupeau ; puis, à vingt pas, sur l'autre trottoir, venaient

---

1. *Gagner la faim* : prendre de l'appétit. \ **2.** *Une bosse à tout avaler* : une débauche de table.

Coupeau, Boche et Bibi-La-Grillade. Ces trois-là étaient en redingote noire, le dos rond, les bras ballants ; Boche avait un pantalon jaune ; Bibi-la-Grillade, boutonné jusqu'au cou, sans gilet, laissait passer seulement un coin de cravate roulé en corde. Seul, M. Madinier portait un habit, un grand habit à queue carrée ; et les passants s'arrêtaient pour voir ce monsieur promenant la grosse mère Coupeau, en châle vert, en bonnet noir, avec des rubans rouges. Gervaise, très douce, gaie, dans sa robe d'un bleu dur, les épaules serrées sous un étroit mantelet, écoutait complaisamment les ricanements de Lorilleux, perdu au fond d'un immense paletot[1] sac, malgré la chaleur ; puis, de temps à autre, au coude des rues, elle tournait un peu la tête, jetait un fin sourire à Coupeau, que ses vêtements neufs, luisants au soleil, gênaient.

Tout en marchant très lentement, ils arrivèrent à la mairie une grande demi-heure trop tôt. Et, comme le maire fut en retard, leur tour vint seulement vers onze heures. Ils attendirent sur des chaises, dans un coin de la salle, regardant le haut plafond et la sévérité des murs, parlant bas, reculant leurs sièges par excès de politesse, chaque fois qu'un garçon de bureau passait. Pourtant, à demi-voix, ils traitaient le maire de fainéant ; il devait être pour sûr chez sa blonde, à frictionner sa goutte[2] ; peut-être bien aussi qu'il avait avalé son écharpe[3]. Mais, quand le magistrat parut, ils se levèrent respectueusement. On les fit rasseoir. Alors, ils assistèrent à trois mariages, perdus dans trois noces bourgeoises, avec des mariées en blanc, des fillettes frisées, des demoiselles à ceintures roses, des cortèges interminables de messieurs et de dames sur leur trente et un, l'air très comme il faut. Puis, quand on les appela, ils faillirent ne pas être mariés, Bibi-la-Grillade ayant disparu.

---

1. *Paletot* : manteau, pardessus. \ **2.** *Frictionner sa goutte* : boire. \ **3.** *Qu'il avait avalé son écharpe* : qu'il s'était étouffé.

Boche le retrouva en bas, sur la place, fumant une pipe. Aussi, ils étaient encore de jolis cocos dans cette boîte, de se ficher du monde, parce qu'on n'avait pas de gants beurre frais à leur mettre sous le nez ! Et les formalités, la lecture du Code, les questions posées, la signature des pièces, furent expédiées si rondement, qu'ils se regardèrent, se croyant volés d'une bonne moitié de la cérémonie. Gervaise, étourdie, le cœur gonflé, appuyait son mouchoir sur ses lèvres. Maman Coupeau pleurait à chaudes larmes. Tous s'étaient appliqués sur le registre, dessinant leurs noms en grosses lettres boiteuses, sauf le marié qui avait tracé une croix, ne sachant pas écrire. Ils donnèrent chacun quatre sous pour les pauvres. Lorsque le garçon remit à Coupeau le certificat de mariage, celui-ci, le coude poussé par Gervaise, se décida à sortir encore cinq sous.

La trotte était bonne de la mairie à l'église. En chemin, les hommes prirent de la bière, maman Coupeau et Gervaise, du cassis avec de l'eau. Et ils eurent à suivre une longue rue, où le soleil tombait d'aplomb, sans un filet d'ombre. Le bedeau les attendait au milieu de l'église vide, il les poussa vers une petite chapelle, en leur demandant furieusement si c'était pour se moquer de la religion qu'ils arrivaient en retard. Un prêtre vint à grandes enjambées, l'air maussade, la face pâle de faim, précédé par un clerc en surplis sale qui trottinait. Il dépêcha sa messe, mangeant les phrases latines, se tournant, se baissant, élargissant les bras, en hâte, avec des regards obliques sur les mariés et sur les témoins. Les mariés, devant l'autel, très embarrassés, ne sachant pas quand il fallait s'agenouiller, se lever, s'asseoir, attendaient un geste du clerc. Les témoins, pour être convenables, se tenaient debout tout le temps ; tandis que maman Coupeau, reprise par les larmes, pleurait dans le livre de messe qu'elle avait emprunté à une voisine. Cependant, midi avait sonné, la dernière messe était dite, l'église s'emplissait du piétinement des sacristains, du vacarme des chaises

remises en place. On devait préparer le maître autel pour
175 quelque fête, car on entendait le marteau des tapissiers clouant
des tentures. Et, au fond de la chapelle perdue, dans la poussière d'un coup de balai donné par le bedeau, le prêtre à l'air
maussade promenait vivement ses mains sèches sur les têtes
inclinées de Gervaise et de Coupeau, et semblait les unir au
180 milieu d'un déménagement, pendant une absence du bon Dieu,
entre deux messes sérieuses. Quand la noce eut de nouveau signé
sur un registre, à la sacristie, et qu'elle se retrouva en plein soleil,
sous le porche, elle resta un instant là, ahurie et essoufflée d'avoir
été menée au galop.

185 « Voilà ! » dit Coupeau, avec un rire gêné.

Il se dandinait, il ne trouvait rien là de rigolo. Pourtant, il
ajouta : « Ah bien ! ça ne traîne pas. Ils vous envoient ça en
quatre mouvements… C'est comme chez les dentistes : on n'a
pas le temps de crier ouf ! Ils marient sans douleur.

190 — Oui, oui, de la belle ouvrage, murmura Lorilleux en
ricanant. Ça se bâcle en cinq minutes et ça tient toute la vie…
Ah ! ce pauvre Cadet-Cassis, va ! »

Et les quatre témoins donnèrent des tapes sur les épaules du
zingueur qui faisait le gros dos. Pendant ce temps, Gervaise
195 embrassait maman Coupeau, souriante, les yeux humides
pourtant. Elle répondait aux paroles entrecoupées de la vieille
femme :

« N'ayez pas peur, je ferai mon possible. Si ça tournait mal,
ça ne serait pas de ma faute. Non, bien sûr, j'ai trop envie d'être
200 heureuse… Enfin, c'est fait, n'est-ce pas ? C'est à lui et à moi
de nous entendre et d'y mettre du nôtre. »

Alors, on alla droit au Moulin-d'Argent. Coupeau avait pris
le bras de sa femme. Ils marchaient vite, riant, comme
emportés, à deux cents pas devant les autres sans voir les
205 maisons, ni les passants, ni les voitures. Les bruits assourdis-
sants du faubourg sonnaient des cloches à leurs oreilles. Quand

ils arrivèrent chez le marchand de vin, Coupeau commanda
tout de suite deux litres, du pain et des tranches de jambon,
dans le petit cabinet vitré du rez-de-chaussée, sans assiettes
210 ni nappe, simplement pour casser une croûte. Puis, voyant
Boche et Bibi-la-Grillade montrer un appétit sérieux, il fit
venir un troisième litre et un morceau de brie. Maman
Coupeau n'avait pas faim, était trop suffoquée pour manger.
Gervaise, qui mourait de soif, buvait de grands verres d'eau à
215 peine rougie.

« Ça me regarde », dit Coupeau, en passant immédiatement
au comptoir, où il paya quatre francs cinq sous.

Cependant, il était une heure, les invités arrivaient.
Mme Fauconnier, une femme grasse, belle encore, parut la
220 première ; elle avait une robe écrue, à fleurs imprimées, avec
une cravate rose et un bonnet très chargé de fleurs. Ensuite
vinrent ensemble Mlle Remanjou, toute fluette dans l'éternelle
robe noire qu'elle semblait garder même pour se coucher, et le
ménage Gaudron, le mari d'une lourdeur de brute, faisant
225 craquer sa veste brune au moindre geste, la femme, énorme,
étalant son ventre de femme enceinte, dont sa jupe, d'un violet
cru, élargissait encore la rondeur. Coupeau expliqua qu'il ne
faudrait pas attendre Mes-Bottes ; le camarade devait retrouver
la noce sur la route de Saint-Denis.

230 — Ah bien ! s'écria Mme Lerat en entrant, nous allons avoir
une jolie saucée[1] ! Ça va être drôle ! »

Et elle appela la société sur la porte du marchand de vin,
pour voir les nuages, un orage d'un noir d'encre qui montait
rapidement au sud de Paris. Mme Lerat, l'aînée des Coupeau,
235 était une grande femme, sèche, masculine, parlant du nez,
fagotée dans une robe puce trop large dont les longs effilés[2] la
faisaient ressembler à un caniche maigre sortant de l'eau. Elle

---

1. *Saucée* : pluie qui trempe. \ 2. *Effilés* : franges servant à border une étoffe.

jouait avec une ombrelle comme avec un bâton. Quand elle eut
embrassé Gervaise, elle reprit :

240 « Vous n'avez pas idée, on reçoit un soufflet dans la rue…
On dirait qu'on vous jette du feu à la figure. »

Tout le monde déclara alors sentir l'orage depuis longtemps.
Quand on était sorti de l'église, M. Madinier avait bien vu ce
dont il retournait. Lorilleux racontait que ses cors l'avaient
245 empêché de dormir, à partir de trois heures du matin.
D'ailleurs, ça ne pouvait pas finir autrement, voilà trois jours
qu'il faisait vraiment trop chaud.

« Oh ! ça va peut-être couler[1], répétait Coupeau, debout à
la porte, interrogeant le ciel d'un regard inquiet, on n'attend
250 plus que ma sœur, on pourrait tout de même partir, si elle
arrivait. »

Mme Lorilleux, en effet, était en retard. Mme Lerat venait de
passer chez elle, pour la prendre ; mais, comme elle l'avait
trouvée en train de mettre son corset, elles s'étaient disputées
255 toutes les deux. La grande veuve ajouta à l'oreille de son frère :

« Je l'ai plantée là. Elle est d'une humeur !… Tu verras
quelle tête. »

Et la noce dut patienter un quart d'heure encore, piétinant
dans la boutique du marchand de vin, coudoyée, bousculée, au
260 milieu des hommes qui entraient boire un canon[2] sur le comptoir. Par moments, Boche, ou Mme Fauconnier ou Bibi-la-
Grillade, se détachaient, s'avançaient au bord du trottoir, les
yeux en l'air. Ça ne coulait pas du tout ; le jour baissait, des
souffles de vent, rasant le sol, enlevaient de petits tourbillons de
265 poussière blanche. Au premier coup de tonnerre, Mlle Remanjou
se signa. Tous les regards se portaient avec anxiété sur l'œil-de-
boeuf, au-dessus de la glace : il était déjà deux heures moins
vingt.

---

1. *Couler* : pleuvoir. \ **2.** *Boire un canon* : boire un verre de vin.

« Allez-y ! cria Coupeau. Voilà les anges qui pleurent. »

270 Une rafale de pluie balayait la chaussée, où des femmes fuyaient, en tenant leurs jupes à deux mains. Et ce fut sous cette première ondée que Mme Lorilleux arriva enfin, essoufflée, furibonde, se battant sur le seuil avec son parapluie, qui ne voulait pas se fermer.

275 « A-t-on jamais vu ! bégayait-elle. Ça m'a pris juste à la porte. J'avais envie de remonter et de me déshabiller. J'aurais rudement bien fait… Ah ! elle est jolie, la noce ! Je le disais, je voulais tout renvoyer à samedi prochain. Et il pleut parce qu'on ne m'a pas écoutée ! Tant mieux ! tant mieux ! Que le ciel
280 crève ! »

Coupeau essaya de la calmer. Mais elle l'envoya coucher. Ce ne serait pas lui qui paierait sa robe, si elle était perdue. Elle avait une robe de soie noire, dans laquelle elle étouffait ; le corsage, trop étroit, tirait sur les boutonnières, la coupait aux
285 épaules ; et la jupe taillée en fourreau, lui serrait si fort les cuisses, qu'elle devait marcher à tout petits pas. Pourtant, les dames de la société la regardaient, les lèvres pincées, l'air ému de sa toilette. Elle ne parut même pas voir Gervaise, assise à côté de maman Coupeau. Elle appela Lorilleux, lui demanda
290 son mouchoir, puis dans un coin de la boutique, soigneusement, elle essuya une à une les gouttes de pluie roulées sur la soie.

Cependant, l'ondée avait brusquement cessé. Le jour baissait encore, il faisait presque nuit, une nuit livide traversée
295 par de larges éclairs. Bibi-la-Grillade répétait en riant qu'il allait tomber des curés, bien sûr. Alors, l'orage éclata avec une extrême violence. Pendant une demi-heure, l'eau tomba à seaux, la foudre gronda sans relâche. Les hommes, debout devant la porte, contemplaient le voile gris de l'averse, les
300 ruisseaux grossis, la poussière d'eau volante montant du clapotement des flaques. Les femmes s'étaient assises, effrayées, les

mains aux yeux. On ne causait plus, la gorge un peu serrée. Une plaisanterie risquée sur le tonnerre par Boche, disant que saint Pierre éternuait là-haut, ne fit sourire personne. Mais,
305 quand la foudre espaça ses coups, se perdit au loin, la société recommença à s'impatienter, se fâcha contre l'orage, jurant et montrant le poing aux nuées. Maintenant, du ciel couleur de cendre, une pluie fine tombait, interminable.

« Il est deux heures passées, cria Mme Lorilleux. Nous ne
310 pouvons pourtant pas coucher ici ! »

Mlle Remanjou ayant parlé d'aller à la campagne tout de même, quand on devrait s'arrêter dans le fossé des fortifications[1], la noce se récria : les chemins devaient être jolis, on ne pourrait seulement pas s'asseoir sur l'herbe ; puis, ça ne parais-
315 sait pas fini, il reviendrait peut-être une saucée. Coupeau, qui suivait des yeux un ouvrier trempé marchant tranquillement sous la pluie, murmura :

« Si cet animal de Mes-Bottes nous attend sur la route de Saint-Denis, il n'attrapera pas un coup de soleil. »
320 Cela fit rire. Mais la mauvaise humeur grandissait. Ça devenait crevant à la fin. Il fallait décider quelque chose. On ne comptait pas sans doute se regarder comme ça le blanc des yeux jusqu'au dîner. Alors, pendant un quart d'heure, en face de l'averse entêtée, on se creusa le cerveau. Bibi-La-Grillade
325 proposait de jouer aux cartes ; Boche, de tempérament polisson et sournois, savait un petit jeu bien drôle, le jeu du confesseur ; Mme Gaudron parlait d'aller manger de la tarte aux oignons, chaussée Clignancourt ; Mme Lerat aurait souhaité qu'on racontât des histoires ; Gaudron ne s'embêtait pas, se trouvait
330 bien là, offrait seulement de se mettre à table tout de suite. Et, à chaque proposition, on discutait, on se fâchait : c'était bête, ça endormirait tout le monde, on les prendrait pour des

---

1. *Fortifications* : il s'agit du mur de l'octroi.

moutards[1]. Puis, comme Lorilleux, voulant dire son mot, trouvait quelque chose de bien simple, une promenade sur les
335 boulevards extérieurs jusqu'au Père-Lachaise, où l'on pourrait
voir le tombeau d'Héloïse et d'Abélard[2], si l'on avait le temps,
Mme Lorilleux, ne se contenant plus, éclata. Elle fichait le camp,
elle ! Voilà ce qu'elle faisait ! Est-ce qu'on se moquait du
monde ? Elle s'habillait, elle recevait la pluie, et c'était pour
340 s'enfermer chez un marchand de vin ! Non, non, elle en avait
assez d'une noce comme ça, elle préférait son chez elle.
Coupeau et Lorilleux durent barrer la porte. Elle répétait :

« Ôtez-vous de là ! Je vous dis que je m'en vais ! »

Son mari ayant réussi à la calmer, Coupeau s'approcha de
345 Gervaise, toujours tranquille dans son coin, causant avec sa
belle-mère et Mme Fauconnier :

« Mais vous ne proposez rien, vous ! dit-il, sans oser encore
la tutoyer.

— Oh ! tout ce qu'on voudra, répondit-elle en riant. Je ne
350 suis pas difficile. Sortons, ne sortons pas, ça m'est égal. Je me
sens très bien, je n'en demande pas plus. »

Et elle avait, en effet, la figure tout éclairée d'une joie
paisible. Depuis que les invités se trouvaient là, elle parlait à
chacun d'une voix un peu basse et émue, l'air raisonnable, sans
355 se mêler aux disputes. Pendant l'orage, elle était restée les yeux
fixes, regardant les éclairs, comme voyant des choses graves,
très loin, dans l'avenir, à ces lueurs brusques.

M. Madinier, pourtant, n'avait encore rien proposé. Il était
appuyé contre le comptoir, les pans de son habit écartés,
360 gardant son importance de patron. Il cracha longuement, roula
ses gros yeux.

---

1. *Moutards* : enfants, mômes, mouflets. \ **2.** *Abélard* : philosophe du XIIe siècle, maître d'Héloïse, qu'il séduisit et épousa en secret. Émasculé par l'oncle d'Héloïse, il se retira à l'abbaye de
Saint-Denis. Il fonda le monastère de Paraclet où Héloïse devint abbesse. Héloïse et Abélard
échangèrent une correspondance importante où se lisent la passion et l'élévation spirituelle.

« Mon Dieu ! dit-il, on pourrait aller au musée… »

Et il se caressa le menton, en consultant la société d'un clignement de paupières.

365 « Il y a des antiquités, des images, des tableaux, un tas de choses. C'est très instructif… Peut-être bien que vous ne connaissez pas ça. Oh ! c'est à voir, au moins une fois. »

La noce se regardait, se tâtait. Non, Gervaise ne connaissait pas ça ; Mme Fauconnier non plus, ni Boche, ni les autres, 370 Coupeau croyait bien être monté un dimanche, mais il ne se souvenait plus bien. On hésitait cependant, lorsque Mme Lorilleux, sur laquelle l'importance de M. Madinier produisait une grande impression, trouva l'offre très comme il faut, très honnête. Puisqu'on sacrifiait la journée, et qu'on 375 était habillé, autant valait-il visiter quelque chose pour son instruction. Tout le monde approuva. Alors, comme la pluie tombait encore un peu, on emprunta au marchand de vin des parapluies, de vieux parapluies, bleus, verts, marron, oubliés par les clients ; et l'on partit pour le musée [1].

380 La noce tourna à droite, descendit dans Paris par le faubourg Saint-Denis. Coupeau et Gervaise marchaient de nouveau en tête, courant, devançant les autres, M. Madinier donnait maintenant le bras à Mme Lorilleux, maman Coupeau étant restée chez le marchand de vin, à cause de ses jambes. 385 Puis venaient Lorilleux et Mme Lerat, Boche et Mme Fauconnier, Bibi-la-Grillade et Mlle Remanjou, enfin le ménage Gaudron. On était douze. Ça faisait encore une jolie queue sur le trottoir.

« Oh ! nous n'y sommes pour rien, je vous jure, expliquait Mme Lorilleux à M. Madinier. Nous ne savons pas où il l'a prise,

---

1. Comme le souligne Henri Mitterand, le plan primitif du chapitre III ne prévoyait qu'une promenade sur les fortifications. C'est dans le deuxième plan détaillé qu'apparaît la promenade au musée. Denis Poulot, dans *Question sociale. Le Sublime ou le travailleur comme il est en 1870*, rappelle que l'ouvrier « vrai », le dimanche, se promène avec sa famille et visite les musées, les expositions.

390 ou plutôt nous ne le savons que trop ; mais ce n'est pas à nous
de parler, n'est-ce pas ?... Mon mari a dû acheter l'alliance. Ce
matin, au saut du lit, il a fallu leur prêter dix francs, sans quoi
rien ne se faisait plus... Une mariée qui n'amène seulement pas
un parent à sa noce ! Elle dit avoir à Paris une sœur charcu-
395 tière [1]. Pourquoi ne l'a-t-elle pas invitée, alors ? »

Elle s'interrompit, pour montrer Gervaise, que la pente du
trottoir faisait fortement boiter.

« Regardez-la ! S'il est permis !... Oh ! la Banban [2] ! »

Et ce mot : la Banban, courut dans la société. Lorilleux
400 ricanait, disait qu'il fallait l'appeler comme ça. Mais
Mme Fauconnier prenait la défense de Gervaise : on avait tort
de se moquer d'elle, elle était propre comme un sou et abat-
tait fièrement l'ouvrage, quand il le fallait. Mme Lerat, toujours
pleine d'allusions polissonnes, appelait la jambe de la petite
405 « une quille d'amour » ; et elle ajoutait que beaucoup
d'hommes aimaient ça, sans vouloir s'expliquer davantage.

La noce, débouchant de la rue Saint-Denis, traversa le boulevard. Elle attendit un moment, devant le flot des voitures ;
puis, elle se risqua sur la chaussée, changée par l'orage en une
410 mare de boue coulante. L'ondée reprenait, la noce venait d'ouvrir les parapluies ; et, sous les riflards [3] lamentables, balancés
à la main des hommes, les femmes se retroussaient, le défilé
s'espaçait dans la crotte, tenant d'un trottoir à l'autre. Alors,
deux voyous crièrent à la chienlit ; des promeneurs accouru-
415 rent ; des boutiquiers, l'air amusé, se haussèrent derrière leurs
vitrines. Au milieu du grouillement de la foule, sur les fonds
gris et mouillés du boulevard, les couples en procession
mettaient des taches violentes, la robe gros bleu de Gervaise,

---

1. *Une sœur charcutière* : il s'agit de Lisa Macquart, épouse de Quenu, qui apparaît dans *Le Ventre de Paris* publié par Zola en 1873. \ **2.** *La Banban* : la Boiteuse, la Bancale. \ **3.** *Les riflards* : les parapluies.

la robe écrue à fleurs imprimées de Mme Fauconnier, le pantalon
420 jaune canari de Boche; une raideur de gens endimanchés
donnait des drôleries de carnaval à la redingote luisante de
Coupeau et à l'habit carré de M. Madinier; tandis que la belle
toilette de Mme Lorilleux, les effilés de Mme Lerat, les jupes
fripées de Mlle Remanjou, mêlaient les modes, traînaient à la
425 file les décrochez-moi-ça du luxe des pauvres. Mais c'étaient
surtout les chapeaux des messieurs qui égayaient, de vieux
chapeaux conservés, ternis par l'obscurité de l'armoire, avec des
formes pleines de comique, hautes, évasées, en pointe, des ailes
extraordinaires, retroussées, plates, trop larges ou trop étroites.
430 Et les sourires augmentaient encore, quand, tout au bout, pour
clore le spectacle, Mme Gaudron, la cardeuse[1], s'avançait dans
sa robe d'un violet cru, avec son ventre de femme enceinte,
qu'elle portait énorme, très en avant. La noce, cependant, ne
hâtait point sa marche, bonne enfant, heureuse d'être regardée,
435 s'amusant des plaisanteries.

«Tiens! la mariée! cria l'un des voyous, en montrant
Mme Gaudron. Ah! malheur! elle a avalé un rude pépin!»

Toute la société éclata de rire. Bibi-la-Grillade, se tournant,
dit que le gosse avait bien envoyé ça. La cardeuse riait le plus
440 fort, s'étalait; ça n'était pas déshonorant, au contraire; il y
avait plus d'une dame qui louchait en passant et qui aurait
voulu être comme elle.

On s'était engagé dans la rue de Cléry. Ensuite, on prit la rue
du Mail. Sur la place des Victoires, il y eut un arrêt. La mariée
445 avait le cordon de son soulier gauche dénoué; et, comme elle
le rattachait, au pied de la statue de Louis XIV, les couples se
serrèrent derrière elle, attendant, plaisantant sur le bout de
mollet qu'elle montrait. Enfin, après avoir descendu la rue

---

1. *La cardeuse* : ouvrière effectuant le cardage, opération consistant à démêler et nettoyer les
fibres textiles, à la machine ou à la main.

Croix-des-Petits-Champs, on arriva au Louvre. M. Madinier,
450 poliment, demanda à prendre la tête du cortège. C'était très
grand, on pouvait se perdre ; et lui, d'ailleurs, connaissait les
beaux endroits, parce qu'il était souvent venu avec un artiste,
un garçon bien intelligent, auquel une grande maison de
cartonnage achetait des dessins, pour les mettre sur des boîtes.
455 En bas, quand la noce se fut engagée dans le musée assyrien[1],
elle eut un petit frisson. Fichtre ! il ne faisait pas chaud ; la salle
aurait fait une fameuse cave. Et, lentement, les couples avançaient, le menton levé, les paupières battantes, entre les colosses
de pierre, les dieux de marbre noir muets dans leur raideur
460 hiératique[2], les bêtes monstrueuses, moitié chattes et moitié
femmes, avec des figures de mortes, le nez aminci, les lèvres
gonflées. Ils trouvaient tout ça très vilain. On travaillait joliment mieux la pierre au jour d'aujourd'hui. Une inscription en
caractères phéniciens[3] les stupéfia. Ce n'était pas possible,
465 personne n'avait jamais lu ce grimoire[4]. Mais M. Madinier,
déjà sur le premier palier avec Mme Lorilleux, les appelait, criait
sous les voûtes :

« Venez donc. Ce n'est rien, ces machines… C'est au premier
qu'il faut voir. »

470 La nudité sévère de l'escalier les rendit graves. Un huissier
superbe, en gilet rouge, la livrée galonnée d'or, qui semblait
les attendre sur le palier, redoubla leur émotion. Ce fut avec
respect, marchant le plus doucement possible, qu'ils entrèrent
dans la galerie française.

475 Alors, sans s'arrêter, les yeux emplis de l'or des cadres, ils
suivirent l'enfilade des petits salons, regardant passer les
images, trop nombreuses pour être bien vues. Il aurait fallu une

---

1. L'Assyrie est une région du nord de la Mésopotamie. \ **2.** *Hiératique* : sacrée, figée.
\ **3.** *Caractères phéniciens* : alphabet emprunté et transformé par les Grecs. \ **4.** *Grimoire* : livre
obscur, écriture difficile à déchiffrer.

heure devant chacune, si l'on avait voulu comprendre. Que de tableaux, sacredié ! ça ne finissait pas. Il devait y en avoir pour
480 de l'argent. Puis, au bout, M. Madinier les arrêta brusquement devant *Le Radeau de la Méduse*[1] ; et il leur expliqua le sujet. Tous, saisis, immobiles, se taisaient. Quand on se remit à marcher, Boche résuma le sentiment général : c'était tapé[2]. Dans la galerie d'Apollon, le parquet surtout émerveilla la
485 société, un parquet luisant, clair comme un miroir, où les pieds des banquettes se reflétaient. Mlle Remanjou fermait les yeux, parce qu'elle croyait marcher sur de l'eau. On criait à Mme Gaudron de poser ses souliers à plat, à cause de sa position. M. Madinier voulait leur montrer les dorures et les pein-
490 tures du plafond ; mais ça leur cassait le cou, et ils ne distinguaient rien. Alors, avant d'entrer dans le salon carré, il indiqua une fenêtre du geste, en disant :

« Voilà le balcon d'où Charles IX a tiré sur le peuple. »

Cependant, il surveillait la queue du cortège. D'un geste, il
495 commanda une halte, au milieu du salon carré. Il n'y avait là que des chefs-d'œuvre, murmurait-il à demi-voix, comme dans une église. On fit le tour du salon. Gervaise demanda le sujet des *Noces de Cana*[3] ; c'était bête de ne pas écrire les sujets sur les cadres. Coupeau s'arrêta devant *La Joconde*, à laquelle il
500 trouva une ressemblance avec une de ses tantes. Boche et Bibila-Grillade ricanaient, en se montrant du coin de l'œil les femmes nues ; les cuisses de l'Antiope surtout leur causèrent un saisissement. Et, tout au bout, le ménage Gaudron, l'homme la bouche ouverte, la femme les mains sur son ventre, restaient
505 béants, attendris et stupides, en face de *La Vierge* de Murillo[4].

---

1. *Le Radeau de la Méduse* : tableau de Géricault, peint en 1819, manifeste de l'école romantique. \ 2. *Tapé* : mot familier ; en peinture, désigne un tableau réalisé avec beaucoup de liberté et de hardiesse. \ 3. *Les Noces de Cana* : tableau de Véronèse, peintre vénitien du XVIe siècle. C'est la première d'une série de toiles consacrées aux grands festins bibliques. \ 4. *Murillo* : peintre espagnol du XVIIe siècle, dont les *Immaculée Conception* connurent un grand succès. Elles exaltent la charité et la foi.

Le tour du salon terminé, M. Madinier voulut qu'on recommençât ; ça en valait la peine. Il s'occupait beaucoup de Mme Lorilleux, à cause de sa robe de soie ; et, chaque fois qu'elle l'interrompait, il répondait gravement, avec un grand aplomb.
510 Comme elle s'intéressait à la maîtresse de Titien[1], dont elle trouvait la chevelure jaune pareille à la sienne, il la lui donna pour la Belle Ferronnière, une maîtresse d'Henri IV, sur laquelle on avait joué un drame, à l'Ambigu.

Puis, la noce se lança dans la longue galerie où sont les
515 écoles italiennes et flamandes. Encore des tableaux, toujours des tableaux, des saints, des hommes et des femmes avec des figures qu'on ne comprenait pas, des paysages tout noirs, des bêtes devenues jaunes, une débandade de gens et de choses dont le violent tapage de couleurs commençait à leur causer
520 un gros mal de tête. M. Madinier ne parlait plus, menait lentement le cortège, qui le suivait en ordre, tous les cous tordus et les yeux en l'air. Des siècles d'art passaient devant leur ignorance ahurie, la sécheresse fine des primitifs, les splendeurs des Vénitiens, la vie grasse et belle de lumière des
525 Hollandais. Mais ce qui les intéressait le plus, c'étaient encore les copistes, avec leurs chevalets installés parmi le monde, peignant sans gêne ; une vieille dame, montée sur une grande échelle, promenant un pinceau à badigeon dans le ciel tendre d'une immense toile, les frappa d'une façon particulière. Peu
530 à peu, pourtant, le bruit avait dû se répandre qu'une noce visitait le Louvre ; des peintres accouraient, la bouche fendue d'un rire ; des curieux s'asseyaient à l'avance sur des banquettes, pour assister commodément au défilé ; tandis que les gardiens, les lèvres pincées, retenaient des mots d'esprit. Et la noce, déjà
535 lasse, perdant de son respect, traînait ses souliers à clous, tapait ses talons sur les parquets sonores, avec le piétinement d'un

---

1. *Titien* : peintre vénitien du XVIe siècle.

troupeau débandé, lâché au milieu de la propreté nue et recueillie des salles.

M. Madinier se taisait pour ménager un effet. Il alla droit à
540 *La Kermesse* de Rubens. Là, il ne dit toujours rien, il se contenta d'indiquer la toile, d'un coup d'œil égrillard. Les dames, quand elles eurent le nez sur la peinture, poussèrent de petits cris ; puis, elles se détournèrent, très rouges. Les hommes les retinrent, rigolant, cherchant les détails orduriers.

545 « Voyez donc ! répétait Boche, ça vaut l'argent. En voilà un qui dégobille. Et celui-là, il arrose les pissenlits. Et celui-là, oh ! celui-là... Ah bien ! ils sont propres, ici.

— Allons-nous-en, dit M. Madinier, ravi de son succès. Il n'y a plus rien à voir de ce côté. »

550 La noce retourna sur ses pas, traversa de nouveau le salon carré et la galerie d'Apollon. Mme Lerat et Mlle Remanjou se plaignaient, déclarant que les jambes leur rentraient dans le corps. Mais le cartonnier voulait montrer à Lorilleux les bijoux anciens. Ça se trouvait à côté, au fond d'une petite pièce, où il
555 serait allé les yeux fermés. Pourtant, il se trompa, égara la noce le long de sept ou huit salles, désertes, froides, garnies seulement de vitrines sévères où s'alignaient une quantité innombrable de pots cassés et de bonshommes très laids. La noce frissonnait, s'ennuyait ferme. Puis, comme elle cherchait une
560 porte, elle tomba dans les dessins. Ce fut une nouvelle course immense ; les dessins n'en finissaient pas, les salons succédaient aux salons, sans rien de drôle, avec des feuilles de papier gribouillées, sous des vitres, contre les murs. M. Madinier, perdant la tête, ne voulant point avouer qu'il était perdu, enfila
565 un escalier, fit monter un étage à la noce. Cette fois, elle voyageait au milieu du musée de la marine, parmi des modèles d'instruments et de canons, des plans en relief, des vaisseaux grands comme des joujoux. Un autre escalier se rencontra, très loin, au bout d'un quart d'heure de marche. Et, l'ayant

570 descendu, elle se retrouva en plein dans les dessins. Alors, le
désespoir la prit, elle roula au hasard des salles, les couples
toujours à la file, suivant M. Madinier, qui s'épongeait le front,
hors de lui, furieux contre l'administration, qu'il accusait
d'avoir changé les portes de place. Les gardiens et les visiteurs
575 la regardaient passer, pleins d'étonnement. En moins de vingt
minutes, on la revit au salon carré, dans la galerie française, le
long des vitrines où dorment les petits dieux de l'Orient.
Jamais plus elle ne sortirait. Les jambes cassées, s'abandonnant,
la noce faisait un vacarme énorme, laissant dans sa course le
580 ventre de Mme Gaudron en arrière.

« On ferme ! on ferme ! » crièrent les voix puissantes des
gardiens.

Et elle faillit se laisser enfermer. Il fallut qu'un gardien se
mît à la tête, la reconduisît jusqu'à une porte. Puis, dans la cour
585 du Louvre, lorsqu'elle eut repris ses parapluies au vestiaire, elle
respira. M. Madinier retrouvait son aplomb ; il avait eu tort de
ne pas tourner à gauche ; maintenant, il se souvenait que les
bijoux étaient à gauche. Toute la société, d'ailleurs, affectait
d'être contente d'avoir vu ça.

590 Quatre heures sonnaient. On avait encore deux heures à
employer avant le dîner. On résolut de faire un tour, pour tuer
le temps. Les dames, très lasses, auraient bien voulu s'asseoir ;
mais, comme personne n'offrait des consommations, on se
remit en marche, on suivit le quai. Là, une nouvelle averse
595 arriva, si drue, que, malgré les parapluies, les toilettes des
dames s'abîmaient. Mme Lorilleux, le cœur noyé à chaque
goutte qui mouillait sa robe, proposa de se réfugier sous le
Pont-Royal ; d'ailleurs, si on ne la suivait pas, elle menaçait d'y
descendre toute seule. Et le cortège alla sous le Pont-Royal. On
600 y était joliment bien. Par exemple, on pouvait appeler ça une
idée chouette ! Les dames étalèrent leurs mouchoirs sur les
pavés, se reposèrent là, les genoux écartés, arrachant des deux

mains les brins d'herbe poussés entre les pierres, regardant couler l'eau noire, comme si elles se trouvaient à la campagne.
605 Les hommes s'amusèrent à crier très fort, pour éveiller l'écho de l'arche, en face d'eux ; Boche et Bibi-la-Grillade, l'un après l'autre, injuriaient le vide, lui lançaient à toute volée : « Cochon ! » et riaient beaucoup, quand l'écho leur renvoyait le mot ; puis, la gorge enrouée, ils prirent des cailloux plats et
610 jouèrent à faire des ricochets. L'averse avait cessé, mais la société se trouvait si bien, qu'elle ne songeait plus à s'en aller. La Seine charriait des nappes grasses, de vieux bouchons et des épluchures de légumes, un tas d'ordures qu'un tourbillon retenait un instant, dans l'eau inquiétante, tout assombrie par l'ombre
615 de la voûte ; tandis que, sur le pont, passait le roulement des omnibus et des fiacres, la cohue de Paris, dont on apercevait seulement les toits, à droite et à gauche, comme du fond d'un trou. Mlle Remanjou soupirait ; s'il y avait eu des feuilles, ça lui aurait rappelé, disait-elle, un coin de la Marne, où elle allait,
620 vers 1817, avec un jeune homme qu'elle pleurait encore.

Cependant, M. Madinier donna le signal du départ. On traversa le jardin des Tuileries, au milieu d'un petit peuple d'enfants dont les cerceaux et les ballons dérangèrent le bel ordre des couples. Puis, comme la noce, arrivée sur la place
625 Vendôme[1], regardait la colonne, M. Madinier songea à faire une galanterie aux dames ; il leur offrit de monter dans la colonne pour voir Paris. Son offre parut très farce[2]. Oui, oui, il fallait monter, on en rirait longtemps. D'ailleurs, ça ne manquait pas d'intérêt pour les personnes qui n'avaient jamais
630 quitté le plancher aux vaches.

« Si vous croyez que la Banban va se risquer là-dedans, avec sa quille ! murmurait Mme Lorilleux.

---

1. *Place Vendôme* : place de Paris située non loin du Palais-Royal. Napoléon y fit ériger la colonne Vendôme en 1806-1810. Détruite en 1871, elle sera reconstruite en 1874 et surmontée à nouveau de l'effigie de l'empereur. \ 2. *Très farce* : très amusante.

— Moi, je monterais volontiers, disait Mme Lerat, mais je ne veux pas qu'il y ait d'homme derrière moi. »

635 Et la noce monta. Dans l'étroite spirale de l'escalier, les douze grimpaient à la file, butant contre les marches usées, se tenant aux murs. Puis, quand l'obscurité devint complète, ce fut une bosse de rires [1]. Les dames poussaient de petits cris. Les messieurs les chatouillaient, leur pinçaient les jambes. Mais

640 elles étaient bien bêtes de causer ! On a l'air de croire que ce sont des souris. D'ailleurs, ça restait sans conséquence ; ils savaient s'arrêter où il fallait, pour l'honnêteté. Puis, Boche trouva une plaisanterie que toute la société répéta. On appelait Mme Gaudron, comme si elle était restée en chemin, et on

645 lui demandait si son ventre passait. Songez donc ! si elle s'était trouvée prise là, sans pouvoir monter ni descendre, elle aurait bouché le trou, on n'aurait jamais su comment s'en aller. Et l'on riait de ce ventre de femme enceinte, avec une gaieté formidable qui secouait la colonne. Ensuite, Boche, tout à fait lancé,

650 déclara qu'on se faisait vieux, dans ce tuyau de cheminée ; ça ne finissait donc pas, on allait donc au ciel ? Et il cherchait à effrayer les dames, en criant que ça remuait. Cependant, Coupeau ne disait rien ; il venait derrière Gervaise, la tenait à la taille, la sentait s'abandonner. Lorsque, brusquement, on

655 rentra dans le jour, il était juste en train de lui embrasser le cou.

« Eh bien, vous êtes propres, ne vous gênez pas tous les deux ! » dit Mme Lorilleux d'un air scandalisé.

Bibi-la-Grillade paraissait furieux. Il répétait entre ses dents :

660 « Vous en avez fait un bruit ! Je n'ai pas seulement pu compter les marches. »

Mais M. Madinier, sur la plate-forme, montrait déjà les monuments. Jamais Mme Fauconnier ni Mlle Remanjou ne

---

1. *Une bosse de rires* : un éclat de rires.

voulurent sortir de l'escalier ; la pensée seule du pavé, en bas,
665 leur tournait les sangs ; et elles se contentaient de risquer des
coups d'œil par la petite porte. Mme Lerat, plus crâne [1], faisait
le tour de l'étroite terrasse, en se collant contre le bronze du
dôme. Mais c'était tout de même rudement émotionnant,
quand on songeait qu'il aurait suffi de passer une jambe.
670 Quelle culbute, sacré Dieu ! Les hommes, un peu pâles, regardaient la place. On se serait cru en l'air, séparé de tout. Non,
décidément, ça vous faisait froid aux boyaux. M. Madinier,
pourtant, recommandait de lever les yeux, de les diriger devant
soi, très loin ; ça empêchait le vertige. Et il continuait à
675 indiquer du doigt les Invalides, le Panthéon, Notre-Dame, la
tour Saint-Jacques, les buttes Montmartre. Puis, Mme Lorilleux
eut l'idée de demander si l'on apercevait, sur le boulevard de
La Chapelle, le marchand de vin où l'on allait manger, *Au
Moulin-d'Argent*. Alors, pendant dix minutes, on chercha, on
680 se disputa même ; chacun plaçait le marchand de vin à un
endroit. Paris, autour d'eux, étendait son immensité grise,
aux lointains bleuâtres, ses vallées profondes, où roulait une
houle de toitures ; toute la rive droite était dans l'ombre, sous
un grand haillon de nuage cuivré ; et, du bord de ce nuage,
685 frangé d'or, un large rayon coulait, qui allumait les milliers
de vitres de la rive gauche d'un pétillement d'étincelles,
détachant en lumière ce coin de la ville sur un ciel très pur,
lavé par l'orage.

« Ce n'était pas la peine de monter pour nous manger le
690 nez », dit Boche, furieux, en reprenant l'escalier.

La noce descendit, muette, boudeuse, avec la seule dégringolade des souliers sur les marches. En bas, M. Madinier
voulait payer. Mais Coupeau se récria, se hâta de mettre dans
la main du gardien vingt-quatre sous, deux sous par personne.

---

1. *Plus crâne* : plus courageuse.

695 Il était près de cinq heures et demie ; on avait tout juste le temps de rentrer. Alors, on revint par les boulevards et par le faubourg Poissonnière. Coupeau, pourtant, trouvait que la promenade ne pouvait pas se terminer comme ça ; il poussa tout le monde au fond d'un marchand de vin, où l'on prit du
700 vermouth. Le repas était commandé pour six heures. On attendait la noce depuis vingt minutes, au Moulin-d'Argent. Mme Boche, qui avait confié sa loge à une dame de la maison, causait avec maman Coupeau, dans le salon du premier, en face de la table servie ; et les deux gamins, Claude
705 et Étienne, amenés par elle, jouaient à courir sous la table, au milieu d'une débandade de chaises. Lorsque Gervaise, en entrant, aperçut les petits, qu'elle n'avait pas vus de la journée, elle les prit sur ses genoux, les caressa, avec de gros baisers.

710 « Ont-ils été sages ? demanda-t-elle à Mme Boche. Ils ne vous ont pas trop fait endêver, au moins ? »

Et comme celle-ci lui racontait les mots à mourir de rire de ces vermines-là, pendant l'après-midi, elle les enleva de nouveau, les serra contre elle, prise d'une rage de tendresse.

715 « C'est drôle pour Coupeau tout de même », disait Mme Lorilleux aux autres dames, dans le fond du salon. Gervaise avait gardé sa tranquillité souriante de la matinée. Depuis la promenade pourtant, elle devenait par moments toute triste, elle regardait son mari et les Lorilleux de son air
720 pensif et raisonnable. Elle trouvait Coupeau lâche devant sa sœur. La veille encore, il criait fort, Il jurait de les remettre à leur place, ces langues de vipères, s'ils lui manquaient. Mais, en face d'eux, elle le voyait bien, il faisait le chien couchant, guettait sortir leurs paroles, était aux cent coups quand il les
725 croyait fâchés. Et cela, simplement, inquiétait la jeune femme pour l'avenir. Cependant, on n'attendait plus que Mes-Bottes, qui n'avait pas encore paru.

« Ah ! zut ! cria Coupeau, mettons-nous à table. Vous allez le voir abouler[1] ; il a le nez creux, il sent la boustifaille de loin… Dites donc, il doit rire, s'il est toujours à faire le poireau sur la route de Saint-Denis ! »

Alors, la noce, très égayée, s'attabla avec un grand bruit de chaises. Gervaise était entre Lorilleux et M. Madinier, et Coupeau, entre Mme Fauconnier et Mme Lorilleux. Les autres convives se placèrent à leur goût, parce que ça finissait toujours par des jalousies et des disputes, lorsqu'on indiquait les couverts. Boche se glissa près de Mme Lerat. Bibi-la-Grillade eut pour voisines Mlle Remanjou et Mme Gaudron. Quant à Mme Boche et à maman Coupeau, tout au bout, elles gardèrent les enfants, elles se chargèrent de couper leur viande, de leur verser à boire, surtout pas beaucoup de vin.

« Personne ne dit le bénédicité ? » demanda Boche, pendant que les dames arrangeaient leurs jupes sous la nappe, par peur des taches.

Mais Mme Lorilleux n'aimait pas ces plaisanteries-là. Et le potage au vermicelle, presque froid, fut mangé très vite, avec des sifflements de lèvres dans les cuillers. Deux garçons servaient, en petites vestes graisseuses, en tabliers d'un blanc douteux. Par les quatre fenêtres ouvertes sur les acacias de la cour, le plein jour entrait, une fin de journée d'orage, lavée et chaude encore. Le reflet des arbres dans ce coin humide, verdissait la salle enfumée, faisait danser des ombres de feuilles au-dessus de la nappe, mouillée d'une odeur vague de moisi. Il y avait deux glaces pleines de chiures de mouches, une à chaque bout, qui allongeaient la table à l'infini, couverte de sa vaisselle épaisse, tournant au jaune, où le gras des eaux de l'évier restait en noir dans les égratignures des couteaux. Au

_____

1. *Vous allez le voir abouler* : vous allez le voir débouler, arriver.

fond, chaque fois qu'un garçon remontait de la cuisine, la porte battait, soufflait une odeur forte de graillon.

760 « Ne parlons pas tous à la fois », dit Boche, comme chacun se taisait, le nez sur son assiette.

Et l'on buvait le premier verre de vin, en suivant des yeux deux tourtes aux godiveaux[1], servies par les garçons, lorsque Mes-Bottes entra.

765 « Eh bien ! vous êtes de la jolie fripouille, vous autres ! cria-t-il. J'ai usé mes plantes pendant trois heures sur la route, même qu'un gendarme m'a demandé mes papiers... Est-ce qu'on fait de ces cochonneries-là à un ami ! Fallait au moins m'envoyer un sapin[2] par un commissionnaire. Ah ! non, vous
770 savez, blague dans le coin, je la trouve raide. Avec ça, il pleu-vait si fort, que j'avais de l'eau dans mes poches... Vrai, on y pêcherait encore une friture. »

La société riait, se tordait. Cet animal de Mes-Bottes était allumé ; il avait bien déjà ses deux litres ; histoire seulement de
775 ne pas se laisser embêter par tout ce sirop de grenouille que l'orage avait craché sur ses abattis[3].

« Eh ! le comte de Gigot-Fin ! dit Coupeau, va t'asseoir là-bas, à côté de Mme Gaudron. Tu vois, on t'attendait. »

Oh ! ça ne l'embarrassait pas, il rattraperait les autres ; et il
780 redemanda trois fois du potage, des assiettes de vermicelle, dans lesquelles il coupait d'énormes tranches de pain. Alors, quand on eut attaqué les tourtes, il devint la profonde admi-ration de toute la table. Comme il bâfrait ! Les garçons effarés faisaient la chaîne pour lui passer du pain, des morceaux fine-
785 ment coupés qu'il avalait d'une bouchée. Il finit par se fâcher ; il voulait un pain à côté de lui. Le marchand de vin, très inquiet, se montra un instant sur le seuil de la salle. La société,

---

1. *Tourtes aux godiveaux* : tourtes au hachis de viande. \ **2.** *Un sapin* : un fiacre. \ **3.** *Sur ses abattis* : sur ses reproches.

qui l'attendait, se tordit de nouveau. Ça la lui coupait au gargotier[1] ! Quel sacré zig tout de même, ce Mes-Bottes ! Est-ce
qu'un jour il n'avait pas mangé douze œufs durs et bu douze
verres de vin, pendant que les douze coups de midi sonnaient !
On n'en rencontre pas beaucoup de cette force-là. Et
Mlle Remanjou, attendrie, regardait Mes-Bottes mâcher, tandis
que M. Madinier, cherchant un mot pour exprimer son étonnement presque respectueux, déclara une telle capacité extraordinaire.

Il y eut un silence. Un garçon venait de poser sur la table
une gibelotte de lapin, dans un vaste plat, creux comme un
saladier. Coupeau, très blagueur, en lança une bonne.

« Dites donc, garçon, c'est du lapin de gouttières ça... Il
miaule encore. »

En effet, un léger miaulement, parfaitement imité, semblait
sortir du plat. C'était Coupeau qui faisait ça avec la gorge, sans
remuer les lèvres ; un talent de société d'un succès certain, si
bien qu'il ne mangeait jamais dehors sans commander une
gibelotte. Ensuite, il ronronna. Les dames se tamponnaient
la figure avec leurs serviettes, parce qu'elles riaient trop.
Mme Fauconnier demanda la tête ; elle n'aimait que la tête.
Mlle Remanjou adorait les lardons. Et, comme Boche disait
préférer les petits oignons, quand ils étaient bien revenus,
Mme Lerat pinça les lèvres, en murmurant :

« Je comprends ça. »

Elle était sèche comme un échalas, menait une vie d'ouvrière
cloîtrée dans son train-train, n'avait pas vu le nez d'un homme
chez elle depuis son veuvage, tout en montrant une préoccupation continuelle de l'ordure, une manie de mots à double
entente et d'allusions polissonnes, d'une telle profondeur,

---

1. *Au gargotier* : au restaurateur.

qu'elle seule se comprenait. Boche, se penchant et réclamant une explication, tout bas, à l'oreille, elle reprit :

820 « Sans doute, les petits oignons… Ça suffit, je pense. »

Mais la conversation devenait sérieuse. Chacun parlait de son métier. M. Madinier exaltait le cartonnage : il y avait de vrais artistes dans la partie ; ainsi, il citait des boîtes d'étrennes, dont il connaissait les modèles, des merveilles de

825 luxe. Lorilleux, pourtant, ricanait ; il était très vaniteux de travailler l'or, il en voyait comme un reflet sur ses doigts et sur toute sa personne. Enfin, disait-il souvent, les bijoutiers, au temps jadis, portaient l'épée ; et il citait Bernard Palissy[1], sans savoir. Coupeau, lui, racontait une girouette, un chef-

830 d'œuvre d'un de ses camarades ; ça se composait d'une colonne, puis d'une gerbe, puis d'une corbeille de fruits, puis d'un drapeau ; le tout, très bien reproduit, fait rien qu'avec des morceaux de zinc découpés et soudés. Lerat Mme montrait à Bibi-la-Grillade comment on tournait une queue de rose,

835 en roulant le manche de son couteau entre ses doigts osseux. Cependant, les voix montaient, se croisaient ; on entendait, dans le bruit, des mots lancés très haut par Mme Fauconnier, en train de se plaindre de ses ouvrières, d'un petit chausson d'apprentie qui lui avait encore brûlé, la veille, une paire de

840 draps.

« Vous avez beau dire, cria Lorilleux en donnant un coup de poing sur la table, l'or, c'est de l'or. »

Et, au milieu du silence causé par cette vérité, il n'y eut plus que la voix fluette de Mlle Remanjou, continuant :

845 « Alors, je leur relève la jupe, je couds en dedans… Je leur plante une épingle dans la tête pour tenir le bonnet… Et c'est fait, on les vend treize sous. »

---

1. *Bernard Palissy* : savant, céramiste, chimiste et géologue français du XVIe siècle. Emprisonné à la Bastille pour avoir refusé d'abjurer sa foi protestante, il y mourut.

Elle expliquait ses poupées à Mes-Bottes, dont les mâchoires, lentement, roulaient comme des meules. Il n'écoutait pas, il hochait la tête, guettant les garçons, pour ne pas leur laisser emporter les plats sans les avoir torchés. On avait mangé un fricandeau au jus et des haricots verts. On apportait le rôti, deux poulets maigres, couchés sur un lit de cresson, fané et cuit par le four. Au-dehors, le soleil se mourait sur les branches hautes des acacias. Dans la salle, le reflet verdâtre s'épaississait des buées montant de la table, tachée de vin et de sauce, encombrée de la débâcle du couvert ; et, le long du mur, des assiettes sales, des litres vides, posés là par les garçons, semblaient les ordures balayées et culbutées de la nappe. Il faisait très chaud. Les hommes retirèrent leurs redingotes et continuèrent à manger en manches de chemise.

« Madame Boche, je vous en prie, ne les bourrez pas tant », dit Gervaise, qui parlait peu, surveillant de loin Claude et Étienne.

Elle se leva, alla causer un instant, debout derrière les chaises des petits. Les enfants, ça n'avait pas de raison, ça mangeait toute une journée sans refuser les morceaux ; et elle leur servit elle-même du poulet, un peu de blanc. Mais maman Coupeau dit qu'ils pouvaient bien, pour une fois, se donner une indigestion. Mme Boche, à voix basse, accusa Boche de pincer les genoux de Mme Lerat. Oh ! c'était un sournois, il godaillait[1]. Elle avait bien vu sa main disparaître. S'il recommençait, jour de Dieu ! elle était femme à lui flanquer une carafe à la tête.

Dans le silence, M. Madinier causait politique.

« Leur loi du 31 mai[2] est une abomination. Maintenant, il faut deux ans de domicile. Trois millions de citoyens sont

___

1. *Il godaillait* : il courait les cabarets. \ 2. Selon Henri Mitterand, cette allusion date la scène : la loi électorale du 31 mai 1850 portait à trois ans la durée minimale de domicile pour pouvoir voter. Cette loi écarta du suffrage un nombre important d'ouvriers des villes, fraîchement arrivés de province ou changeant souvent de domicile.

rayés des listes… On m'a dit que Bonaparte, au fond, est très vexé, car il aime le peuple, il en a donné des preuves. »

880 Lui, était républicain ; mais il admirait le prince, à cause de son oncle, un homme comme il n'en reviendrait jamais plus. Bibi-la-Grillade se fâcha : il avait travaillé à l'Élysée, il avait vu le Bonaparte comme il voyait Mes-Bottes, là, en face de lui ; eh bien, ce mufe de président ressemblait à un roussin[1], voilà ! On disait qu'il allait faire un tour du côté de Lyon ; ce serait un 885 fameux débarras, s'il se cassait le cou dans un fossé. Et, comme la discussion tournait au vilain, Coupeau dut intervenir.

« Ah bien ! vous êtes encore innocents de vous attraper pour la politique !… En voilà une blague, la politique ! Est-ce que ça existe pour nous ?… On peut bien mettre ce qu'on voudra, 890 un roi, un empereur, rien du tout, ça ne m'empêchera pas de gagner mes cinq francs, de manger et de dormir, pas vrai ?… Non, c'est trop bête ! »

Lorilleux hochait la tête. Il était né le même jour que le comte de Chambord, le 29 septembre 1820. Cette coïncidence 895 le frappait beaucoup, l'occupait d'un rêve vague, dans lequel il établissait une relation entre le retour en France du roi et sa fortune personnelle. Il ne disait pas nettement ce qu'il espérait, mais il donnait à entendre qu'il lui arriverait alors quelque chose d'extraordinairement agréable. Aussi, à chacun de ses 900 désirs trop gros pour être contenté, il renvoyait ça à plus tard, « quand le roi reviendrait ».

« D'ailleurs, raconta-t-il, j'ai vu un soir le comte de Chambord… »

Tous les visages se tournèrent vers lui.

905 « Parfaitement. Un gros homme, en paletot, l'air bon garçon… J'étais chez Péquignot, un de mes amis, qui vend des meubles, Grande-Rue de La Chapelle… Le comte de Cham-

---

1. *Un roussin* : un agent de la police, un mouchard.

bord avait la veille laissé là un parapluie. Alors, il est entré, il
a dit comme ça, tout simplement : « Voulez-vous bien me
rendre mon parapluie ? » Mon Dieu ! oui, c'était lui, Péquignot
m'a donné sa parole d'honneur. »

Aucun des convives n'émit le moindre doute. On était au
dessert. Les garçons débarrassaient la table avec un grand bruit
de vaisselle. Et Mme Lorilleux, jusque-là très convenable, très
dame, laissa échapper un : Sacré salaud ! parce que l'un des
garçons, en enlevant un plat, lui avait fait couler quelque chose
de mouillé dans le cou. Pour sûr, sa robe de soie était tachée.
M. Madinier dut lui regarder le dos, mais il n'y avait rien, il le
jurait. Maintenant, au milieu de la nappe, s'étalaient des œufs
à la neige, dans un saladier, flanqués de deux assiettes de
fromage et de deux assiettes de fruits. Les œufs à la neige, les
blancs trop cuits nageant sur la crème jaune, causèrent un
recueillement ; on ne les attendait pas, on trouva ça distingué.
Mes-Bottes mangeait toujours. Il avait redemandé un pain. Il
acheva les deux fromages ; et comme il restait de la crème, il
se fit passer le saladier, au fond duquel il tailla de larges
tranches, comme pour une soupe.

« Monsieur est vraiment bien remarquable », dit M. Madinier retombé dans son admiration.

Alors, les hommes se levèrent pour prendre leurs pipes. Ils
restèrent un instant derrière Mes-Bottes, à lui donner des tapes
sur les épaules, en lui demandant si ça allait mieux. Bibi-la-
Grillade le souleva avec la chaise ; mais, tonnerre de Dieu !
l'animal avait doublé de poids. Coupeau, par blague, racontait
que le camarade commençait seulement à se mettre en train,
qu'il allait à présent manger comme ça du pain toute la nuit.
Les garçons, épouvantés, disparurent. Boche, descendu depuis
un instant, remonta en racontant la bonne tête du marchand
de vin, en bas ; il était tout pâle dans son comptoir, la bourgeoise consternée venait d'envoyer voir si les boulangers

restaient ouverts, jusqu'au chat de la maison qui avait l'air ruiné. Vrai, c'était trop cocasse, ça valait l'argent du dîner, il ne pouvait pas y avoir de pique-nique sans cet avale-tout de Mes-Bottes. Et les hommes, leurs pipes allumées, le couvaient
945 d'un regard jaloux ; car enfin, pour tant manger, il fallait être solidement bâti !

« Je ne voudrais pas être chargée de vous nourrir, dit Mme Gaudron. Ah ! non, par exemple !

— Dites-donc, la petite mère, faut pas blaguer, répondit
950 Mes-Bottes, avec un regard oblique sur le ventre de sa voisine. Vous en avez avalé plus long que moi. »

On applaudit, on cria bravo : c'était envoyé. Il faisait nuit noire, trois becs de gaz flambaient dans la salle, remuant de grandes clartés troubles, au milieu de la fumée des pipes. Les
955 garçons, après avoir servi le café et le cognac, venaient d'emporter les dernières piles d'assiettes sales. En bas, sous les trois acacias, le bastringue commençait, un cornet à pistons et deux violons jouant très fort, avec des rires de femme, un peu rauques dans la nuit chaude.

960 « Faut faire un brûlot[1] ! cria Mes-Bottes ; deux litres de casse-poitrine, beaucoup de citron et pas beaucoup de sucre ! »

Mais Coupeau, voyant en face de lui le visage inquiet de Gervaise, se leva en déclarant qu'on ne boirait pas davantage. On avait vidé vingt-cinq litres, chacun son litre et demi, en
965 comptant les enfants comme des grandes personnes ; c'était déjà trop raisonnable. On venait de manger un morceau ensemble, en bonne amitié, sans fla-fla, parce qu'on avait de l'estime les uns pour les autres et qu'on désirait célébrer entre soi une fête de famille. Tout se passait très gentiment, on était
970 gai, il ne fallait pas maintenant se cocarder[2] cochonnément, si l'on voulait respecter les dames. En un mot, et comme fin

---

1. *Un brûlot* : un petit punch à l'eau-de-vie. \ 2. *Se cocarder* : s'enivrer.

finale, on s'était réuni pour porter une santé au conjungo, et non pour se mettre dans les brindezingues[1]. Ce petit discours, débité d'une voix convaincue par le zingueur, qui
975 posait la main sur sa poitrine à la chute de chaque phrase, eut la vive approbation de Lorilleux et de M. Madinier. Mais les autres, Boche, Gaudron, Bibi-la-Grillade, surtout Mes-Bottes très allumés tous les quatre, ricanèrent, la langue épaissie, ayant une sacrée coquine de soif, qu'il fallait pour-
980 tant arroser.

« Ceux qui ont soif, ont soif, et ceux qui n'ont pas soif, n'ont pas soif, fit remarquer Mes-Bottes. Pour lors, on va commander le brûlot… On n'esbrouffe[2] personne. Les aristos feront monter de l'eau sucrée. »

985 Et comme le zingueur recommençait à prêcher, l'autre, qui s'était mis debout, se donna une claque sur la fesse, en criant :

« Ah ! tu sais, baise cadet !… Garçon, deux litres de vieille ! »

Alors, Coupeau dit que c'était très bien, qu'on allait seule-
990 ment régler le repas tout de suite. Ça éviterait des disputes. Les gens bien élevés n'avaient pas besoin de payer pour les soûlards. Et, justement, Mes-Bottes, après s'être fouillé longtemps, ne trouva que trois francs sept sous. Aussi pourquoi l'avait-on fait droguer[3] sur la route de Saint-Denis ? Il ne pouvait pas se
995 laisser noyer, il avait cassé la pièce de cent sous. Les autres étaient fautifs, voilà ! Enfin, il donna trois francs, gardant les sept sous pour son tabac du lendemain. Coupeau, furieux, aurait cogné, si Gervaise ne l'avait tiré par sa redingote, très effrayée, suppliante. Il se décida à emprunter deux francs à
1000 Lorilleux, qui, après les avoir refusés, se cacha pour les prêter, car sa femme, bien sûr, n'aurait jamais voulu.

---

1. *Être dans les brindezingues* : être complètement ivre. \ **2.** *On n'esbrouffe personne* : on n'embête personne. \ **3.** *Droguer* : attendre.

Cependant, M. Madinier avait pris une assiette. Les demoiselles et les dames seules, Mme Lerat, Mme Fauconnier, Mlle Remanjou, déposèrent leur pièce de cent sous les premières, discrètement. Ensuite, les messieurs s'isolèrent à l'autre bout de la salle, firent les comptes. On était quinze ; ça montait donc à soixante-quinze francs. Lorsque les soixante-quinze francs furent dans l'assiette, chaque homme ajouta cinq sous pour les garçons. Il fallut un quart d'heure de calculs laborieux, avant de tout régler à la satisfaction de chacun.

Mais quand M. Madinier, qui voulait avoir affaire au patron, eut demandé le marchand de vin, la société resta saisie, en entendant celui-ci dire avec un sourire que ça ne faisait pas du tout son compte. Il y avait des suppléments. Et, comme ce mot de « supplément » était accueilli par des exclamations furibondes, il donna le détail : vingt-cinq litres, au lieu de vingt, nombre convenu à l'avance ; les œufs à la neige, qu'il avait ajoutés, en voyant le dessert un peu maigre ; enfin un carafon de rhum, servi avec le café, dans le cas où des personnes aimeraient le rhum. Alors, une querelle formidable s'engagea. Coupeau, pris à partie, se débattait : jamais il n'avait parlé de vingt litres ; quant aux œufs à la neige, ils rentraient dans le dessert, tant pis si le gargotier les avait ajoutés de son plein gré ; restait le carafon de rhum, une frime, une façon de grossir la note, en glissant sur la table des liqueurs dont on ne se méfiait pas.

« Il était sur le plateau au café, criait-il ; eh bien ! il doit être compté avec le café... Fichez-nous la paix. Emportez votre argent, et du tonnerre si nous remettons jamais les pieds dans votre baraque !

— C'est six francs de plus, répétait le marchand de vin. Donnez-moi mes six francs... Et je ne compte pas les trois pains de monsieur, encore ! »

1035 Toute la société, serrée autour de lui, l'entourait d'une rage
de gestes, d'un glapissement de voix que la colère étranglait.
Les femmes, surtout, sortaient de leur réserve, refusaient
d'ajouter un centime. Ah bien! merci, elle était jolie, la noce!
C'était Mlle Remanjou, qui ne se fourrerait plus dans un de ces
1040 dîners-là! Mme Fauconnier avait très mal mangé; chez elle,
pour ses quarante sous, elle aurait eu un petit plat à se lécher
les doigts. Mme Gaudron se plaignait amèrement d'avoir été
poussée au mauvais bout de la table, à côté de Mes-Bottes, qui
n'avait pas montré le moindre égard. Enfin, ces parties
1045 tournaient toujours mal. Quand on voulait avoir du monde à
son mariage, on invitait les personnes, parbleu! Et Gervaise,
réfugiée auprès de maman Coupeau, devant une des fenêtres,
ne disait rien, honteuse, sentant que toutes ces récriminations
retombaient sur elle.

1050 M. Madinier finit par descendre avec le marchand de vin.
On les entendit discuter en bas. Puis, au bout d'une demi-
heure, le cartonnier remonta; il avait réglé, en donnant trois
francs. Mais la société restait vexée, exaspérée, revenant sans
cesse sur la question des suppléments. Et le vacarme s'accrut
1055 d'un acte de vigueur de Mme Boche. Elle guettait toujours
Boche, elle le vit, dans un coin, pincer la taille de Mme Lerat.
Alors, à toute volée, elle lança une carafe qui s'écrasa contre le
mur.

« On voit bien que votre mari est tailleur, madame, dit la
1060 grande veuve, avec un pincement de lèvres plein de sous-
entendus. C'est un juponnier numéro un... Je lui ai pourtant
allongé de fameux coups de pied, sous la table. »

La soirée était gâtée. On devint de plus en plus aigre.
M. Madinier proposa de chanter; mais Bibi-la-Grillade, qui
1065 avait une belle voix, venait de disparaître; et Mlle Remanjou,
accoudée à une fenêtre, l'aperçut, sous les acacias, faisant sauter
une grosse fille en cheveux. Le cornet à pistons et les deux

violons jouaient *Le Marchand de moutarde*, un quadrille où l'on
tapait dans ses mains, à la pastourelle. Alors, il y eut une
1070 débandade : Mes-Bottes et le ménage Gaudron descendirent ;
Boche lui-même fila. Des fenêtres, on voyait les couples
tourner, entre les feuilles, auxquelles les lanternes pendues aux
branches donnaient un vert peint et cru de décor. La nuit
dormait, sans une haleine, pâmée par la grosse chaleur. Dans
1075 la salle, une conversation sérieuse s'était engagée entre
Lorilleux et M. Madinier, pendant que les dames, ne sachant
plus comment soulager leur besoin de colère, regardaient leurs
robes, cherchant si elles n'avaient pas attrapé des taches.

Les effilés de Mme Lerat devaient avoir trempé dans le café.
1080 La robe écrue de Mme Fauconnier était pleine de sauce. Le châle
vert de maman Coupeau, tombé d'une chaise, venait d'être
retrouvé dans un coin, roulé et piétiné. Mais c'était surtout
Mme Lorilleux qui ne décolérait pas. Elle avait une tache dans
le dos, on avait beau lui jurer que non, elle la sentait. Et elle
1085 finit, en se tordant devant une glace, par l'apercevoir.

« Qu'est-ce que je disais ? cria-t-elle. C'est du jus de poulet.
Le garçon paiera la robe. Je lui ferai plutôt un procès… Ah ! la
journée est complète. J'aurais mieux fait de rester couchée…
Je m'en vais, d'abord. J'en ai assez, de leur fichue noce ! »

1090 Elle partit rageusement, en faisant trembler l'escalier sous
les coups de ses talons. Lorilleux courut derrière elle. Mais tout
ce qu'il put obtenir, ce fut qu'elle attendrait cinq minutes sur
le trottoir, si l'on voulait partir ensemble. Elle aurait dû s'en
aller après l'orage, comme elle en avait eu l'envie. Coupeau lui
1095 revaudrait cette journée-là. Quand ce dernier la sut si furieuse,
il parut consterné ; et Gervaise, pour lui éviter des ennuis,
consentit à rentrer tout de suite. Alors, on s'embrassa rapidement, M. Madinier se chargea de reconduire maman Coupeau.
Mme Boche devait, pour la première nuit, emmener Claude et
1100 Étienne coucher chez elle ; leur mère pouvait être sans crainte,

les petits dormaient sur des chaises, alourdis par une grosse indigestion d'œufs à la neige. Enfin, les mariés se sauvaient avec Lorilleux, laissant le reste de la noce chez le marchand de vin, lorsqu'une bataille s'engagea en bas, dans le bastringue, entre leur société et une autre société ; Boche et Mes-Bottes, qui avaient embrassé une dame, ne voulaient pas la rendre à deux militaires auxquels elle appartenait, et menaçaient de nettoyer tout le tremblement, dans le tapage enragé du cornet à pistons et des deux violons, jouant la polka des *Perles*.

Il était à peine onze heures. Sur le boulevard de La Chapelle, et dans tout le quartier de la Goutte-d'Or, la paie de grande quinzaine, qui tombait ce samedi-là, mettait un vacarme énorme de soûlerie. Mme Lorilleux attendait à vingt pas du Moulin d'Argent, debout sous un bec de gaz. Elle prit le bras de Lorilleux, marcha devant, sans se retourner, d'un tel pas que Gervaise et Coupeau s'essoufflaient à les suivre. Par moments, ils descendaient du trottoir, pour laisser la place à un ivrogne, tombé là, les quatre fers en l'air. Lorilleux se retourna, cherchant à raccommoder les choses.

« Nous allons vous conduire à votre porte », dit-il.

Mais Mme Lorilleux, élevant la voix, trouvait ça drôle de passer sa nuit de noce dans ce trou infect de l'hôtel Boncœur. Est-ce qu'ils n'auraient pas dû remettre le mariage, économiser quatre sous et acheter des meubles, pour rentrer chez eux, le premier soir ? Ah ! ils allaient être bien, sous les toits, empilés tous les deux dans un cabinet de dix francs, où il n'y avait seulement pas d'air.

« J'ai donné congé, nous ne restons pas en haut, objecta Coupeau timidement. Nous gardons la chambre de Gervaise, qui est plus grande. »

Mme Lorilleux s'oublia, se tourna d'un mouvement brusque.

« Ça, c'est plus fort ! cria-t-elle. Tu vas coucher dans la chambre à la Banban ! »

Gervaise devint toute pâle. Ce surnom, qu'elle recevait à la
1135 face pour la première fois, la frappait comme un soufflet. Puis,
elle entendait bien l'exclamation de sa belle-sœur : la chambre
à la Banban, c'était la chambre où elle avait vécu un mois avec
Lantier, où les loques de sa vie passée traînaient encore.
Coupeau ne comprit pas, fut seulement blessé du surnom.

1140 « Tu as tort de baptiser les autres, répondit-il avec humeur.
Tu ne sais pas, toi, qu'on t'appelle Queue-de-Vache, dans le
quartier, à cause de tes cheveux. Là, ça ne te fait pas plaisir,
n'est-ce pas ?... Pourquoi ne garderions-nous pas la chambre
du premier ? Ce soir, les enfants n'y couchent pas, nous y serons
1145 très bien. »

Mme Lorilleux n'ajouta rien, se renfermant dans sa dignité,
horriblement vexée de s'appeler Queue-de-Vache. Coupeau,
pour consoler Gervaise, lui serrait doucement le bras ; et il
réussit même à l'égayer, en lui racontant à l'oreille qu'ils
1150 entraient en ménage avec la somme de sept sous toute ronde,
trois gros sous et un petit sou, qu'il faisait sonner de la main
dans la poche de son pantalon. Quand on fut arrivé à l'hôtel
Boncœur, on se dit bonsoir d'un air fâché. Et au moment où
Coupeau poussait les deux femmes au cou l'une de l'autre, en
1155 les traitant de bêtes, un pochard, qui semblait vouloir passer
à droite, eut un brusque crochet à gauche, et vint se jeter entre
elles.

« Tiens ! c'est le père Bazouge ! dit Lorilleux. Il a son compte,
aujourd'hui. »

1160 Gervaise, effrayée, se collait contre la porte de l'hôtel. Le
père Bazouge, un croque-mort d'une cinquantaine d'années,
avait son pantalon noir taché de boue, son manteau noir agrafé
sur l'épaule, son chapeau de cuir noir cabossé, aplati dans
quelque chute.

1165 « N'ayez pas peur, il n'est pas méchant, continuait Lorilleux.
C'est un voisin ; la troisième chambre dans le corridor, avant

d'arriver chez nous… Il serait propre, si son administration le
voyait comme ça ! »

Cependant, le père Bazouge s'offusquait de la terreur de la
jeune femme.

« Eh bien, quoi ! bégaya-t-il, on ne mange personne dans
notre partie… J'en vaux un autre, allez, ma petite… Sans
doute que j'ai bu un coup ! Quand l'ouvrage donne, faut bien
se graisser les roues. Ce n'est pas vous, ni la compagnie, qui
auriez descendu le particulier de six cents livres que nous avons
amené à deux du quatrième sur le trottoir, et sans le casser
encore… Moi, j'aime les gens rigolos. »

Mais Gervaise se rentrait davantage dans l'angle de la porte,
prise d'une grosse envie de pleurer, qui lui gâtait toute sa
journée de joie raisonnable. Elle ne songeait plus à embrasser
sa belle-sœur, elle suppliait Coupeau d'éloigner l'ivrogne.
Alors, Bazouge, en chancelant, eut un geste plein de dédain
philosophique.

« Ça ne vous empêchera pas d'y passer, ma petite… Vous
serez peut-être bien contente d'y passer, un jour… Oui, j'en
connais des femmes, qui diraient merci, si on les emportait. »

Et, comme les Lorilleux se décidaient à l'emmener, il se
retourna, il balbutia une dernière phrase, entre deux hoquets :

« Quand on est mort… écoutez ça… quand on est mort,
c'est pour longtemps. »

IV

Ce furent quatre années de dur travail. Dans le quartier, Gervaise et Coupeau étaient un bon ménage, vivant à l'écart, sans batteries[1], avec un tour de promenade régulier le dimanche, du côté de Saint-Ouen. La femme faisait des journées de douze heures chez Mme Fauconnier, et trouvait le moyen de tenir son chez-elle propre comme un sou, de donner la pâtée à tout son monde, matin et soir. L'homme ne se soûlait pas, rapportait ses quinzaines, fumait une pipe à sa fenêtre avant de se coucher, pour prendre l'air. On les citait, à cause de leur gentillesse. Et, comme ils gagnaient à eux deux près de neuf francs par jour, on calculait qu'ils devaient mettre de côté pas mal d'argent[2].

Mais, dans les premiers temps surtout, il leur fallut joliment trimer, pour joindre les deux bouts. Leur mariage leur avait mis sur le dos une dette de deux cents francs. Puis, ils s'abominaient[3], à l'hôtel Boncœur ; ils trouvaient ça dégoûtant, plein de sales fréquentations ; et ils rêvaient d'être chez eux, avec des meubles à eux, qu'ils soigneraient. Vingt fois, ils calculèrent la somme nécessaire ; ça montait, en chiffre

---

1. *Sans batteries* : sans se donner de coups. \ **2.** Dans l'édition de la Pléiade, Henri Mitterand rappelle qu'en 1864 la journée de travail effectif de l'ouvrier était de dix à douze heures et que le salaire journalier des ouvriers du bâtiment variait de quatre à six francs. Le salaire des blanchisseuses s'élevait à deux francs vingt-cinq. \ **3.** *Ils s'abominaient* : ils s'ennuyaient.

20 rond, à trois cent cinquante francs, s'ils voulaient tout de
suite n'être pas embarrassés pour serrer leurs affaires et avoir
sous la main une casserole ou un poêlon, quand ils en auraient
besoin. Ils désespéraient d'économiser une si grosse somme
en moins de deux années, lorsqu'il leur arriva une bonne
25 chance : un vieux monsieur de Plassans leur demanda
Claude[1], l'aîné des petits, pour le placer là-bas au collège ;
une toquade généreuse d'un original, amateur de tableaux,
que des bonshommes barbouillés autrefois par le mioche
avaient vivement frappé. Claude leur coûtait déjà les yeux de
30 la tête. Quand ils n'eurent plus à leur charge que le cadet,
Étienne, ils amassèrent les trois cent cinquante francs en sept
mois et demi. Le jour où ils achetèrent leurs meubles, chez
un revendeur de la rue Belhomme, ils firent, avant de rentrer,
une promenade sur les boulevards extérieurs, le cœur gonflé
35 d'une grosse joie. Il y avait un lit, une table de nuit, une
commode à dessus de marbre, une armoire, une table ronde
avec sa toile cirée, six chaises, le tout en vieil acajou ; sans
compter la literie, du linge, des ustensiles de cuisine presque
neufs. C'était pour eux comme une entrée sérieuse et défini-
40 tive dans la vie, quelque chose qui, en les faisant propriétaires, leur donnait de l'importance au milieu des gens bien
posés du quartier.

Le choix d'un logement, depuis deux mois, les occupait. Ils
voulurent, avant tout, en louer un dans la grande maison, rue
45 de la Goutte-d'Or. Mais pas une chambre n'y était libre, ils
durent renoncer à leur ancien rêve. Pour dire la vérité, Gervaise
ne fut pas fâchée, au fond : le voisinage des Lorilleux, porte à
porte, l'effrayait beaucoup. Alors, ils cherchèrent ailleurs.

---

1. *Claude* : le peintre Claude Lantier sera le héros de *L'Œuvre*, roman sur l'art et le monde
des artistes, publié en 1886. Claude apparaît antérieurement dans *Le Ventre de Paris*, publié
en 1873.

Coupeau, très justement, tenait à ne pas s'éloigner de l'atelier
50 de Mme Fauconnier, pour que Gervaise pût, d'un saut, être chez
elle à toutes les heures du jour. Et ils eurent enfin une trou-
vaille, une grande chambre, avec un cabinet et une cuisine, rue
Neuve-de-la-Goutte-d'Or, presque en face de la blanchisseuse.
C'était une petite maison à un seul étage, un escalier très raide,
55 en haut duquel il y avait seulement deux logements, l'un à
droite, l'autre à gauche ; le bas se trouvait habité par un loueur
de voitures, dont le matériel occupait des hangars dans une
vaste cour, le long de la rue. La jeune femme, charmée, croyait
retourner en province ; pas de voisines, pas de cancans à
60 craindre, un coin de tranquillité qui lui rappelait une ruelle de
Plassans, derrière les remparts ; et, pour comble de chance, elle
pouvait voir sa fenêtre, de son établi, sans quitter ses fers, en
allongeant la tête.

   L'emménagement eut lieu au terme d'avril. Gervaise était
65 alors enceinte de huit mois. Mais elle montrait une belle
vaillance, disant avec un rire que l'enfant l'aidait, lorsqu'elle
travaillait ; elle sentait, en elle, ses petites menottes pousser
et lui donner des forces. Ah ! bien ! elle recevait joliment
Coupeau, les jours où il voulait la faire coucher pour se dorloter
70 un peu ! Elle se coucherait aux grosses douleurs. Ce serait
toujours assez tôt ; car, maintenant, avec une bouche de plus,
il allait falloir donner un rude coup de collier. Et ce fut elle qui
nettoya le logement, avant d'aider son mari à mettre les
meubles en place. Elle eut une religion pour ces meubles, les
75 essuyant avec des soins maternels, le cœur crevé à la vue de
la moindre égratignure. Elle s'arrêtait, saisie, comme si elle se
fût tapée elle-même, quand elle les cognait en balayant. La
commode surtout lui était chère ; elle la trouvait belle, solide,
l'air sérieux. Un rêve, dont elle n'osait parler, était d'avoir une
80 pendule pour la mettre au beau milieu du marbre, où elle
aurait produit un effet magnifique. Sans le bébé qui venait, elle

se serait peut-être risquée à acheter sa pendule. Enfin elle
renvoyait ça à plus tard, avec un soupir.

85 Le ménage vécut dans l'enchantement de sa nouvelle demeure.
Le lit d'Étienne occupait le cabinet, où l'on pouvait encore
installer une autre couchette d'enfant. La cuisine était grande
comme la main et toute noire ; mais, en laissant la porte ouverte,
on y voyait assez clair ; puis, Gervaise n'avait pas à faire des repas
de trente personnes, il suffisait qu'elle y trouvât la place de son
90 pot-au-feu. Quant à la grande chambre, elle était leur orgueil.
Dès le matin, ils fermaient les rideaux de l'alcôve, des rideaux de
calicot blanc ; et la chambre se trouvait transformée en salle à
manger, avec la table au milieu, l'armoire et la commode en face
l'une de l'autre. Comme la cheminée brûlait jusqu'à quinze sous
95 de charbon de terre par jour, ils l'avaient bouchée ; un petit poêle
de fonte, posé sur la plaque de marbre, les chauffait pour sept
sous pendant les grands froids. Ensuite, Coupeau avait orné
les murs de son mieux, en se promettant des embellissements :
une haute gravure représentant un maréchal de France, caracolant
100 avec son bâton à la main, entre un canon et un tas de boulets,
tenait lieu de glace ; au-dessus de la commode, les photographies de la famille étaient rangées sur deux lignes, à droite et à
gauche d'un ancien bénitier de porcelaine dorée, dans lequel on
mettait les allumettes ; sur la corniche de l'armoire, un buste de
105 Pascal faisait pendant à un buste de Béranger, l'un grave, l'autre
souriant, près du coucou, dont ils semblaient écouter le tic-tac.
C'était vraiment une belle chambre.

« Devinez combien nous payons ici ? » demandait Gervaise
à chaque visiteur. Et quand on estimait son loyer trop haut, elle
110 triomphait, elle criait, ravie d'être si bien pour si peu d'argent :

« Cent cinquante francs, pas un liard de plus !… Hein ! c'est
donné ! »

La rue Neuve-de-la-Goutte-d'Or elle-même entrait pour
une bonne part dans leur contentement. Gervaise y vivait,

115 allant sans cesse de chez elle chez Mme Fauconnier. Coupeau,
le soir, descendait maintenant, fumait sa pipe sur le pas de la
porte. La rue, sans trottoir, le pavé défoncé, montait. En haut,
du côté de la rue de la Goutte-d'Or, il y avait des boutiques
sombres aux carreaux sales, des cordonniers, des tonneliers, une
120 épicerie borgne, un marchand de vin en faillite, dont les volets
fermés depuis des semaines se couvraient d'affiches. À l'autre
bout, vers Paris, des maisons de quatre étages barraient le ciel,
occupées à leur rez-de-chaussée par des blanchisseuses, les unes
près des autres, en tas ; seule, une devanture de perruquier
125 de petite ville, peinte en vert, toute pleine de flacons aux
couleurs tendres, égayait ce coin d'ombre du vif éclair de ses
plats de cuivre, tenus très propres. Mais la gaieté de la rue se
trouvait au milieu, à l'endroit où les constructions, en devenant
plus rares et plus basses, laissaient descendre l'air et le soleil.
130 Les hangars du loueur de voitures, l'établissement voisin où
l'on fabriquait de l'eau de Seltz, le lavoir, en face, élargissaient
un vaste espace libre, silencieux, dans lequel les voix étouf-
fées des laveuses et l'haleine régulière de la machine à vapeur
semblaient grandir encore le recueillement. Des terrains
135 profonds, des allées s'enfonçant entre des murs noirs, mettaient
là un village. Et Coupeau, amusé par les rares passants qui
enjambaient le ruissellement continu des eaux savonneuses,
disait se souvenir d'un pays où l'avait conduit un de ses oncles,
à l'âge de cinq ans. La joie de Gervaise était, à gauche de sa
140 fenêtre, un arbre planté dans une cour, un acacia allongeant une
seule de ses branches, et dont la maigre verdure suffisait au
charme de toute la rue.

Ce fut le dernier jour d'avril [1] que la jeune femme accoucha.
Les douleurs la prirent l'après-midi, vers quatre heures,

---

1. Henri Mitterand rappelle, en se référant aux plans préparatoires, qu'il s'agit d'avril 1851.
Le chapitre IV couvre quatre années, de 1851 à 1854.

145 comme elle repassait une paire de rideaux chez Mme Fauconnier. Elle ne voulut pas s'en aller tout de suite, restant là à se tortiller sur une chaise, donnant un coup de fer quand ça se calmait un peu ; les rideaux pressaient, elle s'entêtait à les finir ; puis, ça n'était peut-être qu'une colique, il ne fallait pas
150 s'écouter pour un mal de ventre. Mais, comme elle parlait de se mettre à des chemises d'homme, elle devint blanche. Elle dut quitter l'atelier, traverser la rue, courbée en deux, se tenant aux murs. Une ouvrière offrait de l'accompagner ; elle refusa, elle la pria seulement de passer chez la sage-femme, à côté, rue
155 de la Charbonnière. Le feu n'était pas à la maison, bien sûr. Elle en avait sans doute pour toute la nuit. Ça n'allait pas l'empêcher en rentrant de préparer le dîner de Coupeau ; ensuite, elle verrait à se jeter un instant sur le lit, sans même se déshabiller. Dans l'escalier, elle fut prise d'une telle crise, qu'elle dut
160 s'asseoir au beau milieu des marches ; et elle serrait ses deux poings sur sa bouche, pour ne pas crier, parce qu'elle éprouvait une honte à être trouvée là par des hommes, s'il en montait. La douleur passa, elle put ouvrir la porte, soulagée, pensant décidément s'être trompée. Elle faisait, ce soir-là, un
165 ragoût de mouton avec des hauts de côtelettes. Tout marcha encore bien, pendant qu'elle pelurait ses pommes de terre. Les hauts de côtelettes revenaient dans un poêlon, quand les sueurs et les tranchées reparurent. Elle tourna son roux, en piétinant devant le fourneau, aveuglée par de grosses larmes.
170 Si elle accouchait, n'est-ce pas ? ce n'était point une raison pour laisser Coupeau sans manger. Enfin, le ragoût mijota sur un feu couvert de cendre. Elle revint dans la chambre, crut avoir le temps de mettre un couvert à un bout de la table. Et il lui fallut reposer bien vite le litre de vin ; elle n'eut plus la
175 force d'arriver au lit, elle tomba et accoucha par terre, sur un paillasson. Lorsque la sage-femme arriva, un quart d'heure plus tard, ce fut là qu'elle la délivra.

Le zingueur travaillait toujours à l'hôpital. Gervaise défendit
d'aller le déranger. Quand il rentra, à sept heures, il la trouva
180 couchée, bien enveloppée, très pâle sur l'oreiller. L'enfant pleurait, emmailloté dans un châle, aux pieds de la mère.

« Ah ! ma pauvre femme ! dit Coupeau en embrassant
Gervaise. Et moi qui rigolais, il n'y a pas une heure, pendant
que tu criais aux petits pâtés [1] !... Dis donc, tu n'es pas embar-
185 rassée, tu vous lâches ça, le temps d'éternuer. »

Elle eut un faible sourire ; puis, elle murmura :

« C'est une fille.

– Juste ! reprit le zingueur, blaguant pour la remettre,
j'avais commandé une fille ! Hein ! me voilà servi ! Tu fais donc
190 tout ce que je veux ? »

Et, prenant l'enfant, il continua :

« Qu'on vous voie un peu, mademoiselle Souillon !... Vous
avez une petite frimousse bien noire. Ça blanchira, n'ayez pas
peur Il faudra être sage, ne pas faire la gourgandine [2], grandir
195 raisonnable, comme papa et maman. »

Gervaise, très sérieuse, regardait sa fille, les yeux grands
ouverts, lentement assombris d'une tristesse. Elle hocha la
tête ; elle aurait voulu un garçon, parce que les garçons se
débrouillent toujours et ne courent pas tant de risques, dans
200 ce Paris. La sage-femme dut enlever le poupon des mains de
Coupeau. Elle défendit aussi à Gervaise de parler ; c'était déjà
mauvais qu'on fît tant de bruit autour d'elle. Alors, le
zingueur dit qu'il fallait prévenir maman Coupeau et les
Lorilleux ; mais il crevait de faim, il voulait dîner auparavant.
205 Ce fut un gros ennui pour l'accouchée de le voir se servir lui-
même, courir à la cuisine chercher le ragoût, manger dans une
assiette creuse, ne pas trouver le pain. Malgré la défense, elle

---

1. *Crier aux petits pâtés* : gémissements et douleurs d'une femme en couches. \ 2. *Ne pas faire
la gourgandine* : ne pas faire la dévergondée.

se lamentait, se tournait entre les draps. Aussi c'était bien bête
de n'avoir pas pu mettre la table ; la colique l'avait assise par
210 terre comme un coup de bâton. Son pauvre homme lui en
voudrait, d'être là à se dorloter, quand il mangeait si mal. Les
pommes de terre étaient-elles assez cuites au moins ? Elle ne
se rappelait plus si elle les avait salées.

« Taisez-vous donc ! cria la sage-femme.

215 — Ah ! quand vous l'empêcherez de se miner, par exemple !
dit Coupeau, la bouche pleine. Si vous n'étiez pas là, je parie
qu'elle se lèverait pour me couper mon pain… Tiens-toi donc
sur le dos, grosse dinde ! Faut pas te démolir, autrement tu en
as pour quinze jours à te remettre sur tes pattes… Il est très
220 bon ton ragoût. Madame va en manger avec moi. N'est-ce pas,
madame ? »

La sage-femme refusa ; mais elle voulut bien boire un verre
de vin, parce que ça l'avait émotionnée, disait-elle, de trouver
la malheureuse femme avec le bébé sur le paillasson. Coupeau
225 partit enfin, pour annoncer la nouvelle à la famille. Une demi-
heure plus tard, il revint avec tout le monde, maman Coupeau,
les Lorilleux, Mme Lerat, qu'il avait justement rencontrée chez
ces derniers. Les Lorilleux, devant la prospérité du ménage,
étaient devenus très aimables, faisaient un éloge outré de
230 Gervaise, en laissant échapper de petits gestes restrictifs, des
hochements de menton, des battements de paupières, comme
pour ajourner leur vrai jugement. Enfin, ils savaient ce qu'ils
savaient ; seulement, ils ne voulaient pas aller contre l'opinion
de tout le quartier.

235 « Je t'amène la séquelle[1] ! cria Coupeau. Tant pis ! Ils ont
voulu te voir… N'ouvre pas le bec, ça t'est défendu. Ils reste-
ront là à te regarder tranquillement sans se formaliser, n'est-
ce pas ?…. Moi, je vais leur faire du café, et du chouette ! »

---

1. *Je t'amène la séquelle* : je t'amène tous ces gens.

Il disparut dans la cuisine. Maman Coupeau, après avoir
240 embrassé Gervaise, s'émerveillait de la grosseur de l'enfant.
Les deux autres femmes avaient également appliqué de gros
baisers sur les joues de l'accouchée. Et toutes trois, debout
devant le lit, commentaient, en s'exclamant, les détails des
couches, de drôles de couches, une dent à arracher, pas davan-
245 tage. Mme Lerat examinait la petite partout, la déclarait bien
conformée, ajoutait même, avec intention, que ça ferait une
fameuse femme, et, comme elle lui trouvait la tête pointue, elle
la pétrissait légèrement, malgré ses cris, afin de l'arrondir.
Mme Lorilleux lui arracha le bébé en se fâchant : ça suffisait pour
250 donner tous les vices à une créature, de la tripoter ainsi, quand
elle avait le crâne si tendre. Puis, elle chercha la ressemblance.
On manqua se disputer. Lorilleux, qui allongeait le cou derrière
les femmes, répétait que la petite n'avait rien de Coupeau ; un
peu le nez peut-être, et encore ! C'était toute sa mère, avec des
255 yeux d'ailleurs ; pour sûr, ces yeux-là ne venaient pas de la
famille.

Cependant, Coupeau ne reparaissait plus. On l'entendait,
dans la cuisine, se battre avec le fourneau et la cafetière.
Gervaise se tournait les sangs : ce n'était pas l'occupation d'un
260 homme, de faire du café ; et elle lui criait comment il devait s'y
prendre, sans écouter les chut ! énergiques de la sage-femme.

« Enlevez le balluchon ! dit Coupeau, qui rentra, la cafetière
à la main. Hein ! est-elle assez canulante[1] ! Il faut qu'elle se
cauchemarde[2]... Nous allons boire ça dans des verres, n'est-ce
265 pas ? parce que, voyez-vous, les tasses sont restées chez le
marchand. »

On s'assit autour de la table, et le zingueur voulut verser le
café lui-même. Il sentait joliment fort, ce n'était pas de la

---

1. *Canulante* : rasante, barbante. \ **2.** *Qu'elle se cauchemarde* : qu'elle se fasse du mauvais sang.

roupie de sansonnet[1]. Quand la sage-femme eut siroté son
270 verre, elle s'en alla : tout marchait bien, on n'avait plus besoin
d'elle ; si la nuit n'était pas bonne on l'enverrait chercher le
lendemain. Elle descendait encore l'escalier, que Mme Lorilleux
la traita de licheuse[2] et de propre à rien. Ça se mettait quatre
morceaux de sucre dans son café, ça se faisait donner des
275 quinze francs, pour vous laisser accoucher toute seule. Mais
Coupeau la défendait ; il allongerait les quinze francs de bon
cœur ; après tout, ces femmes-là passaient leur jeunesse à
étudier, elles avaient raison de demander cher. Ensuite,
Lorilleux se disputa avec Mme Lerat ; lui, prétendait que, pour
280 avoir un garçon, il fallait tourner la tête de son lit vers le nord,
tandis qu'elle haussait les épaules, traitant ça d'enfantillage,
donnant une autre recette, qui consistait à cacher sous le
matelas, sans le dire à sa femme, une poignée d'orties fraîches,
cueillies au soleil. On avait poussé la table près du lit. Jusqu'à
285 dix heures, Gervaise, prise peu à peu d'une fatigue immense,
resta souriante et stupide, la tête tournée sur l'oreiller ; elle
voyait, elle entendait, mais elle ne trouvait plus la force de
hasarder un geste ni une parole ; il lui semblait être morte,
d'une mort très douce, du fond de laquelle elle était heureuse
290 de regarder les autres vivre. Par moments, un vagissement de
la petite montait, au milieu des grosses voix, des réflexions
interminables sur un assassinat, commis la veille rue du Bon-
Puits, à l'autre bout de La Chapelle.

Puis, comme la société songeait au départ, on parla
295 du baptême. Les Lorilleux avaient accepté d'être parrain et
marraine ; en arrière, ils rechignaient ; pourtant, si le ménage
ne s'était pas adressé à eux, ils auraient fait une drôle de figure.
Coupeau ne voyait guère la nécessité de baptiser la petite ; ça

---

1. *De la roupie de sansonnet* : de la lavasse, du mauvais café. \ **2.** *Licheuse* : femme qui prend plaisir à manger et à boire.

ne lui donnerait pas dix mille livres de rente, bien sûr ; et
encore ça risquait de l'enrhumer. Moins on avait affaire aux
curés, mieux ça valait. Mais maman Coupeau le traitait de
païen. Les Lorilleux, sans aller manger le bon Dieu dans les
églises, se piquaient d'avoir de la religion.

« Ce sera pour dimanche, si vous voulez », dit le chaîniste.
Et Gervaise ayant consenti d'un signe de tête, tout le monde
l'embrassa en lui recommandant de se bien porter. On dit adieu
aussi au bébé. Chacun vint se pencher sur ce pauvre petit corps
frissonnant, avec des risettes, des mots de tendresse, comme s'il
avait pu comprendre. On l'appelait Nana, la caresse du nom
d'Anna, que portait sa marraine.

« Bonsoir, Nana… Allons, Nana, soyez belle fille… »

Quand ils furent enfin partis, Coupeau mit sa chaise tout
contre le lit, et acheva sa pipe, en tenant dans la sienne la main
de Gervaise. Il fumait lentement, lâchant des phrases entre
deux bouffées, très ému.

« Hein ? ma vieille, ils t'ont cassé la tête ? Tu comprends, je
n'ai pas pu les empêcher de venir. Après tout, ça prouve leur
amitié… Mais, n'est-ce pas ? on est mieux seul. Moi, j'avais
besoin d'être un peu seul, comme ça, avec toi. La soirée m'a
paru d'un long !… Cette pauvre poule ! elle a eu bien du bobo !
Ces crapoussins-là, quand ça vient au monde, ça ne se doute
guère du mal que ça fait. Vrai, ça doit être comme si on vous
ouvrait les reins. Où est-il le bobo, que je l'embrasse ? »

Il lui avait glissé délicatement sous le dos une de ses grosses
mains, et il l'attirait, il lui baisait le ventre à travers le drap,
pris d'un attendrissement d'homme rude pour cette fécondité
endolorie encore. Il demandait s'il ne lui faisait pas du mal, il
aurait voulu la guérir en soufflant dessus. Et Gervaise était
bien heureuse. Elle lui jurait qu'elle ne souffrait plus du tout.
Elle songeait seulement à se relever le plus tôt possible, parce
qu'il ne fallait pas se croiser les bras, maintenant. Mais lui, la

rassurait. Est-ce qu'il ne se chargeait pas de gagner la pâtée de la petite ? Il serait un grand lâche, si jamais il lui laissait cette gamine sur le dos. Ça ne lui semblait pas malin de savoir faire
335 un enfant : le mérite, pas vrai ? c'était de le nourrir.

Coupeau, cette nuit-là, ne dormit guère. Il avait couvert le feu du poêle. Toutes les heures, il dut se relever pour donner au bébé des cuillerées d'eau sucrée tiède. Ça ne l'empêcha pas de partir le matin au travail comme à son habitude. Il profita
340 même de l'heure de son déjeuner, alla à la mairie faire sa déclaration. Pendant ce temps, Mme Boche, prévenue, était accourue passer la journée auprès de Gervaise. Mais celle-ci, après dix heures de profond sommeil, se lamentait, disait déjà se sentir toute courbaturée de garder le lit. Elle tomberait malade, si on
345 ne la laissait pas se lever. Le soir, quand Coupeau revint, elle lui conta ses tourments : sans doute elle avait confiance en Mme Boche ; seulement ça la mettait hors d'elle de voir une étrangère s'installer dans sa chambre, ouvrir les tiroirs, toucher ses affaires. Le lendemain, la concierge, en revenant d'une
350 commission, la trouva debout, habillée, balayant et s'occupant du dîner de son mari. Et jamais elle ne voulut se recoucher. On se moquait d'elle, peut-être ! C'était bon pour les dames d'avoir l'air d'être cassées. Lorsqu'on n'était pas riche, on n'avait pas le temps. Trois jours après ses couches, elle repassait des jupons
355 chez Mme Fauconnier, tapant ses fers, mise en sueur par la grosse chaleur du fourneau.

Dès le samedi soir, Mme Lorilleux apporta ses cadeaux de marraine : un bonnet de trente-cinq sous et une robe de baptême, plissée et garnie d'une petite dentelle, qu'elle avait
360 eue pour six francs, parce qu'elle était défraîchie. Le lendemain, Lorilleux, comme parrain, donna à l'accouchée six livres de sucre. Ils faisaient les choses proprement. Même le soir, au repas qui eut lieu chez les Coupeau, ils ne se présentèrent point les mains vides. Le mari arriva avec un litre de vin cacheté sous

365 chaque bras, tandis que la femme tenait un large flan acheté chez un pâtissier de la chaussée Clignancourt, très en renom. Seulement, les Lorilleux allèrent raconter leurs largesses dans tout le quartier ; ils avaient dépensé près de vingt francs.
Gervaise, en apprenant leurs commérages, resta suffoquée et ne
370 leur tint plus aucun compte de leurs bonnes manières.

Ce fut à ce dîner de baptême que les Coupeau achevèrent de se lier étroitement avec les voisins du palier. L'autre logement de la petite maison était occupé par deux personnes, la mère et le fils, les Goujet, comme on les appelait. Jusque-là, on
375 s'était salué dans l'escalier et dans la rue, rien de plus ; les voisins semblaient un peu ours. Puis, la mère lui ayant monté un seau d'eau, le lendemain de ses couches, Gervaise avait jugé convenable de les inviter au repas, d'autant plus qu'elle les trouvait très bien. Et là, naturellement, on avait fait connais-
380 sance.

Les Goujet étaient du département du Nord. La mère raccommodait les dentelles ; le fils, forgeron de son état, travaillait dans une fabrique de boulons. Ils occupaient l'autre logement du palier depuis cinq ans. Derrière la paix muette
385 de leur vie, se cachait tout un chagrin ancien : le père Goujet, un jour d'ivresse furieuse, à Lille, avait assommé un camarade à coups de barre de fer, puis s'était étranglé dans sa prison, avec son mouchoir. La veuve et l'enfant, venus à Paris après leur malheur, sentaient toujours ce drame sur leurs têtes, le rache-
390 taient par une honnêteté stricte, une douceur et un courage inaltérables. Même il se mêlait un peu de fierté dans leur cas, car ils finissaient par se voir meilleurs que les autres. Mme Goujet, toujours vêtue de noir, le front encadré d'une coiffe monacale, avait une face blanche et reposée de matrone,
395 comme si la pâleur des dentelles, le travail minutieux de ses doigts, lui eussent donné un reflet de sérénité. Goujet était un colosse de vingt-trois ans, superbe, le visage rose, les yeux

bleus, d'une force herculéenne. À l'atelier, les camarades l'appelaient la Gueule-d'Or, à cause de sa belle barbe jaune.

400 Gervaise se sentit tout de suite prise d'une grande amitié pour ces gens. Quand elle pénétra la première fois chez eux, elle resta émerveillée de la propreté du logis. Il n'y avait pas à dire, on pouvait souffler partout, pas un grain de poussière ne s'envolait. Et le carreau luisait, d'une clarté de glace. Mme Goujet

405 la fit entrer dans la chambre de son fils, pour voir. C'était gentil et blanc comme dans la chambre d'une fille : un petit lit de fer garni de rideaux de mousseline, une table, une toilette, une étroite bibliothèque pendue au mur ; puis, des images du haut en bas, des bonshommes découpés, des gravures coloriées fixées

410 à l'aide de quatre clous, des portraits de toutes sortes de personnages, détachés des journaux illustrés. Mme Goujet disait, avec un sourire, que son fils était un grand enfant ; le soir, la lecture le fatiguait ; alors il s'amusait à regarder ses images. Gervaise s'oublia une heure près de sa voisine, qui s'était remise à son

415 tambour[1], devant une fenêtre. Elle s'intéressait aux centaines d'épingles attachant la dentelle, heureuse d'être là, respirant la bonne odeur de propreté du logement, où cette besogne délicate mettait un silence recueilli.

Les Goujet gagnaient encore à être fréquentés. Ils faisaient
420 de grosses journées et plaçaient plus du quart de leur quinzaine à la Caisse d'épargne. Dans le quartier, on les saluait, on parlait de leurs économies. Goujet n'avait jamais un trou, sortait avec des bourgerons[2] propres, sans une tache. Il était très poli, même un peu timide, malgré ses larges épaules. Les blanchis-
425 seuses du bout de la rue s'égayaient à le voir baisser le nez, quand il passait. Il n'aimait pas leurs gros mots, trouvait ça dégoûtant que des femmes eussent sans cesse des saletés à

---

1. *Tambour* : métier circulaire pour broder à l'aiguille. \ 2. *Bourgerons* : courtes blouses de travail en grosse toile.

la bouche. Un jour pourtant, il était rentré gris. Alors,
Mme Goujet, pour tout reproche, l'avait mis en face d'un
430 portrait de son père, une mauvaise peinture cachée pieusement
au fond de la commode. Et, depuis cette leçon, Goujet ne
buvait plus qu'à sa suffisance, sans haine pourtant contre le vin,
car le vin est nécessaire à l'ouvrier. Le dimanche, il sortait avec
sa mère, à laquelle il donnait le bras ; le plus souvent, il la
435 menait du côté de Vincennes ; d'autres fois, il la conduisait au
théâtre. Sa mère restait sa passion. Il lui parlait encore comme
s'il était tout petit. La tête carrée, la chair alourdie par le rude
travail du marteau, il tenait des grosses bêtes : dur d'intelligence, bon tout de même.

440 Les premiers jours, Gervaise le gêna beaucoup. Puis, en
quelques semaines, il s'habitua à elle. Il la guettait pour lui
monter ses paquets, la traitait en sœur, avec une brusque
familiarité, découpant des images à son intention. Cependant,
un matin, ayant tourné la clef sans frapper, il la surprit à
445 moitié nue, se lavant le cou ; et, de huit jours, il ne la regarda
pas en face, si bien qu'il finissait par la faire rougir elle-même.

Cadet-Cassis, avec son bagou parisien, trouvait la Gueule-
d'Or bêta. C'était bien de ne pas licher[1], de ne pas souffler
dans le nez des filles, sur les trottoirs ; mais il fallait pourtant
450 qu'un homme fût un homme, sans quoi autant valait-il tout
de suite porter des jupons. Il le blaguait devant Gervaise, en
l'accusant de faire de l'œil à toutes les femmes du quartier ; et
ce tambour-major de Goujet se défendait violemment. Ça
n'empêchait pas les deux ouvriers d'être camarades. Ils s'appe-
455 laient le matin, partaient ensemble, buvaient parfois un verre
de bière avant de rentrer. Depuis le dîner du baptême, ils se
tutoyaient, parce que dire toujours « vous », ça allonge les
phrases. Leur amitié en restait là, quand la Gueule-d'Or rendit

---

1. *Licher* : s'embrasser.

à Cadet-Cassis un fier service, un de ces services signalés
460 dont on se souvient la vie entière. C'était au 2 Décembre.
Le zingueur, par rigolade, avait eu la belle idée de descendre
voir l'émeute[1] ; il se fichait pas mal de la République[2], du
Bonaparte et de tout le tremblement ; seulement il adorait la
poudre, les coups de fusil lui semblaient drôles. Et il allait très
465 bien être pincé derrière une barricade, si le forgeron ne s'était
rencontré là, juste à point pour le protéger de son grand corps
et l'aider à filer. Goujet, en remontant la rue du faubourg
Poissonnière, marchait vite, la figure grave. Lui, s'occupait de
politique, était républicain, sagement, au nom de la justice et
470 du bonheur de tous. Cependant, il n'avait pas fait le coup de
fusil. Et il donnait ses raisons : le peuple se lassait de payer aux
bourgeois les marrons qu'il tirait des cendres, en se brûlant les
pattes ; février et juin étaient de fameuses leçons ; aussi,
désormais, les faubourgs laisseraient-ils la ville s'arranger
475 comme elle l'entendrait. Puis, arrivé sur la hauteur, rue des
Poissonniers, il avait tourné la tête, regardant Paris ; on bâclait
tout de même là-bas de la fichue besogne, le peuple un jour
pourrait se repentir de s'être croisé les bras. Mais Coupeau
ricanait, appelait trop bêtes les ânes qui risquaient leur peau à
480 la seule fin de conserver leurs vingt-cinq francs aux sacrés
fainéants de la Chambre. Le soir, les Coupeau invitèrent les
Goujet à dîner. Au dessert, Cadet-Cassis et la Gueule-d'Or se
posèrent chacun deux gros baisers sur les joues. Maintenant,
c'était à la vie à la mort.

485   Pendant trois années, la vie des deux familles coula, aux
deux côtés du palier, sans un événement. Gervaise avait élevé
la petite, en trouvant le moyen de perdre, au plus, deux jours

---

1. Référence à l'émeute contre le coup d'État du 2 décembre 1851 de Napoléon III contre
la République. \ 2. Au début de la Troisième République, certaines thèses soutenaient l'idée
que le peuple ne s'opposa pas au coup d'État. Zola semble ici s'en inspirer.

de travail par semaine. Elle devenait une bonne ouvrière de fin, gagnait jusqu'à trois francs. Aussi s'était-elle décidée à mettre
490 Étienne, qui allait sur ses huit ans, dans une petite pension de la rue de Chartres, où elle payait cent sous. Le ménage, malgré la charge des deux enfants, plaçait des vingt francs et des trente francs chaque mois à la Caisse d'épargne. Quand leurs écono-mies atteignirent la somme de six cents francs, la jeune femme
495 ne dormit plus, obsédée d'un rêve d'ambition : elle voulait s'établir, louer une petite boutique, prendre à son tour des ouvrières. Elle avait tout calculé. Au bout de vingt ans, si le travail marchait, ils pouvaient avoir une rente, qu'ils iraient manger quelque part, à la campagne. Pourtant, elle n'osait se
500 risquer. Elle disait chercher une boutique, pour se donner le temps de la réflexion. L'argent ne craignait rien à la Caisse d'épargne ; au contraire, il faisait des petits. En trois années, elle avait contenté une seule de ses envies, elle s'était acheté une pendule ; encore cette pendule, une pendule de palissandre[1], à
505 colonnes torses, à balancier de cuivre doré, devait-elle être payée en un an, par acomptes de vingt sous tous les lundis. Elle se fâchait, lorsque Coupeau parlait de la monter ; elle seule enlevait le globe, essuyait les colonnes avec religion, comme si le marbre de sa commode se fût transformé en chapelle. Sous
510 le globe, derrière la pendule, elle cachait le livret de la Caisse d'épargne. Et souvent, quand elle rêvait à sa boutique, elle s'ou-bliait là, devant le cadran, à regarder fixement tourner les aiguilles, ayant l'air d'attendre quelque minute particulière et solennelle pour se décider.
515 Les Coupeau sortaient presque tous les dimanches avec les Goujet. C'étaient des parties gentilles, une friture à Saint-Ouen ou un lapin à Vincennes, mangés sans épate[2], sous le bosquet

---

1. *Palissandre* : bois exotique, dur, odorant, d'une couleur violacée. \ **2.** *Sans épate* : sans chi-quet, sans frime.

d'un traiteur. Les hommes buvaient à leur soif, revenaient sains
comme l'œil, en donnant le bras aux dames. Le soir, avant de
520 se coucher, les deux ménages comptaient, partageaient la
dépense par moitié; et jamais un sou en plus ou en moins ne
soulevait une discussion. Les Lorilleux étaient jaloux des
Goujet. Ça leur paraissait drôle, tout de même, de voir Cadet-
Cassis et la Banban aller sans cesse avec des étrangers, quand
525 ils avaient une famille. Ah bien! oui, ils s'en souciaient comme
d'une guigne[1], de leur famille! Depuis qu'ils avaient quatre
sous de côté, ils faisaient joliment leur tête. Mme Lorilleux, très
vexée de voir son frère lui échapper, recommençait à vomir des
injures contre Gervaise. Mme Lerat, au contraire, prenait parti
530 pour la jeune femme, la défendait en racontant des contes
extraordinaires, des tentatives de séduction, le soir, sur le
boulevard, dont elle la montrait sortant en héroïne de drame,
flanquant une paire de claques à ses lâches agresseurs. Quant à
maman Coupeau, elle tâchait de raccommoder tout le monde,
535 de se faire bien venir de tous ses enfants : sa vue baissait de plus
en plus, elle n'avait plus qu'un ménage, elle était contente de
trouver cent sous chez les uns et chez les autres.

Le jour même où Nana prenait ses trois ans, Coupeau, en
rentrant le soir, trouva Gervaise bouleversée. Elle refusait de
540 parler, elle n'avait rien du tout, disait-elle. Mais, comme elle
mettait la table à l'envers, s'arrêtant avec les assiettes pour
tomber dans de grosses réflexions, son mari voulut absolument
savoir.

« Eh bien, voilà, finit-elle par avouer, la boutique du petit
545 mercier, rue de la Goutte-d'Or, est à louer... J'ai vu ça, il y a
une heure, en allant acheter du fil. Ça m'a donné un coup. »

C'était une boutique très propre, juste dans la grande
maison où ils rêvaient d'habiter autrefois. Il y avait la boutique,

---

1. *Se soucier de quelqu'un comme d'une guigne* : s'en soucier très peu, pas du tout.

une arrière-boutique, avec deux autres chambres, à droite et à
gauche; enfin, ce qu'il leur fallait, les pièces un peu petites,
mais bien distribuées. Seulement, elle trouvait ça trop cher:
le propriétaire parlait de cinq cents francs.

« Tu as donc visité et demandé le prix? dit Coupeau.

— Oh! tu sais, par curiosité! répondit-elle, en affectant un
air d'indifférence. On cherche, on entre à tous les écriteaux, ça
n'engage à rien… Mais celle-là est trop chère, décidément.
Puis ce serait peut-être une bêtise de m'établir. »

Cependant, après le dîner, elle revint à la boutique du
mercier. Elle dessina les lieux, sur la marge d'un journal. Et,
peu à peu, elle en causait, mesurait les coins, arrangeait les
pièces, comme si elle avait dû, dès le lendemain, y caser ses
meubles. Alors, Coupeau la poussa à louer, en voyant sa grande
envie; pour sûr, elle ne trouverait rien de propre, à moins de
cinq cents francs; d'ailleurs, on obtiendrait peut-être une
diminution. La seule chose ennuyeuse, c'était d'aller habiter la
maison des Lorilleux, qu'elle ne pouvait pas souffrir. Mais elle
se fâcha, elle ne détestait personne; dans le feu de son désir, elle
défendit même les Lorilleux; ils n'étaient pas méchants au
fond, on s'entendrait très bien. Et, quand ils furent couchés,
Coupeau dormait déjà qu'elle continuait ses aménagements
intérieurs, sans avoir pourtant, d'une façon nette, consenti à
louer.

Le lendemain, restée seule, elle ne put résister au besoin
d'enlever le globe de la pendule et de regarder le livret de la
Caisse d'épargne. Dire que sa boutique était là-dedans dans ces
feuillets salis de vilaines écritures! Avant d'aller au travail, elle
consulta Mme Goujet, qui approuva beaucoup son projet de
s'établir; avec un homme comme le sien, bon sujet, ne buvant
pas, elle était certaine de faire ses affaires et de ne pas être
mangée. Au déjeuner, elle monta même chez les Lorilleux pour
avoir leur avis; elle désirait ne pas paraître se cacher de la

famille. Mme Lorilleux resta saisie. Comment ! la Banban allait avoir une boutique, à cette heure ! Et, le cœur crevé elle balbutia, elle dut se montrer très contente : sans doute, la
585 boutique était commode, Gervaise avait raison de la prendre. Pourtant, lorsqu'elle se fut un peu remise, elle et son mari parlèrent de l'humidité de la cour, du jour triste des pièces du rez-de-chaussée. Oh ! c'était un bon coin pour les rhumatismes. Enfin, si elle était décidée à louer, n'est-ce pas ? Leurs observa-
590 tions, bien certainement, ne l'empêcheraient pas de louer.

Le soir, Gervaise avouait franchement en riant qu'elle en serait tombée malade, si on l'avait empêchée d'avoir la boutique. Toutefois, avant de dire : C'est fait ! elle voulait emmener Coupeau voir les lieux et tâcher d'obtenir une
595 diminution sur le loyer.

« Alors, demain, si ça te plaît, dit son mari, tu viendras me prendre vers six heures à la maison où je travaille, rue de la Nation, et nous passerons rue de la Goutte-d'Or, en rentrant. »

Coupeau terminait alors la toiture d'une maison neuve, à
600 trois étages. Ce jour-là, il devait justement poser les dernières feuilles de zinc. Comme le toit était presque plat, il y avait installé son établi, un large volet sur deux tréteaux. Un beau soleil de mai se couchait, dorant les cheminées. Et, tout là-haut, dans le ciel clair, l'ouvrier taillait tranquillement son zinc
605 à coups de cisaille, penché sur l'établi, pareil à un tailleur coupant chez lui une paire de culottes. Contre le mur de la maison voisine, son aide, un gamin de dix-sept ans, fluet et blond, entretenait le feu du réchaud en manœuvrant un énorme soufflet, dont chaque haleine faisait envoler un pétille-
610 ment d'étincelles.

« Hé ! Zidore, mets les fers ! » cria Coupeau. L'aide enfonça les fers à souder au milieu de la braise, d'un rose pâle dans le plein jour. Puis, il se remit à souffler. Coupeau tenait la dernière feuille de zinc. Elle restait à poser au bord du toit,

615 près de la gouttière ; là, il y avait une brusque pente, et le trou
béant de la rue se creusait. Le zingueur, comme chez lui, en
chaussons de lisières [1], s'avança, traînant les pieds, sifflotant
l'air d'*Ohé ! les p'tits* agneaux. Arrivé devant le trou, il se laissa
couler, s'arc-bouta d'un genou contre la maçonnerie d'une
620 cheminée, resta à moitié chemin du pavé. Une de ses jambes
pendait. Quand il se renversait pour appeler cette couleuvre de
Zidore, il se rattrapait à un coin de la maçonnerie à cause du
trottoir, là-bas, sous lui.

« Sacré lambin, va !... Donne donc les fers ! Quand tu regar-
625 deras en l'air, bougre d'efflanqué ! les alouettes ne te tomberont
pas toutes rôties [2] ! »

Mais Zidore ne se pressait pas. Il s'intéressait aux toits
voisins, à une grosse fumée qui montait au fond de Paris, du
côté de Grenelle ; ça pouvait bien être un incendie. Pourtant, il
630 vint se mettre à plat ventre, la tête au-dessus du trou ; et il passa
les fers à Coupeau. Alors, celui-ci commença à souder la feuille.
Il s'accroupissait, s'allongeait, trouvant toujours son équilibre,
assis d'une fesse, perché sur la pointe d'un pied, retenu par
un doigt. Il avait un sacré aplomb, un toupet du tonnerre,
635 familier, bravant le danger. Ça le connaissait. C'était la rue qui
avait peur de lui. Comme il ne lâchait pas sa pipe, il se tournait
de temps à autre, il crachait paisiblement dans la rue.

« Tiens ! Mme Boche ! cria-t-il tout d'un coup. Ohé ! madame
Boche ! »

640 Il venait d'apercevoir la concierge traversant la chaussée.
Elle leva la tête, le reconnut. Et une conversation s'engagea du
toit au trottoir. Elle cachait ses mains sous son tablier, le nez
en l'air. Lui, debout maintenant, son bras gauche passé autour
d'un tuyau, se penchait.

---

1. *Chaussons de lisières* : chaussures souples utilisées pour certains exercices. \ **2.** *Les alouettes
ne tomberont pas toutes rôties* : tu n'y arriveras pas sans te donner de la peine.

645 « Vous n'avez pas vu ma femme ? demanda-t-il.

— Non, bien sûr, répondit la concierge. Elle est par ici ?

— Elle doit venir me prendre… et l'on se porte bien chez vous ?

— Mais oui, merci, c'est moi la plus malade, vous voyez…
650 Je vais chaussée Clignancourt chercher un petit gigot. Le boucher, près du Moulin-Rouge, ne le vend que seize sous. »

Ils haussaient la voix, parce qu'une voiture passait dans la rue de la Nation, large, déserte ; leurs paroles, lancées à toute volée, avaient seulement fait mettre à sa fenêtre une petite
655 vieille ; et cette vieille restait là, accoudée, se donnant la distraction d'une grosse émotion, à regarder cet homme, sur la toiture d'en face, comme si elle espérait le voir tomber d'une minute à l'autre.

« Eh bien, bonsoir, cria encore Mme Boche. Je ne veux pas
660 vous déranger. »

Coupeau se tourna, reprit le fer que Zidore lui tendait. Mais au moment où la concierge s'éloignait, elle aperçut sur l'autre trottoir Gervaise, tenant Nana par la main. Elle relevait déjà la tête pour avertir le zingueur, lorsque la jeune femme lui
665 ferma la bouche d'un geste énergique. Et, à demi-voix, afin de n'être pas entendue là-haut, elle dit sa crainte : elle redoutait, en se montrant tout d'un coup, de donner à son mari une secousse, qui le précipiterait. En quatre ans, elle était allée le chercher une seule fois à son travail. Ce jour-là, c'était la
670 seconde fois. Elle ne pouvait pas assister à ça, son sang ne faisait qu'un tour, quand elle voyait son homme entre ciel et terre, à des endroits où les moineaux eux-mêmes ne se risquaient pas.

« Sans doute, ce n'est pas agréable, murmurait Mme Boche. Moi, le mien est tailleur, je n'ai pas ces tremblements.
675 — Si vous saviez, dans les premiers temps, dit encore Gervaise, j'avais des frayeurs du matin au soir. Je le voyais toujours, la tête cassée, sur une civière… Maintenant, je n'y

pense plus autant. On s'habitue à tout. Il faut bien que le pain
se gagne… N'importe, c'est un pain joliment cher, car on y
680 risque ses os plus souvent qu'à son tour. »

Elle se tut, cachant Nana dans sa jupe, craignant un cri de
la petite. Malgré elle, toute pâle, elle regardait. Justement,
Coupeau soudait le bord extrême de la feuille, près de la
gouttière ; il se coulait le plus possible, ne pouvait atteindre le
685 bout. Alors, il se risqua, avec ces mouvements ralentis des
ouvriers, pleins d'aisance et de lourdeur. Un moment, il fut
au-dessus du pavé, ne se tenant plus, tranquille, à son affaire ;
et d'en bas, sous le fer promené d'une main soigneuse, on
voyait grésiller la petite flamme blanche de la soudure.
690 Gervaise, muette, la gorge étranglée par l'angoisse, avait serré
les mains, les élevait d'un geste machinal de supplication.
Mais elle respira bruyamment, Coupeau venait de remonter
sur le toit, sans se presser, prenant le temps de cracher une
dernière fois dans la rue.

695 « On moucharde donc[1] ! cria-t-il gaiement en l'apercevant. Elle a fait la bête, n'est-ce pas ? Mme Boche ; elle n'a
pas voulu appeler… Attends-moi, j'en ai encore pour dix
minutes. »

Il lui restait à poser un chapiteau de cheminée, une bricole
700 de rien du tout. La blanchisseuse et la concierge demeurèrent
sur le trottoir, causant du quartier, surveillant Nana, pour
l'empêcher de barboter dans le ruisseau, où elle cherchait des
petits poissons ; et les deux femmes revenaient toujours à la
toiture, avec des sourires, des hochements de tête, comme
705 pour dire qu'elles ne s'impatientaient pas. En face, la vieille
n'avait pas quitté sa fenêtre, regardant l'homme, attendant.

« Qu'est-ce qu'elle a donc à espionner, cette bique dit
Mme Boche ! Une fichue mine ! »

---

1. *On moucharde donc !* On m'espionne donc !

Là-haut, on entendait la voix forte du zingueur chantant :
710 *Ah ! qu'il fait bon cueillir la fraise !* Maintenant, penché sur son
établi, il coupait son zinc en artiste. D'un tour de compas, il
avait tracé une ligne, et il détachait un large éventail, à l'aide
d'une paire de cisailles cintrées ; puis, légèrement, au marteau,
il ployait cet éventail en forme de champignon pointu. Zidore
715 s'était remis à souffler la braise du réchaud. Le soleil se couchait
derrière la maison, dans une grande clarté rose, lentement
pâlie, tournant au lilas tendre. Et en plein ciel, à cette heure
recueillie du jour, les silhouettes des deux ouvriers, grandies
démesurément, se découpaient sur le fond limpide de l'air, avec
720 la barre sombre de l'établi et l'étrange profil du soufflet.

Quand le chapiteau fut taillé, Coupeau jeta son appel :

« Zidore ! Les fers ! »

Mais Zidore venait de disparaître. Le zingueur, en jurant, le
chercha du regard, l'appela par la lucarne du grenier restée
725 ouverte. Enfin, il le découvrit sur un toit voisin, à deux maisons
de distance. Le galopin se promenait, explorait les environs, ses
maigres cheveux blonds s'envolant au grand air, clignant les
yeux en face de l'immensité de Paris.

« Dis donc, la flâne [1] ! est-ce que tu te crois à la campagne ! dit
730 Coupeau furieux. Tu es comme M. Béranger, tu composes des
vers, peut-être !... Veux-tu bien me donner les fers ! A-t-on
jamais vu se balader sur les toits ! Amène-z-y ta connaissance
tout de suite, pour lui chanter des mamours... Veux-tu me
donner les fers, sacrée andouille ! »

735 Il souda, il cria à Gervaise :

« Voilà, c'est fini... Je descends. »

Le tuyau auquel il devait adapter le chapiteau se trouvait au
milieu du toit. Gervaise, tranquillisée, continuait à sourire en
suivant ses mouvements. Nana, rassurée tout d'un coup par la

---

1. *La flâne* : le flâneur.

740 vue de son père, tapait dans ses petites mains. Elle s'était assise
sur le trottoir, pour mieux voir là-haut.

« Papa ! papa ! criait-elle de toute sa force ; papa ! regarde
donc ! »

Le zingueur voulut se pencher, mais son pied glissa. Alors,
745 brusquement, bêtement, comme un chat dont les pattes
s'embrouillent, il roula, il descendit la pente légère de la
toiture, sans pouvoir se rattraper.

« Nom de Dieu ! » dit-il d'une voix étouffée.

Et il tomba. Son corps décrivit une courbe molle, tourna
750 deux fois sur lui-même, vint s'écraser au milieu de la rue avec
le coup sourd d'un paquet de linge jeté de haut. Gervaise,
stupide, la gorge déchirée d'un grand cri, resta les bras en
l'air. Des passants accoururent, un attroupement se forma.
Mme Boche, bouleversée, fléchissant sur les jambes, prit Nana
755 entre les bras, pour lui cacher la tête et l'empêcher de voir.
Cependant, en face, la petite vieille, comme satisfaite, fermait
tranquillement sa fenêtre.

Quatre hommes finirent par transporter Coupeau chez un
pharmacien, au coin de la rue des Poissonniers ; et il demeura
760 là près d'une heure, au milieu de la boutique, sur une couverture, pendant qu'on était allé chercher un brancard à l'hôpital
Lariboisière. Il respirait encore, mais le pharmacien avait de
petits hochements de tête. Maintenant, Gervaise, à genoux par
terre, sanglotait d'une façon continue, barbouillée de ses
765 larmes, aveuglée, hébétée. D'un mouvement machinal, elle
avançait les mains, tâtait les membres de son mari, très doucement. Puis, elle les retirait, en regardant le pharmacien qui lui
avait défendu de toucher ; et elle recommençait quelques
secondes plus tard, ne pouvant s'empêcher de s'assurer s'il
770 restait chaud, croyant lui faire du bien. Quand le brancard
arriva enfin, et qu'on parla de partir pour l'hôpital, elle se
releva, en disant violemment :

« Non, non, pas à l'hôpital !... Nous demeurons rue Neuve-de-la-Goutte-d'Or. »

775 On eut beau lui expliquer que la maladie lui coûterait très cher, si elle prenait son mari chez elle. Elle répétait avec entêtement :

« Rue Neuve-de-la-Goutte-d'Or, je montrerai la porte... Qu'est-ce que ça vous fait ? J'ai de l'argent... C'est mon mari,
780 n'est-ce pas ? Il est à moi, je le veux. »

Et l'on dut rapporter Coupeau chez lui. Lorsque le brancard traversa la foule qui s'écrasait devant la boutique du pharmacien, les femmes du quartier parlaient de Gervaise avec animation : elle boitait, la mâtine, mais elle avait tout de même du
785 chien ; bien sûr, elle sauverait son homme, tandis qu'à l'hôpital les médecins faisaient passer l'arme à gauche aux malades trop détériorés, histoire de ne pas se donner l'embêtement de les guérir. Mme Boche, après avoir emmené Nana chez elle, était revenue et racontait l'accident avec des détails interminables,
790 toute secouée encore d'émotion.

« J'allais chercher un gigot, j'étais là, je l'ai vu tomber, répétait-elle. C'est à cause de sa petite, il a voulu la regarder, et patatras ! Ah ! Dieu de Dieu ! je ne demande pas à en voir tomber un second... Il faut pourtant que j'aille chercher mon
795 gigot. »

Pendant huit jours, Coupeau fut très bas. La famille, les voisins, tout le monde, s'attendaient à le voir tourner de l'œil d'un instant à l'autre. Le médecin, un médecin très cher qui se faisait payer cent sous la visite, craignait des lésions intérieures ;
800 et ce mot effrayait beaucoup, on disait dans le quartier que le zingueur avait eu le cœur décroché par la secousse. Seule, Gervaise, pâlie par les veilles, sérieuse, résolue, haussait les épaules. Son homme avait la jambe droite cassée ; ça, tout le monde le savait ; on la lui remettrait, voilà tout. Quant au reste,
805 au cœur décroché, ce n'était rien. Elle le lui raccrocherait, son

cœur. Elle savait comment les cœurs se raccrochent, avec des soins, de la propreté, une amitié solide. Et elle montrait une conviction superbe, certaine de le guérir, rien qu'à rester autour de lui et à le toucher de ses mains, dans les heures de fièvre. Elle 810 ne douta pas une minute. Toute une semaine, on la vit sur ses pieds, parlant peu, recueillie dans son entêtement de le sauver, oubliant les enfants, la rue, la ville entière. Le neuvième jour, le soir où le médecin répondit enfin du malade, elle tomba sur une chaise, les jambes molles, l'échine brisée, tout en larmes. 815 Cette nuit-là, elle consentit à dormir deux heures, la tête posée sur le pied du lit.

L'accident de Coupeau avait mis la famille en l'air. Maman Coupeau passait les nuits avec Gervaise ; mais, dès neuf heures, elle s'endormait sur sa chaise. Chaque soir, en rentrant du 820 travail, Mme Lerat faisait un grand détour pour prendre des nouvelles. Les Lorilleux étaient d'abord venus deux et trois fois par jour, offrant de veiller, apportant même un fauteuil pour Gervaise. Puis, des querelles n'avaient pas tardé à s'élever sur la façon de soigner les malades. Mme Lorilleux prétendait avoir 825 sauvé assez de gens dans sa vie pour savoir comment il fallait s'y prendre. Elle accusait aussi la jeune femme de la bousculer, de l'écarter du lit de son frère. Bien sûr, la Banban avait raison de vouloir quand même guérir Coupeau ; car, enfin, si elle n'était pas allée le déranger rue de la Nation, il ne serait pas 830 tombé. Seulement, de la manière dont elle l'accommodait, elle était certaine de l'achever.

Lorsqu'elle vit Coupeau hors de danger, Gervaise cessa de garder son lit avec autant de rudesse jalouse. Maintenant, on ne pouvait plus le lui tuer, et elle laissait approcher les gens 835 sans méfiance. La famille ; s'étalait dans la chambre. La convalescence devait être très longue ; le médecin avait parlé de quatre mois. Alors, pendant les longs sommeils du zingueur, les Lorilleux traitèrent Gervaise de bête. Ça l'avançait beaucoup

d'avoir son mari chez elle. À l'hôpital, il se serait remis sur pied
840 deux fois plus vite. Lorilleux aurait voulu être malade, attraper
un bobo quelconque, pour lui montrer s'il hésiterait une
seconde à entrer à Lariboisière. Mme Lorilleux connaissait une
dame qui en sortait ; eh bien ! elle avait mangé du poulet matin
et soir. Et tous deux, pour la vingtième fois, refaisaient le calcul
845 de ce que coûteraient au ménage les quatre mois de convalescence : d'abord les journées de travail perdues, puis le médecin,
les remèdes, et plus tard le bon vin, la viande saignante. Si les
Coupeau croquaient seulement leurs quatre sous d'économie,
ils devraient s'estimer fièrement heureux. Mais ils s'endet-
850 teraient, c'était à croire. Oh ! ça les regardait. Surtout, ils
n'avaient pas à compter sur la famille, qui n'était pas assez riche
pour entretenir un malade chez lui. Tant pis pour la Banban,
n'est-ce pas ? Elle pouvait bien faire comme les autres, laisser
porter son homme à l'hôpital. Ça la complétait, d'être une
855 orgueilleuse. Un soir, Mme Lorilleux eut la méchanceté de lui
demander brusquement :

« Eh bien, et votre boutique, quand la louez-vous ?

– Oui, ricana Lorilleux, le concierge vous attend encore. »

Gervaise resta suffoquée. Elle avait complètement oublié
860 la boutique. Mais elle voyait la joie mauvaise de ces gens, à la
pensée que désormais la boutique était flambée. Dès ce soir-
là, en effet, ils guettèrent les occasions pour la plaisanter
sur son rêve tombé à l'eau. Quand on parlait d'un espoir irréa-
lisable, ils renvoyaient la chose au jour où elle serait patronne,
865 dans un beau magasin donnant sur la rue. Et, derrière elle,
c'étaient des gorges chaudes. Elle ne voulait pas faire d'aussi
vilaines suppositions ; mais en vérité, les Lorilleux avaient l'air
maintenant d'être très contents de l'accident de Coupeau, qui
l'empêchait de s'établir blanchisseuse rue de la Goutte-d'Or.
870 Alors, elle-même voulut rire et leur montrer combien elle
sacrifiait volontiers l'argent pour la guérison de son mari.

Chaque fois qu'elle prenait en leur présence le livret de la Caisse d'épargne, sous le globe de la pendule, elle disait gaiement :

875   « Je sors, je vais louer ma boutique. »

Elle n'avait pas voulu retirer l'argent tout d'une fois. Elle le redemandait par cent francs, pour ne pas garder un si gros tas de pièces dans sa commode ; puis, elle espérait vaguement quelque miracle, un rétablissement brusque, qui leur permet-
880 trait de ne pas déplacer la somme entière. À chaque course à la Caisse d'épargne, quand elle rentrait, elle additionnait sur un bout de papier l'argent qu'ils avaient encore là-bas. C'était uniquement pour le bon ordre. Le trou avait beau se creuser dans la monnaie, elle tenait, de son air raisonnable, avec son
885 tranquille sourire, les comptes de cette débâcle de leurs écono-mies. N'était-ce pas déjà une consolation d'employer si bien cet argent, de l'avoir eu sous la main, au moment de leur malheur ? Et, sans un regret, d'une main soigneuse, elle replaçait le livret derrière la pendule, sous le globe.

890   Les Goujet se montrèrent très gentils pour Gervaise pendant la maladie de Coupeau. Mme Goujet était à son entière dispo-sition ; elle ne descendait pas une fois sans lui demander si elle avait besoin de sucre, de beurre, de sel ; elle lui offrait toujours le premier bouillon, les soirs où elle mettait un pot au feu ;
895 même, si elle la voyait trop occupée, elle soignait sa cuisine, lui donnait un coup de main pour la vaisselle. Goujet, chaque matin, prenait les seaux de la jeune femme, allait les emplir à la fontaine de la rue des Poissonniers ; c'était une économie de deux sous. Puis, après le dîner, quand la famille n'envahissait
900 pas la chambre, les Goujet venaient tenir compagnie aux Coupeau. Pendant deux heures, jusqu'à dix heures, le forgeron fumait sa pipe, en regardant Gervaise tourner autour du malade. Il ne disait pas dix paroles de la soirée. Sa grande face blonde enfoncée entre ses épaules de colosse, il s'attendrissait

905 à la voir verser de la tisane dans une tasse, remuer le sucre sans faire de bruit avec la cuiller. Lorsqu'elle bordait le lit et qu'elle encourageait Coupeau d'une voix douce, il restait tout secoué. Jamais il n'avait rencontré une aussi brave femme. Ça ne lui allait même pas mal de boiter, car elle en avait plus de mérite
910 encore à se décarcasser tout le long de la journée auprès de son mari. On ne pouvait pas dire, elle ne s'asseyait pas un quart d'heure, le temps de manger. Elle courait sans cesse chez le pharmacien, mettait son nez dans des choses pas propres, se donnait un mal du tonnerre pour tenir en ordre cette chambre
915 où l'on faisait tout ; avec ça, pas une plainte, toujours aimable, même les soirs où elle dormait debout, les yeux ouverts, tant elle était lasse. Et le forgeron, dans cet air de dévouement, au milieu des drogues traînant sur les meubles, se prenait d'une grande affection pour Gervaise, à la regarder ainsi aimer et
920 soigner Coupeau de tout son cœur.

« Hein ? mon vieux, te voilà recollé, dit-il un jour au convalescent. Je n'étais pas en peine, ta femme est le bon Dieu ! »

Lui, devait se marier. Du moins, sa mère avait trouvé une jeune fille très convenable, une dentellière comme elle, qu'elle
925 désirait vivement lui voir épouser. Pour ne pas la chagriner, il disait oui, et la noce était même fixée aux premiers jours de septembre. L'argent de l'entrée en ménage dormait depuis longtemps à la Caisse d'épargne. Mais il hochait la tête quand Gervaise lui parlait de ce mariage, il murmurait de sa voix
930 lente :

« Toutes les femmes ne sont pas comme vous, madame Coupeau. Si toutes les femmes étaient comme vous, on en épouserait dix. »

Cependant, Coupeau, au bout de deux mois, put commencer
935 à se lever. Il ne se promenait pas loin, du lit à la fenêtre et encore soutenu par Gervaise. Là, il s'asseyait dans le fauteuil des Lorilleux, la jambe droite allongée sur un tabouret. Ce

blagueur, qui allait rigoler des pattes cassées, les jours de
verglas, était très vexé de son accident. Il manquait de philo-
940 sophie. Il avait passé ces deux mois dans le lit, à jurer, à faire
enrager le monde. Ce n'était pas une existence, vraiment, de
vivre sur le dos, avec une quille ficelée et raide comme un
saucisson. Ah! il connaîtrait le plafond, par exemple; il y avait
une fente, au coin de l'alcôve, qu'il aurait dessinée les yeux
945 fermés. Puis, quand il s'installa dans le fauteuil, ce fut une
autre histoire. Est-ce qu'il resterait longtemps cloué là, pareil
à une momie? La rue n'était pas si drôle, il n'y passait
personne, ça puait l'eau de javelle toute la journée. Non, vrai,
il se faisait trop vieux, il aurait donné dix ans de sa vie pour
950 savoir seulement comment se portaient les fortifications. Et il
revenait toujours à des accusations violentes contre le sort. Ça
n'était pas juste, son accident; ça n'aurait pas dû lui arriver, à
lui un bon ouvrier, pas fainéant, pas soûlard. À d'autres peut-
être, il aurait compris.

955 « Le papa Coupeau, disait-il, s'est cassé le cou, un jour de
ribote[1]. Je ne puis pas dire que c'était mérité, mais enfin la
chose s'expliquait... Moi, à jeun, tranquille comme Baptiste,
sans une goutte de liquide dans le corps, et voilà que je dégrin-
gole en voulant me tourner pour faire une risette à Nana!...
960 Vous ne trouvez pas ça trop fort? S'il y a un bon Dieu, il
arrange drôlement les choses. Jamais je n'avalerai ça. »

Et, quand les jambes lui revinrent, il garda une sourde
rancune contre le travail. C'était un métier de malheur, de
passer ses journées comme les chats, le long des gouttières.
965 Eux pas bêtes, les bourgeois! ils vous envoyaient à la mort,
bien trop poltrons pour se risquer sur une échelle, s'installant
solidement au coin de leur feu et se fichant du pauvre monde.
Et il en arrivait à dire que chacun aurait dû poser son zinc sur

---

1. *Un jour de ribote* : un jour d'ivresse, d'excès.

sa maison. Dame ! en bonne justice, on devait en venir là : si
tu ne veux pas être mouillé, mets-toi à couvert. Puis, il
regrettait de ne pas avoir appris un autre métier, plus joli et
moins dangereux, celui d'ébéniste, par exemple. Ça, c'était
encore la faute du père Coupeau ; les pères avaient cette bête
d'habitude de fourrer quand même les enfants dans leur partie.

Pendant deux mois encore, Coupeau marcha avec des
béquilles. Il avait d'abord pu descendre dans la rue, fumer une
pipe devant sa porte. Ensuite, il était allé jusqu'au boulevard
extérieur, se traînant au soleil, restant des heures assis sur un
banc. La gaieté lui revenait, son bagou d'enfer s'aiguisait dans
ses longues flâneries. Et il prenait là, avec le plaisir de vivre, une
joie à ne rien faire, les membres abandonnés, les muscles glissant à un sommeil très doux ; c'était comme une lente conquête
de la paresse, qui profitait de sa convalescence pour entrer dans
sa peau et l'engourdir, en le chatouillant. Il revenait bien
portant, goguenard, trouvant la vie belle, ne voyant pas pourquoi ça ne durerait pas toujours. Lorsqu'il put se passer de
béquilles, il poussa ses promenades plus loin, courut les chantiers pour revoir les camarades. Il restait les bras croisés en face
des maisons en construction, avec des ricanements, des hochements de tête ; et il blaguait les ouvriers qui trimaient, il allongeait sa jambe, pour leur montrer où ça menait de s'esquinter
le tempérament. Ces stations gouailleuses [1] devant la besogne
des autres satisfaisaient sa rancune contre le travail ! Sans doute,
il s'y remettrait, il le fallait bien ; mais ce serait le plus tard
possible. Oh ! il était payé pour manquer d'enthousiasme. Puis,
ça lui semblait si bon de faire un peu la vache [2] !

Les après-midi où Coupeau s'ennuyait, il montait chez les
Lorilleux. Ceux-ci le plaignaient beaucoup, l'attiraient par
toutes sortes de prévenances aimables. Dans les premières

---

1. *Gouailleuses* : moqueuses, railleuses. \ 2. *Faire la vache* : se laisser aller, se ramollir.

années de son mariage, il leur avait échappé, grâce à l'influence de Gervaise. Maintenant, ils le reprenaient, en le plaisantant sur la peur que lui causait sa femme. Il n'était donc pas un homme ! Pourtant, les Lorilleux montraient une grande discrétion, célébraient d'une façon outrée les mérites de la blanchisseuse. Coupeau, sans se disputer encore, jurait à celle-ci que sa sœur l'adorait, et lui demandait d'être moins mauvaise pour elle. La première querelle du ménage, un soir, était venue au sujet d'Étienne. Le zingueur avait passé l'après-midi chez les Lorilleux. En rentrant, comme le dîner se faisait attendre et que les enfants criaient après la soupe, il s'en était pris brusquement à Étienne, lui envoyant une paire de calottes soignées. Et, pendant une heure, il avait ronchonné : ce mioche n'était pas à lui, il ne savait pas pourquoi il le tolérait dans la maison ; il finirait par le flanquer à la porte. Jusque-là, il avait accepté le gamin sans tant d'histoires. Le lendemain, il parlait de sa dignité. Trois jours après, il lançait des coups de pied au derrière du petit, matin et soir, si bien que l'enfant, quand il l'entendait monter, se sauvait chez les Goujet, où la vieille dentellière lui gardait un coin de la table pour faire ses devoirs.

Gervaise, depuis longtemps, s'était remise au travail. Elle n'avait plus la peine d'enlever et de replacer le globe de la pendule ; toutes les économies se trouvaient mangées ; et il fallait piocher dur[1], piocher pour quatre, car ils étaient quatre bouches à table. Elle seule nourrissait tout ce monde. Quand elle entendait les gens la plaindre, elle excusait vite Coupeau. Pensez donc ! il avait tant souffert, ce n'était pas étonnant, si son caractère prenait de l'aigreur ! Mais ça passerait avec la santé. Et si on lui laissait entendre que Coupeau semblait solide à présent, qu'il pouvait bien retourner au chantier, elle se récriait. Non, non, pas encore ! Elle ne voulait pas l'avoir de

---

1. *Piocher dur* : travailler dur.

nouveau au lit. Elle savait bien ce que le médecin lui disait, peut-être ! C'était elle qui l'empêchait de travailler, en lui répétant chaque matin de prendre son temps, de ne pas se forcer. Elle lui glissait même des pièces de vingt sous dans la poche de son gilet. Coupeau acceptait ça comme une chose naturelle ; il se plaignait de toutes sortes de douleurs pour se faire dorloter ; au bout de six mois, sa convalescence durait toujours. Maintenant, les jours où il allait regarder travailler les autres, il entrait volontiers boire un canon avec les camarades. Tout de même, on n'était pas mal chez le marchand de vin ; on rigolait, on restait là cinq minutes. Ça ne déshonorait personne. Les poseurs seuls affectaient de crever de soif à la porte. Autrefois, on avait bien raison de le blaguer, attendu qu'un verre de vin n'a jamais tué un homme Mais il se tapait la poitrine en se faisant un honneur de ne boire que du vin ; toujours du vin, jamais de l'eau-de-vie ; le vin prolongeait l'existence, n'indisposait pas, ne soûlait pas. Pourtant, à plusieurs reprises, après des journées de désœuvrement, passées de chantier en chantier, de cabaret en cabaret, il était rentré éméché. Gervaise, ces jours-là, avait fermé sa porte, en prétextant elle-même un gros mal de tête, pour empêcher les Goujet d'entendre les bêtises de Coupeau.

Peu à peu, cependant, la jeune femme s'attrista. Matin et soir, elle allait, rue de la Goutte-d'Or, voir la boutique, qui était toujours à louer ; et elle se cachait, comme si elle eût commis un enfantillage indigne d'une grande personne. Cette boutique recommençait à lui tourner la tête ; la nuit, quand la lumière était éteinte, elle trouvait à y songer, les yeux ouverts, le charme d'un plaisir défendu. Elle faisait de nouveau ses calculs : deux cent cinquante francs pour le loyer, cent cinquante francs d'outils et d'installation, cent francs d'avance afin de vivre quinze jours, en tout cinq cents francs, au chiffre le plus bas. Si elle n'en parlait pas tout haut, continuellement, c'était de crainte de

paraître regretter les économies mangées par la maladie de
Coupeau. Elle devenait toute pâle souvent, ayant failli laisser
échapper son envie, rattrapant sa phrase avec la confusion d'une
vilaine pensée. Maintenant, il faudrait travailler quatre ou cinq
années, avant d'avoir mis de côté une si grosse somme. Sa déso-
lation était justement de ne pouvoir s'établir tout de suite ; elle
aurait fourni aux besoins du ménage, sans compter sur Coupeau,
en lui laissant des mois pour reprendre goût au travail ; elle se
serait tranquillisée, certaine de l'avenir, débarrassée des peurs
secrètes dont elle se sentait prise parfois, lorsqu'il revenait très
gai, chantant, racontant quelque bonne farce de cet animal de
Mes-Bottes, auquel il avait payé un litre.

Un soir, Gervaise se trouvant seule chez elle, Goujet entra et
ne se sauva pas, comme à son habitude. Il s'était assis, il fumait
en la regardant. Il devait avoir une phrase grave à prononcer ; il
la retournait, la mûrissait, sans pouvoir lui donner une forme
convenable. Enfin, après un gros silence, il se décida, il retira sa
pipe de la bouche, pour tout dire d'un trait :

« Madame Gervaise, voudriez-vous me permettre de vous
prêter de l'argent ? »

Elle était penchée sur un tiroir de sa commode, cherchant
des torchons. Elle se releva, très rouge. Il l'avait donc vue, le
matin, rester en extase devant la boutique, pendant près de dix
minutes ? Lui, souriait d'un air gêné, comme s'il avait fait là
une proposition blessante. Mais elle refusa vivement ; jamais
elle n'accepterait de l'argent, sans savoir quand elle pourrait le
rendre. Puis, il s'agissait vraiment d'une trop forte somme. Et
comme il insistait, consterné, elle finit par crier :

« Mais votre mariage ? Je ne puis pas prendre l'argent de
votre mariage, bien sûr !

— Oh ! ne vous gênez pas, répondit-il en rougissant à son
tour. Je ne me marie plus. Vous savez, une idée… Vrai, j'aime
mieux vous prêter l'argent. »

Alors, tous deux baissèrent la tête. Il y avait entre eux quelque chose de très doux qu'ils ne disaient pas. Et Gervaise accepta. Goujet avait prévenu sa mère. Ils traversèrent le palier, allèrent la voir tout de suite. La dentellière était brave, un peu triste, son calme visage penché sur son tambour. Elle ne voulait pas contrarier son fils, mais elle n'approuvait plus le projet de Gervaise ; et elle dit nettement pourquoi : Coupeau tournait mal, Coupeau lui mangerait sa boutique. Elle ne pardonnait surtout point au zingueur d'avoir refusé d'apprendre à lire, pendant sa convalescence ; le forgeron s'était offert pour lui montrer, mais l'autre l'avait envoyé dinguer[1], en accusant la science de maigrir le monde. Cela avait presque fâché les deux ouvriers ; ils allaient chacun de son côté. D'ailleurs, Mme Goujet, en voyant les regards suppliants de son grand enfant, se montra très bonne pour Gervaise. Il fut convenu qu'on prêterait cinq cents francs aux voisins ; ils les rembourseraient en donnant chaque mois un acompte de vingt francs ; ça durerait ce que ça durerait.

« Dis donc ! le forgeron te fait de l'œil, s'écria Coupeau en riant, quand il apprit l'histoire. Oh ! je suis bien tranquille, il est trop godiche[2]... On le lui rendra, son argent. Mais, vrai, s'il avait affaire à de la fripouille il serait joliment jobardé[3]. »

Dès le lendemain, les Coupeau louèrent la boutique. Gervaise courut toute la journée, de la rue Neuve à la rue de la Goutte-d'Or. Dans le quartier, à la voir passer ainsi, légère, ravie au point de ne plus boiter, on racontait qu'elle avait dû se laisser faire une opération.

---

1. *L'avait envoyé dinguer* : l'avait envoyé valser. \ **2.** *Godiche* : benêt, niais. \ **3.** *Se faire jobarder* : se faire avoir, se faire tromper.

V [1]

Justement, les Boche, depuis le terme d'avril, avaient quitté la rue des Poissonniers et tenaient la loge de la grande maison, rue de la Goutte-d'Or. Comme ça se rencontrait, tout de même ! Un des ennuis de Gervaise, qui avait vécu si tranquille sans concierge dans son trou de la rue Neuve, était de retomber sous la sujétion de quelque mauvaise bête, avec laquelle il faudrait se disputer pour un peu d'eau répandue, ou pour la porte refermée trop fort, le soir. Les concierges sont une si sale espèce ! Mais, avec les Boche, ce serait un plaisir. On se connaissait, on s'entendrait toujours. Enfin, ça se passerait en famille.

Le jour de la location, quand les Coupeau vinrent signer le bail, Gervaise se sentit le cœur tout gros, en passant sous la haute porte. Elle allait donc habiter cette maison vaste comme une petite ville, allongeant et entrecroisant les rues interminables de ses escaliers et de ses corridors. Les façades grises avec les loques des fenêtres séchant au soleil, la cour blafarde aux pavés défoncés de place publique, le ronflement de travail qui sortait des murs, lui causaient un grand trouble, une joie d'être enfin près de contenter son ambition, une peur de ne pas réussir et de se trouver écrasée dans cette lutte énorme contre la faim, dont elle entendait le souffle. Il lui semblait faire quelque chose

---

1. Le chapitre V, selon les plans détaillés, comme le souligne Henri Mitterand dans l'édition de la Pléiade, couvre trois années, du printemps 1855 à 1858.

de très hardi, se jeter au beau milieu d'une machine en branle, pendant que les marteaux du serrurier et les rabots de l'ébéniste tapaient et sifflaient au fond des ateliers du rez-de-chaussée. Ce jour-là, les eaux de la teinturerie coulant sous le porche étaient d'un vert pomme très tendre. Elle les enjamba, en souriant ; elle voyait dans cette couleur un heureux présage.

Le rendez-vous avec le propriétaire était dans la loge même des Boche. M. Marescot, un grand coutelier de la rue de la Paix, avait jadis tourné la meule[1], le long des trottoirs. On le disait riche aujourd'hui à plusieurs millions. C'était un homme de cinquante-cinq ans, fort, osseux, décoré, étalant ses mains immenses d'ancien ouvrier ; et un de ses bonheurs était d'emporter les couteaux et les ciseaux de ses locataires, qu'il aiguisait lui-même, par plaisir. Il passait pour n'être pas fier, parce qu'il restait des heures chez ses concierges, caché dans l'ombre de la loge, à demander des comptes. Il traitait là toutes ses affaires. Les Coupeau le trouvèrent devant la table graisseuse de Mme Boche, écoutant comment la couturière du second, dans l'escalier A, avait refusé de payer, d'un mot dégoûtant. Puis, quand on eut signé le bail, il donna une poignée de main au zingueur. Lui, aimait les ouvriers. Autrefois, il avait eu joliment du tirage. Mais le travail menait à tout. Et, après avoir compté les deux cent cinquante francs du premier semestre, qu'il engloutit dans sa vaste poche, il dit sa vie, il montra sa décoration.

Gervaise, cependant, demeurait un peu gênée en voyant l'attitude des Boche. Ils affectaient de ne pas la connaître. Ils s'empressaient autour du propriétaire, courbés en deux, guettant ses paroles, les approuvant de la tête. Mme Boche sortit vivement, alla chasser une bande d'enfants qui pataugeaient devant la

---

1. *Avait jadis tourné la meule* : M. Marescot se déplaçait jadis dans la rue avec son outil de travail pour affiner les couteaux.

fontaine, dont le robinet grand ouvert inondait le pavé ; et quand elle revint, droite et sévère dans ses jupes, traversant la cour avec de lents regards à toutes les fenêtres, comme pour
55 s'assurer du bon ordre de la maison, elle eut un pincement de lèvres disant de quelle autorité elle était investie, maintenant qu'elle avait sous elle trois cents locataires. Boche, de nouveau, parlait de la couturière du second ; il était d'avis de l'expulser ; il calculait les termes en retard, avec une importance d'inten-
60 dant dont la gestion pouvait être compromise. M. Marescot approuva l'idée de l'expulsion ; mais il voulait attendre jusqu'au demi-terme. C'était dur de jeter les gens à la rue, d'autant plus que ça ne mettait pas un sou dans la poche du propriétaire. Et Gervaise, avec un léger frisson, se demandait si on la jetterait à
65 la rue, elle aussi, le jour où un malheur l'empêcherait de payer. La loge, enfumée, emplie de meubles noirs, avait une humidité et un jour livide de cave ; devant la fenêtre, toute la lumière tombait sur l'établi du tailleur, où traînait une vieille redingote à retourner ; tandis que Pauline, la petite des Boche, une enfant
70 rousse de quatre ans, assise par terre, regardait sagement cuire un morceau de veau, baignée et ravie dans l'odeur forte de cuisine montant du poêlon.

M. Marescot tendait de nouveau la main au zingueur, lorsque celui-ci parla des réparations, en lui rappelant sa
75 promesse verbale de causer de cela plus tard. Mais le proprié-taire se fâcha ; il ne s'était engagé à rien ; jamais, d'ailleurs, on ne faisait de réparations dans une boutique. Pourtant, il consentit à aller voir les lieux, suivi des Coupeau et de Boche. Le petit mercier était parti en emportant son agencement de
80 casiers et de comptoirs ; la boutique, toute nue, montrait son plafond noir, ses murs crevés, où des lambeaux d'un ancien papier jaune pendaient. Là, dans le vide sonore des pièces, une discussion furieuse s'engagea. M. Marescot criait que c'était aux commerçants à embellir leurs magasins, car enfin un

85 commerçant pouvait vouloir de l'or partout, et lui, propriétaire, ne pouvait pas mettre de l'or ; puis, il raconta sa propre
installation, rue de la Paix, où il avait dépensé plus de vingt
mille francs. Gervaise, avec son entêtement de femme, répétait
un raisonnement qui lui semblait irréfutable : dans un loge-
90 ment, n'est-ce pas, il ferait coller du papier ? Alors, pourquoi
ne considérait-il pas la boutique comme un logement ? Elle ne
lui demandait pas autre chose, blanchir le plafond et remettre
du papier.

Boche, cependant, restait impénétrable et digne ; il tournait,
95 regardait en l'air, sans se prononcer. Coupeau avait beau lui
adresser des clignements d'yeux, il affectait de ne pas vouloir
abuser de sa grande influence sur le propriétaire. Il finit pourtant par laisser échapper un jeu de physionomie, un petit
sourire mince accompagné d'un hochement de tête. Justement,
100 M. Marescot, exaspéré, l'air malheureux, écartant ses dix doigts
dans une crampe d'avare auquel on arrache son or, cédait à
Gervaise, promettait le plafond et le papier, à la condition
qu'elle paierait la moitié du papier. Et il se sauva vite, ne
voulant plus entendre parler de rien.

105 Alors, quand Boche fut seul avec les Coupeau, il leur donna
des claques sur les épaules, très expansif. Hein ? c'était enlevé !
Sans lui, jamais ils n'auraient eu leur papier ni leur plafond.
Avaient-ils remarqué comme le propriétaire l'avait consulté
du coin de l'œil et s'était brusquement décidé en le voyant
110 sourire ? Puis, en confidence, il avoua être le vrai maître de la
maison : il décidait des congés, louait si les gens lui plaisaient,
touchait les termes qu'il gardait des quinze jours dans sa
commode. Le soir, les Coupeau, pour remercier les Boche,
crurent poli de leur envoyer deux litres de vin. Ça méritait un
115 cadeau.

Dès le lundi suivant, les ouvriers se mirent à la boutique.
L'achat du papier fut surtout une grosse affaire. Gervaise

voulait un papier gris à fleurs bleues, pour éclairer et égayer les murs. Boche lui offrit de l'emmener ; elle choisirait. Mais il avait des ordres formels du propriétaire, il ne devait pas dépasser le prix de quinze sous le rouleau. Ils restèrent une heure chez le marchand ; la blanchisseuse revenait toujours à une perse très gentille de dix-huit sous, désespérée, trouvant les autres papiers affreux. Enfin, le concierge céda ; il arrangerait la chose, il compterait un rouleau de plus, s'il le fallait. Et Gervaise, en rentrant, acheta des gâteaux pour Pauline. Elle n'aimait pas rester en arrière, il y avait tout bénéfice avec elle à se montrer complaisant.

En quatre jours, la boutique devait être prête. Les travaux durèrent trois semaines. D'abord, on avait parlé de lessiver simplement les peintures. Mais ces peintures, anciennement lie-de-vin, étaient si sales et si tristes, que Gervaise se laissa entraîner à faire remettre toute la devanture en bleu clair, avec des filets jaunes. Alors, les réparations s'éternisèrent. Coupeau, qui ne travaillait toujours pas, arrivait dès le matin, pour voir si ça marchait. Boche lâchait la redingote ou le pantalon dont il refaisait les boutonnières, venait de son côté surveiller ses hommes. Et tous deux, debout en face des ouvriers, les mains derrière le dos, fumant, crachant, passaient la journée à juger chaque coup de pinceau. C'étaient des réflexions interminables, des rêveries profondes pour un clou à arracher. Les peintres, deux grands diables bons enfants, quittaient à chaque instant leurs échelles, se plantaient, eux aussi, au milieu de la boutique, se mêlant à la discussion, hochant la tête pendant des heures, en regardant leur besogne commencée. Le plafond se trouva badigeonné assez rapidement. Ce furent les peintures dont on faillit ne jamais sortir. Ça ne voulait pas sécher. Vers neuf heures, les peintres se montraient avec leurs pots à couleur, les posaient dans un coin, donnaient un coup d'œil, puis disparaissaient ; et on ne les revoyait plus. Ils étaient allés déjeuner,

ou bien ils avaient dû finir une bricole, à côté, rue Myrrha.
D'autres fois, Coupeau emmenait toute la coterie boire un
canon, Boche, les peintres, avec les camarades qui passaient ;
c'était encore un après-midi flambé. Gervaise se mangeait les
155 sangs. Brusquement, en deux jours, tout fut terminé, les peintures vernies, le papier collé, les saletés jetées au tombereau[1].
Les ouvriers avaient bâclé ça comme en se jouant, sifflant sur
leurs échelles, chantant à étourdir le quartier.

L'emménagement eut lieu tout de suite. Gervaise, les
160 premiers jours, éprouvait des joies d'enfant, quand elle traversait la rue, en rentrant d'une commission. Elle s'attardait,
souriait à son chez-elle. De loin, au milieu de la file noire des
autres devantures, sa boutique lui apparaissait toute claire,
d'une gaieté neuve, avec son enseigne bleu tendre, où les mots :
165 *Blanchisseuse de fin*, étaient peints en grandes lettres jaunes.
Dans la vitrine, fermée au fond par de petits rideaux de mousseline, tapissée de papier bleu pour faire valoir la blancheur
du linge, des chemises d'homme restaient en montre, des
bonnets de femme pendaient, les brides nouées à des fils de
170 laiton. Et elle trouvait sa boutique jolie, couleur du ciel.
Dedans, on entrait encore dans du bleu ; le papier, qui imitait
une perse Pompadour, représentait une treille où couraient des
liserons ; l'établi, une immense table tenant les deux tiers de
la pièce, garni d'une épaisse couverture, se drapait d'un bout
175 de cretonne à grands ramages bleuâtres, pour cacher les
tréteaux. Gervaise s'asseyait sur un tabouret, soufflait un peu
de contentement, heureuse de cette belle propriété, couvant
des yeux ses outils neufs. Mais son premier regard allait
toujours à sa mécanique, un poêle de fonte, où dix fers
180 pouvaient chauffer à la fois, rangés autour du foyer, sur des
plaques obliques. Elle venait se mettre à genoux, regardait avec

---

1. *Au tombereau* : dans une voiture de charge, une banne.

la continuelle peur que sa petite bête d'apprentie ne fît éclater
la fonte, en fourrant trop de coke.

Derrière la boutique, le logement était très convenable. Les
185 Coupeau couchaient dans la première chambre, où l'on faisait
la cuisine et où l'on mangeait ; une porte, au fond, ouvrait sur
la cour de la maison. Le lit de Nana se trouvait dans la chambre
de droite, un grand cabinet, qui recevait le jour par une lucarne
ronde, près du plafond. Quant à Étienne, il partageait la
190 chambre de gauche avec le linge sale, dont d'énormes tas traînaient toujours sur le plancher. Pourtant, il y avait un incon-
vénient, les Coupeau ne voulaient pas en convenir d'abord ;
mais les murs pissaient l'humidité, et on ne voyait plus clair
dès trois heures de l'après-midi.

195 Dans le quartier, la nouvelle boutique produisit une grosse
émotion. On accusa les Coupeau d'aller trop vite et de faire
des embarras [1]. Ils avaient, en effet, dépensé les cinq cents
francs des Goujet en installation, sans garder même de quoi
vivre une quinzaine comme ils se l'étaient promis. Le matin
200 où Gervaise enleva ses volets pour la première fois, elle avait
juste six francs dans son porte-monnaie. Mais elle n'était
pas en peine, les pratiques [2] arrivaient, ses affaires s'annon-
çaient très bien. Huit jours plus tard, le samedi, avant de se
coucher, elle resta deux heures à calculer, sur un bout de
205 papier ; et elle réveilla Coupeau, la mine luisante, pour lui
dire qu'il y avait des mille et des cents à gagner, si l'on était
raisonnable.

« Ah bien ! criait Mme Lorilleux dans toute la rue de la
Goutte-d'Or, mon imbécile de frère en voit de drôles !…. il ne
210 manquait plus à la Banban que de faire la vie. Ça lui va bien,
n'est-ce pas ? »

---

1. *Faire des embarras* : faire des embarras d'argent, des dettes. \ 2. *Les pratiques* : les
clientes.

Les Lorilleux s'étaient brouillés à mort avec Gervaise.
D'abord, pendant les réparations de la boutique, ils avaient
failli crever de rage ; rien qu'à voir les peintres de loin, ils
215 passaient sur l'autre trottoir, ils remontaient chez eux les dents
serrées. Une boutique bleue à cette rien du tout, si ce n'était
pas fait pour casser les bras des honnêtes gens ! Aussi, dès le
second jour, comme l'apprentie vidait à la volée un bol
d'amidon, juste au moment où Mme Lorilleux sortait, celle-ci
220 avait-elle ameuté la rue en accusant sa belle-sœur de la faire
insulter par ses ouvrières. Et tous rapports étaient rompus,
on n'échangeait plus que des regards terribles, quand on se
rencontrait.

« Oui, une jolie vie ! répétait Mme Lorilleux. On sait d'où il
225 lui vient, l'argent de sa baraque ! Elle a gagné ça avec le
forgeron… Encore du propre monde, de ce côté-là ! Le père ne
s'est-il pas coupé la tête avec un couteau, pour éviter la peine
à la guillotine ? Enfin, quelque sale histoire dans ce genre ! »

Elle accusait très carrément Gervaise de coucher avec
230 Goujet. Elle mentait, elle prétendait les avoir surpris un soir
ensemble, sur un banc du boulevard extérieur. La pensée de
cette liaison, des plaisirs que devait goûter sa belle-sœur, l'exaspérait davantage, dans son honnêteté de femme laide. Chaque
jour, le cri de son cœur lui revenait aux lèvres :

235 « Mais qu'a-t-elle donc sur elle, cette infirme, pour se faire
aimer ! Est-ce qu'on m'aime, moi ! »

Puis, c'étaient des potins interminables avec les voisines.
Elle racontait toute l'histoire. Allez, le jour du mariage, elle
avait fait une drôle de tête ! Oh ! Elle avait le nez creux, elle
240 sentait déjà comment ça devait tourner. Plus tard, mon Dieu !
la Banban s'était montrée si douce, si hypocrite, qu'elle et son
mari, par égard pour Coupeau, avaient consenti à être parrain
et marraine de Nana ; même que ça coûtait bon, un baptême
comme celui-là. Mais maintenant, voyez-vous ! la Banban

245 pouvait être à l'article de la mort et avoir besoin d'un verre d'eau, ce ne serait pas elle, bien sûr, qui le lui donnerait. Elle n'aimait pas les insolentes, ni les coquines, ni les dévergondées. Quant à Nana, elle serait toujours bien reçue, si elle montait voir son parrain et sa marraine ; la petite, n'est-ce pas ? n'était

250 point coupable des crimes de la mère. Coupeau, lui, n'avait pas besoin de conseil ; à sa place, tout homme aurait trempé le derrière de sa femme dans un baquet, en lui allongeant une paire de claques ; enfin, ça le regardait, on lui demandait seulement d'exiger du respect pour sa famille. Jour de Dieu ! si

255 Lorilleux l'avait trouvée, elle, Mme Lorilleux, en flagrant délit ! Ça ne se serait pas passé tranquillement, il lui aurait planté ses cisailles dans le ventre.

Les Boche, pourtant, juges sévères des querelles de la maison, donnaient tort aux Lorilleux. Sans doute les Lorilleux

260 étaient des personnes comme il faut, tranquilles, travaillant toute la sainte journée, payant régulièrement leur terme. Mais là, franchement, la jalousie les enrageait. Avec ça, ils auraient tondu un œuf. Des pingres, quoi ! des gens qui cachaient leur litre, quand on montait, pour ne pas offrir un verre de vin ;

265 enfin, du monde pas propre. Un jour, Gervaise venait de payer aux Boche du cassis avec de l'eau de Seltz, qu'on buvait dans la loge, quand Mme Lorilleux était passée, très raide, en affectant de cracher devant la porte des concierges. Et, depuis lors, chaque samedi, Mme Boche, lorsqu'elle balayait les escaliers et

270 les couloirs, laissait des ordures devant la porte des Lorilleux.

« Parbleu ! criait Mme Lorilleux, la Banban les gorge[1], ces goinfres ! Ah ! ils sont bien tous les mêmes !... Mais qu'ils ne m'embêtent pas ! J'irais me plaindre au propriétaire... Hier encore, j'ai vu ce sournois de Boche se frotter aux jupes de

275 Mme Gaudron. S'attaquer à une femme de cet âge, qui a une

---

1. *Les gorge* : leur donne de la nourriture à profusion.

demi-douzaine d'enfants, hein ? c'est de la cochonnerie pure !…
Encore une saleté de leur part, et je préviens la mère Boche,
pour qu'elle flanque une tripotée à son homme… Dame ! on
rirait un peu. »

280   Maman Coupeau voyait toujours les deux ménages, disant
comme tout le monde, arrivant même à se faire retenir plus
souvent à dîner, en écoutant complaisamment sa fille et sa
belle-fille, un soir chacune. Mme Lerat, pour le moment,
n'allait plus chez les Coupeau, parce qu'elle s'était disputée
285   avec la Banban, au sujet d'un zouave qui venait de couper le
nez de sa maîtresse d'un coup de rasoir ; elle soutenait le
zouave, elle trouvait le coup de rasoir très amoureux, sans
donner ses raisons. Et elle avait encore exaspéré les colères de
Mme Lorilleux, en lui affirmant que la Banban, dans la conver-
290   sation, devant des quinze et des vingt personnes, l'appelait
Queue-de-vache sans se gêner. Mon Dieu ! oui, les Boche, les
voisins maintenant l'appelaient Queue-de-vache.

    Au milieu de ces cancans, Gervaise, tranquille, souriante,
sur le seuil de sa boutique, saluait les amis d'un petit signe de
295   tête affectueux. Elle se plaisait à venir là, une minute, entre
deux coups de fer, pour rire à la rue, avec le gonflement de
vanité d'une commerçante, qui a un bout de trottoir à elle. La
rue de la Goutte-d'Or lui appartenait, et les rues voisines, et
le quartier tout entier. Quand elle allongeait la tête, en cami-
300   sole blanche, les bras nus, ses cheveux blonds envolés dans le
feu du travail, elle jetait un regard à gauche, un regard à droite,
aux deux bouts, pour prendre d'un trait les passants, les
maisons, le pavé et le ciel : à gauche, la rue de la Goutte-d'Or
s'enfonçait, paisible, déserte, dans un coin de province, où des
305   femmes causaient bas sur les portes ; à droite, à quelques pas,
la rue des Poissonniers mettait un vacarme de voitures, un
continuel piétinement de foule, qui refluait et faisait de ce bout
un carrefour de cohue populaire. Gervaise aimait la rue, les

cahots des camions dans les trous du gros pavé bossué, les bous-
310 culades des gens le long des minces trottoirs, interrompus par
des cailloutis en pente raide ; ses trois mètres de ruisseau,
devant sa boutique, prenaient une importance énorme, un
fleuve large, qu'elle voulait très propre, un fleuve étrange et
vivant, dont la teinturerie de la maison colorait les eaux des
315 caprices les plus tendres au milieu de la boue noire. Puis, elle
s'intéressait à des magasins, une vaste épicerie, avec un étalage
de fruits secs garanti par des filets à petites mailles, une lingerie
et bonneterie d'ouvriers, balançant au moindre souffle des
cottes [1] et des blouses bleues, pendues les jambes et les bras
320 écartés. Chez la fruitière, chez la tripière, elle apercevait des
angles de comptoir, où des chats superbes et tranquilles
ronronnaient. Sa voisine, Mme Vigouroux, la charbonnière, lui
rendait son salut, une petite femme grasse, la face noire, les
yeux luisants, fainéantant à rire avec des hommes, adossée
325 contre sa devanture, que des bûches peintes sur un fond lie de
vin décoraient d'un dessin compliqué de chalet rustique.
Mmes Cudorge, la mère et la fille, ses autres voisines qui
tenaient la boutique de parapluies, ne se montraient jamais,
leur vitrine assombrie, leur porte close, ornée de deux petites
330 ombrelles de zinc enduites d'une épaisse couche de vermillon
vif. Mais Gervaise, avant de rentrer, donnait toujours un coup
d'œil en face d'elle, à un grand mur blanc, sans une fenêtre,
percé d'une immense porte cochère, par laquelle on voyait le
flamboiement d'une forge, dans une cour encombrée de char-
335 rettes et de carrioles, les brancards en l'air. Sur le mur, le mot :
Maréchalerie, était écrit en grandes lettres, encadré d'un éventail de fers à cheval. Toute la journée, les marteaux sonnaient
sur l'enclume, des incendies d'étincelles éclairaient l'ombre
blafarde de la cour. Et, au bas de ce mur, au fond d'un trou,

---

1. *Cottes* : vêtements de travail, bleus, combinaisons.

340 grand comme une armoire, entre une marchande de ferraille et
une marchande de pommes de terre frites, il y avait un
horloger, un monsieur en redingote, l'air propre, qui fouillait
continuellement des montres avec des outils mignons, devant
un établi où des choses délicates dormaient sous des verres ;
345 tandis que, derrière lui, les balanciers de deux ou trois
douzaines de coucous tout petits battaient à la fois, dans la
misère noire de la rue et le vacarme cadencé de la maréchalerie.

Le quartier trouvait Gervaise bien gentille. Sans doute, on
clabaudait [1] sur son compte, mais il n'y avait qu'une voix pour
350 lui reconnaître de grands yeux, une bouche pas plus longue que
ça, avec des dents très blanches. Enfin, c'était une jolie blonde,
et elle aurait pu se mettre parmi les plus belles, sans le malheur
de sa jambe. Elle était dans ses vingt-huit ans ! elle avait
engraissé. Ses traits fins s'empâtaient, ses gestes prenaient une
355 lenteur heureuse. Maintenant, elle s'oubliait parfois sur le bord
d'une chaise, le temps d'attendre son fer, avec un sourire vague,
la face noyée d'une joie gourmande. Elle devenait gourmande ;
ça, tout le monde le disait ; mais ce n'était pas un vilain défaut,
au contraire. Quand on gagne de quoi se payer de fins
360 morceaux, n'est-ce pas ? on serait bien bête de manger des
pelures de pommes de terre. D'autant plus qu'elle travaillait
toujours dur, se mettant en quatre pour ses pratiques, passant
elle-même les nuits, les volets fermés, lorsque la besogne était
pressée. Comme on disait dans le quartier, elle avait la veine ;
365 tout lui prospérait. Elle blanchissait la maison, M. Madinier,
Mlle Remanjou, les Boche ; elle enlevait même à son ancienne
patronne, Mme Fauconnier, des dames de Paris logées rue du
faubourg Poissonnière. Dès la seconde quinzaine, elle avait dû
prendre deux ouvrières, Mme Putois et la grande Clémence,
370 cette fille qui habitait autrefois au sixième ; ça lui faisait trois

---

1. *On clabaudait* : on cancanait, on médisait.

personnes chez elle, avec son apprentie, ce petit louchon[1]
d'Augustine, laide comme un derrière de pauvre homme.
D'autres auraient pour sûr perdu la tête dans ce coup de
fortune. Elle était bien pardonnable de fricoter[2] un peu le
375 lundi, après avoir trimé la semaine entière. D'ailleurs, il lui
fallait ça, elle serait restée gnangnan[3], à regarder les chemises
se repasser toutes seules, si elle ne s'était pas collé un velours
sur la poitrine[4], quelque chose de bon dont l'envie lui
chatouillait le jabot.

380 Jamais Gervaise n'avait encore montré tant de complaisance.
Elle était douce comme un mouton, bonne comme du pain.
À part Mme Lorilleux, qu'elle appelait Queue-de-vache pour se
venger, elle ne détestait personne, elle excusait tout le monde.
Dans le léger abandon de sa gueulardise[5], quand elle avait bien
385 déjeuné et pris son café, elle cédait au besoin d'une indulgence
générale. Son mot était : « On doit se pardonner entre soi,
n'est-ce pas, si l'on ne veut pas vivre comme des sauvages. »
Quand on lui parlait de sa bonté, elle riait. Il n'aurait plus
manqué qu'elle fût méchante ! Elle se défendait, elle disait
390 n'avoir aucun mérite à être bonne. Est-ce que tous ses rêves
n'étaient pas réalisés, est-ce qu'il lui restait à ambitionner
quelque chose dans l'existence ? Elle rappelait son idéal d'autrefois, lorsqu'elle se trouvait sur le pavé : travailler, manger du
pain, avoir un trou à soi, élever ses enfants, ne pas être battue,
395 mourir dans son lit. Et maintenant son idéal était dépassé ; elle
avait tout, et en plus beau. Quant à mourir dans son lit, ajou-
tait-elle en plaisantant, elle y comptait mais le plus tard
possible, bien entendu.

C'était surtout pour Coupeau que Gervaise se montrait
400 gentille. Jamais une mauvaise parole, jamais une plainte

---

1. *Louchon* : individu atteint de strabisme. \ **2.** *Fricoter* : dépenser de l'argent, se régaler.
\ **3.** *Gnangnan* : molle, sans énergie. \ **4.** *Si elle ne s'était pas collé un velours sur la poitrine* : si elle
n'avait pas mangé ou bu quelque chose de bon. \ **5.** *Gueulardise* : gourmandise.

derrière le dos de son mari. Le zingueur avait fini par se remettre au travail ; et, comme son chantier était alors à l'autre bout de Paris, elle lui donnait tous les matins quarante sous pour son déjeuner, sa goutte et son tabac. Seulement, deux
405 jours sur six, Coupeau s'arrêtait en route, buvait les quarante sous avec un ami, et revenait déjeuner en racontant une histoire. Une fois même, il n'était pas allé loin, il s'était payé avec Mes-Bottes et trois autres un gueuleton soigné, des escargots, du rôti et du vin cacheté, au *Capucin*, barrière de La
410 Chapelle ; puis, comme ses quarante sous ne suffisaient pas, il avait envoyé la note à sa femme par un garçon, en lui faisant dire qu'il était au clou. Celle-ci riait, haussait les épaules. Où était le mal, si son homme s'amusait un peu ? Il fallait laisser aux hommes la corde longue, quand on voulait vivre en paix
415 dans son ménage. D'un mot à un autre, on en arrivait vite aux coups. Mon Dieu ! on devait tout comprendre. Coupeau souffrait encore de sa jambe, puis il se trouvait entraîné, il était bien forcé de faire comme les autres, sous peine de passer pour un mufe [1]. D'ailleurs, ça ne tirait pas à conséquence ; s'il
420 rentrait éméché, il se couchait, et deux heures après il n'y paraissait plus.

Cependant, les fortes chaleurs étaient venues. Un après-midi de juin, un samedi que l'ouvrage pressait, Gervaise avait elle-même bourré de coke la mécanique, autour de laquelle
425 dix fers chauffaient, dans le ronflement du tuyau. À cette heure, le soleil tombait d'aplomb sur la devanture, le trottoir renvoyait une réverbération ardente, dont les grandes moires dansaient au plafond de la boutique ; et ce coup de lumière, bleu par le reflet du papier des étagères et de la vitrine,
430 mettait au-dessus de l'établi un jour aveuglant, comme une poussière de soleil tamisée dans les linges fins. Il faisait là une

---

1. *Mufe* : crétin, lâche.

température à crever. On avait laissé ouverte la porte de la rue, mais pas un souffle de vent ne venait ; les pièces qui séchaient en l'air, pendues aux fils de laiton, fumaient, 435 étaient raides comme des copeaux en moins de trois quarts d'heure. Depuis un instant, sous cette lourdeur de fournaise, un gros silence régnait, au milieu duquel les fers seuls tapaient sourdement, étouffés par l'épaisse couverture garnie de calicot.

440 « Ah bien ! dit Gervaise, si nous ne fondons pas, aujourd'hui ! On retirerait sa chemise ! »

Elle était accroupie par terre, devant une terrine, occupée à passer du linge à l'amidon. En jupon blanc, la camisole retroussée aux manches et glissée des épaules, elle avait les bras 445 nus, le cou nu, toute rose, si suante, que les petites mèches blondes de ses cheveux ébouriffés se collaient à sa peau. Soigneusement elle trempait dans l'eau laiteuse des bonnets, des devants de chemises d'homme, des jupons entiers, des garnitures de pantalons de femme. Puis, elle roulait les pièces 450 et les posait au fond d'un panier carré, après avoir plongé dans un seau et secoué sa main sur les corps des chemises et des pantalons qui n'étaient pas amidonnés.

« C'est pour vous, ce panier, madame Putois, reprit-elle, Dépêchez-vous, n'est-ce pas ? Ça sèche tout de suite, il faudrait 455 recommencer dans une heure. »

Mme Putois, une femme de quarante-cinq ans, maigre, petite, repassait sans une goutte de sueur, boutonnée dans un vieux caraco marron. Elle n'avait pas même retiré son bonnet, un bonnet noir garni de rubans verts tournés au jaune. Elle 460 restait raide devant l'établi, trop haut pour elle, les coudes en l'air, poussant son fer avec des gestes cassés de marionnette. Tout d'un coup, elle s'écria :

« Ah ! non, mademoiselle Clémence, remettez votre camisole. Vous savez, je n'aime pas les indécences. Pendant que vous

465 y êtes, montrez toute votre boutique. Il y a déjà trois hommes
arrêtés en face. »

La grande Clémence la traita de vieille bête, entre ses dents.
Elle suffoquait, elle pouvait bien se mettre à l'aise ; tout le
monde n'avait pas une peau d'amadou. D'ailleurs, est-ce qu'on
470 voyait quelque chose ? Et elle levait les bras, sa gorge puissante
de belle fille crevait sa chemise, ses épaules faisaient craquer les
courtes manches. Clémence s'en donnait à se faire vider les
moelles avant trente ans ; le lendemain des noces sérieuses, elle
ne sentait plus le carreau sous ses pieds, elle dormait sur la
475 besogne, la tête et le ventre comme bourrés de chiffons. Mais
on la gardait quand même, car pas une ouvrière ne pouvait se
flatter de repasser une chemise d'homme avec son chic. Elle
avait la spécialité des chemises d'homme.

« C'est à moi, allez, finit-elle par déclarer, en se donnant
480 des claques sur la gorge. Et ça ne mord pas, ça ne fait bobo à
personne.

— Clémence, remettez votre camisole, dit Gervaise.
Mme Putois a raison, ce n'est pas convenable… On prendrait
ma maison pour ce qu'elle n'est pas. »

485 Alors, la grande Clémence se rhabilla en bougonnant. En
voilà des giries[1] ! Avec ça que les passants n'avaient jamais vu
des nénais[2] ! Et elle soulagea sa colère sur l'apprentie, ce
louchon d'Augustine, qui repassait à côté d'elle du linge plat,
des bas et des mouchoirs ; elle la bouscula, la poussa avec son
490 coude. Mais Augustine, hargneuse, d'une méchanceté sournoise de monstre et de souffre-douleur, cracha par-derrière sur
sa robe, sans qu'on la vît, pour se venger.

Gervaise pourtant venait de commencer un bonnet appartenant à Mme Boche, qu'elle voulait soigner. Elle avait préparé
495 de l'amidon cuit pour le remettre à neuf. Elle promenait

---

1. *Giries* : fausses modesties. \ **2.** *Nénais* : seins, nichons.

doucement, dans le fond de la coiffe, le polonais, un petit fer arrondi des deux bouts, lorsqu'une femme entra, osseuse, la face tachée de plaques rouges, les jupes trempées. C'était une maîtresse laveuse qui employait trois ouvrières au lavoir de la Goutte-d'Or.

« Vous arrivez trop tôt, madame Bijard! cria Gervaise. Je vous avais dit ce soir... Vous me dérangez joliment, à cette heure-ci! »

Mais comme la laveuse se lamentait, craignant de ne pouvoir mettre couler le jour même, elle voulut bien lui donner le linge sale tout de suite. Elles allèrent chercher les paquets dans la pièce de gauche où couchait Étienne, et revinrent avec des brassées énormes, qu'elles empilèrent sur le carreau, au fond de la boutique. Le triage dura une grosse demi-heure. Gervaise faisait des tas autour d'elle, jetait ensemble les chemises d'homme, les chemises de femme, les mouchoirs, les chaussettes, les torchons. Quand une pièce d'un nouveau client lui passait entre les mains, elle la marquait d'une croix au fil rouge pour la reconnaître. Dans l'air chaud, une puanteur fade montait de tout ce linge sale remué.

« Oh! là là, ça gazouille! dit Clémence, en se bouchant le nez.

— Pardi! si c'était propre, on ne nous le donnerait pas, expliqua tranquillement Gervaise. Ça sent son fruit, quoi!... Nous disions quatorze chemises de femme, n'est-ce pas, madame Bijard?... quinze, seize, dix-sept... »

Elle continua à compter tout haut. Elle n'avait aucun dégoût, habituée à l'ordure; elle enfonçait ses bras nus et roses au milieu des chemises jaunes de crasse, des torchons raidis par la graisse des eaux de vaisselle, des chaussettes mangées et pourries de sueur. Pourtant, dans l'odeur forte qui battait son visage penché au-dessus des tas, une nonchalance la prenait. Elle s'était assise au bord d'un tabouret, se courbant en deux,

allongeant les mains à droite, à gauche, avec des gestes ralentis,
530 comme si elle se grisait de cette puanteur humaine, vaguement
souriante, les yeux noyés. Et il semblait que ses premières
paresses vinssent de là, de l'asphyxie des vieux linges empoi-
sonnant l'air autour d'elle.

Juste au moment où elle secouait une couche d'enfant
535 qu'elle ne reconnaissait pas tant elle était pisseuse, Coupeau
entra.

« Cré coquin ! bégaya-t-il, quel coup de soleil !... Ça vous
tape dans la tête ! »

Le zingueur se retint à l'établi pour ne pas tomber. C'était
540 la première fois qu'il prenait une pareille cuite. Jusque-là, il
était rentré pompette, rien de plus. Mais, cette fois, il avait un
gnon sur l'œil, une claque amicale égarée dans une bousculade.
Ses cheveux frisés, où des fils blancs se montraient déjà,
devaient avoir épousseté une encoignure de quelque salle
545 louche de marchand de vin, car une toile d'araignée pendait à
une mèche, sur la nuque. Il restait rigolo d'ailleurs, les traits
un peu tirés et vieillis, la mâchoire inférieure saillant davantage, mais toujours bon enfant, disait-il, et la peau encore assez
tendre pour faire envie à une duchesse.

550 « Je vais t'expliquer, reprit-il en s'adressant à Gervaise. C'est
Pied-de-Céleri, tu le connais bien, celui qui a une quille de
bois... Alors, il part pour son pays, il a voulu nous régaler...
Oh ! nous étions d'aplomb, sans ce gueux de soleil. Dans la
rue, le monde est malade. Vrai ! le monde festonne... »

555 Et comme la grande Clémence s'égayait de ce qu'il avait vu
la rue soûle, il fut pris lui-même d'une joie énorme dont il
faillit étrangler. Il criait :

« Hein ! les sacrés pochards ! Ils sont d'un farce !... Mais ce
n'est pas leur faute, c'est le soleil... Toute la boutique riait,
560 même Mme Putois, qui n'aimait pas les ivrognes. Ce louchon
d'Augustine avait un chant de poule, la bouche ouverte,

suffoquant. Cependant, Gervaise soupçonnait Coupeau de n'être pas rentré tout droit, d'avoir passé une heure chez les Lorilleux, où il recevait de mauvais conseils. Quand il lui eut juré que non, 565 elle rit à son tour, pleine d'indulgence, ne lui reprochant même pas d'avoir encore perdu une journée de travail.

« Dit-il des bêtises, mon Dieu! murmura-t-elle. Peut-on dire des bêtises pareilles ! »

Puis, d'une voix maternelle :

570 « Va te coucher, n'est-ce pas ? Tu vois, nous sommes occupées ; tu nous gênes… Ça fait trente-deux mouchoirs, madame Bijard ; et deux autres, trente-quatre… »

Mais Coupeau n'avait pas sommeil. Il resta là, à se dandiner, avec un mouvement de balancier d'horloge, ricanant d'un 575 air entêté et taquin. Gervaise, qui voulait se débarrasser de Mme Bijard, appela Clémence, lui fit compter le linge pendant qu'elle l'inscrivait. Alors, à chaque pièce, cette grande vaurienne lâcha un mot cru, une saleté ; elle étalait les misères des clients, les aventures des alcôves, elle avait des plaisanteries 580 d'atelier sur tous les trous et toutes les taches qui lui passaient par les mains. Augustine faisait celle qui ne comprend pas, ouvrait de grandes oreilles de petite fille vicieuse. Mme Putois pinçait les lèvres, trouvait ça bête, de dire ces choses devant Coupeau, un homme n'a pas besoin de voir le linge ; c'est un 585 de ces déballages qu'on évite chez les gens comme il faut. Quant à Gervaise, sérieuse, à son affaire, elle semblait ne pas entendre. Tout en écrivant, elle suivait les pièces d'un regard attentif, pour les reconnaître au passage ; et elle ne se trompait jamais, elle mettait un nom sur chacune, au flair, à la couleur. 590 Ces serviettes-là appartenaient aux Goujet ; ça sautait aux yeux, elles n'avaient pas servi à essuyer le cul des poêlons. Voilà une taie d'oreiller qui venait certainement des Boche, à cause de la pommade dont Mme Boche emplâtrait tout son linge. Il n'y avait pas besoin non plus de mettre son nez sur les gilets de

595 flanelle de M. Madinier, pour savoir qu'ils étaient à lui ; il
teignait la laine, cet homme, tant il avait la peau grasse. Et elle
savait d'autres particularités, les secrets de la propreté de
chacun, les dessous des voisines qui traversaient la rue en jupes
de soie, le nombre de bas, de mouchoirs, de chemises qu'on
600 salissait par semaine, la façon dont les gens déchiraient
certaines pièces, toujours au même endroit. Aussi était-elle
pleine d'anecdotes. Les chemises de Mlle Remanjou, par
exemple, fournissaient des commentaires interminables ; elles
s'usaient par le haut, la vieille fille devait avoir les os des épaules
605 pointus ; et jamais elles n'étaient sales, les eût-elle portées
quinze jours, ce qui prouvait qu'à cet âge-là on est quasiment
comme un morceau de bois, dont on serait bien en peine de
tirer une larme de quelque chose. Dans la boutique, à chaque
triage, on déshabillait ainsi tout le quartier de la Goutte-d'Or.

610 « Ça c'est du nanan [1] ! » cria Clémence, en ouvrant un
nouveau paquet. Gervaise, prise brusquement d'une grande
répugnance, s'était reculée.

« Le paquet de Mme Gaudron, dit-elle. Je ne veux plus la
blanchir, je cherche un prétexte… Non, je ne suis pas plus
615 difficile qu'une autre, j'ai touché à du linge bien dégoûtant
dans ma vie ; mais, vrai, celui-là, je ne peux pas. Ça me ferait
jeter le cœur sur du carreau… Qu'est-ce qu'elle fait donc,
cette femme, pour mettre son linge dans un état pareil ! »

Et elle pria Clémence de se dépêcher. Mais l'ouvrière conti-
620 nuait ses remarques, fourrait ses doigts dans les trous, avec des
allusions sur les pièces, qu'elle agitait comme les drapeaux de
l'ordure triomphante. Cependant, les tas avaient monté autour
de Gervaise. Maintenant, toujours assise au bord du tabouret,
elle disparaissait entre les chemises et les jupons ; elle avait
625 devant elle les draps, les pantalons, les nappes, une débâcle de

---

1. *C'est du nanan !* C'est du gâteau, c'est de la friandise !

mal-propreté ; et, là-dedans, au milieu de cette mare grandissante, elle gardait ses bras nus, son cou nu, avec ses mèches de petits cheveux blonds collés à ses tempes, plus rose et plus alanguie. Elle retrouvait son air posé, son sourire de patronne
630 attentive et soigneuse, oubliant le linge de Mme Gaudron, ne le sentant plus, fouillant d'une main dans les tas pour voir s'il n'y avait pas d'erreur. Ce louchon d'Augustine, qui adorait jeter des pelletées de coke dans la mécanique, venait de la bourrer à un tel point, que les plaques de fonte rougissaient.
635 Le soleil oblique battait la devanture, la boutique flambait. Alors, Coupeau, que la grosse chaleur grisait davantage, fut pris d'une soudaine tendresse. Il s'avança vers Gervaise les bras ouverts, très ému.

« T'es une bonne femme, bégayait-il. Faut que je t'embrasse. »
640 Mais il s'emberlificota dans les jupons, qui lui barraient le chemin, et faillit tomber.

« Es-tu bassin [1] ! dit Gervaise sans se fâcher. Reste tranquille, nous avons fini. »

Non, il voulait l'embrasser, il avait besoin de ça, parce qu'il
645 l'aimait bien. Tout en balbutiant, il tournait le tas de jupons, il butait dans le tas de chemises ; puis, comme il s'entêtait, ses pieds s'accrochèrent, il s'étala, le nez au beau milieu des torchons. Gervaise, prise d'un commencement d'impatience, le bouscula, en criant qu'il allait tout mélanger. Mais
650 Clémence, Mme Putois elle-même lui donnèrent tort. Il était gentil après tout. Il voulait l'embrasser. Elle pouvait bien se laisser embrasser.

« Vous êtes heureuse, allez ! madame Coupeau, dit Mme Bijard, que son soûlard de mari, un serrurier, tuait de
655 coups chaque soir en rentrant. Si le mien était comme ça, quand il s'est piqué le nez, ça serait un plaisir ! »

---

1. *Es-tu bassin !* Comme tu es ennuyeux !

Gervaise, calmée, regrettait déjà sa vivacité. Elle aida Coupeau à se remettre debout. Puis, elle tendit la joue en souriant. Mais le zingueur, sans se gêner devant le monde, lui
660 prit les seins.

« Ce n'est pas pour dire, murmura-t-il, il chelingue[1] rudement, ton linge Mais je t'aime tout de même, vois-tu !

— Laisse-moi, tu me chatouilles, cria-t-elle en riant plus fort. Quelle grosse bête ! On n'est pas bête comme ça ! »

665 Il l'avait empoignée, il ne la lâchait pas. Elle s'abandonnait, étourdie par le léger vertige qui lui venait du tas de linge, sans dégoût pour l'haleine vineuse de Coupeau. Et le gros baiser qu'ils échangèrent à pleine bouche, au milieu des saletés du métier, était comme une première chute, dans le lent avachis-
670 sement de leur vie.

Cependant, Mme Bijard nouait le linge en paquets. Elle parlait de sa petite, âgée de deux ans, une enfant nommée Eulalie, qui avait déjà de la raison comme une femme. On pouvait la laisser seule ; elle ne pleurait jamais, elle ne jouait
675 pas avec les allumettes. Enfin, elle emporta les paquets de linge un à un, sa grande taille cassée sous le poids, sa face se marbrant de taches violettes.

« Ce n'est plus tenable, nous grillons », dit Gervaise en s'essuyant la figure, avant de se remettre au bonnet de Mme
680 Boche.

Et l'on parla de ficher des claques à Augustine, quand on s'aperçut que la mécanique était rouge. Les fers, eux aussi, rougissaient. Elle avait donc le diable dans le corps ! On ne pouvait pas tourner le dos sans qu'elle fît quelque mauvais
685 coup. Maintenant, il fallait attendre un quart d'heure pour se servir des fers, Gervaise couvrit le feu de deux pelletées de cendre. Elle imagina en outre de tendre une paire de draps sur

---

1. *Il chelingue* : il pue, il sent mauvais.

les fils de laiton du plafond, en manière de stores, afin d'amortir le soleil. Alors, on fut très bien dans la boutique. La tempéra-
690 ture y était encore joliment douce ; mais on se serait cru dans une alcôve, avec un jour blanc, enfermé comme chez soi, loin du monde, bien qu'on entendît, derrière les draps, les gens marchant vite sur le trottoir ; et l'on avait la liberté de se mettre à son aise. Clémence retira sa camisole. Coupeau refusant
695 toujours d'aller se coucher, on lui permit de rester, mais il dut promettre de se tenir tranquille dans un coin, car il s'agissait à cette heure de ne pas s'endormir sur le rôti.

« Qu'est-ce que cette vermine a encore fait du polonais ? » murmurait Gervaise, en parlant d'Augustine.

700 On cherchait toujours le petit fer, que l'on retrouvait dans des endroits singuliers, où l'apprentie, disait-on, le cachait par malice. Gervaise acheva enfin la coiffe du bonnet de Mme Boche. Elle en avait ébauché les dentelles, les détirant à la main, les redressant d'un léger coup de fer. C'était un bonnet
705 dont la passe, très ornée, se composait d'étroits bouillonnés [1] alternant avec des entre-deux [2] brodés. Aussi s'appliquait-elle, muette, soigneuse, repassant les bouillonnés et les entre-deux au coq, un œuf de fer fiché par une tige dans un pied de bois.

Alors, un silence régna. On n'entendit plus, pendant un
710 instant, que les coups sourds, étouffés sur la couverture. Aux deux côtés de la vaste table carrée, la patronne, les deux ouvrières et l'apprentie, debout, se penchaient, toutes à leur besogne, les épaules arrondies, les bras promenés dans un va-et-vient continu. Chacune, à sa droite, avait son carreau, une
715 brique plate, brûlée par les fers trop chauds. Au milieu de la table, au bord d'une assiette creuse pleine d'eau claire, trempaient un chiffon et une petite brosse. Un bouquet de grands

---

1. *Bouillonnés* : ornements faits d'une bande froncée. \ 2. *Entre-deux* : bande de tulle, de dentelle, qui coupe un tissu.

lis, dans un ancien bocal de cerises à l'eau-de-vie, s'épanouissait, mettait là un coin de jardin royal, avec la touffe de ses
720 larges fleurs de neige. Mme Putois avait attaqué le panier de
linge préparé par Gervaise, des serviettes, des pantalons, des
camisoles, des paires de manches. Augustine faisait traîner ses
bas et ses torchons, le nez en l'air, intéressée par une grosse
mouche qui volait. Quant à la grande Clémence, elle en était,
725 depuis le matin, à sa trente-cinquième chemise d'homme.

« Toujours du vin, jamais de casse-poitrine[1] ! dit tout d'un
coup le zingueur, qui éprouva le besoin de faire cette déclaration. Le casse-poitrine, ça soûle, n'en faut pas ! »

Clémence prenait un fer à la mécanique, avec sa poignée
730 de cuir garnie de tôle, et l'approchait de sa joue, pour s'assurer
s'il était assez chaud. Elle le frotta sur son carreau, l'essuya sur
un linge pendu à sa ceinture, et attaqua sa trente-cinquième
chemise, en repassant d'abord l'empiècement et les deux
manches.

735 « Bah ! monsieur Coupeau, dit-elle, au bout d'une minute,
un petit verre de cric[2], ce n'est pas mauvais. Moi, ça me donne
du chien[3]... Puis, vous savez, plus vite on est tortillé, plus c'est
drôle. Oh ! je ne me monte pas le bourrichon[4], je sais que je ne
ferai pas de vieux os.

740 — Êtes-vous tannante[5] avec vos idées d'enterrement ! »
interrompit Mme Putois, qui n'aimait pas les conversations
tristes.

Coupeau s'était levé, et se fâchait, en croyant qu'on l'accusait d'avoir bu de l'eau-de-vie. Il le jurait sur sa tête, sur celles
745 de sa femme et de son enfant, il n'avait pas une goutte d'eau-
de-vie dans le corps. Et il s'approchait de Clémence, lui

---

1. *Casse-poitrine* : alcool fort. \ **2.** *Cric* : eau-de-vie d'une qualité inférieure. \ **3.** *Du chien* : du charme, de l'attrait, du chic. \ **4.** *Se monter le bourrichon* : se faire des illusions. \ **5.** *Tannante* : lassante, fatigante.

soufflant dans la figure pour qu'elle le sentît. Puis, quand il eut le nez sur ses épaules nues, il se mit à ricaner. Il voulait voir. Clémence, après avoir plié le dos de la chemise et donné un
750 coup de fer des deux côtés, en était aux poignets et au col. Mais, comme il se poussait toujours contre elle, il lui fit faire un faux pli; et elle dut prendre la brosse, au bord de l'assiette creuse, pour lisser l'amidon.

« Madame! dit-elle, empêchez-le donc d'être comme ça
755 après moi!

— Laisse-la, tu n'es pas raisonnable, déclara tranquillement Gervaise. Nous sommes pressées, entends-tu? »

Elles étaient pressées, eh bien! quoi? ce n'était pas sa faute. Il ne faisait rien de mal. Il ne touchait pas, il regardait
760 seulement. Est-ce qu'il n'était plus permis de regarder les belles choses que le bon Dieu a faites? Elle avait tout de même de sacrés ailerons, cette dessalée de Clémence! Elle pouvait se montrer pour deux sous et laisser tâter, personne ne regretterait son argent. L'ouvrière, cependant, ne se défendait plus,
765 riait de ces compliments tout crus d'homme en ribote[1]. Et elle en venait à plaisanter avec lui. Il la blaguait sur les chemises d'homme. Alors, elle était toujours dans les chemises d'homme? Mais oui, elle vivait là-dedans. Ah! Dieu de Dieu! elle les connaissait joliment, elle savait comment c'était fait.
770 Il lui en avait passé par les mains, et des centaines, et des centaines! Tous les blonds et tous les bruns du quartier portaient de son ouvrage sur le corps. Pourtant, elle continuait, les épaules secouées de son rire; elle avait marqué cinq grands plis à plat dans le dos, en introduisant le fer par
775 l'ouverture du plastron; elle rabattait le pan de devant et le plissait également à larges coups.

« Ça, c'est la bannière! » dit-elle en riant plus fort.

---

1. *En ribote* : en état d'ivresse.

Ce louchon d'Augustine éclata, tant le mot lui parut drôle. On la gronda. En voilà une morveuse qui riait des mots qu'elle ne devait pas comprendre ! Clémence lui passa son fer ; l'apprentie finissait les fers sur ses torchons et sur ses bas, quand ils n'étaient plus assez chauds pour les pièces amidonnées. Mais elle empoigna celui-là si maladroitement, qu'elle se fit une manchette, une longue brûlure au poignet. Et elle sanglota, elle accusa Clémence de l'avoir brûlée exprès. L'ouvrière, qui était allée chercher un fer très chaud pour le devant de la chemise, la consola tout de suite en la menaçant de lui repasser les deux oreilles, si elle continuait. Cependant, elle avait fourré une laine sous le plastron, elle poussait lentement le fer, laissant à l'amidon le temps de ressortir et de sécher. Le devant de chemise prenait une raideur et un luisant de papier fort.

« Sacré mâtin ! » jura Coupeau, qui piétinait derrière elle, avec une obstination d'ivrogne.

Il se haussait, riant d'un rire de poulie mal graissée. Clémence, appuyée fortement sur l'établi, les poignets retournés, les coudes en l'air et écartés, pliait le cou, dans un effort ; et toute sa chair nue avait un gonflement, ses épaules remontaient avec le jeu lent des muscles mettant des battements sous la peau fine, la gorge s'enflait, moite de sueur, dans l'ombre rose de la chemise béante. Alors, il envoya les mains, il voulut toucher.

« Madame ! madame ! cria Clémence, faites le tenir tranquille, à la fin !... Je m'en vais, si ça continue. Je ne veux pas être insultée. »

Gervaise venait de poser le bonnet de Mme Boche sur un champignon garni d'un linge, et en tuyautait les dentelles, minutieusement, au petit fer. Elle leva les yeux juste au moment où le zingueur envoyait encore les mains, fouillant dans la chemise.

« Décidément, Coupeau, tu n'es pas raisonnable, dit-elle d'un air d'ennui, comme si elle avait grondé un enfant s'entêtant à manger des confitures sans pain. Tu vas venir te coucher.

— Oui, allez vous coucher, monsieur Coupeau, ça vaudra
815 mieux, déclara Mme Putois.

— Ah bien ! bégaya-t-il sans cesser de ricaner, vous êtes encore joliment toc[1] !... On ne peut plus rigoler, alors ? Les femmes, ça me connaît, je ne leur ai jamais rien cassé. On pince une dame, n'est-ce pas ? mais on ne va pas plus loin ; on honore
820 simplement le sexe... Et puis, quand on étale sa marchandise, c'est pour qu'on fasse son choix, pas vrai ? Pourquoi la grande blonde montre-t-elle tout ce qu'elle a ? Non, ce n'est pas propre... »

Et, se tournant vers Clémence :

825 « Tu sais, ma biche, tu as tort de faire ta poire... Si c'est parce qu'il y a du monde... »

Mais il ne put continuer. Gervaise, sans violence, l'empoignait d'une main et lui posait l'autre main sur la bouche. Il se débattit, par manière de blague, pendant qu'elle le poussait au
830 fond de la boutique, vers la chambre. Il dégagea sa bouche, il dit qu'il voulait bien se coucher, mais que la grande blonde allait venir lui chauffer les petons. Puis, on entendit Gervaise lui ôter ses souliers. Elle le déshabillait, en le bourrant un peu, maternellement. Lorsqu'elle tira sur sa culotte, il creva de rire,
835 s'abandonnant, renversé, vautré au beau milieu du lit ; et il gigotait, il racontait qu'elle lui faisait des chatouilles. Enfin, elle l'emmaillota avec soin, comme un enfant. Était-il bien, au moins ? Mais il ne répondit pas, il cria à Clémence :

« Dis donc, ma biche, j'y suis, je t'attends. »

840 Quand Gervaise retourna dans la boutique, ce louchon d'Augustine recevait décidément une claque de Clémence.

---

1. *Toc* : mauvaises.

C'était venu à propos d'un fer sale, trouvé sur la mécanique par
Mᵐᵉ Putois ; celle-ci, ne se méfiant pas, avait noirci toute une
camisole ; et comme Clémence, pour se défendre de ne pas
845 avoir nettoyé son fer, accusait Augustine, jurait ses grands
dieux que le fer n'était pas à elle, malgré la plaque d'amidon
brûlé restée dessous, l'apprentie lui avait craché sur la robe,
sans se cacher, par-devant, outrée d'une pareille injustice. De
là, une calotte soignée. Le louchon rentra ses larmes, nettoya
850 le fer, avec un bout de bougie ; mais, chaque fois qu'elle devait
passer derrière Clémence, elle gardait de la salive, elle crachait,
riant en dedans, quand ça dégoulinait le long de la jupe.

Gervaise se remit à tuyauter les dentelles du bonnet. Et,
dans le calme brusque qui se fit, on distingua, au fond de
855 l'arrière-boutique, la voix épaisse de Coupeau. Il restait bon
enfant, il riait tout seul, en lâchant des bouts de phrases.

« Est-elle bête, ma femme !... Est-elle bête de me
coucher !... Hein ! c'est trop bête, en plein midi, quand on n'a
pas dodo ! »

860 Mais, tout d'un coup, il ronfla. Alors, Gervaise eut un
soupir de soulagement, heureuse de le savoir enfin en repos,
cuvant sa soulographie sur deux bons matelas. Et elle parla
dans le silence, d'une voix lente et continue, sans quitter des
yeux le petit fer à tuyauter, qu'elle maniait vivement.

865 « Que voulez-vous ? il n'a pas sa raison, on ne peut pas se
fâcher. Quand je le bousculerais, ça n'avancerait à rien. J'aime
mieux dire comme lui et le coucher ; au moins, c'est fini tout
de suite et je suis tranquille... Puis, il n'est pas méchant, il
m'aime bien. Vous avez vu tout à l'heure, il se serait fait hacher
870 pour m'embrasser. C'est encore très gentil, ça ; car il y en a
joliment, lorsqu'ils ont bu, qui vont voir les femmes... Lui,
rentre tout droit ici. Il plaisante bien avec les ouvrières, mais
ça ne va pas plus loin. Entendez-vous, Clémence, il ne faut pas
vous blesser. Vous savez ce que c'est, un homme soûl ; ça

875 tuerait père et mère, et ça ne s'en souviendrait seulement pas… Oh! je lui pardonne de bon cœur. Il est comme tous les autres, pardi! »

Elle disait ces choses mollement, sans passion, habituée déjà aux bordées de Coupeau, raisonnant encore ses complaisances
880 pour lui, mais ne voyant déjà plus de mal à ce qu'il pinçât, chez elle, les hanches des filles. Quand elle se tut, le silence retomba, ne fut pas troublé. Mme Putois, à chaque pièce qu'elle prenait, tirait la corbeille, enfoncée sous la tenture de cretonne qui garnissait l'établi ; puis, la pièce repassée, elle haussait ses petits
885 bras et la posait sur une étagère. Clémence achevait de plisser au fer sa trente-cinquième chemise d'homme. L'ouvrage débordait ; on avait calculé qu'il faudrait veiller jusqu'à onze heures, en se dépêchant. Tout l'atelier, maintenant, n'ayant plus de distraction, bûchait ferme, tapait dur. Les bras nus
890 allaient, venaient, éclairaient de leurs taches roses la blancheur des linges. On avait encore empli de coke la mécanique, et comme le soleil, glissant entre les draps, frappait en plein sur le fourneau, on voyait la grosse chaleur monter dans le rayon, une flamme invisible dont le frisson secouait l'air.
895 L'étouffement devenait tel, sous les jupes et les nappes, séchant au plafond, que ce louchon d'Augustine, à bout de salive, laissait passer un coin de langue au bord des lèvres. Ça sentait la fonte surchauffée, l'eau d'amidon aigrie, le roussi des fers, une fadeur tiède de baignoire où les quatre ouvrières,
900 se démanchant les épaules, mettaient l'odeur plus rude de leurs chignons et de leurs nuques trempées ; tandis que le bouquet de grands lis, dans l'eau verdie de son bocal, se fanait, en exhalant un parfum très pur, très fort. Et, par moments, au milieu du bruit des fers et du tisonnier grattant
905 la mécanique, un ronflement de Coupeau roulait, avec la régularité d'un tic-tac énorme d'horloge, réglant la grosse besogne de l'atelier.

Les lendemains de culotte[1], le zingueur avait mal aux cheveux, un mal aux cheveux terrible qui le tenait tout le jour les crins défrisés, le bec empesté, la margoulette[2] enflée et de travers. Il se levait tard, secouait ses puces sur les huit heures seulement ; et il crachait, traînaillait dans la boutique, ne se décidait pas à partir pour le chantier. La journée était encore perdue. Le matin, il se plaignait d'avoir des guibolles[3] de coton, il s'appelait trop bête de gueuletonner comme ça, puisque ça vous démantibulait[4] le tempérament. Aussi, on rencontrait un tas de gouapes[5], qui ne voulaient pas vous lâcher le coude ; on gobelottait[6] malgré soi, on se trouvait dans toutes sortes de fourbis, on finissait par se laisser pincer, et raide ! Ah ! fichtre non ! ça ne lui arriverait plus ; il n'entendait pas laisser ses bottes chez le mastroquet[7], à la fleur de l'âge. Mais, après le déjeuner, il se requinquait, poussant des hum ! hum ! pour se prouver qu'il avait encore un bon creux. Il commençait à nier la noce de la veille, un peu d'allumage peut-être. On n'en faisait plus de comme lui, solide au poste, une poigne du diable, buvant tout ce qu'il voulait sans cligner un œil. Alors, l'après-midi entier, il flânochait dans le quartier. Quand il avait bien embêté les ouvrières, sa femme lui donnait vingt sous pour qu'il débarrassât le plancher. Il filait, il allait acheter son tabac à *La Petite Civette*, rue des Poissonniers, où il prenait généralement une prune, lorsqu'il rencontrait un ami. Puis, il achevait de casser la pièce de vingt sous chez François, au coin de la rue de la Goutte-d'Or, où il y avait un joli vin, tout jeune, chatouillant le gosier. C'était un mannezingue[8] de l'ancien jeu, une boutique noire, sous un plafond bas, avec une salle enfumée, à côté, dans laquelle on vendait de la soupe. Et il

---

1. *Les lendemains de culotte* : les lendemains de cuite. \ **2.** *La margoulette* : la gueule. \ **3.** *Les guibolles* : les jambes. \ **4.** *Démantibuler* : déglinguer, démolir. \ **5.** *Un tas de gouapes* : un tas de types qui flemmardent, qui traînent. \ **6.** *Gobelotter* : aller de cabaret en cabaret. \ **7.** *Le mastroquet* : le patron de café. \ **8.** *Un mannezingue* : un cabaret.

restait là jusqu'au soir, à jouer des canons au tourniquet ; il avait
l'œil chez François, qui promettait formellement de ne jamais
présenter la note à la bourgeoise. N'est-ce pas ? il fallait bien
940 se rincer un peu la dalle, pour la débarrasser des crasses de la
veille. Un verre de vin en pousse un autre. Lui, d'ailleurs,
toujours bon zigue, ne donnant pas une chiquenaude au sexe,
aimant la rigolade, bien sûr, et se piquant le nez à son tour,
mais gentiment, plein de mépris pour ces saloperies d'hommes
945 tombés dans l'alcool, qu'on ne voit pas dessoûler ! Il rentrait gai
et galant comme un pinson.

« Est-ce que ton amoureux est venu ? demandait-il parfois
à Gervaise pour la taquiner. On ne l'aperçoit plus, il faudra que
j'aille le chercher. »

950 L'amoureux, c'était Goujet. Il évitait, en effet, de venir trop
souvent, par peur de gêner et de faire causer. Pourtant, il saisissait les prétextes, apportait le linge, passait vingt fois sur le
trottoir. Il y avait un coin dans la boutique, au fond, où il
aimait à rester des heures, assis sans bouger, fumant sa courte
955 pipe. Le soir, après son dîner, une fois tous les dix jours, il se
risquait, s'installait ; et il n'était guère causeur, la bouche
cousue, les yeux sur Gervaise, ôtant seulement sa pipe de la
bouche pour rire de tout ce qu'elle disait. Quand l'atelier
veillait le samedi, il s'oubliait, paraissait s'amuser là plus que
960 s'il était allé au spectacle. Des fois, les ouvrières repassaient
jusqu'à trois heures du matin. Une lampe pendait du plafond,
à un fil de fer ; l'abat-jour jetait un grand rond de clarté vive,
dans lequel les linges prenaient des blancheurs molles de neige.
L'apprentie mettait les volets de la boutique ; mais, comme les
965 nuits de juillet étaient brûlantes, on laissait la porte ouverte sur
la rue. Et, à mesure que l'heure avançait, les ouvrières se dégrafaient, pour être à l'aise. Elles avaient une peau fine, toute dorée
dans le coup de lumière de la lampe, Gervaise surtout, devenue
grasse, les épaules blondes, luisantes comme une soie, avec un

970 pli de bébé au cou, dont il aurait dessiné de souvenir la petite
fossette, tant il le connaissait. Alors, il était pris par la grosse
chaleur de la mécanique, par l'odeur des linges fumant sous les
fers ; et il glissait à un léger étourdissement, la pensée ralentie,
les yeux occupés de ces femmes qui se hâtaient, balançant leurs
975 bras nus, passant la nuit à endimancher le quartier. Autour de
la boutique, les maisons voisines s'endormaient, le grand
silence du sommeil tombait lentement. Minuit sonnait, puis
une heure, puis deux heures. Les voitures, les passants, s'en
étaient allés. Maintenant, dans la rue déserte et noire, la porte
980 envoyait seule un rai de jour, pareil à un bout d'étoffe jaune
déroulé à terre. Par moments, un pas sonnait au loin, un
homme approchait ; et, lorsqu'il traversait le rai de jour, il
allongeait la tête, surpris des coups de fer qu'il entendait,
emportant la vision rapide des ouvrières dépoitraillées, dans
985 une buée rousse.

Goujet, voyant Gervaise embarrassée d'Étienne et voulant
le sauver des coups de pied au derrière de Coupeau l'avait
embauché pour tirer le soufflet, à sa fabrique de boulons. L'état
de cloutier, s'il n'avait rien de flatteur en lui-même, à cause de
990 la saleté de la forge et de l'embêtement de toujours taper sur
les mêmes morceaux de fer était un riche état, où l'on gagnait
des dix et des douze francs par jour. Le petit, alors âgé de douze
ans, pourrait s'y mettre bientôt, si le métier lui allait. Et
Étienne était ainsi devenu un lien de plus entre la blanchis-
995 seuse et le forgeron. Celui-ci ramenait l'enfant, donnait des
nouvelles de sa bonne conduite. Tout le monde disait en riant
à Gervaise que Goujet avait un béguin pour elle. Elle le savait
bien, elle rougissait comme une jeune fille avec une fleur de
pudeur qui lui mettait aux joues des tons vifs de pomme d'api.
1000 Ah ! le pauvre cher garçon, il n'était pas gênant ! Jamais il ne
lui avait parlé de ça ; jamais un geste sale, jamais un mot
polisson. On n'en rencontrait pas beaucoup de cette honnête

pâte. Et, sans vouloir l'avouer, elle goûtait une grande joie à
être aimée ainsi, pareillement à une sainte vierge. Quand il lui
arrivait quelque ennui sérieux, elle songeait au forgeron ; ça la
consolait. Ensemble, s'ils restaient seuls, ils n'étaient pas gênés
du tout ; ils se regardaient avec des sourires, bien en face, sans
se raconter ce qu'ils éprouvaient. C'était une tendresse raisonnable, ne songeant pas aux vilaines choses, parce qu'il vaut
encore mieux garder la tranquillité, quand on peut s'arranger
pour être heureux, tout en restant tranquille.

Cependant, Nana, vers la fin de l'été, bouleversa la maison.
Elle avait six ans, elle s'annonçait comme une vaurienne finie.
Sa mère la menait chaque matin, pour ne pas la rencontrer
toujours sous ses pieds, dans une petite pension de la rue
Polonceau, chez Mlle Josse. Elle y attachait par-derrière les
robes de ses camarades, elle emplissait de cendre la tabatière de
la maîtresse, trouvait des inventions moins propres encore,
qu'on ne pouvait pas raconter. Deux fois, Mlle Josse la mit à la
porte, puis la reprit, pour ne pas perdre les six francs, chaque
mois. Dès la sortie de la classe, Nana se vengeait d'avoir été
enfermée, en faisant une vie d'enfer sous le porche et dans la
cour, où les repasseuses, les oreilles cassées, lui disaient d'aller
jouer. Elle retrouvait là Pauline, la fille des Boche, et le fils de
l'ancienne patronne de Gervaise, Victor, un grand dadais de dix
ans, qui adorait galopiner en compagnie des toutes petites
filles. Mme Fauconnier, qui ne s'était pas fâchée avec les
Coupeau, envoyait elle-même son fils.

D'ailleurs, dans la maison, il y avait un pullulement extraordinaire de mioches, des volées d'enfants qui dégringolaient les
quatre escaliers à toutes les heures du jour, et s'abattaient sur le
pavé, comme des bandes de moineaux criards et pillards.
Mme Gaudron, à elle seule, en lâchait neuf, des blonds, des
bruns, mal peignés, mal mouchés, avec des culottes jusqu'aux
yeux, des bas tombés sur les souliers, des vestes fendues,

montrant leur peau blanche sous la crasse. Une autre femme, une porteuse de pain, au cinquième, en lâchait sept. Il en sortait des tapées de toutes les chambres. Et, dans ce grouillement de vermines aux museaux roses, débarbouillés chaque fois qu'il
1040 pleuvait, on en voyait de grands, l'air ficelle, de gros, ventrus déjà comme des hommes, de petits, petits, échappés du berceau, mal d'aplomb encore, tout bêtes, marchant à quatre pattes quand ils voulaient courir. Nana régnait sur ce tas de crapauds ; elle faisait sa mademoiselle jordonne[1] avec des filles deux fois
1045 plus grandes qu'elle, et daignait seulement abandonner un peu de son pouvoir à Pauline et à Victor, des confidents intimes qui appuyaient ses volontés. Cette fichue gamine parlait sans cesse de jouer à la maman, déshabillait les plus petits pour les rhabiller, voulait visiter les autres partout, les tripotait, exerçait
1050 un despotisme fantasque de grande personne ayant du vice. C'était, sous sa conduite, des jeux à se faire gifler. La bande pataugeait dans les eaux de couleur de la teinturerie, sortait de là les jambes teintes en bleu ou en rouge, jusqu'aux genoux ; puis elle s'envolait chez le serrurier, où elle chipait des clous et
1055 de la limaille, et repartait pour aller s'abattre au milieu des copeaux du menuisier, des tas de copeaux énormes, amusants tout plein, dans lesquels on se roulait en montrant son derrière. La cour lui appartenait, retentissait du tapage des petits souliers se culbutant à la débandade, du cri perçant des voix qui s'en-
1060 flaient chaque fois que la bande reprenait son vol. Certains jours même, la cour ne suffisait pas. Alors, la bande se jetait dans les caves, remontait, grimpait le long d'un escalier, enfilait un corridor, redescendait, reprenait un escalier, suivait un autre corridor, et cela sans se lasser, pendant des heures, gueulant
1065 toujours, ébranlant la maison géante d'un galop de bêtes nuisibles lâchées au fond de tous les coins.

---

1. *Sa mademoiselle jordonne* : femme qui aime à dominer, à commander.

« Sont-ils indignes, ces crapules-là ! criait Mme Boche. Vraiment, il faut que les gens aient bien peu de chose à faire, pour faire tant d'enfants… Et ça se plaint encore de n'avoir pas de pain ! »

Boche disait que les enfants poussaient sur la misère comme des champignons sur le fumier. La portière criait toute la journée, les menaçait de son balai. Elle finit par fermer la porte des caves, parce qu'elle apprit par Pauline, à laquelle elle allongea une paire de calottes, que Nana avait imaginé de jouer au médecin, là-bas, dans l'obscurité ; cette vicieuse donnait des remèdes aux autres, avec des bâtons.

Or, un après-midi, il y eut une scène affreuse. Ça devait arriver, d'ailleurs. Nana s'avisa d'un petit jeu bien drôle. Elle avait volé, devant la loge, un sabot à Mme Boche. Elle l'attacha avec une ficelle, se mit à le traîner, comme une voiture. De son côté, Victor eut l'idée d'emplir le sabot de pelures de pomme. Alors, un cortège s'organisa. Nana marchait la première, tirant le sabot, Pauline et Victor s'avançaient à sa droite et à sa gauche. Puis, toute la flopée des mioches suivait en ordre, les grands d'abord, les petits ensuite, se bousculant ; un bébé en jupe, haut comme une botte, portant sur l'oreille un bourrelet[1] défoncé, venait le dernier. Et le cortège chantait quelque chose de triste, des oh ! et des ah ! Nana avait dit qu'on allait jouer à l'enterrement ; les pelures de pomme, c'était le mort. Quand on eut fait le tour de la cour, on recommença. On trouvait ça joliment amusant.

« Qu'est-ce qu'ils font donc ? » murmura Mme Boche, qui sortit de la loge pour voir, toujours méfiante et aux aguets.

Et lorsqu'elle eut compris :

« Mais c'est mon sabot ! cria-t-elle furieuse. Ah ! les gredins ! »

---

1. *Un bourrelet* : coiffure rembourrée que l'on mettait aux enfants pour protéger leur tête.

Elle distribua des taloches, souffleta Nana sur les deux joues, flanqua un coup de pied à Pauline, cette grande dinde qui laissait prendre le sabot de sa mère. Justement, Gervaise emplissait un seau, à la fontaine. Quand elle aperçut Nana le nez en sang, étranglée de sanglots, elle faillit sauter au chignon de la concierge. Est-ce qu'on tapait sur un enfant comme sur un bœuf ? Il fallait manquer de cœur, être la dernière des dernières. Naturellement, Mme Boche répliqua. Lorsqu'on avait une saloperie de fille pareille, on la tenait sous clef. Enfin, Boche lui-même parut sur le seuil de la loge, pour crier à sa femme de rentrer et de ne pas avoir tant d'explications avec de la saleté. Ce fut une brouille complète.

À la vérité, ça n'allait plus du tout bien entre les Boche et les Coupeau depuis un mois. Gervaise, très donnante de sa nature, lâchait à chaque instant des litres de vin, des tasses de bouillon, des oranges, des parts de gâteau. Un soir, elle avait porté à la loge un fond de saladier, de la barbe de capucin avec de la betterave, sachant que la concierge aurait fait des bassesses pour la salade. Mais, le lendemain, elle devint toute blanche en entendant Mlle Remanjou raconter comment Mme Boche avait jeté la barbe de capucin devant du monde, d'un air dégoûté, sous prétexte que, Dieu merci ! elle n'en était pas encore réduite à se nourrir de choses où les autres avaient pataugé. Et, dès lors, Gervaise coupa net à tous les cadeaux : plus de litres de vin, plus de tasses de bouillon, plus d'oranges, plus de parts de gâteau, plus rien. Il fallait voir le nez des Boche ! Ça leur semblait comme un vol que les Coupeau leur faisaient. Gervaise comprenait sa faute ; car enfin, si elle n'avait point eu la bêtise de tant leur fourrer, ils n'auraient pas pris de mauvaises habitudes et seraient restés gentils. Maintenant, la concierge disait d'elle pis que pendre. Au terme d'octobre, elle fit des ragots à n'en plus finir au propriétaire, M. Marescot, parce que la blanchisseuse, qui mangeait son saint-frusquin en gueulardises, se trouvait en retard d'un jour sur son loyer; et même M. Marescot, pas très poli non plus celui-là, entra dans la boutique, le chapeau sur la tête, demandant son argent, qu'on lui allongea tout de suite d'ailleurs. Naturellement, les Boche avaient tendu la main aux Lorilleux. C'était à présent avec les Lorilleux qu'on godaillait dans la loge, au milieu des attendrissements de la réconciliation. Jamais on ne se serait fâché sans cette Banban, qui aurait fait battre des montagnes. Ah! les Boche la connaissaient à cette heure, ils comprenaient combien les Lorilleux devaient souffrir. Et, quand elle passait, tous affectaient de ricaner, sous la porte.

Gervaise pourtant monta un jour chez les Lorilleux. Il s'agissait de maman Coupeau qui avait alors soixante-sept ans. Les yeux de maman Coupeau étaient complètement perdus. Ses jambes non plus n'allaient pas du tout. Elle venait de renoncer à son dernier ménage par force, et menaçait de crever de faim, si on ne la secourait pas. Gervaise trouvait honteux qu'une femme de cet âge, ayant trois enfants, fût ainsi abandonnée du ciel et de la terre. Et comme Coupeau refusait de parler aux Lorilleux, en disant à Gervaise qu'elle pouvait bien monter, elle, celle-ci monta sous le coup d'une indignation, dont tout son cœur était gonflé.

En haut, elle entra sans frapper, comme une tempête. Rien n'était changé depuis le soir où les Lorilleux, pour la première fois, lui avaient fait un accueil si peu engageant. Le même lambeau de laine déteinte séparait la chambre de l'atelier, un logement en coup de fusil qui semblait bâti pour une anguille. Au fond, Lorilleux, penché sur son établi, pinçait un à un les maillons d'un bout de colonne, tandis que Mme Lorilleux tirait un fil d'or à la filière, debout devant l'étau. La petite forge, sous le plein jour, avait un reflet rose.

« Oui, c'est moi! dit Gervaise. Ça vous étonne parce que nous sommes à couteaux tirés? Mais je ne viens pas pour moi

ni pour vous, vous pensez bien… C'est pour maman Coupeau
que Je viens. Oui, je viens voir si nous la laisserons attendre
un morceau de pain de la charité des autres.

— Ah bien ! en voilà une entrée ! murmura Mme Lorilleux.
Il faut avoir un fier toupet. »

Et elle tourna le dos, elle se remit à tirer son fil d'or, en
affectant d'ignorer la présence de sa belle-sœur. Mais Lorilleux
avait levé sa face blême, criant :

« Qu'est-ce que vous dites ? »

Puis, comme il avait parfaitement entendu, il continua :

« Encore des potins, n'est-ce pas ? Elle est gentille, maman
Coupeau, de pleurer misère partout !… Avant-hier, pourtant,
elle a mangé ici. Nous faisons ce que nous pouvons, nous
autres. Nous n'avons pas le Pérou… Seulement, si elle va
bavarder chez les autres, elle peut y rester, parce que nous n'aimons pas les espions. »

Il reprit le bout de chaîne, tourna le dos à son tour, en
ajoutant comme à regret :

« Quand tout le monde donnera cent sous par mois, nous
donnerons cent sous. »

Gervaise s'était calmée, toute refroidie par les figures en coin
de rue des Lorilleux. Elle n'avait jamais mis les pieds chez eux
sans éprouver un malaise. Les yeux à terre, sur les losanges de
la claie de bois, où tombaient les déchets d'or, elle s'expliquait
maintenant d'un air raisonnable. Maman Coupeau avait trois
enfants ; si chacun donnait cent sous, ça ne ferait que quinze
francs, et vraiment ce n'était pas assez, on ne pouvait pas vivre
avec ça ; il fallait au moins tripler la somme. Mais Lorilleux se
récriait. Où voulait-on qu'il volât quinze francs par mois ? Les
gens étaient drôles, on le croyait riche parce qu'il avait de l'or
chez lui. Puis, il tapait sur maman Coupeau : elle ne voulait
pas se passer de café le matin, elle buvait la goutte, elle
montrait les exigences d'une personne qui aurait eu de la

fortune. Parbleu! tout le monde aimait ses aises; mais, n'est-ce pas? quand on n'avait pas su mettre un sou de côté, on faisait comme les camarades, on se serrait le ventre. D'ailleurs, maman Coupeau n'était pas d'un âge à ne plus travailler; elle y voyait encore joliment clair quand il s'agissait de piquer un bon morceau au fond du plat; enfin, c'était une vieille rouée, elle rêvait de se dorloter. Même s'il en avait eu les moyens, il aurait cru mal agir en entretenant quelqu'un dans la paresse.

Cependant Gervaise restait conciliante, discutait paisiblement ces mauvaises raisons. Elle tâchait d'attendrir les Lorilleux. Mais le mari finit par ne plus lui répondre. La femme maintenant était devant la forge, en train de dérocher un bout de chaîne, dans la petite casserole de cuivre à long manche, pleine d'eau seconde. Elle affectait toujours de tourner le dos, comme à cent lieues. Et Gervaise parlait encore, les regardant s'entêter au travail, au milieu de la poussière noire de l'atelier, le corps déjeté, les vêtements rapiécés et graisseux, devenus d'une dureté abêtie de vieux outils, dans leur besogne étroite de machine. Alors, brusquement, la colère remonta à sa gorge, elle cria:

« C'est ça, j'aime mieux ça, gardez votre argent!... Je prends maman Coupeau, entendez-vous! J'ai ramassé un chat l'autre soir, je peux bien ramasser votre mère. Et elle ne manquera de rien, et elle aura son café et sa goutte!... Mon Dieu! quelle sale famille! »

Mme Lorilleux, du coup, s'était retournée. Elle brandissait la casserole, comme si elle allait jeter l'eau seconde à la figure de sa belle-sœur. Elle bredouillait:

« Fichez le camp, ou je fais un malheur!... Et ne comptez pas sur les cent sous, parce que je ne donnerai pas un radis! non, pas un radis!... Ah bien! oui, cent sous! Maman vous servirait de domestique, et vous vous gobergeriez avec mes cent sous! Si elle va chez vous, dites-lui ça, elle peut crever, je

1230 ne lui enverrai pas un verre d'eau… Allons, houp! débarrassez
le plancher!

— Quel monstre de femme! » dit Gervaise en refermant la
porte avec violence.

Dès le lendemain, elle prit maman Coupeau chez elle. Elle
1235 mit son lit dans le grand cabinet où couchait Nana, et qui recevait le jour par une lucarne ronde, près du plafond. Le déménagement ne fut pas long, car maman Coupeau, pour tout
mobilier, avait ce lit, une vieille armoire de noyer qu'on plaça
dans la chambre au linge sale, une table et deux chaises; on
1240 vendit la table, on fit rempailler les deux chaises. Et la vieille
femme, le soir même de son installation, donnait un coup de
balai, lavait la vaisselle, enfin se rendait utile, bien contente de
se tirer d'affaire. Les Lorilleux rageaient à crever, d'autant plus
que Mme Lerat venait de se remettre avec les Coupeau. Un beau
1245 jour, les deux sœurs, la fleuriste et la chaîniste, avaient échangé
des torgnoles[1], au sujet de Gervaise; la première s'était risquée
à approuver la conduite de celle-ci, vis-à-vis de leur mère; puis,
par un besoin de taquinerie, voyant l'autre exaspérée, elle en
était arrivée à trouver les yeux de la blanchisseuse magnifiques,
1250 des yeux auxquels on aurait allumé des bouts de papier; et là-
dessus toutes deux, après s'être giflées, avaient juré de ne plus
se revoir. Maintenant, Mme Lerat passait ses soirées dans la
boutique, où elle s'amusait en dedans des cochonneries de la
grande Clémence.

1255 Trois années se passèrent. On se fâcha et on se raccommoda
encore plusieurs fois. Gervaise se moquait pas mal des
Lorilleux, des Boche et de tous ceux qui ne disaient point
comme elle. S'ils n'étaient pas contents, n'est-ce pas? ils
pouvaient aller s'asseoir. Elle gagnait ce qu'elle voulait, c'était
1260 le principal. Dans le quartier, on avait fini par avoir pour elle

---

1. *Torgnoles* : coups, gifles.

beaucoup de considération, parce que, en somme, on ne trouvait pas des masses de pratiques[1] aussi bonnes, payant recta,
pas chipoteuse, pas râleuse. Elle prenait son pain chez
Mme Coudeloup, rue des Poissonniers, sa viande chez le gros
1265 Charles, un boucher de la rue Polonceau, son épicerie chez
Lehongre, rue de la Goutte-d'Or, presque en face de sa
boutique. François, le marchand de vin du coin de la rue, lui
apportait son vin par paniers de cinquante litres. Le voisin
Vigouroux, dont la femme devait avoir les hanches bleues, tant
1270 les hommes la pinçaient, lui vendait son coke au prix de la
Compagnie du gaz. Et, l'on pouvait le dire, ses fournisseurs la
servaient en conscience, sachant bien qu'il y avait tout à gagner
avec elle, en se montrant gentil. Aussi, quand elle sortait dans
le quartier, en savates et en cheveux, recevait-elle des bonjours
1275 de tous les côtés ; elle restait là chez elle, les rues voisines étaient
comme les dépendances naturelles de son logement, ouvert de
plain-pied sur le trottoir. Il lui arrivait maintenant de faire
traîner une commission, heureuse d'être dehors, au milieu de
ses connaissances. Les jours où elle n'avait pas le temps de
1280 mettre quelque chose au feu, elle allait chercher des portions,
elle bavardait chez le traiteur, qui occupait la boutique de
l'autre côté de la maison, une vaste salle avec de grands vitrages
poussiéreux, à travers la saleté desquels on apercevait le jour
terni de la cour, au fond. Ou bien, elle s'arrêtait et causait, les
1285 mains chargées d'assiettes et de bols, devant quelque fenêtre du
rez-de-chaussée, un intérieur de savetier[2] entrevu, le lit défait,
le plancher encombré de loques, de deux berceaux éclopés et
de la terrine à la poix[3] pleine d'eau noire. Mais le voisin qu'elle
respectait le plus était encore, en face, l'horloger, le monsieur
1290 en redingote, l'air propre, fouillant continuellement les

---

1. *Pratiques* : clientes. \ **2.** *Savetier* : raccommodeur de souliers. \ **3.** *Poix* : matière visqueuse
à base de résine ou de goudron de bois.

montres avec des outils mignons ; et souvent elle traversait la
rue pour le saluer, riant d'aise à regarder, dans la boutique
étroite comme une armoire, la gaieté des petits coucous dont
les balanciers se dépêchaient, battant l'heure à contretemps,
1295 tous à la fois.

VI

Un après-midi d'automne, Gervaise, qui venait de reporter du linge chez une pratique, rue des Portes-Blanches, se trouva dans le bas de la rue des Poissonniers comme le jour tombait. Il avait plu le matin, le temps était très doux, une odeur s'exhalait du pavé gras; et la blanchisseuse, embarrassée de son grand panier, étouffait un peu, la marche ralentie, le corps abandonné, remontant la rue avec la vague préoccupation d'un désir sensuel, grandi dans sa lassitude. Elle aurait volontiers mangé quelque chose de bon. Alors, en levant les yeux, elle aperçut la plaque de la rue Marcadet, elle eut tout d'un coup l'idée d'aller voir Goujet à sa forge. Vingt fois, il lui avait dit de pousser une pointe, un jour qu'elle serait curieuse de regarder travailler le fer. D'ailleurs, devant les autres ouvriers, elle demanderait Étienne, elle semblerait s'être décidée à entrer uniquement pour le petit.

La fabrique de boulons et de rivets devait se trouver par là, dans ce bout de la rue Marcadet, elle ne savait pas bien où; d'autant plus que les numéros manquaient souvent, le long des masures espacées par des terrains vagues. C'était une rue où elle n'aurait pas demeuré pour tout l'or du monde, une rue large, sale, noire de la poussière de charbon des manufactures voisines, avec des pavés défoncés et des ornières, dans lesquelles des flaques d'eau croupissaient. Aux deux bords, il y avait un défilé de hangars, de grands ateliers vitrés, de constructions

25 grises, comme inachevées, montrant leurs briques et leurs charpentes, une débandade de maçonneries branlantes, coupées par
des trouées sur la campagne, flanquées de garnis borgnes et de
gargotes louches. Elle se rappelait seulement que la fabrique
était près d'un magasin de chiffons et de ferraille, une sorte de
30 cloaque ouvert à ras de terre, où dormaient pour des centaines
de mille francs de marchandises, à ce que racontait Goujet. Et
elle cherchait à s'orienter, au milieu du tapage des usines : de
minces tuyaux, sur les toits, soufflaient violemment des jets de
vapeur ; une scierie mécanique avait des grincements réguliers,
35 pareils à de brusques déchirures dans une pièce de calicot[1] ; des
manufactures de boutons secouaient le sol du roulement et du
tic-tac de leurs machines. Comme elle regardait vers Montmartre, indécise, ne sachant pas si elle devait pousser plus loin,
un coup de vent rabattit la suie d'une haute cheminée, empesta
40 la rue ; et elle fermait les yeux, suffoquée, lorsqu'elle entendit
un bruit cadencé de marteaux : elle était, sans le savoir, juste
en face de la fabrique, ce qu'elle reconnut au trou plein de chiffons, à côté.

Cependant, elle hésita encore, ne sachant par où entrer. Une
45 palissade crevée ouvrait un passage qui semblait s'enfoncer au
milieu des plâtras[2] d'un chantier de démolitions. Comme une
mare d'eau bourbeuse barrait le chemin, on avait jeté deux
planches en travers. Elle finit par se risquer sur les planches,
tourna à gauche, se trouva perdue dans une étrange forêt de
50 vieilles charrettes renversées les brancards en l'air, de masures
en ruine dont les carcasses de poutres restaient debout. Au
fond, trouant la nuit salie d'un reste de jour, un feu rouge
luisait. Le bruit des marteaux avait cessé. Elle s'avançait
prudemment, marchant vers la lueur, lorsqu'un ouvrier passa

---

1. *Calicot* : toile de coton assez grossière. \ 2. *Plâtras* : débris de plâtrage.

55 près d'elle, la figure noire de charbon, embroussaillée d'une barbe de bouc, avec un regard oblique de ses yeux pâles.

« Monsieur, demanda-t-elle, c'est ici, n'est-ce pas, que travaille un enfant du nom d'Étienne... C'est mon garçon.

— Étienne, Étienne, répétait l'ouvrier qui se dandinait, la
60 voix enrouée ; Étienne, non, connais pas. »

La bouche ouverte, il exhalait cette odeur d'alcool des vieux tonneaux d'eau-de-vie, dont on a enlevé la bonde. Et, comme cette rencontre d'une femme dans ce coin d'ombre commençait à le rendre goguenard, Gervaise recula, en murmurant :

65 « C'est bien ici pourtant que M. Goujet travaille ?

— Ah ! Goujet, oui ! dit l'ouvrier, connu Goujet !... Si c'est pour Goujet que vous venez... Allez au fond. »

Et, se tournant, il cria de sa voix qui sonnait le cuivre fêlé :

« Dis donc, la Gueule-d'Or, voilà une dame pour toi ! »

70 Mais un tapage de ferraille étouffa ce cri. Gervaise alla au fond. Elle arriva à une porte, allongea le cou. C'était une vaste salle, où elle ne distingua d'abord rien. La forge, comme morte, avait dans un coin une lueur pâlie d'étoile, qui reculait encore l'enfoncement des ténèbres. De larges ombres flottaient. Et il
75 y avait par moments des masses noires passant devant le feu, bouchant cette dernière tache de clarté, des hommes démesurément grandis dont on devinait les gros membres. Gervaise, n'osant s'aventurer, appelait de la porte, à demi-voix :

« Monsieur Goujet, monsieur Goujet... »

80 Brusquement, tout s'éclaira. Sous le ronflement du soufflet, un jet de flamme blanche avait jailli. Le hangar apparut, fermé par des cloisons de planches, avec des trous maçonnés grossièrement, des coins consolidés à l'aide de murs de briques. Les poussières envolées du charbon badigeonnaient cette halle
85 d'une suie grise. Des toiles d'araignées pendaient aux poutres, comme des haillons qui séchaient là-haut, alourdies par des années de saleté amassée. Autour des murailles, sur des

étagères, accrochés à des clous ou jetés dans les angles sombres, un pêle-mêle de vieux fers, d'ustensiles cabossés, d'outils
90 énormes, traînaient, mettaient des profils cassés, ternes et durs. Et la flamme blanche montait toujours, éclatante, éclairant d'un coup de soleil le sol battu, où l'acier poli de quatre enclumes, enfoncées dans leurs billots, prenait un reflet d'argent pailleté d'or.
95 Alors, Gervaise reconnut Goujet devant la forge, à sa belle barbe jaune. Étienne tirait le soufflet. Deux autres ouvriers étaient là. Elle ne vit que Goujet, elle s'avança, se posa devant lui.

« Tiens ! madame Gervaise ! s'écria-t-il, la face épanouie ;
100 quelle bonne surprise ! »

Mais, comme les camarades avaient de drôles de figures, il reprit en poussant Étienne vers sa mère :

« Vous venez voir le petit… Il est sage, il commence à avoir de la poigne.
105 — Ah bien ! dit-elle, ce n'est pas commode d'arriver ici.. Je me croyais au bout du monde… »

Et elle raconta son voyage. Ensuite, elle demanda pourquoi on ne connaissait pas le nom d'Étienne dans l'atelier. Goujet riait ; il lui expliqua que tout le monde appelait le petit
110 Zouzou, parce qu'il avait des cheveux coupés ras, pareils à ceux d'un zouave. Pendant qu'ils causaient ensemble, Étienne ne tirait plus le soufflet, la flamme de la forge baissait, une clarté rose se mourait, au milieu du hangar redevenu noir. Le forgeron attendri regardait la jeune femme souriante, toute fraîche dans
115 cette lueur. Puis, comme tous deux ne se disaient plus rien, noyés de ténèbres, il parut se souvenir, il rompit le silence :

« Vous permettez, madame Gervaise, j'ai quelque chose à terminer. Restez-là, n'est-ce pas ? vous ne gênez personne. »

Elle resta. Étienne s'était pendu de nouveau au soufflet. La
120 forge flambait, avec des fusées d'étincelles ; d'autant plus que

le petit, pour montrer sa poigne à sa mère, déchaînait une haleine énorme d'ouragan. Goujet, debout, surveillant une barre de fer qui chauffait, attendait, les pinces à la main. La grande clarté l'éclairait violemment, sans une ombre. Sa
125 chemise roulée aux manches, ouverte au col, découvrait ses bras nus, sa poitrine nue, une peau rose de fille où frisaient des poils blonds ; et, la tête un peu basse entre ses grosses épaules bossuées de muscles, la face attentive, avec ses yeux pâles fixés sur la flamme, sans un clignement, il semblait un colosse au
130 repos, tranquille dans sa force. Quand la barre fut blanche, il la saisit avec les pinces et la coupa au marteau sur une enclume, par bouts réguliers, comme s'il avait abattu des bouts de verre, à légers coups. Puis, il remit les morceaux au feu, où il les reprit un à un, pour les façonner. Il forgeait des
135 rivets à six pans. Il posait les bouts dans une clouière, écrasait le fer qui formait la tête, aplatissait les six pans, jetait les rivets terminés, rouges encore, dont la tache vive s'éteignait sur le sol noir ; et cela d'un martèlement continu, balançant dans sa main droite un marteau de cinq livres, achevant un détail à
140 chaque coup, tournant et travaillant son fer avec une telle adresse, qu'il pouvait causer et regarder le monde. L'enclume avait une sonnerie argentine. Lui, sans une goutte de sueur, très à l'aise, tapait d'un air bonhomme, sans paraître faire plus d'effort que les soirs où il découpait des images, chez lui.

145 « Oh ! ça, c'est du petit rivet, du vingt millimètres, disait-il pour répondre aux questions de Gervaise. On peut aller à ses trois cents par jour... Mais il faut de l'habitude, parce que le bras se rouille vite... »

Et comme elle lui demandait si le poignet ne s'engour-
150 dissait pas à la fin de la journée, il eut un bon rire. Est-ce qu'elle le croyait une demoiselle ? Son poignet en avait vu de grises depuis quinze ans ; il était devenu en fer, tant il s'était frotté aux outils. D'ailleurs, elle avait raison : un monsieur qui

n'aurait jamais forgé un rivet ni un boulon, et qui aurait voulu
155 faire joujou avec son marteau de cinq livres, se serait collé une
fameuse courbature au bout de deux heures. Ça n'avait l'air de
rien, mais ça vous nettoyait souvent des gaillards solides en
quelques années. Cependant, les autres ouvriers tapaient aussi,
tous à la fois. Leurs grandes ombres dansaient dans la clarté,
160 les éclairs rouges du fer sortant du brasier traversaient les fonds
noirs, des éclaboussements d'étincelles partaient sous les
marteaux, rayonnaient comme des soleils, au ras des enclumes.
Et Gervaise se sentait prise dans le branle de la forge, contente,
ne s'en allant pas. Elle faisait un large détour, pour se
165 rapprocher d'Étienne sans risquer d'avoir les mains brûlées,
lorsqu'elle vit entrer l'ouvrier sale et barbu, auquel elle s'était
adressée, dans la cour.

« Alors, vous avez trouvé, madame ? dit-il de son air
d'ivrogne goguenard. La Gueule-d'Or, tu sais, c'est moi qui
170 t'ai indiqué à madame... »

Lui, se nommait Bec-Salé, dit Boit-sans-Soif, le lapin des
lapins, un boulonnier[1] du grand chic, qui arrosait son fer
d'un litre de tord-boyaux par jour. Il était allé boire une
goutte, parce qu'il ne se sentait plus assez graissé pour
175 attendre six heures. Quand il apprit que Zouzou s'appelait
Étienne, il trouva ça trop farce ; et il riait en montrant ses
dents noires. Puis, il reconnut Gervaise. Pas plus tard que la
veille, il avait encore bu un canon avec Coupeau. On pouvait
parler à Coupeau de Bec-Salé, dit Boit-sans-Soif, il dirait
180 tout de suite : C'est un zig[2] ! Ah ! cet animal de Coupeau !
il était bien gentil, il rendait les tournées plus souvent qu'à
son tour.

« Ça me fait plaisir de vous savoir sa femme, répétait-il. Il

---

1. *Boulonnier* : ouvrier qui fabrique les boulons ou fixe à l'aide de boulons. \ **2.** *C'est un zig !*
C'est un rigolo, un sacré type !

mérite d'avoir une belle femme… N'est-ce pas ? la Gueule-
d'Or, madame est une belle femme ? »

Il se montrait galant, se poussait contre la blanchisseuse,
qui reprit son panier et le garda devant elle, afin de le tenir à
distance. Goujet, contrarié, comprenant que le camarade
blaguait, à cause de sa bonne amitié pour Gervaise, lui cria :

« Dis donc, feignant ! pour quand les quarante millimètres ?
Es-tu d'attaque, maintenant que tu as le sac plein, sacré soiffard ? »

Le forgeron voulait parler d'une commande de gros boulons
qui nécessitaient deux frappeurs à l'enclume.

« Pour tout de suite, si tu veux, grand bébé ! répondit Bec-
Salé, dit Boit-sans-Soif. Ça tète son pouce et ça fait l'homme !
T'as beau être gros, j'en ai mangé d'autres !

— Oui, c'est ça, tout de suite. Arrive, et à nous deux !

— On y est, malin ! »

Ils se défiaient, allumés par la présence de Gervaise. Goujet
mit au feu les bouts de fer coupés à l'avance ; puis, il fixa sur
une enclume une clouière de fort calibre. Le camarade avait pris
contre le mur deux masses de vingt livres, les deux grandes
sœurs de l'atelier, que les ouvriers nommaient Fifine et Dédèle.
Et il continuait à crâner, il parlait d'une demi-grosse de rivets
qu'il avait forgés pour le phare de Dunkerque, des bijoux, des
choses à placer dans un musée, tant c'était fignolé. Sacristi,
non ! il ne craignait pas la concurrence ; avant de rencontrer un
cadet comme lui, on pouvait fouiller toutes les boîtes de la
capitale. On allait rire, on allait voir ce qu'on allait voir.

« Madame jugera, dit-il en se tournant vers la jeune femme.

— Assez causé ! cria Goujet. Zouzou, du nerf ! Ça ne chauffe
pas, mon garçon. »

Mais Bec-Salé, dit Boit-sans-Soif, demanda encore :

« Alors, nous frappons ensemble ?

— Pas du tout ! chacun son boulon, mon brave ! »

La proposition jeta un froid, et du coup le camarade, malgré son bagou, resta sans salive. Des boulons de quarante millimètres établis par un seul homme, ça ne s'était jamais vu ; d'autant plus que les boulons devaient être à tête ronde, un ouvrage d'une fichue difficulté, un vrai chef-d'œuvre à faire. Les trois autres ouvriers de l'atelier avaient quitté leur travail pour voir ; un grand sec pariait un litre que Goujet serait battu. Cependant, les deux forgerons prirent chacun une masse, les yeux fermés, parce que Fifine pesait une demi-livre de plus que Dédèle. Bec-Salé, dit Boit-sans-Soif, eut la chance de mettre la main sur Dédèle ; la Gueule-d'Or tomba sur Fifine. Et, en attendant que le fer blanchît, le premier, redevenu crâne, posa devant l'enclume en roulant des yeux tendres du côté de la blanchisseuse ; il se campait, tapait des appels du pied comme un monsieur qui va se battre, dessinait déjà le geste de balancer Dédèle à toute volée. Ah ! tonnerre de Dieu ! il était bon là ; il aurait fait une galette de la colonne Vendôme !

« Allons, commence ! » dit Goujet, en plaçant lui-même dans la clouière un des morceaux de fer, de la grosseur d'un poignet de fille.

Bec-Salé, dit Boit-sans-Soif, se renversa, donna le branle à Dédèle, des deux mains. Petit, desséché, avec sa barbe de bouc et ses yeux de loup, luisant sous sa tignasse mal peignée, il se cassait à chaque volée du marteau, sautait du sol comme emporté par son élan. C'était un rageur, qui se battait avec son fer, par embêtement de le trouver si dur ; et même il poussait un grognement, quand il croyait lui avoir appliqué une claque soignée. Peut-être bien que l'eau-de-vie amollissait les bras des autres, mais lui avait besoin d'eau-de-vie dans les veines, au lieu de sang ; la goutte de tout à l'heure lui chauffait la carcasse comme une chaudière, il se sentait une sacrée force de machine à vapeur. Aussi, le fer avait-il peur de lui, ce soir-là ; il l'aplatissait plus mou qu'une chique. Et Dédèle valsait, il

250 fallait voir ! Elle exécutait le grand entrechat, les petons
en l'air, comme une baladeuse de l'Élysée-Montmartre[1],
qui montre son linge ; car il s'agissait de ne pas flâner, le fer est
si canaille, qu'il se refroidit tout de suite, à la seule fin de se
ficher du marteau. En trente coups, Bec-Salé, dit Boit-sans-
255 Soif, avait façonné la tête de son boulon. Mais il soufflait, les
yeux hors de leurs trous, et il était pris d'une colère furieuse
en entendant ses bras craquer. Alors, emballé, dansant et
gueulant, il allongea encore deux coups, uniquement pour se
venger de sa peine. Lorsqu'il le retira de la clouière, le boulon,
260 déformé, avait la tête mal plantée d'un bossu.

« Hein ! est-ce torché ? dit-il tout de même avec son aplomb,
en présentant son travail à Gervaise.

— Moi, je ne m'y connais pas, monsieur », répondit la
blanchisseuse d'un air de réserve.

265 Mais elle voyait bien, sur le boulon, les deux derniers coups
de talon de Dédèle, et elle était joliment contente, elle se
pinçait les lèvres pour ne pas rire, parce que Goujet à présent
avait toutes les chances.

C'était le tour de la Gueule-d'Or. Avant de commencer, il
270 jeta à la blanchisseuse un regard plein d'une tendresse
confiante. Puis, il ne se pressa pas, il prit sa distance, lança le
marteau de haut, à grandes volées régulières. Il avait le jeu classique, correct, balancé et souple. Fifine, dans ses deux mains,
ne dansait pas un chahut[2] de bastringue, les guibolles empor-
275 tées par-dessus les jupes ; elle s'enlevait, retombait en cadence,
comme une dame noble, l'air sérieux, conduisant quelque
menuet ancien. Les talons de Fifine tapaient la mesure, gravement ; et ils s'enfonçaient dans le fer rouge, sur la tête du

---

1. *Élysée-Montmartre* : café-concert populaire situé entre le boulevard de Rochechouart et le
boulevard des Martyrs (référencé par Henri Mitterand dans les dossiers préparatoires).
\ **2.** *Chahut* : danse lascive, semblable au cancan.

boulon, avec une science réfléchie, d'abord écrasant le métal au
280 milieu, puis le modelant par une série de coups d'une précision
rythmée ! Bien sûr, ce n'était pas de l'eau-de-vie que la Gueule-
d'Or avait dans les veines, c'était du sang, du sang pur, qui
battait puissamment jusque dans son marteau, et qui réglait
la besogne. Un homme magnifique au travail, ce gaillard-là !
285 Il recevait en plein la grande flamme de la forge. Ses cheveux
courts, frisant sur son front bas, sa belle barbe jaune, aux
anneaux tombants, s'allumaient, lui éclairaient toute la figure
de leurs fils d'or, une vraie figure d'or, sans mentir. Avec ça,
un cou pareil à une colonne, blanc comme un cou d'enfant ;
290 une poitrine vaste, large à y coucher une femme en travers ;
des épaules et des bras sculptés qui paraissaient copiés sur
ceux d'un géant, dans un musée. Quand il prenait son élan,
on voyait ses muscles se gonfler, des montagnes de chair
roulant et durcissant sous la peau ; ses épaules, sa poitrine, son
295 cou enflaient ; il faisait de la clarté autour de lui, il devenait
beau, tout-puissant, comme un bon Dieu. Vingt fois déjà, il
avait abattu Fifine, les yeux sur le fer, respirant à chaque
coup, ayant seulement à ses tempes deux grosses gouttes de
sueur qui coulaient. Il comptait : vingt et un, vingt-deux,
300 vingt-trois. Fifine continuait tranquillement ses révérences
de grande dame.

« Quel poseur ! » murmura en ricanant Bec-Salé, dit Boit-
sans-Soif.

Et Gervaise, en face de la Gueule-d'Or, regardait avec un
305 sourire attendri. Mon Dieu ! que les hommes étaient donc
bêtes ! Est-ce que ces deux-là ne tapaient pas sur leurs boulons
pour lui faire la cour ! Oh ! elle comprenait bien, ils se la disputaient à coups de marteau ; ils étaient comme deux grands coqs
rouges qui font les gaillards devant une petite poule blanche.
310 Faut-il avoir des inventions, n'est-ce pas ? Le cœur a tout de
même, parfois, des façons drôles de se déclarer. Oui, c'était pour

elle, ce tonnerre de Dédèle et de Fifine sur l'enclume ; c'était pour elle, tout ce fer écrasé ; c'était pour elle, cette forge en branle, flambante d'un incendie, emplie d'un pétillement
315 d'étincelles vives. Ils lui forgeaient là un amour, ils se la disputaient, à qui forgerait le mieux. Et, vrai, cela lui faisait plaisir au fond ; car enfin les femmes aiment les compliments. Les coups de marteau de la Gueule-d'Or surtout lui répondaient dans le cœur ; ils y sonnaient, comme sur l'enclume, une
320 musique claire, qui accompagnait les gros battements de son sang. Ça semble une bêtise, mais elle sentait que ça lui enfonçait quelque chose là, quelque chose de solide, un peu de fer du boulon. Au crépuscule, avant d'entrer, elle avait eu, le long des trottoirs humides, un désir vague, un besoin de manger un
325 bon morceau ; maintenant, elle se trouvait satisfaite, comme si les coups de marteau de la Gueule-d'Or l'avaient nourrie. Oh ! elle ne doutait pas de sa victoire. C'était à lui qu'elle appartiendrait. Bec-Salé, dit Boit-sans-Soif, était trop laid, dans sa cotte et son bourgeron sales, sautant d'un air de singe échappé.
330 Et elle attendait, très rouge, heureuse de la grosse chaleur pourtant, prenant une jouissance à être secouée des pieds à la tête par les dernières volées de Fifine.

Goujet comptait toujours.

« Et vingt-huit ! cria-t-il enfin, en posant le marteau à terre.
335 C'est fait, vous pouvez voir. »

La tête du boulon était polie, nette, sans une bavure, un vrai travail de bijouterie, une rondeur de bille faite au moule. Les ouvriers la regardèrent en hochant le menton ; il n'y avait pas à dire, c'était à se mettre à genoux devant. Bec-Salé, dit Boit-
340 sans-Soif, essaya bien de blaguer ; mais il barbota, il finit par retourner à son enclume, le nez pincé. Cependant, Gervaise s'était serrée contre Goujet, comme pour mieux voir. Étienne avait lâché le soufflet, la forge de nouveau s'emplissait d'ombre, d'un coucher d'astre rouge, qui tombait tout d'un coup à une

345 grande nuit. Et le forgeron et la blanchisseuse éprouvaient une
douceur en sentant cette nuit les envelopper, dans ce hangar
noir de suie et de limaille[1], où des odeurs de vieux fers
montaient ; ils ne se seraient pas crus plus seuls dans le bois de
Vincennes, s'ils s'étaient donné un rendez-vous au fond d'un
350 trou d'herbe. Il lui prit la main comme s'il l'avait conquise.
Puis, dehors, ils n'échangèrent pas un mot. Il ne trouva rien ;
il dit seulement qu'elle aurait pu emmener Étienne, s'il n'y
avait pas eu encore une demi-heure de travail. Elle s'en allait
enfin, quand il la rappela, cherchant à la garder quelques
355 minutes de plus.

« Venez donc, vous n'avez pas tout vu… Non, vrai, c'est très
curieux. »

Il la conduisit à droite, dans un autre hangar, où son patron
installait toute une fabrication mécanique. Sur le seuil, elle
360 hésita, prise d'une peur instinctive. La vaste salle, secouée par
les machines, tremblait ; et de grandes ombres flottaient,
tachées de feux rouges. Mais lui la rassura en souriant, jura qu'il
n'y avait rien à craindre ; elle devait seulement avoir bien soin
de ne pas laisser traîner ses jupes trop près des engrenages. Il
365 marcha le premier, elle le suivit, dans ce vacarme assourdissant
où toutes sortes de bruits sifflaient et ronflaient, au milieu de
ces fumées peuplées d'êtres vagues, des hommes noirs affairés,
des machines agitant leurs bras, qu'elle ne distinguait pas les
uns des autres. Les passages étaient très étroits, il fallait
370 enjamber des obstacles, éviter des trous, se ranger pour se garer
d'un chariot. On ne s'entendait pas parler. Elle ne voyait rien
encore, tout dansait. Puis, comme elle éprouvait au-dessus de
sa tête la sensation d'un grand frôlement d'ailes, elle leva les
yeux, elle s'arrêta à regarder les courroies, les longs rubans qui

---

1. *Limaille* : parcelles de métal détachées par le frottement de la lime.

375 tendaient au plafond une gigantesque toile d'araignée, dont chaque fil se dévidait sans fin ; le moteur à vapeur se cachait dans un coin, derrière un petit mur de briques ; les courroies semblaient filer toutes seules, apporter le branle du fond de l'ombre, avec leur glissement continu, régulier, doux comme 380 le vol d'un oiseau de nuit. Mais elle faillit tomber, en se heurtant à un des tuyaux du ventilateur, qui se ramifiait sur le sol battu, distribuant son souffle de vent aigre aux petites forges, près des machines. Et il commença par lui faire voir ça, il lâcha le vent sur un fourneau ; de larges flammes s'étalèrent des 385 quatre côtés en éventail, une collerette de feu dentelée, éblouissante, à peine teintée d'une pointe de laque ; la lumière était si vive, que les petites lampes des ouvriers paraissaient des gouttes d'ombre dans du soleil. Ensuite, il haussa la voix pour donner des explications, il passa aux machines : les cisailles 390 mécaniques qui mangeaient des barres de fer, croquant un bout à chaque coup de dents, crachant les bouts par-derrière, un à un ; les machines à boulons et à rivets, hautes, compliquées, forgeant les têtes d'une seule pesée de leur vis puissante ; les ébarbeuses [1], au volant de fonte, une boule de fonte qui battait 395 l'air furieusement à chaque pièce dont elles enlevaient les bavures ; les taraudeuses [2], manœuvrées par des femmes, taraudant les boulons et leurs écrous, avec le tic-tac de leurs rouages d'acier luisant sous la graisse des huiles. Elle pouvait suivre ainsi tout le travail, depuis le fer en barre, dressé contre les 400 murs, jusqu'aux boulons et aux rivets fabriqués, dont des caisses pleines encombraient les coins. Alors, elle comprit, elle eut un sourire en hochant le menton ; mais elle restait tout de même un peu serrée à la gorge, inquiète d'être si petite et si tendre parmi ces rudes travailleurs de métal, se retournant

---

1. *Ébarbeuse* : machine à limer. \ **2.** *Taraudeuse* : machine-outil servant à tarauder, à creuser une matière pour y pratiquer un filetage.

405 parfois, les sangs glacés, au coup sourd d'une ébarbeuse. Elle
s'accoutumait à l'ombre, voyait des enfoncements où des
hommes immobiles réglaient la danse haletante des volants,
quand un fourneau lâchait brusquement le coup de lumière
de sa collerette de flamme. Et, malgré elle, c'était toujours
410 au plafond qu'elle revenait, à la vie, au sang même des
machines, au vol souple des courroies, dont elle regardait, les
yeux levés, la force énorme et muette passer dans la nuit vague
des charpentes.

Cependant, Goujet s'était arrêté devant une des machines à
415 rivets. Il restait là, songeur, la tête basse, les regards fixes. La
machine forgeait des rivets de quarante millimètres, avec une
aisance tranquille de géante. Et rien n'était plus simple en
vérité. Le chauffeur prenait le bout de fer dans le fourneau ; le
frappeur le plaçait dans la clouière, qu'un filet d'eau continu
420 arrosait pour éviter d'en détremper l'acier ; et c'était fait, la vis
s'abaissait, le boulon sautait à terre, avec sa tête ronde comme
coulée au moule. En douze heures, cette sacrée mécanique en
fabriquait des centaines de kilogrammes. Goujet n'avait pas de
méchanceté ; mais, à certains moments, il aurait volontiers pris
425 Fifine pour taper dans toute cette ferraille, par colère de lui voir
des bras plus solides que les siens. Ça lui causait un gros
chagrin, même quand il se raisonnait, en se disant que la chair
ne pouvait pas lutter contre le fer. Un jour, bien sûr, la machine
tuerait l'ouvrier ; déjà leurs journées étaient tombées de douze
430 francs à neuf francs, et on parlait de les diminuer encore ; enfin,
elles n'avaient rien de gai, ces grosses bêtes, qui faisaient des
rivets et des boulons comme elles auraient fait de la saucisse.
Il regarda celle-là trois bonnes minutes sans rien dire ; ses sourcils se fronçaient, sa belle barbe jaune avait un hérissement de
435 menace. Puis, un air de douceur et de résignation amollit peu
à peu ses traits. Il se tourna vers Gervaise qui se serrait contre
lui, il dit avec un sourire triste :

« Hein ! ça nous dégotte[1] joliment ! Mais peut-être que plus tard ça servira au bonheur de tous. »

Gervaise se moquait du bonheur de tous. Elle trouva les boulons à la mécanique mal faits.

« Vous me comprenez, s'écria-t-elle avec feu, ils sont trop bien faits… J'aime mieux les vôtres. On sent la main d'un artiste, au moins. »

Elle lui causa un bien grand contentement en parlant ainsi, parce qu'un moment il avait eu peur qu'elle ne le méprisât, après avoir vu les machines. Dame ! s'il était plus fort que Bec-Salé, dit Boit-sans-Soif, les machines étaient plus fortes que lui. Lorsqu'il la quitta enfin dans la cour, il lui serra les poignets à les briser, à cause de sa grosse joie.

La blanchisseuse allait tous les samedis chez les Goujet pour reporter leur linge. Ils habitaient toujours la petite maison de la rue Neuve de la Goutte-d'Or. La première année, elle leur avait rendu régulièrement vingt francs par mois, sur les cinq cents francs ; afin de ne pas embrouiller les comptes, on additionnait le livre à la fin du mois seulement, et elle ajoutait l'appoint nécessaire pour compléter les vingt francs, car le blanchissage des Goujet, chaque mois, ne dépassait guère sept ou huit francs. Elle venait donc de s'acquitter de la moitié de la somme environ, lorsque, un jour de terme, ne sachant plus par où passer, des pratiques lui ayant manqué de parole, elle avait dû courir chez les Goujet et leur emprunter son loyer. Deux autres fois, pour payer ses ouvrières, elle s'était adressée également à eux, si bien que la dette se trouvait remontée à quatre cent vingt-cinq francs. Maintenant, elle ne donnait plus un sou, elle se libérait par le blanchissage, uniquement. Ce n'était pas qu'elle travaillât moins ni que ses affaires devinssent mauvaises. Au contraire. Mais il se faisait des trous chez elle,

---

1. *Ça nous dégotte* : ça nous surpasse.

l'argent avait l'air de fondre, et elle était contente, quand elle
470 pouvait joindre les deux bouts. Mon Dieu ! pourvu qu'on vive,
n'est-ce pas ? on n'a point trop à se plaindre. Elle engraissait,
elle cédait à tous les petits abandons de son embonpoint
naissant, n'ayant plus la force de s'effrayer en songeant à
l'avenir. Tant pis ! l'argent viendrait toujours, ça le rouillait de
475 le mettre de côté. Mme Goujet cependant restait maternelle
pour Gervaise. Elle la chapitrait parfois avec douceur, non
pas à cause de son argent, mais parce qu'elle l'aimait et qu'elle
craignait de lui voir faire le saut[1]. Elle n'en parlait seulement pas, de son argent. Enfin, elle y mettait beaucoup de
480 délicatesse.

Le lendemain de la visite de Gervaise à la forge était
justement le dernier samedi du mois. Lorsqu'elle arriva chez
les Goujet, où elle tenait à aller elle-même, son panier lui avait
tellement cassé les bras, qu'elle étouffa pendant deux bonnes
485 minutes. On ne sait pas comme le linge pèse, surtout quand
il y a des draps.

« Vous apportez bien tout ? » demanda Mme Goujet.

Elle était très sévère là-dessus. Elle voulait qu'on lui
rapportât son linge, sans qu'une pièce manquât, pour le bon
490 ordre, disait-elle. Une autre de ses exigences était que la blanchisseuse vînt exactement le jour fixé et chaque fois à la même
heure ; comme ça, personne ne perdait son temps.

« Oh ! il y a bien tout, répondit Gervaise en souriant. Vous
savez que je ne laisse rien en arrière.

495 — C'est vrai, confessa Mme Goujet, vous prenez des défauts,
mais vous n'avez pas encore celui-là. »

Et, pendant que la blanchisseuse vidait son panier, posant le
linge sur le lit, la vieille femme fit son éloge : elle ne brûlait pas
les pièces, ne les déchirait pas comme tant d'autres, n'arrachait

---

1. *Elle craignait de lui voir faire le saut* : elle craignait sa ruine.

500 pas les boutons avec le fer ; seulement elle mettait trop de bleu et amidonnait trop les devants de chemise.

« Tenez, c'est du carton, reprit-elle en faisant craquer un devant de chemise. Mon fils ne se plaint pas, mais ça lui coupe le cou… Demain, il aura le cou en sang, quand nous revien-
505 drons de Vincennes.

— Non, ne dites pas ça ! s'écria Gervaise désolée. Les chemises pour s'habiller doivent être un peu raides si l'on ne veut pas avoir un chiffon sur le corps. Voyez les messieurs… C'est moi qui fais tout votre linge. Jamais une ouvrière n'y
510 touche, et je le soigne, je vous assure, je le recommencerais plutôt dix fois, parce que c'est pour vous, vous comprenez. »

Elle avait rougi légèrement, en balbutiant la fin de la phrase. Elle craignait de laisser voir le plaisir qu'elle prenait à repasser elle-même les chemises de Goujet. Bien sûr, elle
515 n'avait pas de pensées sales ; mais elle n'en était pas moins un peu honteuse.

« Oh ! je n'attaque pas votre travail, vous travaillez dans la perfection, je le sais, dit Mme Goujet. Ainsi, voilà un bonnet qui est perlé[1]. Il n'y a que vous pour faire ressortir les brode-
520 ries comme ça. Et les tuyautés[2] sont d'un suivi ! Allez, je recon-nais votre main tout de suite. Quand vous donnez seulement un torchon à une ouvrière, ça se voit… N'est-ce pas ? vous mettrez un peu moins d'amidon, voilà tout ! Goujet ne tient pas à avoir l'air d'un monsieur. »

525 Cependant, elle avait pris le livre et effaçait les pièces d'un trait de plume. Tout y était bien. Quand elles réglèrent, elle vit que Gervaise lui comptait un bonnet six sous ; elle se récria, mais elle dut convenir qu'elle n'était vraiment pas cher pour le courant ; non, les chemises d'homme cinq sous, les pantalons

---

1. *Perlé* : exécuté avec un soin minutieux.   \ **2.** *Un tuyauté* : ensemble des tuyaux juxtaposés, faits au fer à tuyauter.

530 de femme quatre sous, les taies d'oreiller un sou et demi, les tabliers un sou, ce n'était pas cher, attendu que bien des blanchisseuses prenaient deux liards ou même un sou de plus pour toutes ces pièces. Puis, lorsque Gervaise eut appelé le linge sale, que la vieille femme inscrivait, elle le fourra dans son panier, 535 elle ne s'en alla pas, embarrassée, ayant aux lèvres une demande qui la gênait beaucoup.

« Madame Goujet, dit-elle enfin, si ça ne vous faisait rien, je prendrais l'argent du blanchissage ce mois-ci. »

Justement, le mois était très fort, le compte qu'elles venaient 540 d'arrêter ensemble se montait à dix francs sept sous. Mme Goujet la regarda un moment d'un air sérieux. Puis, elle répondit :

« Mon enfant, ce sera comme il vous plaira. Je ne veux pas vous refuser cet argent, du moment où vous en avez besoin… 545 Seulement, ce n'est guère le chemin de vous acquitter ; je dis cela pour vous, vous entendez. Vrai, vous devriez prendre garde. »

Gervaise, la tête basse, reçut la leçon en bégayant. Les dix francs devaient compléter l'argent d'un billet qu'elle avait 550 souscrit à son marchand de coke. Mais Mme Goujet devint plus sévère au mot de billet. Elle s'offrit en exemple : elle réduisait sa dépense, depuis qu'on avait baissé les journées de Goujet de douze francs à neuf francs. Quand on manquait de sagesse en étant jeune, on crevait la faim dans sa vieillesse. Pourtant, elle 555 se retint, elle ne dit pas à Gervaise qu'elle lui donnait son linge uniquement pour lui permettre de payer sa dette ; autrefois, elle lavait tout, et elle recommencerait à tout laver, si le blanchissage devait encore lui faire sortir de pareilles sommes de la poche. Quand Gervaise tint les dix francs sept sous, elle 560 remercia, elle se sauva vite. Et, sur le palier, elle se sentit à l'aise, elle eut envie de danser, car elle s'accoutumait déjà aux ennuis et aux saletés de l'argent, ne gardant de ces embêtements-là que le bonheur d'en être sortie, jusqu'à la prochaine fois.

565   Ce fut précisément ce samedi que Gervaise fit une drôle de rencontre, comme elle descendait l'escalier des Goujet. Elle dut se ranger contre la rampe, avec son panier, pour laisser passer une grande femme en cheveux qui montait, en portant sur la main, dans un bout de papier, un maquereau très frais, les ouïes 570 saignantes. Et voilà qu'elle reconnut Virginie, la fille dont elle avait retroussé les jupes, au lavoir. Toutes deux se regardèrent bien en face. Gervaise ferma les yeux, car elle crut un instant qu'elle allait recevoir le maquereau par la figure. Mais non, Virginie eut un mince sourire. Alors, la blanchisseuse, dont le 575 panier bouchait l'escalier, voulut se montrer polie.

« Je vous demande pardon, dit-elle.

— Vous êtes toute pardonnée », répondit la grande brune.

Et elles restèrent au milieu des marches, elles causèrent, raccommodées du coup, sans avoir risqué une seule allusion au 580 passé. Virginie, alors âgée de vingt-neuf ans, était devenue une femme superbe, découplée, la face un peu longue entre ses deux bandeaux[1] d'un noir de jais. Elle raconta tout de suite son histoire pour se poser : elle était mariée maintenant, elle avait épousé au printemps un ancien ouvrier ébéniste qui 585 sortait du service et qui sollicitait une place de sergent de ville, parce qu'une place, c'est plus sûr et plus comme il faut. Justement, elle venait d'acheter un maquereau pour lui.

« Il adore le maquereau, dit-elle. Il faut bien les gâter, ces vilains hommes, n'est-ce pas ?... Mais, montez donc. Vous 590 verrez notre chez-nous... Nous sommes ici dans un courant d'air. »

Quand Gervaise, après lui avoir à son tour conté son mariage, lui apprit qu'elle avait habité le logement, où elle

---

1. *Bandeaux* : cheveux qui serrent le front, les tempes, dans une coiffure à cheveux longs.

était même accouchée d'une fille, Virginie la pressa de monter
595 plus vivement encore. Ça fait toujours plaisir de revoir les
endroits où l'on a été heureux. Elle, pendant cinq ans, avait
demeuré de l'autre côté de l'eau, au Gros-Caillou. C'était là
qu'elle avait connu son mari, quand il était au service. Mais elle
s'ennuyait, elle rêvait de revenir dans le quartier de la Goutte-
600 d'Or, où elle connaissait tout le monde. Et, depuis quinze jours,
elle occupait la chambre en face des Goujet. Oh ! toutes ses
affaires étaient encore bien en désordre ; ça s'arrangerait petit
à petit. Puis, sur le palier, elles se dirent enfin leurs noms.

« Madame Coupeau.
605 — Madame Poisson. »

Et, dès lors, elles s'appelèrent gros comme le bras
Mme Poisson et Mme Coupeau, uniquement pour le plaisir d'être
des dames, elles qui s'étaient connues autrefois dans des situations peu catholiques. Cependant, Gervaise conservait un fond
610 de méfiance. Peut-être bien que la grande brune se raccommodait pour se mieux venger de la fessée du lavoir, en roulant
quelque plan de mauvaise bête hypocrite. Gervaise se promettait de rester sur ses gardes. Pour le quart d'heure, Virginie se
montrait trop gentille, il fallait bien être gentille aussi.

615 En haut, dans la chambre, Poisson, le mari, un homme de
trente-cinq ans, à la face terreuse, avec des moustaches et une
impériale rouges, travaillait, assis devant une table. près de la
fenêtre. Il faisait des petites boîtes. Il avait pour seuls outils
un canif, une scie grande comme une lime à ongles, un pot à
620 colle. Le bois qu'il employait provenait de vieilles boîtes à
cigares, de minces planchettes d'acajou brut sur lesquelles il
se livrait à des découpages et à des enjolivements d'une
délicatesse extraordinaire. Tout le long de la journée, d'un
bout de l'année à l'autre, il refaisait la même boîte, huit centi-
625 mètres sur six. Seulement, il la marquetait, inventait des
formes de couvercle, introduisait des compartiments. C'était

pour s'amuser, une façon de tuer le temps, en attendant sa
nomination de sergent de ville. De son ancien métier d'ébéniste, il n'avait gardé que la passion des petites boîtes. Il ne
630 vendait pas son travail, il le donnait en cadeau aux personnes
de sa connaissance.

Poisson se leva, salua poliment Gervaise, que sa femme lui
présenta comme une ancienne amie. Mais il n'était pas causeur,
il reprit tout de suite sa petite scie. De temps à autre, il lançait
635 seulement un regard sur le maquereau, posé au bord de la
commode. Gervaise fut très contente de revoir son ancien logement ; elle dit où les meubles étaient placés, et elle montra
l'endroit où elle avait accouché par terre. Comme ça se rencontrait, pourtant ! Quand elles s'étaient perdues de vue toutes
640 deux, autrefois, elles n'auraient jamais cru se retrouver ainsi,
en habitant l'une après l'autre la même chambre. Virginie
ajouta de nouveaux détails sur elle et son mari : il avait fait un
petit héritage, d'une tante ; il l'établirait sans doute plus tard ;
pour le moment, elle continuait à s'occuper de couture, elle
645 bâclait une robe par-ci, par-là. Enfin, au bout d'une grosse
demi-heure, la blanchisseuse voulut partir. Poisson tourna à
peine le dos. Virginie, qui l'accompagna, promit de lui rendre
sa visite ; d'ailleurs, elle lui donnait sa pratique[1], c'était une
chose entendue. Et, comme elle la gardait sur le palier,
650 Gervaise s'imagina qu'elle désirait lui parler de Lantier et de
sa sœur Adèle, la brunisseuse. Elle en était toute révolutionnée
à l'intérieur. Mais pas un mot ne fut échangé sur ces choses
ennuyeuses, elles se quittèrent en se disant au revoir, d'un air
très aimable.

655 « Au revoir, madame Coupeau.
— Au revoir, madame Poisson. »

---

1. *Elle lui donnait sa pratique* : elle recourait à ses services.

Ce fut là le point de départ d'une grande amitié. Huit jours plus tard, Virginie ne passait plus devant la boutique de Gervaise sans entrer ; et elle y taillait des bavettes de deux et trois heures, si bien que Poisson, inquiet, la croyant écrasée, venait la chercher, avec sa figure muette de déterré. Gervaise, à voir journellement la couturière, éprouva bientôt une singulière préoccupation : elle ne pouvait lui entendre commencer une phrase, sans croire qu'elle allait causer de Lantier ; elle songeait invinciblement à Lantier, tout le temps qu'elle restait là. C'était bête comme tout, car enfin elle se moquait de Lantier, et d'Adèle, et de ce qu'ils étaient devenus l'un et l'autre jamais elle ne posait une question ; même elle ne se sentait pas curieuse d'avoir de leurs nouvelles. Non, ça la prenait en dehors de sa volonté. Elle avait leur idée dans la tête comme on a dans la bouche un refrain embêtant, qui ne veut pas vous lâcher. D'ailleurs elle n'en gardait nulle rancune à Virginie, dont ce n'était point la faute, bien sûr. Elle se plaisait beaucoup avec elle, et la retenait dix fois avant de la laisser partir.

Cependant, l'hiver était venu, le quatrième hiver que les Coupeau passaient rue de la Goutte-d'Or. Cette année-là, décembre et janvier furent particulièrement durs. Il gelait à pierre fendre. Après le jour de l'an, la neige resta trois semaines dans la rue sans se fondre. Ça n'empêchait pas le travail, au contraire, car l'hiver est la belle saison des repasseuses. Il faisait joliment bon dans la boutique ! On n'y voyait jamais de glaçons aux vitres, comme chez l'épicier et le bonnetier d'en face. La mécanique, bourrée de coke, entretenait là une chaleur de baignoire ; les linges fumaient, on se serait cru en plein été ; et l'on était bien, les portes fermées, ayant chaud partout, tellement chaud, qu'on aurait fini par dormir, les yeux ouverts. Gervaise disait en riant qu'elle s'imaginait être à la campagne. En effet, les voitures ne faisaient plus de bruit en roulant sur

690 la neige ; c'était à peine si l'on entendait le piétinement des passants ; dans le grand silence du froid, des voix d'enfants seules montaient, le tapage d'une bande de gamins, qui avaient établi une grande glissade, le long du ruisseau de la maréchalerie. Elle allait parfois à un des carreaux de la porte, enlevait
695 de la main la buée, regardait ce que devenait le quartier par cette sacrée température ; mais pas un nez ne s'allongeait hors des boutiques voisines, le quartier, emmitouflé de neige, semblait faire le gros dos, et elle échangeait seulement un petit signe de tête avec la charbonnière d'à côté, qui se promenait
700 tête nue, la bouche fendue d'une oreille à l'autre, depuis qu'il gelait si fort.

Ce qui était bon surtout, par ces temps de chien, c'était de prendre, à midi, son café bien chaud. Les ouvrières n'avaient pas à se plaindre ; la patronne le faisait très fort et n'y mettait
705 pas quatre grains de chicorée ; il ne ressemblait guère au café de Mme Fauconnier, qui était une vraie lavasse. Seulement, quand maman Coupeau se chargeait de passer l'eau sur le marc, ça n'en finissait plus, parce qu'elle s'endormait devant la bouillotte. Alors, les ouvrières, après le déjeuner, attendaient
710 le café en donnant un coup de fer.

Justement, le lendemain des Rois, midi et demi sonnait, que le café n'était pas prêt. Ce jour-là, il s'entêtait à ne pas vouloir passer. Maman Coupeau tapait sur le filtre avec une petite cuiller ; et l'on entendait les gouttes tomber une à une,
715 lentement, sans se presser davantage.

« Laissez-le donc, dit la grande Clémence. Ça le rend trouble... Aujourd'hui, bien sûr, il y aura de quoi boire et manger. »

La grande Clémence mettait à neuf une chemise d'homme,
720 dont elle détachait les plis du bout de l'ongle. Elle avait un rhume à crever, les yeux enflés, la gorge arrachée par des quintes de toux qui la pliaient en deux, au bord de l'établi.

Avec ça, elle ne portait pas même un foulard au cou, vêtue d'un petit lainage à dix-huit sous, dans lequel elle grelottait. Près
725 d'elle, Mme Putois, enveloppée de flanelle, matelassée jusqu'aux oreilles, repassait un jupon, qu'elle tournait autour de la planche à robe, dont le petit bout était posé sur le dossier d'une chaise ; et, par terre, un drap jeté empêchait le jupon de se salir en frôlant le carreau. Gervaise occupait à elle seule la moitié de
730 l'établi, avec des rideaux de mousseline brodée, sur lesquels elle poussait son fer tout droit, les bras allongés, pour éviter les faux plis. Tout d'un coup, le café, qui se mit à couler bruyamment, lui fit lever la tête. C'était ce louchon d'Augustine qui venait de pratiquer un trou au milieu du marc, en enfonçant une
735 cuiller dans le filtre.

« Veux-tu te tenir tranquille ! cria Gervaise. Qu'est-ce que tu as donc dans le corps ? Nous allons boire de la boue, maintenant. »

Maman Coupeau avait aligné cinq verres sur un coin libre
740 de l'établi. Alors, les ouvrières lâchèrent leur travail. La patronne versait toujours le café elle-même, après avoir mis deux morceaux de sucre dans chaque verre. C'était l'heure attendue de la journée. Ce jour-là, comme chacune prenait son verre et s'accroupissait sur un petit banc, devant la mécanique,
745 la porte de la rue s'ouvrit, Virginie entra, toute frissonnante.

« Ah ! mes enfants, dit-elle, ça vous coupe en deux ! Je ne sens plus mes oreilles. Quel gredin de froid !

— Tiens ! c'est madame Poisson ! s'écria Gervaise. Ah bien ! vous arrivez à propos... Vous allez prendre du café avec nous.
750 — Ma foi ! ce n'est pas de refus... Rien que pour traverser la rue, on a l'hiver dans les os. »

Il restait du café, heureusement. Maman Coupeau alla chercher un sixième verre, et Gervaise laissa Virginie se sucrer, par politesse. Les ouvrières s'écartèrent, firent à celle-ci une petite
755 place près de la mécanique. Elle grelotta un instant, le nez

rouge, serrant ses mains raidies autour de son verre, pour se
réchauffer. Elle venait de chez l'épicier, où l'on gelait, rien qu'à
attendre un quart de gruyère. Et elle s'exclamait sur la grosse
chaleur de la boutique : vrai, on aurait cru entrer dans un four,
760 ça aurait suffi pour réveiller un mort, tant ça vous chatouillait
agréablement la peau. Puis, dégourdie, elle allongea ses
grandes jambes. Alors, toutes les six, elles sirotèrent lentement
leur café, au milieu de la besogne interrompue, dans l'étouffement moite des linges qui fumaient. Maman Coupeau et
765 Virginie seules étaient assises sur des chaises ; les autres, sur
leurs petits bancs, semblaient par terre ; même ce louchon
d'Augustine avait tiré un coin du drap, sous le jupon, pour
s'étendre. On ne parla pas tout de suite, les nez dans les verres,
goûtant le café.

770   « Il est tout de même bon », déclara Clémence. Mais elle
faillit s'étrangler, prise d'une quinte. Elle appuyait sa tête
contre le mur pour tousser plus fort.

     « Vous êtes joliment pincée, dit Virginie. Où avez-vous
donc empoigné ça ?

775   — Est-ce qu'on sait ! reprit Clémence, en s'essuyant la figure
avec sa manche. Ça doit être l'autre soir. Il y en avait deux qui
se dépiautaient [1], à la sortie du *Grand Balcon*. J'ai voulu voir,
je suis restée là, sous la neige. Ah ! quelle roulée [2] ! c'était à
mourir de rire. L'une avait le nez arraché ; le sang giclait par
780 terre. Lorsque l'autre a vu le sang, un grand échalas comme
moi, elle a pris ses cliques et ses claques… Alors, la nuit, j'ai
commencé à tousser. Il faut dire aussi que ces hommes sont
d'un bête, quand ils couchent avec une femme, ils vous décou-
vrent toute la nuit…

785   — Une jolie conduite, murmura Mme Putois. Vous vous
crevez, ma petite.

---

1. *Qui se dépiautaient* : qui se battaient. \ **2.** *Quelle roulée !* Quels jolis coups !

— Et si ça m'amuse de me crever, moi !… Avec ça que la vie est drôle. S'escrimer toute la sainte journée pour gagner cinquante-cinq sous, se brûler le sang du matin au soir devant
790 la mécanique, non, vous savez, j'en ai par-dessus la tête !… Allez, ce rhume-là ne me rendra pas le service de m'emporter ; il s'en ira comme il est venu. »

Il y eut un silence. Cette vaurienne de Clémence, qui dans les bastringues, menait le chahut avec des cris de merluche,
795 attristait toujours le monde par ses idées de crevaison, quand elle était à l'atelier. Gervaise la connaissait bien et se contenta de dire :

« Vous n'êtes pas gaie, les lendemains de noce, vous ! »

Le vrai était que Gervaise aurait mieux aimé qu'on ne parlât
800 pas de batteries de femmes. Ça l'ennuyait, à cause de la fessée du lavoir, quand on causait devant elle et Virginie de coups de sabot dans les ruelles et de giroflées à cinq feuilles[1]. Justement, Virginie la regardait en souriant.

« Oh ! murmura-t-elle, j'ai vu un crêpage de chignons, hier.
805 Elles s'écharpillaient[2]…

— Qui donc ? demanda Mme Putois.

— L'accoucheuse du bout de la rue et sa bonne, vous savez, une petite blonde… Une gale[3], cette fille ! Elle criait à l'autre : « Oui, oui, t'as décroché un enfant à la fruitière, même que je
810 vais aller chez le commissaire, si tu ne me paies pas. » Et elle en débagoulait[4], fallait voir ! L'accoucheuse, là-dessus, lui a lâché une baffre[5], v'lan ! en plein museau. Voilà alors que ma sacrée gouine[6] saute aux yeux de sa bourgeoise, et qu'elle la graffigne, et qu'elle la déplume, oh ! mais aux petits oignons !
815 Il a fallu que le charcutier la lui retirât des pattes. »

---

1. *Giroflées à cinq feuilles* : gifles qui laissent la marque des cinq doigts. \ **2.** *Elles s'écharpillaient* : elles se donnaient des coups. \ **3.** *Une gale* : une peste. \ **4.** *Débagouler* : vomir un torrent d'injures. \ **5.** *Une baffre* : un coup de poing sur la figure. \ **6.** *Gouine* : coureuse.

Les ouvrières eurent un rire de complaisance. Puis, toutes burent une petite gorgée de café, d'un air gueulard[1].

« Vous croyez ça, vous, qu'elle a décroché un enfant ? reprit Clémence.

820 — Dame ! le bruit a couru dans le quartier, répondit Virginie. Vous comprenez, je n'y étais pas… C'est dans le métier, d'ailleurs. Toutes en décrochent.

— Ah bien ! dit Mme Putois, on est trop bête de se confier à elles. Merci, pour se faire estropier !… Voyez-vous, il y a un 825 moyen souverain. Tous les soirs on avale un verre d'eau bénite en se traçant sur le ventre trois signes de croix avec le pouce. Ça s'en va comme un vent. »

Maman Coupeau, qu'on croyait endormie, hocha la tête pour protester. Elle connaissait un autre moyen, infaillible 830 celui-là. Il fallait manger un œuf dur toutes les deux heures et s'appliquer des feuilles d'épinard sur les reins. Les quatre autres femmes restèrent graves. Mais ce louchon d'Augustine, dont les gaietés partaient toutes seules, sans qu'on sût jamais pourquoi, lâcha le gloussement de poule qui était son rire 835 à elle. On l'avait oubliée. Gervaise releva le jupon, l'aperçut sur le drap qui se roulait comme un goret[2], les jambes en l'air. Et elle la tira de là-dessous, la mit debout d'une claque. Qu'est-ce qu'elle avait à rire, cette dinde ? Est-ce qu'elle devait écouter, quand les grandes personnes causaient ! 840 D'abord, elle allait reporter le linge d'une amie de Mme Lerat, aux Batignolles. Tout en parlant, la patronne lui enfilait le panier au bras et la poussait vers la porte. Le louchon, rechignant, sanglotant, s'éloigna en traînant les pieds dans la neige.

845 Cependant, maman Coupeau, Mme Putois et Clémence discutaient l'efficacité des œufs durs et des feuilles d'épinard.

---

1. *D'un air gueulard* : d'un air gourmand. \ 2. *Comme un goret* : comme un porcelet.

Alors, Virginie, qui restait rêveuse, son verre de café à la main, dit tout bas :

« Mon Dieu ! on se cogne, on s'embrasse, ça va toujours, quand on a bon cœur… »

Et, se penchant vers Gervaise, avec un sourire :

« Non, bien sûr, je ne vous en veux pas… L'affaire du lavoir, vous vous souvenez ? »

La blanchisseuse demeura toute gênée. Voilà ce qu'elle craignait. Maintenant, elle devinait qu'il allait être question de Lantier et d'Adèle. La mécanique ronflait, un redoublement de chaleur rayonnait du tuyau rouge. Dans cet assoupissement, les ouvrières, qui faisaient durer leur café pour se remettre à l'ouvrage le plus tard possible, regardaient la neige de la rue, avec des mines gourmandes et alanguies. Elles en étaient aux confidences ; elles disaient ce qu'elles auraient fait, si elles avaient eu dix mille francs de rente ; elles n'auraient rien fait du tout, elles seraient restées comme ça des après-midi à se chauffer, en crachant de loin sur la besogne. Virginie s'était rapprochée de Gervaise, de façon à ne pas être entendue des autres. Et Gervaise se sentait toute lâche, à cause sans doute de la trop grande chaleur, si molle et si lâche, qu'elle ne trouvait pas la force de détourner la conversation ; même elle attendait les paroles de la grande brune, le cœur gros d'une émotion dont elle jouissait sans se l'avouer.

« Je ne vous fais pas de la peine au moins ? reprit la couturière. Vingt fois déjà, ça m'est venu sur la langue. Enfin, puisque nous sommes là-dessus… C'est pour causer, n'est-ce pas ?… Ah ! bien sûr, non, je ne vous en veux pas de ce qui s'est passé. Parole d'honneur ! je n'ai pas gardé ça de rancune contre vous. »

Elle tourna le fond de son café dans le verre, pour avoir tout le sucre, puis elle but trois gouttes, avec un petit sifflement des lèvres. Gervaise, la gorge serrée, attendait toujours, elle se

880 demandait si réellement Virginie lui avait pardonné sa fessée tant que ça ; car elle voyait, dans ses yeux noirs, des étincelles jaunes s'allumer. Cette grande diablesse devait avoir mis sa rancune dans sa poche avec son mouchoir par-dessus.

« Vous aviez une excuse, continua-t-elle. On venait de vous
885 faire une saleté, une abomination… Oh ! je suis juste, allez ! Moi, j'aurais pris un couteau. »

Elle but encore trois gouttes, sifflant au bord du verre. Et elle quitta sa voix traînante, elle ajouta rapidement, sans s'arrêter :

890 « Aussi ça ne leur a pas porté bonheur, ah ! Dieu de Dieu ! non, pas bonheur du tout !… Ils étaient allés demeurer au diable, du côté de la Glacière, dans une sale rue où il y a toujours de la boue jusqu'aux genoux. Moi, deux jours après, je suis partie un matin pour déjeuner avec eux ; une fière course
895 d'omnibus, je vous assure ! Eh bien, ma chère, je les ai trouvés en train de se houspiller déjà. Vrai, comme j'entrais, ils s'allongeaient des calottes. Hein ! en voilà des amoureux !… Vous savez qu'Adèle ne vaut pas la corde pour la pendre. C'est ma sœur, mais ça ne m'empêche pas de dire qu'elle est dans la
900 peau d'une fière salope. Elle m'a fait un tas de cochonneries ; ça serait trop long à conter, puis ce sont des affaires à régler entre nous… Quant à Lantier, dame ! vous le connaissez, il n'est pas bon non plus. Un petit monsieur, n'est-ce pas ? qui vous enlève le derrière pour un oui, pour un non ! Et il ferme
905 le poing, lorsqu'il tape… Alors donc ils se sont échignés en conscience. Quand on montait l'escalier, on les entendait se bûcher. Un jour même, la police est venue. Lantier avait voulu une soupe à l'huile, une horreur qu'ils mangent dans le midi ; et, comme Adèle trouvait ça infect, ils se sont jeté
910 la bouteille d'huile à la figure, la casserole, la soupière, tout le tremblement ; enfin, une scène à révolutionner un quartier. »

Elle raconta d'autres tueries, elle ne tarissait pas sur le ménage, savait des choses à faire dresser les cheveux sur la tête. Gervaise écoutait toute cette histoire, sans un mot, la face pâle, avec un pli nerveux aux coins des lèvres qui ressemblait à un petit sourire. Depuis bientôt sept ans, elle n'avait plus entendu parler de Lantier. Jamais elle n'aurait cru que le nom de Lantier, ainsi murmuré à son oreille, lui causerait une pareille chaleur au creux de l'estomac. Non, elle ne se savait pas une telle curiosité de ce que devenait ce malheureux, qui s'était si mal conduit avec elle. Elle ne pouvait plus être jalouse d'Adèle, maintenant ; mais elle riait tout de même en dedans des raclées du ménage, elle voyait le corps de cette fille plein de bleus, et ça la vengeait, ça l'amusait. Aussi serait-elle restée là jusqu'au lendemain matin, à écouter les rapports de Virginie. Elle ne posait pas de questions, parce qu'elle ne voulait pas paraître intéressée tant que ça. C'était comme si, brusquement, on comblait un trou pour elle ; son passé, à cette heure, allait droit à son présent.

Cependant, Virginie finit par remettre son nez dans son verre ; elle suçait le sucre, les yeux à demi fermés. Alors, Gervaise, comprenant qu'elle devait dire quelque chose, prit un air indifférent, demanda :

« Et ils demeurent toujours à la Glacière ?

— Mais non ! répondit l'autre ; je ne vous ai donc pas raconté ?... Voici huit jours qu'ils ne sont plus ensemble. Adèle, un beau matin, a emporté ses frusques, et Lantier n'a pas couru après, je vous assure. »

La blanchisseuse laissa échapper un léger cri, répétant tout haut :

« Ils ne sont plus ensemble !

— Qui donc ? demanda Clémence, en interrompant sa conversation avec maman Coupeau et Mme Putois.

— Personne, dit Virginie ; des gens que vous ne connaissez pas. »

Mais elle examinait Gervaise, elle la trouvait joliment émue. Elle se rapprocha, sembla prendre un mauvais plaisir à recommencer ses histoires. Puis, tout d'un coup, elle lui demanda ce qu'elle ferait, si Lantier venait rôder autour d'elle ; car, enfin, les hommes sont si drôles, Lantier était bien capable de retourner à ses premières amours. Gervaise se redressa, se montra très nette, très digne. Elle était mariée, elle mettrait Lantier dehors, voilà tout. Il ne pouvait plus y avoir rien entre eux, même pas une poignée de main. Vraiment, elle manquerait tout à fait de cœur, si elle regardait un jour cet homme en face.

« Je sais bien, dit-elle, Étienne est de lui, il y a un lien que je ne peux pas rompre. Si Lantier a le désir d'embrasser Étienne, je le lui enverrai, parce qu'il est impossible d'empêcher un père d'aimer son enfant... Mais quant à moi, voyez-vous, madame Poisson, je me laisserais plutôt hacher en petits morceaux que de lui permettre de me toucher du bout du doigt. C'est fini. »

En prononçant ces derniers mots, elle traça en l'air une croix, comme pour sceller à jamais son serment. Et, désireuse de rompre la conversation, elle parut s'éveiller en sursaut, elle cria aux ouvrières :

« Dites donc, vous autres ! est-ce que vous croyez que le linge se repasse tout seul ?... En voilà des flemmes !... Houp ! à l'ouvrage ! »

Les ouvrières ne se pressèrent pas, engourdies d'une torpeur de paresse, les bras abandonnés sur leurs jupes, tenant toujours d'une main leurs verres vides, où un peu de marc de café restait. Elles continuèrent de causer.

« C'était la petite Célestine, disait Clémence. Je l'ai connue. Elle avait la folie des poils de chat... Vous savez, elle voyait des poils de chat partout, elle tournait toujours la langue comme ça, parce qu'elle croyait avoir des poils de chat plein la bouche.

— Moi, reprenait Mme Putois, j'ai eu pour amie une femme qui avait un ver… Oh! ces animaux-là ont des caprices!… Il lui tortillait le ventre, quand elle ne lui donnait pas du poulet. Vous pensez, le mari gagnait sept francs, ça passait en gourmandises pour le ver…

— Je l'aurais guérie tout de suite, moi, interrompait maman Coupeau. Mon Dieu! oui, on avale une souris grillée. Ça empoisonne le ver du coup. »

Gervaise elle-même avait glissé de nouveau à une fainéantise heureuse. Mais elle se secoua, elle se mit debout. Ah bien! en voilà un après-midi passé à faire les rosses[1]! C'était ça qui n'emplissait pas la bourse! Elle retourna la première à ses rideaux; mais elle les trouva salis d'une tache de café, et elle dut, avant de reprendre le fer, frotter la tache avec un linge mouillé. Les ouvrières s'étiraient devant la mécanique, cherchaient leurs poignées en rechignant. Dès que Clémence se remua, elle eut un accès de toux, à cracher sa langue; puis, elle acheva sa chemise d'homme, dont elle épingla les manchettes et le col. Mme Putois s'était remise à son jupon.

« Eh bien! au revoir, dit Virginie. J'étais descendue chercher un quart de gruyère. Poisson doit croire que le froid m'a gelée en route. »

Mais, comme elle avait déjà fait trois pas sur le trottoir, elle rouvrit la porte pour crier qu'elle voyait Augustine au bout de la rue, en train de glisser sur la glace avec des gamins. Cette gredine-là était partie depuis deux grandes heures. Elle accourut rouge, essoufflée, son panier au bras, le chignon emplâtré par une boule de neige; et elle se laissa gronder d'un air sournois, en racontant qu'on ne pouvait pas marcher, à cause du verglas. Quelque voyou avait dû, par blague, lui fourrer des morceaux de glace dans les poches; car, au bout d'un quart

---

1. *À faire les rosses* : à faire les paresseuses.

010 d'heure, ses poches se mirent à arroser la boutique comme des
entonnoirs.

Maintenant, les après-midi se passaient tous ainsi. La
boutique, dans le quartier, était le refuge des gens frileux.
Toute la rue de la Goutte-d'Or savait qu'il y faisait chaud. Il
015 y avait sans cesse là des femmes bavardes qui prenaient un air
de feu devant la mécanique, leurs jupes troussées jusqu'aux
genoux, faisant la petite chapelle. Gervaise avait l'orgueil de
cette bonne chaleur, et elle attirait le monde, elle tenait salon,
comme disaient méchamment les Lorilleux et les Boche. Le
020 vrai était qu'elle restait obligeante et secourable, au point de
faire entrer les pauvres, quand elle les voyait grelotter dehors.
Elle se prit surtout d'amitié pour un ancien ouvrier peintre, un
vieillard de soixante-dix ans, qui habitait dans la maison une
soupente où il crevait de faim et de froid ; il avait perdu ses
025 trois fils en Crimée [1], il vivait au petit bonheur, depuis deux
ans qu'il ne pouvait plus tenir un pinceau. Dès que Gervaise
apercevait le père Bru, piétinant dans la neige pour se
réchauffer, elle l'appelait, elle lui ménageait une place près du
poêle ; souvent même elle le forçait à manger un morceau de
030 pain avec du fromage. Le père Bru, le corps voûté, la barbe
blanche, la face ridée comme une vieille pomme, demeurait
des heures sans rien dire, à écouter le grésillement du coke.
Peut-être évoquait-il ses cinquante années de travail sur des
échelles, le demi-siècle passé à peindre des portes et à blanchir
035 des plafonds aux quatre coins de Paris.

« Eh bien, père Bru, lui demandait parfois la blanchisseuse,
à quoi pensez-vous ?

— À rien, à toutes sortes de choses », répondait-il d'un air
hébété.

---

1. *Crimée* : allusion à guerre de Crimée, conflit qui opposa, de 1854 à 1855, la Russie à une coalition formée par la Turquie, la Grande-Bretagne, la France et la Sardaigne, et qui se termina par la défaite des Russes et le traité de Paris (1856).

1040 Les ouvrières plaisantaient, racontaient qu'il avait des peines de cœur. Mais lui, sans les entendre, retombait dans son silence, dans son attitude morne et réfléchie.

À partir de cette époque, Virginie reparla souvent de Lantier à Gervaise. Elle semblait se plaire à l'occuper de son ancien 1045 amant, pour le plaisir de l'embarrasser, en faisant des supposi- tions. Un jour, elle dit l'avoir rencontré ; et, comme la blan- chisseuse restait muette, elle n'ajouta rien, puis le lendemain seulement laissa entendre qu'il lui avait longuement parlé d'elle avec beaucoup de tendresse. Gervaise était très troublée 1050 par ces conversations chuchotées à voix basse, dans un angle de la boutique. Le nom de Lantier lui causait toujours une brûlure au creux de l'estomac, comme si cet homme eût laissé là, sous la peau, quelque chose de lui. Certes, elle se croyait bien solide, elle voulait vivre en honnête femme, parce que l'honnêteté est 1055 la moitié du bonheur. Aussi ne songeait-elle pas à Coupeau, dans cette affaire, n'ayant rien à se reprocher contre son mari, pas même en pensée. Elle songeait au forgeron, le cœur tout hésitant et malade. Il lui semblait que le retour du souvenir de Lantier en elle, cette lente possession dont elle était reprise, la 1060 rendait infidèle à Goujet, à leur amour inavoué, d'une douceur d'amitié. Elle vivait des journées tristes, lorsqu'elle se croyait coupable envers son bon ami. Elle aurait voulu n'avoir de l'af- fection que pour lui, en dehors de son ménage. Cela se passait très haut en elle, au-dessus de toutes les saletés, dont Virginie 1065 guettait le feu sur son visage.

Quand le printemps fut venu, Gervaise alla se réfugier auprès de Goujet. Elle ne pouvait plus ne réfléchir à rien, sur une chaise, sans penser aussitôt à son premier amant ; elle le voyait quitter Adèle, remettre son linge au fond de leur 1070 ancienne malle, revenir chez elle, avec la malle sur la voiture. Les jours où elle sortait, elle était prise tout d'un coup de peurs bêtes, dans la rue ; elle croyait entendre le pas de Lantier derrière elle, elle n'osait pas se retourner, tremblante, s'imaginant sentir ses mains la saisir à la taille. Bien sûr, il devait l'espionner ; il tomberait sur elle un après-midi ; et cette idée lui donnait des sueurs froides, parce qu'il l'embrasserait certainement dans l'oreille, comme il le faisait par taquinerie, autrefois. C'était ce baiser qui l'épouvantait : à l'avance, il la rendait sourde, il l'emplissait d'un bourdonnement, dans lequel elle ne distinguait plus le bruit de son cœur battant à grands coups. Alors, dès que ces peurs la prenaient, la forge était son seul asile ; elle y redevenait tranquille et souriante, sous la protection de Goujet, dont le marteau sonore mettait en fuite ses mauvais rêves.

Quelle heureuse saison ! La blanchisseuse soignait d'une façon particulière sa pratique de la rue des Portes-Blanches ; elle lui reportait toujours son linge elle-même, parce que cette course, chaque vendredi, était un prétexte tout trouvé pour passer rue Marcadet et entrer à la forge. Dès qu'elle tournait le coin de la rue, elle se sentait légère, gaie, comme si elle faisait une partie de campagne, au milieu de ces terrains vagues, bordés d'usines grises ; la chaussée noire de charbon, les panaches de vapeur sur les toits, l'amusaient autant qu'un sentier de mousse dans un bois de la banlieue, s'enfonçant entre de grands bouquets de verdure ; et elle aimait l'horizon blafard, rayé par les hautes cheminées des fabriques, la butte Montmartre qui bouchait le ciel, avec ses maisons crayeuses, percées des trous réguliers de leurs fenêtres. Puis, elle ralentissait le pas en arrivant, sautant les flaques d'eau, prenant plaisir à traverser les coins déserts et embrouillés du chantier de démolitions. Au fond, la forge luisait, même en plein midi. Son cœur sautait à la danse des marteaux. Quand elle entrait, elle était toute rouge, les petits cheveux blonds de sa nuque envolés comme ceux d'une femme qui arrive à un rendez-vous. Goujet l'attendait, les bras nus, la poitrine nue, tapant plus fort sur l'en-

clume, ces jours-là, pour se faire entendre de plus loin. Il la
devinait, l'accueillait d'un bon rire silencieux, dans sa barbe
jaune. Mais elle ne voulait pas qu'il se dérangeât de son travail,
elle le suppliait de reprendre le marteau, parce qu'elle l'aimait
1110 davantage, lorsqu'il le brandissait de ses gros bras, bossués de
muscles. Elle allait donner une légère claque sur la joue
d'Étienne pendu au soufflet, et elle restait là une heure, à
regarder les boulons. Ils n'échangeaient pas dix paroles. Ils
n'auraient pas mieux satisfait leur tendresse dans une
1115 chambre, enfermés à double tour. Les ricanements de Bec-
Salé, dit Boit-sans-Soif, ne les gênaient guère, car ils ne les
entendaient même plus. Au bout d'un quart d'heure, elle
commençait à étouffer un peu ; la chaleur, l'odeur forte, les
fumées qui montaient, l'étourdissaient, tandis que les coups
1120 sourds la secouaient des talons à la gorge. Elle ne désirait plus
rien alors, c'était son plaisir. Goujet l'aurait serrée dans ses
bras que ça ne lui aurait pas donné une émotion si grosse. Elle
se rapprochait de lui, pour sentir le vent de son marteau sur
sa joue, pour être dans le coup qu'il tapait. Quand des étin-
1125 celles piquaient ses mains tendres, elle ne les retirait pas, elle
jouissait au contraire de cette pluie de feu qui lui cinglait la
peau. Lui, bien sûr, devinait le bonheur qu'elle goûtait là ; il
réservait pour le vendredi les ouvrages difficiles, afin de lui
faire la cour avec toute sa force et toute son adresse ; il ne se
1130 ménageait plus, au risque de fendre les enclumes en deux,
haletant, les reins vibrant de la joie qu'il lui donnait. Pendant
un printemps, leurs amours emplirent ainsi la forge d'un
grondement d'orage. Ce fut une idylle dans une besogne de
géant, au milieu du flamboiement de la houille, de l'ébran-
1135 lement du hangar, dont la carcasse noire de suie craquait.
Tout ce fer écrasé, pétri comme de la cire rouge, gardait les
marques rudes de leurs tendresses. Le vendredi, quand la
blanchisseuse quittait la Gueule-d'Or, elle remontait lentement

la rue des Poissonniers, contentée, lassée, l'esprit et la chair
140 tranquilles.

Peu à peu, sa peur de Lantier diminua, elle redevint raisonnable. À cette époque, elle aurait encore vécu très heureuse,
sans Coupeau, qui tournait mal, décidément. Un jour, elle
revenait justement de la forge, lorsqu'elle crut reconnaître
145 Coupeau dans l'Assommoir du père Colombe, en train de se
payer des tournées de vitriol[1], avec Mes-Bottes, Bibi-la-
Grillade et Bec-Salé, dit Boit-sans-Soif. Elle passa vite, pour ne
pas avoir l'air de les moucharder. Mais elle se retourna : c'était
bien Coupeau qui se jetait son petit verre de schnick[2] dans le
150 gosier, d'un geste familier déjà. Il mentait donc, il en était donc
à l'eau-de-vie, maintenant ! Elle rentra désespérée ; toute son
épouvante de l'eau-de-vie la reprenait. Le vin, elle le pardonnait, parce que le vin nourrit l'ouvrier ; les alcools, au contraire,
étaient des saletés, des poisons qui ôtaient à l'ouvrier le goût
155 du pain. Ah ! le gouvernement aurait bien dû empêcher la
fabrication de ces cochonneries !

En arrivant rue de la Goutte-d'Or, elle trouva toute
la maison bouleversée. Ses ouvrières avaient quitté l'établi,
et étaient dans la cour, à regarder en l'air. Elle interrogea
160 Clémence.

« C'est le père Bijard qui flanque une roulée à sa femme,
répondit la repasseuse. Il était sous la porte, gris comme un
Polonais, à la guetter revenir du lavoir… Il lui a fait grimper
l'escalier à coups de poing, et maintenant il l'assomme là-haut,
165 dans leur chambre… Tenez, entendez-vous les cris ? »

Gervaise monta rapidement. Elle avait de l'amitié pour
Mme Bijard, sa laveuse, qui était une femme d'un grand
courage. Elle espérait mettre le holà. En haut, au sixième, la
porte de la chambre était restée ouverte, quelques locataires

---

1. *Vitriol* : eau-de-vie. \ **2.** *Schnick* : eau-de-vie de qualité inférieure.

1170 s'exclamaient sur le carré, tandis que Mme Boche, devant la porte, criait :

« Voulez-vous bien finir !… On va aller chercher les sergents de ville, entendez-vous ! »

Personne n'osait se risquer dans la chambre, parce qu'on
1175 connaissait Bijard, une bête brute quand il était soûl. Il ne dessoûlait jamais, d'ailleurs. Les rares jours où il travaillait, il posait un litre d'eau-de-vie près de son étau de serrurier, buvant au goulot toutes les demi-heures. Il ne se soutenait plus autrement, il aurait pris feu comme une torche, si l'on avait
1180 approché une allumette de sa bouche.

« Mais on ne peut pas la laisser massacrer ! » dit Gervaise toute tremblante.

Et elle entra. La chambre, mansardée, très propre était nue et froide, vidée par l'ivrognerie de l'homme qui enlevait les
1185 draps du lit pour les boire. Dans la lutte, la table avait roulé jusqu'à la fenêtre, les deux chaises culbutées étaient tombées, les pieds en l'air. Sur le carreau, au milieu, Mme Bijard, les jupes encore trempées par l'eau du lavoir et collées à ses cuisses, les cheveux arrachés, saignante, râlait d'un souffle fort,
1190 avec des oh ! oh ! prolongés, à chaque coup de talon de Bijard. Il l'avait d'abord abattue de ses deux poings ; maintenant, il la piétinait.

« Ah ! garce !… ah ! garce !… ah ! garce !… », grognait-il d'une voix étouffée, accompagnant de ce mot chaque coup, s'af-
1195 folant à le répéter, frappant plus fort à mesure qu'il s'étranglait davantage. Puis, la voix lui manqua, il continua de taper sourdement, follement, raidi dans sa cotte et son bourgeron déguenillés, la face bleuie sous sa barbe sale, avec son front chauve taché de grandes plaques rouges. Sur le carré, les voisins
1200 disaient qu'il la battait parce qu'elle lui avait refusé vingt sous, le matin. On entendit la voix de Boche, au bas de l'escalier. Il appelait Mme Boche, il lui criait :

« Descends, laisse-les se tuer, ça fera de la canaille de moins ! »

205 Cependant, le père Bru avait suivi Gervaise dans la chambre. À eux deux, ils tâchaient de raisonner le serrurier, de le pousser vers la porte. Mais il se retournait, muet, une écume aux lèvres ; et, dans ses yeux pâles, l'alcool flambait, allumait une flamme de meurtre. La blanchisseuse eut le poignet meurtri ; le vieil
210 ouvrier alla tomber sur la table. Par terre, Mme Bijard soufflait plus fort, la bouche grande ouverte, les paupières closes. À présent, Bijard la manquait ; il revenait, s'acharnait, frappait à côté, enragé, aveuglé, s'attrapant lui-même avec les claques qu'il envoyait dans le vide. Et, pendant toute cette tuerie,
215 Gervaise voyait, dans un coin de la chambre, la petite Lalie, alors âgée de quatre ans, qui regardait son père assommer sa mère. L'enfant tenait entre ses bras, comme pour la protéger, sa sœur Henriette, sevrée de la veille. Elle était debout, la tête serrée dans une coiffe d'indienne, très pâle, l'air sérieux. Elle
220 avait un large regard noir, d'une fixité pleine de pensées, sans une larme.

Quand Bijard eut rencontré une chaise et se fut étalé sur le carreau, où on le laissa ronfler, le père Bru aida Gervaise à relever Mme Bijard. Maintenant, celle-ci pleurait à gros
225 sanglots ; et Lalie, qui s'était approchée, la regardait pleurer, habituée à ces choses, résignée déjà. La blanchisseuse, en redescendant, au milieu de la maison calmée, voyait toujours devant elle ce regard d'enfant de quatre ans, grave et courageux comme un regard de femme.

230 « M. Coupeau est sur le trottoir d'en face, lui cria Clémence, dès qu'elle l'aperçut. Il a l'air joliment poivré[1] ! »

Coupeau traversait justement la rue. Il faillit enfoncer un carreau d'un coup d'épaule, en manquant la porte. Il avait une

---

1. *Poivré* : ivre.

ivresse blanche, les dents serrées, le nez pincé. Et Gervaise
1235 reconnut tout de suite le vitriol de l'Assommoir, dans le sang
empoisonné qui lui blêmissait la peau. Elle voulut rire, le
coucher comme elle faisait les jours où il avait le vin bon
enfant. Mais il la bouscula, sans desserrer les lèvres, et, en
passant, en gagnant de lui-même son lit, il leva le poing sur
1240 elle. Il ressemblait à l'autre, au soûlard qui ronflait là-haut, las
d'avoir tapé. Alors, elle resta toute froide ; elle pensait aux
hommes, à son mari, à Goujet, à Lantier, le cœur coupé, désespérant d'être jamais heureuse.

VII

La fête de Gervaise tombait le 19 juin. Les jours de fête, chez les Coupeau, on mettait les petits plats dans les grands ; c'étaient des noces dont on sortait ronds comme des balles, le ventre plein pour la semaine. Il y avait un nettoyage général de la monnaie. Dès qu'on avait quatre sous, dans le ménage, on les bouffait. On inventait des saints sur l'almanach, histoire de se donner des prétextes de gueuletons. Virginie approuvait joliment Gervaise de se fourrer de bons morceaux sous le nez. Lorsqu'on a un homme qui boit tout, n'est-ce pas ? c'est pain bénit de ne pas laisser la maison s'en aller en liquides et de se garnir d'abord l'estomac. Puisque l'argent filait quand même, autant valait-il faire gagner au boucher qu'au marchand de vin. Et Gervaise, agourmandie [1], s'abandonnait à cette excuse. Tant pis ! ça venait de Coupeau, s'ils n'économisaient plus un rouge liard [2]. Elle avait encore engraissé, elle boitait davantage, parce que sa jambe, qui s'enflait de graisse, semblait se raccourcir à mesure.

Cette année-là, un mois à l'avance, on causa de la fête. On cherchait des plats, on s'en léchait les lèvres. Toute la boutique avait une sacrée envie de nocer. Il fallait une rigolade à mort, quelque chose de pas ordinaire et de réussi, mon Dieu ! on ne

---

1. *Agourmandie* : devenue gourmande. \ **2.** *Rouge liard* : petite monnaie de cuivre qui valait moins d'un cent.

prenait pas tous les jours du bon temps. La grosse préoccupation de la blanchisseuse était de savoir qui elle inviterait ;
elle désirait douze personnes à table, pas plus, pas moins. Elle,
25 son mari, maman Coupeau, Mme Lerat, ça faisait déjà quatre
personnes de la famille. Elle aurait aussi les Goujet et les
Poisson. D'abord, elle s'était bien promis de ne pas inviter ses
ouvrières, Mme Putois et Clémence, pour ne pas les rendre trop
familières ; mais, comme on parlait toujours de la fête devant
30 elles et que leurs nez s'allongeaient, elle finit par leur dire de
venir. Quatre et quatre, huit, et deux, dix. Alors, voulant
absolument compléter les douze, elle se réconcilia avec les
Lorilleux, qui tournaient autour d'elle depuis quelque temps ;
du moins, il fut convenu que les Lorilleux descendraient dîner
35 et qu'on ferait la paix, le verre à la main. Bien sûr, on ne peut
pas toujours rester brouillé dans les familles. Puis, l'idée de la
fête attendrissait tous les cœurs. C'était une occasion impossible à refuser. Seulement, quand les Boche connurent le
raccommodement projeté, ils se rapprochèrent aussitôt de
40 Gervaise, avec des politesses, des sourires obligeants ; et il
fallut les prier aussi d'être du repas. Voilà ! on serait quatorze,
sans compter les enfants. Jamais elle n'avait donné un dîner
pareil, elle en était tout effarée et glorieuse.

La fête tombait justement un lundi. C'était une chance :
45 Gervaise comptait sur l'après-midi du dimanche pour
commencer la cuisine. Le samedi, comme les repasseuses
bâclaient leur besogne, il y eut une longue discussion dans la
boutique, afin de savoir ce qu'on mangerait, décidément. Une
seule pièce était adoptée depuis trois semaines : une oie grasse
50 rôtie. On en causait avec des yeux gourmands. Même, l'oie
était achetée. Maman Coupeau alla la chercher pour la faire
soupeser à Clémence et à Mme Putois. Et il y eut des exclamations, tant la bête parut énorme, avec sa peau rude, ballonnée
de graisse jaune.

55 « Avant ça, le pot-au-feu, n'est-ce pas ? dit Gervaise. Le potage et un petit morceau de bouilli[1], c'est toujours bon… Puis, il faudrait un plat à la sauce. »

La grande Clémence proposa du lapin ; mais on ne mangeait que de ça ; tout le monde en avait par-dessus la tête. Gervaise 60 rêvait quelque chose de plus distingué. Mme Putois ayant parlé d'une blanquette de veau, elles se regardèrent toutes avec un sourire qui grandissait. C'était une idée ; rien ne ferait l'effet d'une blanquette de veau.

« Après, reprit Gervaise, il faudrait encore un plat à la sauce. »

65 Maman Coupeau songea à du poisson. Mais les autres eurent une grimace, en tapant leurs fers plus fort. Personne n'aimait le poisson ; ça ne tenait pas à l'estomac, et c'était plein d'arêtes. Ce louchon d'Augustine ayant osé dire qu'elle aimait la raie, Clémence lui ferma le bec d'une bourrade. Enfin, la patronne 70 venait de trouver une épinée de cochon[2] aux pommes de terre, qui avait de nouveau épanoui les visages, lorsque Virginie entra comme un coup de vent, la figure allumée.

« Vous arrivez bien ! cria Gervaise. Maman Coupeau, montrez-lui donc la bête. »

75 Et maman Coupeau alla chercher une seconde fois l'oie grasse, que Virginie dut prendre sur ses mains. Elle s'exclama. Sacredié ! qu'elle était lourde ! Mais elle la posa tout de suite au bord de l'établi, entre un jupon et un paquet de chemises. Elle avait la cervelle ailleurs ; elle emmena Gervaise dans la 80 chambre du fond.

« Dites donc, ma petite, murmura-t-elle, rapidement, je veux vous avertir… Vous ne devineriez jamais qui j'ai rencontré au bout de la rue ? Lantier, ma chère ! Il est là à rôder, à guetter… Alors, je suis accourue. Ça m'a effrayée pour vous, 85 vous comprenez. »

---

1. *Bouilli* : viande bouillie. \ 2. *Une épinée de cochon* : ragoût d'échine de porc.

La blanchisseuse était devenue toute pâle. Que lui voulait-il donc, ce malheureux ? Et justement il tombait en plein dans les préparatifs de la fête. Jamais elle n'avait eu de chance ; on ne pouvait pas lui laisser prendre un plaisir tranquillement. Mais Virginie lui répondait qu'elle était bien bonne de se tourner la bile. Pardi ! si Lantier s'avisait de la suivre, elle appellerait un agent et le ferait coffrer. Depuis un mois que son mari avait obtenu sa place de sergent de ville, la grande brune prenait des allures cavalières et parlait d'arrêter tout le monde. Comme elle élevait la voix, en souhaitant d'être pincée dans la rue, à la seule fin d'emmener elle-même l'insolent au poste et de le livrer à Poisson, Gervaise, d'un geste, la supplia de se taire, parce que les ouvrières écoutaient. Elle rentra la première dans la boutique ; elle reprit, en affectant beaucoup de calme :

« Maintenant, il faudrait un légume ?

— Hein ? des petits pois au lard, dit Virginie. Moi, je ne mangerais que de ça.

— Oui, oui, des petits pois au lard ! » approuvèrent toutes les autres, pendant qu'Augustine, enthousiasmée, enfonçait de grands coups de tisonnier dans la mécanique.

Le lendemain dimanche, dès trois heures, maman Coupeau alluma les deux fourneaux de la maison et un troisième fourneau en terre emprunté aux Boche. À trois heures et demie, le pot-au-feu bouillait dans une grosse marmite, prêtée par le restaurant d'à côté, la marmite du ménage ayant semblé trop petite. On avait décidé d'accommoder la veille la blanquette de veau et l'épinée de cochon, parce que ces plats-là sont meilleurs réchauffés ; seulement, on ne lierait la sauce de la blanquette qu'au moment de se mettre à table. Il resterait encore bien assez de besogne pour le lundi, le potage, les pois au lard, l'oie rôtie. La chambre du fond était tout éclairée par les trois brasiers ; des roux

graillonnaient [1] dans les poêlons, avec une fumée forte de
120 farine brûlée ; tandis que la grosse marmite soufflait des jets de
vapeur comme une chaudière, les flancs secoués par des glou-
glous graves et profonds. Maman Coupeau et Gervaise, un
tablier blanc noué devant elles, emplissaient la pièce de leur
hâte à éplucher du persil, à courir après le poivre et le sel, à
125 tourner la viande avec la mouvette [2] de bois. Elles avaient mis
Coupeau dehors pour débarrasser le plancher. Mais elles eurent
quand même du monde sur le dos tout l'après-midi. Ça sentait
si bon la cuisine, dans la maison, que les voisines descendirent
les unes après les autres, entrèrent sous des prétextes, unique-
130 ment pour savoir ce qui cuisait ; et elles se plantaient là, en
attendant que la blanchisseuse fût forcée de lever les couvercles.
Puis, vers cinq heures, Virginie parut ; elle avait encore vu
Lantier ; décidément, on ne mettait plus les pieds dans la rue
sans le rencontrer. Mme Boche, elle aussi, venait de l'apercevoir
135 au coin du trottoir, avançant la tête d'un air sournois. Alors,
Gervaise, qui justement allait acheter un sou d'oignons brûlés
pour le pot-au-feu, fut prise d'un tremblement et n'osa plus
sortir ; d'autant plus que la concierge et la couturière l'effrayaient beaucoup en racontant des histoires terribles, des
140 hommes attendant des femmes avec des couteaux et des pisto-
lets cachés sous leur redingote. Dame, oui ! on lisait ça tous
les jours dans les journaux ; quand un de ces gredins-là enrage
de retrouver une ancienne heureuse, il devient capable de
tout. Virginie offrit obligeamment de courir chercher les
145 oignons brûlés. Il fallait s'aider entre femmes, on ne pouvait
pas laisser massacrer cette pauvre petite. Lorsqu'elle revint, elle
dit que Lantier n'était plus là ; il avait dû filer, en se sachant
découvert. La conversation, autour des poêlons, n'en roula pas
moins sur lui jusqu'au soir. Mme Boche ayant conseillé d'ins-

---

1. *Graillonnaient* : sentaient la graisse. \ 2. *Mouvette* : spatule pour remuer les aliments.

150 truire Coupeau, Gervaise montra une grande frayeur et la
supplia de ne jamais lâcher un mot de ces choses. Ah bien ! ce
serait du propre ! Son mari devait déjà se douter de l'affaire, car
depuis quelques jours, en se couchant, il jurait et donnait des
coups de poing dans le mur. Elle en restait les mains trem-
155 blantes, à l'idée que deux hommes se mangeraient pour elle ;
elle connaissait Coupeau, il était jaloux à tomber sur Lantier
avec ses cisailles. Et pendant que, toutes quatre, elles s'enfonçaient dans ce drame, les sauces, sur les fourneaux garnis de
cendre, mijotaient doucement ; la blanquette et l'épinée, quand
160 maman Coupeau les découvrait, avaient un petit bruit, un
frémissement discret ; le pot-au-feu gardait son ronflement de
chantre endormi le ventre au soleil. Elles finirent par se tremper
chacune une soupe dans une tasse, pour goûter le bouillon.

Enfin, le lundi arriva. Maintenant que Gervaise allait avoir
165 quatorze personnes à dîner, elle craignait de ne pas pouvoir
caser tout ce monde. Elle se décida à mettre le couvert dans la
boutique ; et encore, dès le matin, mesura-t-elle avec un mètre,
pour savoir dans quel sens elle placerait la table. Ensuite, il
fallut déménager le linge, démonter l'établi ; c'était l'établi,
170 posé sur d'autres tréteaux, qui devait servir de table. Mais, juste
au milieu de tout ce remue-ménage, une cliente se présenta et
fit une scène, parce qu'elle attendait son linge depuis vendredi ;
on se fichait d'elle, elle voulait son linge immédiatement.
Alors, Gervaise s'excusa, mentit avec aplomb ; il n'y avait pas
175 de sa faute, elle nettoyait sa boutique, les ouvrières revien-
draient seulement le lendemain ; et elle renvoya la cliente
calmée, en lui promettant de s'occuper d'elle à la première
heure. Puis, lorsque l'autre fut partie, elle éclata en mauvaises
paroles. C'est vrai, si l'on écoutait les pratiques, on ne prendrait
180 pas même le temps de manger, on se tuerait la vie entière pour
leurs beaux yeux ! On n'était pas des chiens à l'attache, pourtant ! Ah bien ! quand le Grand Turc en personne serait venu

lui apporter un faux col, quand il se serait agi de gagner cent mille francs, elle n'aurait pas donné un coup de fer ce lundi-là, parce qu'à la fin c'était son tour de jouir un peu.

La matinée entière fut employée à terminer les achats. Trois fois, Gervaise sortit et rentra chargée comme un mulet. Mais, au moment où elle repartait pour commander le vin, elle s'aperçut qu'elle n'avait plus assez d'argent. Elle aurait bien pris le vin à crédit ; seulement, la maison ne pouvait pas rester sans le sou, à cause des mille petites dépenses auxquelles on ne pense pas. Et, dans la chambre du fond, maman Coupeau et elle se désolèrent, calculèrent qu'il leur fallait au moins vingt francs. Où les trouver, ces quatre pièces de cent sous ? Maman Coupeau, qui autrefois avait fait le ménage d'une petite actrice du théâtre des Batignolles, parla la première du mont-de-piété. Gervaise eut un rire de soulagement. Était-elle bête ! elle n'y songeait plus. Elle plia vivement sa robe de soie noire dans une serviette, qu'elle épingla. Puis, elle cacha elle-même le paquet sous le tablier de maman Coupeau, en lui recommandant de le tenir bien aplati sur son ventre, à cause des voisins, qui n'avaient pas besoin de savoir ; et elle vint guetter sur la porte, pour voir si on ne suivait pas la vieille femme. Mais celle-ci n'était pas devant le charbonnier qu'elle la rappela.

« Maman ! maman ! »

Elle la fit rentrer dans la boutique, ôta de son doigt son alliance, en disant :

« Tenez, mettez ça avec. Nous aurons davantage. »

Et quand maman Coupeau lui eut rapporté vingt-cinq francs, elle dansa de joie. Elle allait commander en plus six bouteilles de vin cacheté pour boire avec le rôti. Les Lorilleux seraient écrasés.

Depuis quinze jours, c'était le rêve des Coupeau : écraser les Lorilleux. Est-ce que ces sournois, l'homme et la femme, une jolie paire vraiment, ne s'enfermaient pas quand ils mangeaient un bon morceau, comme s'ils l'avaient volé? Oui, ils bouchaient la fenêtre avec une couverture pour cacher la lumière et faire croire qu'ils dormaient. Naturellement, ça empêchait les gens de monter; et ils bâfraient seuls, ils se dépêchaient de s'empiffrer, sans lâcher un mot tout haut. Même le lendemain, ils se gardaient de jeter leurs os sur les ordures, parce qu'on aurait su alors ce qu'ils avaient mangé; Mme Lorilleux allait, au bout de la rue, les lancer dans une bouche d'égout; un matin, Gervaise l'avait surprise vidant là son panier plein d'écailles d'huîtres. Ah! non, pour sûr, ces rapiats n'étaient pas larges des épaules, et toutes ces manigances venaient de leur rage à vouloir paraître pauvres. Eh bien! on leur donnerait une leçon, on leur prouverait qu'on n'était pas chien. Gervaise aurait mis sa table en travers de la rue, si elle avait pu, histoire d'inviter chaque passant. L'argent, n'est-ce pas? n'a pas été inventé pour moisir. Il est joli, quand il luit tout neuf au soleil. Elle leur ressemblait si peu maintenant, que, les jours où elle avait vingt sous, elle s'arrangeait de façon à laisser croire qu'elle en avait quarante.

Maman Coupeau et Gervaise parlèrent des Lorilleux, en mettant la table, dès trois heures. Elles avaient accroché de grands rideaux dans la vitrine; mais, comme il faisait chaud, la porte restait ouverte, la rue entière passait devant la table. Les deux femmes ne posaient pas une carafe, une bouteille, une salière, sans chercher à y glisser une intention vexatoire pour les Lorilleux. Elles les avaient placés de manière à ce qu'ils pussent voir le développement superbe du couvert, et elles leur réservaient la belle vaisselle, sachant bien que les assiettes de porcelaine leur porteraient un coup.

« Non, non, maman, cria Gervaise, ne leur donnez pas ces serviettes-là! J'en ai deux qui sont damassées.

— Ah! bien! murmura la vieille femme, ils en crèveront, c'est sûr. »

Et elles se sourirent, debout aux deux côtés de cette grande
250 table blanche, où les quatorze couverts alignés leur causaient
un gonflement d'orgueil. Ça faisait comme une chapelle au
milieu de la boutique.

« Aussi, reprit Gervaise, pourquoi sont-ils si rats !... vous
savez, ils ont menti, le mois dernier, quand la femme a raconté
255 partout qu'elle avait perdu un bout de chaîne d'or, en allant
reporter l'ouvrage. Vrai ! si celle-là perd jamais quelque
chose !... C'était simplement une façon de pleurer misère et
de ne pas vous donner vos cent sous.

— Je ne les ai encore vus que deux fois, mes cent sous, dit
260 maman Coupeau.

— Voulez-vous parier ! le mois prochain, ils inventeront une
autre histoire... Ça explique pourquoi ils bouchent leur
fenêtre, quand ils mangent un lapin. N'est-ce pas ? on serait
en droit de leur dire : « Puisque vous mangez un lapin, vous
265 pouvez bien donner cent sous à votre « mère. » Oh ! ils ont du
vice !... Qu'est-ce que vous seriez devenue, si je ne vous avais
pas prise avec nous ? »

Maman Coupeau hocha la tête. Ce jour-là, elle était tout à
fait contre les Lorilleux, à cause du grand repas que les Coupeau
270 donnaient. Elle aimait la cuisine, les bavardages autour des
casseroles, les maisons mises en l'air par les noces des jours de
fête. D'ailleurs, elle s'entendait d'ordinaire assez bien avec
Gervaise. Les autres jours, quand elles s'asticotaient ensemble,
comme ça arrive dans tous les ménages, la vieille femme
275 bougonnait, se disait horriblement malheureuse d'être ainsi à
la merci de sa belle-fille. Au fond, elle devait garder une
tendresse pour Mme Lorilleux ; c'était sa fille, après tout.

« Hein ? répéta Gervaise, vous ne seriez pas si grasse, chez
eux ? Et pas de café, pas de tabac, aucune douceur !...
280 Dites, est-ce qu'ils vous auraient mis deux matelas à votre
lit ?

— Non, bien sûr, répondit maman Coupeau. Lorsqu'ils vont entrer, je me placerai en face de la porte pour voir leur nez. »

Le nez des Lorilleux les égayait à l'avance. Mais il s'agissait de ne pas rester planté là, à regarder la table. Les Coupeau avaient déjeuné très tard, vers une heure, avec un peu de charcuterie, parce que les trois fourneaux étaient déjà occupés, et qu'ils ne voulaient pas salir la vaisselle lavée pour le soir. À quatre heures les deux femmes furent dans leur coup de feu. L'oie rôtissait devant une coquille[1] placée par terre, contre le mur, à côté de la fenêtre ouverte ; et la bête était si grosse, qu'il avait fallu l'enfoncer de force dans la rôtissoire. Ce louchon d'Augustine, assise sur un petit banc, recevant en plein le reflet d'incendie de la coquille, arrosait l'oie gravement avec une cuiller à long manche. Gervaise s'occupait des pois au lard. Maman Coupeau, la tête perdue au milieu de tous ces plats, tournait, attendait le moment de mettre réchauffer l'épinée et la blanquette. Vers cinq heures, les invités commencèrent à arriver. Ce furent d'abord les deux ouvrières, Clémence et Mme Putois, toutes deux endimanchées, la première en bleu, la seconde en noir ; Clémence tenait un géranium, Mme Putois, un héliotrope[2] ; et Gervaise, qui justement avait les mains blanches de farine, dut leur appliquer à chacune deux gros baisers, les mains rejetées en arrière. Puis, sur leurs talons, Virginie entra, mise comme une dame, en robe de mousseline imprimée, avec une écharpe et un chapeau, bien qu'elle eût seulement la rue à traverser. Celle-là apportait un pot d'œillets rouges. Elle prit elle-même la blanchisseuse dans ses grands bras et la serra fortement. Enfin, parurent Boche avec un pot de pensées, Mme Boche avec un pot de résédas, Mme Lerat avec une citronnelle, un pot dont la terre avait sali sa robe de mérinos violet. Tout ce monde s'embrassait, s'entassait dans la

---

1. *Coquille* : récipient creux. \ **2.** *Héliotrope* : plante vivace à fleurs odorantes.

chambre, au milieu des trois fourneaux et de la coquille, d'où
montait une chaleur d'asphyxie. Les bruits de friture des
315 poêlons couvraient les voix. Une robe qui accrocha la rôtissoire,
causa une émotion. Ça sentait l'oie si fort, que les nez s'agrandissaient. Et Gervaise était très aimable, remerciait chacun de
son bouquet, sans cesser pour cela de préparer la liaison de la
blanquette, au fond d'une assiette creuse. Elle avait posé les
320 pots dans la boutique, au bout de la table, sans leur enlever leur
haute collerette de papier blanc. Un parfum doux de fleurs se
mêlait à l'odeur de la cuisine.

« Voulez-vous qu'on vous aide ? dit Virginie. Quand je pense
que vous travaillez depuis trois jours à toute cette nourriture,
325 et qu'on va rafler ça en un rien de temps !

— Dame ! répondit Gervaise, ça ne se ferait pas tout seul…
Non, ne vous salissez pas les mains. Vous voyez, tout est prêt.
Il n'y a plus que le potage… »

Alors on se mit à l'aise. Les dames posèrent sur le lit leurs
330 châles et leurs bonnets, puis relevèrent leurs jupes avec des
épingles, pour ne pas les salir. Boche, qui avait renvoyé sa
femme garder la loge jusqu'à l'heure du dîner, poussait déjà
Clémence dans le coin de la mécanique, en lui demandant si
elle était chatouilleuse ; et Clémence haletait, se tordait, pelo-
335 tonnée et les seins crevant son corsage, car l'idée seule des
chatouilles lui faisait courir un frisson partout. Les autres
dames, afin de ne pas gêner les cuisinières, venaient également
de passer dans la boutique, où elles se tenaient contre les murs,
en face de la table ; mais comme la conversation continuait par
340 la porte ouverte, et qu'on ne s'entendait pas, à tous moments
elles retournaient au fond, envahissant la pièce avec de
brusques éclats de voix, entourant Gervaise qui s'oubliait à leur
répondre, sa cuiller fumante au poing. On riait, on en lâchait
de fortes. Virginie ayant dit qu'elle ne mangeait plus depuis
345 deux jours, pour se faire un trou, cette grande sale de Clémence

en raconta une plus raide : elle s'était creusée, en prenant le matin un bouillon pointu, comme les Anglais. Alors, Boche donna un moyen de digérer tout de suite, qui consistait à se serrer dans une porte, après chaque plat ; ça se pratiquait aussi
350 chez les Anglais, ça permettait de manger douze heures à la file, sans se fatiguer l'estomac. N'est-ce pas ? la politesse veut qu'on mange, lorsqu'on est invité à dîner. On ne met pas du veau, et du cochon, et de l'oie, pour les chats. Oh ! la patronne pouvait être tranquille : on allait lui nettoyer ça si propre-
355 ment, qu'elle n'aurait même pas besoin de laver la vaisselle le lendemain. Et la société semblait s'ouvrir l'appétit en venant renifler au-dessus des poêlons et de la rôtissoire. Les dames finirent par faire les jeunes filles ; elles jouaient à se pousser, elles couraient d'une pièce à l'autre, ébranlant le
360 plancher, remuant et développant les odeurs de cuisine avec leurs jupons, dans un vacarme assourdissant, où les rires se mêlaient au bruit du couperet de maman Coupeau, hachant du lard.

Justement, Goujet se présenta au moment où tout le monde
365 sautait en criant, pour la rigolade. Il n'osait pas entrer, inti-midé, avec un grand rosier blanc entre ses bras, une plante magnifique dont la tige montait jusqu'à sa figure et mêlait des fleurs dans sa barbe jaune. Gervaise courut à lui, les joues enflammées par le feu des fourneaux. Mais il ne savait pas se
370 débarrasser de son pot ; et, quand elle le lui eut pris des mains, il bégaya, n'osant l'embrasser. Ce fut elle qui dut se hausser, poser la joue contre ses lèvres ; même il était si troublé, qu'il l'embrassa sur l'œil, rudement, à l'éborgner. Tous deux restè-rent tremblants.

375 « Oh ! M. Goujet, c'est trop beau ! dit-elle en plaçant le rosier à côté des autres fleurs, qu'il dépassait de tout son panache de feuillage.

— Mais non, mais non », répétait-il sans trouver autre chose.

Et, quand il eut poussé un gros soupir, un peu remis, il
380 annonça qu'il ne fallait pas compter sur sa mère ; elle avait sa
sciatique. Gervaise fut désolée ; elle parla de mettre un morceau
d'oie de côté, car elle tenait absolument à ce que Mme Goujet
mangeât de la bête. Cependant, on n'attendait plus personne.
Coupeau devait flâner par là, dans le quartier, avec Poisson,
385 qu'il était allé prendre chez lui, après le déjeuner ; ils ne tarde-
raient pas à rentrer, ils avaient promis d'être exacts pour six
heures. Alors, comme le potage était presque cuit, Gervaise
appela Mme Lerat, en disant que le moment lui semblait venu
de monter chercher les Lorilleux. Mme Lerat, aussitôt, devint
390 très grave : c'était elle qui avait mené toute la négociation et
réglé entre les deux ménages comment les choses se passeraient.
Elle remit son châle et son bonnet ; elle monta, raide dans ses
jupes, l'air important. En bas, la blanchisseuse continua à
tourner son potage, des pâtes d'Italie, sans dire un mot. La
395 société, brusquement sérieuse, attendait avec solennité.

Ce fut Mme Lerat qui reparut la première. Elle avait fait le
tour par la rue, pour donner plus de pompe à la réconciliation.
Elle tint de la main la porte de la boutique grande ouverte,
tandis que Mme Lorilleux, en robe de soie, s'arrêtait sur le seuil.
400 Tous les invités s'étaient levés, Gervaise s'avança, embrassa sa
belle-sœur, comme il était convenu, en disant :

« Allons, entrez. C'est fini, n'est-ce pas ?... Nous serons
gentilles toutes les deux. »

Et Mme Lorilleux répondit :

405 « Je ne demande pas mieux que ça dure toujours. »

Quand elle fut entrée, Lorilleux s'arrêta également sur le
seuil, et il attendit aussi d'être embrassé, avant de pénétrer
dans la boutique. Ni l'un ni l'autre n'avait apporté de
bouquet ; ils s'y étaient refusés, ils trouvaient qu'ils auraient
410 trop l'air de se soumettre à la Banban, s'ils arrivaient chez elle
avec des fleurs, la première fois. Cependant, Gervaise criait à

Augustine de donner deux litres. Puis, sur un bout de la table, elle versa des verres de vin, appela tout le monde. Et chacun prit un verre, on trinqua à la bonne amitié de la famille. Il y eut un silence, la société buvait, les dames levaient le coude, d'un trait, jusqu'à la dernière goutte.

« Rien n'est meilleur avant la soupe, déclara Boche, avec un claquement de langue. Ca vaut mieux qu'un coup de pied au derrière. »

Maman Coupeau s'était placée en face de la porte, pour voir le nez des Lorilleux. Elle tirait Gervaise par la jupe, elle l'emmena dans la pièce du fond. Et, toutes deux penchées au-dessus du potage, elles causèrent vivement, à voix basse.

« Hein ? quel pif ! dit la vieille femme. Vous n'avez pas pu les voir, vous. Mais moi, je les guettais… Quand elle a aperçu la table, tenez ! sa figure s'est tortillée comme ça, les coins de sa bouche sont montés toucher ses yeux ; et lui, ça l'a étranglé, il s'est mis à tousser… Maintenant, regardez-les, là-bas ; ils n'ont plus de salive, ils se mangent les lèvres.

— Ça fait de la peine, des gens jaloux à ce point », murmura Gervaise.

Vrai, les Lorilleux avaient une drôle de tête. Personne, bien sûr, n'aime à être écrasé ; dans les familles surtout, quand les uns réussissent, les autres ragent, c'est naturel. Seulement, on se contient, n'est-ce pas ? on ne se donne pas en spectacle. Eh bien ! les Lorilleux ne pouvaient pas se contenir. C'était plus fort qu'eux, ils louchaient, ils avaient le bec de travers. Enfin, ça se voyait si clairement, que les autres invités les regardaient et leur demandaient s'ils n'étaient pas indisposés. Jamais ils n'avale-raient la table avec ses quatorze couverts, son linge blanc, ses morceaux de pain coupés à l'avance. On se serait cru dans un restaurant des boulevards. Mme Lorilleux fit le tour, baissa le nez pour ne pas voir les fleurs ; et, sournoisement, elle tâta la grande nappe, tourmentée par l'idée qu'elle devait être neuve.

445 « Nous y sommes ! » cria Gervaise, en reparaissant, souriante, les bras nus, ses petits cheveux blonds envolés sur les tempes. Les invités piétinaient autour de la table. Tous avaient faim, bâillaient légèrement, l'air embêté.

« Si le patron arrivait, reprit la blanchisseuse, nous pourrions
450 commencer.

— Ah bien ! dit Mme Lorilleux, la soupe a le temps de refroidir !... Coupeau oublie toujours. Il ne fallait pas le laisser filer. »

Il était déjà six heures et demie. Tout brûlait, maintenant ;
455 l'oie serait trop cuite. Alors, Gervaise, désolée, parla d'envoyer quelqu'un dans le quartier voir, chez les marchands de vin, si l'on n'apercevait pas Coupeau. Puis, comme Goujet s'offrait, elle voulut aller avec lui ; Virginie, inquiète de son mari, les accompagna. Tous les trois, en cheveux, barraient le trottoir.
460 Le forgeron, qui avait sa redingote, tenait Gervaise à son bras gauche et Virginie à son bras droit : il faisait le panier à deux anses, disait-il ; et le mot leur parut si drôle, qu'ils s'arrêtèrent, les jambes cassées par le rire. Ils se regardèrent dans la glace du charcutier, ils rirent plus fort. À Goujet tout noir, les deux
465 femmes semblaient deux cocottes mouchetées, la couturière avec sa toilette de mousseline semée de bouquets roses, la blanchisseuse en robe de percale blanche à pois bleus, les poignets nus, une petite cravate de soie grise nouée au cou. Le monde se retournait pour les voir passer, si gais, si frais, endimanchés
470 un jour de semaine, bousculant la foule qui encombrait la rue des Poissonniers, dans la tiède soirée de juin. Mais il ne s'agissait pas de rigoler. Ils allaient droit à la porte de chaque marchand de vin, allongeaient la tête, cherchaient devant le comptoir. Est-ce que cet animal de Coupeau était parti boire
475 la goutte à l'*Arc de Triomphe* ? Déjà ils avaient battu tout le haut de la rue, regardant aux bons endroits : à *La Petite-Civette*, renommée pour les prunes ; chez la mère Baquet, qui vendait

du vin d'Orléans à huit sous ; au *Papillon*, le rendez-vous de
messieurs les cochers, des gens difficiles. Pas de Coupeau. Alors
480 comme ils descendaient vers le boulevard, Gervaise en passant
devant François, le mastroquet du coin, poussa un léger cri.

« Quoi donc ? » demanda Goujet. La blanchisseuse ne riait
plus. Elle était très blanche, et si émotionnée, qu'elle avait
failli tomber. Virginie comprit tout d'un coup, en voyant chez
485 François, assis à une table, Lantier qui dînait tranquillement.
Les deux femmes entraînèrent le forgeron.

« Le pied m'a tourné », dit Gervaise, quand elle put parler.

Enfin, au bas de la rue, ils découvrirent Coupeau et Poisson
dans l'Assommoir du père Colombe. Ils se tenaient debout, au
490 milieu d'un tas d'hommes ; Coupeau, en blouse grise, criait,
avec des gestes furieux et des coups de poing sur le comptoir ;
Poisson, qui n'était pas de service ce jour-là, serré dans un
vieux paletot marron, l'écoutait, la mine terne et silencieuse,
hérissant son impériale et ses moustaches rouges. Goujet laissa
495 les femmes au bord du trottoir, vint poser la main sur l'épaule
du zingueur. Mais quand ce dernier aperçut Gervaise et
Virginie dehors, il se fâcha. Qui est-ce qui lui avait fichu des
femelles de cette espèce ? Voilà que les jupons le relançaient
maintenant ! Eh bien ! il ne bougerait pas, elles pouvaient
500 manger leur saloperie de dîner toutes seules. Pour l'apaiser, il
fallut que Goujet acceptât une tournée de quelque chose ;
encore mit-il de la méchanceté à traîner cinq grandes minutes
devant le comptoir. Lorsqu'il sortit enfin, il dit à sa femme :

« Ça ne me va pas… Je reste où j'ai affaire, entends-tu ! »
505 Elle ne répondit rien. Elle était toute tremblante. Elle avait
dû causer de Lantier avec Virginie, car celle-ci poussa son mari
et Goujet en leur criant de marcher les premiers. Les deux
femmes se mirent ensuite aux côtés du zingueur, pour l'occuper
et l'empêcher de voir. Il était à peine allumé, plutôt étourdi
510 d'avoir gueulé que d'avoir bu. Par taquinerie, comme elles

semblaient vouloir suivre le trottoir de gauche, il les bouscula, il passa sur le trottoir de droite. Elles coururent, effrayées, et tâchèrent de masquer la porte de François. Mais Coupeau devait savoir que Lantier était là. Gervaise demeura stupide, en
515 l'entendant grogner :

« Oui, n'est-ce pas ! ma biche, il y a là un cadet[1] de notre connaissance. Faut pas me prendre pour un jobard[2]... Que je te pince à te balader encore, avec tes yeux en coulisse ! »

Et il lâcha des mots crus. Ce n'était pas lui qu'elle cherchait,
520 les coudes à l'air, la margoulette enfarinée[3] ; c'était son ancien marlou[4]. Puis, brusquement, il fut pris d'une rage folle contre Lantier. Ah ! le brigand, ah ! la crapule ! Il fallait que l'un des deux restât sur le trottoir, vidé comme un lapin. Cependant, Lantier paraissait ne pas comprendre, mangeait lentement du
525 veau à l'oseille. On commençait à s'attrouper. Virginie emmena enfin Coupeau, qui se calma subitement, dès qu'il eut tourné le coin de la rue. N'importe, on revint à la boutique moins gaiement qu'on n'en était sorti.

Autour de la table, les invités attendaient avec des mines
530 longues. Le zingueur donna des poignées de main, en se dandinant devant les dames. Gervaise, un peu oppressée, parlait à demi-voix, faisait placer le monde. Mais, brusquement, elle s'aperçut que, Mme Goujet n'étant pas venue, une place allait rester vide, la place à côté de Mme Lorilleux.

535 « Nous sommes treize ! » dit-elle, très émue, voyant là une nouvelle preuve du malheur dont elle se sentait menacée depuis quelque temps.

Les dames, déjà assises, se levèrent d'un air inquiet et fâché. Mme Putois offrit de se retirer, parce que, selon elle, il ne fallait
540 pas jouer avec ça ; d'ailleurs, elle ne toucherait à rien, les

---

1. *Un cadet* : un compagnon. \ **2.** *Jobard* : naïf. \ **3.** *Margoulette enfarinée* : avec la naïve confiance d'obtenir ce qu'on demande. \ **4.** *Marlou* : souteneur.

morceaux ne lui profiteraient pas. Quant à Boche, il ricanait ; il aimait mieux être treize que quatorze ; les parts seraient plus grosses, voilà tout.

« Attendez ! reprit Gervaise. Ça va s'arranger. »

545 Et, sortant sur le trottoir, elle appela le père Bru qui traversait justement la chaussée. Le vieil ouvrier entra, courbé, raidi, la face muette.

« Asseyez-vous là, mon brave homme, dit la blanchisseuse. Vous voulez bien manger avec nous, n'est-ce pas ? »

550 Il hocha simplement la tête. Il voulait bien, ça lui était égal.

« Hein ! autant lui qu'un autre, continua-t-elle, baissant la voix. Il ne mange pas souvent à sa faim. Au moins, il se régalera encore une fois… Nous n'aurons pas de remords à nous emplir, maintenant. »

555 Goujet avait les yeux humides, tant il était touché. Les autres s'apitoyèrent, trouvèrent ça très bien, en ajoutant que ça leur porterait bonheur à tous. Cependant, Mme Lorilleux ne semblait pas contente d'être près du vieux ; elle s'écartait, elle jetait des coups d'œil dégoûtés sur ses mains durcies, sur sa blouse rapiécée et déteinte. Le père Bru restait la tête basse, gêné surtout par la serviette qui cachait l'assiette, devant lui. Il finit par l'enlever et la posa doucement au bord de la table, sans songer à la mettre sur ses genoux.

Enfin, Gervaise servait le potage aux pâtes d'Italie les invités prenaient leurs cuillers, lorsque Virginie fit remarquer que Coupeau avait encore disparu. Il était peut-être bien retourné chez le père Colombe. Mais la société se fâcha. Cette fois, tant pis ! on ne courrait pas après lui, il pouvait rester dans la rue, s'il n'avait pas faim. Et, comme les cuillers tapaient au fond des assiettes, Coupeau reparut, avec deux pots, un sous chaque bras, une giroflée et une balsamine. Toute la table battit des mains. Lui, galant, alla poser ses pots, l'un à droite, l'autre à gauche du verre de Gervaise ; puis, il se pencha, et, l'embrassant :

« Je t'avais oubliée, ma biche… Ça n'empêche pas, on s'aime
575 tout de même, dans un jour comme le jour d'aujourd'hui.

— Il est très bien, M. Coupeau, ce soir, murmura Clémence
à l'oreille de Boche. Il a tout ce qu'il lui faut, juste assez pour
être aimable. »

La bonne manière du patron rétablit la gaieté, un moment
580 compromise. Gervaise, tranquillisée, était redevenue toute
souriante. Les convives achevaient le potage. Puis les litres
circulèrent, et l'on but le premier verre de vin, quatre doigts
de vin pur, pour faire couler les pâtes. Dans la pièce voisine,
on entendait les enfants se disputer. Il y avait là Étienne, Nana,
585 Pauline et le petit Victor Fauconnier. On s'était décidé à leur
installer une table pour eux quatre, en leur recommandant
d'être bien sages. Ce louchon d'Augustine, qui surveillait les
fourneaux, devait manger sur ses genoux.

« Maman ! maman ! s'écria brusquement Nana, c'est Augus-
590 tine qui laisse tomber son pain dans la rôtissoire ! »

La blanchisseuse accourut et surprit le louchon en train de
se brûler le gosier, pour avaler plus vite une tartine toute
trempée de graisse d'oie bouillante. Elle la calotta, parce que
cette satanée gamine criait que ce n'était pas vrai.

595 Après le bœuf, quand la blanquette apparut, servie dans un
saladier, le ménage n'ayant pas de plat assez grand, un rire
courut parmi les convives.

« Ça va devenir sérieux », déclara Poisson, qui parlait rare-
ment.

600 Il était sept heures et demie. Ils avaient fermé la porte de la
boutique, afin de ne pas être mouchardés par le quartier ; en
face surtout, le petit horloger ouvrait des yeux comme des
tasses, et leur ôtait les morceaux de la bouche, d'un regard si
glouton, que ça les empêchait de manger. Les rideaux pendus
605 devant les vitres laissaient tomber une grande lumière
blanche, égale, sans une ombre, dans laquelle baignait la table,

avec ses couverts encore symétriques, ses pots de fleurs habillés de hautes collerettes de papier ; et cette clarté pâle, ce lent crépuscule donnait à la société un air distingué. Virginie
610 trouva le mot : elle regarda la pièce, close et tendue de mousseline, et déclara que c'était gentil. Quand une charrette passait dans la rue, les verres sautaient sur la nappe, les dames étaient obligées de crier aussi fort que les hommes. Mais on causait peu, on se tenait bien, on se faisait des politesses.
615 Coupeau seul était en blouse, parce que, disait-il, on n'a pas besoin de se gêner avec des amis, et que la blouse est du reste le vêtement d'honneur de l'ouvrier. Les dames, sanglées dans leur corsage, avaient des bandeaux empâtés de pommade, où le jour se reflétait ; tandis que les messieurs, assis loin de la
620 table, bombaient la poitrine et écartaient les coudes, par crainte de tacher leur redingote.

Ah ! tonnerre ! quel trou dans la blanquette ! Si l'on ne parlait guère, on mastiquait ferme. Le saladier se creusait, une cuiller plantée dans la sauce épaisse, une bonne sauce jaune qui
625 tremblait comme une gelée. Là-dedans, on pêchait les morceaux de veau ; et il y en avait toujours, le saladier voyageait de main en main, les visages se penchaient et cherchaient des champignons. Les grands pains, posés contre le mur, derrière les convives, avaient l'air de fondre. Entre les bouchées, on
630 entendait les culs des verres retomber sur la table. La sauce était un peu trop salée, il fallut quatre litres pour noyer cette bougresse de blanquette, qui s'avalait comme une crème et qui vous mettait un incendie dans le ventre. Et l'on n'eut pas le temps de souffler, l'épinée de cochon, montée sur un plat creux,
635 flanquée de grosses pommes de terre rondes, arrivait au milieu d'un nuage. Il y eut un cri. Sacré nom ! c'était trouvé ! Tout le monde aimait ça. Pour le coup, on allait se mettre en appétit ; et chacun suivait le plat d'un œil oblique, en essuyant son couteau sur son pain, afin d'être prêt. Puis, lorsqu'on se fut

640 servi, on se poussa du coude, on parla, la bouche pleine. Hein ?
quel beurre, cette épinée ! Quelque chose de doux et de solide
qu'on sentait couler le long de son boyau, jusque dans ses
bottes. Les pommes de terre étaient un sucre. Ça n'était pas
salé ; mais, juste à cause des pommes de terre, ça demandait un
645 coup d'arrosoir toutes les minutes. On cassa le goulot à quatre
nouveaux litres. Les assiettes furent si proprement torchées [1],
qu'on n'en changea pas pour manger les pois au lard. Oh ! les
légumes ne tiraient pas à conséquence. On gobait ça à pleine
cuiller, en s'amusant. De la vraie gourmandise enfin, comme
650 qui dirait le plaisir des dames. Le meilleur, dans les pois,
c'étaient les lardons grillés à point, puant le sabot de cheval.
Deux litres suffirent.

« Maman ! maman ! cria tout à coup Nana, c'est Augustine
qui met ses mains dans mon assiette !

655 — Tu m'embêtes ! fiche-lui une claque ! » répondit Gervaise,
en train de se bourrer de petits pois.

Dans la pièce voisine, à la table des enfants, Nana faisait la
maîtresse de maison. Elle s'était assise à côté de Victor et avait
placé son frère Étienne près de la petite Pauline ; comme ça, ils
660 jouaient au ménage, ils étaient des mariés en partie de plaisir.
D'abord, Nana avait servi ses invités très gentiment, avec des
mines souriantes de grande personne ; mais elle venait de céder
à son amour des lardons, elle les avait tous gardés pour elle. Ce
louchon d'Augustine, qui rôdait sournoisement autour des
665 enfants, profitait de ça pour prendre les lardons à pleine main,
sous prétexte de refaire le partage. Nana, furieuse, la mordit au
poignet.

« Ah ! tu sais, murmura Augustine, je vais rapporter
à ta mère qu'après la blanquette tu as dit à Victor de
670 t'embrasser. »

---

1. *Torchées* : nettoyées.

Mais tout rentra dans l'ordre, Gervaise et maman Coupeau arrivaient pour débrocher l'oie. À la grande table, on respirait, renversé sur les dossiers des chaises. Les hommes déboutonnaient leur gilet, les dames s'essuyaient la figure avec leur
675 serviette. Le repas fut comme interrompu ; seuls, quelques convives, les mâchoires en branle, continuaient à avaler de grosses bouchées de pain, sans même s'en apercevoir. On laissait la nourriture se tasser, on attendait. La nuit, lentement, était tombée ; un jour sale, d'un gris de cendre, s'épaississait
680 derrière les rideaux. Quand Augustine posa deux lampes allumées, une à chaque bout de la table, la débandade du couvert apparut sous la vive clarté, les assiettes et les fourchettes grasses, la nappe tachée de vin, couverte de miettes. On étouffait dans l'odeur forte qui montait. Cependant, les nez se tour-
685 naient vers la cuisine, à certaines bouffées chaudes.

« Peut-on vous donner un coup de main ? » cria Virginie. Elle quitta sa chaise, passa dans la pièce voisine. Toutes les femmes, une à une, la suivirent. Elles entourèrent la rôtissoire, elles regardèrent avec un intérêt profond Gervaise et maman
690 Coupeau qui tiraient sur la bête. Puis, une clameur s'éleva, où l'on distinguait les voix aiguës et les sauts de joie des enfants. Et il y eut une rentrée triomphale : Gervaise portait l'oie, les bras raidis, la face suante, épanouie dans un large rire silencieux ; les femmes marchaient derrière elle, riaient comme
695 elle ; tandis que Nana, tout au bout, les yeux démesurément ouverts, se haussait pour voir. Quand l'oie fut sur la table, énorme, dorée, ruisselante de jus, on ne l'attaqua pas tout de suite. C'était un étonnement, une surprise respectueuse, qui avait coupé la voix à la société. On se la montrait avec des
700 clignements d'yeux et des hochements de menton. Sacré mâtin [1] ! quelle dame ! quelles cuisses et quel ventre !

---

1. *Sacré mâtin* : exclamation d'admiration.

« Elle ne s'est pas engraissée à lécher les murs, celle-là ! » dit Boche.

Alors, on entra dans des détails sur la bête. Gervaise précisa
705 des faits : la bête était la plus belle pièce qu'elle eût trouvée
chez le marchand de volailles du faubourg Poissonnière ; elle
pesait douze livres et demie à la balance du charbonnier ; on
avait brûlé un boisseau[1] de charbon pour la faire cuire ; et elle
venait de rendre trois bols de graisse. Virginie l'interrompit
710 pour se vanter d'avoir vu la bête crue : on l'aurait mangée
comme ça, disait-elle, tant la peau était fine et blanche, une
peau de blonde, quoi ! Tous les hommes riaient avec une gueulardise polissonne, qui leur gonflait les lèvres. Cependant,
Lorilleux et Mme Lorilleux pinçaient le nez, suffoqués de voir
715 une oie pareille sur la table de la Banban.

« Eh bien ! voyons, on ne va pas la manger entière, finit par
dire la blanchisseuse. Qui est-ce qui coupe ?… Non, non, pas
moi ! C'est trop gros, ça me fait peur. »

Coupeau s'offrait. Mon Dieu ! c'était bien simple : on empoi-
720 gnait les membres, on tirait dessus ; les morceaux restaient
bons tout de même. Mais on se récria, on reprit de force le
couteau de cuisine au zingueur ; quand il découpait, il faisait
un vrai cimetière dans le plat. Pendant un moment, on chercha
un homme de bonne volonté. Enfin, Mme Lerat dit d'une voix
725 aimable :

« Écoutez, c'est à M. Poisson… certainement, à M. Poisson… »

Et, comme la société semblait ne pas comprendre, elle
ajouta avec une intention plus flatteuse encore :

« Bien sûr, c'est à M. Poisson, qui a l'usage des armes. »
730 Et elle passa au sergent de ville le couteau de cuisine qu'elle
tenait à la main. Toute la table eut un rire d'aise et d'approbation. Poisson inclina la tête avec une raideur militaire et prit

---

1. *Boisseau* : mesure de capacité pour les grains (environ 13 litres).

l'oie devant lui. Ses voisines, Gervaise et Mme Boche, s'écartèrent, firent de la place à ses coudes. Il découpait lentement,
735 les gestes élargis, les yeux fixés sur la bête, comme pour la
clouer au fond du plat. Quand il enfonça le couteau dans la
carcasse, qui craqua, Lorilleux eut un élan de patriotisme. Il
cria :

« Hein ! si c'était un Cosaque[1] !

740   — Est-ce que vous vous êtes battus avec des Cosaques,
monsieur Poisson ? demanda Mme Boche.

— Non, avec des Bédouins[2], répondit le sergent de ville, qui
détachait une aile. Il n'y a plus de Cosaques. »

Mais un gros silence se fit. Les têtes s'allongeaient, les
745 regards suivaient le couteau. Poisson ménageait une surprise.
Brusquement, il donna un dernier coup, l'arrière-train de la
bête se sépara et se tint debout, le croupion en l'air : c'était le
bonnet d'évêque[3]. Alors l'admiration éclata. Il n'y avait que les
anciens militaires pour être aimables en société. Cependant,
750 l'oie venait de laisser échapper un flot de jus par le trou béant
de son derrière ; et Boche rigolait.

« Moi, je m'abonne, murmura-t-il, pour qu'on me fasse
comme ça pipi dans la bouche.

— Oh ! le sale ! crièrent les dames. Faut-il être sale !

755   — Non, je ne connais pas d'homme aussi dégoûtant ! dit
Mme Boche, plus furieuse que les autres. Tais-toi, entends-tu !
Tu dégoûterais une armée… Vous savez que c'est pour tout
manger ! »

À ce moment, Clémence répétait, au milieu du bruit, avec
760 insistance :

« Monsieur Poisson, écoutez, monsieur Poisson… Vous me
garderez le croupion, n'est-ce pas !

---

1. *Cosaques* : guerriers originaires d'Asie centrale. \ 2. *Bédouins* : nomades du désert. \ 3. *Bonnet d'évêque* : croupion d'une volaille.

– Ma chère, le croupion vous revient de droit», dit
Mme Lerat, de son air discrètement égrillard.

765   Pourtant, l'oie était découpée. Le sergent de ville, après avoir
laissé la société admirer le bonnet d'évêque pendant quelques
minutes, venait d'abattre les morceaux et de les ranger autour
du plat. On pouvait se servir. Mais les dames, qui dégrafaient
leur robe, se plaignaient de la chaleur. Coupeau cria qu'on était
770   chez soi, qu'il emmiellait les voisins et il ouvrit toute grande
la porte de la rue, la noce continua au milieu du roulement des
fiacres et de la bousculade des passants sur les trottoirs. Alors,
les mâchoires reposées, un nouveau trou dans l'estomac, on
recommença à dîner, on tomba sur l'oie furieusement. Rien
775   qu'à attendre et à regarder découper la bête, disait ce farceur
de Boche, ça lui avait fait descendre la blanquette et l'épinée
dans les mollets.

Par exemple, il y eut là un fameux coup de fourchette ; c'est-
à-dire que personne de la société ne se souvenait de s'être jamais
780   collé une pareille indigestion sur la conscience. Gervaise,
énorme, tassée sur les coudes, mangeait de gros morceaux de
blanc, ne parlant pas, de peur de perdre une bouchée ; et elle
était seulement un peu honteuse devant Goujet, ennuyée de se
montrer ainsi, gloutonne comme une chatte. Goujet, d'ailleurs,
785   s'emplissait trop lui-même, à la voir toute rose de nourriture.
Puis, dans sa gourmandise, elle restait si gentille et si bonne !
Elle ne parlait pas, mais elle se dérangeait à chaque instant,
pour soigner le père Bru et lui passer quelque chose de délicat
sur son assiette. C'était même touchant de regarder cette
790   gourmande s'enlever un bout d'aile de la bouche, pour le
donner au vieux, qui ne semblait pas connaisseur et qui avalait
tout, la tête basse, abêti de tant bâfrer, lui dont le gésier avait
perdu le goût du pain. Les Lorilleux passaient leur rage sur le
rôti ; ils en prenaient pour trois jours, ils auraient englouti le
795   plat, la table et la boutique, afin de ruiner la Banban du coup.

Toutes les dames avaient voulu de la carcasse ; la carcasse, c'est le morceau des dames. Mme Lerat, Mme Boche, Mme Putois grattaient des os, tandis que maman Coupeau, qui adorait le cou, en arrachait la viande avec ses deux dernières dents.
Virginie, elle, aimait la peau, quand elle était rissolée, et chaque convive lui passait sa peau, par galanterie ; si bien que Poisson jetait à sa femme des regards sévères, en lui ordonnant de s'arrêter, parce qu'elle en avait assez comme ça : une fois déjà, pour avoir trop mangé d'oie rôtie, elle était restée quinze jours au lit, le ventre enflé. Mais Coupeau se fâcha et servit un haut de cuisse à Virginie, criant que, tonnerre de Dieu ! si elle ne le décrottait pas[1], elle n'était pas une femme. Est-ce que l'oie avait jamais fait du mal à quelqu'un ? Au contraire, l'oie guérissait les maladies de rate. On croquait ça sans pain, comme un dessert. Lui, en aurait bouffé toute la nuit, sans être incommodé ; et, pour crâner, il s'enfonçait un pilon entier dans la bouche. Cependant, Clémence achevait son croupion, le suçait avec un gloussement des lèvres, en se tordant de rire sur sa chaise, à cause de Boche qui lui disait tout bas des indécences. Ah ! nom de Dieu ! oui, on s'en flanqua une bosse ! Quand on y est, on y est, n'est-ce pas ? et si l'on ne se paie qu'un gueuleton par-ci, par-là, on serait joliment godiche de ne pas s'en fourrer jusqu'aux oreilles. Vrai, on voyait les bedons se gonfler à mesure. Les dames étaient grosses. Ils pétaient dans leur peau, les sacrés goinfres ! La bouche ouverte, le menton barbouillé de graisse, ils avaient des faces pareilles à des derrières, et si rouges, qu'on aurait dit des derrières de gens riches, crevant de prospérité.

Et le vin donc, mes enfants ! ça coulait autour de la table comme l'eau coule à la Seine. Un vrai ruisseau, lorsqu'il a plu et que la terre a soif. Coupeau versait de haut, pour voir le jet

---

1. *Si elle ne le décrottait pas* : si elle ne le dépeçait pas.

rouge écumer ; et quand un litre était vide, il faisait la blague
de retourner le goulot et de le presser du geste familier aux
femmes qui traient les vaches. Encore une négresse qui avait
830 la gueule cassée ! Dans un coin de la boutique, le tas des
négresses mortes grandissait, un cimetière de bouteilles sur
lequel on poussait les ordures de la nappe. Mme Putois ayant
demandé de l'eau, le zingueur indigné venait d'enlever lui-
même les carafes. Est-ce que les honnêtes gens buvaient de
835 l'eau ? Elle voulait donc avoir des grenouilles dans l'estomac ?
Et les verres se vidaient d'une lampée, on entendait le liquide
jeté d'un trait tomber dans la gorge, avec le bruit des eaux de
pluie le long des tuyaux de descente, les jours d'orage. Il pleuvait du piqueton[1], quoi ! un piqueton qui avait d'abord un
840 goût de vieux tonneau, mais auquel on s'habituait joliment, à
ce point qu'il finissait par sentir la noisette. Ah ! Dieu de Dieu !
les jésuites avaient beau dire, le jus de la treille était tout de
même une fameuse invention ! La société riait, approuvait ; car,
enfin, l'ouvrier n'aurait pas pu vivre sans le vin, le papa Noé[2]
845 devait avoir planté la vigne pour les zingueurs, les tailleurs et
les forgerons. Le vin décrassait et reposait du travail, mettait
le feu au ventre des fainéants ; puis, lorsque le farceur vous
jouait des tours, eh bien ! le roi n'était pas votre oncle, Paris
vous appartenait. Avec ça que l'ouvrier, échiné[3], sans le sou,
850 méprisé par les bourgeois, avait tant de sujets de gaieté, et
qu'on était bien venu de lui reprocher une cocarde[4] de temps
à autre, prise à la seule fin de voir la vie en rose ! Hein ! à cette
heure, justement, est-ce qu'on ne se fichait pas de l'empereur ?
Peut-être bien que l'empereur lui aussi était rond, mais
855 ça n'empêchait pas, on se fichait de lui, on le défiait bien

---

1. *Piqueton* : piquette, mauvais vin. \ 2. *Noé* : dans la Bible, après l'épisode du Déluge,
Noé aurait planté la première vigne et se serait enivré. \ 3. *Échiné* : éreinté. \ 4. *Cocarde* :
cuite.

d'être plus rond et de rigoler davantage. Zut pour les aristos !
Coupeau envoyait le monde à la balançoire. Il trouvait les
femmes chouettes, il tapait sur sa poche où trois sous se
battaient, en riant comme s'il avait remué des pièces de cent
860 sous à la pelle. Goujet lui-même, si sobre d'habitude, se piquait
le nez. Les yeux de Boche se rapetissaient, ceux de Lorilleux
devenaient pâles, tandis que Poisson roulait des regards de plus
en plus sévères dans sa face bronzée d'ancien soldat. Ils étaient
déjà soûls comme des tiques. Et les dames avaient leur pointe,
865 oh ! une culotte encore légère, le vin pur aux joues, avec
un besoin de se déshabiller qui leur faisait enlever leur fichu ;
seule, Clémence commençait à n'être plus convenable. Mais,
brusquement, Gervaise se souvint des six bouteilles de vin
cacheté ; elle avait oublié de les servir avec l'oie ; elle les apporta,
870 on emplit les verres. Alors, Poisson se souleva et dit, son verre
à la main :

« Je bois à la santé de la patronne. »

Toute la société, avec un fracas de chaises remuées, se mit
debout ; les bras se tendirent, les verres se choquèrent, au
875 milieu d'une clameur.

« Dans cinquante ans d'ici ! cria Virginie.

— Non, non, répondit Gervaise émue et souriante, je serais
trop vieille. Allez, il vient un jour où l'on est content de
partir. »

880 Cependant, par la porte grande ouverte, le quartier regardait
et était de la noce. Des passants s'arrêtaient dans le coup de
lumière élargi sur les pavés, et riaient d'aise, à voir ces gens
avaler de si bon cœur. Les cochers, penchés sur leurs sièges,
fouettant leurs rosses, jetaient un regard, lâchaient une rigo-
885 lade : « Dis donc, tu ne paies rien ?... Ohé ! la grosse mère, je
vas chercher l'accoucheuse !... » Et l'odeur de l'oie réjouissait
et épanouissait la rue ; les garçons de l'épicier croyaient manger
de la bête, sur le trottoir d'en face ; la fruitière et la tripière, à

chaque instant, venaient se planter devant leur boutique, pour
890 renifler l'air, en se léchant les lèvres. Positivement, la rue crevait
d'indigestion. Mmes Cudorge, la mère et la fille, les marchandes
de parapluies d'à côté, qu'on n'apercevait jamais, traversèrent
la chaussée l'une derrière l'autre, les yeux en coulisse, rouges
comme si elles avaient fait des crêpes. Le petit bijoutier, assis
895 à son établi, ne pouvait plus travailler, soûl d'avoir compté les
litres, très excité au milieu de ses coucous joyeux. Oui, les
voisins en fumaient ! criait Coupeau. Pourquoi donc se serait-
on caché ? La société, lancée, n'avait plus honte de se montrer
à table ; au contraire, ça la flattait et l'échauffait, ce monde
900 attroupé, béant de gourmandise ; elle aurait voulu enfoncer la
devanture, pousser le couvert jusqu'à la chaussée, se payer là le
dessert, sous le nez du public, dans le branle du pavé. On
n'était pas dégoûtant à voir, n'est-ce pas ? Alors, on n'avait pas
besoin de s'enfermer comme des égoïstes. Coupeau, voyant le
905 petit horloger cracher là-bas des pièces de dix sous, lui montra
de loin une bouteille ; et, l'autre ayant accepté de la tête, il lui
porta la bouteille et un verre. Une fraternité s'établissait avec
la rue. On trinquait à ceux qui passaient. On appelait les camarades qui avaient l'air bon zig. Le gueuleton s'étalait, gagnait
910 de proche en proche, tellement que le quartier de la Goutte-
d'Or entier sentait la boustifaille et se tenait le ventre, dans un
bacchanal [1] de tous les diables.

Depuis un instant, Mme Vigouroux, la charbonnière, passait
et repassait devant la porte.

915 « Eh ! madame Vigouroux ! madame Vigouroux ! » hurla la
société.

Elle entra, avec un rire de bête, débarbouillée, grasse à
crever son corsage. Les hommes aimaient à la pincer, parce
qu'ils pouvaient la pincer partout sans jamais rencontrer un os.

---

1. *Bacchanal* : fête romaine en l'honneur de Bacchus, le dieu du vin.

920 Boche la fit asseoir près de lui ; et, tout de suite, sournoisement,
il prit son genou sous la table. Mais elle, habituée à ça, vidait
tranquillement un verre de vin, en racontant que les voisins
étaient aux fenêtres, et que des gens, dans la maison, commençaient à se fâcher.

925 « Oh ! ça, c'est notre affaire, dit Mme Boche. Nous sommes
les concierges, n'est-ce pas ? Eh bien, nous répondons de la
tranquillité... Qu'ils viennent se plaindre, nous les recevrons
joliment. »

Dans la pièce du fond, il venait d'y avoir une bataille
930 furieuse entre Nana et Augustine, à propos de la rôtissoire, que
toutes les deux voulaient torcher. Pendant un quart d'heure, la
rôtissoire avait rebondi sur le carreau, avec un bruit de vieille
casserole. Maintenant, Nana soignait le petit Victor, qui avait
un os d'oie dans le gosier ; elle lui fourrait les doigts sous le
935 menton, en le forçant à avaler de gros morceaux de sucre,
comme médicament. Ça ne l'empêchait pas de surveiller la
grande table. Elle venait à chaque instant demander du vin, du
pain, de la viande, pour Étienne et Pauline.

« Tiens ! crève ! lui disait sa mère. Tu me ficheras la paix,
940 peut-être ! »

Les enfants ne pouvaient plus avaler, mais ils mangeaient
tout de même, en tapant leur fourchette sur un air de
cantique, afin de s'exciter.

Au milieu du bruit, cependant, une conversation s'était
945 engagée entre le père Bru et maman Coupeau. Le vieux, que
la nourriture et le vin laissaient blême, parlait de ses fils morts
en Crimée. Ah ! si les petits avaient vécu, il aurait eu du pain
tous les jours. Mais maman Coupeau, la langue un peu épaisse,
se penchant, lui disait :

950 « On a bien du tourment avec les enfants, allez ! Ainsi, moi,
j'ai l'air d'être heureuse ici, n'est-ce pas ? eh bien, je pleure plus
d'une fois... Non, ne souhaitez pas d'avoir des enfants. »

Le père Bru hochait la tête.

«On ne veut plus de moi nulle part pour travailler, murmura-t-il. Je suis trop vieux. Quand j'entre dans un atelier, les jeunes rigolent et me demandent si c'est moi qui ai verni les bottes d'Henri IV... L'année dernière j'ai encore gagné trente sous par jour à peindre un pont, il fallait rester sur le dos, avec la rivière qui coulait en bas. Je tousse depuis ce temps... Aujourd'hui, c'est fini, on m'a mis à la porte de partout.»

Il regarda ses pauvres mains raidies et ajouta :

«Ça se comprend, puisque je ne suis bon à rien. Ils ont raison, je ferais comme eux... Voyez-vous, le malheur, c'est que je ne sois pas mort. Oui, c'est ma faute. On doit se coucher et crever, quand on ne peut plus travailler.

— Vraiment, dit Lorilleux qui écoutait, je ne comprends pas comment le gouvernement ne vient pas au secours des invalides du travail... Je lisais ça l'autre jour dans un journal...»

Mais Poisson crut devoir défendre le gouvernement.

«Les ouvriers ne sont pas des soldats, déclara-t-il. Les Invalides sont pour les soldats... Il ne faut pas demander des choses impossibles.»

Le dessert était servi. Au milieu, il y avait un gâteau de Savoie, en forme de temple, avec un dôme à côtes de melon ; et, sur le dôme, se trouvait plantée une rose artificielle, près de laquelle se balançait un papillon en papier d'argent, au bout d'un fil de fer. Deux gouttes de gomme, au cœur de la fleur, imitaient deux gouttes de rosée. Puis, à gauche, un morceau de fromage blanc nageait dans un plat creux tandis que, dans un autre plat, à droite, s'entassaient de grosses fraises meurtries dont le jus coulait. Pourtant, il restait de la salade, de larges feuilles de romaine trempées d'huile.

«Voyons, madame Boche dit obligeamment Gervaise, encore un peu de salade. C'est votre passion, je le sais.

— Non, non, merci ! j'en ai jusque-là », répondit la concierge.

La blanchisseuse s'étant tournée du côté de Virginie, celle-ci fourra son doigt dans sa bouche, comme pour toucher la nourriture.

« Vrai, je suis pleine, murmura-t-elle. Il n'y a plus de place. Une bouchée n'entrerait pas.

— Oh ! en vous forçant un peu, reprit Gervaise qui souriait. On a toujours un petit trou. La salade, ça se mange sans faim… Vous n'allez pas laisser perdre de la romaine ?

— Vous la mangerez confite demain, dit Mme Lerat. C'est meilleur confit. »

Ces dames soufflaient, en regardant d'un air de regret le saladier. Clémence raconta qu'elle avait un jour avalé trois bottes de cresson à son déjeuner. Mme Putois était plus forte encore, elle prenait des têtes de romaine sans les éplucher ; elle les broutait comme ça, à la croque-au-sel [1]. Toutes auraient vécu de salade, s'en seraient payé des baquets. Et, cette conversation aidant, ces dames finirent le saladier.

« Moi, je me mettrais à quatre pattes dans un pré », répétait la concierge, la bouche pleine.

Alors, on ricana devant le dessert. Ça ne comptait pas, le dessert. Il arrivait un peu tard, mais ça ne faisait rien, on allait tout de même le caresser. Quand on aurait dû éclater comme des bombes, on ne pouvait pas se laisser embêter par des fraises et du gâteau. D'ailleurs, rien ne pressait, on avait le temps, la nuit entière si l'on voulait. En attendant, on emplit les assiettes de fraises et de fromage blanc. Les hommes allumaient des pipes ; et, comme les bouteilles cachetées étaient vides, ils revenaient aux litres, ils buvaient du vin en fumant. Mais on voulut que Gervaise coupât tout de suite le gâteau de Savoie. Poisson, très galant, se leva pour prendre la rose, qu'il offrit à la patronne, aux applaudissements de la société. Elle dut l'attacher avec une

---

1. *À la croque au sel* : avec du sel comme seul assaisonnement.

épingle, sur le sein gauche, du côté du cœur. À chacun de ses
mouvements, le papillon voltigeait.

« Dites donc ! s'écria Lorilleux, qui venait de faire une
1020 découverte, mais c'est sur votre établi que nous mangeons !...
Ah bien ! on n'a peut-être jamais autant travaillé dessus ! »

Cette plaisanterie méchante eut un grand succès. Les allusions spirituelles se mirent à pleuvoir : Clémence n'avalait plus
une cuillerée de fraises, sans dire qu'elle donnait un coup de fer ;
1025 Mme Lerat prétendait que le fromage blanc sentait l'amidon ;
tandis que Mme Lorilleux, entre ses dents, répétait que c'était
trouvé, bouffer si vite l'argent, sur les planches où l'on avait eu
tant de peine à le gagner. Une tempête de rires et de cris
montait.

1030 Mais brusquement, une voix forte imposa silence à tout le
monde. C'était Boche, debout, prenant un air débauché et
canaille, qui chantait *Le Volcan d'amour*, ou *Le Troupier séduisant*.

C'est moi, Blavin, que je séduis les belles...

Un tonnerre de bravos accueillit le premier couplet. Oui,
1035 oui, on allait chanter ! Chacun dirait la sienne. C'était plus
amusant que tout. Et la société s'accouda sur la table, se
renversa contre les dossiers des chaises, hochant le menton aux
bons endroits, buvant un coup aux refrains. Cet animal de
Boche avait la spécialité des chansons comiques. Il aurait fait
1040 rire les carafes, quand il imitait le tourlourou[1], les doigts
écartés, le chapeau en arrière. Tout de suite après *Le Volcan
d'amour*, il entama *La Baronne de Follebiche*, un de ses succès.
Lorsqu'il arriva au troisième couplet, il se retourna vers
Clémence, il murmura d'une voix ralentie et voluptueuse :

---

1. *Tourlourou* : soldat.

1045
La baronne avait du monde,
Mais c'étaient ses quatre sœurs,
Dont trois brunes, l'autre blonde,
Qu'avaient huit-z-yeux ravisseurs.

Alors, la société, enlevée, alla au refrain. Les hommes mar-
1050 quaient la mesure à coups de talons. Les dames avaient pris leur
couteau et tapaient en cadence sur leur verre. Tous gueulaient :

Sapristi ! qu'est-ce qui paiera
La goutte à la pa…, à la pa… pa…
Sapristi ! qu'est-ce qui paiera
1055 *La goutte à la pa…, à la patrou… ou… ouille !*

Les vitres de la boutique sonnaient, le grand souffle des
chanteurs faisait envoler les rideaux de mousseline. Cependant,
Virginie avait déjà disparu deux fois, et s'était, en rentrant,
penchée à l'oreille de Gervaise, pour lui donner tout bas un
1060 renseignement. La troisième fois, lorsqu'elle revint, au milieu
du tapage, elle lui dit :
« Ma chère, il est toujours chez François, il fait semblant de
lire le journal… Bien sûr, il y a quelque coup de mistoufle[1]. »
Elle parlait de Lantier. C'était lui qu'elle allait ainsi
1065 guetter. À chaque nouveau rapport, Gervaise devenait grave.
« Est-ce qu'il est soûl ? demanda-t-elle à Virginie.
— Non, répondit la grande brune. Il a l'air rassis. C'est ça
surtout qui est inquiétant. Hein ! pourquoi reste-t-il chez le
marchand de vin, s'il est rassis ?… Mon Dieu ! mon Dieu !
1070 pourvu qu'il n'arrive rien ! »
La blanchisseuse, très inquiète, la supplia de se taire. Un
profond silence, tout d'un coup, s'était fait. Mme Putois venait

---

1. *Mistoufle* : méchanceté, trahison.

de se lever et chantait : *À l'abordage !* Les convives, muets et
recueillis, la regardaient ; même Poisson avait posé sa pipe au
1075 bord de la table, pour mieux l'entendre. Elle se tenait raide,
petite et rageuse, la face blême sous son bonnet noir ; elle
lançait son poing gauche en avant avec une fierté convaincue,
en grondant d'une voix plus grosse qu'elle :

    Qu'un forban téméraire
1080 *Nous chasse vent arrière !*
    Malheur au flibustier !
    Pour lui point de quartier !
    Enfants, aux caronades !
    Rhum à pleines rasades !
1085 *Pirates et forbans*
    Sont gibiers de haubans !

Ça, c'était du sérieux. Mais, sacré mâtin ! ça donnait une
vraie idée de la chose. Poisson, qui avait voyagé sur mer, dode-
linait de la tête pour approuver les détails. On sentait bien,
1090 d'ailleurs, que cette chanson-là était dans le sentiment de
Mme Putois. Coupeau se pencha pour raconter comment
Mme Putois avait un soir, rue Poulet, souffleté quatre hommes
qui voulaient la déshonorer.
Cependant, Gervaise, aidée de maman Coupeau, servit le
1095 café, bien qu'on mangeât encore du gâteau de Savoie. On ne la
laissa pas se rasseoir ; on lui criait que c'était son tour. Elle se
défendit, la figure blanche, l'air mal à son aise ; même on lui
demanda si l'oie ne l'incommodait pas, par hasard. Alors, elle
dit : *Ah ! laissez-moi dormir !* d'une voix faible et douce ; quand
1100 elle arrivait au refrain, à ce souhait d'un sommeil peuplé de
beaux rêves, ses paupières se fermaient un peu, son regard noyé
se perdait dans le noir, du côté de la rue. Tout de suite après,
Poisson salua les dames d'un brusque signe de tête et entonna

une chanson à boire, *Les Vins de France* ; mais il chantait comme
une seringue ; le dernier couplet seul, le couplet patriotique,
eut du succès, parce qu'en parlant du drapeau tricolore, il leva
son verre très haut, le balança et finit par le vider au fond de
sa bouche grande ouverte. Puis, des romances se succédèrent ;
il fut question de Venise et des gondoliers dans la barcarolle [1]
de Mme Boche, de Séville et des Andalouses, dans le boléro
de Mme Lorilleux, tandis que Lorilleux alla jusqu'à parler
des parfums de l'Arabie, à propos des amours de Fatma la
danseuse. Autour de la table grasse, dans l'air épaissi d'un
souffle d'indigestion, s'ouvraient des horizons d'or, passaient
des cous d'ivoire, des chevelures d'ébène, des baisers sous la
lune aux sons des guitares, des bayadères [2] semant sous leurs
pas une pluie de perles et de pierreries ; et les hommes
fumaient béatement leurs pipes, les dames gardaient un
sourire inconscient de jouissance, tous croyaient être là-bas, en
train de respirer de bonnes odeurs. Lorsque Clémence se mit
à roucouler : *Faites un nid*, avec un tremblement de la gorge,
ça causa aussi beaucoup de plaisir ; car ça rappelait la
campagne, les oiseaux légers, les danses sous la feuillée, les
fleurs au calice de miel, enfin ce qu'on voyait au bois de
Vincennes, les jours où l'on allait tordre le cou à un lapin. Mais
Virginie ramena la rigolade avec *Mon petit riquiqui* ; elle imitait
la vivandière [3], une main repliée sur la hanche, le coude
arrondi ; elle versait la goutte de l'autre main, dans le vide, en
tournant le poignet. Si bien que la société supplia alors
maman Coupeau de chanter *La Souris*. La vieille femme refusait, jurant qu'elle ne savait pas cette polissonnerie-là. Pourtant, elle commença de son filet de voix cassée ; et son visage
ridé, aux petits yeux vifs, soulignait les allusions, les terreurs

---

1. *Barcarolle* : chanson des gondoliers vénitiens. \ 2. *Bayadères* : danseuses indiennes.
\ 3. *Vivandière* : femme qui suit les troupes pour vendre vivres et boissons.

de Mlle Lise serrant ses jupes à la vue de la souris. Toute la table
135 riait ; les femmes ne pouvaient pas tenir leur sérieux, jetant à
leurs voisins des regards luisants ; ce n'était pas sale, après
tout, il n'y avait pas de mots crus. Boche, pour dire le vrai,
faisait la souris le long des mollets de la charbonnière. Ça
aurait pu devenir du vilain, si Goujet, sur un coup d'œil de
140 Gervaise, n'avait ramené le silence et le respect avec *Les Adieux
d'Abd-el-Kader*, qu'il grondait de sa voix de basse. Celui-là
possédait un creux solide, par exemple ! Ça sortait de sa belle
barbe jaune étalée, comme d'une trompette en cuivre. Quand
il lança le cri : « Ô ma noble compagne ! » en parlant de la
145 noire jument du guerrier, les cœurs battirent, on l'applaudit
sans attendre la fin, tant il avait crié fort.

« À vous, père Bru, à vous ! dit maman Coupeau. Chantez
la vôtre. Les anciennes sont les plus jolies, allez ! »

Et la société se tourna vers le vieux, insistant, l'encoura-
150 geant. Lui, engourdi, avec son masque immobile de peau
tannée, regardait le monde, sans paraître comprendre. On lui
demanda s'il connaissait *Les Cinq Voyelles*. Il baissa le menton ;
il ne se rappelait plus ; toutes les chansons du bon temps se
mêlaient dans sa caboche[1]. Comme on se décidait à le laisser
155 tranquille, il parut se souvenir, et bégaya d'une voix caver-
neuse :

Trou la la, trou la la,
Trou la, trou la, trou la la !

Sa face s'animait, ce refrain devait éveiller en lui de loin-
160 taines gaietés, qu'il goûtait seul, écoutant sa voix de plus en
plus sourde, avec un ravissement d'enfant.

---

1. *Caboche* : tête.

Trou la la, trou la la,
Trou la, trou la, trou la la !

« Dites donc, ma chère, vint murmurer Virginie à l'oreille
de Gervaise, vous savez que j'en arrive encore. Ça me taquinait… Eh bien, Lantier a filé de chez François.

— Vous ne l'avez pas rencontré dehors ? demanda la
blanchisseuse.

— Non, j'ai marché vite, je n'ai pas eu l'idée de voir. »

Mais Virginie, qui levait les yeux, s'interrompit et poussa
un soupir étouffé.

« Ah ! mon Dieu !… Il est là, sur le trottoir d'en face ; il
regarde ici. »

Gervaise, toute saisie, hasarda un coup d'œil. Du monde
s'était amassé dans la rue, pour entendre la société chanter. Les
garçons épiciers, la tripière, le petit horloger faisaient un
groupe, semblaient être au spectacle. Il y avait des militaires,
des bourgeois en redingote, trois petites filles de cinq ou six
ans se tenant par la main, très graves, émerveillées. Et Lantier,
en effet, se trouvait planté là au premier rang, écoutant et
regardant d'un air tranquille. Pour le coup, c'était du toupet.
Gervaise sentit un froid lui monter des jambes au cœur, et elle
n'osait plus bouger, pendant que le père Bru continuait :

Trou la la, trou la la,
Trou la, trou la, trou la la !

« Ah bien ! non, mon vieux, il y en a assez ! dit Coupeau.
Est-ce que vous la savez tout entière ?… Vous nous la
chanterez un autre jour, hein ! quand nous serons trop gais. »

Il y eut des rires. Le vieux resta court, fit de ses yeux pâles
le tour de la table, et reprit son air de brute songeuse. Le café
était bu, le zingueur avait redemandé du vin. Clémence venait

de se remettre à manger des fraises. Pendant un instant, les chansons cessèrent, on parlait d'une femme qu'on avait trouvée pendue le matin, dans la maison d'à côté. C'était le
195 tour de Mme Lerat, mais il lui fallait des préparatifs. Elle trempa le coin de sa serviette dans un verre d'eau et se l'appliqua sur les tempes, parce qu'elle avait trop chaud. Ensuite, elle demanda une larme d'eau-de-vie, la but, s'essuya longuement les lèvres.

200 « *L'Enfant du bon Dieu*, n'est-ce pas ? murmura-t-elle, *L'Enfant du bon Dieu...* »

Et, grande, masculine, avec son nez osseux et ses épaules carrées de gendarme, elle commença :

L'enfant perdu que sa mère abandonne,
205 *Trouve toujours un asile au saint lieu.*
Dieu qui le voit le défend de son trône.
L'enfant perdu, c'est l'enfant du bon Dieu.

Sa voix tremblait sur certains mots, traînait en notes mouillées ; elle levait en coin ses yeux vers le ciel, pendant que
210 sa main droite se balançait devant sa poitrine et s'appuyait sur son cœur, d'un geste pénétré. Alors, Gervaise, torturée par la présence de Lantier, ne put retenir ses pleurs ; il lui semblait que la chanson disait son tourment, qu'elle était cette enfant perdue, abandonnée, dont le bon Dieu allait prendre la
215 défense. Clémence, très soûle, éclata brusquement en sanglots ; et, la tête tombée au bord de la table, elle étouffait ses hoquets dans la nappe. Un silence frissonnant régnait. Les dames avaient tiré leur mouchoir, s'essuyaient les yeux, la face droite, en s'honorant de leur émotion. Les hommes, le front
220 penché, regardaient fixement devant eux, les paupières battantes. Poisson, étranglant et serrant les dents, cassa à deux reprises des bouts de pipe, et les cracha par terre, sans cesser

de fumer. Boche, qui avait laissé sa main sur le genou de la charbonnière, ne la pinçait plus, pris d'un remords et d'un respect vagues ; tandis que deux grosses larmes descendaient le long de ses joues. Ces noceurs-là étaient raides comme la justice et tendres comme des agneaux. Le vin leur sortait par les yeux, quoi ! Quand le refrain recommença, plus ralenti et plus larmoyant, tous se lâchèrent, tous viaupèrent[1] dans leurs assiettes, se déboutonnant le ventre, crevant d'attendrissement.

Mais Gervaise et Virginie, malgré elles, ne quittaient plus du regard le trottoir d'en face. Mᵐᵉ Boche, à son tour, aperçut Lantier, et laissa échapper un léger cri, sans cesser de se barbouiller de ses larmes. Alors, toutes trois eurent des figures anxieuses, en échangeant d'involontaires signes de tête. Mon Dieu ! si Coupeau se retournait, si Coupeau voyait l'autre ! Quelle tuerie ! quel carnage ! Et elles firent si bien, que le zingueur leur demanda :

« Qu'est-ce que vous regardez donc ? »

Il se pencha, il reconnut Lantier.

« Nom de Dieu ! c'est trop fort, murmura-t-il. Ah ! le sale mufe, ah ! le sale mufe… Non, c'est trop fort, ça va finir… »

Et, comme il se levait en bégayant des menaces atroces, Gervaise le supplia à voix basse.

« Écoute, je t'en supplie… Laisse le couteau… Reste à ta place, ne fais pas un malheur. »

Virginie dut lui enlever le couteau qu'il avait pris sur la table. Mais elle ne put l'empêcher de sortir et de s'approcher de Lantier. La société, dans son émotion croissante, ne voyait rien, pleurait plus fort, pendant que Mᵐᵉ Lerat chantait, avec une expression déchirante :

---

1. *Tous viaupèrent* : tous pleurèrent comme des veaux.

Orpheline, on l'avait perdue,
Et sa voix n'était entendue
255 *Que des grands arbres et du vent.*

Le dernier vers passa comme un souffle lamentable de
tempête. Mme Putois, en train de boire, fut si touchée qu'elle
renversa son vin sur la nappe. Cependant, Gervaise demeurait
glacée, un poing serré contre la bouche pour ne pas crier,
260 clignant les paupières d'épouvante, s'attendant à voir, d'une
seconde à l'autre, l'un des deux hommes, là-bas, tomber
assommé au milieu de la rue. Virginie et Mme Boche suivaient
aussi la scène, profondément intéressées. Coupeau, surpris par
le grand air, avait failli s'asseoir dans le ruisseau, en voulant se
265 jeter sur Lantier. Celui-ci, les mains dans les poches, s'était
simplement écarté. Et les deux hommes maintenant s'en-
gueulaient, le zingueur surtout habillait l'autre proprement,
le traitait de cochon malade, parlait de lui manger les tripes.
On entendait le bruit enragé des voix, on distinguait des
270 gestes furieux, comme s'ils allaient se dévisser les bras, à force
de claques, Gervaise défaillait, fermait les yeux, parce que ça
durait trop longtemps et qu'elle les croyait toujours sur le
point de s'avaler le nez, tant ils se rapprochaient la figure dans
la figure. Puis, comme elle n'entendait plus rien, elle rouvrit
275 les yeux, elle resta toute bête, en les voyant causer tranquillement.

La voix de Mme Lerat s'élevait, roucoulante et pleurarde,
commençant un couplet :

Le lendemain, à demi morte,
280 *On recueillit la pauvre enfant...*

« Y a-t-il des femmes qui sont garces, tout de même ! » dit
Mme Lorilleux, au milieu de l'approbation générale.

Gervaise avait échangé un regard avec Mme Boche et Virginie. Ça s'arrangeait donc ? Coupeau et Lantier conti-
1285 nuaient de causer au bord du trottoir. Ils s'adressaient encore des injures, mais amicalement. Ils s'appelaient « sacré animal », d'un ton où perçait une pointe de tendresse. Comme on les regardait, ils finirent par se promener doucement côte à côte, le long des maisons, tournant sur eux-mêmes tous les dix pas.
1290 Une conversation très vive s'était engagée. Brusquement, Coupeau parut se fâcher de nouveau, tandis que l'autre refu-sait, se faisait prier. Et ce fut le zingueur qui poussa Lantier et le força à traverser la rue, pour entrer dans la boutique.

« Je vous dis que c'est de bon cœur ! cria-t-il. Vous boirez
1295 un verre de vin… Les hommes sont des hommes, n'est-ce pas ? On est fait pour se comprendre… »

Mme Lerat achevait le dernier refrain. Les dames répétaient toutes ensemble, en roulant leurs mouchoirs :

L'enfant perdu, c'est l'enfant du bon Dieu.

1300 On complimenta beaucoup la chanteuse, qui s'assit en affectant d'être brisée. Elle demanda à boire quelque chose, parce qu'elle mettait trop de sentiment dans cette chanson-là, et qu'elle avait toujours peur de se décrocher un nerf. Toute la table, cependant, fixait les yeux sur Lantier, assis paisiblement
1305 à côté de Coupeau, mangeant déjà la dernière part du gâteau de Savoie, qu'il trempait dans un verre de vin. En dehors de Virginie et de Mme Boche, personne ne le connaissait. Les Lorilleux flairaient bien quelque micmac ; mais ils ne savaient pas, ils avaient pris un air pincé. Goujet, qui s'était aperçu de
1310 l'émotion de Gervaise, regardait le nouveau venu de travers. Comme un silence gêné se faisait, Coupeau dit simplement :

« C'est un ami. »

Et s'adressant à sa femme :

« Voyons remue-toi donc !... Peut-être qu'il y a encore du
1315 café chaud. »

Gervaise les contemplait l'un après l'autre, douce et stupide.
D'abord, quand son mari avait poussé son ancien amant dans
la boutique, elle s'était pris la tête entre les deux poings, du
même geste instinctif que les jours de gros orage, à chaque
1320 coup de tonnerre. Ça ne lui semblait pas possible ; les murs
allaient tomber et écraser tout le monde. Puis, en voyant les
deux hommes assis, sans que même les rideaux de mousseline
eussent bougé, elle avait subitement trouvé ces choses naturelles. L'oie la gênait un peu ; elle en avait trop mangé, déci-
1325 dément, et ça l'empêchait de penser. Une paresse heureuse l'engourdissait, la tenait tassée au bord de la table, avec le seul
besoin de n'être pas embêtée. Mon Dieu ! à quoi bon se faire
de la bile, lorsque les autres ne s'en font pas, et que les histoires
paraissent s'arranger d'elles-mêmes, à la satisfaction générale ?
1330 Elle se leva pour aller voir s'il restait du café.

Dans la pièce du fond, les enfants dormaient. Ce louchon
d'Augustine les avait terrorisés pendant tout le dessert, leur
chipant leurs fraises, les intimidant par des menaces abominables. Maintenant, elle était très malade, accroupie sur un
1335 petit banc, la figure blanche, sans rien dire. La grosse Pauline
avait laissé tomber sa tête contre l'épaule d'Étienne, endormi
lui-même au bord de la table. Nana se trouvait assise sur la
descente de lit, auprès de Victor, qu'elle tenait contre elle, un
bras passé autour de son cou ; et, ensommeillée, les yeux
1340 fermés, elle répétait d'une voix faible et continue :

« Oh ! maman, j'ai bobo... oh ! maman, j'ai bobo...

— Pardi ! murmura Augustine, dont la tête roulait sur les
épaules, ils sont pafs [1] ; ils ont chanté comme les grandes
personnes. »

---

1. *Pafs* : ivres.

1345   Gervaise reçut un nouveau coup, à la vue d'Étienne. Elle se
sentit étouffer, en songeant que le père de ce gamin était là, à
côté, en train de manger du gâteau, sans qu'il eût seulement
témoigné le désir d'embrasser le petit. Elle fut sur le point de
réveiller Étienne, de l'apporter dans ses bras. Puis, une fois
1350 encore, elle trouva très bien la façon tranquille dont s'arrangeaient les choses. Il n'aurait pas été convenable, sûrement, de
troubler la fin du dîner. Elle revint avec la cafetière et servit
un verre de café à Lantier, qui d'ailleurs ne semblait pas
s'occuper d'elle.

1355   « Alors, c'est mon tour, bégaya Coupeau d'une voix pâteuse.
Hein ! on me garde pour la bonne bouche… Eh bien, je vais
vous dire *Qué cochon d'enfant*.

    — Oui, oui, *Qué cochon d'enfant !* » criait toute la table.

    Le vacarme reprenait, Lantier était oublié. Les dames apprê-
1360 tèrent leurs verres et leurs couteaux, pour accompagner le
refrain. On riait à l'avance, en regardant le zingueur, qui se
calait sur les jambes d'un air canaille. Il prit une voix enrouée
de vieille femme.

    Tous les matins, quand je m'lève,
1365   *J'ai l'cœur sens sus d'sous ;*
    J'l'envoi'chercher contr'la Grève
    Un poisson d'quatr'sous.
    Il rest'trois quarts d'heure en route,
    Et puis, en r'montant,
1370   *I'm'lich'la moitié d'ma goutte :*
    Qué cochon d'enfant !

    Et les dames, tapant sur leur verre, reprirent en chœur au
milieu d'une gaieté formidable :

    Qué cochon d'enfant !
1375   *Qué cochon d'enfant !*

La rue de la Goutte-d'Or elle-même, maintenant, s'en mêlait. Le quartier chantait *Qué cochon d'enfant !* En face, le petit horloger, les garçons épiciers, la tripière, la fruitière, qui savaient la chanson, allaient au refrain, en s'allongeant des claques pour
380 rire. Vrai, la rue finissait par être soûle ; rien que l'odeur de noce qui sortait de chez les Coupeau faisait festonner les gens sur les trottoirs. Il faut dire qu'à cette heure ils étaient joliment soûls, là-dedans. Ça grandissait petit à petit, depuis le premier coup de vin pur, après le potage. À présent, c'était le bouquet, tous
385 braillant, tous éclatant de nourriture, dans la buée rousse des deux lampes qui charbonnaient. La clameur de cette rigolade énorme couvrait le roulement des dernières voitures. Deux sergents de ville, croyant à une émeute, accoururent ; mais, en apercevant Poisson, ils eurent un petit salut d'intelligence. Ils
390 s'éloignèrent lentement, côte à côte, le long des maisons noires.

Coupeau en était à ce couplet :

L'dimanche, à la P'tit'-Villette,
Après la chaleur,
J'allons chez mon oncl'Tinette
395 *Qu'est maîtr'vidangeur.*
Pour avoir des noyaux d' c'rise,
En nous en r'tournant,
I's'roul dans la marchandise :
Qué cochon d'enfant !
400 *Qué cochon d'enfant !*

Alors, la maison craqua, un tel gueulement monta dans l'air tiède et calme de la nuit, que ces gueulards-là s'applaudirent eux-mêmes, car il ne fallait pas espérer de pouvoir gueuler plus fort.

Personne de la société ne parvint jamais à se rappeler au
405 juste comment la noce se termina. Il devait être très tard, voilà tout, parce qu'il ne passait plus un chat dans la rue. Peut-être

bien, tout de même, qu'on avait dansé autour de la table, en se tenant par les mains. Ça se noyait dans un brouillard jaune, avec des figures rouges qui sautaient, la bouche fendue d'une oreille à l'autre. Pour sûr, on s'était payé du vin à la française [1] vers la fin ; seulement, on ne savait plus si quelqu'un n'avait pas fait la farce de mettre du sel dans les verres. Les enfants devaient s'être déshabillés et couchés seuls. Le lendemain, Mme Boche se vantait d'avoir allongé deux calottes à Boche, dans un coin, où il causait de trop près avec la charbonnière ; mais Boche, qui ne se souvenait de rien, traitait ça de blague. Ce que chacun déclarait peu propre, c'était la conduite de Clémence, une fille à ne pas inviter, décidément ; elle avait fini par montrer tout ce qu'elle possédait, et s'était trouvée prise de mal au cœur, au point d'abîmer entièrement un des rideaux de mousseline. Les hommes, au moins, sortaient dans la rue ; Lorilleux et Poisson, l'estomac dérangé, avaient filé raide jusqu'à la boutique du charcutier. Quand on a été bien élevé, ça se voit toujours. Ainsi, ces dames, Mme Putois, Mme Lerat et Virginie, incommodées par la chaleur, étaient simplement allées dans la pièce du fond ôter leur corset ; même Virginie avait voulu s'étendre sur le lit, l'affaire d'un instant, pour empêcher les mauvaises suites. Puis, la société semblait avoir fondu, les uns s'effaçant derrière les autres, tous s'accompagnant, se noyant au fond du quartier noir, dans un dernier vacarme, une dispute enragée des Lorilleux, un « trou la la, trou la la », entêté et lugubre du père Bru. Gervaise croyait bien que Goujet s'était mis à sangloter en partant ; Coupeau chantait toujours ; quant à Lantier, il avait dû rester jusqu'à la fin, elle sentait même encore un souffle dans ses cheveux, à un moment, mais elle ne pouvait pas dire si ce souffle venait de Lantier ou de la nuit chaude.

---

1. *Du vin à la française* : du vin sucré chaud.

Cependant, comme Mme Lerat refusait de retourner aux Batignolles à cette heure, on enleva du lit un matelas qu'on
440 étendit pour elle dans un coin de la boutique, après avoir poussé la table. Elle dormit là, au milieu des miettes du dîner. Et, toute la nuit, dans le sommeil écrasé des Coupeau, cuvant la fête, le chat d'une voisine, qui avait profité d'une fenêtre ouverte, croqua les os de l'oie, acheva d'enterrer la bête, avec
445 le petit bruit de ses dents fines.

VIII [1]

Le samedi suivant, Coupeau, qui n'était pas rentré dîner, amena Lantier vers dix heures. Ils avaient mangé ensemble des pieds de mouton, chez Thomas, à Montmartre.

« Faut pas gronder, la bourgeoise, dit le zingueur. Nous sommes sages, tu vois… Oh ! il n'y a pas de danger avec lui ; il vous met droit dans le bon chemin. »

Et il raconta comment ils s'étaient rencontrés rue Rochechouart. Après le dîner, Lantier avait refusé une consommation au café de *La Boule noire*, en disant que, lorsqu'on était marié avec une femme gentille et honnête, on ne devait pas gouaper [2] dans tous les bastringues. Gervaise écoutait avec un petit sourire. Bien sûr, non, elle ne songeait pas à gronder ; elle se sentait trop gênée. Depuis la fête, elle s'attendait bien à revoir son ancien amant un jour ou l'autre ; mais, à pareille heure, au moment de se mettre au lit, l'arrivée brusque des deux hommes l'avait surprise ; et, les mains tremblantes, elle rattachait son chignon roulé dans son cou.

« Tu ne sais pas, reprit Coupeau, puisqu'il a eu la délicatesse de refuser dehors une consommation, tu vas nous payer la goutte… Ah ! tu nous dois bien ça ! »

Les ouvrières étaient parties depuis longtemps. Maman Coupeau et Nana venaient de se coucher. Alors, Gervaise, qui

---

1. Le chapitre VIII couvre deux années, de l'hiver 1858 à décembre 1860. \ **2.** *Gouaper* : flâner, chercher aventure.

tenait déjà un volet quand ils avaient paru, laissa la boutique
ouverte, apporta sur un coin de l'établi des verres et le fond
25 d'une bouteille de cognac. Lantier restait debout, évitant de lui
adresser directement la parole. Pourtant, quand elle le servit,
il s'écria :

« Une larme seulement, madame, je vous prie. »

Coupeau les regarda, s'expliqua très carrément. Ils n'allaient
30 pas faire les dindes, peut-être ! Le passé était le passé, n'est-ce
pas ? Si on conservait de la rancune après des neuf ans et des
dix ans, on finirait par ne plus voir personne. Non, non, il avait
le cœur sur la main, lui ! D'abord, il savait à qui il avait affaire,
à une brave femme et à un brave homme, à deux amis, quoi !
35 Il était tranquille, il connaissait leur honnêteté.

« Oh ! bien sûr… bien sûr… répétait Gervaise, les paupières
baissées, sans comprendre ce qu'elle disait.

— C'est une sœur, maintenant, rien qu'une sœur ! murmura
à son tour Lantier.

40 — Donnez-vous la main, nom de Dieu ! cria Coupeau, et
foutons-nous des bourgeois ! Quand on a de ça dans le coco [1],
voyez-vous, on est plus chouette que les millionnaires. Moi, je
mets l'amitié avant tout, parce que l'amitié, c'est l'amitié, et
qu'il n'y a rien au-dessus. »

45 Il s'enfonçait de grands coups de poing dans l'estomac, l'air
si ému, qu'ils durent le calmer. Tous trois, en silence, trinquèrent et burent leur goutte. Gervaise put alors regarder
Lantier à son aise ; car, le soir de la fête, elle l'avait vu dans un
brouillard. Il s'était épaissi, gras et rond, les jambes et les bras
50 lourds, à cause de sa petite taille. Mais sa figure gardait de jolis
traits sous la bouffissure de sa vie de fainéantise ; et comme il
soignait toujours beaucoup ses minces moustaches, on lui
aurait donné juste son âge, trente-cinq ans. Ce jour-là, il portait

---

1. *Coco* : estomac.

un pantalon gris et un paletot gros bleu comme un monsieur,
55 avec un chapeau rond ; même il avait une montre et une chaîne
d'argent, à laquelle pendait une bague, un souvenir.

« Je m'en vais, dit-il. Je reste au diable[1]. »

Il était déjà sur le trottoir, lorsque le zingueur le rappela
pour lui faire promettre de ne plus passer devant la porte sans
60 leur dire un petit bonjour. Cependant, Gervaise, qui venait de
disparaître doucement, rentra en poussant devant elle Étienne,
en manches de chemise, la face déjà endormie. L'enfant souriait,
se frottait les yeux. Mais quand il aperçut Lantier, il resta tremblant et gêné, coulant des regards inquiets du côté de sa mère
65 et de Coupeau.

« Tu ne reconnais pas ce monsieur ? » demanda celui-ci.

L'enfant baissa la tête sans répondre. Puis, il eut un léger
signe pour dire qu'il reconnaissait le monsieur.

« Eh bien ! ne fais pas la bête, va l'embrasser. »

70 Lantier, grave et tranquille, attendait. Lorsque Étienne se
décida à s'approcher, il se courba, tendit les deux joues, puis
posa lui-même un gros baiser sur le front du gamin. Alors,
celui-ci osa regarder son père. Mais, tout d'un coup, il éclata
en sanglots, il se sauva comme un fou, débraillé, grondé par
75 Coupeau qui le traitait de sauvage.

« C'est l'émotion, dit Gervaise, pâle et secouée elle-même.

— Oh ! il est très doux, très gentil d'habitude, expliquait
Coupeau. Je l'ai crânement[2] élevé, vous verrez… Il s'habi-
tuera à vous. Il faut qu'il connaisse les gens… Enfin, quand il
80 n'y aurait eu que ce petit, on ne pouvait pas rester toujours
brouillé, n'est-ce pas ? Nous aurions dû faire ça pour lui il y a
beaux jours, car je donnerais plutôt ma tête à couper que d'empêcher un père de voir son enfant. »

Là-dessus, il parla d'achever la bouteille de cognac. Tous

---

1. *Au diable* : très loin. \ **2.** *Crânement* : fièrement.

85 trois trinquèrent de nouveau. Lantier ne s'étonnait pas, avait
un beau calme. Avant de s'en aller, pour rendre ses politesses
au zingueur, il voulut absolument fermer la boutique avec lui.
Puis, tapant dans ses mains par propreté, il souhaita une bonne
nuit au ménage.

90 « Dormez bien. Je vais tâcher de pincer[1] l'omnibus… Je
vous promets de revenir bientôt. »

À partir de cette soirée, Lantier se montra souvent rue de la
Goutte-d'Or. Il se présentait quand le zingueur était là,
demandant de ses nouvelles dès la porte, affectant d'entrer
95 uniquement pour lui. Puis, assis contre la vitrine, toujours en
paletot, rasé et peigné, il causait poliment, avec les manières
d'un homme qui aurait reçu de l'instruction. C'est ainsi que les
Coupeau apprirent peu à peu des détails sur sa vie. Pendant les
huit dernières années, il avait un moment dirigé une fabrique
100 de chapeaux, et quand on lui demandait pourquoi il s'était
retiré, il se contentait de parler de la coquinerie d'un associé,
un compatriote, une canaille qui avait mangé la maison avec
les femmes. Mais son ancien titre de patron restait sur toute sa
personne comme une noblesse à laquelle il ne pouvait plus
105 déroger. Il se disait sans cesse près de conclure une affaire
superbe, des maisons de chapellerie devaient l'établir, lui
confier des intérêts énormes. En attendant, il ne faisait absolument rien, se promenait au soleil, les mains dans les poches,
ainsi qu'un bourgeois. Les jours où il se plaignait, si l'on se
110 risquait à lui indiquer une manufacture demandant des
ouvriers, il semblait pris d'une pitié souriante, il n'avait pas
envie de crever la faim, en s'échinant pour les autres. Ce
gaillard-là, toutefois, comme disait Coupeau, ne vivait pas de
l'air du temps. Oh ! c'était un malin, il savait s'arranger, il bibe-
115 lotait[2] quelque commerce, car enfin il montrait une figure de

---

1. *De pincer* : d'attraper. \ **2.** *Il bibelotait* : il organisait.

prospérité, il lui fallait bien de l'argent pour se payer du linge blanc et des cravates de fils de famille. Un matin, le zingueur l'avait vu se faire cirer, boulevard Montmartre. La vraie vérité était que Lantier, très bavard sur les autres, se taisait ou mentait
120 quand il s'agissait de lui. Il ne voulait même pas dire où il demeurait. Non, il logeait chez un ami, là-bas, au diable, le temps de trouver une belle situation ; et il défendait aux gens de venir le voir, parce qu'il n'y était jamais.

« On rencontre dix positions[1] pour une, expliquait-il
125 souvent. Seulement, ce n'est pas la peine d'entrer dans des boîtes où l'on ne restera pas vingt-quatre heures… Ainsi j'arrive un lundi chez Champion, à Montrouge. Le soir, Champion m'embête sur la politique ; il n'avait pas les mêmes idées que moi. Eh bien, le mardi matin, je filais, attendu que nous ne
130 sommes plus au temps des esclaves et que je ne veux pas me vendre pour sept francs par jour. »

On était alors dans les premiers jours de novembre. Lantier apporta galamment des bouquets de violettes, qu'il distribuait à Gervaise et aux deux ouvrières. Peu à peu, il multiplia ses
135 visites, il vint presque tous les jours. Il paraissait vouloir faire la conquête de la maison, du quartier entier ; et il commença par séduire Clémence et Mme Putois, auxquelles il témoignait, sans distinction d'âge, les attentions les plus empressées. Au bout d'un mois, les deux ouvrières l'adoraient. Les Boche, qu'il
140 flattait beaucoup en allant les saluer dans leur loge, s'extasiaient sur sa politesse. Quant aux Lorilleux, lorsqu'ils surent quel était ce monsieur, arrivé au dessert, le jour de la fête, ils vomirent d'abord mille horreurs contre Gervaise, qui osait introduire ainsi son ancien individu dans son ménage. Mais, un jour,
145 Lantier monta chez eux, se présenta si bien en leur commandant une chaîne pour une dame de sa connaissance, qu'ils lui

---

1. *Positions* : places.

dirent de s'asseoir et le gardèrent une heure, charmés de sa conversation ; même, ils se demandaient comment un homme si distingué avait pu vivre avec la Banban. Enfin, les visites du
150 chapelier chez les Coupeau n'indignaient plus personne et semblaient naturelles, tant il avait réussi à se mettre dans les bonnes grâces de toute la rue de la Goutte d'Or. Goujet seul restait sombre. S'il se trouvait là, quand l'autre arrivait, il prenait la porte, pour ne pas être obligé de lier connaissance
155 avec ce particulier.

Cependant, au milieu de cette coqueluche[1] de tendresse pour Lantier, Gervaise, les premières semaines, vécut dans un grand trouble. Elle éprouvait au creux de l'estomac cette chaleur dont elle s'était sentie brûlée, le jour des confidences
160 de Virginie. Sa grande peur venait de ce qu'elle redoutait d'être sans force, s'il la surprenait un soir toute seule et s'il s'avisait de l'embrasser. Elle pensait trop à lui, elle restait trop pleine de lui. Mais, lentement, elle se calma, en le voyant si convenable, ne la regardant pas en face, ne la touchant pas du bout
165 des doigts, quand les autres avaient le dos tourné. Puis, Virginie, qui semblait lire en elle, lui faisait honte de ses vilaines pensées. Pourquoi tremblait-elle ? On ne pouvait pas rencontrer un homme plus gentil. Bien sûr, elle n'avait plus rien à craindre. Et la grande brune manœuvra un jour de façon
170 à les pousser tous deux dans un coin et à mettre la conversation sur le sentiment. Lantier déclara d'une voix grave, en choisissant les termes, que son cœur était mort, qu'il voulait désormais se consacrer uniquement au bonheur de son fils. Il ne parlait jamais de Claude, qui était toujours dans le Midi. Il
175 embrassait Étienne sur le front tous les soirs, ne savait que lui dire si l'enfant restait là, l'oubliait pour entrer en compliments avec Clémence. Alors, Gervaise, tranquillisée, sentit mourir en

---

1. *Cette coqueluche* : cette débauche.

elle le passé. La présence de Lantier usait ses souvenirs de Plassans et de l'hôtel Boncœur. À le voir sans cesse, elle ne le rêvait
180 plus. Même elle se trouvait prise d'une répugnance à la pensée
de leurs anciens rapports. Oh! c'était fini, bien fini. S'il osait
un jour lui demander ça, elle lui répondrait par une paire de
claques, elle instruirait plutôt son mari. Et, de nouveau, elle
songeait sans remords, avec une douceur extraordinaire, à la
185 bonne amitié de Goujet.

En arrivant un matin à l'atelier, Clémence raconta qu'elle
avait rencontré, la veille, vers onze heures, M. Lantier donnant
le bras à une femme. Elle disait cela en mots très sales, avec de
la méchanceté par-dessous, pour voir la tête de la patronne.
190 Oui, M. Lantier grimpait la rue Notre-Dame-de-Lorette; la
femme était blonde, un de ces chameaux[1] du boulevard à
moitié crevés, le derrière nu sous leur robe de soie. Et elle les
avait suivis, par blague. Le chameau était entré chez un charcutier acheter des crevettes et du jambon. Puis, rue de
195 La Rochefoucauld, M. Lantier avait posé sur le trottoir, devant
la maison, le nez en l'air, en attendant que la petite, montée
toute seule, lui eût fait par la fenêtre le signe de la rejoindre.
Mais Clémence eut beau ajouter des commentaires dégoû-
tants, Gervaise continuait à repasser tranquillement une robe
200 blanche. Par moments, l'histoire lui mettait aux lèvres un petit
sourire. Ces Provençaux, disait-elle, étaient tous enragés après
les femmes; il leur en fallait quand même; ils en auraient
ramassé sur une pelle dans un tas d'ordures. Et, le soir, quand
le chapelier arriva, elle s'amusa des taquineries de Clémence,
205 qui l'intriguait avec sa blonde. D'ailleurs, il semblait flatté
d'avoir été aperçu. Mon Dieu! c'était une ancienne amie qu'il
voyait encore de temps à autre, lorsque ça ne devait déranger
personne; une fille très chic, meublée en palissandre, et

---

1. *Un de ces chameaux* : une de ces femmes de mauvaise vie.

il citait d'anciens amants à elle, un vicomte, un grand
210 marchand de faïence, le fils d'un notaire. Lui, aimait les
femmes qui embaument. Il poussait sous le nez de Clémence
son mouchoir, que la petite lui avait parfumé, lorsque Étienne
rentra. Alors, il prit son air grave, il baisa l'enfant, en ajoutant
que la rigolade ne tirait pas à conséquence et que son cœur
215 était mort. Gervaise, penchée sur son ouvrage, hocha la tête
d'un air d'approbation. Et ce fut encore Clémence qui porta
la peine de sa méchanceté, car elle avait bien senti Lantier la
pincer déjà deux ou trois fois, sans en avoir l'air, et elle crevait
de jalousie de ne pas puer le musc[1] comme le chameau du
220 boulevard.

Quand le printemps revint, Lantier, tout à fait de la maison,
parla d'habiter le quartier, afin d'être plus près de ses amis.
Il voulait une chambre meublée, dans une maison propre.
Mme Boche, Gervaise elle-même, se mirent en quatre pour lui
225 trouver ça. On fouilla les rues voisines. Mais il était trop difficile, il désirait une grande cour, il demandait un rez-de-
chaussée, enfin toutes les commodités imaginables. Et maintenant, chaque soir, chez les Coupeau, il semblait mesurer la
hauteur des plafonds, étudier la distribution des pièces,
230 convoiter un logement pareil. Oh! il n'aurait pas demandé
autre chose, il se serait volontiers creusé un trou dans un coin
tranquille et chaud. Puis, il terminait chaque fois son examen
par cette phrase :

« Sapristi, vous êtes joliment bien, tout de même! »

235 Un soir, comme il avait dîné là et qu'il lâchait sa phrase au
dessert, Coupeau, qui s'était mis à le tutoyer, lui cria brusquement :

« Faut rester ici, ma vieille, si le cœur t'en dit... On
s'arrangera... »

---

1. *Musc* : parfum fort à l'odeur animale.

240 Et il expliqua que la chambre au linge sale, nettoyée, ferait une jolie pièce. Étienne coucherait dans la boutique, sur un matelas jeté par terre, voilà tout.

« Non, non, dit Lantier, je ne puis pas accepter. Ça vous gênerait trop. Je sais que c'est de bon cœur, mais on aurait trop
245 chaud les uns sur les autres… Puis, vous savez, chacun sa liberté. Il me faudrait traverser votre chambre, et ça ne serait pas toujours drôle.

— Ah ! l'animal ! reprit le zingueur étranglant de rire, tapant sur la table pour s'éclaircir la voix, il songe toujours aux
250 bêtises !… Mais, bougre de serin, on est inventif ! Pas vrai ? il y a deux fenêtres, dans la pièce. Eh bien ! on en colle une par terre, on en fait une porte. Alors, comprends-tu, tu entres par la cour, nous bouchons même cette porte de communication, si ça nous plaît. Ni vu ni connu, tu es chez toi, nous sommes
255 chez nous. »

Il y eut un silence. Le chapelier murmurait :

« Ah ! oui, de cette façon, je ne dis pas… Et encore non, je serais trop sur votre dos. »

Il évitait de regarder Gervaise. Mais il attendait évidemment
260 un mot de sa part pour accepter. Celle-ci était très contrariée de l'idée de son mari ; non pas que la pensée de voir Lantier demeurer chez eux la blessât ni l'inquiétât beaucoup ; mais elle se demandait où elle mettrait son linge sale. Cependant, le zingueur faisait valoir les avantages de l'arrangement. Le loyer
265 de cinq cents francs avait toujours été un peu fort. Eh bien ! le camarade leur paierait la chambre toute meublée vingt francs par mois ; ce ne serait pas cher pour lui, et ça les aiderait au moment du terme. Il ajouta qu'il se chargeait de manigancer [1], sous leur lit, une grande caisse où tout le linge sale du quartier
270 pourrait tenir. Alors, Gervaise hésita, parut consulter du regard

---

1. *Manigancer* : mettre en place.

maman Coupeau, que Lantier avait conquise depuis des mois, en lui apportant des boules de gomme pour son catarrhe[1].

« Vous ne nous gêneriez pas, bien sûr, finit-elle par dire. Il y aurait moyen de s'organiser…

275 — Non, non, merci, répéta le chapelier. Vous êtes trop gentils, ce serait abuser. »

Coupeau, cette fois, éclata. Est-ce qu'il allait faire son andouille encore longtemps ? Quand on lui disait que c'était de bon cœur ! Il leur rendrait service, là, comprenait-il ! Puis, 280 d'une voix furibonde, il gueula :

« Étienne, Étienne ! »

Le gamin s'était endormi sur la table. Il leva la tête en sursaut.

« Écoute, dis-lui que tu le veux… Oui, à ce monsieur-là… 285 Dis-lui bien fort : "Je le veux !"

— Je le veux ! » bégaya Étienne la bouche empâtée de sommeil.

Tout le monde se mit à rire. Mais Lantier reprit bientôt son air grave et pénétré. Il serra la main de Coupeau, par-dessus la 290 table, en disant :

« J'accepte… C'est de bonne amitié de part et d'autre, n'est-ce pas ? Oui, j'accepte pour l'enfant. »

Dès le lendemain, le propriétaire, M. Marescot, étant venu passer une heure dans la loge des Boche, Gervaise lui parla de 295 l'affaire. Il se montra d'abord inquiet, refusant, se fâchant, comme si elle lui avait demandé d'abattre toute une aile de sa maison. Puis, après une inspection minutieuse des lieux, lorsqu'il eut regardé en l'air pour voir si les étages supérieurs n'allaient pas être ébranlés, il finit par donner l'autorisation, mais 300 à la condition de ne supporter aucun frais ; et les Coupeau durent lui signer un papier, dans lequel ils s'engageaient à

---

1. *Catarrhe* : rhume.

rétablir les choses en l'état, à l'expiration de leur bail. Le soir même, le zingueur amena des camarades, un maçon, un menuisier, un peintre, de bons zigs qui feraient cette bricole-là après leur journée, histoire de rendre service. La pose de la nouvelle porte, le nettoyage de la pièce, n'en coûtèrent pas moins une centaine de francs, sans compter les litres dont on arrosa la besogne. Le zingueur dit aux camarades qu'il leur paierait ça plus tard, avec le premier argent de son locataire. Ensuite, il fut question de meubler la pièce. Gervaise y laissa l'armoire de maman Coupeau ; elle ajouta une table et deux chaises, prises dans sa propre chambre ; il lui fallut enfin acheter une table-toilette et un lit, avec la literie complète, en tout cent trente francs, qu'elle devait payer à raison de dix francs par mois. Si, pendant une dizaine de mois, les vingt francs de Lantier se trouvaient mangés à l'avance par les dettes contractées, plus tard il y aurait un joli bénéfice.

Ce fut dans les premiers jours de juin que l'installation du chapelier eut lieu. La veille, Coupeau avait offert d'aller chez lui chercher sa malle, pour lui éviter les trente sous d'un fiacre. Mais l'autre était resté gêné, disant que sa malle pesait trop lourd, comme s'il avait voulu cacher jusqu'au dernier moment l'endroit où il logeait. Il arriva dans l'après-midi, vers trois heures. Coupeau ne se trouvait pas là. Et Gervaise, à la porte de la boutique, devint toute pâle, en reconnaissant la malle sur le fiacre. C'était leur ancienne malle, celle avec laquelle elle avait fait le voyage de Plassans, aujourd'hui écorchée, cassée, tenue par des cordes. Elle la voyait revenir comme souvent elle l'avait rêvé, et elle pouvait s'imaginer que le même fiacre, le fiacre où cette garce de brunisseuse s'était fichue d'elle, la lui rapportait. Cependant, Boche donnait un coup de main à Lantier. La blanchisseuse les suivit, muette, un peu étourdie. Quand ils eurent déposé leur fardeau au milieu de La chambre, elle dit pour parler :

335 « Hein ? voilà une bonne affaire de faite ? »

Puis, se remettant, voyant que Lantier, occupé à dénouer les cordes, ne la regardait seulement pas, elle ajouta :

« Monsieur Boche, vous allez boire un coup. »

Et elle alla chercher un litre et des verres. Justement, 340 Poisson, en tenue, passait sur le trottoir. Elle lui adressa un petit signe, clignant les yeux, avec un sourire. Le sergent de ville comprit parfaitement. Quand il était de service et qu'on battait de l'œil, ça voulait dire qu'on lui offrait un verre de vin. Même, il se promenait des heures devant la blanchisseuse, à 345 attendre qu'elle battît de l'œil. Alors, pour ne pas être vu, il passait par la cour, il sifflait son verre en se cachant.

« Ah ! ah ! dit Lantier, quand il le vit entrer, c'est vous, Badingue [1] ! »

Il l'appelait Badingue par blague, pour se ficher de l'em-350 pereur. Poisson acceptait ça de son air raide, sans qu'on pût savoir si ça l'embêtait au fond. D'ailleurs, les deux hommes, quoique séparés par leurs convictions politiques, étaient devenus très bons amis.

« Vous savez que l'empereur a été sergent de ville à Londres, 355 dit à son tour Boche. Oui, ma parole ! il ramassait les femmes soûles. »

Gervaise pourtant avait rempli trois verres sur la table. Elle ne voulait pas boire, se sentait le cœur tout barbouillé. Mais elle restait, regardant Lantier enlever les dernières cordes, prise 360 du besoin de savoir ce que contenait la malle. Elle se souvenait, dans un coin, d'un tas de chaussettes, de deux chemises sales, d'un vieux chapeau. Est-ce que ces choses étaient encore là ? Est-ce qu'elle allait retrouver les loques du passé ? Lantier, avant de soulever le couvercle, prit son verre et trinqua.

---

1. *Badingue* : altération de Badinguet, surnom de Napoléon III dans les milieux populaires.

365 « À votre santé.

— À la vôtre », répondirent Boche et Poisson.

La blanchisseuse remplit de nouveau les verres. Les trois hommes s'essuyaient les lèvres de la main. Enfin, le chapelier ouvrit la malle. Elle était pleine d'un pêle-mêle de journaux,
370 de livres, de vieux vêtements, de linge en paquets. Il en tira successivement une casserole, une paire de bottes, un buste de Ledru-Rollin[1] avec le nez cassé, une chemise brodée, un pantalon de travail. Et Gervaise, penchée, sentait monter une odeur de tabac, une odeur d'homme malpropre, qui soigne
375 seulement le dessus, ce qu'on voit de sa personne. Non, le vieux chapeau n'était plus dans le coin de gauche. Il y avait là une pelote[2] qu'elle ne connaissait pas, quelque cadeau de femme. Alors, elle se calma, elle éprouva une vague tristesse, continuant à suivre les objets, en se demandant s'ils étaient de son
380 temps ou du temps des autres.

« Dites donc, Badingue, vous ne connaissez pas ça ? » reprit Lantier.

Il lui mettait sous le nez un petit livre imprimé à Bruxelles : *Les Amours de Napoléon III*, orné de gravures. On y racontait,
385 entre autres anecdotes, comment l'empereur avait séduit la fille d'un cuisinier, âgée de treize ans ; et l'image représentait Napoléon III, les jambes nues, ayant gardé seulement le grand cordon de la Légion d'honneur, poursuivant une gamine qui se dérobait à sa luxure.

390 « Ah ! c'est bien ça ! s'écria Boche, dont les instincts sournoisement voluptueux étaient flattés. Ça arrive toujours comme ça ! »

Poisson restait saisi, consterné ; et il ne trouvait pas un mot pour défendre l'empereur. C'était dans un livre, il ne pouvait

---

1. *Ledru-Rollin* (1807-1874) : avocat républicain. Ministre de l'Intérieur sous la IIᵉ République, il fut exilé pendant le Second Empire. \ **2.** *Pelote* : coussinet pour piquer des aiguilles ou des épingles.

395 pas dire non. Alors, Lantier lui poussant toujours l'image sous
le nez d'un air goguenard, il laissa échapper ce cri, en arrondissant les bras :

« Eh bien, après ? Est-ce que ce n'est pas dans la nature ? »

Lantier eut le bec cloué par cette réponse. Il rangea ses livres
400 et ses journaux sur une planche de l'armoire, et comme il
paraissait désolé de ne pas avoir une petite bibliothèque,
pendue au-dessus de la table, Gervaise promit de lui en
procurer une. Il possédait l'*Histoire de dix ans* [1], de Louis Blanc,
moins le premier volume, qu'il n'avait jamais eu d'ailleurs, *Les*
405 *Girondins* [2], de Lamartine, en livraisons à deux sous, *Les Mystères
de Paris* et *Le Juif errant*, d'Eugène Sue, sans compter un tas de
bouquins philosophiques et humanitaires, ramassés chez les
marchands de vieux clous. Mais il couvait surtout ses journaux
d'un regard attendri et respectueux. C'était une collection faite
410 par lui, depuis des années. Chaque fois qu'au café il lisait dans
un journal un article réussi et selon ses idées, il achetait le
journal, il le gardait. Il en avait ainsi un paquet énorme, de
toutes les dates et de tous les titres, empilés sans ordre aucun.
Quand il eut sorti ce paquet du fond de la malle, il donna
415 dessus des tapes amicales en disant aux deux autres :

« Vous voyez ça ? eh bien, c'est à papa, personne ne peut se
flatter d'avoir quelque chose d'aussi chouette… Ce qu'il y a là-
dedans, vous ne vous l'imaginez pas. C'est-à-dire que, si on
appliquait la moitié de ces idées, ça nettoierait du coup la

---

1. *Histoire de dix ans* (1841), de Louis Blanc : récit des dix premières années de la monar-
chie de Juillet qui critique l'égoïsme économique de la bourgeoisie. \ **2.** *Les Girondins*
(1847), de Lamartine : récit des luttes des Girondins et des Montagnards, et de la crise de
Thermidor, qui exalte l'œuvre de la Iʳᵉ République. Henri Mitterand précise ici que Zola
reprend le modèle de satire politique qu'offrait déjà Flaubert dans *L'Éducation sentimentale*,
avec le portrait de Sénécal, personnage de républicain socialisant, bourré de lectures mal
digérées. Mais il s'inspire surtout du « fils de Dieu », variété de « sublime ». La représentation de la frange la plus révolutionnaire du prolétariat sous le Second Empire est ici, à bien
des égards, caricaturale.

420 société. Oui, votre empereur et tous ses roussins boiraient un bouillon… »

Mais il fut interrompu par le sergent de ville, dont les moustaches et l'impériale rouges remuaient dans sa face blême.

« Et l'armée, dites donc, qu'est-ce que vous en faites ? »

425 Alors, Lantier s'emporta. Il criait en donnant des coups de poing sur ses journaux :

« Je veux la suppression du militarisme, la fraternité des peuples… Je veux l'abolition des privilèges, des titres et des monopoles… Je veux l'égalité des salaires, la répartition des

430 bénéfices, la glorification du prolétariat… Toutes les libertés, entendez-vous ! Toutes !… Et le divorce !

— Oui, oui, le divorce, pour la morale ! » appuya Boche. Poisson avait pris un air majestueux. Il répondit :

« Pourtant, si je n'en veux pas de vos libertés, je suis bien

435 libre.

— Si vous n'en voulez pas, si vous n'en voulez pas… bégaya Lantier, que la passion étranglait. Non, vous n'êtes pas libre !… Si vous n'en voulez pas, je vous foutrai à Cayenne[1], moi ! oui, à Cayenne, avec votre empereur et tous les cochons de sa bande ! »

440 Ils s'empoignaient ainsi, à chacune de leurs rencontres. Gervaise, qui n'aimait pas les discussions, intervenait d'ordinaire. Elle sortit de la torpeur où la plongeait la vue de la malle, toute pleine du parfum gâté de son ancien amour ; et elle montra les verres aux trois hommes.

445 « C'est vrai, dit Lantier, subitement calmé, prenant son verre. À la vôtre.

— À la vôtre », répondirent Boche et Poisson, qui trinquèrent avec lui.

Cependant, Boche se dandinait, travaillé par une inquié-

450 tude, regardant le sergent de ville du coin de l'œil.

_____

1. *Cayenne* : bagne où l'on déportait les condamnés de droit commun.

« Tout ça entre nous, n'est-ce pas, monsieur Poisson ? murmura-t-il enfin. On vous montre et on vous dit des choses. »

Mais Poisson ne le laissa pas achever. Il mit la main sur son cœur, comme pour expliquer que tout restait là. Il n'allait pas
455 moucharder des amis, bien sûr. Coupeau étant arrivé, on vida un second litre. Le sergent de ville fila ensuite par la cour, reprit sur le trottoir sa marche raide et sévère, à pas comptés.

Dans les premiers temps, tout fut en l'air chez la blanchisseuse. Lantier avait bien sa chambre séparée, son entrée, sa clef ;
460 mais, comme au dernier moment on s'était décidé à ne pas condamner la porte de communication, il arrivait que, le plus souvent, il passait par la boutique. Le linge sale aussi embarrassait beaucoup Gervaise, car son mari ne s'occupait pas de la grande caisse dont il avait parlé ; et elle se trouvait réduite à
465 fourrer le linge un peu partout, dans les coins, principalement sous son lit, ce qui manquait d'agrément pendant les nuits d'été. Enfin, elle était très ennuyée d'avoir chaque soir à faire le lit d'Étienne au beau milieu de la boutique ; lorsque les ouvrières veillaient, l'enfant dormait sur une chaise, en atten-
470 dant. Aussi Goujet lui ayant parlé d'envoyer Étienne à Lille, où son ancien patron, un mécanicien, demandait des apprentis, elle fut séduite par ce projet, d'autant plus que le gamin, peu heureux à la maison, désireux d'être son maître, la suppliait de consentir. Seulement, elle craignait un refus net de la part de
475 Lantier. Il était venu habiter chez eux, uniquement pour se rapprocher de son fils ; il n'allait pas vouloir le perdre juste quinze jours après son installation. Pourtant, quand elle lui parla en tremblant de l'affaire, il approuva beaucoup l'idée, disant que les jeunes ouvriers ont besoin de voir du pays. Le
480 matin où Étienne partit, il lui fit un discours sur ses droits, puis il l'embrassa, il déclama :

« Souviens-toi que le producteur n'est pas un esclave, mais que quiconque n'est pas producteur est un frelon. »

Alors, le train-train de la maison reprit, tout se calma et s'as-
soupit dans de nouvelles habitudes. Gervaise s'était accoutumée à la débandade du linge sale, aux allées et venues de
Lantier. Celui-ci parlait toujours de ses grandes affaires ; il
sortait parfois, bien peigné, avec du linge blanc, disparaissait,
découchait même, puis rentrait en affectant d'être éreinté,
d'avoir la tête cassée, comme s'il venait de discuter, vingt-
quatre heures durant, les plus graves intérêts. La vérité était
qu'il la coulait douce. Oh ! il n'y avait pas de danger qu'il
empoignât des durillons aux mains ! Il se levait d'ordinaire vers
dix heures, faisait une promenade l'après-midi, si la couleur du
soleil lui plaisait, ou bien, les jours de pluie, restait dans la
boutique où il parcourait son journal. C'était son milieu, il
crevait d'aise parmi les jupes, se fourrait au plus épais des
femmes, adorant leurs gros mots, les poussant à en dire, tout
en gardant lui-même un langage choisi ; et ça expliquait pourquoi il aimait tant à se frotter aux blanchisseuses, des filles pas
bégueules[1]. Lorsque Clémence lui dévidait son chapelet, il
demeurait tendre et souriant, en tordant ses minces moustaches. L'odeur de l'atelier, ces ouvrières en sueur qui tapaient
les fers de leurs bras nus, tout ce coin pareil à une alcôve où traînait le déballage des dames du quartier, semblait être pour lui
le trou rêvé, un refuge longtemps cherché de paresse et de
jouissance.

Dans les premiers temps, Lantier mangeait chez François, au
coin de la rue des Poissonniers. Mais sur les sept jours de la
semaine, il dînait avec les Coupeau trois et quatre fois ; si bien
qu'il finit par leur offrir de prendre pension chez eux : il leur
donnerait quinze francs chaque samedi. Alors, il ne quitta plus
la maison, il s'installa tout à fait. On le voyait du matin au soir
aller de la boutique à la chambre du fond, en bras de chemise,

---

1. *Bégueules* : femmes prudes qui s'effarouchent et se scandalisent de tout.

515 haussant la voix, ordonnant ; il répondait même aux pratiques,
il menait la baraque. Le vin de François lui ayant déplu, il
persuada à Gervaise d'acheter désormais son vin chez Vigouroux, le charbonnier d'à côté, dont il allait pincer la femme avec
Boche, en faisant les commandes. Puis, ce fut le pain de Coude-
520 loup qu'il trouva mal cuit ; et il envoya Augustine chercher le
pain à la boulangerie viennoise du faubourg Poissonnière, chez
Meyer. Il changea aussi Lehongre, l'épicier, et ne garda que le
boucher de la rue Polonceau, le gros Charles, à cause de ses
opinions politiques. Au bout d'un mois, il voulut mettre toute
525 la cuisine à l'huile. Comme disait Clémence, en le blaguant,
la tache d'huile reparaissait quand même chez ce sacré
Provençal. Il faisait lui-même les omelettes, des omelettes
retournées des deux côtés, plus rissolées que des crêpes, si
fermes qu'on aurait dit des galettes. Il surveillait maman
530 Coupeau, exigeant les biftecks très cuits, pareils à des semelles
de soulier, ajoutant de l'ail partout, se fâchant si l'on coupait
de la fourniture dans la salade, des mauvaises herbes, criait-il,
parmi lesquelles pouvait bien se glisser du poison. Mais son
grand régal était un certain potage, du vermicelle cuit à l'eau,
535 très épais, où il versait la moitié d'une bouteille d'huile. Lui
seul en mangeait avec Gervaise, parce que les autres, les Parisiens, pour s'être un jour risqués à y goûter, avaient failli rendre
tripes et boyaux.

Peu à peu, Lantier en était venu également à s'occuper des
540 affaires de la famille. Comme les Lorilleux rechignaient
toujours pour sortir de leur poche les cent sous de la maman
Coupeau, il avait expliqué qu'on pouvait leur intenter un
procès. Est-ce qu'ils se fichaient du monde ! C'étaient dix francs
qu'ils devaient donner par mois ! Et il montait lui-même cher-
545 cher les dix francs, d'un air si hardi et si aimable, que la chaîniste n'osait pas les refuser. Maintenant, Mme Lerat, elle aussi,
donnait deux pièces de cent sous. Maman Coupeau aurait baisé

les mains de Lantier, qui jouait en outre le rôle de grand arbitre,
dans les querelles de la vieille femme et de Gervaise. Quand la
550 blanchisseuse, prise d'impatience, rudoyait sa belle-mère, et
que celle-ci allait pleurer dans son lit, il les bousculait toutes
les deux, les forçait à s'embrasser, en leur demandant si elles
croyaient amuser le monde avec leurs bons caractères. C'était
comme Nana : on l'élevait joliment mal, à son avis. En cela, il
555 n'avait pas tort, car lorsque le père tapait dessus, la mère soutenait la gamine, et lorsque la mère à son tour cognait, le père
faisait une scène. Nana, ravie de voir ses parents se manger,
se sentant excusée à l'avance, commettait les cent dix-neuf
coups. À présent, elle avait inventé d'aller jouer dans la maré-
560 chalerie, en face ; elle se balançait la journée entière aux
branches des charrettes ; elle se cachait avec des bandes de
voyous, au fond de la cour blafarde, éclairée du feu rouge de la
forge ; et, brusquement, elle reparaissait, courant, criant, dépeignée et barbouillée, suivie de la queue des voyous, comme si
565 une volée de marteaux venait de mettre ces saloperies d'enfants
en fuite. Lantier seul pouvait la gronder ; et encore elle savait
joliment le prendre. Cette merdeuse de dix ans marchait
comme une dame devant lui, se balançait, le regardait de côté,
les yeux déjà pleins de vice. Il avait fini par se charger de son
570 éducation ; il lui apprenait à danser et à parler patois.

Une année s'écoula de la sorte. Dans le quartier, on croyait
que Lantier avait des rentes, car c'était la seule façon de s'expliquer le grand train des Coupeau. Sans doute, Gervaise continuait à gagner de l'argent ; mais maintenant qu'elle nourrissait
575 deux hommes à ne rien faire, la boutique pour sûr ne pouvait
suffire ; d'autant plus que la boutique devenait moins bonne,
des pratiques s'en allaient, les ouvrières godaillaient[1] du matin
au soir. La vérité était que Lantier ne payait rien, ni loyer ni

---

1. *Godaillaient* : flânaient.

nourriture. Les premiers mois, il avait donné des acomptes ; puis, il s'était contenté de parler d'une grosse somme qu'il devait toucher, grâce à laquelle il s'acquitterait plus tard, en un coup. Gervaise n'osait plus lui demander un centime. Elle prenait le pain, le vin, la viande à crédit. Les notes montaient partout, ça marchait par des trois francs et des quatre francs chaque jour. Elle n'avait pas allongé un sou au marchand de meubles ni aux trois camarades, le maçon, le menuisier et le peintre. Tout ce monde commençait à grogner, on devenait moins poli pour elle dans les magasins. Mais elle était comme grisée par la fureur de la dette ; elle s'étourdissait, choisissait les choses les plus chères, se lâchait dans sa gourmandise depuis qu'elle ne payait plus ; et elle restait très honnête au fond, rêvant de gagner du matin au soir des centaines de francs, elle ne savait pas trop de quelle façon, pour distribuer des poignées de pièces de cent sous à ses fournisseurs. Enfin, elle s'enfonçait, et à mesure qu'elle dégringolait, elle parlait d'élargir ses affaires. Pourtant, vers le milieu de l'été, la grande Clémence était partie, parce qu'il n'y avait pas assez de travail pour deux ouvrières et qu'elle attendait son argent pendant des semaines. Au milieu de cette débâcle, Coupeau et Lantier se faisaient des joues. Les gaillards, attablés jusqu'au menton, bouffaient la boutique, s'engraissaient de la ruine de l'établissement ; et ils s'excitaient l'un l'autre à mettre les morceaux doubles, et ils se tapaient sur le ventre en rigolant, au dessert, histoire de digérer plus vite.

Dans le quartier, le grand sujet de conversation était de savoir si réellement Lantier s'était remis avec Gervaise. Là-dessus, les avis se partageaient. À entendre les Lorilleux, la Banban faisait tout pour repincer le chapelier, mais lui ne voulait plus d'elle, la trouvait trop décatie [1], avait en ville des

---

1. *Décatie* : qui a perdu sa fraîcheur.

610 petites filles d'une frimousse autrement torchée. Selon les
Boche, au contraire, la blanchisseuse, dès la première nuit, s'en
était allée retrouver son ancien époux, aussitôt que ce jeanjean
de Coupeau avait ronflé. Tout ça, d'une façon comme d'une
autre, ne semblait guère propre ; mais il y a tant de saletés dans
615 la vie, et de plus grosses, que les gens finissaient par trouver
ce ménage à trois naturel, gentil même, car on ne s'y battait
jamais et les convenances étaient gardées. Certainement, si
l'on avait mis le nez dans d'autres intérieurs du quartier, on
se serait empoisonné davantage. Au moins, chez les Coupeau,
620 ça sentait les bons enfants. Tous les trois se livraient à leur
petite cuisine, se culottaient et couchotaient ensemble à la
papa, sans empêcher les voisins de dormir. Puis, le quartier
restait conquis par les bonnes manières de Lantier. Cet enjô-
leur fermait le bec à toutes les bavardes. Même, dans le doute
625 où l'on se trouvait de ses rapports avec Gervaise, quand la fruitière niait les rapports devant la tripière, celle-ci semblait dire
que c'était vraiment dommage, parce qu'enfin ça rendait les
Coupeau moins intéressants.

Cependant, Gervaise vivait tranquille de ce côté, ne pensait
630 guère à ces ordures. Les choses en vinrent au point qu'on l'accusa de manquer de cœur. Dans la famille on ne comprenait pas
sa rancune contre le chapelier. Mme Lerat, qui adorait se fourrer
entre les amoureux, venait tous les soirs ; et elle traitait Lantier
d'homme irrésistible, dans les bras duquel les dames les plus
635 huppées devaient tomber. Mme Boche n'aurait pas répondu de
sa vertu, si elle avait eu dix ans de moins. Une conspiration
sourde, continue, grandissait, poussait lentement Gervaise,
comme si toutes les femmes, autour d'elle, avaient dû se satis-
faire, en lui donnant un amant. Mais Gervaise s'étonnait, ne
640 découvrait pas chez Lantier tant de séductions. Sans doute, il
était changé à son avantage : il portait toujours un paletot,
il avait pris de l'éducation dans les cafés et dans les réunions

politiques. Seulement, elle, qui le connaissait bien, lui voyait
jusqu'à l'âme par les deux trous de ses yeux, et retrouvait là un
645 tas de choses, dont elle gardait un léger frisson. Enfin, si ça plaisait tant aux autres, pourquoi les autres ne se risquaient-elles pas
à tâter du monsieur ? Ce fut ce qu'elle laissa entendre un jour à
Virginie, qui se montrait la plus chaude. Alors, Mme Lerat et
Virginie, pour lui monter la tête, lui racontèrent les amours de
650 Lantier et de la grande Clémence. Oui, elle ne s'était aperçue
de rien ; mais, dès qu'elle sortait pour une course, le chapelier
emmenait l'ouvrière dans sa chambre. Maintenant, on les
rencontrait ensemble, il devait l'aller voir chez elle.

« Eh bien ? dit la blanchisseuse, la voix un peu tremblante,
655 qu'est-ce que ça peut me faire ? »

Et elle regardait les yeux jaunes de Virginie, où des étincelles
d'or luisaient, comme dans ceux des chats. Cette femme lui en
voulait donc, qu'elle tâchait de la rendre jalouse ? Mais la
couturière prit son air bête en répondant :

660 « Ça ne peut rien vous faire, bien sûr... Seulement, vous
devriez lui conseiller de lâcher cette fille avec laquelle il aura
du désagrément. »

Le pis était que Lantier se sentait soutenu et changeait de
manières à l'égard de Gervaise. Maintenant, quand il lui
665 donnait une poignée de main, il lui gardait un instant les
doigts entre les siens. Il la fatiguait de son regard, fixait sur elle
des yeux hardis, où elle lisait nettement ce qu'il lui demandait.
S'il passait derrière elle, il enfonçait les genoux dans ses jupes,
soufflait sur son cou, comme pour l'endormir. Pourtant, il
670 attendit encore, avant d'être brutal et de se déclarer. Mais, un
soir, se trouvant seul avec elle, il la poussa devant lui sans dire
une parole, l'accula tremblante contre le mur, au fond de la
boutique, et là voulut l'embrasser. Le hasard fit que Goujet
entra juste à ce moment. Alors, elle se débattit, s'échappa.
675 Et tous trois échangèrent quelques mots, comme si de rien

n'était. Goujet, la face toute blanche, avait baissé le nez, en s'imaginant qu'il les dérangeait, qu'elle venait de se débattre pour ne pas être embrassée devant le monde.

Le lendemain, Gervaise piétina dans la boutique, très
680 malheureuse, incapable de repasser un mouchoir ; elle avait besoin de voir Goujet, de lui expliquer comment Lantier la tenait contre le mur. Mais depuis qu'Étienne était à Lille, elle n'osait plus entrer à la forge, où Bec-Salé, dit Boit-sans-Soif, l'accueillait avec des rires sournois. Pourtant, l'après-midi,
685 cédant à son envie, elle prit un panier vide, elle partit sous le prétexte d'aller prendre des jupons chez sa pratique de la rue des Portes-Blanches. Puis, quand elle fut rue Marcadet, devant la fabrique de boulons, elle se promena à petits pas, comptant sur une bonne rencontre. Sans doute, de son côté, Goujet devait
690 l'attendre, car elle n'était pas là depuis cinq minutes, qu'il sortit comme par hasard.

« Tiens ! vous êtes en course, dit-il en souriant faiblement ; vous rentrez chez vous… »

Il disait ça pour parler. Gervaise tournait justement le dos
695 à la rue des Poissonniers. Et ils montèrent vers Montmartre, côte à côte, sans se prendre le bras. Ils devaient avoir la seule idée de s'éloigner de la fabrique, pour ne pas paraître se donner des rendez-vous devant la porte. La tête basse, ils suivaient la chaussée défoncée, au milieu du ronflement des usines. Puis, à
700 deux cents pas, naturellement, comme s'ils avaient connu l'endroit, ils filèrent à gauche, toujours silencieux, et s'engagèrent dans un terrain vague. C'était, entre une scierie mécanique et une manufacture de boutons, une bande de prairie restée verte, avec des plaques jaunes d'herbe grillée ; une chèvre, attachée à
705 un piquet, tournait en bêlant ; au fond, un arbre mort s'émiettait au grand soleil.

« Vrai ! murmura Gervaise, on se croirait à la campagne. »

Ils allèrent s'asseoir sous l'arbre mort. La blanchisseuse mit

son panier à ses pieds. En face d'eux, la butte Montmartre
étageait ses rangées de hautes maisons jaunes et grises, dans des
touffes de maigre verdure ; et, quand ils renversaient la tête
davantage, ils apercevaient le large ciel d'une pureté ardente
sur la ville, traversé au nord par un vol de petits nuages blancs.
Mais la vive lumière les éblouissait, ils regardaient au ras de
l'horizon plat les lointains crayeux[1] des faubourgs, ils suivaient
surtout la respiration du mince tuyau de la scierie mécanique,
qui soufflait des jets de vapeur. Ces gros soupirs semblaient
soulager leur poitrine oppressée.

« Oui, reprit Gervaise embarrassée par leur silence, je me
trouvais en course, j'étais sortie… »

Après avoir tant souhaité une explication, tout d'un coup elle
n'osait plus parler. Elle était prise d'une grande honte. Et elle
sentait bien, cependant, qu'ils étaient venus là d'eux-mêmes,
pour causer de ça ; même ils en causaient, sans avoir besoin de
prononcer une parole. L'affaire de la veille restait entre eux
comme un poids qui les gênait. Alors, prise d'une tristesse
atroce, les larmes aux yeux, elle raconta l'agonie de Mme Bijard,
sa laveuse, morte le matin, après d'épouvantables douleurs.

« Ça venait d'un coup de pied que lui avait allongé Bijard,
disait-elle d'une voix douce et monotone. Le ventre a enflé. Sans
doute, il lui avait cassé quelque chose à l'intérieur. Mon Dieu !
en trois jours, elle a été tortillée[2]… Ah ! il y a, aux galères, des
gredins qui n'en ont pas tant fait. Mais la justice aurait trop de
besogne, si elle s'occupait des femmes crevées par leurs maris.
Un coup de pied de plus ou de moins, n'est-ce pas ? ça ne
compte pas, quand on en reçoit tous les jours. D'autant plus
que la pauvre femme voulait sauver son homme de l'échafaud
et expliquait qu'elle s'était abîmé le ventre en tombant sur un
baquet… Elle a hurlé toute la nuit avant de passer. »

---

1. *Crayeux* : couleur de craie. \ **2.** *Tortillée* : mangée.

740   Le forgeron se taisait, arrachait des herbes dans ses poings crispés.

« Il n'y a pas quinze jours, continua Gervaise, elle avait sevré son dernier, le petit Jules ; et c'est encore une chance, car l'enfant ne pâtira pas… N'importe, voilà cette gamine de Lalie
745 chargée de deux mioches. Elle n'a pas huit ans, mais elle est sérieuse et raisonnable comme une vraie mère. Avec ça, son père la roue de coups… Ah ! bien ! on rencontre des êtres qui sont nés pour souffrir. »

Goujet la regarda et dit brusquement, les lèvres tremblantes :
750   « Vous m'avez fait de la peine, hier, oh ! oui, beaucoup de peine… »

Gervaise, pâlissant, avait joint les mains. Mais lui, continuait :

« Je sais, ça devait arriver… Seulement, vous auriez dû vous
755 confier à moi, m'avouer ce qu'il en était, pour ne pas me laisser dans des idées… »

Il ne put achever. Elle s'était levée, en comprenant que Goujet la croyait remise avec Lantier, comme le quartier l'affirmait. Et, les bras tendus, elle cria :
760   « Non, non, je vous jure… Il me poussait, il allait m'embrasser, c'est vrai ; mais sa figure n'a pas même touché la mienne, et c'était la première fois qu'il essayait… Oh ! tenez, sur ma vie, sur celle de mes enfants, sur tout ce que j'ai de plus sacré ! »
765   Cependant, le forgeron hochait la tête. Il se méfiait, parce que les femmes disent toujours non. Gervaise alors devint très grave, reprit lentement :

« Vous me connaissez, monsieur Goujet, je ne suis guère menteuse… Eh bien ! non, ça n'est pas, ma parole d'hon-
770 neur !… Jamais ça ne sera, entendez-vous ? jamais ! Le jour où ça arriverait, je deviendrais la dernière des dernières, je ne mériterais plus l'amitié d'un honnête homme comme vous. »

Et elle avait, en parlant, une si belle figure, toute pleine de franchise, qu'il lui prit la main et la fit rasseoir. Maintenant, il respirait à l'aise, il riait en dedans. C'était la première fois qu'il lui tenait ainsi la main et qu'il la serrait dans la sienne. Tous deux restèrent muets. Au ciel, le vol des nuages blancs nageait avec une lenteur de cygne. Dans le coin du champ, la chèvre, tournée vers eux, les regardait en poussant à de longs intervalles réguliers un bêlement très doux. Et, sans se lâcher les doigts, les yeux noyés d'attendrissement, ils se perdaient au loin, sur la pente de Montmartre blafard, au milieu de la haute futaie[1] des cheminées d'usines rayant l'horizon, dans cette banlieue plâtreuse et désolée, où les bosquets verts des cabarets borgnes les touchaient jusqu'aux larmes.

« Votre mère m'en veut, je le sais, reprit Gervaise à voix basse. Ne dites pas non… Nous vous devons tant d'argent ! »

Mais lui, se montra brutal, pour la faire taire. Il lui secoua la main, à la briser. Il ne voulait pas qu'elle parlât de l'argent. Puis, il hésita, il bégaya enfin :

« Écoutez, il y a longtemps que je songe à vous proposer une chose… Vous n'êtes pas heureuse. Ma mère assure que la vie tourne mal pour vous… »

Il s'arrêta, un peu étouffé.

« Eh bien ! il faut nous en aller ensemble. »

Elle le regarda, ne comprenant pas nettement d'abord, surprise par cette rude déclaration d'un amour dont il n'avait jamais ouvert les lèvres.

« Comment ça ? demanda-t-elle.

— Oui, continua-t-il la tête basse, nous nous en irions, nous vivrions quelque part, en Belgique si vous voulez… C'est presque mon pays… En travaillant tous les deux, nous serions vite à notre aise. »

---

1. *Futaie* : partie d'une forêt où on laisse les arbres atteindre une grande taille.

Alors, elle devint très rouge. Il l'aurait prise contre lui pour
805 l'embrasser, qu'elle aurait eu moins de honte. C'était un drôle
de garçon tout de même, de lui proposer un enlèvement,
comme cela se passe dans les romans et dans la haute société.
Ah bien! autour d'elle, elle voyait des ouvriers faire la cour à
des femmes mariées ; mais ils ne les menaient pas même à
810 Saint-Denis, ça se passait sur place, et carrément.

« Ah ! monsieur Goujet, monsieur Goujet... murmurait-
elle, sans trouver autre chose.

— Enfin, voilà, nous ne serions que tous les deux, reprit-il.
Les autres me gênent, vous comprenez ?... Quand j'ai de
815 l'amitié pour une personne, je ne peux pas voir cette personne
avec d'autres. »

Mais elle se remettait, elle refusait maintenant, d'un air
raisonnable.

« Ce n'est pas possible, monsieur Goujet. Ce serait très
820 mal... Je suis mariée, n'est-ce pas ? J'ai des enfants... Je sais
bien que vous avez de l'amitié pour moi et que je vous fais de
la peine. Seulement, nous aurions des remords, nous ne goûte-
rions pas de plaisir... Moi aussi, j'éprouve de l'amitié pour
vous, j'en éprouve trop pour vous laisser commettre des bêtises.
825 Et ce seraient des bêtises, bien sûr... Non, voyez-vous, il vaut
mieux demeurer comme nous sommes. Nous nous estimons,
nous nous trouvons d'accord de sentiment. C'est beaucoup, ça
m'a soutenue plus d'une fois. Quand on reste honnête, dans
notre position, on en est joliment récompensé. »

830 Il hochait la tête, en l'écoutant. Il l'approuvait, il ne pouvait
pas dire le contraire. Brusquement, dans le grand jour, il la
prit entre ses bras, la serra à l'écraser, lui posa un baiser furieux
sur le cou, comme s'il avait voulu lui manger la peau. Puis, il
la lâcha, sans demander autre chose ; et il ne parla plus de leur
835 amour. Elle se secouait, elle ne se fâchait pas, comprenant que
tous deux avaient bien gagné ce petit plaisir.

Le forgeron, cependant, secoué de la tête aux pieds par un grand frisson, s'écartait d'elle, pour ne pas céder à l'envie de la reprendre ; et il se traînait sur les genoux, ne sachant à quoi
840 occuper ses mains, cueillant des fleurs de pissenlit, qu'il jetait de loin dans son panier. Il y avait là, au milieu de la nappe d'herbe brûlée, des pissenlits jaunes superbes. Peu à peu, ce jeu le calma, l'amusa. De ses doigts raidis par le travail du marteau, il cassait délicatement les fleurs, les lançait une à une, et ses
845 yeux de bon chien riaient, lorsqu'il ne manquait pas la corbeille. La blanchisseuse s'était adossée à l'arbre mort, gaie et reposée, haussant la voix pour se faire entendre, dans l'haleine forte de la scierie mécanique. Quand ils quittèrent le terrain vague, côte à côte, en causant d'Étienne, qui se plaisait
850 beaucoup à Lille, elle emporta son panier plein de fleurs de pissenlit.

Au fond, Gervaise ne se sentait pas devant Lantier si courageuse qu'elle le disait. Certes, elle était bien résolue à ne pas lui permettre de la toucher seulement du bout des doigts ; mais
855 elle avait peur, s'il la touchait jamais, de sa lâcheté ancienne, de cette mollesse et de cette complaisance auxquelles elle se laissait aller, pour faire plaisir au monde. Lantier, pourtant, ne recommença pas sa tentative. Il se trouva plusieurs fois seul avec elle et se tint tranquille. Il semblait maintenant occupé
860 de la tripière, une femme de quarante-cinq ans, très bien conservée. Gervaise, devant Goujet, parlait de la tripière, afin de le rassurer. Elle répondait à Virginie et à Mme Lerat quand celles-ci faisaient l'éloge du chapelier, qu'il pouvait bien se passer de son admiration, puisque toutes les voisines avaient
865 des béguins pour lui.

Coupeau, dans le quartier, gueulait que Lantier était un ami, un vrai. On pouvait baver sur leur compte, lui savait ce qu'il savait, se fichait du bavardage, du moment où il avait l'honnêteté de son côté. Quand ils sortaient tous les trois, le

870 dimanche, il obligeait sa femme et le chapelier à marcher
devant lui, bras dessus, bras dessous, histoire de crâner dans la
rue ; et il regardait les gens, tout prêt à leur administrer un va-
te-laver [1], s'ils s'étaient permis la moindre rigolade. Sans doute,
il trouvait Lantier un peu fiérot, l'accusait de faire sa Sophie [2]
875 devant le vitriol, le blaguait parce qu'il savait lire et qu'il
parlait comme un avocat. Mais, à part ça, il le déclarait un
bougre à poils. On n'en aurait pas trouvé deux aussi solides
dans La Chapelle. Enfin, ils se comprenaient, ils étaient bâtis
l'un pour l'autre. L'amitié avec un homme, c'est plus solide que
880 l'amour avec une femme.

Il faut dire une chose, Coupeau et Lantier se payaient
ensemble des noces à tout casser. Lantier, maintenant, empruntait de l'argent à Gervaise, des dix francs, des vingt francs,
quand il sentait de la monnaie dans la maison. C'était toujours
885 pour ses grandes affaires. Puis, ces jours-là, il débauchait
Coupeau, parlait d'une longue course, l'emmenait ; et, attablés
nez à nez au fond d'un restaurant voisin, ils se flanquaient par
le coco des plats qu'on ne peut manger chez soi, arrosés de vin
cacheté. Le zingueur aurait préféré des ribotes dans le chic bon
890 enfant ; mais il était impressionné par les goûts d'aristo du
chapelier, qui trouvait sur la carte des noms de sauces extraordinaires. On n'avait pas l'idée d'un homme si douillet, si difficile. Ils sont tous comme ça, paraît-il, dans le Midi. Ainsi, il
ne voulait rien d'échauffant, il discutait chaque fricot [3], au
895 point de vue de la santé, faisant remporter la viande lorsqu'elle
lui semblait trop salée ou trop poivrée. C'était encore pis pour
les courants d'air, il en avait une peur bleue, il engueulait tout
l'établissement, si une porte restait entrouverte. Avec ça, très
chien, donnant deux sous au garçon pour des repas de sept et huit
900 francs. N'importe, on tremblait devant lui, on les connaissait

---

1. *Un va-te-laver* : une gifle. \ **2.** *Faire sa Sophie* : faire le difficile. \ **3.** *Fricot* : repas.

bien sur les boulevards extérieurs, des Batignolles à Belleville.
Ils allaient, Grande-Rue des Batignolles, manger des tripes à
la mode de Caen, qu'on leur servait sur de petits réchauds. En
bas de Montmartre, ils trouvaient les meilleures huîtres du
905 quartier, à *La Ville de Bar-le-Duc*. Quand ils se risquaient en
haut de la butte, jusqu'au *Moulin de la Galette*, on leur faisait
sauter un lapin. Rue des Martyrs, *Les Lilas* avaient la spécialité de la tête de veau ; tandis que, chaussée Clignancourt, les
restaurants du *Lion d'Or* et des *Deux Marronniers* leur donnaient
910 des rognons sautés à se lécher les doigts. Mais ils tournaient
plus souvent à gauche, du côté de Belleville, avaient leur table
gardée aux *Vendanges de Bourgogne*, au *Cadran Bleu*, au *Capucin*,
des maisons de confiance, où l'on pouvait demander de tout,
les yeux fermés. C'étaient des parties sournoises, dont ils
915 parlaient le lendemain matin, à mots couverts, en chipotant les
pommes de terre de Gervaise. Même un jour, dans un bosquet
du *Moulin de la Galette*[1], Lantier amena une femme, avec
laquelle Coupeau le laissa au dessert.

Naturellement, on ne peut pas nocer et travailler. Aussi,
920 depuis l'entrée du chapelier dans le ménage, le zingueur, qui
fainéantait déjà pas mal, en était arrivé à ne plus toucher un
outil. Quand il se laissait encore embaucher, las de traîner ses
savates, le camarade le relançait au chantier, le blaguait à mort
en le trouvant pendu au bout de sa corde à nœuds comme un
925 jambon fumé, et il lui criait de descendre prendre un canon.
C'était réglé, le zingueur lâchait l'ouvrage, commençait une
bordée[2] qui durait des journées et des semaines. Oh ! par
exemple, des bordées fameuses, une revue générale de tous les

---

1. Tous ces noms de restaurants sont authentiques. Le village de Montmartre venait d'être
rattaché à Paris. Il était séparé de la ville par les boulevards extérieurs (Clichy, Rochechouart,
La Chapelle). Des boulevards extérieurs, la chaussée Clignancourt, la rue des Poissonniers
et la rue de La Chapelle conduisaient jusqu'aux fortifications du nouveau Paris, aujourd'hui
les boulevards des Maréchaux. \ 2. *Bordée* : tournée des bistrots.

mastroquets du quartier, la soûlerie du matin cuvée à midi et
repincée le soir, les tournées de casse-poitrine se succédant, se
perdant dans la nuit, pareilles aux lampions d'une fête jusqu'à
ce que la dernière chandelle s'éteignît avec le dernier verre ! Cet
animal de chapelier n'allait jamais jusqu'au bout. Il laissait
l'autre s'allumer, le lâchait, rentrait en souriant de son air
aimable. Lui, se piquait le nez proprement, sans qu'on s'en
aperçût. Quand on le connaissait bien, ça se voyait seulement
à ses yeux plus minces et à ses manières plus entreprenantes
auprès des femmes. Le zingueur, au contraire, devenait dégoûtant, ne pouvait plus boire sans se mettre dans un état ignoble.

Ainsi, vers les premiers jours de novembre, Coupeau tira
une bordée qui finit d'une façon tout à fait sale pour lui et pour
les autres. La veille, il avait trouvé de l'ouvrage. Lantier, cette
fois-là, était plein de beaux sentiments ; il prêchait le travail,
attendu que le travail ennoblit l'homme. Même, le matin, il
se leva à la lampe, il voulut accompagner son ami au chantier,
gravement, honorant en lui l'ouvrier vraiment digne de ce
nom. Mais, arrivés devant *La Petite Civette* qui ouvrait, ils
entrèrent prendre une prune, rien qu'une, dans le seul but
d'arroser ensemble la ferme résolution d'une bonne conduite.
En face du comptoir, sur un banc, Bibi-la-Grillade, le dos
contre le mur, fumait sa pipe d'un air maussade.

« Tiens ! Bibi qui fait sa panthère, dit Coupeau. On a donc
la flemme, ma vieille ?

— Non, non, répondit le camarade en s'étirant les bras. Ce
sont les patrons qui vous dégoûtent... J'ai lâché le mien
hier... Tous de la crapule, de la canaille... »

Et Bibi-la-Grillade accepta une prune. Il devait être là, sur
le banc, à attendre une tournée. Cependant, Lantier défendait
les patrons ; ils avaient parfois joliment du mal, il en savait
quelque chose, lui qui sortait des affaires. De la jolie fripouille,
les ouvriers ! toujours en noce, se fichant de l'ouvrage, vous

lâchant au beau milieu d'une commande, reparaissant quand
leur monnaie est nettoyée. Ainsi, il avait eu un petit Picard,
dont la toquade[1] était de se trimbaler en voiture ; oui, dès qu'il
965 touchait sa semaine, il prenait des fiacres pendant des journées.
Est-ce que c'était là un goût de travailleur ? Puis, brusquement,
Lantier se mit à attaquer aussi les patrons. Oh ! il voyait clair,
il disait ses vérités à chacun. Une sale race après tout, des
exploiteurs sans vergogne, des mangeurs de monde. Lui, Dieu
970 merci ! pouvait dormir la conscience tranquille, car il s'était
toujours conduit en ami avec ses hommes, et avait préféré ne
pas gagner des millions comme les autres.

« Filons, mon petit, dit-il en s'adressant à Coupeau. Il faut
être sage, nous serions en retard. »

975 Bibi-la-Grillade, les bras ballants, sortit avec eux. Dehors,
le jour se levait à peine, un petit jour sali par le reflet boueux
du pavé ; il avait plu la veille, il faisait très doux. On venait
d'éteindre les becs de gaz ; la rue des Poissonniers, où des
lambeaux de nuit étranglés par les maisons flottaient encore,
980 s'emplissait du sourd piétinement des ouvriers descendant vers
Paris. Coupeau, son sac de zingueur passé à l'épaule, marchait
de l'air esbroufeur[2] d'un citoyen qui est d'attaque, une fois par
hasard. Il se tourna, il demanda :

« Bibi, veux-tu qu'on t'embauche ? Le patron m'a dit
985 d'amener un camarade, si Je pouvais.

— Merci, répondit Bibi-la-Grillade, je me purge... Faut
proposer ça à Mes-Bottes, qui cherchait hier une baraque...
Attends, Mes-Bottes est bien sûr là-dedans. »

Et, comme ils arrivaient au bas de la rue, ils aperçurent en
990 effet Mes-Bottes chez le père Colombe. Malgré l'heure matinale, l'Assommoir flambait, les volets enlevés, le gaz allumé.

---

1. *Toquade* : idée fixe. \ **2.** *Esbroufeur* : personne qui se donne un air important pour en
imposer.

Lantier resta sur la porte, en recommandant à Coupeau de se dépêcher, parce qu'ils avaient tout juste dix minutes.

« Comment ! tu vas chez ce roussin [1] de Bourguignon ! cria
995 Mes-Bottes, quand le zingueur lui eut parlé. Plus souvent qu'on me pince dans cette boîte ! Non, j'aimerais mieux tirer la langue jusqu'à l'année prochaine… Mais, mon vieux, tu ne resteras pas là trois jours, c'est moi qui te le dis !

— Vrai, une sale boîte ? demanda Coupeau inquiet.

1000 — Oh ! tout ce qu'il y a de plus sale… On ne peut pas bouger. Le singe est sans cesse sur votre dos. Et avec ça des manières, une bourgeoise qui vous traite de soûlard, une boutique où il est défendu de cracher… Je les ai envoyés dinguer le premier soir, tu comprends.

1005 — Bon ! me voilà prévenu. Je ne mangerai pas chez eux un boisseau de sel [2]… J'en vais tâter ce matin ; mais si le patron m'embête, je te le ramasse et je te l'assois sur sa bourgeoise, tu sais, collés comme une paire de soles ! »

Le zingueur secouait la main du camarade, pour le remer-
1010 cier de son bon renseignement, et il s'en allait quand Mes-Bottes se fâcha. Tonnerre de Dieu ! est-ce que le Bourguignon allait les empêcher de boire la goutte ? Les hommes n'étaient plus des hommes, alors ? Le singe pouvait bien attendre cinq minutes. Et Lantier entra pour accepter la tournée, les quatre
1015 ouvriers se tinrent debout devant le comptoir. Cependant, Mes-Bottes, avec ses souliers éculés, sa blouse noire d'ordures, sa casquette aplatie sur le sommet du crâne, gueulait fort et roulait des yeux de maître dans l'Assommoir. Il venait d'être proclamé empereur des pochards et roi des cochons, pour avoir
1020 mangé une salade de hannetons vivants et mordu dans un chat crevé [3].

---

1. *Roussin* : mouchard. \ **2.** *Je ne mangerai pas* […] *un boisseau de sel* : je ne m'infligerai pas une épreuve pareille. \ **3.** Ces histoires d'ivrognes sont empruntées au *Sublime*.

« Dites donc, espèce de Borgia [1] ! cria-t-il au père Colombe, donnez-moi de la jaune, de votre pissat d'âne premier numéro. »

Et quand le père Colombe, blême et tranquille dans son tricot bleu, eut empli les quatre verres, ces messieurs les vidèrent d'une lampée, histoire de ne pas laisser le liquide s'éventer.

« Ça fait tout de même du bien où ça passe », murmura Bibi-la-Grillade.

Mais cet animal de Mes-Bottes en racontait une comique. Le vendredi, il était si soûl, que les camarades lui avaient scellé sa pipe dans le bec avec une poignée de plâtre. Un autre en serait crevé, lui gonflait le dos et se pavanait.

« Ces messieurs ne renouvellent pas ? demanda le père Colombe de sa voix grasse.

— Si, redoublez-nous ça, dit Lantier. C'est mon tour. »

Maintenant, on causait des femmes. Bibi-la-Grillade, le dernier dimanche, avait mené sa scie [2] à Montrouge, chez une tante. Coupeau demanda des nouvelles de la Malle-des-Indes, une blanchisseuse de Chaillot, connue dans l'établissement. On allait boire, quand Mes-Bottes, violemment, appela Goujet et Lorilleux qui passaient. Ceux-ci vinrent jusqu'à la porte et refusèrent d'entrer. Le forgeron ne sentait pas le besoin de prendre quelque chose. Le chaîniste, blafard, grelottant, serrait dans sa poche les chaînes d'or qu'il reportait ; et il toussait, il s'excusait, en disant qu'une goutte d'eau-de-vie le mettait sur le flanc.

« En voilà des cafards ! grogna Mes-Bottes. Ça doit licher [3] dans les coins. »

Et quand il eut mis le nez dans son verre, il attrapa le père Colombe.

---

1. *Borgia* : famille de tyrans et d'empoisonneurs de Florence. \ **2.** *Scie* : femme. \ **3.** *Licher* : manger et boire à s'en lécher les lèvres.

« Vieille drogue, tu as changé de litre !... Tu sais, ce n'est pas avec moi qu'il faut maquiller ton vitriol ! »

Le jour avait grandi, une clarté louche éclairait l'Assommoir, dont le patron éteignait le gaz. Coupeau, pourtant, excusait son beau-frère, qui ne pouvait pas boire, ce dont, après tout, on n'avait pas à lui faire un crime. Il approuvait même Goujet, attendu que c'était un bonheur de ne jamais avoir soif. Et il parlait d'aller travailler, lorsque Lantier, avec son grand air d'homme comme il faut, lui infligea une leçon : on payait sa tournée, au moins, avant de se cavaler ; on ne lâchait pas des amis comme un pleutre, même pour se rendre à son devoir.

« Est-ce qu'il va nous bassiner longtemps avec son travail ! cria Mes-Bottes.

— Alors, c'est la tournée de monsieur ? » demanda le père Colombe à Coupeau.

Celui-ci paya sa tournée. Mais, quand vint le tour de Bibi-la-Grillade, il se pencha à l'oreille du patron, qui refusa d'un lent signe de tête. Mes-Bottes comprit et se remit à invectiver cet entortillé[1] de père Colombe. Comment ! une bride de son espèce se permettait de mauvaises manières à l'égard d'un camarade ! Tous les marchands de coco faisaient l'œil[2] ! Il fallait venir dans les mines à poivre[3] pour être insulté ! Le patron restait calme, se balançait sur ses gros poings, au bord du comptoir, en répétant poliment :

« Prêtez de l'argent à monsieur, ce sera plus simple.

— Nom de Dieu ! oui, je lui en prêterai, hurla Mes-Bottes. Tiens ! Bibi, jette-lui sa monnaie à travers la gueule, à ce vendu ! »

Puis, lancé, agacé par le sac que Coupeau avait gardé à son épaule, il continua, en s'adressant au zingueur :

---

1. *Entortillé* : ennuyeux. \ **2.** *Faisaient l'œil* : faisaient crédit. \ **3.** *Mines à poivre* : établissement où l'eau-de-vie consommée était distillée.

« T'as l'air d'une nourrice. Lâche ton poupon. Ça rend bossu. »

Coupeau hésita un instant ; et, paisiblement, comme s'il s'était décidé après de mûres réflexions, il posa son sac par terre, en disant :

« Il est trop tard, à cette heure. J'irai chez Bourguignon après le déjeuner. Je dirai que ma bourgeoise a eu des coliques… Écoutez, père Colombe, je laisse mes outils sous cette banquette, je les reprendrai à midi. »

Lantier, d'un hochement de tête, approuva cet arrangement. On doit travailler, ça ne fait pas un doute ; seulement, quand on se trouve avec des amis, la politesse passe avant tout. Un désir de godaille les avait peu à peu chatouillés et engourdis tous les quatre, les mains lourdes, se tâtant du regard. Et, dès qu'ils eurent cinq heures de flâne devant eux, ils furent pris brusquement d'une joie bruyante, ils s'allongèrent des claques, se gueulèrent des mots de tendresse dans la figure. Coupeau surtout, soulagé, rajeuni, qui appelait les autres « ma vieille branche ! » On se mouilla encore d'une tournée générale ; puis on alla à *La puce qui renifle*, un petit bousingot[1] où il y avait un billard. Le chapelier fit un instant son nez parce que c'était une maison pas très propre ; le schnick[2] y valait un franc le litre, dix sous une chopine en deux verres, et la société de l'endroit avait commis tant de saletés sur le billard, que les billes y restaient collées. Mais, la partie une fois engagée, Lantier, qui avait un coup de queue extraordinaire, retrouva sa grâce et sa belle humeur, développant son torse, accompagnant d'un effet de hanches chaque carambolage.

Lorsque vint l'heure du déjeuner, Coupeau eut une idée, il tapa des pieds, en criant :

---

1. *Bousingot* : cabaret. \ **2.** *Schnick* : eau-de-vie de mauvaise qualité.

« Faut aller prendre Bec-Salé. Je sais où il travaille... Nous l'emmènerons manger des pieds à la poulette[1] chez la mère Louis. »

L'idée fut acclamée. Oui, Bec-Salé, dit Boit-sans-Soif, devait avoir besoin de manger des pieds à la poulette. Ils partirent. Les rues étaient jaunes, une petite pluie tombait; mais ils avaient déjà trop chaud à l'intérieur pour sentir ce léger arrosage sur leurs abattis[2]. Coupeau les mena rue Marcadet, à la fabrique de boulons. Comme ils arrivaient une grosse demi-heure avant la sortie, le zingueur donna deux sous à un gamin pour entrer dire à Bec-Salé que sa bourgeoise se trouvait mal et le demandait tout de suite. Le forgeron parut aussitôt, en se dandinant, l'air bien calme, le nez flairant un gueuleton.

« Ah! les cheulards[3]! dit-il, dès qu'il les aperçut cachés sous une porte. J'ai senti ça... Hein? qu'est-ce qu'on mange? »

Chez la mère Louis, tout en suçant les petits os des pieds, on tapa de nouveau sur les patrons. Bec-Salé, dit Boit-sans-Soif, racontait qu'il y avait une commande pressée dans sa boîte. Oh! le singe était coulant pour le quart d'heure; on pouvait manquer à l'appel, il restait gentil, il devait s'estimer encore bien heureux quand on revenait. D'abord, il n'y avait pas de danger qu'un patron osât jamais flanquer dehors Bec-Salé, dit Boit-sans-Soif, parce qu'on n'en trouvait plus, des cadets de sa capacité. Après les pieds, on mangea une omelette. Chacun but son litre. La mère Louis faisait venir son vin de l'Auvergne, un vin couleur de sang qu'on aurait coupé au couteau. Ça commençait à être drôle, la bordée s'allumait.

« Qu'est-ce qu'il a, à m'emmoutarder[4], cet encloué[5] de singe? cria Bec-Salé au dessert. Est-ce qu'il ne vient pas d'avoir

---

1. *La poulette* : sauce à base de beurre, de jaune d'œuf et de vinaigre. \ **2.** *Abattis* : membres du corps humain. \ **3.** *Cheulards* : soûlards. \ **4.** *Emmoutarder* : embêter. \ **5.** *Encloué* : imbécile.

l'idée d'accrocher une cloche dans sa baraque ? Une cloche, c'est
bon pour des esclaves... Ah bien ! elle peut sonner, aujour-
d'hui ! Du tonnerre si l'on me repince à l'enclume ! Voilà cinq
145 jours que je me la foule, je puis bien le balancer... S'il me fiche
un abattage[1], je l'envoie à Chaillot[2].

— Moi, dit Coupeau d'un air important, je suis obligé de
vous lâcher, je vais travailler. Oui, j'ai juré à ma femme...
Amusez-vous, je reste de cœur avec les camaros, vous savez. »
150 Les autres blaguaient. Mais lui, semblait si décidé que tous
l'accompagnèrent, quand il parla d'aller chercher ses outils
chez le père Colombe. Il prit son sac sous la banquette, le posa
devant lui, pendant qu'on buvait une dernière goutte. À une
heure, la société s'offrait encore des tournées. Alors, Coupeau,
155 d'un geste d'ennui, reporta les outils sous la banquette ; ils le
gênaient, il ne pouvait pas s'approcher du comptoir sans buter
dedans. C'était trop bête, il irait le lendemain chez Bourguignon. Les quatre autres, qui se disputaient à propos de la question des salaires, ne s'étonnèrent pas, lorsque le zingueur, sans
160 explication, leur proposa un petit tour sur le boulevard, pour
se dérouiller les jambes. La pluie avait cessé. Le petit tour se
borna à faire deux cents pas sur une même file, les bras ballants ;
et ils ne trouvaient plus un mot, surpris par l'air, ennuyés d'être
dehors. Lentement, sans avoir seulement à se consulter du
165 coude, ils remontèrent d'instinct la rue des Poissonniers, où ils
entrèrent chez François prendre un canon de la bouteille. Vrai,
ils avaient besoin de ça pour se remettre. On tournait trop à la
tristesse dans la rue, il y avait une boue à ne pas flanquer un
sergent de ville à la porte. Lantier poussa les camarades dans
170 le cabinet, un coin étroit occupé par une seule table, et qu'une
cloison aux vitres dépolies séparait de la salle commune. Lui,

---

1. *Abattage* : série de reproches. \ **2.** *Je l'envoie à Chaillot* : je l'envoie promener, je me débar-
rasse de lui.

d'ordinaire, se piquait le nez dans les cabinets, parce que c'était plus convenable. Est-ce que les camarades n'étaient pas bien là ? On se serait cru chez soi, on y aurait fait dodo sans se gêner.

1175 Il demanda le journal, l'étala tout grand, le parcourut, les sourcils froncés. Coupeau et Mes-Bottes avaient commencé un piquet[1]. Deux litres et cinq verres traînaient sur la table.

« Eh bien ? qu'est-ce qu'ils chantent, dans ce papier-là ? » demanda Bibi-la-Grillade au chapelier.

1180 Il ne répondit pas tout de suite. Puis, sans lever les yeux :

« Je tiens la Chambre. En voilà des républicains de quatre sous, ces sacrés fainéants de la gauche. Est-ce que le peuple les nomme pour baver leur eau sucrée !... Il croit en Dieu, celui-là, et il fait des mamours à ces canailles de ministres ! Moi, si

1185 j'étais nommé, je monterais à la tribune et je dirais : Merde ! Oui, pas davantage, c'est mon opinion !

— Vous savez que Badinguet s'est fichu des claques avec sa bourgeoise, l'autre soir, devant toute sa cour, raconta Bec-Salé, dit Boit-sans-Soif. Ma parole d'honneur ! Et à propos de rien,

1190 en s'asticotant. Badinguet était éméché.

— Lâchez-nous donc le coude, avec votre politique ! cria le zingueur. Lisez les assassinats, c'est plus rigolo. »

Et revenant à son jeu, annonçant une tierce au neuf et trois dames :

1195 « J'ai une tierce à l'égout et trois colombes... Les crinolines ne me quittent pas. »

On vida les verres. Lantier se mit à lire tout haut :

« Un crime épouvantable vient de jeter l'effroi dans la commune de Gaillon (Seine-et-Marne). Un fils a tué son père

1200 à coups de bêche, pour lui voler trente sous... »

Tous poussèrent un cri d'horreur. En voilà un, par exemple ; qu'ils seraient allés voir raccourcir[2] avec plaisir ! Non, la

---

1. *Piquet* : jeu de cartes. \ 2. *Raccourcir* : guillotiner.

guillotine, ce n'était pas assez ; il aurait fallu le couper en petits
morceaux. Une histoire d'infanticide les révolta également ;
205 mais le chapelier, très moral, excusa la femme en mettant tous
les torts du côté de son séducteur ; car, enfin, si une crapule
d'homme n'avait pas fait un gosse à cette malheureuse, elle
n'aurait pas pu en jeter un dans les lieux d'aisances[1]. Mais ce
qui les enthousiasma, ce furent les exploits du marquis de T...
210 sortant d'un bal à deux heures du matin et se défendant contre
trois mauvaises goupes[2], boulevard des Invalides ; sans même
retirer ses gants, il s'était débarrassé des deux premiers
scélérats avec des coups de tête dans le ventre, et avait conduit
le troisième au poste, par une oreille. Hein ? quelle poigne !
215 C'était embêtant qu'il fût noble.

« Écoutez ça maintenant, continua Lantier. Je passe aux
nouvelles de la haute. "La comtesse de Brétigny marie sa fille
aînée au jeune baron de Valançay, aide de camp de Sa Majesté.
Il y a, dans la corbeille, pour plus de trois cent mille francs de
220 dentelle..."

— Qu'est-ce que ça nous fiche ! interrompit Bibi-la-Grillade.
On ne leur demande pas la couleur de leur chemise... La petite
a beau avoir de la dentelle, elle n'en verra pas moins la lune par
le même trou que les autres. »

225 Comme Lantier faisait mine d'achever sa lecture, Bec-Salé,
dit Boit-sans-Soif, lui enleva le journal et s'assit dessus, en
disant :

« Ah ! non, assez !... Le voilà au chaud... Le papier, ce n'est
bon qu'à ça. »

230 Cependant, Mes-Bottes, qui regardait son jeu, donnait un
coup de poing triomphant sur la table. Il faisait quatre-vingt-
treize[3].

---

1. *Lieux d'aisance* : cabinets. \ 2. *Goupes* : filles dont la conduite est lamentable. \ 3. Cet
argot des cartes, et plus particulièrement de la partie de piquet, est également tiré du
Sublime.

« J'ai la Révolution, cria-t-il. Quinte mangeuse, portant son point dans l'herbe à la vache… Vingt, n'est-ce pas ?… Ensuite, tierce major dans les vitriers, vingt-trois ; trois bœufs, vingt-six ; trois larbins, vingt-neuf ; trois borgnes, quatre-vingt-douze… Et je joue an I de la République, quatre-vingt-treize.

— T'est rincé, mon vieux », crièrent les autres à Coupeau.

On commanda deux nouveaux litres. Les verres ne désemplissaient plus, la soûlerie montait. Vers cinq heures, ça commençait à devenir dégoûtant, si bien que Lantier se taisait et songeait à filer ; du moment où l'on gueulait et où l'on fichait le vin par terre, ce n'était plus son genre. Justement, Coupeau se leva pour faire le signe de croix des pochards. Sur la tête il prononça Montpernasse, à l'épaule droite Menilmonte, à l'épaule gauche la Courtille, au milieu du ventre Bagnolet, et dans le creux de l'estomac trois fois Lapin sauté. Alors, le chapelier, profitant de la clameur soulevée par cet exercice, prit tranquillement la porte. Les camarades ne s'aperçurent même pas de son départ. Lui, avait déjà un joli coup de sirop. Mais, dehors, il se secoua, il retrouva son aplomb ; et il regagna tranquillement la boutique, où il raconta à Gervaise que Coupeau était avec des amis.

Deux jours se passèrent. Le zingueur n'avait pas reparu. Il roulait dans le quartier, on ne savait pas bien où. Des gens, pourtant, disaient l'avoir vu chez la mère Baquet, au *Papillon*, au *Petit Bonhomme qui tousse*. Seulement, les uns assuraient qu'il était seul, tandis que les autres l'avaient rencontré en compagnie de sept ou huit soûlards de son espèce. Gervaise haussait les épaules d'un air résigné. Mon Dieu ! c'était une habitude à prendre. Elle ne courait pas après son homme ; même, si elle l'apercevait chez un marchand de vin, elle faisait un détour, pour ne pas le mettre en colère ; et elle attendait qu'il rentrât, écoutant la nuit s'il ne ronflait pas à la porte. Il couchait sur un

tas d'ordures, sur un banc, dans un terrain vague, en travers
d'un ruisseau. Le lendemain, avec son ivresse mal cuvée de la
veille, il repartait, tapait aux volets des consolations[1], se lâchait
de nouveau dans une course furieuse, au milieu des petits
270 verres, des canons et des litres, perdant et retrouvant ses amis,
poussant des voyages dont il revenait plein de stupeur, voyant
danser les rues, tomber la nuit et naître le jour, sans autre idée
que de boire et de cuver sur place. Lorsqu'il cuvait, c'était fini.
Gervaise alla pourtant, le second jour, à l'Assommoir du père
275 Colombe, pour savoir ; on l'y avait revu cinq fois, on ne pouvait
pas lui en dire davantage. Elle dut se contenter d'emporter les
outils, restés sous la banquette.

Lantier, le soir, voyant la blanchisseuse ennuyée, lui proposa
de la conduire au café-concert, histoire de passer un moment
280 agréable. Elle refusa d'abord, elle n'était pas en train de rire.
Sans cela, elle n'aurait pas dit non, car le chapelier lui faisait
son offre d'un air trop honnête pour qu'elle se méfiât de
quelque traîtrise. Il semblait s'intéresser à son malheur et se
montrait vraiment paternel. Jamais Coupeau n'avait découché
285 deux nuits. Aussi, malgré elle, toutes les dix minutes, venait-
elle se planter sur la porte, sans lâcher son fer, regardant aux
deux bouts de la rue si son homme n'arrivait pas. Ça la tenait
dans les jambes, à ce qu'elle disait, des picotements qui l'empêchaient de rester en place. Bien sûr, Coupeau pouvait se
290 démolir un membre, tomber sous une voiture et y rester : elle
serait joliment débarrassée, elle se défendait de garder dans le
cœur la moindre amitié pour un sale personnage de cette
espèce. Mais, à la fin, c'était agaçant de toujours se demander
s'il rentrerait ou s'il ne rentrerait pas. Et, lorsqu'on alluma le
295 gaz, comme Lantier lui parlait de nouveau du café-concert, elle
accepta. Après tout, elle se trouvait trop bête de refuser un

---

1. *Consolations* : lieux où l'on boit.

plaisir, lorsque son mari, depuis trois jours, menait une vie de polichinelle. Puisqu'il ne rentrait pas, elle aussi allait sortir. La cambuse[1] brûlerait, si elle voulait. Elle aurait fichu en personne le feu au bazar, tant l'embêtement de la vie commençait à lui monter au nez.

On dîna vite. En partant au bras du chapelier, à huit heures, Gervaise pria maman Coupeau et Nana de se mettre au lit tout de suite. La boutique était fermée. Elle s'en alla par la porte de la cour et donna la clef à Mme Boche, en lui disant que si son cochon rentrait, elle eût l'obligeance de le coucher. Le chapelier l'attendait sous la porte, bien mis, sifflant un air. Elle avait sa robe de soie. Ils suivirent doucement le trottoir, serrés l'un contre l'autre, éclairés par les coups de lumière des boutiques, qui les montraient se parlant à demi-voix, avec un sourire.

Le café-concert était boulevard de Rochechouart, un ancien petit café qu'on avait agrandi sur une cour, par une baraque en planches. À la porte, un cordon de boules de verre dessinait un portique lumineux. De longues affiches, collées sur des panneaux de bois, se trouvaient posées par terre, au ras du ruisseau.

« Nous y sommes, dit Lantier. Ce soir, débuts de Mlle Amanda, chanteuse de genre[2]. »

Mais il aperçut Bibi-la-Grillade, qui lisait également l'affiche. Bibi avait un œil au beurre noir, quelque coup de poing attrapé la veille.

« Eh bien ! et Coupeau ? demanda le chapelier, en cherchant autour de lui, vous avez donc perdu Coupeau ?

— Oh ! il y a beau temps, depuis hier, répondit l'autre. On s'est allongé un coup de tampon, en sortant de chez la mère Baquet. Moi, je n'aime pas les jeux de mains… Vous savez, c'est avec le garçon de la mère Baquet qu'on a eu des raisons,

---

1. *Cambuse* : maison mal tenue. \ 2. *Chanteuse de genre* : chanteuse réaliste et pathétique.

par rapport à un litre qu'il voulait nous faire payer deux fois…
Alors, j'ai filé, je suis allé schloffer[1] un brin. »

330   Il bâillait encore, il avait dormi dix-huit heures. D'ailleurs,
il était complètement dégrisé, l'air abêti, sa vieille veste pleine
de duvet ; car il devait s'être couché dans son lit tout habillé.

« Et vous ne savez pas où est mon mari, monsieur ? interrogea la blanchisseuse.

335   — Mais non, pas du tout… Il était cinq heures, quand nous
avons quitté la mère Baquet. Voilà !… Il a peut-être bien
descendu la rue. Oui, même je crois l'avoir vu entrer au
Papillon avec un cocher… Oh ! que c'est bête ! Vrai, on est bon
à tuer ! »

340   Lantier et Gervaise passèrent une très agréable soirée au café-
concert. À onze heures, lorsqu'on ferma les portes, ils revinrent
en se baladant, sans se presser. Le froid piquait un peu, le
monde se retirait par bandes ; et il y avait des filles qui crevaient
de rire, sous les arbres, dans l'ombre, parce que les hommes
345   rigolaient de trop près. Lantier chantait entre ses dents une des
chansons de Mlle Amanda : *C'est dans l'nez qu'ça me chatouille.*
Gervaise, étourdie, comme grise, reprenait le refrain. Elle avait
eu très chaud. Puis, les deux consommations qu'elle avait bues
lui tournaient sur le cœur, avec la fumée des pipes et l'odeur
350   de toute cette société entassée. Mais elle emportait surtout une
vive impression de Mlle Amanda. Jamais elle n'aurait osé se
mettre nue comme ça devant le public. Il fallait être juste, cette
dame avait une peau à faire envie. Et elle écoutait, avec une
curiosité sensuelle, Lantier donner des détails sur la personne
355   en question, de l'air d'un monsieur qui lui aurait compté les
côtes en particulier.

« Tout le monde dort », dit Gervaise, après avoir sonné trois
fois, sans que les Boche eussent tiré le cordon.

---

1. *Schloffer* : dormir.

La porte s'ouvrit, mais le porche était noir, et quand elle
1360 frappa à la vitre de la loge pour demander sa clef, la concierge
ensommeillée lui cria une histoire à laquelle elle n'entendit
rien d'abord. Enfin, elle comprit que le sergent de ville Poisson
avait ramené Coupeau dans un drôle d'état, et que la clef
devait être sur la serrure.

1365   « Fichtre ! murmura Lantier, quand ils furent entrés, qu'est-
ce qu'il a donc fait ici ? C'est une vraie infection. »

En effet, ça puait ferme. Gervaise, qui cherchait des allumettes, marchait dans du mouillé. Lorsqu'elle fut parvenue à
allumer une bougie, ils eurent devant eux un joli spectacle.
1370 Coupeau avait rendu tripes et boyaux ; il y en avait plein la
chambre ; le lit en était emplâtré, le tapis également, et jusqu'à
la commode qui se trouvait éclaboussée. Avec ça, Coupeau,
tombé du lit où Poisson devait l'avoir jeté, ronflait là-dedans,
au milieu de son ordure. Il s'y étalait, vautré comme un porc,
1375 une joue barbouillée, soufflant son haleine empestée par sa
bouche ouverte, balayant de ses cheveux déjà gris la mare
élargie autour de sa tête.

« Oh ! le cochon ! le cochon ! répétait Gervaise indignée,
exaspérée. Il a tout sali… Non, un chien n'aurait pas fait ça,
1380 un chien crevé est plus propre. »

Tous deux n'osaient bouger, ne savaient où poser le pied.
Jamais le zingueur n'était revenu avec une telle culotte et n'avait
mis la chambre dans une ignominie pareille. Aussi, cette vue-
là portait un rude coup au sentiment que sa femme pouvait
1385 encore éprouver pour lui. Autrefois, quand il rentrait éméché
ou poivré, elle se montrait complaisante et pas dégoûtée. Mais,
à cette heure, c'était trop, son cœur se soulevait. Elle ne l'aurait
pas pris avec des pincettes. L'idée seule que la peau de ce goujat
chercherait sa peau, lui causait une répugnance, comme si on
1390 lui avait demandé de s'allonger à côté d'un mort, abîmé par une
vilaine maladie.

« Il faut pourtant que je me couche, murmura-t-elle. Je ne puis pas retourner coucher dans la rue… Oh! je lui passerai plutôt sur le corps. »

395   Elle tâcha d'enjamber l'ivrogne et dut se retenir à un coin de la commode, pour ne pas glisser dans la saleté. Coupeau barrait complètement le lit. Alors, Lantier, qui avait un petit rire en voyant bien qu'elle ne ferait pas dodo sur son oreiller cette nuit-là, lui prit une main, en disant d'une voix basse et
400 ardente :

« Gervaise… écoute, Gervaise… »

Mais elle avait compris, elle se dégagea, éperdue, le tutoyant à son tour comme jadis.

« Non, laisse-moi… Je t'en supplie, Auguste, rentre dans
405 ta chambre… Je vais m'arranger, je monterai dans le lit par les pieds…

— Gervaise, voyons, ne fais pas la bête, répétait-il. Ça sent trop mauvais, tu ne peux pas rester… Viens. Qu'est-ce que tu crains? Il ne nous entend pas, va! »

410   Elle luttait, elle disait non de la tête, énergiquement. Dans son trouble, comme pour montrer qu'elle resterait là, elle se déshabillait, jetait sa robe de soie sur une chaise, se mettait violemment en chemise et en jupon, toute blanche, le cou et les bras nus. Son lit était à elle, n'est-ce pas? elle voulait
415 coucher dans son lit. À deux reprises, elle tenta encore de trouver un coin propre et de passer. Mais Lantier ne se lassait pas, la prenait à la taille, en disant des choses pour lui mettre le feu dans le sang. Ah! elle était bien plantée avec un loupiat[1] de mari par-devant, qui l'empêchait de se fourrer honnêtement
420 sous sa couverture, avec un sacré salaud d'homme par-derrière, qui songeait uniquement à profiter de son malheur pour la ravoir! Comme le chapelier haussait la voix, elle le supplia de

---

1. *Loupiat* : fainéant.

se taire. Et elle écouta, l'oreille tendue vers le cabinet où couchaient Nana et maman Coupeau. La petite et la vieille devaient dormir, on entendait une respiration forte.

« Auguste, laisse-moi, tu vas les réveiller, reprit-elle, les mains jointes. Sois raisonnable. Un autre jour, ailleurs... Pas ici, pas devant ma fille... »

Il ne parlait plus, il restait souriant ; et, lentement, il la baisa sur l'oreille, ainsi qu'il la baisait autrefois pour la taquiner, et l'étourdir. Alors, elle fut sans force, elle sentit un grand bourdonnement, un grand frisson descendre dans sa chair. Pourtant, elle fit de nouveau un pas. Et elle dut reculer. Ce n'était pas possible, la dégoûtation était si grande, l'odeur devenait telle, qu'elle se serait elle-même mal conduite dans ses draps. Coupeau, comme sur de la plume, assommé par l'ivresse, cuvait sa bordée, les membres morts, la gueule de travers. Toute la rue aurait bien pu entrer embrasser sa femme, sans qu'un poil de son corps en remuât.

« Tant pis, bégayait-elle, c'est sa faute ; je ne puis pas... Ah ! mon Dieu ! ah ! mon Dieu ! il me renvoie de mon lit, je n'ai plus de lit... Non, je ne puis pas, c'est sa faute. »

Elle tremblait, elle perdait la tête. Et, pendant que Lantier la poussait dans la chambre, le visage de Nana apparut à la porte vitrée du cabinet, derrière un carreau. La petite venait de se réveiller et de se lever doucement, en chemise, pâle de sommeil. Elle regarda son père roulé dans son vomissement ; puis, la figure collée contre la vitre, elle resta là, à attendre que le jupon de sa mère eût disparu chez l'autre homme, en face. Elle était toute grave. Elle avait de grands yeux d'enfant vicieuse, allumés d'une curiosité sensuelle.

IX

Cet hiver-là, maman Coupeau faillit passer, dans une crise d'étouffement. Chaque année, au mois de décembre, elle était sûre que son asthme la collait sur le dos pour des deux et trois semaines. Elle n'avait plus quinze ans, elle devait en avoir soixante-treize à la Saint-Antoine. Avec ça, très patraque, râlant pour un rien, quoique grosse et grasse. Le médecin annonçait qu'elle s'en irait en toussant, le temps de crier : Bonsoir, Jean-neton, la chandelle est éteinte !

Quand elle était dans son lit, maman Coupeau devenait mauvaise comme la gale. Il faut dire que le cabinet où elle couchait avec Nana n'avait rien de gai. Entre le lit de la petite et le sien, se trouvait juste la place de deux chaises. Le papier des murs, un vieux papier gris déteint, pendait en lambeaux. La lucarne ronde, près du plafond, laissait tomber un jour louche et pâle de cave. On se faisait joliment vieux là-dedans, surtout une personne qui ne pouvait pas respirer. La nuit encore, lorsque l'insomnie la prenait, elle écoutait dormir la petite, et c'était une distraction. Mais dans le jour, comme on ne lui tenait pas compagnie du matin au soir, elle grognait, elle pleurait, elle répétait toute seule pendant des heures, en roulant sa tête sur l'oreiller :

« Mon Dieu ! que je suis malheureuse !... Mon Dieu ! que je suis malheureuse !... En prison, oui, c'est en prison qu'ils me feront mourir ! »

25 Et, dès qu'une visite lui arrivait, Virginie ou Mme Boche, pour lui demander comment allait la santé, elle ne répondait pas, elle entamait tout de suite le chapitre de ses plaintes.

« Ah ! il est cher, le pain que je mange ici ! Non, je ne souffrirais pas autant chez des étrangers !... Tenez, j'ai voulu avoir
30 une tasse de tisane, eh bien ! on m'en a apporté plein un pot à eau, une manière de me reprocher d'en trop boire... C'est comme Nana, cette enfant que j'ai élevée, elle se sauve nupieds, le matin, et je ne la revois plus. On croirait que je sens mauvais. Pourtant, la nuit, elle dort joliment, elle ne se
35 réveillerait pas une seule fois pour me demander si je souffre... Enfin, je les embarrasse, ils attendent que je crève. Oh ! ce sera bientôt fait. Je n'ai plus de fils, cette coquine de blanchisseuse me l'a pris. Elle me battrait, elle m'achèverait, si elle n'avait pas peur de la justice. »

40 Gervaise, en effet, se montrait un peu rude par moments. La baraque tournait mal, tout le monde s'y aigrissait et s'envoyait promener au premier mot. Coupeau, un matin qu'il avait les cheveux malades, s'était écrié :

« La vieille dit toujours qu'elle va mourir, et elle ne meurt
45 jamais ! » parole qui avait frappé maman Coupeau au cœur. On lui reprochait ce qu'elle coûtait, on disait tranquillement que, si elle n'était plus là, il y aurait une grosse économie. À la vérité, elle ne se conduisait pas non plus comme elle aurait dû. Ainsi, quand elle voyait sa fille aînée, Mme Lerat, elle pleurait
50 misère, accusait son fils et sa belle-fille de la laisser mourir de faim, tout ça pour lui tirer une pièce de vingt sous, qu'elle dépensait en gourmandises. Elle faisait aussi des cancans abominables avec les Lorilleux, en leur racontant à quoi passaient leurs dix francs, aux fantaisies de la blanchisseuse, des
55 bonnets neufs, des gâteaux mangés dans les coins, des choses plus sales même qu'on n'osait pas dire. À deux ou trois reprises, elle faillit faire battre toute la famille. Tantôt elle était avec les

uns, tantôt elle était avec les autres ; enfin, ça devenait un vrai
gâchis.

60   Au plus fort de sa crise, cet hiver-là, un après-midi que
Mme Lorilleux et Mme Lerat s'étaient rencontrées devant son lit,
maman Coupeau cligna les yeux, pour leur dire de se pencher.
Elle pouvait à peine parler. Elle souffla, à voix basse :

« C'est du propre !... Je les ai entendus cette nuit. Oui, oui,
65   la Banban et le chapelier... Et ils menaient un train ! Coupeau
est joli. C'est du propre ! »

Elle raconta, par phrases courtes, toussant et étouffant, que
son fils avait dû rentrer ivre mort, la veille. Alors comme elle
ne dormait pas, elle s'était très bien rendu compte de tous les
70   bruits, les pieds nus de la Banban trottant sur le carreau, la voix
sifflante du chapelier qui l'appelait, la porte de communication
poussée doucement, et le reste. Ça devait avoir duré jusqu'au
jour, elle ne savait pas l'heure au juste, parce que, malgré ses
efforts, elle avait fini par s'assoupir.

75   « Ce qu'il y a de plus dégoûtant, c'est que Nana aurait pu
entendre, continua-t-elle. Justement, elle a été agitée toute la
nuit, elle qui d'habitude dort à poings fermés ; elle sautait, elle
se retournait, comme s'il y avait eu de la braise dans son lit. »

Les deux femmes ne parurent pas surprises.

80   « Pardi ! murmura Mme Lorilleux, ça doit avoir commencé
le premier jour... Du moment où ça plaît à Coupeau, nous
n'avons pas à nous en mêler. N'importe ! ce n'est guère honorable pour la famille.

— Moi, si j'étais là, expliqua Mme Lerat en pinçant les lèvres,
85   je lui ferais une peur, je lui crierais quelque chose, n'importe
quoi : "Je te vois !" ou bien : "V'là les gendarmes !"... La
domestique d'un médecin m'a dit que son maître lui avait dit
que ça pouvait tuer raide une femme, dans un certain moment.
Et si elle restait sur la place, n'est-ce pas ? ce serait bien fait, elle
90   se trouverait punie par où elle aurait péché. »

Tout le quartier sut bientôt que, chaque nuit, Gervaise allait retrouver Lantier. Mme Lorilleux, devant les voisines, avait une indignation bruyante ; elle plaignait son frère, ce jeanjean que sa femme peignait en jaune[1] de la tête aux pieds ; et, à l'en-
95 tendre, si elle entrait encore dans un pareil bazar, c'était uniquement pour sa pauvre mère, qui se trouvait forcée de vivre au milieu de ces abominations. Alors, le quartier tomba sur Gervaise. Ça devait être elle qui avait débauché le chape-lier. On voyait ça dans ses yeux. Oui, malgré les vilains bruits,
100 ce sacré sournois de Lantier restait gobé[2], parce qu'il continuait ses airs d'homme comme il faut avec tout le monde, marchant sur les trottoirs en lisant le journal, prévenant et galant auprès des dames, ayant toujours à donner des pastilles et des fleurs. Mon Dieu ! lui, faisait son métier de coq ; un homme est un
105 homme, on ne peut pas lui demander de résister aux femmes qui se jettent à son cou. Mais elle, n'avait pas d'excuse ; elle déshonorait la rue de la Goutte-d'Or. Et les Lorilleux, comme parrain et marraine, attiraient Nana chez eux pour avoir des détails. Quand ils la questionnaient d'une façon détournée, la
110 petite prenait son air bêta, répondait en éteignant la flamme de ses yeux sous ses longues paupières molles.

Au milieu de cette indignation publique, Gervaise vivait tranquille, lasse et un peu endormie. Dans les commence-ments, elle s'était trouvée bien coupable, bien sale, et elle avait
115 eu un dégoût d'elle-même. Quand elle sortait de la chambre de Lantier, elle se lavait les mains, elle mouillait un torchon et se frottait les épaules à les écorcher, comme pour enlever son ordure. Si Coupeau cherchait alors à plaisanter, elle se fâchait, courait en grelottant s'habiller au fond de la boutique ; et elle
120 ne tolérait pas davantage que le chapelier la touchât, lorsque son mari venait de l'embrasser. Elle aurait voulu changer de

---

1. *Peignait en jaune* : cocufiait. \ **2.** *Gobé* : apprécié.

peau en changeant d'homme. Mais, lentement, elle s'accoutumait. C'était trop fatigant de se débarbouiller chaque fois. Ses
paresses l'amollissaient, son besoin d'être heureuse lui faisait
125 tirer tout le bonheur possible de ses embêtements. Elle était
complaisante pour elle et pour les autres, tâchait uniquement
d'arranger les choses de façon à ce que personne n'eût trop
d'ennui. N'est-ce pas ? pourvu que son mari et son amant
fussent contents, que la maison marchât son petit train-train
130 régulier, qu'on rigolât du matin au soir, tous gras, tous satis-
faits de la vie et se la coulant douce, il n'y avait vraiment pas
de quoi se plaindre. Puis, après tout, elle ne devait pas tant faire
de mal, puisque ça s'arrangeait si bien, à la satisfaction d'un
chacun ; on est puni d'ordinaire, quand on fait le mal. Alors,
135 son dévergondage avait tourné à l'habitude. Maintenant, c'était
réglé comme le boire et le manger ; chaque fois que Coupeau
rentrait soûl, elle passait chez Lantier, ce qui arrivait au moins
le lundi, le mardi et le mercredi de la semaine. Elle partageait
ses nuits. Même elle avait fini, lorsque le zingueur simplement
140 ronflait trop fort, par le lâcher au beau milieu du sommeil, et
allait continuer son dodo tranquille sur l'oreiller du voisin. Ce
n'était pas qu'elle éprouvât plus d'amitié pour le chapelier.
Non, elle le trouvait seulement plus propre, elle se reposait
mieux dans sa chambre, où elle croyait prendre un bain. Enfin,
145 elle ressemblait aux chattes qui aiment à se coucher en rond sur
le linge blanc.

Maman Coupeau n'osa jamais parler de ça nettement. Mais,
après une dispute, quand la blanchisseuse l'avait secouée, la
vieille ne ménageait pas les allusions. Elle disait connaître des
150 hommes joliment bêtes et des femmes joliment coquines ; et
elle mâchait d'autres mots plus vifs, avec la verdeur de parole
d'une ancienne giletière. Les premières fois, Gervaise l'avait
regardée fixement, sans répondre. Puis, tout en évitant elle
aussi de préciser, elle se défendit, par des raisons dites en

155 général. Quand une femme avait pour homme un soûlard, un
saligaud qui vivait dans la pourriture, cette femme était bien
excusable de chercher de la propreté ailleurs. Elle allait plus
loin, elle laissait entendre que Lantier était son mari autant que
Coupeau, peut-être même davantage. Est-ce qu'elle ne l'avait
160 pas connu à quatorze ans ? Est-ce qu'elle n'avait pas deux
enfants de lui ? Eh bien, dans ces conditions, tout se pardonnait, personne ne pouvait lui jeter la pierre. Elle se disait
dans la loi de la nature. Puis, il ne fallait pas qu'on l'ennuyât.
Elle aurait vite fait d'envoyer à chacun son paquet. La rue
165 de la Goutte-d'Or n'était pas si propre ! La petite Mme Vigouroux faisait la cabriole du matin au soir dans son charbon.
Mme Lehongre, la femme de l'épicier, couchait avec son beau-
frère, un grand baveux qu'on n'aurait pas ramassé sur une pelle.
L'horloger d'en face, ce monsieur pincé, avait failli passer aux
170 assises, pour une abomination : il allait avec sa propre fille, une
effrontée qui roulait les boulevards. Et, le geste élargi, elle indiquait le quartier entier, elle en avait pour une heure rien qu'à
étaler le linge sale de tout ce peuple, les gens couchés comme
des bêtes, en tas, pères, mères, enfants, se roulant dans leur
175 ordure. Ah ! elle en savait, la cochonnerie pissait de partout, ça
empoisonnait les maisons d'alentour ! Oui, oui, quelque chose
de propre que l'homme et la femme, dans ce coin de Paris, où
l'on est les uns sur les autres, à cause de la misère ! On aurait mis
les deux sexes dans un mortier, qu'on en aurait tiré pour toute
180 marchandise de quoi fumer les cerisiers de la plaine Saint-Denis.

« Ils feraient mieux de ne pas cracher en l'air, ça leur
retombe sur le nez, criait-elle, quand on la poussait à bout.
Chacun dans son trou, n'est-ce pas ? Qu'ils laissent vivre les
braves gens à leur façon, s'il veulent vivre à la leur... Moi, je
185 trouve que tout est bien, mais à la condition de ne pas être
traînée dans le ruisseau par des gens qui s'y promènent, la tête
la première. »

Et, maman Coupeau s'étant un jour montrée plus claire, elle lui avait dit, les dents serrées :

190 « Vous êtes dans votre lit, vous profitez de ça... Écoutez, vous avez tort, vous voyez bien que je suis gentille, car jamais je ne vous ai jeté à la figure votre vie, à vous ! Oh ! je sais, une jolie vie, des deux ou trois hommes, du vivant du père Coupeau... Non, ne toussez pas, j'ai fini de causer. C'est seule-
195 ment pour vous demander de me ficher la paix, voilà tout ! »

La vieille femme avait manqué étouffer. Le lendemain, Goujet étant venu réclamer le linge de sa mère pendant une absence de Gervaise, maman Coupeau l'appela et le garda long-temps assis devant son lit. Elle connaissait bien l'amitié du
200 forgeron, elle le voyait sombre et malheureux depuis quelque temps, avec le soupçon des vilaines choses qui se passaient. Et, pour bavarder, pour se venger de la dispute de la veille, elle lui apprit la vérité crûment, en pleurant, en se plaignant, comme si la mauvaise conduite de Gervaise lui faisait surtout du tort.
205 Lorsque Goujet sortit du cabinet, il s'appuyait aux murs, suffo-quant de chagrin. Puis, au retour de la blanchisseuse, maman Coupeau lui cria qu'on la demandait tout de suite chez Mme Goujet, avec le linge repassé ou non ; et elle était si animée, que Gervaise flaira les cancans, devina la triste scène
210 et le crève-cœur dont elle se trouvait menacée.

Très pâle, les membres cassés à l'avance, elle mit le linge dans un panier, elle partit. Depuis des années, elle n'avait pas rendu un sou aux Goujet. La dette montait toujours à quatre cent vingt-cinq francs. Chaque fois, elle prenait l'argent du
215 blanchissage, en parlant de sa gêne. C'était une grande honte pour elle, parce qu'elle avait l'air de profiter de l'amitié du forgeron pour le jobarder[1]. Coupeau, moins scrupuleux main-tenant, ricanait, disait qu'il avait bien dû lui pincer la taille

---

1. *Jobarder* : tromper, se moquer, duper.

dans les coins, et qu'alors il était payé. Mais elle, malgré le
²²⁰ commerce où elle était tombée avec Lantier, se révoltait,
demandait à son mari s'il voulait déjà manger de ce pain-là. Il
ne fallait pas mal parler de Goujet devant elle ; sa tendresse
pour le forgeron lui restait comme un coin de son honneur.
Aussi, toutes les fois qu'elle reportait le linge chez ces braves
²²⁵ gens, se trouvait-elle prise d'un serrement au cœur, dès la
première marche de l'escalier.

« Ah ! c'est vous enfin ! lui dit sèchement Mme Goujet, en lui
ouvrant la porte. Quand j'aurai besoin de la mort, je vous
l'enverrai chercher. »

²³⁰ Gervaise entra, embarrassée, sans oser même balbutier une
excuse. Elle n'était plus exacte, ne venait jamais à l'heure, se
faisait attendre des huit jours. Peu à peu, elle s'abandonnait à
un grand désordre.

« Voilà une semaine que je compte sur vous, continua la
²³⁵ dentellière. Et vous mentez avec ça, vous m'envoyez votre
apprentie me raconter des histoires : on est après mon linge,
on va me le livrer le soir même, ou bien, c'est un accident, le
paquet qui est tombé dans un seau. Moi, pendant ce temps-là,
je perds ma journée, je ne vois rien arriver et je me tourmente
²⁴⁰ l'esprit. Non, vous n'êtes pas raisonnable… Voyons, qu'est-
ce que vous avez, dans ce panier ! Est-ce tout, au moins !
M'apportez-vous la paire de draps que vous me gardez depuis
un mois, et la chemise qui est restée en arrière, au dernier blanchissage ?

²⁴⁵ — Oui, oui, murmura Gervaise, la chemise y est, la voici. »

Mais Mme Goujet se récria. Cette chemise n'était pas à elle,
elle n'en voulait pas. On lui changeait son linge, c'était le
comble ! Déjà, l'autre semaine, elle avait eu deux mouchoirs
qui ne portaient pas sa marque. Ça ne la ragoûtait guère, du
²⁵⁰ linge venu elle ne savait d'où. Puis, enfin, elle tenait à ses
affaires.

« Et les draps ? reprit-elle. Ils sont perdus, n'est-ce pas ?….
Eh bien, ma petite, il faudra vous arranger, mais je les veux
quand même demain matin, entendez-vous ! »

Il y eut un silence. Ce qui achevait de troubler Gervaise,
c'était de sentir, derrière elle, la porte de la chambre de Goujet
entrouverte. Le forgeron devait être là, elle le devinait ; et quel
ennui, s'il écoutait tous ces reproches mérités, auxquels elle ne
pouvait rien répondre ! Elle se faisait très souple, très douce,
courbant la tête, posant le linge sur le lit le plus vivement
possible. Mais ça se gâta encore, quand Mme Goujet se mit à
examiner les pièces une à une. Elle les prenait, les rejetait, en
disant :

« Ah ! vous perdez joliment la main. On ne peut plus vous
faire des compliments tous les jours… Oui, vous salopez, vous
cochonnez l'ouvrage, à cette heure… Tenez, regardez-moi
ce devant de chemise, il est brûlé, le fer a marqué sur les plis.
Et les boutons, ils sont tous arrachés. Je ne sais pas comment
vous vous arrangez, il ne reste jamais un bouton… Oh ! par
exemple, voilà une camisole que je ne vous paierai pas. Voyez
donc ça ? La crasse y est, vous l'avez étalée simplement. Merci !
si le linge n'est même plus propre… »

Elle s'arrêta, comptant les pièces. Puis, elle s'écria :

« Comment ! c'est ce que vous apportez ?… Il manque deux
paires de bas, six serviettes, une nappe, des torchons… Vous
vous moquez de moi, alors ! Je vous ai fait dire de tout me
rendre, repassé ou non. Si dans une heure votre apprentie n'est
pas ici avec le reste, nous nous fâcherons, madame Coupeau, je
vous en préviens. »

À ce moment, Goujet toussa dans sa chambre. Gervaise
eut un léger tressaillement. Comme on la traitait devant lui,
mon Dieu ! Et elle resta au milieu de la chambre, gênée,
confuse, attendant le linge sale. Mais, après avoir arrêté le
compte, Mme Goujet avait tranquillement repris sa place

285 près de la fenêtre, travaillant au raccommodage d'un châle de dentelle.

« Et le linge ? demanda timidement la blanchisseuse.

— Non, merci, répondit la vieille femme, il n'y a rien cette semaine. »

290 Gervaise pâlit. On lui retirait la pratique. Alors, elle perdit complètement la tête, elle dut s'asseoir sur une chaise, parce que ses jambes s'en allaient sous elle. Et elle ne chercha pas à se défendre, elle trouva seulement cette phrase :

« M. Goujet est donc malade ? »

295 Oui, il était souffrant, il avait dû rentrer au lieu de se rendre à la forge, et il venait de s'étendre sur son lit pour se reposer. Mme Goujet causait gravement, en robe noire comme toujours, sa face blanche encadrée dans sa coiffe monacale. On avait encore baissé la journée des boulonniers ; de neuf francs, elle

300 était tombée à sept francs, à cause des machines qui, maintenant, faisaient toute la besogne. Et elle expliquait qu'ils économisaient sur tout ; elle voulait de nouveau laver son linge elle-même. Naturellement, ce serait bien tombé, si les Coupeau lui avaient rendu l'argent prêté par son fils. Mais ce n'était pas elle

305 qui leur enverrait les huissiers, puisqu'ils ne pouvaient pas payer. Depuis qu'elle parlait de la dette, Gervaise, la tête basse, semblait suivre le jeu agile de son aiguille reformant les mailles une à une.

« Pourtant, continuait la dentellière, en vous gênant un

310 peu, vous arriveriez à vous acquitter. Car, enfin, vous mangez très bien, vous dépensez beaucoup, j'en suis sûre... Quand vous nous donneriez seulement dix francs chaque mois... »

Elle fut interrompue par la voix de Goujet qui l'appelait.

« Maman ! maman ! »

315 Et, lorsqu'elle revint s'asseoir, presque tout de suite, elle changea la conversation. Le forgeron l'avait sans doute suppliée de ne pas demander de l'argent à Gervaise. Mais, malgré elle,

au bout de cinq minutes, elle parlait de nouveau de la dette. Oh ! elle avait prévu ce qui arrivait, le zingueur buvait la boutique, et il mènerait sa femme loin. Aussi jamais son fils n'aurait prêté les cinq cents francs, s'il l'avait écoutée. Aujourd'hui, il serait marié, il ne crèverait pas de tristesse, avec la perspective d'être malheureux toute sa vie. Elle s'animait, elle devenait très dure, accusant clairement Gervaise de s'être entendue avec Coupeau pour abuser de son bêta d'enfant. Oui, il y avait des femmes qui jouaient l'hypocrisie pendant des années et dont la mauvaise conduite finissait par éclater au grand jour.

« Maman ! maman ! » appela une seconde fois la voix de Goujet, plus violemment.

Elle se leva, et, quand elle reparut, elle dit, en se remettant à sa dentelle :

« Entrez, il veut vous voir. »

Gervaise, tremblante, laissa la porte ouverte. Cette scène l'émotionnait, parce que c'était comme un aveu de leur tendresse devant Mme Goujet. Elle retrouva la petite chambre tranquille, tapissée d'images, avec son lit de fer étroit, pareille à la chambre d'un garçon de quinze ans. Ce grand corps de Goujet, les membres cassés par la confidence de maman Coupeau, était allongé sur le lit, les yeux rouges, sa belle barbe jaune encore mouillée. Il devait avoir défoncé son oreiller de ses poings terribles, dans le premier moment de rage, car la toile fendue laissait couler la plume.

« Écoutez, maman a tort, dit-il à la blanchisseuse d'une voix presque basse. Vous ne me devez rien, je ne veux pas qu'on parle de ça. »

Il s'était soulevé, il la regardait. De grosses larmes aussitôt remontèrent à ses yeux.

« Vous souffrez, monsieur Goujet ? murmura-t-elle. Qu'est-ce que vous avez, je vous en prie ?

— Rien, merci. Je me suis trop fatigué hier. Je vais dormir un peu. »

Puis, son cœur se brisa, il ne put retenir ce cri :

« Ah ! mon Dieu ! mon Dieu ! jamais ça ne devait être,
355 jamais ! Vous aviez juré. Et ça est, maintenant, ça est !… Ah !
mon Dieu ! ça me fait trop de mal, allez-vous-en ! »

Et, de la main, il la renvoyait, avec une douceur suppliante.
Elle n'approcha pas du lit, elle s'en alla, comme il le demandait, stupide, n'ayant rien à lui dire pour le soulager. Dans la
360 pièce d'à côté, elle reprit son panier ; et elle ne sortait toujours
pas, elle aurait voulu trouver un mot. Mme Goujet continuait
son raccommodage, sans lever la tête. Ce fut elle qui dit enfin :

« Eh bien, bonsoir, renvoyez-moi mon linge, nous compte-
rons plus tard.

365 — Oui, c'est ça, bonsoir », balbutia Gervaise.

Elle referma la porte lentement, avec un dernier coup d'œil
dans ce ménage propre, rangé, où il lui semblait laisser quelque
chose de son honnêteté. Elle revint à la boutique de l'air bête
des vaches qui rentrent chez elles, sans s'inquiéter du chemin.
370 Maman Coupeau, sur une chaise, près de la mécanique, quittait son lit pour la première fois. Mais la blanchisseuse ne lui
fit pas même un reproche ; elle était trop fatiguée, les os
malades comme si on l'avait battue ; elle pensait que la vie était
trop dure à la fin, et qu'à moins de crever tout de suite, on ne
375 pouvait pourtant pas s'arracher le cœur soi-même.

Maintenant, Gervaise se moquait de tout. Elle avait un geste
vague de la main pour envoyer coucher le monde. À chaque
nouvel ennui, elle s'enfonçait dans le seul plaisir de faire ses
trois repas par jour. La boutique aurait pu crouler ; pourvu
380 qu'elle ne fût pas dessous, elle s'en serait allée volontiers, sans
une chemise. Et la boutique croulait, pas tout d'un coup, mais
un peu matin et soir. Une à une, les pratiques se fâchaient et
portaient leur linge ailleurs. M. Madinier, Mlle Remanjou, les

Boche eux-mêmes, étaient retournés chez Mme Fauconnier, où
385 ils trouvaient plus d'exactitude. On finit par se lasser de
réclamer une paire de bas pendant trois semaines et de remettre
des chemises avec les taches de graisse de l'autre dimanche.
Gervaise, sans perdre un coup de dents, leur criait bon voyage,
les arrangeait d'une propre manière, en se disant joliment
390 contente de ne plus avoir à fouiller dans leur infection. Ah!
bien! tout le quartier pouvait la lâcher, ça la débarrasserait
d'un beau tas d'ordures; puis, ce serait toujours de l'ouvrage
de moins. En attendant, elle gardait seulement les mauvaises
paies, les rouleuses [1], les femmes comme Mme Gaudron, dont
395 pas une blanchisseuse de la rue Neuve ne voulait laver le linge,
tant il puait. La boutique était perdue, elle avait dû renvoyer
sa dernière ouvrière, Mme Putois; elle restait seule avec son
apprentie, ce louchon d'Augustine, qui bêtissait en grandis-
sant; et encore, à elles deux, elles n'avaient pas toujours de
400 l'ouvrage, elles traînaient leur derrière sur les tabourets durant
des après-midi entiers. Enfin, un plongeon complet. Ça sentait
la ruine.

Naturellement, à mesure que la paresse et la misère
entraient, la malpropreté entrait aussi. On n'aurait pas reconnu
405 cette belle boutique bleue, couleur du ciel, qui était jadis l'orgueil de Gervaise. Les boiseries et les carreaux de la vitrine,
qu'on oubliait de laver, restaient du haut en bas éclaboussés par
la crotte des voitures. Sur les planches, à la tringle de laiton,
s'étalaient trois guenilles grises, laissées par des clientes mortes
410 à l'hôpital. Et c'était plus minable encore à l'intérieur: l'humidité des linges séchant au plafond avait décollé le papier; la
perse pompadour étalait des lambeaux qui pendaient pareils
à des toiles d'araignées lourdes de poussière; la mécanique,
cassée, trouée à coups de tisonnier, mettait dans son coin les

---

1. *Rouleuses*: filles faciles.

415 débris de vieille fonte d'un marchand de bric-à-brac ; l'établi
semblait avoir servi de table à toute une garnison, taché de café
et de vin, emplâtré de confiture, gras des lichades [1] du lundi.
Avec ça, une odeur d'amidon aigre, une puanteur faite de
moisi, de graillon [2] et de crasse. Mais Gervaise se trouvait très
420 bien là-dedans. Elle n'avait pas vu la boutique se salir ; elle s'y
abandonnait et s'habituait au papier déchiré, aux boiseries
graisseuses, comme elle en arrivait à porter des jupes fendues
et à ne plus se laver les oreilles. Même la saleté était un nid
chaud où elle jouissait de s'accroupir. Laisser les choses à la
425 débandade, attendre que la poussière bouchât les trous et mît
un velours partout, sentir la maison s'alourdir autour de soi
dans un engourdissement de fainéantise, cela était une vraie
volupté dont elle se grisait. Sa tranquillité d'abord ; le reste, elle
s'en battait l'œil. Ses dettes, toujours croissantes pourtant, ne
430 la tourmentaient plus. Elle perdait de sa probité ; on paierait
ou on ne paierait pas, la chose restait vague, et elle préférait ne
pas savoir. Quand on lui fermait un crédit dans une maison,
elle en ouvrait un autre dans la maison d'à côté. Elle brûlait le
quartier, elle avait des poufs [3] tous les dix pas. Rien que dans
435 la rue de la Goutte-d'Or, elle n'osait plus passer devant le charbonnier, ni devant l'épicier, ni devant la fruitière ; ce qui lui
faisait faire le tour par la rue des Poissonniers, quand elle allait
au lavoir, une trotte de dix bonnes minutes. Les fournisseurs
venaient la traiter de coquine. Un soir, l'homme qui avait
440 vendu les meubles de Lantier ameuta les voisins ; il gueulait
qu'il la trousserait et se paierait sur la bête [4], si elle ne lui allongeait pas sa monnaie. Bien sûr, de pareilles scènes la laissaient
tremblante ; seulement, elle se secouait comme un chien battu,
et c'était fini, elle n'en dînait pas plus mal, le soir. En voilà des

---

1. *Lichades* : festins. \ 2. *Graillon* : graisse. \ 3. *Poufs* : dettes impayées. \ 4. *Il se paierait sur
la bête* : il se paierait en nature.

445 insolents qui l'embêtaient! elle n'avait point d'argent, elle ne
pouvait pas en fabriquer, peut-être! Puis, les marchands
volaient assez, ils étaient faits pour attendre. Et elle se rendormait dans son trou, en évitant de songer à ce qui arriverait
forcément un jour. Elle ferait le saut, parbleu! mais, jusque-là,
450 elle entendait ne pas être taquinée.

Pourtant, maman Coupeau était remise. Pendant une année
encore, la maison boulotta[1]. L'été, naturellement, il y avait
toujours un peu plus de travail, les jupons blancs et les robes
de percale[2] des baladeuses[3] du boulevard extérieur. Ça tournait
455 à la dégringolade lente, le nez davantage dans la crotte chaque
semaine, avec des hauts et des bas cependant, des soirs où l'on
se frottait le ventre devant le buffet vide, et d'autres où l'on
mangeait du veau à crever. On ne voyait plus que maman
Coupeau sur les trottoirs cachant des paquets sous son tablier,
460 allant d'un pas de promenade au mont-de-piété de la rue
Polonceau. Elle arrondissait le dos, avait la mine confite et
gourmande d'une dévote qui va à la messe; car elle ne détestait pas ça, les tripotages d'argent l'amusaient, ce bibelotage[4]
de marchande à la toilette[5] chatouillait ses passions de vieille
465 commère. Les employés de la rue Poronceau la connaissaient
bien; ils l'appelaient la mère « Quatre Francs », parce qu'elle
demandait toujours quatre francs, quand ils en offraient trois,
sur ses paquets gros comme deux sous de beurre. Gervaise
aurait bazardé la maison; elle était prise de la rage du clou,
470 elle se serait tondu la tête, si on avait voulu lui prêter sur
ses cheveux. C'était trop commode, on ne pouvait pas s'empêcher d'aller chercher là de la monnaie, lorsqu'on attendait après
un pain de quatre livres. Tout le saint-frusquin[6] y passait, le
linge, les habits, jusqu'aux outils et aux meubles. Dans les

---

1. *Boulotta* : alla doucement. \ **2.** *Percale* : tissu de coton fin. \ **3.** *Baladeuses* : filles qui pré-
fèrent l'oisiveté au travail. \ **4.** *Bibelotage* : marchandage. \ **5.** *Marchande à la toilette* : femme
qui vend des objets d'occasion. \ **6.** *Saint-frusquin* : ce qu'on a, ce qu'on possède.

475 commencements, elle profitait des bonnes semaines, pour dégager[1], quitte à rengager[2] la semaine suivante. Puis, elle se moqua de ses affaires, les laissa perdre, vendit les reconnaissances. Une seule chose lui fendit le cœur, ce fut de mettre sa pendule en plan[3], pour payer un billet de vingt francs à un

480 huissier qui venait la saisir. Jusque-là, elle avait juré de mourir plutôt de faim que de toucher à sa pendule. Quand maman Coupeau l'emporta, dans une petite caisse à chapeau, elle tomba sur une chaise, les bras mous, les yeux mouillés, comme si on lui enlevait sa fortune. Mais, lorsque maman Coupeau

485 reparut avec vingt-cinq francs, ce prêt inespéré, ces cinq francs de bénéfice la consolèrent ; elle renvoya tout de suite la vieille femme chercher quatre sous de goutte dans un verre, à la seule fin de fêter la pièce de cent sous. Souvent maintenant lorsqu'elles s'entendaient bien ensemble, elles lichaient ainsi la

490 goutte, sur un coin de l'établi, un mêlé, moitié eau-de-vie et moitié cassis. Maman Coupeau avait un chic pour rapporter le verre plein dans la poche de son tablier, sans renverser une larme. Les voisins n'avaient pas besoin de savoir, n'est-ce pas ? La vérité était que les voisins savaient parfaitement. La frui-

495 tière, la tripière, les garçons épiciers disaient : « Tiens ! la vieille va chez ma tante[4] », ou bien : « Tiens ! la vieille rapporte son riquiqui[5] dans sa poche. » Et, comme de juste, ça montait encore le quartier contre Gervaise. Elle bouffait tout, elle aurait bientôt fait d'achever sa baraque. Oui, oui, plus que trois ou

500 quatre bouchées, la place serait nette comme torchette.

Au milieu de ce démolissement général, Coupeau prospérait. Ce sacré soiffard se portait comme un charme. Le pichenet[6] et le vitriol l'engraissaient, positivement. Il mangeait beaucoup, se fichait de cet efflanqué de Lorilleux qui

---

1. *Dégager* : acquitter un objet laissé en gage. \ **2.** *Rengager* : remettre en gage. \ **3.** *En plan* : au mont-de-piété. \ **4.** *Chez ma tante* : au mont-de-piété. \ **5.** *Riquiqui* : eau-de-vie de mauvaise qualité. \ **6.** *Pichenet* : petit vin de pays.

505 accusait la boisson de tuer les gens, lui répondait en se tapant
sur le ventre, la peau tendue par la graisse, pareille à la peau
d'un tambour. Il lui exécutait là-dessus une musique, les
vêpres [1] de la gueule, des roulements et des battements de
grosse caisse à faire la fortune d'un arracheur de dents. Mais
510 Lorilleux, vexé de ne pas avoir de ventre, disait que c'était de
la graisse jaune, de la mauvaise graisse. N'importe, Coupeau
se soûlait davantage, pour sa santé. Ses cheveux poivre et
sel, en coup de vent, flambaient comme un brûlot [2]. Sa face
d'ivrogne, avec sa mâchoire de singe, se culottait [3], prenait des
515 tons de vin bleu. Et il restait un enfant de la gaieté ; il
bousculait sa femme, quand elle s'avisait de lui conter ses
embarras. Est-ce que les hommes sont faits pour descendre
dans ces embêtements ? La cambuse pouvait manquer de pain,
ça ne le regardait pas. Il lui fallait sa pâtée matin et soir, et il
520 ne s'inquiétait jamais d'où elle lui tombait. Lorsqu'il passait
des semaines sans travailler, il devenait plus exigeant encore.
D'ailleurs, il allongeait toujours des claques amicales sur les
épaules de Lantier. Bien sûr, il ignorait l'inconduite de sa
femme ; du moins des personnes, les Boche, les Poisson,
525 juraient leurs grands dieux qu'il ne se doutait de rien, et que
ce serait un grand malheur, s'il apprenait jamais la chose.
Mais Mme Lerat, sa propre sœur, hochait la tête, racontait
qu'elle connaissait des maris auxquels ça ne déplaisait pas.
Une nuit, Gervaise elle-même, qui revenait de la chambre du
530 chapelier, était restée toute froide en recevant, dans l'obscurité, une tape sur le derrière ; puis, elle avait fini par se
rassurer, elle croyait s'être cognée contre le bateau du lit [4].
Vrai, la situation était trop terrible ; son mari ne pouvait pas
s'amuser à lui faire des blagues.

---

1. *Vêpres* : office religieux du soir. \ **2.** *Brûlot* : punch à l'eau-de-vie. \ **3.** *Se culottait* : prenait
un masque d'ivrogne. \ **4.** *Bateau du lit* : bord du lit en forme de bateau.

535 Lantier, lui non plus, ne dépérissait pas. Il se soignait beaucoup, mesurait son ventre à la ceinture de son pantalon, avec la continuelle crainte d'avoir à resserrer ou à desserrer la boucle; il se trouvait très bien, il ne voulait ni grossir ni mincir, par coquetterie. Cela le rendait difficile sur la nourriture, car il
540 calculait tous les plats de façon à ne pas changer sa taille. Même quand il n'y avait pas un sou à la maison, il lui fallait des œufs, des côtelettes, des choses nourrissantes et légères. Depuis qu'il partageait la patronne avec le mari, il se considérait comme tout à fait de moitié dans le ménage; il ramassait les pièces de
545 vingt sous qui traînaient, menait Gervaise au doigt et à l'œil, grognait, gueulait, avait l'air plus chez lui que le zingueur. Enfin, c'était une baraque qui avait deux bourgeois. Et le bourgeois d'occasion, plus malin, tirait à lui la couverture, prenait le dessus du panier de tout, de la femme, de la table et du reste.
550 Il écrémait les Coupeau, quoi! Il ne se gênait plus pour battre son beurre en public. Nana restait sa préférée, parce qu'il aimait les petites filles gentilles. Il s'occupait de moins en moins d'Étienne, les garçons, selon lui, devant savoir se débrouiller. Lorsqu'on venait demander Coupeau, on le trou-
555 vait toujours là, en pantoufles, en manches de chemise, sortant de l'arrière-boutique avec la tête ennuyée d'un mari qu'on dérange; et il répondait pour Coupeau, il disait que c'était la même chose.

Entre ces deux messieurs, Gervaise ne riait pas tous les jours.
560 Elle n'avait pas à se plaindre de sa santé, Dieu merci! Elle aussi devenait trop grasse! Mais deux hommes sur le dos, à soigner et à contenter, ça dépassait ses forces, souvent. Ah! Dieu de Dieu! un seul mari vous esquinte déjà assez le tempérament! Le pis était qu'ils s'entendaient très bien, ces mâtins-là. Jamais
565 ils ne se disputaient; ils se ricanaient dans la figure, le soir, après le dîner, les coudes posés au bord de la table; ils se frottaient l'un contre l'autre toute la journée, comme les chats qui

cherchent et cultivent leur plaisir. Les jours où ils rentraient
furieux, c'était sur elle qu'ils tombaient. Allez-y ! tapez sur la
570 bête ! Elle avait bon dos ; ça les rendait meilleurs camarades de
gueuler ensemble. Et il ne fallait pas qu'elle s'avisât de se rebéquer [1]. Dans les commencements, quand l'un criait, elle
suppliait l'autre du coin de l'œil, pour en tirer une parole de
bonne amitié. Seulement, ça ne réussissait guère. Elle filait
575 doux maintenant, elle pliait ses grosses épaules, ayant compris
qu'ils s'amusaient à la bousculer, tant elle était ronde, une vraie
boule. Coupeau, très mal embouché, la traitait avec des mots
abominables. Lantier, au contraire, choisissait ses sottises, allait
chercher les mots que personne ne dit et qui la blessaient plus
580 encore. Heureusement, on s'accoutume à tout ; les mauvaises
paroles, les injustices des deux hommes finissaient par glisser
sur sa peau fine comme sur une toile cirée. Elle en était même
arrivée à les préférer en colère, parce que, les fois où ils faisaient
les gentils, ils l'assommaient davantage, toujours après elle, ne
585 lui laissant plus repasser un bonnet tranquillement. Alors, ils
lui demandaient des petits plats, elle devait saler et ne pas saler,
dire blanc et dire noir, les dorloter, les coucher l'un après l'autre
dans du coton. Au bout de la semaine, elle avait la tête et les
membres cassés, elle restait hébétée, avec des yeux de folle. Ça
590 use une femme, un métier pareil.

Oui, Coupeau et Lantier l'usaient, c'était le mot ; ils la
brûlaient par les deux bouts, comme on dit de la chandelle.
Bien sûr, le zingueur manquait d'instruction ; mais le chapelier en avait trop, ou du moins il avait une instruction comme
595 les gens pas propres ont une chemise blanche avec de la crasse
par-dessous. Une nuit, elle rêva qu'elle était au bord d'un
puits ; Coupeau la poussait d'un coup de poing, tandis que
Lantier lui chatouillait les reins pour la faire sauter plus vite.

---

1. *Se rebéquer* : se révolter.

Eh bien, ça ressemblait à sa vie. Ah! elle était à bonne école,
600 ça n'avait rien d'étonnant, si elle s'avachissait. Les gens du
quartier ne se montraient guère justes, quand ils lui repro-
chaient les vilaines façons qu'elle prenait, car son malheur ne
venait pas d'elle. Parfois, lorsqu'elle réfléchissait, un frisson lui
courait sur la peau. Puis, elle pensait que les choses auraient pu
605 tourner plus mal encore. Il valait mieux avoir deux hommes,
par exemple, que de perdre les deux bras. Et elle trouvait sa
position naturelle, une position comme il y en a tant; elle
tâchait de s'arranger là-dedans un petit bonheur. Ce qui prouvait combien ça devenait popote et bonhomme, c'était qu'elle
610 ne détestait pas plus Coupeau que Lantier. Dans une pièce, à
la Gaîté, elle avait vu une garce qui abominait son mari et l'empoisonnait, à cause de son amant et elle s'était fâchée, parce
qu'elle ne sentait rien de pareil dans son cœur. Est-ce qu'il
n'était pas plus raisonnable de vivre en bon accord tous les
615 trois? Non, non pas de ces bêtises-là; ça dérangeait la vie, qui
n'avait déjà rien de bien drôle. Enfin, malgré les dettes, malgré
la misère qui les menaçait, elle se serait déclarée très tranquille,
très contente, si le zingueur et le chapelier l'avaient moins
échinée et moins engueulée.
620   Vers l'automne, malheureusement, le ménage se gâta
encore. Lantier prétendait maigrir, faisait un nez qui s'allongeait chaque jour. Il renaudait[1] à propos de tout, renâclait sur
les potées de pommes de terre, une ratatouille dont il ne
pouvait pas manger, disait-il, sans avoir des coliques. Les
625 moindres bisbilles[2], maintenant, finissaient par des attrapages,
où l'on se jetait la débine[3] de la maison à la tête, et c'était le
diable pour se rabibocher[4], avant d'aller pioncer[5] chacun dans
son dodo. Quand il n'y a plus de son, les ânes se battent, n'est-ce

---

1. *Renauder* : râler, rouspéter. \ 2. *Bisbilles* : disputes pour un rien. \ 3. *La débine* : la misère.
\ 4. *Se rabibocher* : se réconcilier. \ 5. *Pioncer* : dormir.

pas ? Lantier flairait la panne, ça l'exaspérait de sentir la maison
630 déjà mangée, si bien nettoyée, qu'il voyait le jour où il lui
faudrait prendre son chapeau et chercher ailleurs la niche et la
pâtée. Il était bien accoutumé à son trou, ayant pris là ses
petites habitudes, dorloté par tout le monde ; un vrai pays de
cocagne, dont il ne remplacerait jamais les douceurs. Dame !
635 on ne peut pas s'être empli jusqu'aux oreilles et avoir encore
les morceaux sur son assiette. Il se mettait en colère contre son
ventre, après tout, puisque la maison à cette heure était dans
son ventre. Mais il ne raisonnait point ainsi : il gardait aux
autres une fière rancune de s'être laissé rafaler[1] en deux ans.
640 Vrai, les Coupeau n'étaient guère râblés[2]. Alors, il cria que
Gervaise manquait d'économie. Tonnerre de Dieu ! qu'est-ce
qu'on allait devenir ? Juste les amis le lâchaient, lorsqu'il était
sur le point de conclure une affaire superbe, six mille francs
d'appointements dans une fabrique, de quoi mettre toute la
645 petite famille dans le luxe.

En décembre, un soir, on dîna par cœur[3]. Il n'y avait plus
un radis. Lantier, très sombre, sortait de bonne heure, battait
le pavé pour trouver une autre cambuse, où l'odeur de la cuisine
déridât les visages. Il restait des heures à réfléchir, près de la
650 mécanique. Puis, tout d'un coup, il montra une grande amitié
pour les Poisson. Il ne blaguait plus le sergent de ville en l'appelant Badingue, allait jusqu'à lui concéder que l'empereur
était un bon garçon, peut-être. Il paraissait surtout estimer
Virginie, une femme de tête, disait-il, et qui saurait joliment
655 mener sa barque. C'était visible, il les pelotait[4]. Même on
pouvait croire qu'il voulait prendre pension chez eux. Mais il
avait une caboche[5] à double fond, beaucoup plus compliquée
que ça. Virginie lui ayant dit son désir de s'établir marchande

---

1. *Rafaler* : tomber dans la misère. \ 2. *Râblés* : solides. \ 3. *On dîna par cœur* : on ne mangea pas. \ 4. *Il les pelotait* : il les flattait. \ 5. *Une caboche* : une tête.

de quelque chose, il se roulait devant elle, il déclarait ce projet-
660 là très fort. Oui, elle devait être bâtie pour le commerce,
grande, avenante, active. Oh! elle gagnerait ce qu'elle voudrait.
Puisque l'argent était prêt depuis longtemps, l'héritage d'une
tante, elle avait joliment raison de lâcher les quatre robes
qu'elle bâclait par saison, pour se lancer dans les affaires; et il
665 citait des gens en train de réaliser des fortunes, la fruitière du
coin de la rue, une petite marchande de faïence du boulevard
extérieur; car le moment était superbe, on aurait vendu les
balayures des comptoirs. Cependant, Virginie hésitait; elle
cherchait une boutique à louer, elle désirait ne pas quitter le
670 quartier. Alors, Lantier l'emmena dans les coins, causa tout bas
avec elle pendant des dix minutes. Il semblait lui pousser
quelque chose de force, et elle ne disait plus non, elle avait l'air
de l'autoriser à agir. C'était comme un secret entre eux, avec
des clignements d'yeux, des mots rapides, une sourde machi-
675 nation qui se trahissait jusque dans leurs poignées de main. Dès
ce moment, le chapelier, en mangeant son pain sec, guetta les
Coupeau de son regard en dessous, redevenu très parleur, les
étourdissant de ses jérémiades continues. Toute la journée,
Gervaise marchait dans cette misère qu'il étalait complaisam-
680 ment. Il ne parlait pas pour lui, grand Dieu! Il crèverait la faim
avec les amis tant qu'on voudrait. Seulement, la prudence
exigeait qu'on se rendît compte au juste de la situation. On
devait pour le moins cinq cents francs dans le quartier, au
boulanger, au charbonnier, à l'épicier et aux autres. De plus, on
685 se trouvait en retard de deux termes, soit encore deux cent
cinquante francs; le propriétaire, M. Marescot, parlait même
de les expulser, s'ils ne le payaient pas avant le 1er janvier. Enfin,
le mont-de-piété avait tout pris, on n'aurait pas pu y porter
pour trois francs de bibelots, tellement le lavage du logement
690 était sérieux; les clous restaient aux murs, pas davantage, et
il y en avait bien deux livres de trois sous. Gervaise, empêtrée

là-dedans, les bras cassés par cette addition, se fâchait, donnait des coups de poing sur la table, ou bien finissait par pleurer comme une bête. Un soir, elle cria :

695 « Je file demain, moi !... J'aime mieux mettre la clef sous la porte et coucher sur le trottoir, que de continuer à vivre dans des transes pareilles.

— Il serait plus sage, dit sournoisement Lantier, de céder le bail, si l'on trouvait quelqu'un... Lorsque vous serez décidés 700 tous les deux à lâcher la boutique... »

Elle l'interrompit avec plus de violence :

« Mais tout de suite, tout de suite !... Ah ! je serais joliment débarrassée ! »

Alors, le chapelier se montra très pratique. En cédant le bail, 705 on obtiendrait sans doute du nouveau locataire les deux termes en retard. Et il se risqua à parler des Poisson, il rappela que Virginie cherchait un magasin ; la boutique lui conviendrait peut-être. Il se souvenait à présent de lui en avoir entendu souhaiter une toute semblable. Mais la blanchisseuse, au nom 710 de Virginie, avait subitement repris son calme. On verrait ; on parlait toujours de planter là son chez-soi dans la colère, seulement la chose ne semblait pas si facile, quand on réfléchissait.

Les jours suivants, Lantier eut beau recommencer ses litanies, Gervaise répondait qu'elle s'était vue plus bas et s'en était 715 tirée. La belle avance, lorsqu'elle n'aurait plus sa boutique ! Ça ne lui donnerait pas du pain. Elle allait, au contraire, reprendre des ouvrières et se faire une nouvelle clientèle. Elle disait cela pour se débattre contre les bonnes raisons du chapelier, qui la montrait par terre, écrasée sous les frais, sans le moindre espoir 720 de remonter sur sa bête. Mais il eut la maladresse de prononcer encore le nom de Virginie, et elle s'entêta alors furieusement. Non, non, jamais ! Elle avait toujours douté du cœur de Virginie ; si Virginie ambitionnait la boutique, c'était pour l'humilier. Elle l'aurait cédée peut-être à la première femme

725 dans la rue, mais pas à cette grande hypocrite qui attendait
certainement depuis des années de lui voir faire le saut. Oh !
ça expliquait tout. Elle comprenait à présent pourquoi des
étincelles jaunes s'allumaient dans les yeux de chat de cette
margot[1]. Oui, Virginie gardait sur la conscience la fessée du
730 lavoir, elle mijotait sa rancune dans la cendre. Eh bien, elle
agirait prudemment en mettant sa fessée sous verre, si elle ne
voulait pas en recevoir une seconde. Et ça ne serait pas long,
elle pouvait apprêter son pétard[2]. Lantier, devant ce débordement de mauvaises paroles, remoucha[3] d'abord Gervaise ; il
735 l'appela tête de pioche, boîte à ragots, Mme Pètesec, et s'emballa
au point de traiter Coupeau lui-même de pedzouille[4], en l'ac-
cusant de ne pas savoir faire respecter un ami par sa femme.
Puis, comprenant que la colère allait tout compromettre, il jura
qu'il ne s'occuperait jamais plus des histoires des autres, car on
740 en est trop mal récompensé ; et il parut, en effet, ne pas pousser
davantage à la cession du bail, guettant une occasion pour
reparler de l'affaire et décider la blanchisseuse.

Janvier était arrivé, un sale temps, humide et froid. Maman
Coupeau, qui avait toussé et étouffé tout décembre, dut se
745 coller dans le lit, après les Rois. C'était sa rente ; chaque hiver,
elle attendait ça. Mais, cet hiver, autour d'elle, on disait qu'elle
ne sortirait plus de sa chambre que les pieds en avant ; et elle
avait, à la vérité, un fichu râle qui sonnait joliment le sapin,
grosse et grasse pourtant, avec un œil déjà mort et la moitié
750 de la figure tordue. Bien sûr, ses enfants ne l'auraient pas
achevée ; seulement, elle traînait depuis si longtemps, elle
était si encombrante qu'on souhaitait sa mort, au fond,
comme une délivrance pour tout le monde. Elle-même serait
beaucoup plus heureuse, car elle avait fait son temps, n'est-ce

---

1. *Margot* : femme de mauvaise vie. \ **2.** *Pétard* : derrière. \ **3.** *Remoucha* : rabroua. \ **4.** *Ped-zouille* : paysan.

755 pas ? et quand on a fait son temps, on n'a rien à regretter. Le
médecin, appelé une fois, n'était même pas revenu. On lui
donnait de la tisane, histoire de ne pas l'abandonner complètement. Toutes les heures, on entrait voir si elle vivait encore.
Elle ne parlait plus, tant elle suffoquait ; mais, de son œil resté
760 bon, vivant et clair, elle regardait fixement les personnes ; et
il y avait bien des choses dans cet œil-là, des regrets du bel
âge, des tristesses à voir les siens si pressés de se débarrasser
d'elle, des colères contre cette vicieuse de Nana qui ne se
gênait plus, la nuit, pour aller guetter en chemise par la porte
765 vitrée.

Un lundi soir, Coupeau rentra paf. Depuis que sa mère était
en danger, il vivait dans un attendrissement continu. Quand
il fut couché, ronflant à poings fermés, Gervaise tourna encore
un instant. Elle veillait maman Coupeau une partie de la nuit.
770 D'ailleurs, Nana se montrait très brave, couchait toujours
auprès de la vieille, en disant que si elle l'entendait mourir, elle
avertirait bien tout le monde. Cette nuit-là, comme la petite
dormait et que la malade semblait sommeiller paisiblement,
la blanchisseuse finit par céder à Lantier, qui l'appelait de sa
775 chambre, où il lui conseillait de venir se reposer un peu. Ils
gardèrent seulement une bougie allumée, posée à terre, derrière
l'armoire. Mais, vers trois heures, Gervaise sauta brusquement
du lit, grelottante, prise d'une angoisse. Elle avait cru sentir un
souffle froid lui passer sur le corps. Le bout de bougie était
780 brûlé, elle renouait ses jupons dans l'obscurité, étourdie, les
mains fiévreuses. Ce fut seulement dans le cabinet, après s'être
cognée aux meubles, qu'elle put allumer une petite lampe. Au
milieu du silence écrasé des ténèbres, les ronflements du
zingueur mettaient seuls deux notes graves. Nana, étalée sur
785 le dos, avait un petit souffle, entre ses lèvres gonflées. Et
Gervaise, ayant baissé la lampe qui faisait danser de grandes
ombres, éclaira le visage de maman Coupeau, la vit toute

blanche, la tête roulée sur l'épaule, avec les yeux ouverts. Maman Coupeau était morte.

790 Doucement, sans pousser un cri, glacée et prudente, la blanchisseuse revint dans la chambre de Lantier. Il s'était rendormi. Elle se pencha, en murmurant :

« Dis donc, c'est fini, elle est morte. »

Tout appesanti de sommeil, mal éveillé, il grogna d'abord :

795 « Fiche-moi la paix, couche-toi… Nous ne pouvons rien lui faire, si elle est morte. »

Puis, il se leva sur un coude, demandant :

« Quelle heure est-il ?

— Trois heures.

800 — Trois heures seulement ! Couche-toi donc. Tu vas prendre du mal… Lorsqu'il fera jour, on verra. »

Mais elle ne l'écoutait pas, elle s'habillait complètement. Lui, alors, se recolla sous la couverture, le nez contre la muraille, en parlant de la sacrée tête des femmes. Est-ce que

805 c'était pressé d'annoncer au monde qu'il y avait un mort dans le logement ? Ça manquait de gaieté au milieu de la nuit ; et il était exaspéré de voir son sommeil gâté par des idées noires. Cependant, quand elle eut reporté dans sa chambre ses affaires, jusqu'à ses épingles à cheveux, elle s'assit chez elle, sanglotant

810 à son aise, ne craignant plus d'être surprise avec le chapelier. Au fond, elle aimait bien maman Coupeau, elle éprouvait un gros chagrin, après n'avoir ressenti, dans le premier moment, que de la peur et de l'ennui, en lui voyant choisir si mal son heure pour s'en aller. Et elle pleurait toute seule, très fort dans

815 le silence, sans que le zingueur cessât de ronfler ; il n'entendait rien, elle l'avait appelé et secoué, puis elle s'était décidée à le laisser tranquille, en réfléchissant que ce serait un nouvel embarras, s'il se réveillait. Comme elle retournait auprès du corps, elle trouva Nana sur son séant, qui se frottait les yeux.

820 La petite comprit, allongea le menton pour mieux voir sa

grand-mère, avec sa curiosité de gamine vicieuse ; elle ne disait rien, elle était un peu tremblante, étonnée et satisfaite en face de cette mort qu'elle se promettait depuis deux jours, comme une vilaine chose, cachée et défendue aux enfants ; et, devant
825 ce masque blanc, aminci au dernier hoquet par la passion de la vie, ses prunelles de jeune chatte s'agrandissaient, elle avait cet engourdissement de l'échine dont elle était clouée derrière les vitres de la porte, quand elle allait moucharder là ce qui ne regarde pas les morveuses.

830   « Allons, lève-toi, lui dit sa mère à voix basse. Je ne veux pas que tu restes. »

Elle se laissa couler du lit à regret, tournant la tête, ne quittant pas la morte du regard. Gervaise était fort embarrassée d'elle, ne sachant où la mettre, en attendant le jour. Elle
835 se décidait à la faire habiller, lorsque Lantier, en pantalon et en pantoufles, vint la rejoindre ; il ne pouvait plus dormir, il avait un peu honte de sa conduite. Alors, tout s'arrangea.

« Qu'elle se couche dans mon lit, murmura-t-il. Elle aura de la place. »

840   Nana leva sur sa mère et sur Lantier ses grands yeux clairs, en prenant son air bête, son air du jour de l'an, quand on lui donnait des pastilles de chocolat. Et on n'eut pas besoin de la pousser, bien sûr ; elle trotta en chemise, ses petons nus effleurant à peine le carreau ; elle se glissa comme une couleuvre dans
845 le lit, qui était encore tout chaud, et s'y tint allongée, enfoncée, son corps fluet bossuant à peine la couverture. Chaque fois que sa mère entra, elle la vit les yeux luisants dans sa face muette, ne dormant pas, ne bougeant pas, très rouge et paraissant réfléchir à des affaires.

850   Cependant, Lantier avait aidé Gervaise à habiller maman Coupeau ; et ce n'était pas une petite besogne, car la morte pesait son poids. Jamais on n'aurait cru que cette vieille-là était si grasse et si blanche. Ils lui avaient mis des bas, un jupon

blanc, une camisole, un bonnet ; enfin son linge le meilleur.
855 Coupeau ronflait toujours, deux notes, l'une grave, qui descendait, l'autre sèche, qui remontait ; on aurait dit de la musique
d'église, accompagnant les cérémonies du vendredi saint.
Aussi, quand la morte fut habillée et proprement étendue sur
son lit, Lantier se versa-t-il un verre de vin, pour se remettre,
860 car il avait le cœur à l'envers. Gervaise fouillait dans la
commode, cherchant un petit crucifix en cuivre, apporté par
elle de Plassans ; mais elle se rappela que maman Coupeau elle-
même devait l'avoir vendu. Ils avaient allumé le poêle. Ils
passèrent le reste de la nuit, à moitié endormis sur des chaises,
865 achevant le litre entamé, embêtés et se boudant, comme si
c'était de leur faute.

Vers sept heures, avant le jour, Coupeau se réveilla enfin.
Quand il apprit le malheur, il resta l'œil sec d'abord, bégayant,
croyant vaguement qu'on lui faisait une farce. Puis, il se jeta
870 par terre, il alla tomber devant la morte ; et il l'embrassait, il
pleurait comme un veau, avec de si grosses larmes, qu'il
mouillait le drap en s'essuyant les joues. Gervaise s'était remise
à sangloter, très touchée de la douleur de son mari, raccommodée avec lui ; oui, il avait le fond meilleur qu'elle ne le
875 croyait. Le désespoir de Coupeau se mêlait à un violent mal aux
cheveux. Il se passait les doigts dans les crins, il avait la bouche
pâteuse des lendemains de culotte[1], encore un peu allumé
malgré ses dix heures de sommeil. Et il se plaignait, les poings
serrés. Nom de Dieu ! sa pauvre mère qu'il aimait tant, la voilà
880 qui était partie ! Ah ! qu'il avait mal au crâne, ça l'achèverait !
Une vraie perruque de braise sur sa tête, et son cœur avec ça
qu'on lui arrachait maintenant ! Non, le sort n'était pas juste
de s'acharner ainsi après un homme !

---

1. *Culotte* : cuite.

« Allons, du courage, mon vieux, dit Lantier en le relevant.
Il faut se remettre. »

Il lui versait un verre de vin, mais Coupeau refusa de boire.

« Qu'est-ce que j'ai donc ? j'ai du cuivre dans le coco… C'est
maman, c'est quand je l'ai vue, j'ai eu le goût du cuivre…
Maman, mon Dieu ! maman, maman… »

Et il recommença à pleurer comme un enfant. Il but tout de
même le verre de vin, pour éteindre le feu qui lui brûlait la
poitrine. Lantier fila bientôt, sous le prétexte d'aller prévenir
la famille et de passer à la mairie faire la déclaration. Il avait
besoin de prendre l'air. Aussi ne se pressa-t-il pas, fumant des
cigarettes, goûtant le froid vif de la matinée. En sortant de chez
Mme Lerat, il entra même dans une crémerie des Batignolles
prendre une tasse de café bien chaud. Et il resta là une bonne
heure, à réfléchir.

Cependant, dès neuf heures, la famille se trouva réunie dans
la boutique, dont on laissait les volets fermés. Lorilleux ne
pleura pas ; d'ailleurs, il avait de l'ouvrage pressé, il remonta
presque tout de suite à son atelier, après s'être dandiné un
instant avec une figure de circonstance. Mme Lorilleux et
Mme Lerat avaient embrassé les Coupeau et se tamponnaient les
yeux, où de petites larmes roulaient. Mais la première, quand
elle eut jeté un coup d'œil rapide autour de la morte, haussa
brusquement la voix pour dire que ça n'avait pas de bon sens,
que jamais on ne laissait auprès d'un corps une lampe allumée ;
il fallait de la chandelle, et l'on envoya Nana acheter un paquet
de chandelles, des grandes. Ah bien ! on pouvait mourir chez
la Banban, elle vous arrangerait d'une drôle de façon ! Quelle
cruche, ne pas savoir seulement se conduire avec un mort ! Elle
n'avait donc enterré personne dans sa vie ? Mme Lerat dut
monter chez les voisines pour emprunter un crucifix ; elle en
rapporta un trop grand, une croix de bois noir où était cloué
un Christ de carton peint, qui barra toute la poitrine de maman

Coupeau, et dont le poids semblait l'écraser. Ensuite, on
chercha de l'eau bénite ; mais personne n'en avait, ce fut Nana
qui courut de nouveau jusqu'à l'église en prendre une
920 bouteille. En un tour de main, le cabinet eut une autre tour-
nure ; sur une petite table, une chandelle brûlait, à côté d'un
verre plein d'eau bénite, dans lequel trempait une branche de
buis. Maintenant, si du monde venait, ce serait propre, au
moins. Et l'on disposa les chaises en rond, dans la boutique,
925 pour recevoir.

Lantier rentra seulement à onze heures. Il avait demandé
des renseignements au bureau des pompes funèbres.

« La bière est de douze francs, dit-il. Si vous voulez avoir
une messe, ce sera dix francs de plus. Enfin, il y a le corbillard,
930 qui se paie suivant les ornements…

— Oh ! c'est bien inutile, murmura Mme Lorilleux, en
levant la tête d'un air surpris et inquiet. On ne ferait pas
revenir maman, n'est-ce pas ?… Il faut aller selon sa bourse.

— Sans doute, c'est ce que je pense, reprit le chapelier. J'ai
935 seulement pris les chiffres pour votre gouverne… Dites-moi
ce que vous désirez ; après le déjeuner, j'irai commander. »

On parlait à demi-voix, dans le petit jour qui éclairait la
pièce par les fentes des volets. La porte du cabinet restait
grande ouverte ; et, de cette ouverture béante, sortait le gros
940 silence de la mort. Des rires d'enfants montaient dans la cour,
une ronde de gamines tournait, au pâle soleil d'hiver. Tout à
coup, on entendit Nana, qui s'était échappée de chez les Boche,
où on l'avait envoyée. Elle commandait de sa voix aiguë, et les
talons battaient les pavés, tandis que ces paroles chantées s'en-
945 volaient avec un tapage d'oiseaux braillards :

Notre âne, notre âne,
Il a mal à la patte,
Madame lui a fait faire

Un joli patatoire,
950 *Et des souliers lilas, la, la,*
Et des souliers lilas !

Gervaise attendit pour dire à son tour :

« Nous ne sommes pas riches, bien sûr ; mais nous voulons encore nous conduire proprement… Si maman Coupeau ne
955 nous a rien laissé, ce n'est pas une raison pour la jeter dans la terre comme un chien… Non, il faut une messe, avec un corbillard assez gentil…

— Et qui est-ce qui paiera ? demanda violemment Mme Lorilleux. Pas nous, qui avons perdu de l'argent la semaine
960 dernière ; pas vous non plus, puisque vous êtes ratissés… Ah ! vous devriez voir pourtant où ça vous a conduits, de chercher à épater le monde ! »

Coupeau, consulté, bégaya, avec un geste de profonde indifférence ; il se rendormait sur sa chaise. Mme Lerat dit qu'elle
965 paierait sa part. Elle était de l'avis de Gervaise, on devait se montrer propre. Alors, toutes deux, sur un bout de papier, elles calculèrent : en tout, ça monterait à quatre-vingt-dix francs environ, parce qu'elles se décidèrent, après une longue explication, pour un corbillard orné d'un étroit
970 lambrequin [1].

« Nous sommes trois, conclut la blanchisseuse. Nous donnerons chacune trente francs. Ce n'est pas la ruine. »

Mais Mme Lorilleux éclata, furieuse.

« Eh bien, moi, je refuse, oui, je refuse !… Ce n'est pas pour
975 les trente francs. J'en donnerais cent mille, si je les avais, et s'ils devaient ressusciter maman… Seulement, je n'aime pas les orgueilleux. Vous avez une boutique, vous rêvez de crâner devant le quartier. Mais nous n'entrons pas là-dedans, nous

---

1. *Lambrequin* : bande de tissu garni de franges et de glands pour recouvrir un cercueil.

autres. Nous ne posons pas. Oh! vous vous arrangerez. Mettez
980 des plumes sur le corbillard, si ça vous amuse.

— On ne vous demande rien, finit par répondre Gervaise.
Lorsque je devrais me vendre moi-même, je ne veux avoir
aucun reproche à me faire. J'ai nourri maman Coupeau sans
vous, je l'enterrerai bien sans vous… Déjà une fois, je ne vous
985 l'ai pas mâché[1] : je ramasse les chats perdus, ce n'est pas pour
laisser votre mère dans la crotte. »

Alors, Mme Lorilleux pleura, et Lantier dut l'empêcher de
partir. La querelle devenait si bruyante, que Mme Lerat poussant des : Chut! énergiques, crut devoir aller doucement dans
990 le cabinet, et jeta sur la morte un regard fâché et inquiet,
comme si elle craignait de la trouver éveillée, écoutant ce qu'on
discutait à côté d'elle. À ce moment, la ronde des petites filles
reprenait dans la cour, le filet de voix perçant de Nana dominait les autres.

995   *Notre âne, notre âne,*
        Il a bien mal au ventre,
        Madame lui a fait faire
        Un joli ventrouilloire,
        Et des souliers lilas, la, la,
1000   *Et des souliers lilas !*

« Mon Dieu! que ces enfants sont énervants, avec leur
chanson! dit à Lantier Gervaise toute secouée et près de
sangloter d'impatience et de tristesse. Faites-les donc taire, et
reconduisez Nana chez la concierge à coups de pied quelque
1005 part! »

Mme Lerat et Mme Lorilleux s'en allèrent déjeuner en promettant de revenir. Les Coupeau se mirent à table, mangèrent de

---

1. *Je ne vous l'ai pas mâché* : je ne vous l'ai pas envoyé dire.

la charcuterie, mais sans faim, et n'osant seulement pas taper leur fourchette. Ils étaient très ennuyés, hébétés, avec cette pauvre maman Coupeau qui leur pesait sur les épaules et leur paraissait emplir toutes les pièces. Leur vie se trouvait dérangée. Dans le premier moment, ils piétinaient sans trouver les objets, ils avaient une courbature, comme au lendemain d'une noce. Lantier reprit tout de suite la porte pour retourner aux pompes funèbres, emportant les trente francs de Mme Lerat et soixante francs que Gervaise était allée emprunter à Goujet, en cheveux, pareille à une folle. L'après-midi, quelques visites arrivèrent, des voisines mordues de curiosité, qui se présentaient soupirant, roulant des yeux éplorés ; elles entraient dans le cabinet, dévisageaient la morte, en faisant un signe de croix et en secouant le brin de buis trempé d'eau bénite ; puis, elles s'asseyaient dans la boutique, où elles parlaient de la chère femme, interminablement, sans se lasser de répéter la même phrase pendant des heures. Mlle Remanjou avait remarqué que son œil droit était resté ouvert. Mme Gaudron s'entêtait à lui trouver une belle carnation pour son âge, et Mme Fauconnier restait stupéfaite de lui avoir vu manger son café, trois jours auparavant. Vrai, on claquait vite, chacun pouvait graisser ses bottes. Vers le soir, les Coupeau commençaient à en avoir assez. C'était une trop grande affliction pour une famille, de garder un corps si longtemps. Le gouvernement aurait bien dû faire une autre loi là-dessus. Encore toute une soirée, toute une nuit et toute une matinée, non ! ça ne finirait jamais. Quand on ne pleure plus, n'est-ce pas ? le chagrin tourne à l'agacement, on finirait par mal se conduire. Maman Coupeau, muette et raide au fond de l'étroit cabinet, se répandait de plus en plus dans le logement, devenait d'un poids qui crevait le monde. Et la famille, malgré elle, reprenait son train-train, perdait de son respect.

« Vous mangerez un morceau avec nous, dit Gervaise à
Mme Lerat et à Mme Lorilleux, lorsqu'elles reparurent. Nous
sommes trop tristes, nous ne nous quitterons pas. »

On mit le couvert sur l'établi. Chacun, en voyant les
assiettes, songeait aux gueuletons qu'on avait faits là. Lantier
était de retour. Lorilleux descendit. Un pâtissier venait d'apporter une tourte, car la blanchisseuse n'avait pas la tête à s'occuper de cuisine. Comme on s'asseyait, Boche entra dire que
M. Marescot demandait à se présenter, et le propriétaire se
présenta, très grave, avec sa large décoration sur sa redingote.
Il salua en silence, alla droit au cabinet, où il s'agenouilla. Il
était d'une grande piété ; il pria d'un air recueilli de curé, puis
traça une croix en l'air, en aspergeant le corps avec la branche
de buis. Toute la famille, qui avait quitté la table, se tenait
debout, fortement impressionnée. M. Marescot, ayant achevé
ses dévotions, passa dans la boutique et dit aux Coupeau :

« Je suis venu pour les deux loyers arriérés. Êtes-vous en
mesure ?

— Non, monsieur, pas tout à fait, balbutia Gervaise, très
contrariée d'entendre parler de ça devant les Lorilleux. Vous
comprenez, avec le malheur qui nous arrive...

— Sans doute, mais chacun a ses peines, reprit le propriétaire
en élargissant ses doigts immenses d'ancien ouvrier. Je suis
bien fâché, je ne puis attendre davantage... Si je ne suis pas
payé après-demain, je serai forcé d'avoir recours à une expulsion. »

Gervaise joignit les mains, les larmes aux yeux, muette et
l'implorant. D'un hochement énergique de sa grosse tête
osseuse, il lui fit comprendre que les supplications étaient
inutiles. D'ailleurs, le respect dû aux morts interdisait toute
discussion. Il se retira discrètement, à reculons.

« Mille pardons de vous avoir dérangés, murmura-t-il.
Après-demain matin, n'oubliez pas. »

Et, comme en s'en allant il passait de nouveau devant le
cabinet, il salua une dernière fois le corps d'une génuflexion
dévote, à travers la porte grande ouverte.

On mangea d'abord vite, pour ne pas paraître y prendre du
plaisir. Mais, arrivé au dessert, on s'attarda, envahi d'un besoin
de bien-être. Par moments, la bouche pleine, Gervaise ou l'une
des deux sœurs se levait, allait jeter un coup d'œil dans le
cabinet, sans même lâcher sa serviette ; et quand elle se rasseyait,
achevant sa bouchée, les autres la regardaient une seconde, pour
voir si tout marchait bien, à côté. Puis, les dames se dérangèrent moins souvent, maman Coupeau fut oubliée. On avait fait
un baquet de café, et du très fort, afin de se tenir éveillé toute
la nuit. Les Poisson vinrent sur les huit heures. On les invita
à en boire un verre. Alors, Lantier, qui guettait le visage de
Gervaise, parut saisir une occasion attendue par lui depuis le
matin. A propos de la saleté des propriétaires qui entraient
demander de l'argent dans les maisons où il y avait un mort, il
dit brusquement :

« C'est un jésuite, ce salaud, avec son air de servir la
messe !... Mais, moi, à votre place, je lui planterais là sa
boutique. »

Gervaise, éreintée de fatigue, molle et énervée, répondit en
s'abandonnant :

« Oui, bien sûr, je n'attendrai pas les hommes de loi... Ah !
j'en ai plein le dos, plein le dos. »

Les Lorilleux jouissant à l'idée que la Banban n'aurait plus
de magasin, l'approuvèrent beaucoup. On ne se doutait pas de
ce que coûtait une boutique. Si elle ne gagnait que trois francs
chez les autres, au moins elle n'avait pas de frais, elle ne risquait
pas de perdre de grosses sommes. Ils firent répéter cet argu-
ment-là à Coupeau, en le poussant ; il buvait beaucoup, il se
maintenait dans un attendrissement continu, pleurant tout seul
dans son assiette. Comme la blanchisseuse semblait se laisser

convaincre, Lantier cligna les yeux, en regardant les Poisson. Et la grande Virginie intervint, se montra très aimable.

« Vous savez, on pourrait s'entendre. Je prendrais la suite du bail, j'arrangerais votre affaire avec le propriétaire... Enfin, vous seriez toujours plus tranquille.

— Non, merci, déclara Gervaise, qui se secoua, comme prise d'un frisson. Je sais où trouver les termes, si je veux. Je travaillerai ; j'ai mes deux bras, Dieu merci ! pour me tirer d'embarras.

— On causera de ça plus tard, se hâta de dire le chapelier. Ce n'est pas convenable, ce soir... Plus tard, demain, par exemple. »

À ce moment, Mᵐᵉ Lerat, qui était allée dans le cabinet, poussa un léger cri. Elle avait eu peur, parce qu'elle avait trouvé la chandelle éteinte, brûlée jusqu'au bout. Tout le monde s'occupa à en rallumer une autre ; et l'on hochait la tête, en répétant que ce n'était pas bon signe, quand la lumière s'éteignait auprès d'un mort.

La veillée commença. Coupeau s'était allongé, pas pour dormir, disait-il, pour réfléchir ; et il ronflait cinq minutes après. Lorsqu'on envoya Nana coucher chez les Boche, elle pleura ; elle se régalait depuis le matin, à l'espoir d'avoir bien chaud dans le grand lit de son bon ami Lantier. Les Poisson restèrent jusqu'à minuit. On avait fini par faire du vin à la française, dans un saladier, parce que le café donnait trop sur les nerfs de ces dames. La conversation tournait aux effusions tendres. Virginie parlait de la campagne : elle aurait voulu être enterrée au coin d'un bois, avec des fleurs des champs sur sa tombe. Mᵐᵉ Lerat gardait déjà, dans son armoire, le drap pour l'ensevelir, et elle le parfumait toujours d'un bouquet de lavande ; elle tenait à avoir une bonne odeur sous le nez, quand elle mangerait les pissenlits par la racine. Puis, sans transition, le sergent de ville raconta qu'il avait arrêté une grande belle

1140 fille le matin, qui venait de voler dans la boutique d'un charcutier ; en la déshabillant chez le commissaire, on lui avait trouvé dix saucissons pendus autour du corps, devant et derrière. Et, Mme Lorilleux ayant dit d'un air de dégoût qu'elle n'en mangerait pas, de ces saucissons-là, la société s'était mise
1145 à rire doucement. La veillée s'égaya, en gardant les convenances.

Mais comme on achevait le vin à la française, un bruit singulier, un ruissellement sourd, sortit du cabinet. Tous levèrent la tête, se regardèrent.

1150 « Ce n'est rien, dit tranquillement Lantier, en baissant la voix. Elle se vide. »

L'explication fit hocher la tête, d'un air rassuré, et la compagnie reposa les verres sur la table.

Enfin, les Poisson se retirèrent. Lantier partit avec eux : il
1155 allait chez son ami, disait-il, pour laisser son lit aux dames, qui pourraient s'y reposer une heure, chacune à son tour. Lorilleux monta se coucher tout seul, en répétant que ça ne lui était pas arrivé depuis son mariage. Alors, Gervaise et les deux sœurs, restées avec Coupeau endormi, s'organisèrent auprès du poêle,
1160 sur lequel elles tinrent du café chaud. Elles étaient là, pelotonnées, pliées en deux, les mains sous leur tablier, le nez audessus du feu, à causer très bas, dans le grand silence du quartier. Mme Lorilleux geignait : elle n'avait pas de robe noire, elle aurait pourtant voulu éviter d'en acheter une, car ils étaient
1165 bien gênés, bien gênés ; et elle questionna Gervaise, demandant si maman Coupeau ne laissait pas une jupe noire, cette jupe qu'on lui avait donnée pour sa fête. Gervaise dut aller chercher la jupe. Avec un pli à la taille, elle pourrait servir. Mais Mme Lorilleux voulait aussi du vieux linge, parlait du lit, de
1170 l'armoire, des deux chaises, cherchait des yeux les bibelots qu'il fallait partager. On manqua se fâcher. Mme Lerat mit la paix ; elle était plus juste : les Coupeau avaient eu la charge de la

mère, ils avaient bien gagné ses quatre guenilles. Et, toutes trois, elles s'assoupirent de nouveau au-dessus du poêle, dans des ragots monotones. La nuit leur semblait terriblement longue. Par moments, elles se secouaient, buvaient du café, allongeaient la tête dans le cabinet, où la chandelle, qu'on ne devait pas moucher, brûlait avec une flamme rouge et triste, grossie par les champignons charbonneux de la mèche. Vers le matin, elles grelottaient, malgré la forte chaleur du poêle. Une angoisse, une lassitude d'avoir trop causé, les suffoquaient, la langue sèche, les yeux malades. Mme Lerat se jeta sur le lit de Lantier et ronfla comme un homme; tandis que les deux autres, la tête tombée et touchant les genoux, dormaient devant le feu. Au petit jour, un frisson les réveilla. La chandelle de maman Coupeau venait encore de s'éteindre. Et, comme, dans l'obscurité, le ruissellement sourd recommençait, Mme Lorilleux donna l'explication à voix haute, pour se tranquilliser elle-même.

« Elle se vide », répéta-t-elle, en allumant une autre chandelle.

L'enterrement était pour dix heures et demie. Une jolie matinée, à mettre avec la nuit et avec la journée de la veille ! C'est-à-dire que Gervaise, tout en n'ayant pas un sou, aurait donné cent francs à celui qui serait venu prendre maman Coupeau trois heures plus tôt. Non, on a beau aimer les gens, ils sont trop lourds, quand ils sont morts ; et même plus on les aime, plus on voudrait se vite débarrasser d'eux.

Une matinée d'enterrement est par bonheur pleine de distractions. On a toutes sortes de préparatifs à faire. On déjeuna d'abord. Puis, ce fut justement le père Bazouge, le croque-mort du sixième, qui apporta la bière et le sac de son. Il ne dessoûlait pas, ce brave homme. Ce jour-là, à huit heures, il était encore tout rigolo d'une cuite prise la veille.

« Voilà, c'est pour ici, n'est-ce pas ? » dit-il.

Et il posa la bière, qui eut un craquement de boîte neuve. Mais, comme il jetait à côté le sac de son, il resta les yeux écarquillés, la bouche ouverte, en apercevant Gervaise devant lui.

« Pardon, excuse, je me trompe, balbutia-t-il. On m'avait dit que c'était pour chez vous. »

Il avait déjà repris le sac, la blanchisseuse dut lui crier :

« Laissez donc ça, c'est pour ici.

— Ah! tonnerre de Dieu! faut s'expliquer! reprit-il en se tapant sur la cuisse. Je comprends, c'est la vieille. »

Gervaise était devenue toute blanche. Le père Bazouge avait apporté la bière pour elle. Il continuait, se montrant galant, cherchant à s'excuser :

« N'est-ce pas? on racontait hier qu'il y en avait une de partie, au rez-de-chaussée. Alors, moi, j'avais cru... Vous savez, dans notre métier, ces choses-là, ça entre par une oreille et ça sort par l'autre... Je vous fais tout de même mon compliment. Hein? le plus tard, c'est encore le meilleur, quoique la vie ne soit pas toujours drôle, ah! non, par exemple! »

Elle l'écoutait, se reculait, avec la peur qu'il ne la saisît de ses grandes mains sales, pour l'emporter dans sa boîte. Déjà une fois, le soir de ses noces, il lui avait dit en connaître des femmes, qui le remercieraient, s'il montait les prendre. Eh bien! elle n'en était pas là, ça lui faisait froid dans l'échine. Son existence s'était gâtée, mais elle ne voulait pas s'en aller si tôt; oui, elle aimait mieux crever la faim pendant des années, que de crever la mort, l'histoire d'une seconde.

« Il est poivré, murmura-t-elle d'un air de dégoût mêlé d'épouvante. L'administration devrait au moins ne pas envoyer des pochards. On paie assez cher. »

Alors, le croque-mort se montra goguenard et insolent.

« Dites donc, ma petite mère, ce sera pour une autre fois. Tout à votre service, entendez-vous! Vous n'avez qu'à me faire signe. C'est moi qui suis le consolateur des dames... Et ne

crache pas sur le père Bazouge, parce qu'il en a tenu dans ses
bras de plus chic que toi, qui se sont laissé arranger sans se
plaindre, bien contentes de continuer leur dodo à l'ombre.

— Taisez-vous, père Bazouge! dit sévèrement Lorilleux,
accouru au bruit des voix. Ce ne sont pas des plaisanteries
convenables. Si l'on se plaignait, vous seriez renvoyé... Allons,
fichez le camp, puisque vous ne respectez pas les principes. »

Le croque-mort s'éloigna, mais on l'entendit longtemps sur
le trottoir, qui bégayait :

« De quoi, les principes!... Il n'y a pas de principes... Il
n'y a pas de principes... Il n'y a que l'honnêteté! »

Enfin, dix heures sonnèrent. Le corbillard était en retard. Il
y avait déjà du monde dans la boutique, des amis et des voisins,
M. Madinier, Mes-Bottes, Mme Gaudron, Mlle Remanjou ; et,
toutes les minutes, entre les volets fermés, par l'ouverture
béante de la porte, une tête d'homme ou de femme s'allongeait, pour voir si ce lambin de corbillard n'arrivait pas. La
famille, réunie dans la pièce du fond, donnait des poignées de
main. De courts silences se faisaient, coupés de chuchotements
rapides, une attente agacée et fiévreuse, avec des courses
brusques de robe, Mme Lorilleux qui avait oublié son
mouchoir, ou bien Mme Lerat qui cherchait un paroissien[1] à
emprunter. Chacun, en arrivant, apercevait au milieu du
cabinet, devant le lit, la bière ouverte ; et, malgré soi, chacun
restait à l'étudier du coin de l'œil, calculant que jamais la
grosse maman Coupeau ne tiendrait là-dedans. Tout le monde
se regardait, avec cette pensée dans les yeux, sans se la commu-
niquer. Mais, il y eut une poussée à la porte de la rue.
M. Madinier vint annoncer d'une voix grave et contenue, en
arrondissant les bras :

« Les voici ! »

_____

1. *Paroissien* : livre de messe.

1270   Ce n'était pas encore le corbillard. Quatre croque-morts
entrèrent à la file, d'un pas pressé, avec leurs faces rouges et
leurs mains gourdes de déménageurs, dans le noir pisseux de
leurs vêtements, usés et blanchis au frottement des bières. Le
père Bazouge marchait le premier, très soûl et très convenable ;
1275   dès qu'il était à la besogne, il retrouvait son aplomb. Ils ne
prononcèrent pas un mot, la tête un peu basse, pesant déjà
maman Coupeau du regard. Et ça ne traîna pas, la pauvre
vieille fut emballée, le temps d'éternuer. Le plus petit, un jeune
qui louchait, avait vidé le son dans le cercueil, et l'étalait en le
1280   pétrissant, comme s'il voulait faire du pain. Un autre, un grand
maigre celui-là, l'air farceur, venait d'étendre le drap par-
dessus. Puis, une, deux, allez-y ! tous les quatre saisirent le
corps, l'enlevèrent, deux aux pieds, deux à la tête. On ne
retourne pas plus vite une crêpe. Les gens qui allongeaient le
1285   cou purent croire que maman Coupeau était sautée d'elle-
même dans la boîte. Elle avait glissé là comme chez elle, oh !
tout juste, si juste, qu'on avait entendu son frôlement contre
le bois neuf. Elle touchait de tous les côtés, un vrai tableau dans
un cadre. Mais enfin elle y tenait, ce qui étonna les assistants ;
1290   bien sûr, elle avait dû diminuer depuis la veille. Cependant les
croque-morts s'étaient relevés et attendaient ; le petit louche
prit le couvercle, pour inviter la famille à faire les derniers
adieux ; tandis que Bazouge mettait des clous dans sa bouche
et apprêtait le marteau. Alors, Coupeau, ses deux sœurs,
1290   Gervaise, d'autres encore, se jetèrent à genoux, embrassèrent
la maman qui s'en allait, avec de grosses larmes, dont les
gouttes chaudes tombaient et roulaient sur ce visage raidi, froid
comme une glace. Il y avait un bruit prolongé de sanglots. Le
couvercle s'abattit, le père Bazouge enfonça ses clous avec le
1295   chic d'un emballeur, deux coups pour chaque pointe ; et
personne ne s'écouta pleurer davantage dans ce vacarme de
meuble qu'on répare. C'était fini. On partait.

« S'il est possible de faire tant d'esbroufe dans un moment pareil ! » dit Mme Lorilleux à son mari, en apercevant le corbillard devant la porte.

Le corbillard révolutionnait le quartier. La tripière appelait les garçons de l'épicier, le petit horloger était sorti sur le trottoir, les voisins se penchaient aux fenêtres. Et tout ce monde causait du lambrequin à franges de coton blanches. Ah ! les Coupeau auraient mieux fait de payer leurs dettes ! Mais, comme le déclaraient les Lorilleux, lorsqu'on a de l'orgueil, ça sort partout et quand même.

« C'est honteux ! répétait au même instant Gervaise, en parlant du chaîniste et de sa femme. Dire que ces rapiats n'ont pas même apporté un bouquet de violettes pour leur mère ! »

Les Lorilleux, en effet, étaient venus les mains vides. Mme Lerat avait donné une couronne de fleurs artificielles. Et l'on mit encore sur la bière une couronne d'immortelles et un bouquet achetés par les Coupeau. Les croque-morts avaient dû donner un fameux coup d'épaule pour hisser et charger le corps. Le cortège fut lent à s'organiser. Coupeau et Lorilleux, en redingote, le chapeau à la main, conduisaient le deuil ; le premier, dans son attendrissement que deux verres de vin blanc, le matin, avaient entretenu, se tenait au bras de son beau-frère, les jambes molles et les cheveux malades. Puis marchaient les hommes, M. Madinier, très grave, tout en noir, Mes-Bottes, un paletot sur sa blouse, Boche, dont le pantalon jaune fichait un pétard, Lantier, Gaudron, Bibi-la-Grillade, Poisson, d'autres encore. Les dames arrivaient ensuite, au premier rang Mme Lorilleux qui traînait la jupe retapée de la morte, Mme Lerat cachant sous un châle son deuil improvisé, un caraco garni de lilas, et à la file Virginie, Mme Gaudron, Mme Fauconnier, Mlle Remanjou, tout le reste de la queue. Quand le corbillard s'ébranla et descendit lentement la rue de la Goutte-d'Or, au milieu des signes de croix et des coups de

chapeau, les quatre croque-morts prirent la tête, deux en avant, les deux autres à droite et à gauche. Gervaise était restée pour fermer la boutique. Elle confia Nana à Mme Boche, et elle rejoignit le convoi en courant, pendant que la petite, tenue par
1335 la concierge, sous le porche, regardait d'un œil profondément intéressé sa grand-mère disparaître au fond de la rue, dans cette belle voiture.

Juste au moment où la blanchisseuse essoufflée rattrapait la queue, Goujet arrivait de son côté. Il se mit avec les hommes ;
1340 mais il se retourna, et la salua d'un signe de tête, si doucement, qu'elle se sentit tout d'un coup très malheureuse et qu'elle fut reprise par les larmes. Elle ne pleurait plus seulement maman Coupeau, elle pleurait quelque chose d'abominable, qu'elle n'aurait pas pu dire, et qui l'étouffait. Durant tout le trajet,
1345 elle tint son mouchoir appuyé contre ses yeux. Mme Lorilleux, les joues sèches et enflammées, la regardait de côté, en ayant l'air de l'accuser de faire du genre.

À l'église, la cérémonie fut vite bâclée. La messe traîna pourtant un peu, parce que le prêtre était très vieux. Mes-Bottes et
1350 Bibi-la-Grillade avaient préféré rester dehors, à cause de la quête. M. Madinier, tout le temps, étudia les curés, et il communiquait à Lantier ses observations : ces farceurs-là, en crachant leur latin, ne savaient seulement pas ce qu'ils dégoisaient [1] ; ils vous enterraient une personne comme ils vous
1355 l'auraient baptisée ou mariée, sans avoir dans le cœur le moindre sentiment. Puis, M. Madinier blâma ce tas de cérémonies, ces lumières, ces voix tristes, cet étalage devant les familles. Vrai, on perdait les siens deux fois, chez soi et à l'église. Et tous les hommes lui donnaient raison, car ce fut
1360 encore un moment pénible lorsque, la messe finie, il y eut un barbotement de prières, et que les assistants durent défiler

---

1. *Dégoisaient* : disaient.

devant le corps, en jetant de l'eau bénite. Heureusement, le cimetière n'était pas loin, le petit cimetière de La Chapelle, un bout de jardin qui s'ouvrait sur la rue Marcadet. Le cortège y arriva débandé, tapant les pieds, chacun causant de ses affaires. La terre dure sonnait, on aurait volontiers battu la semelle. Le trou béant, près duquel on avait posé la bière, était déjà tout gelé, blafard et pierreux comme une carrière à plâtre ; et les assistants, rangés autour des monticules de gravats, ne trouvaient pas drôle d'attendre par un froid pareil, embêtés aussi de regarder le trou. Enfin, un prêtre en surplis sortit d'une maisonnette, il grelottait, on voyait son haleine fumer, à chaque *de profundis* qu'il lâchait. Au dernier signe de croix, il se sauva, sans avoir envie de recommencer. Le fossoyeur prit sa pelle ; mais, à cause de la gelée, il ne détachait que de grosses mottes, qui battaient une jolie musique là-bas au fond, un vrai bombardement sur le cercueil, une enfilade de coups de canon à croire que le bois se fendait. On a beau être égoïste, cette musique-là vous casse l'estomac. Les larmes recommencèrent. On s'en allait, on était dehors, qu'on entendait encore les détonations. Mes-Bottes, soufflant dans ses doigts, fit tout haut une remarque : « Ah ! tonnerre de Dieu ! non ! la pauvre maman Coupeau n'allait pas avoir chaud ! »

« Mesdames et la compagnie, dit le zingueur aux quelques amis restés dans la rue avec la famille, si vous voulez bien nous permettre de vous offrir quelque chose… »

Et il entra le premier chez un marchand de vin de la rue Marcadet, *À la descente du cimetière*. Gervaise, demeurée sur le trottoir, appela Goujet qui s'éloignait, après l'avoir saluée d'un nouveau signe de tête. Pourquoi n'acceptait-il pas un verre de vin ? Mais il était pressé, il retournait à l'atelier. Alors, ils se regardèrent un moment sans rien dire.

« Je vous demande pardon pour les soixante francs, murmura

1395 enfin la blanchisseuse. J'étais comme une folle, j'ai songé à
vous...

— Oh ! il n'y a pas de quoi, vous êtes pardonnée, interrompit
le forgeron. Et, vous savez, tout à votre service, s'il vous arrivait un malheur... Mais n'en dites rien à maman, parce qu'elle
1400 a ses idées, et que je ne veux pas la contrarier. »

Elle le regardait toujours ; et, en le voyant si bon, si triste,
avec sa belle barbe jaune, elle fut sur le point d'accepter son
ancienne proposition, de s'en aller avec lui, pour être heureux
ensemble quelque part. Puis, il lui vint une autre mauvaise
1405 pensée, celle de lui emprunter ses deux termes, à n'importe
quel prix. Elle tremblait elle reprit d'une voix caressante :

« Nous ne sommes pas fâchés, n'est-ce pas ? »

Lui, hocha la tête, en répondant :

« Non, bien sûr, jamais nous ne serons fâchés... Seulement,
1410 vous comprenez, tout est fini. »

Et il s'en alla à grandes enjambées, laissant Gervaise
étourdie, écoutant sa dernière parole battre dans ses oreilles
avec un bourdonnement de cloche. En entrant chez le
marchand de vin, elle entendait sourdement au fond d'elle :
1415 « Tout est fini, eh bien ! tout est fini ; je n'ai plus rien à faire,
moi, si tout est fini ! » Elle s'assit, elle avala une bouchée de
pain et de fromage, vida un verre plein qu'elle trouva devant
elle.

C'était, au rez-de-chaussée, une longue salle à plafond bas,
1420 occupée par deux grandes tables. Des litres, des quarts de pain,
de larges triangles de brie sur trois assiettes, s'étalaient à la file.
La société mangeait sur le pouce, sans nappe et sans couverts.
Plus loin, près du poêle qui ronflait, les quatre croque-morts
achevaient de déjeuner.

1425 « Mon Dieu ! expliquait M. Madinier, chacun son tour. Les
vieux font de la place aux jeunes... Ça va vous sembler bien
vide, votre logement, quand vous rentrerez.

— Oh! mon frère donne congé, dit vivement Mme Lorilleux. C'est une ruine, cette boutique. »

1430 On avait travaillé Coupeau. Tout le monde le poussait à céder le bail. Mme Lerat elle-même, très bien avec Lantier et Virginie depuis quelque temps, chatouillée par l'idée qu'ils devaient avoir un béguin l'un pour l'autre, parlait de faillite et de prison, en prenant des airs effrayés. Et, brusquement, le 1435 zingueur se fâcha, son attendrissement tournait à la fureur, déjà trop arrosé de liquide.

« Écoute, cria-t-il dans le nez de sa femme, je veux que tu m'écoutes! Ta sacrée tête fait toujours des siennes. Mais, cette fois, je suivrai ma volonté, je t'avertis!

1440 — Ah! bien! dit Lantier, si jamais on la réduit par de bonnes paroles! Il faudrait un maillet pour lui entrer ça dans le crâne. »

Et tous deux tapèrent un instant sur elle. Ça n'empêchait pas les mâchoires de fonctionner. Le brie disparaissait, les 1445 litres coulaient comme des fontaines. Cependant Gervaise mollissait sous les coups. Elle ne répondait rien, la bouche toujours pleine, se dépêchant, comme si elle avait eu très faim. Quand ils se lassèrent, elle leva doucement la tête, elle dit :

1450 « En voilà assez, hein? Je m'en fiche pas mal de la boutique! Je n'en veux plus... Comprenez-vous, je m'en fiche! Tout est fini! »

Alors, on redemanda du fromage et du pain, on causa sérieu-sement. Les Poisson prenaient le bail et offraient de répondre 1455 des deux termes arriérés. D'ailleurs, Boche acceptait l'arran-gement, d'un air d'importance, au nom du propriétaire. Il loua même, séance tenante, un logement aux Coupeau, le logement vacant du sixième, dans le corridor des Lorilleux. Quant à Lantier, mon Dieu! il voulait bien garder sa chambre, si cela 1460 ne gênait pas les Poisson. Le sergent de ville s'inclina, ça ne le gênait pas du tout ; on s'entend toujours entre amis, malgré les idées politiques. Et Lantier, sans se mêler davantage de la cession, en homme qui a conclu enfin sa petite affaire, se confectionna une énorme tartine de fromage de Brie ; il se

1465 renversait, il la mangeait dévotement, le sang sous la peau, brûlant d'une joie sournoise, clignant les yeux pour guigner tour à tour Gervaise et Virginie.

« Eh ! père Bazouge ! appela Coupeau, venez donc boire un coup. Nous ne sommes pas fiers, nous sommes tous des

1470 travailleurs. »

Les quatre croque-morts, qui s'en allaient, rentrèrent pour trinquer avec la société. Ce n'était pas un reproche, mais la dame de tout à l'heure pesait son poids et valait bien un verre de vin. Le père Bazouge regardait fixement la blanchisseuse,

1475 sans lâcher un mot déplacé. Elle se leva mal à l'aise, elle quitta les hommes qui achevaient de se cocarder. Coupeau, soûl comme une grive, recommençait à viauper et disait que c'était le chagrin.

Le soir, quand Gervaise se retrouva chez elle, elle resta

1480 abêtie sur une chaise. Il lui semblait que les pièces étaient désertes et immenses. Vrai, ça faisait un fameux débarras. Mais elle n'avait bien sûr pas laissé que maman Coupeau au fond du trou, dans le petit jardin de la rue Marcadet. Il lui manquait trop de choses, ça devait être un morceau de sa vie à elle, et sa

1485 boutique, et son orgueil de patronne, et d'autres sentiments encore, qu'elle avait enterrés ce jour-là. Oui, les murs étaient nus, son cœur aussi, c'était un déménagement complet, une dégringolade dans le fossé. Et elle se sentait trop lasse, elle se ramasserait plus tard, si elle pouvait.

1490 À dix heures, en se déshabillant, Nana pleura, trépigna. Elle voulait coucher dans le lit de maman Coupeau. Sa mère essaya de lui faire peur ; mais la petite était très précoce, les morts lui causaient seulement une grosse curiosité ; si bien que, pour

avoir la paix, on finit par lui permettre de s'allonger à la place
1495 de maman Coupeau. Elle aimait les grands lits, cette gamine ;
elle s'étalait, elle se roulait. Cette nuit-là, elle dormit joliment
bien, dans la bonne chaleur et les chatouilles du matelas de
plume.

X [1]

Le nouveau logement des Coupeau se trouvait au sixième, escalier B. Quand on avait passé devant Mlle Remanjou, on prenait le corridor, à gauche. Puis, il fallait encore tourner. La première porte était celle des Bijard. Presque en face, dans un trou sans air, sous un petit escalier qui montait à la toiture, couchait le père Bru. Deux logements plus loin, on arrivait chez Bazouge. Enfin, contre Bazouge, c'étaient les Coupeau, une chambre et un cabinet donnant sur la cour. Et il n'y avait plus, au fond du couloir, que deux ménages, avant d'être chez les Lorilleux, tout au bout.

Une chambre et un cabinet, pas plus. Les Coupeau perchaient là, maintenant. Et encore la chambre était-elle large comme la main. Il fallait y faire tout, dormir, manger et le reste. Dans le cabinet, le lit de Nana tenait juste; elle devait se déshabiller chez son père et sa mère, et on laissait la porte ouverte, la nuit, pour qu'elle n'étouffât pas. C'était si petit, que Gervaise avait cédé des affaires aux Poisson en quittant la boutique, ne pouvant tout caser. Le lit, la table, quatre chaises, le logement était plein. Même le cœur crevé, n'ayant pas le courage de se séparer de sa commode, elle avait encombré le carreau de ce grand coquin de meuble, qui bouchait la moitié de la fenêtre. Un des battants se trouvait condamné, ça

1. Les chapitres x et xi couvrent chacun trois années : 1863-1865 et 1866-1868.

enlevait de la lumière et de la gaieté. Quand elle voulait regarder dans la cour, comme elle devenait très grosse, elle
25 n'avait pas la place de ses coudes, elle se penchait de biais, le cou tordu, pour voir.

Les premiers jours, la blanchisseuse s'asseyait et pleurait. Ça lui semblait trop dur, de ne plus pouvoir se remuer chez elle, après avoir toujours été au large. Elle suffoquait, elle restait à
30 la fenêtre pendant des heures, écrasée entre le mur et la commode, à prendre des torticolis. Là seulement elle respirait. La cour, pourtant, ne lui inspirait guère que des idées tristes. En face d'elle, du côté du soleil, elle apercevait son rêve d'autrefois, cette fenêtre du cinquième où des haricots d'Espagne,
35 à chaque printemps, enroulaient leurs tiges minces sur un berceau de ficelles. Sa chambre, à elle, était du côté de l'ombre, les pots de réséda y mouraient en huit jours. Ah! non, la vie ne tournait pas gentiment, ce n'était guère l'existence qu'elle avait espérée. Au lieu d'avoir des fleurs sur sa vieillesse, elle
40 roulait dans les choses qui ne sont pas propres. Un jour, se penchant, elle eut une drôle de sensation, elle crut se voir en personne là-bas, sous le porche, près de la loge du concierge, le nez en l'air, examinant la maison pour la première fois; et ce saut de treize ans en arrière lui donna un élancement au
45 cœur. La cour n'avait pas changé, les façades nues à peine plus noires et plus lépreuses; une puanteur montait des plombs rongés de rouille; aux cordes des croisées, séchaient des linges, des couches d'enfant emplâtrées d'ordure; en bas, le pavé défoncé restait sali des escarbilles de charbon du serrurier et des
50 copeaux du menuisier; même, dans le coin humide de la fontaine, une mare coulée de la teinturerie avait une belle teinte bleue, d'un bleu aussi tendre que le bleu de jadis. Mais elle, à cette heure, se sentait joliment changée et décatie. Elle n'était plus en bas, d'abord, la figure vers le ciel, contente et
55 courageuse, ambitionnant un bel appartement. Elle était sous

les toits, dans le coin des pouilleux, dans le trou le plus sale, à l'endroit où l'on ne recevait jamais la visite d'un rayon. Et ça expliquait ses larmes, elle ne pouvait pas être enchantée de son sort.

60 Cependant, lorsque Gervaise se fut un peu accoutumée, les commencements du ménage, dans le nouveau logement, ne se présentèrent pas mal. L'hiver était presque fini, les quatre sous des meubles cédés à Virginie avaient facilité l'installation. Puis, dès les beaux jours, il arriva une chance, Coupeau se trouva
65 embauché pour aller travailler en province, à Étampes ; et là, il fut près de trois mois, sans se soûler, guéri un moment par l'air de la campagne. On ne se doute pas combien ça désaltère les pochards de quitter l'air de Paris, où il y a dans les rues une vraie fumée d'eau-de-vie et de vin. À son retour, il était frais comme
70 une rose, et il rapportait quatre cents francs, avec lesquels ils payèrent les deux termes arriérés de la boutique, dont les Poisson avaient répondu, ainsi que d'autres petites dettes du quartier les plus criardes. Gervaise déboucha deux ou trois rues où elle ne passait plus. Naturellement, elle s'était mise repas-
75 seuse à la journée. Mme Fauconnier, très bonne femme pourvu qu'on la flattât, avait bien voulu la reprendre. Elle lui donnait même trois francs, comme à une première ouvrière, par égard pour son ancienne position de patronne. Aussi le ménage semblait-il devoir boulotter[1]. Même, avec du travail et de l'éco-
80 nomie, Gervaise voyait le jour où ils pourraient tout payer et s'arranger un petit train-train supportable. Seulement, elle se promettait ça, dans la fièvre de la grosse somme gagnée par son mari. À froid, elle acceptait le temps comme il venait, elle disait que les belles choses ne duraient pas.

85 Ce dont les Coupeau eurent le plus à souffrir alors, ce fut de voir les Poisson s'installer dans leur boutique. Ils n'étaient

---

1. *Boulotter* : aller doucement.

point trop jaloux de leur naturel mais on les agaçait, on s'émerveillait exprès devant eux sur les embellissements de leurs
successeurs. Les Boche, surtout les Lorilleux, ne tarissaient pas.
90 À les entendre, jamais on n'aurait vu une boutique plus belle.
Et ils parlaient de l'état de saleté où les Poisson avaient trouvé
les lieux, ils racontaient que le lessivage seul était monté à
trente francs. Virginie, après des hésitations, s'était décidée
pour un petit commerce d'épicerie fine, des bonbons, du
95 chocolat, du café, du thé. Lantier lui avait vivement conseillé
ce commerce, car il y avait, disait-il, des sommes énormes à
gagner dans la friandise. La boutique fut peinte en noir, et
relevée de filets jaunes, deux couleurs distinguées. Trois
menuisiers travaillèrent huit jours à l'agencement des casiers,
100 des vitrines, un comptoir avec des tablettes pour les bocaux,
comme chez les confiseurs. Le petit héritage, que Poisson
tenait en réserve, dut être rudement écorné. Mais Virginie
triomphait, et les Lorilleux, aidés des portiers, n'épargnaient
pas à Gervaise un casier, une vitrine, un bocal, amusés quand
105 ils voyaient sa figure changer. On a beau n'être pas envieux,
on rage toujours quand les autres chaussent vos souliers et
vous écrasent.

Il y avait aussi une question d'homme là-dessous. On affirmait que Lantier avait quitté Gervaise. Le quartier déclarait ça
110 très bien. Enfin, ça mettait un peu de morale dans la rue. Et
tout l'honneur de la séparation revenait à ce finaud de chapelier, que les dames gobaient toujours. On donnait des détails,
il avait dû calotter[1] la blanchisseuse pour la faire tenir tranquille, tant elle était acharnée après lui. Naturellement,
115 personne ne disait la vérité vraie ; ceux qui auraient pu la savoir,
la jugeaient trop simple et pas assez intéressante. Si l'on
voulait, Lantier avait en effet quitté Gervaise, en ce sens qu'il

---

1. *Calotter* : gifler, frapper.

ne la tenait plus à sa disposition, le jour et la nuit ; mais il
montait pour sûr la voir au sixième, quand l'envie l'en prenait,
120 car Mlle Remanjou le rencontrait sortant de chez les Coupeau
à des heures peu naturelles. Enfin, les rapports continuaient de
bric et de broc [1], va comme je te pousse, sans que l'un ni l'autre
y eût beaucoup de plaisir ; un reste d'habitude, des complaisances réciproques, pas davantage. Seulement, ce qui compli-
125 quait la situation, c'était que le quartier, maintenant, fourrait
Lantier et Virginie dans la même paire de draps. Là encore le
quartier se pressait trop. Sans doute, le chapelier chauffait la
grande brune ; et ça se trouvait indiqué, puisqu'elle remplaçait
Gervaise en tout et pour tout, dans le logement. Il courait
130 justement une blague ; on prétendait qu'une nuit il était allé
chercher Gervaise sur l'oreiller du voisin, et qu'il avait ramené
et gardé Virginie sans la reconnaître avant le petit jour, à cause
de l'obscurité. L'histoire faisait rigoler, mais il n'était réellement pas si avancé, il se permettait à peine de lui pincer les
135 hanches. Les Lorilleux n'en parlaient pas moins devant la blanchisseuse des amours de Lantier et de Mme Poisson avec attendrissement, espérant la rendre jalouse. Les Boche, eux aussi,
laissaient entendre que jamais ils n'avaient vu un plus beau
couple. Le drôle, dans tout ça, c'était que la rue de la Goutte-
140 d'Or ne semblait pas se formaliser du nouveau ménage à trois ;
non, la morale, dure pour Gervaise, se montrait douce pour
Virginie. Peut-être l'indulgence souriante de la rue venait-elle
de ce que le mari était sergent de ville.

Heureusement, la jalousie ne tourmentait guère Gervaise.
145 Les infidélités de Lantier la laissaient bien calme, parce que son
cœur, depuis longtemps, n'était plus pour rien dans leurs
rapports. Elle avait appris, sans chercher à les savoir, des
histoires malpropres, des liaisons du chapelier avec toutes

---

1. *De bric et de broc* : de pièces et de morceaux disparates.

sortes de filles, les premiers chiens coiffés qui passaient dans la
150 rue ; et ça lui faisait si peu d'effet, qu'elle avait continué d'être
complaisante, sans même trouver en elle assez de colère pour
rompre. Cependant, elle n'accepta pas si aisément le nouveau
béguin de son amant. Avec Virginie, c'était autre chose. Ils
avaient inventé ça dans le seul but de la taquiner tous les deux ;
155 et si elle se moquait de la bagatelle, elle tenait aux égards.
Aussi, lorsque Mme Lorilleux ou quelque autre méchante bête
affectait en sa présence de dire que Poisson ne pouvait plus
passer sous la porte Saint-Denis, devenait-elle toute blanche,
la poitrine arrachée, une brûlure dans l'estomac. Elle pinçait
160 les lèvres, elle évitait de se fâcher, ne voulant pas donner ce
plaisir à ses ennemis. Mais elle dut quereller Lantier, car
Mlle Remanjou crut distinguer le bruit d'un soufflet, un après-
midi ; d'ailleurs, il y eut certainement une brouille, Lantier
cessa de lui parler pendant quinze jours, puis il revint le
165 premier, et le train-train parut recommencer, comme si de rien
n'était. La blanchisseuse préférait en prendre son parti,
reculant devant un crêpage de chignons, désireuse de ne pas
gâter sa vie davantage. Ah ! elle n'avait plus vingt ans, elle
n'aimait plus les hommes, au point de distribuer des fessées
170 pour leurs beaux yeux et de risquer le poste. Seulement, elle
additionnait ça avec le reste.

Coupeau blaguait. Ce mari commode, qui n'avait pas voulu
voir le cocuage chez lui, rigolait à mort de la paire de cornes
de Poisson. Dans son ménage, ça ne comptait pas ; mais, dans
175 le ménage des autres, ça lui semblait farce, et il se donnait un
mal du diable pour guetter ces accidents-là, quand les dames
des voisins allaient regarder la feuille à l'envers. Quel jeanjean,
ce Poisson ! et ça portait une épée, ça se permettait de bousculer
le monde sur les trottoirs ! Puis, Coupeau poussait le toupet
180 jusqu'à plaisanter Gervaise. Ah ! bien ! son amoureux la lâchait
joliment ! Elle n'avait pas de chance : une première fois, les

forgerons ne lui avaient pas réussi, et, pour la seconde, c'étaient
les chapeliers qui lui claquaient dans la main. Aussi, elle
s'adressait aux corps d'états pas sérieux. Pourquoi ne prenait-
185 elle pas un maçon, un homme d'attache, habitué à gâcher solidement son plâtre ? Bien sûr, il disait ces choses en matière de
rigolade, mais Gervaise n'en devenait pas moins toute verte,
parce qu'il la fouillait de ses petits yeux gris, comme s'il avait
voulu lui entrer les paroles avec une vrille. Lorsqu'il abordait
190 le chapitre des saletés, elle ne savait jamais s'il parlait pour rire
ou pour de bon. Un homme qui se soûle d'un bout de l'année
à l'autre n'a plus la tête à lui, et il y a des maris, très jaloux à
vingt ans, que la boisson rend très coulants à trente sur le
chapitre de la fidélité conjugale.

195   Il fallait voir Coupeau crâner dans la rue de la Goutte-d'Or !
Il appelait Poisson le cocu. Ça leur clouait le bec, aux bavardes !
Ce n'était plus lui, le cocu. Oh ! il savait ce qu'il savait. S'il avait
eu l'air de ne pas entendre, dans le temps, c'était apparemment
qu'il n'aimait pas les potins. Chacun connaît son chez-soi et se
200 gratte où ça le démange. Ça ne le démangeait pas, lui ; il ne
pouvait pas se gratter, pour faire plaisir au monde. Eh bien, et
le sergent de ville, est-ce qu'il entendait ? Pourtant ça y était,
cette fois ; on avait vu les amoureux, il ne s'agissait plus d'un
cancan en l'air. Et il se fâchait, il ne comprenait pas comment
205 un homme, un fonctionnaire du gouvernement, souffrait chez
lui un pareil scandale. Le sergent de ville devait aimer la
resucée [1] des autres, voilà tout. Les soirs où Coupeau s'ennuyait,
seul avec sa femme dans leur trou, sous les toits, ça ne l'empêchait pas de descendre chercher Lantier et de l'amener de force.
210 Il trouvait la cambuse triste, depuis que le camarade n'était
plus là. Il le raccommodait avec Gervaise, s'il les voyait en
froid. Tonnerre de Dieu ! est-ce qu'on n'envoie pas le monde

---

1. *La resucée* : les restes.

à la balançoire[1], est-ce qu'il est défendu de s'amuser comme on l'entend ? Il ricanait, des idées larges s'allumaient dans ses yeux
215 vacillants de pochard, des besoins de tout partager avec le chapelier, pour embellir la vie. Et c'était surtout ces soirs-là que Gervaise ne savait plus s'il parlait pour rire ou pour de bon.

Au milieu de ces histoires, Lantier faisait le gros dos. Il se montrait paternel et digne. À trois reprises, il avait empêché
220 des brouilles entre les Coupeau et les Poisson. Le bon accord des deux ménages entrait dans son contentement. Grâce aux regards tendres et fermes dont il surveillait Gervaise et Virginie, elles affectaient toujours l'une pour l'autre une grande amitié. Lui, régnant sur la blonde et sur la brune, avec une
225 tranquillité de pacha, s'engraissait de sa roublardise. Ce mâtin-là digérait encore les Coupeau qu'il mangeait déjà les Poisson. Oh ! ça ne le gênait guère ! une boutique avalée, il entamait une seconde boutique. Enfin, il n'y a que les hommes de cette espèce qui aient de la chance.

230 Ce fut cette année-là, en juin, que Nana fit sa première communion. Elle allait sur ses treize ans, grande déjà comme une asperge montée, avec un air d'effronterie ; l'année précé-dente, on l'avait renvoyée du catéchisme, à cause de sa mauvaise conduite ; et, si le curé l'admettait cette fois, c'était
235 de peur de ne pas la voir revenir et de lâcher sur le pavé une païenne de plus. Nana dansait de joie en pensant à la robe blanche. Les Lorilleux, comme parrain et marraine, avaient promis la robe, un cadeau dont ils parlaient dans toute la maison ; Mme Lerat devait donner le voile et le bonnet, Virginie
240 la bourse, Lantier le paroissien ; de façon que les Coupeau atten-daient la cérémonie sans trop s'inquiéter. Même les Poisson, qui voulaient pendre la crémaillère, choisirent justement cette occasion, sans doute sur le conseil du chapelier. Ils invitèrent

---

1. *Est-ce qu'on n'envoie pas le monde à la balançoire* : est-ce qu'on ne se moque pas du monde.

les Coupeau et les Boche, dont la petite faisait aussi sa première
245 communion. Le soir, on mangerait chez eux un gigot et
quelque chose autour.

Justement, la veille, au moment où Nana émerveillée regardait les cadeaux étalés sur la commode, Coupeau rentra dans
un état abominable. L'air de Paris le reprenait. Et il attrapa sa
250 femme et l'enfant, avec des raisons d'ivrogne, des mots dégoû-
tants qui n'étaient pas à dire dans la situation. D'ailleurs, Nana
elle-même devenait mal embouchée, au milieu des conversations sales qu'elle entendait continuellement. Les jours de
dispute, elle traitait très bien sa mère de chameau et de vache.

255   « Et du pain ! gueulait le zingueur. Je veux ma soupe, tas de
rosses !... En voilà des femelles avec leurs chiffons ! Je m'assois
sur les affûtiaux [1], vous savez, si je n'ai pas ma soupe !

– Quel lavement, quand il est paf ! » murmura Gervaise
impatientée.

260   Et, se tournant vers lui :

« Elle chauffe, tu nous embêtes. »

Nana faisait la modeste, parce qu'elle trouvait ça gentil, ce
jour-là. Elle continuait à regarder les cadeaux sur la commode,
en affectant de baisser les yeux et de ne pas comprendre les
265 vilains propos de son père. Mais le zingueur était joliment
taquin, les soirs de ribote. Il lui parlait dans le cou.

« Je t'en ficherai, des robes blanches ! Hein ? c'est encore
pour te faire des nichons dans ton corsage avec des boules de
papier, comme l'autre dimanche ?... Oui, oui, attends un peu !
270 Je te vois bien tortiller ton derrière. Ça te chatouille, les belles
frusques. Ça te monte le coco... Veux-tu décaniller [2] de là,
bougre de chenillon [3] ! Retire tes patoches [4], colle-moi ça dans
un tiroir, ou je te débarbouille avec ! »

---

1. *Affûtiaux* : objets de parure sans valeur. \ 2. *Décaniller* : se sauver. \ 3. *Chenillon* : laide-
ron. \ 4. *Patoches* : mains.

Nana, la tête basse, ne répondait toujours rien. Elle avait
275 pris le petit bonnet de tulle, elle demandait à sa mère combien
ça coûtait. Et, comme Coupeau allongeait la main pour
arracher le bonnet, ce fut Gervaise qui le repoussa en criant :
« Mais laisse-la donc, cette enfant ! elle est gentille, elle ne
fait rien de mal. »
280 Alors le zingueur lâcha tout son paquet.
« Ah ! les garces ! La mère et la fille, ça fait la paire. Et c'est
du propre d'aller manger le bon Dieu en guignant les hommes.
Ose donc dire le contraire, petite salope ! Je vas t'habiller avec
un sac, nous verrons si ça te grattera la peau. Oui, avec un sac,
285 pour vous dégoûter, toi et tes curés. Est-ce que j'ai besoin qu'on
te donne du vice ?... Nom de Dieu ! voulez-vous m'écouter,
toutes les deux ! »
Et, du coup, Nana furieuse se tourna, pendant que Gervaise
devait étendre les bras, afin de protéger les affaires que Coupeau
290 parlait de déchirer. L'enfant regarda son père fixement ; puis,
oubliant la modestie recommandée par son confesseur :
« Cochon ! » dit-elle les dents serrées.
Dès que le zingueur eut mangé sa soupe, il ronfla. Le lendemain, il s'éveilla très bon enfant. Il avait un reste de la veille,
295 tout juste de quoi être aimable. Il assista à la toilette de la
petite, attendri par la robe blanche, trouvant qu'un rien du tout
donnait à cette vermine un air de vraie demoiselle. Enfin,
comme il le disait, un père, en un pareil jour, était naturellement fier de sa fille. Et il fallait voir le chic de Nana, qui avait
300 des sourires embarrassés de mariée, dans sa robe trop courte.
Quand on descendit et qu'elle aperçut sur le seuil de la loge
Pauline, également habillée, elle s'arrêta, l'enveloppa d'un
regard clair, puis se montra très bonne, en la trouvant moins
bien mise qu'elle, arrangée comme un paquet. Les deux
305 familles partirent ensemble pour l'église. Nana et Pauline
marchaient les premières, le paroissien à la main, retenant leurs

voiles que le vent gonflait ; et elles ne causaient pas, crevant de plaisir à voir les gens sortir des boutiques, faisant une moue dévote pour entendre dire sur leur passage qu'elles étaient bien
310 gentilles. Mme Boche et Mme Lorilleux s'attardaient, parce qu'elles se communiquaient leurs réflexions sur la Banban, une mange-tout, dont la fille n'aurait jamais communié si les parents ne lui avaient tout donné, oui, tout, jusqu'à une chemise neuve, par respect pour la sainte table. Mme Lorilleux
315 s'occupait surtout de la robe, son cadeau à elle, foudroyant Nana et l'appelant « grande sale », chaque fois que l'enfant ramassait la poussière avec sa jupe, en s'approchant trop des magasins.

À l'église, Coupeau pleura tout le temps. C'était bête, mais
320 il ne pouvait se retenir. Ça le saisissait, le curé faisant les grands bras, les petites filles pareilles à des anges défilant les mains jointes ; et la musique des orgues lui barbotait dans le ventre, et la bonne odeur de l'encens l'obligeait à renifler, comme si on lui avait poussé un bouquet dans la figure. Enfin, il voyait bleu,
325 il était pincé au cœur. Il y eut particulièrement un cantique, quelque chose de suave, pendant que les gamines avalaient le bon Dieu[1], qui lui sembla couler dans son cou, avec un frisson tout le long de l'échine. Autour de lui, d'ailleurs, les personnes sensibles trempaient aussi leur mouchoir. Vrai,
330 c'était un beau jour, le plus beau jour de la vie. Seulement, au sortir de l'église, quand il alla prendre un canon avec Lorilleux, qui était resté les yeux secs et qui le blaguait, il se fâcha, il accusa les corbeaux[2] de brûler chez eux des herbes du diable pour amollir les hommes. Puis, après tout, il ne s'en cachait
335 pas, ses yeux avaient fondu, ça prouvait simplement qu'il n'avait pas un pavé dans la poitrine. Et il commanda une autre tournée.

---

1. *Avalaient le bon Dieu* : communiaient. \ **2.** *Les corbeaux* : les curés.

Le soir, la crémaillère fut très gaie, chez les Poisson. L'amitié régna sans un accroc, d'un bout à l'autre du repas. Lorsque les
340 mauvais jours arrivent, on tombe ainsi sur de bonnes soirées, des heures où l'on s'aime entre gens qui se détestent. Lantier, ayant à sa gauche Gervaise et Virginie à sa droite, se montra aimable pour toutes les deux, leur prodiguant des tendresses de coq qui veut la paix dans son poulailler. En face, Poisson gardait sa
345 rêverie calme et sévère de sergent de ville, son habitude de ne penser à rien, les yeux voilés, pendant ses longues factions sur les trottoirs. Mais les reines de la fête furent les deux petites, Nana et Pauline, auxquelles on avait permis de ne pas se déshabiller ; elles se tenaient raides, de crainte de tacher leurs robes
350 blanches, et on leur criait, à chaque bouchée, de lever le menton, pour avaler proprement. Nana, ennuyée, finit par baver tout son vin sur son corsage ; ce fut une affaire, on la déshabilla, on lava immédiatement le corsage dans un verre d'eau.

Puis, au dessert, on causa sérieusement de l'avenir des
355 enfants. Mme Boche avait fait son choix, Pauline allait entrer dans un atelier de reperceuses[1] sur or et sur argent ; on gagnait là-dedans des cinq et six francs. Gervaise ne savait pas encore, Nana ne montrait aucun goût. Oh ! elle galopinait[2], elle montrait ce goût ; mais, pour le reste, elle avait des mains de
360 beurre.

« Moi, à votre place, dit Mme Lerat, j'en ferais une fleuriste. C'est un état propre et gentil.

— Les fleuristes, murmura Lorilleux, toutes des Marie-couche-toi-là.

365 — Eh bien ! et moi ! reprit la grande veuve, les lèvres pincées. Vous êtes galant. Vous savez, je ne suis pas une chienne, je ne me mets pas les pattes en l'air, quand on siffle ! »

---

1. *Reperceuses* : ouvrières en orfèvrerie qui découpent les bijoux. \ **2.** *Elle galopinait* : elle courait les rues en se conduisant comme une vaurienne.

Mais toute la société la fit taire.

« Madame Lerat, oh ! madame Lerat ! »

370 Et on lui indiquait du coin de l'œil les deux premières communiantes qui se fourraient le nez dans leurs verres pour ne pas rire. Par convenance, les hommes eux-mêmes avaient choisi jusque-là les mots distingués. Mais Mme Lerat n'accepta pas la leçon. Ce qu'elle venait de dire, elle l'avait entendu dans
375 les meilleures sociétés. D'ailleurs, elle se flattait de savoir sa langue ; on lui faisait souvent compliment de la façon dont elle parlait de tout, même devant des enfants, sans jamais blesser la décence.

« Il y a des femmes très bien parmi les fleuristes, apprenez
380 ça ! criait-elle. Elles sont faites comme les autres femmes, elles n'ont pas de la peau partout, bien sûr. Seulement, elles se tiennent, elles choisissent avec goût, quand elles ont une faute à faire... Oui, ça leur vient des fleurs. Moi, c'est ce qui m'a conservée...

385 — Mon Dieu ! interrompit Gervaise, je n'ai pas de répugnance pour les fleurs. Il faut que ça plaise à Nana, Pas davantage, on ne doit pas contrarier les enfants sur la vocation... Voyons, Nana, ne fais pas la bête, réponds. Ça te plaît-il, les fleurs ? »

390 La petite, penchée au-dessus de son assiette, ramassait des miettes de gâteau avec son doigt mouillé, qu'elle suçait ensuite. Elle ne se dépêcha pas. Elle avait son rire vicieux.

« Mais oui, maman, ça me plaît », finit-elle par déclarer.

Alors, l'affaire fut tout de suite arrangée. Coupeau voulut
395 bien que Mme Lerat emmenât l'enfant à son atelier, rue du Caire, dès le lendemain. Et la société parla gravement des devoirs de la vie. Boche disait que Nana et Pauline étaient des femmes, maintenant qu'elles avaient communié. Poisson ajoutait qu'elles devaient désormais savoir faire la cuisine, raccom-
400 moder des chaussettes, conduire une maison. On leur parla

même de leur mariage et des enfants qui leur pousseraient un jour. Les gamines écoutaient et rigolaient en dessous, se frottaient l'une contre l'autre, le cœur gonflé d'être des femmes, rouges et embarrassées dans leurs robes blanches. Mais ce qui
405 les chatouilla le plus, ce fut lorsque Lantier les plaisanta, en leur demandant si elles n'avaient pas déjà des petits maris. Et l'on fit avouer de force à Nana qu'elle aimait bien Victor Fauconnier, le fils de la patronne de sa mère.

« Ah bien ! dit Mme Lorilleux devant les Boche, comme on
410 partait, c'est notre filleule, mais du moment où ils en font une fleuriste, nous ne voulons plus entendre parler d'elle. Encore une roulure [1] pour les boulevards... Elle leur chiera du poivre [2], avant six mois. »

En remontant se coucher, les Coupeau convinrent que tout
415 avait bien marché et que les Poisson n'étaient pas de méchantes gens. Gervaise trouvait même la boutique proprement arrangée. Elle s'attendait à souffrir, en passant ainsi la soirée dans son ancien logement, où d'autres se carraient à cette heure ; et elle restait surprise de n'avoir pas ragé une seconde.
420 Nana, qui se déshabillait, demanda à sa mère si la robe de la demoiselle du second, qu'on avait mariée le mois dernier, était en mousseline comme la sienne.

Mais ce fut là le dernier beau jour du ménage. Deux années s'écoulèrent pendant lesquelles ils s'enfoncèrent de plus en
425 plus. Les hivers surtout les nettoyaient. S'ils mangeaient du pain au beau temps, les fringales arrivaient avec la pluie et le froid, les danses devant le buffet, les dîners par cœur, dans la petite Sibérie de leur cambuse. Ce gredin de décembre entrait chez eux par-dessous la porte, et il apportait tous les maux, le
430 chômage des ateliers, les fainéantises engourdies des gelées, la

---

1. *Roulure* : femme de mauvaise vie. \ 2. *Elle leur chiera du poivre* : elle leur jouera un mauvais tour.

misère noire des temps humides. Le premier hiver, ils firent encore du feu quelquefois, se pelotonnant autour du poêle, aimant mieux avoir chaud que de manger ; le second hiver, le poêle ne se dérouilla seulement pas [1], il glaçait la pièce de sa
435 mine lugubre de borne de fonte. Et ce qui leur cassait les jambes, ce qui les exterminait, c'était par-dessus tout de payer leur terme. Oh ! le terme de janvier, quand il n'y avait pas un radis à la maison et que le père Boche présentait la quittance ! Ça soufflait davantage de froid, une tempête du Nord.

440 M. Marescot arrivait, le samedi suivant, couvert d'un bon paletot, ses grandes pattes fourrées dans des gants de laine ; et il avait toujours le mot d'expulsion à la bouche, pendant que la neige tombait dehors, comme si elle leur préparait un lit sur le trottoir, avec des draps blancs. Pour payer le terme, ils auraient
445 vendu de leur chair. C'était le terme qui vidait le buffet et le poêle. Dans la maison entière, d'ailleurs, une lamentation montait. On pleurait à tous les étages, une musique de malheur ronflant le long de l'escalier et des corridors. Si chacun avait eu un mort chez lui, ça n'aurait pas produit un air d'orgues aussi
450 abominable. Un vrai jour du jugement dernier, la fin des fins, la vie impossible, l'écrasement du pauvre monde. La femme du troisième allait faire huit jours au coin de la rue Belhomme. Un ouvrier, le maçon du cinquième, avait volé chez son patron.

Sans doute, les Coupeau devaient s'en prendre à eux seuls.
455 L'existence a beau être dure, on s'en tire toujours, lorsqu'on a de l'ordre et de l'économie, témoin les Lorilleux qui allongeaient leurs termes régulièrement, pliés dans des morceaux de papier sales ; mais, ceux-là, vraiment, menaient une vie d'araignées maigres, à dégoûter du travail. Nana ne gagnait
460 encore rien, dans les fleurs ; elle dépensait même pas mal pour son entretien. Gervaise, chez Mme Fauconnier, finissait

---

1. *Ne se dérouilla seulement pas* : ne marcha seulement pas.

par être mal regardée. Elle perdait de plus en plus la main, elle bousillait l'ouvrage, au point que la patronne l'avait réduite à quarante sous, le prix des gâcheuses[1]. Avec ça, très fière, très
465 susceptible, jetant à la tête de tout le monde son ancienne position de femme établie. Elle manquait des journées, elle quittait l'atelier, par coup de tête : ainsi, une fois, elle s'était trouvée si vexée de voir Mme Fauconnier prendre Mme Putois chez elle, et de travailler ainsi coude à coude avec son ancienne
470 ouvrière, qu'elle n'avait pas reparu de quinze jours. Après ces foucades[2], on la reprenait par charité, ce qui l'aigrissait davantage. Naturellement, au bout de la semaine, la paie n'était pas grasse ; et, comme elle le disait amèrement, c'était elle qui finirait un samedi par en redevoir à la patronne. Quant
475 à Coupeau, il travaillait peut-être, mais alors il faisait, pour sûr, cadeau de son travail au gouvernement ; car Gervaise, depuis l'embauchage d'Étampes, n'avait pas revu la couleur de sa monnaie. Les jours de sainte-touche[3], elle ne lui regardait plus les mains, quand il rentrait. Il arrivait les bras ballants,
480 les goussets[4] vides, souvent même sans mouchoir ; mon Dieu ! oui, il avait perdu son tire-jus[5], ou bien quelque fripouille de camarade le lui avait fait[6]. Les premières fois, il établissait des comptes, il inventait des craques[7], des dix francs pour une souscription, des vingt francs coulés de sa poche par un trou
485 qu'il montrait, des cinquante francs dont il arrosait des dettes imaginaires. Puis, il ne s'était plus gêné. L'argent s'évaporait, voilà ! Il ne l'avait plus dans la poche, il l'avait dans le ventre, une autre façon pas drôle de le rapporter à sa bourgeoise. La blanchisseuse, sur les conseils de Mme Boche, allait bien parfois
490 guetter son homme à la sortie de l'atelier, pour pincer le magot

---

1. *Gâcheuses* : ouvrières qui travaillent mal. \ 2. *Foucades* : caprices. \ 3. *Les jours de sainte-touche* : les jours de paie. \ 4. *Goussets* : poches. \ 5. *Tire-jus* : mouchoir. \ 6. *Le lui avait fait* : le lui avait volé. \ 7. *Craques* : mensonges excessifs.

tout frais pondu ; mais ça ne l'avançait guère, des camarades prévenaient Coupeau, l'argent filait dans les souliers ou dans un porte-monnaie moins propre encore. Mme Boche était très maline sur ce chapitre, parce que Boche lui faisait passer au bleu des pièces de dix francs, des cachettes destinées à payer des lapins aux dames aimables de sa connaissance ; elle visitait les plus petits coins de ses vêtements, elle trouvait généralement la pièce qui manquait à l'appel dans la visière de la casquette, cousue entre le cuir et l'étoffe. Ah ! ce n'était pas le zingueur qui ouatait ses frusques avec de l'or ! Lui, se le mettait sous la chair. Gervaise ne pouvait pourtant pas prendre ses ciseaux et lui découdre la peau du ventre.

Oui, c'était la faute du ménage, s'il dégringolait de saison en saison. Mais ce sont des choses qu'on ne se dit jamais, surtout quand on est dans la crotte. Ils accusaient la malchance, ils prétendaient que Dieu leur en voulait. Un vrai bousin [1], leur chez-eux, à cette heure. La journée entière, ils s'empoignaient. Pourtant, ils ne se tapaient pas encore, à peine quelques claques parties toutes seules dans le fort des disputes. Le plus triste était qu'ils avaient ouvert la cage à l'amitié, les sentiments s'étaient envolés comme des serins. La bonne chaleur des pères, des mères et des enfants, lorsque ce petit monde se tient serré, en tas, se retirait d'eux, les laissait grelottants, chacun dans son coin. Tous les trois, Coupeau, Gervaise, Nana, restaient pareils à des crins, s'avalant pour un mot, avec de la haine plein les yeux ; et il semblait que quelque chose avait cassé, le grand ressort de la famille, la mécanique qui, chez les gens heureux, fait battre les cœurs ensemble. Ah ! bien sûr, Gervaise n'était plus remuée comme autrefois, quand elle voyait Coupeau au bord des gouttières, à des douze et des quinze mètres du trottoir. Elle ne l'aurait pas poussé elle-même ; mais s'il était tombé

---

1. *Bousin* : vacarme, tapage.

naturellement, ma foi ! ça aurait débarrassé la surface de la terre
d'un pas grand-chose. Les jours où le torchon brûlait[1], elle
criait qu'on ne le lui rapporterait donc jamais sur une civière.
Elle attendait ça, ce serait son bonheur qu'on lui rapporterait.
À quoi servait-il, ce soûlard ? à la faire pleurer, à lui manger
tout, à la pousser au mal. Eh bien ! des hommes si peu utiles,
on les jetait le plus vite possible dans le trou, on dansait sur eux
la polka de la délivrance. Et lorsque la mère disait : Tue ! la fille
répondait : Assomme ! Nana lisait les accidents, dans le
journal, avec des réflexions de fille dénaturée. Son père avait
une telle chance, qu'un omnibus l'avait renversé, sans seulement le dessoûler. Quand donc crèverait-t-il, cette rosse ?

Au milieu de cette existence enragée par la misère, Gervaise
souffrait encore des faims qu'elle entendait râler autour d'elle.
Ce coin de la maison était le coin des pouilleux, où trois ou
quatre ménages semblaient s'être donné le mot pour ne pas
avoir du pain tous les jours. Les portes avaient beau s'ouvrir,
elles ne lâchaient guère souvent des odeurs de cuisine. Le long
du corridor, il y avait un silence de crevaison, et les murs
sonnaient creux, comme des ventres vides. Par moments, des
danses s'élevaient, des larmes de femmes, des plaintes de
mioches affamés, des familles qui se mangeaient pour tromper
leur estomac. On était là dans une crampe au gosier générale,
bâillant par toutes ces bouches tendues ; et les poitrines se creusaient, rien qu'à respirer cet air, où les moucherons eux-mêmes
n'auraient pas pu vivre, faute de nourriture. Mais la grande
pitié de Gervaise était surtout le père Bru, dans son trou, sous
le petit escalier. Il s'y retirait comme une marmotte, s'y mettait
en boule, pour avoir moins froid ; il restait des journées sans
bouger, sur un tas de paille. La faim ne le faisait même plus
sortir, car c'était bien inutile d'aller gagner dehors de l'appétit,

---

1. *Les jours où le torchon brûlai*t : les jours où une dispute éclatait.

lorsque personne ne l'avait invité en ville. Quand il ne reparaissait pas de trois ou quatre jours, les voisins poussaient sa
555 porte, regardaient s'il n'était pas fini. Non, il vivait quand
même, pas beaucoup, mais un peu, d'un œil seulement ;
jusqu'à la mort qui l'oubliait ! Gervaise, dès qu'elle avait du
pain, lui jetait des croûtes. Si elle devenait mauvaise et détestait les hommes, à cause de son mari, elle plaignait toujours
560 bien sincèrement les animaux ; et le père Bru, ce pauvre vieux,
qu'on laissait crever, parce qu'il ne pouvait plus tenir un outil,
était comme un chien pour elle, une bête hors de service, dont
les équarrisseurs[1] ne voulaient même pas acheter la peau ni
la graisse. Elle en gardait un poids sur le cœur, de le savoir
565 continuellement là, de l'autre côté du corridor, abandonné de
Dieu et des hommes, se nourrissant uniquement de lui-même,
retournant à la taille d'un enfant, ratatiné et desséché à la
manière des oranges qui se racornissent sur les cheminées.

La blanchisseuse souffrait également beaucoup du voisinage
570 de Bazouge, le croque-mort. Une simple cloison, très mince,
séparait les deux chambres. Il ne pouvait pas se mettre un doigt
dans la bouche sans qu'elle l'entendît. Dès qu'il rentrait, le soir,
elle suivait malgré elle son petit ménage, le chapeau de cuir
noir sonnant sourdement sur la commode comme une pelletée
575 de terre, le manteau noir accroché et frôlant le mur avec le bruit
d'ailes d'un oiseau de nuit, toute la défroque noire jetée au
milieu de la pièce et l'emplissant d'un déballage de deuil. Elle
l'écoutait piétiner, s'inquiétait au moindre de ses mouvements,
sursautait s'il se tapait dans un meuble ou s'il bousculait sa
580 vaisselle. Ce sacré soûlard était sa préoccupation, une peur
sourde mêlée à une envie de savoir. Lui, rigolo, le sac plein tous
les jours, la tête sens devant dimanche[2], toussait, crachait,

---

1. *Équarrisseurs* : ceux qui découpent la viande, la dépècent. \ **2.** *La tête sens devant dimanche* :
la tête sens dessus dessous.

chantait la mère Godichon[1], lâchait des choses pas propres, se battait avec les quatre murailles avant de trouver son lit. Et elle restait toute pâle, à se demander quel négoce il menait là ; elle avait des imaginations atroces, elle se fourrait dans la tête qu'il devait avoir apporté un mort et qu'il le remisait sous son lit. Mon Dieu ! les journaux racontaient bien une anecdote, un employé des pompes funèbres qui collectionnait chez lui les cercueils des petits enfants, histoire de s'éviter de la peine et de faire une seule course au cimetière. Pour sûr, quand Bazouge arrivait, ça sentait le mort à travers la cloison. On se serait cru logé devant le Père-Lachaise, en plein royaume des taupes. Il était effrayant, cet animal, à rire continuellement tout seul, comme si sa profession l'égayait. Même, quand il avait fini son sabbat[2] et qu'il tombait sur le dos, il ronflait d'une façon extraordinaire, qui coupait la respiration à la blanchisseuse. Pendant des heures, elle tendait l'oreille, elle croyait que des enterrements défilaient chez le voisin.

Oui, le pis était que, dans ses terreurs, Gervaise se trouvait attirée jusqu'à coller son oreille contre le mur, pour mieux se rendre compte Bazouge lui faisait l'effet que les beaux hommes font aux femmes honnêtes : elles voudraient les tâter, mais elles n'osent pas ; la bonne éducation les retient. Eh bien ! si la peur ne l'avait pas retenue, Gervaise aurait voulu tâter la mort, voir comment c'était bâti. Elle devenait si drôle par moments, l'haleine suspendue, attentive, attendant le mot du secret dans un mouvement de Bazouge, que Coupeau lui demandait en ricanant si elle avait un béguin pour le croque-mort d'à côté. Elle se fâchait, parlait de déménager, tant ce voisinage la répugnait ; et, malgré elle, dès que le vieux arrivait avec son odeur de cimetière, elle retombait à ses réflexions, et prenait l'air allumé et craintif d'une épouse qui rêve de donner des coups de canif

---

1. *Chantait la mère Godichon* : faisait bombance. \ 2. *Sabbat* : agitation frénétique.

dans le contrat[1]. Ne lui avait-il pas offert deux fois de l'emballer, de l'emmener avec lui quelque part, sur un dodo où la jouissance du sommeil est si forte, qu'on oublie du coup toutes les misères ? Peut-être était-ce en effet bien bon. Peu à peu, une tentation plus cuisante lui venait d'y goûter. Elle aurait voulu essayer pour quinze jours, un mois ! Oh ! dormir un mois, surtout en hiver, le mois du terme, quand les embêtements de la vie la crevaient ! Mais ce n'était pas possible, il fallait continuer de dormir toujours, si l'on commençait à dormir une heure ; et cette pensée la glaçait, son béguin de la mort s'en allait, devant l'éternelle et sévère amitié que demandait la terre.

Cependant, un soir de janvier, elle cogna des deux poings contre la cloison. Elle avait passé une semaine affreuse, bousculée par tout le monde, sans le sou, à bout de courage. Ce soir-là, elle n'était pas bien, elle grelottait la fièvre et voyait danser des flammes. Alors, au lieu de se jeter par la fenêtre, comme elle en avait eu l'envie un moment, elle se mit à taper et à appeler :

« Père Bazouge ! père Bazouge ! »

Le croque-mort ôtait ses souliers en chantant : *Il était trois belles filles*. L'ouvrage avait dû marcher dans la journée, car il paraissait plus ému encore que d'habitude.

« Père Bazouge ! père Bazouge ! » cria Gervaise en haussant la voix.

Il ne l'entendait donc pas ? Elle se donnait tout de suite, il pouvait bien la prendre à son cou et l'emporter où il emportait ses autres femmes, les pauvres et les riches qu'il consolait. Elle souffrait de sa chanson : *Il était trois belles filles*, parce qu'elle y voyait le dédain d'un homme qui a trop d'amoureuses.

---

1. *Une épouse qui rêve de donner des coups de canif dans le contrat* : une épouse qui rêve d'adultère.

« Quoi donc ? quoi donc ? bégaya Bazouge, qui est-ce qui se
645 trouve mal ?… On y va, la petite mère ! »

Mais, à cette voix enrouée, Gervaise s'éveilla comme d'un
cauchemar. Qu'avait-elle fait ? Elle avait tapé à la cloison, bien
sûr. Alors ce fut un vrai coup de bâton sur ses reins, le trac lui
serra les fesses, elle recula en croyant voir les grosses mains du
650 croque-mort passer au travers du mur pour la saisir par la
tignasse. Non, non, elle ne voulait pas, elle n'était pas prête. Si
elle avait frappé, ce devait être avec le coude, en se retournant,
sans en avoir l'idée. Et une horreur lui montait des genoux aux
épaules, à la pensée de se voir trimbaler entre les bras du vieux,
655 toute raide, la figure blanche comme une assiette.

« Eh bien ! il n'y a plus personne ? reprit Bazouge dans le
silence. Attendez, on est complaisant pour les dames.

— Rien, ce n'est rien, dit enfin la blanchisseuse d'une voix
étranglée. Je n'ai besoin de rien. Merci. »

660 Pendant que le croque-mort s'endormait en grognant, elle
demeura anxieuse, l'écoutant, n'osant remuer, de peur qu'il ne
s'imaginât l'entendre frapper de nouveau. Elle se jurait bien de
faire attention maintenant. Elle pouvait râler, elle ne demanderait pas du secours au voisin. Et elle disait cela pour se
665 rassurer, car à certaines heures, malgré son taf[1], elle gardait
toujours son béguin épouvanté.

Dans son coin de misère, au milieu de ses soucis et de ceux
des autres, Gervaise trouvait pourtant un bel exemple de
courage chez les Bijard. La petite Lalie, cette gamine de huit
670 ans, grosse comme deux sous de beurre, soignait le ménage
avec une propreté de grande personne ; et la besogne était rude,
elle avait la charge de deux mioches, son frère Jules et sa sœur
Henriette, des mômes de trois ans et de cinq ans, sur lesquels
elle devait veiller toute la journée, même en balayant et en

---

1. *Malgré son taf* : malgré sa peur.

675 lavant la vaisselle. Depuis que le père Bijard avait tué sa bourgeoise d'un coup de pied dans le ventre, Lalie s'était faite la petite mère de tout ce monde. Sans rien dire, d'elle-même, elle tenait la place de la morte, cela au point que sa bête brute de père, pour compléter sans doute la ressemblance, assommait

680 aujourd'hui la fille comme il avait assommé la maman autrefois. Quand il revenait soûl, il lui fallait des femmes à massacrer. Il ne s'apercevait seulement pas que Lalie était toute petite ; il n'aurait pas tapé plus fort sur une vieille peau. D'une claque, il lui couvrait la figure entière, et la chair avait encore

685 tant de délicatesse, que les cinq doigts restaient marqués pendant deux jours. C'étaient des tripotées indignes, des trépignées pour un oui, pour un non, un loup enragé tombant sur un pauvre petit chat, craintif et câlin, maigre à faire pleurer, et qui recevait ça avec ses beaux yeux résignés, sans se plaindre.

690 Non, jamais Lalie ne se révoltait. Elle pliait un peu le cou, pour protéger son visage ; elle se retenait de crier, afin de ne pas révolutionner la maison. Puis, quand le père était las de l'envoyer promener à coups de soulier aux quatre coins de la pièce, elle attendait d'avoir la force de se ramasser ; et elle se remettait au

695 travail, débarbouillait ses enfants, faisait la soupe, ne laissait pas un grain de poussière sur les meubles. Ça rentrait dans sa tâche de tous les jours d'être battue.

Gervaise s'était prise d'une grande amitié pour sa voisine. Elle la traitait en égale, en femme d'âge, qui connaît l'exis

700 tence. Il faut dire que Lalie avait une mine pâle et sérieuse, avec une expression de vieille fille. On lui aurait donné trente ans, quand on l'entendait causer. Elle savait très bien acheter, raccommoder, tenir son chez-elle, et elle parlait des enfants comme si elle avait eu déjà deux ou trois couches dans sa vie.

705 À huit ans, cela faisait sourire les gens de l'entendre ; puis, on avait la gorge serrée, on s'en allait pour ne pas pleurer. Gervaise l'attirait le plus possible, lui donnait tout ce qu'elle

pouvait, du manger, des vieilles robes. Un jour, comme elle lui
essayait un ancien caraco à Nana, elle était restée suffoquée, en
710 lui voyant l'échine bleue, le coude écorché et saignant encore,
toute sa chair d'innocente martyrisée et collée aux os. Eh bien!
le père Bazouge pouvait apprêter sa boîte, elle n'irait pas loin
de ce train-là! Mais la petite avait prié la blanchisseuse de ne
rien dire. Elle ne voulait pas qu'on embêtât son père à cause
715 d'elle. Elle le défendait, assurait qu'il n'aurait pas été méchant,
s'il n'avait pas bu. Il était fou, il ne savait plus. Oh! elle lui
pardonnait, parce qu'on doit tout pardonner aux fous.

Depuis lors, Gervaise veillait, tâchait d'intervenir, dès qu'elle
entendait le père Bijard monter l'escalier. Mais, la plupart du
720 temps, elle attrapait simplement quelque torgnole[1] pour sa
part. Dans la journée, quand elle entrait, elle trouvait souvent
Lalie attachée au pied du lit de fer; une idée du serrurier, qui,
avant de sortir, lui ficelait les jambes et le ventre avec de la
grosse corde, sans qu'on pût savoir pourquoi; une toquade de
725 cerveau dérangé par la boisson, histoire sans doute de tyranniser
la petite, même lorsqu'il n'était plus là. Lalie, raide comme un
pieu, avec des fourmis dans les jambes, restait au poteau
pendant des journées entières; même elle y resta une nuit,
Bijard ayant oublié de rentrer. Quand Gervaise, indignée,
730 parlait de la détacher, elle la suppliait de ne pas déranger une
corde, parce que son père devenait furieux, s'il ne retrouvait pas
les nœuds faits de la même façon. Vrai, elle n'était pas mal, ça
la reposait; et elle disait cela en souriant, ses courtes jambes de
chérubin enflées et mortes. Ce qui la chagrinait, c'était que ça
735 n'avançait guère l'ouvrage, d'être collée à ce lit, en face de la
débandade du ménage. Son père aurait bien dû inventer autre
chose. Elle surveillait tout de même ses enfants, se faisait obéir,
appelait près d'elle Henriette et Jules pour les moucher. Comme

---

1. *Torgnole* : coup.

elle avait les mains libres, elle tricotait en attendant d'être déli-
740 vrée, afin de ne pas perdre complètement son temps. Et elle
souffrait surtout, lorsque Bijard la déficelait ; elle se traînait un
bon quart d'heure par terre, ne pouvant se tenir debout, à cause
du sang qui ne circulait plus.

Le serrurier avait aussi imaginé un autre petit jeu. Il mettait
745 des sous à rougir dans le poêle, puis les posait sur un coin de
la cheminée. Et il appelait Lalie, il lui disait d'aller chercher
deux livres de pain. La petite, sans défiance, empoignait les
sous, poussait un cri, les jetait en secouant sa menotte brûlée.
Alors, il entrait en rage. Qui est-ce qui lui avait fichu une
750 voirie[1] pareille ! Elle perdait l'argent, maintenant ! Et il menaçait de lui enlever le troufignon[2], si elle ne ramassait pas l'argent tout de suite. Quand la petite hésitait, elle recevait un
premier avertissement, une beigne[3] d'une telle force qu'elle en
voyait trente-six chandelles. Muette, avec deux grosses larmes
755 au bord des yeux, elle ramassait les sous et s'en allait, en les
faisant sauter dans le creux de sa main, pour les refroidir.

Non, jamais on ne se douterait des idées de férocité qui
peuvent pousser au fond d'une cervelle de pochard. Un après-
midi, par exemple, Lalie, après avoir tout rangé, jouait avec ses
760 enfants. La fenêtre était ouverte, il y avait un courant d'air, et
le vent engouffré dans le corridor poussait la porte par légères
secousses.

« C'est M. Hardi, disait la petite. Entrez donc, monsieur
Hardi ! Donnez-vous donc la peine d'entrer. »

765 Et elle faisait des révérences devant la porte, elle saluait le
vent. Henriette et Jules, derrière elle, saluaient aussi, ravis de
ce jeu-là, se tordant de rire comme si on les avait chatouillés.
Elle était toute rose de les voir s'amuser de si bon cœur, elle y

---

1. *Une voirie* : une fille de mauvaise vie. \ **2.** *Lui enlever le troufignon* : lui botter le derrière.
\ **3.** *Beigne* : coup.

prenait même du plaisir pour son compte, ce qui lui arrivait
770 le trente-six de chaque mois.

« Bonjour, monsieur Hardi. Comment vous portez-vous,
monsieur Hardi ? »

Mais une main brutale poussa la porte, le père Bijard
entra. Alors, la scène changea, Henriette et Jules tombèrent
775 sur leur derrière, contre le mur ; tandis que Lalie, terrifiée,
restait au beau milieu d'une révérence. Le serrurier tenait un
grand fouet de charretier tout neuf, à long manche de bois
blanc, à lanière de cuir terminée par un bout de ficelle
mince. Il posa ce fouet dans le coin du lit, il n'allongea pas
780 son coup de soulier habituel à la petite, qui se garait déjà en
présentant les reins. Un ricanement montrait ses dents
noires, et il était très gai, très soûl, la trogne allumée d'une
idée de rigolade

« Hein ? dit-il, tu fais la traînée, bougre de trognon ! Je t'ai
785 entendue danser d'en bas… Allons, avance ! Plus près, nom de
Dieu ! et en face ; je n'ai pas besoin de renifler ton moutardier[1].
Est-ce que je te touche, pour trembler comme un quiqui[2] ?…
Ôte-moi mes souliers. »

Lalie, épouvantée de ne pas recevoir sa tatouille, redevenue
790 toute pâle, lui ôta ses souliers. Il s'étais assis au bord du lit, il
se coucha habillé, resta les yeux ouverts, à suivre les mouvements de la petite dans la pièce. Elle tournait, abêtie sous ce
regard, les membres travaillés peu à peu d'une telle peur,
qu'elle finit par casser une tasse. Alors, sans se déranger, il prit
795 le fouet, il le lui montra.

« Dis donc, le petit veau, regarde ça ; c'est un cadeau pour
toi. Oui, c'est encore cinquante sous que tu me coûtes… Avec
ce joujou-là, je ne serai plus obligé de courir, et tu auras beau
te fourrer dans les coins. Veux-tu essayer ?… Ah ! tu casses les

---

1. *Moutardier* : derrière. \ 2. *Quiqui* : petit oiseau.

800 tasses!... Allons, houp! danse donc, fais donc des révérences à M. Hardi!»

Il ne se souleva seulement pas, vautré sur le dos, la tête enfoncée dans l'oreiller, faisant claquer le grand fouet par la chambre, avec un vacarme de postillon qui lance ses chevaux.
805 Puis, abattant le bras, il cingla Lalie au milieu du corps, l'enroula, la déroula comme une toupie. Elle tomba, voulut se sauver à quatre pattes; mais il la cingla de nouveau et la remit debout.

«Hop! hop! gueulait-il, c'est la course des bourriques...
810 Hein? très chouette, le matin, en hiver; je fais dodo, je ne m'enrhume pas, j'attrape les veaux de loin, sans écorcher mes engelures. Dans ce coin-là, touchée, margot! Et dans cet autre coin, touchée aussi! Et dans cet autre, touchée encore! Ah! si tu te fourres sous le lit, je cogne avec le manche... Hop! hop!
815 à dada! à dada!»

Une légère écume lui venait aux lèvres, ses yeux jaunes sortaient de leurs trous noirs. Lalie, affolée, hurlante, sautait aux quatre angles de la pièce, se pelotonnait par terre, se collait contre les murs; mais la mèche mince du grand fouet
820 l'atteignait partout, claquant à ses oreilles avec des bruits de pétard, lui pinçant la chair de longues brûlures. Une vraie danse de bête à qui on apprend des tours. Ce pauvre petit chat valsait, fallait voir! les talons en l'air comme les gamines qui jouent à la corde et qui crient: Vinaigre! Elle ne pouvait plus
825 souffler, rebondissant d'elle-même ainsi qu'une balle élastique, se laissant taper, aveuglée, lasse d'avoir cherché un trou. Et son loup de père triomphait, l'appelait vadrouille [1], lui demandait si elle en avait assez et si elle comprenait suffisamment qu'elle devait lâcher l'espoir de lui échapper, à cette
830 heure.

---

1. *Vadrouille* : drôlesse.

Mais Gervaise, tout d'un coup, entra, attirée par les hurlements de la petite. Devant un pareil tableau, elle fut prise d'une indignation furieuse.

« Ah! la saleté d'homme! cria-t-elle. Voulez-vous bien la laisser, brigand! Je vais vous dénoncer à la police, moi! »

Bijard eut un grognement d'animal qu'on dérange. Il bégaya :

« Dites donc, vous, la Tortillard[1] ! mêlez-vous un peu de vos affaires. Il faut peut-être que je mette des gants pour la trifouiller… C'est à la seule fin de l'avertir, vous voyez bien, histoire simplement de lui montrer que j'ai le bras long. »

Et il lança un dernier coup de fouet qui atteignit Lalie au visage. La lèvre supérieure fut fendue, le sang coula. Gervaise avait pris une chaise, voulait tomber sur le serrurier. Mais la petite tendait vers elle des mains suppliantes, disait que ce n'était rien, que c'était fini. Elle épongeait le sang avec le coin de son tablier, et faisait taire ses enfants qui pleuraient à gros sanglots, comme s'ils avaient reçu la dégelée[2] de coups de fouet.

Lorsque Gervaise songeait à Lalie, elle n'osait plus se plaindre. Elle aurait voulu avoir le courage de cette bambine de huit ans, qui en endurait à elle seule autant que toutes les femmes de l'escalier réunies. Elle l'avait vue au pain sec pendant trois mois, ne mangeant pas même des croûtes à sa faim, si maigre et si affaiblie, qu'elle se tenait aux murs pour marcher ; et, quand elle lui portait des restants de viande en cachette, elle sentait son cœur se fendre, en la regardant avaler avec de grosses larmes silencieuses, par petits morceaux, parce que son gosier rétréci ne laissait plus passer la nourriture. Toujours tendre et dévouée malgré ça, d'une raison au-dessus de son âge, remplissant ses devoirs de petite mère, jusqu'à

----

1. *La Tortillard* : la Boiteuse. \ **2.** *Dégelée* : volée.

mourir de sa maternité, éveillée trop tôt dans son innocence frêle de gamine. Aussi Gervaise prenait-elle exemple sur cette chère créature de souffrance et de pardon, essayant d'apprendre
865 d'elle à taire son martyre. Lalie gardait seulement son regard muet, ses grands yeux noirs résignés, au fond desquels on ne devinait qu'une nuit d'agonie et de misère. Jamais une parole, rien que ses grands yeux noirs, ouverts largement.

C'est que, dans le ménage des Coupeau, le vitriol de l'As-
870 sommoir commençait à faire aussi son ravage. La blanchisseuse voyait arriver l'heure où son homme prendrait un fouet comme Bijard, pour mener la danse. Et le malheur qui la menaçait, la rendait naturellement plus sensible encore au malheur de la petite. Oui, Coupeau filait un mauvais coton. L'heure était
875 passée où le cric lui donnait des couleurs. Il ne pouvait plus se taper sur le torse, et crâner, en disant que le sacré chien l'engraissait ; car sa vilaine graisse jaune des premières années avait fondu, et il tournait au sécot [1], il se plombait [2], avec des tons verts de macchabée pourrissant dans une mare. L'appétit, lui
880 aussi, était rasé. Peu à peu, il n'avait plus eu de goût pour le pain, il en était même arrivé à cracher sur le fricot [3]. On aurait pu lui servir la ratatouille la mieux accommodée, son estomac se barrait, ses dents molles refusaient de mâcher. Pour se soutenir, il lui fallait sa chopine d'eau-de-vie par jour ; c'était
885 sa ration, son manger et son boire, la seule nourriture qu'il digérât. Le matin, dès qu'il sautait du lit, il restait un gros quart d'heure plié en deux, toussant et claquant des os, se tenant la tête et lâchant de la pituite [4], quelque chose d'amer comme chicotin [5] qui lui ramonait la gorge. Ça ne
890 manquait jamais, on pouvait apprêter Thomas [6] à l'avance. Il

---

1. *Sécot* : sec, maigre. \ **2.** *Se plombait* : prenait la couleur du plomb. \ **3.** *Fricot* : plat grossièrement cuisiné. \ **4.** *Pituite* : glaires que les alcooliques vomissent à jeun. \ **5.** *Chicotin* : poudre amère extraite de la coloquinte. \ **6.** *Thomas* : pot de chambre.

ne retombait d'aplomb sur ses pattes qu'après son premier verre de consolation, un vrai remède dont le feu lui cautérisait les boyaux. Mais, dans la journée, les forces reprenaient. D'abord, il avait senti des chatouilles, des picotements sur la peau, aux pieds et aux mains ; et il rigolait, il racontait qu'on lui faisait des minettes [1], que sa bourgeoise devait mettre du poil à gratter entre les draps. Puis, ses jambes étaient devenues lourdes, les chatouilles avaient fini par se changer en crampes abominables qui lui pinçaient la viande comme dans un étau. Ça, par exemple, lui semblait moins drôle. Il ne riait plus, s'arrêtait court sur le trottoir, étourdi, les oreilles bourdonnantes, les yeux aveuglés d'étincelles. Tout lui paraissait jaune, les maisons dansaient, il festonnait [2] trois secondes, avec la peur de s'étaler. D'autres fois, l'échine au grand soleil, il avait un frisson, comme une eau glacée qui lui aurait coulé des épaules au derrière. Ce qui l'enquiquinait le plus, c'était un tremblement de ses deux mains ; la main droite surtout devait avoir commis un mauvais coup, tant elle avait des cauchemars. Nom de Dieu ! il n'était donc plus un homme, il tournait à la vieille femme ! Il tendait furieusement ses muscles, il empoignait son verre, pariait de le tenir immobile, comme au bout d'une main de marbre ; mais, le verre, malgré son effort, dansait le chahut, sautait à droite, sautait à gauche, avec un petit tremblement pressé et régulier. Alors, il se le vidait dans le coco, furieux, gueulant qu'il lui en faudrait des douzaines et qu'ensuite il se chargeait de porter un tonneau sans remuer un doigt. Gervaise lui disait au contraire de ne plus boire, s'il voulait cesser de trembler. Et il se fichait d'elle, il buvait des litres à recommencer l'expérience, s'enrageant, accusant les omnibus qui passaient de lui bousculer son liquide.

---

1. *Des minettes* : des chatouilles. \ **2.** *Il festonnait* : il marchait en zigzags.

Au mois de mars, Coupeau rentra un soir trempé jusqu'aux os ; il revenait avec Mes-Bottes de Montrouge, où ils s'étaient flanqué une ventrée de soupe à l'anguille ; et il avait reçu une averse, de la barrière des Fourneaux à la barrière Poissonnière, un fier ruban de queue[1]. Dans la nuit, il fut pris d'une sacrée toux ; il était très rouge, galopé par une fièvre de cheval, battant des flancs comme un soufflet crevé. Quand le médecin des Boche l'eut vu le matin, et qu'il lui eut écouté dans le dos, il branla la tête, il prit Gervaise à part pour lui conseiller de faire porter tout de suite son mari à l'hôpital. Coupeau avait une fluxion de poitrine[2].

Et Gervaise ne se fâcha pas, bien sûr. Autrefois, elle se serait plutôt fait hacher que de confier son homme aux carabins[3]. Lors de l'accident, rue de la Nation, elle avait mangé leur magot, pour le dorloter. Mais ces beaux sentiments-là n'ont qu'un temps, lorsque les hommes tombent dans la crapule. Non, non, elle n'entendait plus se donner un pareil tintouin[4]. On pouvait le lui prendre et ne jamais le rapporter, elle dirait un grand merci. Pourtant, quand le brancard arriva et qu'on chargea Coupeau comme un meuble, elle devint toute pâle, les lèvres pincées ; et si elle rognonnait[5] et trouvait toujours que c'était bien fait, son cœur n'y était plus, elle aurait voulu avoir seulement dix francs dans sa commode, pour ne pas le laisser partir. Elle l'accompagna à Lariboisière, regarda les infirmiers le coucher, au bout d'une grande salle où les malades à la file, avec des mines de trépassés, se soulevaient et suivaient des yeux le camarade qu'on amenait ; une jolie crevaison là-dedans, une odeur de fièvre à suffoquer et une musique de poitrinaire à vous faire cracher vos poumons ; sans compter que la salle avait l'air

---

1. *Ruban de queue* : longue route qui n'en finit pas. \ 2. *Fluxion de poitrine* : congestion pulmonaire. \ 3. *Carabins* : étudiants en médecine. \ 4. *Tintouin* : souci, tracas. \ 5. *Rognonnait* : bougonnait.

d'un petit Père-Lachaise, bordée de lits tout blancs, une vraie allée de tombeaux. Puis, comme il restait aplati sur son oreiller, elle fila, ne trouvant pas un mot, n'ayant malheureusement rien dans la poche pour le soulager. Dehors, en face de l'hôpital, elle
955 se retourna, elle jeta un coup d'œil sur le monument. Et elle pensa aux jours d'autrefois, lorsque Coupeau, penché au bord des gouttières, posait là-haut ses plaques de zinc, en chantant dans le soleil. Il ne buvait pas alors, il avait une peau de fille. Elle, de sa fenêtre de l'hôtel Boncœur, le cherchait, l'apercevait
960 au beau milieu du ciel ; et tous les deux agitaient des mouchoirs, s'envoyaient des risettes par le télégraphe. Oui, Coupeau avait travaillé là-haut, en ne se doutant guère qu'il travaillait pour lui. Maintenant, il n'était plus sur les toits, pareil à un moineau rigoleur et putassier [1] ; il était dessous, il avait bâti sa niche à
965 l'hôpital, et il y venait crever, la couenne [2] râpeuse. Mon Dieu, que le temps des amours semblait loin, aujourd'hui !

Le surlendemain, lorsque Gervaise se présenta pour avoir des nouvelles, elle trouva le lit vide. Une sœur lui expliqua qu'on avait dû transporter son mari à l'asile Sainte-Anne, parce
970 que, la veille, il avait tout d'un coup battu la campagne [3]. Oh ! un déménagement complet, des idées de se casser la tête contre le mur, des hurlements qui empêchaient les autres malades de dormir. Ça venait de la boisson, paraissait-il. La boisson, qui couvait dans son corps, avait profité, pour lui
975 attaquer et lui tordre les nerfs, de l'instant où la fluxion de poitrine le tenait sans forces sur le dos. La blanchisseuse rentra bouleversée. Son homme était fou à cette heure ! La vie allait devenir drôle, si on le lâchait. Nana criait qu'il fallait le laisser à l'hôpital, parce qu'il finirait par les massacrer toutes les deux.
980 Le dimanche seulement, Gervaise put se rendre à Sainte-Anne. C'était un vrai voyage. Heureusement, l'omnibus du

---

1. *Putassier* : digne d'une prostituée. \ 2. *Couenne* : peau. \ 3. *Battu la campagne* : déliré.

boulevard Rochechouart à la Glacière passait près de l'asile.
Elle descendit rue de la Santé, elle acheta deux oranges pour
ne pas entrer les mains vides. Encore un monument, avec des
985 cours grises, des corridors interminables, une odeur de vieux
remèdes rances, qui n'inspirait pas précisément la gaieté. Mais,
quand on l'eut fait entrer dans une cellule, elle fut toute
surprise de voir Coupeau presque gaillard. Il était justement
sur le trône, une caisse de bois très propre, qui ne répandait pas
990 la moindre odeur ; et ils rirent de ce qu'elle le trouvait en fonction, son trou de balle au grand air. N'est-ce pas ? on sait bien
ce que c'est qu'un malade. Il se carrait là-dessus comme un
pape, avec son bagou d'autrefois. Oh ! il allait mieux, puisque
ça reprenait son cours.
995   « Et la fluxion ? demanda la blanchisseuse.
       — Emballée ! répondit-il. Ils m'ont retiré ça avec la main. Je
tousse encore un peu, mais c'est la fin du ramonage. »
       Puis, au moment de quitter le trône pour se refourrer dans
son lit, il rigola de nouveau.
1000   « T'as le nez solide, t'as pas peur de prendre une prise, toi ! »
       Et ils s'égayèrent davantage. Au fond, ils avaient de la
joie. C'était par manière de se témoigner leur contentement
sans faire de phrases, qu'ils plaisantaient ainsi ensemble sur
la plus fine [1]. Il faut avoir eu des malades pour connaître le
1005 plaisir qu'on éprouve à les revoir bien travailler de tous les
côtés.
       Quand il fut dans son lit, elle lui donna les deux oranges, ce
qui lui causa un attendrissement. Il redevenait gentil, depuis
qu'il buvait de la tisane et qu'il ne pouvait plus laisser son cœur
1010 sur les comptoirs des mastroquets. Elle finit par oser lui parler
de son coup de marteau, surprise de l'entendre raisonner comme
au bon temps.

---

1. *La plus fine* : les excréments.

« Ah ! oui, dit-il en se blaguant lui-même, j'ai joliment rabâché !... Imagine-toi, je voyais des rats, je courais à quatre pattes pour leur mettre un grain de sel sous la queue. Et toi, tu m'appelais, des hommes voulaient t'y faire passer. Enfin, toutes sortes de bêtises, des revenants en plein jour... Oh ! je me souviens très bien, la caboche est encore solide... À présent, c'est fini, je rêvasse en m'endormant, j'ai des cauchemars, mais tout le monde a des cauchemars. »

Gervaise resta près de lui jusqu'au soir. Quand l'interne vint, à la visite de six heures, il lui fit étendre les mains ; elles ne tremblaient presque plus, à peine un frisson qui agitait le bout des doigts. Cependant, comme la nuit tombait, Coupeau fut peu à peu pris d'une inquiétude. Il se leva deux fois sur son séant, regardant par terre, dans les coins d'ombre de la pièce. Brusquement, il allongea le bras et parut écraser une bête contre le mur.

« Qu'est-ce donc ? demanda Gervaise, effrayée.

— Les rats, les rats », murmura-t-il.

Puis, après un silence, glissant au sommeil, il se débattit, en lâchant des mots entrecoupés.

« Nom de Dieu ! ils me trouent la pelure !... Oh ! les sales bêtes !... Tiens bon ! serre tes jupes ! méfie-toi du salopiaud, derrière-toi !... Sacré tonnerre, la voilà culbutée, et ces mufes qui rigolent !... Tas de mufes ! tas de fripouilles ! tas de brigands ! »

Il lançait des claques dans le vide, tirait sa couverture, la roulait en tapon[1] contre sa poitrine, comme pour la protéger contre les violences des hommes barbus qu'il voyait. Alors, un gardien étant accouru, Gervaise se retira, toute glacée par cette scène. Mais lorsqu'elle revint, quelques jours plus tard, elle trouva Coupeau complètement guéri. Les cauchemars

---

1. *Tapon* : tampon.

eux-mêmes s'en étaient allés ; il avait un sommeil d'enfant,
045 il dormait ses dix heures sans bouger un membre. Aussi
permit-on à sa femme de l'emmener. Seulement, l'interne lui
dit à la sortie les bonnes paroles d'usage, en lui conseillant de
les méditer. S'il recommençait à boire, il retomberait et finirait par y laisser sa peau. Oui, ça dépendait uniquement de
050 lui. Il avait vu comme on redevenait gaillard et gentil, quand
on ne se soûlait pas. Eh bien, il devait continuer à la maison
sa vie sage de Sainte-Anne, s'imaginer qu'il était sous clef et
que les marchands de vin n'existaient plus.

« Il a raison, ce monsieur, dit Gervaise dans l'omnibus qui
055 les ramenait rue de la Goutte-d'Or.

— Sans doute qu'il a raison », répondit Coupeau. Puis, après
avoir songé une minute, il reprit :

« Oh ! tu sais, un petit verre par-ci, par-là, ça ne peut pourtant pas tuer un homme, ça fait digérer. »

060 Et, le soir même, il but un petit verre de cric[1], pour la diges-
tion. Pendant huit jours, il se montra cependant assez raisonnable. Il était très traqueur[2] au fond, il ne se souciait pas de
finir à Bicêtre[3]. Mais sa passion l'emportait, le premier petit
verre le conduisait malgré lui à un deuxième, à un troisième,
065 à un quatrième ; et, dès la fin de la quinzaine, il avait repris sa
ration ordinaire, sa chopine de tord-boyaux par jour. Gervaise,
exaspérée, aurait cogné. Dire qu'elle était assez bête pour avoir
rêvé de nouveau une vie honnête, quand elle l'avait vu dans
tout son bon sens à l'asile ! Encore une heure de joie envolée,
070 la dernière bien sûr ! Oh ! maintenant, puisque rien ne pouvait
le corriger, pas même la peur de sa crevaison prochaine, elle
jurait de ne plus se gêner ; le ménage irait à la six-quatre-deux[4],
elle s'en battait l'œil ; et elle parlait de prendre, elle aussi, du

---

1. *Cric* : eau-de-vie de mauvaise qualité. \ 2. *Traqueur* : peureux. \ 3. *Bicêtre* : asile de fous.
\ 4. *Six-quatre-deux* : n'importe comment.

plaisir où elle en trouverait. Alors l'enfer recommença, une vie
1075 enfoncée davantage dans la crotte, sans coin d'espoir ouvert sur
une meilleure saison. Nana, quand son père l'avait giflée,
demandait furieusement pourquoi cette rosse n'était pas restée
à l'hôpital. Elle attendait de gagner de l'argent, disait-elle,
pour lui payer de l'eau-de-vie et le faire crever plus vite.
1080 Gervaise, de son côté, un jour que Coupeau regrettait leur
mariage, s'emporta. Ah ! elle lui avait apporté la resucée des
autres, ah ! elle s'était fait ramasser sur le trottoir, en l'enjôlant
par ses mines de rosière[1] ! Nom d'un chien ! il ne manquait pas
d'aplomb ! Autant de paroles, autant de menteries. Elle ne
1085 voulait pas de lui, voilà la vérité. Il se traînait à ses pieds pour
la décider, pendant qu'elle lui conseillait de bien réfléchir. Et
si c'était à refaire, comme elle dirait non ! elle se laisserait
plutôt couper un bras. Oui, elle avait vu la lune, avant lui ; mais
une femme qui a vu la lune et qui est travailleuse, vaut mieux
1090 qu'un feignant d'homme qui salit son honneur et celui de sa
famille dans tous les mannezingues[2]. Ce jour-là, pour la
première fois, chez les Coupeau, on se flanqua une volée en
règle, on se tapa même si dur, qu'un vieux parapluie et le balai
furent cassés.

1095 Et Gervaise tint parole. Elle s'avachit encore ; elle manquait
l'atelier plus souvent, jacassait des journées entières, devenait
molle comme une chiffe à la besogne. Quand une chose lui
tombait des mains, ça pouvait bien rester par terre, ce n'était
pas elle qui se serait baissée pour la ramasser. Les côtes lui pous-
1100 saient en long. Elle voulait sauver son lard. Elle en prenait à
son aise et ne donnait plus un coup de balai que lorsque les
ordures manquaient de la faire tomber. Les Lorilleux, maintenant, affectaient de se boucher le nez, en passant devant
sa chambre ; une vraie poison, disaient-ils. Eux, vivaient en

---

1. *Rosière* : lauréate d'un prix de vertu ; \ **2.** *Mannezingues* : cabarets.

105 sournois, au fond du corridor, se garant de toutes ces misères
qui piaulaient[1] dans ce coin de la maison, s'enfermant pour ne
pas avoir à prêter des pièces de vingt sous. Oh! des bons cœurs,
des voisins joliment obligeants! Oui, c'était le chat[2]! On
n'avait qu'à frapper et à demander du feu, ou une pincée de sel,
110 ou une carafe d'eau, on était sûr de recevoir tout de suite la
porte sur le nez. Avec ça des langues de vipère. Ils criaient qu'ils
ne s'occupaient jamais des autres, quand il était question de
secourir leur prochain; mais ils s'en occupaient du matin au
soir, dès qu'il s'agissait de mordre le monde à belles dents. Le
115 verrou poussé, une couverture accrochée pour boucher les
fentes et le trou de la serrure, ils se régalaient de potins sans
quitter leurs fils d'or une seconde. La dégringolade de la
Banban surtout les faisait ronronner la journée entière comme
des matous qu'on caresse. Quelle dèche[3], quel décatissage[4],
120 mes amis! Ils la guettaient aller aux provisions et rigolaient du
tout petit morceau de pain qu'elle rapportait sous son tablier.
Ils calculaient les jours où elle dansait devant le buffet. Ils
savaient, chez elle, l'épaisseur de la poussière, le nombre d'assiettes sales laissées en plan, chacun des abandons croissants de
125 la misère et de la paresse. Et ses toilettes donc, des guenilles
dégoûtantes qu'une chiffonnière n'aurait pas ramassées! Dieu
de Dieu! il pleuvait drôlement sur sa mercerie, à cette belle
blonde, cette cato[5] qui tortillait tant son derrière, autrefois,
dans sa belle boutique bleue. Voilà où menaient l'amour de la
130 fripe[6], les lichades et les gueuletons. Gervaise, qui se doutait
de la façon dont ils l'arrangeaient, ôtait ses souliers, collait son
oreille contre leur porte; mais la couverture l'empêchait d'entendre. Elle les surprit seulement un jour en train de l'appeler

---

1. *Piaulaient* : habitaient. \ **2.** *C'était le chat* : façon populaire de répondre à une excuse à
laquelle on ne croit pas. \ **3.** *Dèche* : manque d'argent, grande gêne. \ **4.** *Décatissage* : perte
de lustre, de fraîcheur. \ **5.** *Cato* : prostituée de bas étage. \ **6.** *Fripe* : cuisine.

« la grand-tétasse », parce que sans doute son devant de gilet
1135 était un peu fort, malgré la mauvaise nourriture qui lui vidait
la peau. D'ailleurs, elle les avait quelque part ; elle continuait
à leur parler, pour éviter les commentaires, n'attendant de ces
salauds que des avanies, mais n'ayant même plus la force de
leur répondre, et de les lâcher là comme un paquet de sottises.
1140 Et puis, zut ! elle demandait son plaisir, rester en tas, tourner
ses pouces, bouger quand il s'agissait de prendre du bon temps,
pas davantage.

Un samedi, Coupeau lui avait promis de la mener au cirque.
Voir des dames galoper sur des chevaux et sauter dans des ronds
1145 de papier, voilà au moins qui valait la peine de se déranger.
Coupeau justement venait de faire une quinzaine, il pouvait se
fendre de quarante sous ; et même ils devaient manger tous les
deux dehors, Nana ayant à veiller très tard ce soir-là chez son
patron pour une commande pressée. Mais, à sept heures, pas
1150 de Coupeau ; à huit heures, toujours personne, Gervaise était
furieuse. Son soûlard fricassait[1] pour sûr la quinzaine avec les
camarades, chez les marchands de vin du quartier. Elle avait
lavé un bonnet, et s'escrimait, depuis le matin, sur les trous
d'une vieille robe, voulant être présentable. Enfin, vers neuf
1155 heures, l'estomac vide, bleue de colère, elle se décida à descendre,
pour chercher Coupeau dans les environs.

« C'est votre mari que vous demandez ? lui cria Mme Boche,
en l'apercevant la figure à l'envers. Il est chez le père Colombe.
Boche vient de prendre des cerises avec lui. »
1160 Elle dit merci. Elle fila raide sur le trottoir, en roulant l'idée
de sauter aux yeux de Coupeau. Une petite pluie fine tombait,
ce qui rendait la promenade encore moins amusante. Mais,
quand elle fut arrivée devant l'Assommoir, la peur de la danser
elle-même, si elle taquinait son homme, la calma brusquement

---

1. *Fricassait* : mangeait en festoyant.

1165 et la rendit prudente. La boutique flambait, son gaz allumé, les
glaces blanches comme des soleils, les fioles et les bocaux illu-
minant les murs de leurs verres de couleur. Elle resta là un
instant, l'échine tendue, l'œil appliqué contre la vitre, entre
deux bouteilles de l'étalage, à guigner Coupeau, dans le fond
1170 de la salle ; il était assis avec des camarades, autour d'une petite
table de zinc, tous vagues et bleus par la fumée des pipes ; et,
comme on ne les entendait pas gueuler, ça faisait un drôle
d'effet de les voir se démancher[1], le menton en avant, les yeux
sortis de la figure. Était-il Dieu possible que des hommes
1175 pussent lâcher leurs femmes et leur chez-eux pour s'enfermer
ainsi dans un trou où ils étouffaient ! La pluie lui dégouttait le
long du cou ; elle se releva, elle s'en alla sur le boulevard extérieur, réfléchissant, n'osant pas entrer. Ah bien ! Coupeau l'aurait joliment reçue, lui qui ne voulait pas être relancé ! Puis,
1180 vrai, ça ne lui semblait guère la place d'une femme honnête.
Cependant, sous les arbres trempés, un léger frisson la prenait,
et elle songeait, hésitante encore, qu'elle était pour sûr en train
de pincer quelque bonne maladie. Deux fois elle retourna se
planter devant la vitre, son œil collé de nouveau, vexée de
1185 retrouver ces sacrés pochards à couvert, toujours gueulant et
buvant. Le coup de lumière de l'Assommoir se reflétait dans les
flaques des pavés, où la pluie mettait un frémissement de petits
bouillons. Elle se sauvait, elle pataugeait là-dedans, dès que la
porte s'ouvrait et retombait, avec le claquement de ses bandes
1190 de cuivre. Enfin, elle s'appela trop bête, elle poussa la porte et
marcha droit à la table de Coupeau. Après tout, n'est-ce pas ?
c'était son mari qu'elle venait demander ; et elle y était auto-
risée, puisqu'il avait promis, ce soir-là, de la mener au cirque.
Tant pis ! elle n'avait pas envie de fondre comme un pain de
1195 savon, sur le trottoir.

---

1. *Se démancher* : remuer.

« Tiens! c'est toi, la vieille! cria le zingueur, qu'un ricanement étranglait. Ah! elle est farce, par exemple!... Hein? pas vrai, elle est farce! »

Tous riaient, Mes-Bottes, Bibi-la-Grillade, Bec-Salé, dit
1200 Boit-sans-Soif. Oui, ça leur semblait farce; et ils n'expliquaient pas pourquoi. Gervaise restait debout, un peu étourdie. Coupeau lui paraissant très gentil, elle se risqua à dire :

« Tu sais, nous allons là-bas. Faut nous cavaler. Nous arriverons encore à temps pour voir quelque chose.

1205 — Je ne peux pas me lever, je suis collé, oh! sans blague, reprit Coupeau qui rigolait toujours. Essaye, pour te renseigner; tire-moi le bras, de toutes tes forces, nom de Dieu! plus fort que ça, ohé, hisse!... Tu vois, c'est ce roussin de père Colombe qui m'a vissé sur sa banquette. »

1210 Gervaise s'était prêtée à ce jeu; et, quand elle lui lâcha le bras, les camarades trouvèrent la blague si bonne, qu'ils se jetèrent les uns sur les autres, braillant et se frottant les épaules comme des ânes qu'on étrille. Le zingueur avait la bouche fendue par un tel rire, qu'on lui voyait jusqu'au gosier.

1215 « Fichue bête! dit-il enfin, tu peux bien t'asseoir une minute. On est mieux là qu'à barboter dehors... Eh bien, oui, je ne suis pas rentré, j'ai eu des affaires. Quand tu feras ton nez, ça n'avancera à rien... Reculez-vous donc, vous autres.

— Si madame voulait accepter mes genoux, ça serait plus
1220 tendre », dit galamment Mes-Bottes.

Gervaise, pour ne pas se faire remarquer, prit une chaise et s'assit à trois pas de la table. Elle regarda ce que buvaient les hommes, du casse-gueule qui luisait pareil à de l'or, dans les verres; il y en avait une petite mare coulée sur la table, et Bec-
1225 Salé, dit Boit-sans-Soif, tout en causant, trempait son doigt, écrivait un nom de femme : Eulalie, en grosses lettres. Elle trouva Bibi-la-Grillade joliment ravagé, plus maigre qu'un cent de clous. Mes-Bottes avait un nez qui fleurissait, un vrai dahlia

bleu de Bourgogne. Ils étaient très sales tous les quatre, avec
leurs ordures de barbes raides et pisseuses comme des balais à
pot de chambre, étalant des guenilles de blouses, allongeant des
pattes noires aux ongles en deuil. Mais, vrai, on pouvait encore
se montrer dans leur société, car s'ils gobelottaient depuis six
heures, ils restaient tout de même comme il faut, juste à ce
point où l'on charme ses puces. Gervaise en vit deux autres
devant le comptoir en train de se gargariser, si pafs, qu'ils se
jetaient leur petit verre sous le menton, et imbibaient leur
chemise, en croyant se rincer la dalle. Le gros père Colombe, qui
allongeait ses bras énormes, les porte-respect de son établissement, versait tranquillement les tournées. Il faisait très chaud,
la fumée des pipes montait dans la clarté aveuglante du gaz, où
elle roulait comme une poussière, noyant les consommateurs
d'une buée, lentement épaissie ; et, de ce nuage, un vacarme
sortait, assourdissant et confus, des voix cassées, des chocs de
verre, des jurons et des coups de poing semblables à des détonations. Aussi Gervaise avait-elle pris sa figure en coin de rue,
car une pareille vue n'est pas drôle pour une femme, surtout
quand elle n'en a pas l'habitude ; elle étouffait, les yeux brûlés,
la tête déjà alourdie par l'odeur d'alcool qui s'exhalait de la salle
entière. Puis, brusquement, elle eut la sensation d'un malaise
plus inquiétant derrière son dos. Elle se tourna, elle aperçut
l'alambic, la machine à soûler, fonctionnant sous le vitrage de
l'étroite cour, avec la trépidation profonde de sa cuisine d'enfer.
Le soir, les cuivres étaient plus mornes, allumés seulement sur
leur rondeur d'une large étoile rouge ; et l'ombre de l'appareil,
contre la muraille du fond, dessinait des abominations, des
figures avec des queues, des monstres ouvrant leurs mâchoires
comme pour avaler le monde.

« Dis donc, Marie-bon-bec, ne fais pas ta gueule ! cria
Coupeau. Tu sais, à Chaillot les rabat-joie !... Qu'est-ce que
tu veux boire ?

— Rien, bien sûr, répondit la blanchisseuse. Je n'ai pas dîné, moi.

— Eh bien, raison de plus ; ça soutient, une goutte de quelque chose. »

Mais, comme elle ne se décidait pas, Mes-Bottes se montra galant de nouveau.

« Madame doit aimer les douceurs, murmura-t-il.

— J'aime les hommes qui ne se soûlent pas, reprit-elle en se fâchant. Oui, j'aime qu'on rapporte sa paie et qu'on soit de parole, quand on a fait une promesse !

— Ah ! c'est ça qui te chiffonne ! dit le zingueur, sans cesser de ricaner. Tu veux ta part. Alors, grande cruche, pourquoi refuses-tu une consommation ?... Prends donc, c'est tout bénéfice. »

Elle le regarda fixement, l'air sérieux, avec un pli qui lui traversait le front d'une raie noire. Et elle répondit d'une voix lente :

« Tiens ! tu as raison, c'est une bonne idée. Comme ça, nous boirons la monnaie ensemble. »

Bibi-la-Grillade se leva pour aller lui chercher un verre d'anisette. Elle approcha sa chaise, elle s'attabla. Pendant qu'elle sirotait son anisette, elle eut tout d'un coup un souvenir, elle se rappela la prune qu'elle avait mangée avec Coupeau, jadis, près de la porte, lorsqu'il lui faisait la cour. En ce temps-là, elle laissait la sauce des fruits à l'eau-de-vie. Et, maintenant, voici qu'elle se remettait aux liqueurs. Oh ! elle se connaissait, elle n'avait pas pour deux liards de volonté. On n'aurait eu qu'à lui donner une chiquenaude sur les reins pour l'envoyer faire une culbute dans la boisson. Même ça lui semblait très bon, l'anisette, peut-être un peu trop doux, un peu écœurant. Et elle suçait son verre, en écoutant Bec-Salé, dit Boit-sans-Soif, raconter sa liaison avec la grosse Eulalie, celle qui vendait du poisson dans la rue, une femme rudement

295 maligne, une particulière qui le flairait chez les marchands de
vin, tout en poussant sa voiture, le long des trottoirs ; les camarades avaient beau l'avertir et le cacher, elle le pinçait souvent,
elle lui avait même, la veille, envoyé une limande[1] par la figure,
pour lui apprendre à manquer l'atelier. Par exemple, ça, c'était

300 drôle. Bibi-la-Grillade et Mes-Bottes, les côtes crevées de rire,
appliquaient des claques sur les épaules de Gervaise, qui rigolait enfin, comme chatouillée et malgré elle ; et ils lui conseillaient
d'imiter la grosse Eulalie, d'apporter ses fers et de repasser les
oreilles de Coupeau sur le zinc des mastroquets.

305   « Ah bien ! merci, cria Coupeau qui retourna le verre d'anisette vidé par sa femme, tu vous pompes joliment ça ! Voyez
donc, la coterie, ça ne lanterne[2] guère.

    — Madame redouble ? » demanda Bec-Salé, dit Boit-sans-
Soif.

310   Non, elle en avait assez. Elle hésitait pourtant. L'anisette lui
barbouillait le cœur. Elle aurait plutôt pris quelque chose de
raide pour se guérir l'estomac. Et elle jetait des regards
obliques sur la machine à soûler, derrière elle. Cette sacrée
marmite, ronde comme un ventre de chaudronnière grasse,

315 avec son nez qui s'allongeait et se tortillait, lui soufflait un
frisson dans les épaules, une peur mêlée d'un désir. Oui, on
aurait dit la fressure[3] de métal d'une grande gueuse, de
quelque sorcière qui lâchait goutte à goutte le feu de ses
entrailles. Une jolie source de poison, une opération qu'on

320 aurait dû enterrer dans une cave, tant elle était effrontée et
abominable ! Mais ça n'empêchait pas, elle aurait voulu mettre
son nez là-dedans, renifler l'odeur, goûter à la cochonnerie,
quand même sa langue brûlée aurait dû en peler du coup
comme une orange.

---

1. *Limande* : poisson. \ **2.** *Ça ne lanterne guère* : ça ne traîne guère . \ **3.** *Fressure* : ensemble des
viscères de certains animaux.

1325 « Qu'est-ce que vous buvez donc là ? demanda-t-elle sournoisement aux hommes, l'œil allumé par la belle couleur d'or de leurs verres.

— Ça, ma vieille, répondit Coupeau, c'est le camphre[1] du papa Colombe… Fais pas la bête, n'est-ce pas ? On va t'y faire 1330 goûter. »

Et lorsqu'on lui eut apporté un verre de vitriol et que sa mâchoire se contracta, à la première gorgée, le zingueur reprit, en se tapant sur les cuisses :

« Hein ! ça te rabote le sifflet[2] !… Avale d'une lampée. 1335 Chaque tournée retire un écu de six francs de la poche du médecin. »

Au deuxième verre, Gervaise ne sentit plus la faim qui la tourmentait. Maintenant, elle était raccommodée avec Coupeau, elle ne lui en voulait plus de son manque de parole. 1340 Ils iraient au cirque une autre fois ; ce n'était pas si drôle, des faiseurs de tours qui galopaient sur des chevaux. Il ne pleuvait pas chez le père Colombe, et si la paie fondait dans le fil-en-quatre[3], on se la mettait sur le torse au moins, on la buvait limpide et luisante comme du bel or liquide. Ah ! elle envoyait 1345 joliment flûter[4] le monde ! La vie ne lui offrait pas tant de plaisirs ; d'ailleurs, ça lui semblait une consolation d'être de moitié dans le nettoyage de la monnaie. Puisqu'elle était bien, pourquoi donc ne serait-elle pas restée ? On pouvait tirer le canon, elle n'aimait plus bouger, quand elle avait fait son tas. Elle mijo-1350 tait dans une bonne chaleur, son corsage collé à son dos, envahie d'un bien-être qui lui engourdissait les membres. Elle rigolait toute seule, les coudes sur la table, les yeux perdus, très amusée par deux clients, un gros mastoc et un nabot, à une table voisine,

---

1. *Camphre* : substance aromatique, blanche, transparente, à l'odeur forte. \ 2. *Ça te rabote le sifflet* : ça te coupe la voix. \ 3. *Fil-en-quatre* : eau-de-vie très forte ; \ 4. *Flûter* : promener.

355 en train de s'embrasser comme du pain, tant ils étaient gris.
Oui, elle riait à l'Assommoir, à la pleine lune du père Colombe,
une vraie vessie de saindoux, aux consommateurs fumant leur
brûle-gueule, criant et crachant, aux grandes flammes du gaz
qui allumaient les glaces et les bouteilles de liqueur. L'odeur
ne la gênait plus ; au contraire, elle avait des chatouilles dans le
360 nez, elle trouvait que ça sentait bon ; ses paupières se fermaient
un peu, tandis qu'elle respirait très court, sans étouffement,
goûtant la jouissance du lent sommeil dont elle était prise. Puis,
après son troisième petit verre, elle laissa tomber son menton
sur ses mains, elle ne vit plus que Coupeau et les camarades ; et
365 elle demeura nez à nez avec eux, tout près, les joues chauffées
par leur haleine, regardant leurs barbes sales, comme si elle en
avait compté les poils. Ils étaient très soûls, à cette heure. Mes-
Bottes bavait, la pipe aux dents, de l'air muet et grave d'un
bœuf assoupi. Bibi-la Grillade racontait une histoire, la façon
370 dont il vidait un litre d'un trait, en lui fichant un tel baiser à la
régalade[1], qu'on lui voyait le derrière. Cependant, Bec-Salé, dit
Boit-sans-Soif, était allé chercher le tourniquet sur le comptoir
et jouait des consommations avec Coupeau.

« Deux cents !... T'es rupin[2], tu amènes les gros numéros
375 à tous coups. »

La plume du tourniquet grinçait, l'image de la Fortune, une
grande femme rouge, placée sous un verre, tournait et ne
mettait, plus au milieu qu'une tache ronde, pareille à une
tache de vin.

380 « Trois cent cinquante !... T'as donc marché dedans,
bougre de lascar ! Ah ! zut ! je ne joue plus ! »

Et Gervaise s'intéressait au tourniquet. Elle soiffait[3] à tire-
larigot, et appelait Mes-Bottes « mon fiston ». Derrière elle, la

---

1. *À la régalade* : boire en faisant couler l'alcool dans le gosier sans que le verre touche les lèvres, la tête en l'air. \ **2.** *Rupin* : riche, chanceux. \ **3.** *Elle soiffait* : elle buvait outre mesure.

machine à soûler fonctionnait toujours, avec son murmure de
1385 ruisseau souterrain ; et elle désespérait de l'arrêter, de l'épuiser,
prise contre elle d'une colère sombre, ayant des envies de
sauter sur le grand alambic comme sur une bête, pour le taper
à coups de talon et lui crever le ventre. Tout se brouillait, elle
voyait la machine remuer, elle se sentait prise par ses pattes de
1390 cuivre, pendant que le ruisseau coulait maintenant au travers
de son corps.

Puis, la salle dansa, avec les becs de gaz qui filaient comme
des étoiles. Gervaise était poivrée. Elle entendait une discussion furieuse entre Bec-Salé, dit Boit-sans-Soif, et cet encloué
1395 de père Colombe. En voilà un voleur de patron qui marquait
à la fourchette ! On n'était pourtant pas à Bondy[1]. Mais,
brusquement, il y eut une bousculade, des hurlements, un
vacarme de tables renversées. C'était le père Colombe qui
flanquait la société dehors, sans se gêner, en un tour de main.
1400 Devant la porte, on l'engueula, on l'appela fripouille. Il pleuvait toujours, un petit vent glacé soufflait. Gervaise perdit
Coupeau, le retrouva et le perdit encore. Elle voulait rentrer,
elle tâtait les boutiques pour reconnaître son chemin. Cette
nuit soudaine l'étonnait beaucoup. Au coin de la rue des Pois-
1405 sonniers, elle s'assit dans le ruisseau, elle se crut au lavoir.
Toute l'eau qui coulait lui tournait la tête et la rendait très
malade. Enfin, elle arriva, elle fila raide devant la porte des
concierges, chez lesquels elle vit parfaitement les Lorilleux et
les Poisson attablés, qui firent des grimaces de dégoût en
1410 l'apercevant dans ce bel état. Jamais elle ne sut comment elle
avait monté les six étages. En haut, au moment où elle
prenait le corridor, la petite Lalie, qui entendait son pas,
accourut, les bras ouverts dans un geste de caresse, riant et
disant :

---

1. *Bondy* : sa forêt abritait des brigands.

415   « Madame Gervaise, papa n'est pas rentré, venez donc voir dormir mes enfants… Oh ! ils sont gentils ! »

Mais, en face du visage hébété de la blanchisseuse, elle recula et trembla. Elle connaissait ce souffle d'eau-de-vie, ces yeux pâles, cette bouche convulsée. Alors, Gervaise passa en trébu-
420   chant, sans dire un mot, pendant que la petite, debout sur le seuil de sa porte, la suivait de son regard noir, muet et grave.

XI [1]

Nana grandissait, devenait garce. À quinze ans, elle avait poussé comme un veau, très blanche de chair, très grasse, si dodue même qu'on aurait dit une pelote. Oui, c'était ça, quinze ans, toutes ses dents et pas de corset. Une vraie frimousse de margot[2], trempée dans du lait, une peau veloutée de pêche, un nez drôle, un bec rose, des quinquets luisants auxquels les hommes avaient envie d'allumer leur pipe. Son tas de cheveux blonds, couleur d'avoine fraîche, semblait lui avoir jeté de la poudre d'or sur les tempes, des taches de rousseur, qui lui mettaient là une couronne de soleil. Ah! une jolie pépée, comme disaient les Lorilleux, une morveuse qu'on aurait encore dû moucher et dont les grosses épaules avaient les rondeurs pleines, l'odeur mûre d'une femme faite.

Maintenant, Nana ne fourrait plus des boules de papier dans son corsage. Des nichons lui étaient venus, une paire de nichons de satin blanc tout neufs. Et ça ne l'embarrassait guère, elle aurait voulu en avoir plein les bras, elle rêvait des tétais[3] de nounou, tant la jeunesse est gourmande et inconsidérée. Ce qui la rendait surtout friande, c'était une vilaine habitude qu'elle avait prise de sortir un petit bout de sa langue entre ses quenottes[4] blanches. Sans doute, en se regardant dans les

---

1. D'après Henri Mitterand, dans l'édition de la Pléiade, le chapitre XI s'étend sur les années 1866-1867-1868. \ 2. *Margot* : femme de mauvaise vie. \ 3. *Tétais* : mamelons. \ 4. *Quenottes* : petites dents d'enfant.

glaces, elle s'était trouvée gentille ainsi. Alors, tout le long de la journée, pour faire la belle, elle tirait la langue.

« Cache donc ta menteuse ! » lui criait sa mère.

25 Et il fallait souvent que Coupeau s'en mêlât, tapant du poing, gueulant avec des jurons :

« Veux-tu bien rentrer ton chiffon rouge[1] ! »

Nana se montrait très coquette. Elle ne se lavait pas toujours les pieds, mais elle prenait ses bottines si étroites, 30 qu'elle souffrait le martyre dans la prison de Saint-Crépin ; et si on l'interrogeait, en la voyant devenir violette, elle répondait qu'elle avait des coliques, pour ne pas confesser sa coquetterie. Quand le pain manquait à la maison, il lui était difficile de se pomponner. Alors, elle faisait des miracles, elle rapportait des 35 rubans de l'atelier, elle s'arrangeait des toilettes, des robes sales couvertes de nœuds et de bouffettes[2]. L'été était la saison de ses triomphes. Avec une robe de percale de six francs, elle passait tous ses dimanches, elle emplissait le quartier de la Goutte-d'Or de sa beauté blonde. Oui, on la connaissait des boulevards 40 extérieurs aux fortifications, et de la chaussée de Clignancourt à la grande rue de La Chapelle. On l'appelait « la petite poule », parce qu'elle avait vraiment la chair tendre et l'air frais d'une poulette.

Une robe surtout lui alla à la perfection. C'était une robe 45 blanche à pois roses, très simple, sans garniture aucune. La jupe, un peu courte, dégageait ses pieds, les manches large-ment ouvertes et tombantes, découvraient ses bras jusqu'aux coudes ; l'encolure du corsage, qu'elle ouvrait en cœur avec des épingles, dans un coin noir de l'escalier, pour éviter les calottes 50 du père Coupeau, montrait la neige de son cou et l'ombre dorée de sa gorge. Et rien autre, rien qu'un ruban rose noué autour de ses cheveux blonds, un ruban dont les bouts s'envolaient sur

---

1. *Ton chiffon rouge* : ta langue. \ **2.** *Bouffettes* : petits nœuds bouffants de ruban.

sa nuque. Elle avait là-dedans une fraîcheur de bouquet. Elle sentait bon la jeunesse, le nu de l'enfant et de la femme.

55 Les dimanches furent pour elle, à cette époque, des journées de rendez-vous avec la foule, avec tous les hommes qui passaient et qui la reluquaient. Elle les attendait la semaine entière, chatouillée de petits désirs, étouffant, prise d'un besoin de grand air, de promenade au soleil, dans la cohue du 60 faubourg endimanché. Dès le matin, elle s'habillait, elle restait des heures en chemise devant le morceau de glace accroché au-dessus de la commode ; et, comme toute la maison pouvait la voir par la fenêtre, sa mère se fâchait, lui demandait si elle n'avait pas bientôt fini de se promener en panais [1]. Mais, elle, 65 tranquille, se collait des accroche-cœurs sur le front avec de l'eau sucrée, recousait les boutons de ses bottines ou faisait un point à sa robe, les jambes nues, la chemise glissée des épaules, dans le désordre de ses cheveux ébouriffés. Ah ! elle était chouette, comme ça ! disait le père Coupeau, qui ricanait et la 70 blaguait ; une vraie Madeleine-la-Désolée ! Elle aurait pu servir de femme sauvage et se montrer pour deux sous. Il lui criait : « Cache donc ta viande, que je mange mon pain ! » Et elle était adorable, blanche et fine sous le débordement de sa toison blonde, rageant si fort que sa peau en devenait rose, n'osant 75 répondre à son père et cassant son fil entre ses dents, d'un coup sec et furieux, qui secouait d'un frisson sa nudité de belle fille.

Puis, aussitôt après le déjeuner, elle filait, elle descendait dans la cour. La paix chaude du dimanche endormait la maison ; en bas, les ateliers étaient fermés, les logements 80 bâillaient par leurs croisées ouvertes, montraient des tables déjà mises pour le soir, qui attendaient les ménages, en train de gagner de l'appétit sur les fortifications ; une femme, au troisième, employait la journée à laver sa chambre, roulant son lit,

---

1. *En panais* : en chemise.

bousculant ses meubles, chantant pendant des heures la même
85 chanson, sur un ton doux et pleurard. Et, dans le repos des
métiers, au milieu de la cour vide et sonore, des parties de
volants s'engageaient entre Nana, Pauline et d'autres grandes
filles. Elles étaient cinq ou six, poussées ensemble, qui devenaient les reines de la maison et se partageaient les œillades des
90 messieurs. Quand un homme traversait la cour, des rires flûtés
montaient, les frou-frous de leurs jupes amidonnées passaient
comme un coup de vent. Au-dessus d'elles, l'air des jours de
fête flambait, brûlant et lourd, comme amolli de paresse et
blanchi par la poussière des promenades.

95 Mais les parties de volants n'étaient qu'une frime pour
s'échapper. Brusquement, la maison tombait à un grand
silence. Elles venaient de se glisser dans la rue et de gagner les
boulevards extérieurs. Alors, toutes les six, se tenant par les
bras, occupant la largeur des chaussées, s'en allaient, vêtues de
100 clair, avec leurs rubans noués autour de leurs cheveux nus. Les
yeux vifs, coulant de minces regards par le coin pincé des
paupières, elles voyaient tout, elles renversaient le cou pour
rire, en montrant le gras du menton. Dans les gros éclats de
gaieté, lorsqu'un bossu passait ou qu'une vieille femme atten-
105 dait son chien au coin des bornes, leur ligne se brisait, les unes
restaient en arrière, tandis que les autres les tiraient violemment; et elles balançaient les hanches, se pelotonnaient, se
dégingandaient, histoire d'attrouper le monde et de faire
craquer leur corsage sous leurs formes naissantes. La rue était
110 à elles; elles y avaient grandi, en relevant leurs jupes le long
des boutiques; elles s'y retroussaient encore jusqu'aux cuisses
pour rattacher leurs jarretières. Au milieu de la foule lente et
blême, entre les arbres grêles des boulevards, leur débandade
courait ainsi, de la barrière Rochechouart à la barrière Saint-
115 Denis, bousculant les gens, coupant les groupes en zigzag, se
retournant et lâchant des mots dans les fusées de leurs rires. Et

leurs robes envolées laissaient, derrière elles, l'insolence de leur jeunesse ; elles s'étalaient en plein air, sous la lumière crue, d'une grossièreté ordurière de voyous, désirables et tendres comme des vierges qui reviennent du bain, la nuque trempée.

Nana prenait le milieu, avec sa robe rose, qui s'allumait dans le soleil. Elle donnait le bras à Pauline, dont la robe, des fleurs jaunes sur un fond blanc, flambait aussi, piquée de petites flammes. Et comme elles étaient les plus grosses toutes les deux, les plus femmes et les plus effrontées, elles menaient la bande, elles se rengorgeaient sous les regards et les compliments. Les autres, les gamines, faisaient des queues à droite et à gauche, en tâchant de s'enfler pour être prises au sérieux. Nana et Pauline avaient, dans le fond, des plans très compliqués de ruses coquettes. Si elles couraient à perdre haleine, c'était histoire de montrer leurs bas blancs et de faire flotter les rubans de leurs chignons. Puis, quand elles s'arrêtaient, en affectant de suffoquer, la gorge renversée et palpitante, on pouvait chercher, il y avait bien sûr par là une de leurs connaissances, quelque garçon du quartier ; et elles marchaient languissamment alors, chuchotant et riant entre elles, guettant, les yeux en dessous. Elle se cavalaient [1] surtout pour ces rendez-vous du hasard, au milieu des bousculades de la chaussée. De grands garçons endimanchés, en veste et en chapeau rond, les retenaient un instant au bord du ruisseau, à rigoler et à vouloir leur pincer la taille. Des ouvriers de vingt ans, débraillés dans des blouses grises, causaient lentement avec elles, les bras croisés, leur soufflant au nez la fumée de leurs brûle-gueules. Ça ne tirait pas à conséquence, ces gamins avaient poussé en même temps qu'elles sur le pavé. Mais, dans le nombre, elles choisissaient déjà. Pauline rencontrait toujours un des fils de Mme Gaudron, un menuisier de dix-sept ans, qui

---

1. *Elles se cavalaient* : elles s'enfuyaient.

lui payait des pommes. Nana apercevait, du bout d'une avenue
à l'autre, Victor Fauconnier, le fils de la blanchisseuse, avec
150 lequel elle s'embrassait dans les coins noirs. Et ça n'allait pas
plus loin ; elles avaient trop de vice pour faire une bêtise sans
savoir. Seulement, on en disait de raides [1].

Puis, quand le soleil tombait, la grande joie de ces mâtines
était de s'arrêter aux faiseurs de tours [2]. Des escamoteurs [3], des
155 hercules arrivaient, qui étalaient sur la terre de l'avenue un
tapis mangé d'usure. Alors, les badauds [4] s'attroupaient, un
cercle se formait, tandis que le saltimbanque, au milieu, jouait
des muscles dans son maillot fané. Nana et Pauline restaient
des heures debout, au plus épais de la foule. Leurs belles robes
160 fraîches s'écrasaient entre les paletots et les bourgerons [5] sales.
Leurs bras nus, leur cou nu, leurs cheveux nus, s'échauffaient
sous les haleines empestées, dans une odeur de vin et de sueur.
Et elles riaient, amusées, sans un dégoût, plus roses et comme
sur leur fumier naturel. Autour d'elles, les gros mots partaient,
165 des ordures toutes crues, des réflexions d'hommes soûls. C'était
leur langue, elles savaient tout, elles se retournaient avec un
sourire, tranquilles d'impudeur, gardant la pâleur délicate de
leur peau de satin.

La seule chose qui les contrariait était de rencontrer leurs
170 pères, surtout quand ils avaient bu. Elles veillaient et s'aver-
tissaient.

« Dis donc, Nana, criait tout d'un coup Pauline, voilà le
père Coupeau !

— Ah bien ! il n'est pas poivré, non, c'est que je tousse [6] !
175 disait Nana embêtée. Moi, je m'esbigne [7], vous savez ! Je n'ai

---

1. *On en disait de raides* : on tenait des propos licencieux, osés. \ **2.** *Des faiseurs de tours* : des
saltimbanques. \ **3.** *Des escamoteurs* : des prestidigitateurs. \ **4.** *Les badauds* : les curieux, les
flâneurs. \ **5.** *Bourgerons* : courtes blouses de travail en grosse toile. \ **6.** *Il n'est pas poivré, non,
c'est que je tousse* : expression signifiant qu'en fait il est poivré, c'est-à-dire ivre. \ **7.** *Je m'esbigne* : je m'en vais.

pas envie qu'il secoue mes puces… Tiens ! il a piqué une tête[1] !
Dieu de Dieu, s'il pouvait se casser la gueule ! »

D'autres fois, lorsque Coupeau arrivait droit sur elle, sans lui
laisser le temps de se sauver, elle s'accroupissait, elle murmurait :

Cachez-moi donc, vous autres !… Il me cherche, il a
promis de m'enlever le ballon[2], s'il me pinçait encore à traîner
ma peau. »

Puis, lorsque l'ivrogne les avait dépassées, elle se relevait, et
toutes le suivaient en pouffant de rire. Il la trouvera ! il ne la
trouvera pas ! C'était un vrai jeu de cache-cache. Un jour pourtant, Boche était venu chercher Pauline par les deux oreilles,
et Coupeau avait ramené Nana à coups de pied au derrière.

Le jour baissait, elles faisaient un dernier tour de balade,
elles rentraient dans le crépuscule blafard, au milieu de la foule
éreintée. La poussière de l'air s'était épaissie, et pâlissait le ciel
lourd. Rue de la Goutte-d'Or, on aurait dit un coin de
province, avec les commères sur les portes, des éclats de voix
coupant le silence tiède du quartier vide de voitures. Elles s'arrêtaient un instant dans la cour, reprenaient les raquettes,
tâchaient de faire croire qu'elles n'avaient pas bougé de là. Et
elles remontaient chez elles, en arrangeant une histoire, dont
elles ne se servaient souvent pas, lorsqu'elles trouvaient leurs
parents occupés à s'allonger des gifles, pour une soupe mal salée
ou pas assez cuite.

Maintenant, Nana était ouvrière, elle gagnait quarante sous
chez Titreville, la maison de la rue du Caire où elle avait fait
son apprentissage. Les Coupeau ne voulaient pas la changer,
pour qu'elle restât sous la surveillance de Mme Lerat, qui était
première dans l'atelier depuis dix ans. Le matin, pendant que

---

1. *Il a piqué une tête* : il est complètement ivre. \ 2. *Il a promis de m'enlever le ballon* : il a
promis de me donner un coup de pied dans les fesses.

la mère regardait l'heure au coucou, la petite partait toute seule, l'air gentil, serrée aux épaules par sa vieille robe noire trop étroite et trop courte; et Mme Lerat était chargée de constater l'heure de son arrivée, qu'elle disait ensuite à
210 Gervaise. On lui donnait vingt minutes pour aller de la rue de la Goutte-d'Or à la rue du Caire, ce qui était suffisant, car ces tortillons de filles ont des jambes de cerf. Des fois, elle arrivait juste, mais si rouge, si essoufflée, qu'elle venait bien sûr de dégringoler de la barrière en dix minutes, après avoir musé[1] en
215 chemin. Le plus souvent, elle avait sept minutes, huit minutes de retard; et, jusqu'au soir, elle se montrait très câline pour sa tante, avec des yeux suppliants, tâchant ainsi de la toucher et de l'empêcher de parler. Mme Lerat, qui comprenait la jeunesse, mentait aux Coupeau, mais en sermonnant Nana dans des
220 bavardages interminables, où elle parlait de sa responsabilité et des dangers qu'une jeune fille courait sur le pavé de Paris. Ah! Dieu de Dieu! la poursuivait-on assez elle-même! Elle couvait sa nièce de ses yeux allumés de continuelles préoccupations polissonnes, elle restait tout échauffée à l'idée de garder
225 et de mijoter l'innocence de ce pauvre petit chat.

« Vois-tu, lui répétait-elle, il faut tout me dire. Je suis trop bonne pour toi, je n'aurais plus qu'à me jeter à la Seine, s'il t'arrivait un malheur... Entends-tu, mon petit chat, si des hommes te parlaient, il faudrait tout me répéter, tout, sans
230 oublier un mot... Hein? on ne t'a encore rien dit, tu me le jures? »

Nana riait alors d'un rire qui lui pinçait drôlement la bouche. Non, non, les hommes ne lui parlaient pas. Elle marchait trop vite. Puis, qu'est-ce qu'ils lui auraient dit? Elle
235 n'avait rien à démêler avec eux, peut-être! Et elle expliquait ses retards d'un air de niaise : elle s'était arrêtée pour regarder les

---

1. *Après avoir musé* : après avoir traîné, flâné.

images, ou bien elle avait accompagné Pauline qui savait des histoires. On pouvait la suivre, si on ne la croyait pas : elle ne quittait même jamais le trottoir de gauche ; et elle filait joli-
240 ment, elle devançait toutes les autres demoiselles, comme une voiture. Un jour, à la vérité, Mme Lerat l'avait surprise, rue du Petit-Carreau, le nez en l'air, riant avec trois autres traînées de fleuristes, parce qu'un homme se faisait la barbe, à une fenêtre ; mais la petite s'était fâchée, en jurant qu'elle entrait justement
245 chez le boulanger du coin acheter un pain d'un sou.

« Oh ! je veille, n'ayez pas peur, disait la grande veuve aux Coupeau. Je vous réponds d'elle comme de moi-même. Si un salaud voulait seulement la pincer, je me mettrais plutôt en travers. »

250 L'atelier, chez Titreville, était une grande pièce à l'entresol, avec un large établi posé sur des tréteaux, occupant tout le milieu. Le long des quatre murs vides, dont le papier d'un gris pisseux montrait le plâtre par des éraflures, s'allongeaient les étagères encombrées de vieux cartons, de paquets, de
255 modèles de rebut oubliés là sous une épaisse couche de poussière. Au plafond, le gaz avait passé comme un badigeon de suie. Les deux fenêtres s'ouvraient si larges, que les ouvrières, sans quitter l'établi, voyaient défiler le monde sur le trottoir d'en face.

260 Mme Lerat, pour donner l'exemple, arrivait la première. Puis, la porte battait pendant un quart d'heure, tous les petits bonnichons[1] de fleuristes entraient à la débandade, suantes, décoiffées. Un matin de juillet, Nana se présenta la dernière, ce qui d'ailleurs était assez dans ses habitudes.

265 « Ah bien ! dit-elle, ce ne sera pas malheureux quand j'aurai voiture ! »

Et, sans même ôter son chapeau, un caloquet noir qu'elle

---

1. *Bonnichons* : bonnets d'ouvrières.

appelait sa casquette et qu'elle était lasse de retaper, elle s'approcha de la fenêtre, se pencha à droite et à gauche, pour voir
270 dans la rue.

« Qu'est-ce que tu regardes donc ? lui demanda Mme Lerat,
méfiante. Est-ce que ton père t'a accompagnée ?

— Non, bien sûr, répondit Nana tranquillement. Je ne
regarde rien... Je regarde qu'il fait joliment chaud. Vrai, il y
275 a de quoi vous donner du mal à vous faire courir ainsi. »

La matinée fut d'une chaleur étouffante. Les ouvrières
avaient baissé les jalousies, entre lesquelles elles mouchardaient[1] le mouvement de la rue ; et elles s'étaient enfin mises
au travail, rangées des deux côtés de la table, dont Mme Lerat
280 occupait seule le haut bout. Elles étaient huit, ayant chacune
devant soi son pot à colle, sa pince, ses outils et sa pelote à
gaufrer. Sur l'établi traînait un fouillis de fils de fer, de bobines,
d'ouate, de papier vert et de papier marron, de feuilles et de
pétales taillés dans de la soie, du satin ou du velours. Au
285 milieu, dans le goulot d'une grande carafe, une fleuriste avait
fourré un petit bouquet de deux sous, qui se fanait depuis la
veille à son corsage.

« Ah ! vous ne savez pas, dit Léonie, une jolie brune, en se
penchant sur sa pelote où elle gaufrait des pétales de rose, eh
290 bien, cette pauvre Caroline est joliment malheureuse avec ce
garçon qui venait l'attendre le soir. »

Nana, en train de couper de minces bandes de papier vert,
s'écria :

« Pardi ! un homme qui lui fait des queues[2] tous les jours ! »
295 L'atelier fut pris d'une gaieté sournoise, et Mme Lerat dut se
montrer sévère. Elle pinça le nez, en murmurant :

« Tu es propre, ma fille, tu as de jolis mots ! Je rapporterai
ça à ton père, nous verrons si ça lui plaira. »

---

1. *Mouchardaient* : espionnaient. \ 2. *Faire des queues* : tromper.

Nana gonfla les joues, comme si elle retenait un grand rire.
300 Ah bien ! son père ! il en disait d'autres ! Mais Léonie, tout d'un
coup, souffla très bas et très vite :

« Eh ! méfiez-vous ! la patronne ! »

En effet, Mme Titreville, une longue femme sèche, entrait.
Elle se tenait d'ordinaire en bas, dans le magasin. Les ouvrières
305 la craignaient beaucoup, parce qu'elle ne plaisantait jamais. Elle
fit lentement le tour de l'établi, au-dessus duquel maintenant
toutes les nuques restaient penchées, silencieuses et actives. Elle
traita une ouvrière de sabot, l'obligea à recommencer une
marguerite. Puis, elle s'en alla de l'air raide dont elle était venue.
310 « Houp ! houp ! répéta Nana, au milieu d'un grognement
général.

— Mesdemoiselles, vraiment, mesdemoiselles ! dit Mme Lerat
qui voulut prendre un air de sévérité, vous me forcerez à des
mesures... »

315 Mais on ne l'écoutait pas, on ne la craignait guère. Elle se
montrait trop tolérante, chatouillée parmi ces petites qui
avaient de la rigolade plein les yeux, les prenant à part pour
leur tirer les vers du nez sur leurs amants, leur faisant même
les cartes, lorsqu'un bout de l'établi était libre. Sa peau dure,
320 sa carcasse de gendarme tressautait d'une joie dansante de
commère, dès qu'on était sur le chapitre de la bagatelle[1]. Elle
se blessait seulement des mots crus ; pourvu qu'on n'employât
pas les mots crus, on pouvait tout dire.

Vrai ! Nana complétait à l'atelier une jolie éducation ! Oh !
325 elle avait des dispositions, bien sûr. Mais ça l'achevait, la
fréquentation d'un tas de filles déjà éreintées de misère et de
vice. On était là les unes sur les autres, on se pourrissait
ensemble ; juste l'histoire des paniers de pommes quand il y a
des pommes gâtées. Sans doute, on se tenait devant la société,

---

1. *Bagatelle* : ce qui a trait à l'amour physique, au sexe.

330 on évitait de paraître trop rosse de caractère, trop dégoûtante d'expressions. Enfin, on posait pour la demoiselle comme il faut. Seulement, à l'oreille, dans les coins, les saletés marchaient bon train. On ne pouvait pas se trouver deux ensemble, sans tout de suite se tordre de rire, en disant des cochonneries. Puis, on s'ac-
335 compagnait le soir ; c'étaient alors des confidences, des histoires à faire dresser les cheveux, qui attardaient sur les trottoirs les deux gamines, allumées au milieu des coudoiements de la foule. Et il y avait encore, pour les filles restées sages comme Nana, un mauvais air à l'atelier, l'odeur de bastringue et de nuits peu
340 catholiques, apportée par les ouvrières coureuses, dans leurs chignons mal rattachés, dans leurs jupes si fripées qu'elles semblaient avoir couché avec. Les paresses molles des lende-mains de noces, les yeux culottés[1], ce noir des yeux que Mme Lerat appelait honnêtement les coups de poing de l'amour,
345 les déhanchements, les voix enrouées, soufflaient une perversion au-dessus de l'établi, parmi l'éclat et la fragilité des fleurs arti-ficielles. Nana reniflait, se grisait lorsqu'elle sentait à côté d'elle une fille qui avait déjà vu le loup. Longtemps elle s'était mise auprès de la grande Lisa, qu'on disait grosse ; et elle coulait des
350 regards luisants sur sa voisine, comme si elle s'était attendue à la voir enfler et éclater tout d'un coup. Pour apprendre du nouveau, ça paraissait difficile. La gredine[2] savait tout, avait tout appris sur le pavé de la rue de la Goutte-d'Or. À l'atelier, simplement, elle voyait faire, il lui poussait peu à peu l'envie
355 et le toupet de faire à son tour.

« On étouffe », murmura-t-elle en s'approchant d'une fenêtre comme pour baisser davantage la jalousie.

Mais elle se pencha, regarda de nouveau à droite et à gauche. Au même instant, Léonie, qui guettait un homme, arrêté sur
360 le trottoir d'en face, s'écria :

---

1. *Les yeux culottés* : les yeux de lendemain de noce, d'excès. \ 2. *La gredine* : la friponne.

«Qu'est-ce qu'il fait là, ce vieux ? Il y a un quart d'heure qu'il espionne ici.

— Quelque matou, dit Mme Lerat. Nana, veux-tu bien venir t'asseoir ! Je t'ai défendu de rester à la fenêtre. »

365   Nana reprit les queues de violettes qu'elle roulait, et tout l'atelier s'occupa de l'homme. C'était un monsieur bien vêtu, en paletot, d'une cinquantaine d'années ; il avait une face blême, très sérieuse et très digne, avec un collier de barbe grise, correctement taillé. Pendant une heure, il resta devant la
370 boutique d'un herboriste, levant les yeux sur les jalousies de l'atelier. Les fleuristes poussaient des petits rires, qui s'étouffaient dans le bruit de la rue ; et elles se courbaient, très affairées, au-dessus de l'ouvrage, avec des coups d'œil, pour ne pas perdre de vue le monsieur.

375   « Tiens ! fit remarquer Léonie, il a un lorgnon. Oh ! c'est un homme chic… Il attend Augustine, bien sûr. »

Mais Augustine, une grande blonde laide, répondit aigrement qu'elle n'aimait pas les vieux. Et Mme Lerat, hochant la tête, murmura avec son sourire pincé, plein de sous-entendus :
380   « Vous avez tort, ma chère ; les vieux sont plus tendres. »

À ce moment, la voisine de Léonie, une petite personne grasse, lui lâcha dans l'oreille une phrase ; et Léonie, brusquement, se renversa sur sa chaise, prise d'un accès de fou rire, se tordant, jetant des regards vers le monsieur et riant plus fort.
385 Elle bégayait :

« C'est ça, oh ! c'est ça !… Ah ! cette Sophie, est-elle sale !

— Qu'est-ce qu'elle a dit ? Qu'est-ce qu'elle a dit ? »

demandait tout l'atelier, brûlant de curiosité.

Léonie essuyait les larmes de ses yeux, sans répondre. Quand
390 elle fut un peu calmée, elle se remit à gaufrer [1], en déclarant :

---

1. *Gaufrer* : imprimer des motifs ornementaux.

« Ça ne peut pas se répéter. »

On insistait, elle refusait de la tête, reprise par des bouffées de gaieté. Alors Augustine, sa voisine de gauche, la supplia de le lui dire tout bas. Et Léonie, enfin, voulut bien le lui dire, les lèvres contre l'oreille. Augustine se renversa, se tordit à son tour. Puis, elle-même répéta la phrase, qui courut ainsi d'oreille à oreille, au milieu des exclamations et des rires étouffés. Lorsque toutes connurent la saleté de Sophie, elles se regardèrent, elles éclatèrent ensemble, un peu rouges et confuses pourtant. Seule, Mme Lerat ne savait pas. Elle était très vexée.

« C'est bien mal poli ce que vous faites là, mesdemoiselles, dit-elle. On ne se parle jamais tout bas quand il y a du monde… Quelque indécence, n'est-ce pas ? Ah ! c'est du propre ! »

Elle n'osa pourtant pas demander qu'on lui répétât la saleté de Sophie, malgré son envie furieuse de la connaître. Mais, pendant un instant, le nez baissé, faisant de la dignité [1], elle se régala de la conversation des ouvrières. Une d'elles ne pouvait lâcher un mot, le mot le plus innocent, à propos de son ouvrage par exemple, sans qu'aussitôt les autres y entendissent malice ; elles détournaient le mot de son sens, lui donnaient une signification cochonne, mettaient des allusions extraordinaires sous des paroles simples comme celles-ci : « Ma pince est fendue », ou bien : « Qui est-ce qui a fouillé dans mon petit pot ? » Et elles rapportaient tout au monsieur qui faisait le pied de grue en face, c'était le monsieur qui arrivait quand même au bout des allusions. Ah ! les oreilles devaient lui corner ! Elles finissaient par dire des choses très bêtes, tant elles voulaient être malignes. Mais ça ne les empêchait pas de trouver ce jeu-là bien amusant, excitées, les yeux fous, allant de plus en plus fort. Mme Lerat n'avait pas à se fâcher, on ne disait rien de cru. Elle-même les fit toutes se rouler, en demandant :

---

1. *Faisant de la dignité* : prenant une allure grave et retenue.

« Mademoiselle Lisa, mon feu est éteint, passez-moi le vôtre.

— Ah ! le feu de Mme Lerat qui est éteint ! » cria l'atelier.

Elle voulut commencer une explication.

425 « Quand vous aurez mon âge, mesdemoiselles... »

Mais on ne l'écoutait pas, on parlait d'appeler le monsieur pour rallumer le feu de Mme Lerat.

Dans cette bosse de rires, Nana rigolait, il fallait voir ! Aucun mot à double entente ne lui échappait. Elle en lâchait

430 elle-même de raides, en les appuyant du menton, rengorgée et crevant d'aise. Elle était dans le vice comme un poisson dans l'eau. Et elle roulait très bien ses queues de violettes, tout en se tortillant sur sa chaise. Oh ! un chic [1] épatant, pas même le temps de rouler une cigarette. Rien que le geste de prendre une

435 mince bande de papier vert, et allez-y ! le papier filait et enveloppait le laiton ; puis, une goutte de gomme en haut pour coller, c'était fait, c'était un brin de verdure frais et délicat, bon à mettre sur les appas des dames. Le chic était dans ses doigts minces de gourgandine [2], qui semblaient désossés,

440 souples et câlins. Elle n'avait pu apprendre que ça du métier. On lui donnait à faire toutes les queues de l'atelier, tant elle les faisait bien.

Cependant, le monsieur du trottoir d'en face s'en était allé. L'atelier se calmait, travaillait dans la grosse chaleur. Quand

445 sonna midi, l'heure du déjeuner, toutes se secouèrent. Nana, qui s'était précipitée vers la fenêtre, leur cria qu'elle allait descendre faire les commissions, si elles voulaient. Et Léonie lui commanda deux sous de crevettes, Augustine un cornet de pommes de terre frites, Lisa une botte de radis, Sophie une

450 saucisse. Puis, comme elle descendait, Mme Lerat qui trouvait drôle son amour pour la fenêtre, ce jour-là, dit en la rattrapant de ses grandes jambes :

---

1. *Un chic* : un talent, une adresse . \ 2. *Gourgandine* : fille de mauvaise vie.

« Attends donc, je vais avec toi, j'ai besoin de quelque chose. »

455 Mais voilà que, dans l'allée, elle aperçut le monsieur planté comme un cierge, en train de jouer de la prunelle[1] avec Nana ! La petite devint très rouge. Sa tante lui prit le bras d'une secousse, la fit trotter sur le pavé, tandis que le particulier emboîtait le pas. Ah ! le matou venait pour Nana ! Eh bien ! 460 c'était gentil, à quinze ans et demi, de traîner ainsi des hommes à ses jupes ! Et Mme Lerat, vivement, la questionnait. Oh ! mon Dieu ! Nana ne savait pas, il la suivait depuis cinq jours seulement, elle ne pouvait plus mettre le nez dehors, sans le rencontrer dans ses jambes ; elle le croyait dans le commerce, 465 oui, un fabricant de boutons en os. Mme Lerat fut très impressionnée. Elle se retourna, guigna le monsieur du coin de l'œil.

« On voit bien qu'il a le sac[2], murmura-t-elle. Écoute, mon petit chat, il faudra tout me dire. Maintenant, tu n'as plus rien à craindre. »

470 En causant, elles couraient de boutique en boutique, chez le charcutier, chez la fruitière, chez le rôtisseur. Et les commissions, dans des papiers gras, s'empilaient sur leurs mains. Mais elles restaient aimables, se dandinant, jetant derrière elles de légers rires et des œillades luisantes. Mme Lerat elle-même 475 prenait des grâces, faisait la jeune fille, à cause du fabricant de boutons qui les suivait toujours.

« Il est très distingué, déclara-t-elle en rentrant dans l'allée. S'il avait seulement des intentions honnêtes… »

Puis, comme elles montaient l'escalier, elle parut brusque-480 ment se souvenir.

« À propos, dis-moi donc ce que ces demoiselles se sont dit à l'oreille ; tu sais, la saleté de Sophie ? »

---

1. *Jouer de la prunelle* : faire de l'œil, séduire par le regard. \ **2.** *On voit bien qu'il a le sac* : on voit bien qu'il est riche, qu'il a de l'argent.

Et Nana ne fit pas de façon. Seulement, elle prit Mme Lerat
par le cou, la força à redescendre deux marches, parce que, vrai,
485 ça ne pouvait pas se répéter tout haut, même dans un escalier.
Et elle souffla le mot. C'était si gros, que la tante se contenta
de hocher la tête, en arrondissant les yeux et en tordant la
bouche. Enfin, elle savait, ça ne la démangeait plus.

Les fleuristes déjeunaient sur leurs genoux, pour ne pas salir
490 l'établi. Elles se dépêchaient d'avaler, ennuyées de manger,
préférant employer l'heure du repas à regarder les gens qui
passaient ou à se faire des confidences dans les coins. Ce jour-là,
on tâcha de savoir où se cachait le monsieur de la matinée ; mais,
décidément, il avait disparu. Mme Lerat et Nana se jetaient des
495 coups d'œil, les lèvres cousues. Et il était déjà une heure dix, les
ouvrières ne paraissaient pas pressées de reprendre leurs pinces,
lorsque Léonie, d'un bruit des lèvres, du prrrout ! dont les
ouvriers peintres s'appellent, signala l'approche de la patronne.
Aussitôt, toutes furent sur leurs chaises, le nez dans l'ouvrage.
500 Mme Titreville entra et fit le tour sévèrement.

À partir de ce jour, Mme Lerat se régala de la première
histoire de sa nièce. Elle ne la lâchait plus, l'accompagnait
matin et soir, en mettant en avant sa responsabilité. Ça
ennuyait bien un peu Nana ; mais ça la gonflait tout de même
505 d'être gardée comme un trésor ; et les conversations qu'elles
avaient dans les rues toutes les deux, avec le fabricant de
boutons derrière elles, l'échauffaient et lui donnaient plutôt
l'envie de faire le saut [1]. Oh ! sa tante comprenait le sentiment ;
même le fabricant de boutons, ce monsieur âgé déjà et si conve-
510 nable, l'attendrissait, car enfin le sentiment chez les personnes
mûres a toujours des racines plus profondes. Seulement, elle
veillait. Oui, il lui passerait plutôt sur le corps avant d'arriver
à la petite. Un soir, elle s'approcha du monsieur et lui envoya

---

1. *Faire le saut* : perdre sa virginité.

raide comme balle que ce qu'il faisait là n'était pas bien. Il la
515 salua poliment, sans répondre, en vieux rocantin[1] habitué aux
rebuffades des parents. Elle ne pouvait vraiment pas se fâcher, il
avait de trop bonnes manières. Et c'étaient des conseils pratiques
sur l'amour, des allusions sur les salopiauds d'hommes, toutes
sortes d'histoires de margots[2] qui s'étaient bien repenties d'y
520 avoir passé, dont Nana sortait languissante, avec des yeux de
scélératesse dans son visage blanc.

Mais, un jour, rue du faubourg Poissonnière, le fabricant de
boutons avait osé allonger son nez entre la nièce et la tante,
pour murmurer des choses qui n'étaient pas à dire. Et
525 Mme Lerat, effrayée, répétant qu'elle n'était même plus tranquille pour elle, lâcha tout le paquet à son frère. Alors ce fut
un autre train. Il y eut, chez les Coupeau, de jolis charivaris[3].
D'abord, le zingueur flanqua une tripotée à Nana. Qu'est-ce
qu'on lui apprenait ? Cette gueuse-là[4] donnait dans les vieux !
530 Ah ! bien ! qu'elle se laissât surprendre à se faire relicher[5]
dehors, elle était sûre de son affaire, il lui couperait le cou un
peu vivement ! Avait-on jamais vu une morveuse[6] qui se mêlait
de déshonorer la famille ! Et il la secouait, en disant, nom de
Dieu ! qu'elle eût à marcher droit, car ce serait lui qui la
535 surveillerait à l'avenir. Dès qu'elle rentrait, il la visitait, il la
regardait bien en face, pour deviner si elle ne rapportait pas une
souris sur l'œil, un de ces petits baisers qui se fourrent là sans
bruit. Il la flairait, la retournait. Un soir, elle reçut encore une
danse[7], parce qu'il lui avait trouvé une tache noire au cou. La
540 mâtine[8] osait dire que ce n'était pas un suçon ! oui, elle appelait ça un bleu, tout simplement un bleu que Léonie lui avait
fait en jouant. Il lui en donnerait des bleus, il l'empêcherait

---

1. *Rocantin* : vieux libertin. \ 2. *Margots* : femmes faciles, maîtresses. \ 3. *De jolis charivaris* :
de jolies disputes, de sacrés conflits. \ 4. *Cette gueuse-là* : cette catin, cette traînée. \ 5. *Relicher* : embrasser. \ 6. *Une morveuse* : une fille qui se donne des airs d'importance. \ 7. *Une
danse* : une correction. \ 8. *La mâtine* : la délurée.

bien de rouscailler[1], lorsqu'il devrait lui casser les pattes. D'autres fois, quand il était de belle humeur, il se moquait d'elle, il la blaguait. Vrai, un joli morceau pour les hommes, une sole tant elle était plate, et avec ça des salières aux épaules, grandes à y fourrer le poing ! Nana, battue pour les vilaines choses qu'elle n'avait pas commises, traînée dans la crudité des accusations abominables de son père, montrait la soumission sournoise et furieuse des bêtes traquées.

« Laisse-la donc tranquille ! répétait Gervaise plus raisonnable. Tu finiras par lui en donner l'envie, à force de lui en parler. »

Ah ! oui, par exemple, l'envie lui en venait ! C'est-à-dire que ça lui démangeait par tout le corps, de se cavaler et d'y passer, comme disait le père Coupeau. Il la faisait trop vivre dans cette idée-là, une fille honnête s'y serait allumée. Même, avec sa façon de gueuler, il lui apprit des choses qu'elle ne savait pas encore, ce qui était bien étonnant. Alors, peu à peu, elle prit de drôles de manières. Un matin, il l'aperçut qui fouillait dans un papier, pour se coller quelque chose sur la frimousse. C'était de la poudre de riz, dont elle emplâtrait par un goût pervers le satin si délicat de sa peau. Il la barbouilla avec le papier, à lui écorcher la figure, en la traitant de fille de meunier. Une autre fois, elle rapporta des rubans rouges pour retaper sa casquette, ce vieux chapeau noir qui lui faisait tant de honte. Et il lui demanda furieusement d'où venaient ces rubans. Hein ? C'était sur le dos[2] qu'elle avait gagné ça ! Ou bien elle les avait achetés à la foire d'empoigne[3] ? Salope ou voleuse, peut-être déjà toutes les deux. À plusieurs reprises, il lui vit ainsi dans les mains des objets gentils, une bague de cornaline, une paire de manches avec une petite dentelle un de ces cœurs en doublé,

---

1. *Rouscailler* : protester. \ 2. *Sur le dos* : en se prostituant. \ 3. *À la foire d'empoigne* : en se battant, dans un affrontement avec d'autres, en volant.

des « Tâtez-y », que les filles se mettent entre les deux nénais.
Coupeau voulait tout piler[1] ; mais elle défendait ses affaires
avec rage : c'était à elle, des dames les lui avaient données, ou
encore elle avait fait des échanges à l'atelier. Par exemple, le
cœur, elle l'avait trouvé rue d'Aboukir. Lorsque son père écrasa
son cœur d'un coup de talon, elle resta toute droite, blanche
et crispée, tandis qu'une révolte intérieure la poussait à se jeter
sur lui, pour lui arracher quelque chose. Depuis deux ans, elle
rêvait d'avoir ce cœur, et voilà qu'on le lui aplatissait ! Non, elle
trouvait ça trop fort, ça finirait à la fin !

Cependant, Coupeau mettait plus de taquinerie que d'honnêteté dans la façon dont il entendait mener Nana au doigt et
à l'œil. Souvent, il avait tort, et ses injustices exaspéraient la
petite. Elle en vint à manquer l'atelier ; puis, quand le zingueur
lui administra sa roulée[2], elle se moqua de lui, elle répondit
qu'elle ne voulait plus retourner chez Titreville, parce qu'on la
plaçait près d'Augustine, qui bien sûr devait avoir mangé ses
pieds, tant elle trouillotait du goulot[3]. Alors, Coupeau la
conduisit lui-même rue du Caire, en priant la patronne de la
coller toujours à côté d'Augustine, par punition. Chaque
matin, pendant quinze jours, il prit la peine de descendre de
la barrière Poissonnière pour accompagner Nana jusqu'à la
porte de l'atelier. Et il restait cinq minutes sur le trottoir, afin
d'être certain qu'elle était entrée. Mais, un matin, comme il
s'était arrêté avec un camarade chez un marchand de vin de la
rue Saint-Denis, il aperçut la mâtine, dix minutes plus tard,
qui filait vite vers le bas de la rue, en secouant son panier aux
crottes. Depuis quinze jours, elle le faisait poser, elle montait
deux étages au lieu d'entrer chez Titreville, et s'asseyait sur une
marche, en attendant qu'il fût parti. Lorsque Coupeau voulut

---

1. *Piler* : écraser. \ **2.** *Sa roulée* : ses coups. \ **3.** *Elle trouillotait du goulot* : avait une mauvaise
haleine.

s'en prendre à Mme Lerat, celle-ci lui cria très vertement qu'elle n'acceptait pas la leçon ; elle avait dit à sa nièce tout ce qu'elle devait dire contre les hommes, ce n'était pas sa faute si la gamine gardait du goût pour ces salopiauds ; maintenant, elle s'en lavait les mains, elle jurait de ne plus se mêler de rien, parce qu'elle savait ce qu'elle savait, des cancans dans la famille, oui, des personnes qui osaient l'accuser de se perdre avec Nana et de goûter un sale plaisir à lui voir exécuter sous ses yeux le grand écart. D'ailleurs, Coupeau apprit de la patronne que Nana était débauchée par une autre ouvrière, ce petit chameau [1] de Léonie, qui venait de lâcher les fleurs pour faire la noce. Sans doute l'enfant, gourmande seulement de galette et de vacherie [2] dans les rues, aurait encore pu se marier avec une couronne d'oranger sur la tête. Mais, fichtre ! il fallait se presser joliment si l'on voulait la donner à un mari sans rien de déchiré, propre et en bon état, complète enfin ainsi que les demoiselles qui se respectent.

Dans la maison, rue de la Goutte-d'Or, on parlait du vieux de Nana, comme d'un monsieur que tout le monde connaissait. Oh ! il restait très poli, un peu timide même, mais entêté et patient en diable, la suivant à dix pas d'un air de toutou obéissant. Des fois même, il entrait jusque dans la cour. Mme Gaudron le rencontra un soir sur le palier du second, qui filait le long de la rampe, le nez baissé, allumé et peureux. Et les Lorilleux menaçaient de déménager si leur chiffon de nièce amenait encore des hommes à son derrière, car ça devenait dégoûtant, l'escalier en était plein, on ne pouvait plus descendre sans en voir à toutes les marches, en train de renifler et d'attendre ; vrai, on aurait cru qu'il y avait une bête en folie, dans ce coin de la maison. Les Boche s'apitoyaient sur le sort

---

1. *Chameau* : fille non respectable. \ 2. *Gourmande {…} de vacherie* : avoir le goût de l'indolence, de la nonchalance.

446

de ce pauvre monsieur, un homme si respectable, qui se toquait d'une petite coureuse. Enfin! c'était un commerçant, ils avaient
635 vu sa fabrique de boutons boulevard de la Villette, il aurait pu faire un sort à une femme, s'il était tombé sur une fille honnête. Grâce aux détails donnés par les concierges, tous les gens du quartier, les Lorilleux eux-mêmes montraient la plus grande considération pour le vieux, quand il passait sur les talons de
640 Nana, la lèvre pendante dans sa face blême, avec son collier de barbe grise, correctement taillé.

Pendant le premier mois, Nana s'amusa joliment de son vieux. Il fallait le voir, toujours en petoche autour d'elle. Un vrai fouille-au-pot[1], qui tâtait sa jupe par-derrière, dans
645 la foule, sans avoir l'air de rien. Et ses jambes! des cotrets[2] de charbonnier, de vraies allumettes! Plus de mousse sur le caillou, quatre cheveux frisant à plat dans le cou, si bien qu'elle était toujours tentée de lui demander l'adresse du merlan qui lui faisait la raie. Ah! quel vieux birbe[3]! il était rien folichon[4]!

650 Puis, à le retrouver sans cesse là, il ne lui parut plus si drôle. Elle avait une peur sourde de lui, elle aurait crié s'il s'était approché. Souvent, lorsqu'elle s'arrêtait devant un bijoutier, elle l'entendait tout d'un coup qui lui bégayait des choses dans le dos. Et c'était vrai ce qu'il disait; elle aurait bien voulu
655 avoir une croix avec un velours au cou, ou encore de petites boucles d'oreilles de corail, si petites, qu'on croirait des gouttes de sang. Même, sans ambitionner des bijoux, elle ne pouvait vraiment pas rester un guenillon, elle était lasse de se retaper avec la gratte[5] des ateliers de la rue du Caire, elle avait surtout
660 assez de sa casquette, ce caloquet sur lequel les fleurs chipées chez Titreville faisaient un effet de gringuenaudes[6] pendues

---

1. *Pot* : sexe (de femme). \ **2.** *Cotrets* : jambes maigres. \ **3.** *Quel vieux birbe!* Quel vieillard! \ **4.** *Folichon* : folâtre, léger. \ **5.** *Gratte* : petit profit obtenu en grappillant. \ **6.** *Gringuenaudes* : excréments.

447

comme des sonnettes au derrière d'un pauvre homme. Alors, trottant dans la boue, éclaboussée par les voitures, aveuglée par le resplendissement des étalages, elle avait des envies qui la
665 tortillaient à l'estomac, ainsi que des fringales, des envies d'être bien mise, de manger dans les restaurants, d'aller au spectacle, d'avoir une chambre à elle avec de beaux meubles. Elle s'arrêtait toute pâle de désir, elle sentait monter du pavé de Paris une chaleur le long de ses cuisses, un appétit féroce
670 de mordre aux jouissances dont elle était bousculée, dans la grande cohue des trottoirs. Et, ça ne manquait jamais, justement à ces moments-là, son vieux lui coulait à l'oreille des propositions. Ah ! comme elle lui aurait tapé dans la main, si elle n'avait pas eu peur de lui, une révolte intérieure qui la
675 raidissait dans ses refus, furieuse et dégoûtée de l'inconnu de l'homme, malgré tout son vice.

Mais, lorsque l'hiver arriva, l'existence devint impossible chez les Coupeau. Chaque soir, Nana recevait sa raclée. Quand le père était las de la battre, la mère lui envoyait des torgnoles,
680 pour lui apprendre à bien se conduire. Et c'étaient souvent des danses générales ; dès que l'un tapait, l'autre la défendait, si bien que tous les trois finissaient par se rouler sur le carreau, au milieu de la vaisselle cassée. Avec ça, on ne mangeait point à sa faim, on crevait de froid. Si la petite s'achetait quelque
685 chose de gentil, un nœud de ruban, des boutons de manchettes, les parents le lui confisquaient et allaient le laver[1]. Elle n'avait rien à elle que sa rente de calottes avant de se fourrer dans le lambeau de drap, où elle grelottait sous son petit jupon noir qu'elle étalait pour toute couverture. Non, cette sacrée vie-là
690 ne pouvait pas continuer, elle ne voulait point y laisser sa peau. Son père, depuis longtemps, ne comptait plus ; quand un père se soûle comme le sien se soûlait, ce n'est pas un père, c'est une

---

1. *Le laver* : le vendre à perte.

sale bête dont on voudrait bien être débarrassé. Et, maintenant,
sa mère dégringolait à son tour dans son amitié. Elle buvait,
695 elle aussi. Elle entrait par goût chercher son homme chez le
père Colombe, histoire de se faire offrir des consommations ; et
elle s'attablait très bien, sans afficher des airs dégoûtés comme
la première fois, sifflant les verres d'un trait, traînant ses coudes
pendant des heures et sortant de là avec les yeux hors de la tête.
700 Lorsque Nana, en passant devant l'Assommoir, apercevait sa
mère au fond, le nez dans la goutte, avachie au milieu des
engueulades des hommes, elle était prise d'une colère bleue,
parce que la jeunesse, qui a le bec tourné à une autre friandise,
ne comprend pas la boisson. Ces soirs-là, elle avait un beau
705 tableau, le papa pochard, la maman pocharde, un tonnerre de
Dieu de cambuse [1] où il n'y avait pas de pain et qui empoisonnait la liqueur. Enfin, une sainte ne serait pas restée là-
dedans. Tant pis ! si elle prenait de la poudre d'escampette un
de ces jours ; ses parents pourraient bien faire leur *mea culpa* et
710 dire qu'ils l'avaient eux-mêmes poussée dehors.

Un samedi, Nana trouva en rentrant son père et sa mère
dans un état abominable. Coupeau, tombé en travers du lit,
ronflait. Gervaise, tassée sur une chaise, roulait la tête avec des
yeux vagues et inquiétants ouverts sur le vide. Elle avait oublié
715 de faire chauffer le dîner, un restant de ragoût. Une chandelle,
qu'elle ne mouchait pas, éclairait la misère honteuse du taudis.

« C'est toi, chenillon ? bégaya Gervaise. Ah ! bien ! ton père
va te ramasser ! »

Nana ne répondait pas, restait toute blanche, regardait le
720 poêle froid, la table sans assiettes, la pièce lugubre où cette
paire de soûlards mettaient l'horreur blême de leur hébétement. Elle n'ôta pas son chapeau, fit le tour de la chambre ;
puis, les dents serrées, elle rouvrit la porte, elle s'en alla.

---

1. *Cambuse* : logis pauvre, mal tenu.

« Tu redescends ? demanda sa mère, sans pouvoir tourner la
725 tête.

— Oui, j'ai oublié quelque chose. Je vais remonter…
Bonsoir. »

Et elle ne revint pas. Le lendemain, les Coupeau, dessoûlés,
se battirent, en se jetant l'un à l'autre à la figure l'envolement
730 de Nana ! Ah ! elle était loin, si elle courait toujours ! Comme
on dit aux enfants pour les moineaux, les parents pouvaient
aller lui mettre un grain de sel au derrière, ils la rattraperaient
peut-être. Ce fut un grand coup qui écrasa encore Gervaise ; car
elle sentit très bien, malgré son avachissement, que la culbute
735 de sa petite, en train de se faire caramboler, l'enfonçait davantage, seule maintenant, n'ayant plus d'enfant à respecter,
pouvant se lâcher aussi bas qu'elle tomberait. Oui, ce chameau
dénaturé lui emportait le dernier morceau de son honnêteté
dans ses jupons sales. Et elle se grisa trois jours, furieuse, les
740 poings serrés, la bouche enflée de mots abominables contre sa
garce de fille. Coupeau, après avoir roulé les boulevards extérieurs et regardé sous le nez tous les torchons[1] qui passaient,
fumait de nouveau sa pipe, tranquille comme Baptiste ; seulement, quand il était à table, il se levait parfois, les bras en l'air,
745 un couteau au poing, en criant qu'il était déshonoré ; et il se
rasseyait pour finir sa soupe.

Dans la maison, où chaque mois des filles s'envolaient
comme des serins dont on laisserait les cages ouvertes, l'accident des Coupeau n'étonna personne. Mais les Lorilleux triom-
750 phaient. Ah ! ils l'avaient prédit que la petite leur chierait du
poivre[2] ! C'était mérité, toutes les fleuristes tournaient mal. Les
Boche et les Poisson ricanaient également, en faisant une
dépense et un étalage extraordinaire de vertu. Seul, Lantier

---

1. *Tous les torchons* : toutes les prostituées, toutes les traînées. \ **2.** *Leur chierait du poivre* : leur
créerait des ennuis.

défendait sournoisement Nana. Mon Dieu ! sans doute, déclarait-
il de son air puritain, une demoiselle qui se cavalait offensait
toutes les lois ; puis, il ajoutait, avec une flamme dans le coin
des yeux, que, sacredié ! la gamine était aussi trop jolie pour
foutre la misère à son âge.

« Vous ne savez pas ? cria un jour Mme Lorilleux dans la loge
des Boche, où la coterie prenait du café, eh bien, vrai comme
la lumière du jour nous éclaire, c'est la Banban qui a vendu sa
fille... Oui, elle l'a vendue, et j'ai des preuves !... Ce vieux,
qu'on rencontrait matin et soir dans l'escalier, il montait déjà
donner des acomptes. Ça crevait les yeux. Et, hier donc !
quelqu'un les a aperçus ensemble à l'Ambigu, la donzelle et
son matou... Ma parole d'honneur ! ils sont ensemble, vous
voyez bien ! »

On acheva le café, en discutant ça. Après tout, c'était
possible, il se passait des choses encore plus fortes. Et, dans le
quartier, les gens les mieux posés finirent par répéter que
Gervaise avait vendu sa fille.

Gervaise, maintenant, traînait ses savates, en se fichant du
monde. On l'aurait appelée voleuse, dans la rue, qu'elle ne se
serait pas retournée. Depuis un mois, elle ne travaillait plus
chez Mme Fauconnier, qui avait dû la flanquer à la porte, pour
éviter des disputes. En quelques semaines, elle était entrée chez
huit blanchisseuses ; elle faisait deux ou trois jours dans chaque
atelier, puis elle recevait son paquet, tellement elle cochonnait
l'ouvrage, sans soin, malpropre, perdant la tête jusqu'à oublier
son métier. Enfin, se sentant gâcheuse, elle venait de quitter le
repassage, elle lavait à la journée, au lavoir de la rue Neuve ;
patauger, se battre avec la crasse, redescendre dans ce que le
métier a de rude et de facile, ça marchait encore, ça l'abaissait
d'un cran sur la pente de sa dégringolade. Par exemple, le lavoir
ne l'embellissait guère. Un vrai chien crotté, quand elle sortait
de là-dedans, trempée, montrant sa chair bleue. Avec ça, elle

grossissait toujours, malgré ses danses devant le buffet vide, et sa jambe se tortillait si fort, qu'elle ne pouvait plus marcher près de quelqu'un, sans manquer de le jeter par terre, tant elle 790 boitait.

Naturellement, lorsqu'on se décatit à ce point, tout l'orgueil de la femme s'en va. Gervaise avait mis sous elle ses anciennes fiertés, ses coquetteries, ses besoins de sentiments, de convenances et d'égards. On pouvait lui allonger des coups de soulier 795 partout, devant et derrière, elle ne les sentait pas, elle devenait trop flasque et trop molle. Ainsi, Lantier l'avait complètement lâchée ; il ne la pinçait même plus pour la forme ; et elle semblait ne s'être pas aperçue de cette fin d'une longue liaison, lentement traînée et dénouée dans une lassitude mutuelle. 800 C'était, pour elle, une corvée de moins. Même les rapports de Lantier et de Virginie la laissaient parfaitement calme, tant elle avait une grosse indifférence pour toutes ces bêtises dont elle rageait si fort autrefois. Elle leur aurait tenu la chandelle, s'ils avaient voulu. Personne maintenant n'ignorait la chose, le 805 chapelier et l'épicière menaient un beau train. Ça leur était trop commode aussi, ce cornard [1] de Poisson avait tous les deux jours un service de nuit, qui le faisait grelotter sur les trottoirs déserts, pendant que sa femme et le voisin, à la maison, se tenaient les pieds chauds. Oh ! ils ne se pressaient pas, ils enten- 810 daient sonner lentement ses bottes, le long de la boutique, dans la rue noire et vide, sans pour cela hasarder leurs nez hors de la couverture. Un sergent de ville ne connaît que son devoir, n'est-ce pas ? et ils restaient tranquillement jusqu'au jour à lui endommager sa propriété, pendant que cet homme sévère 815 veillait sur la propriété des autres. Tout le quartier de la Goutte-d'Or rigolait de cette bonne farce. On trouvait drôle le cocuage de l'autorité. D'ailleurs, Lantier avait conquis ce coin-là.

---

1. *Ce cornard* : ce cocu.

La boutique et la boutiquière allaient ensemble. Il venait de manger une blanchisseuse ; à présent, il croquait une épicière ; et s'il s'établissait à la file des mercières, des papetières, des modistes, il était de mâchoires assez larges pour les avaler.

Non, jamais on n'a vu un homme se rouler comme ça dans le sucre. Lantier avait joliment choisi son affaire en conseillant à Virginie un commerce de friandises. Il était trop Provençal pour ne pas adorer les douceurs ; c'est-à-dire qu'il aurait vécu de pastilles, de boules de gomme, de dragées et de chocolat. Les dragées surtout, qu'il appelait des « amandes sucrées », lui mettaient une petite mousse aux lèvres tant elles lui chatouillaient la gargamelle [1]. Depuis un an, il ne vivait plus que de bonbons. Il ouvrait les tiroirs, se fichait des culottes [2] tout seul, quand Virginie le priait de garder la boutique. Souvent, en causant, devant des cinq ou six personnes, il ôtait le couvercle d'un bocal du comptoir, plongeait la main, croquait quelque chose ; le bocal restait ouvert et se vidait. On ne faisait plus attention à ça, une manie, disait-il. Puis, il avait imaginé un rhume perpétuel, une irritation de la gorge, qu'il parlait d'adoucir. Il ne travaillait toujours pas, avait en vue des affaires de plus en plus considérables ; pour lors, il mijotait une invention superbe, le chapeau-parapluie, un chapeau qui se transformait sur la tête en riflard, aux premières gouttes d'une averse ; et il promettait à Poisson une moitié des bénéfices, il lui empruntait même des pièces de vingt francs, pour les expériences. En attendant, la boutique fondait sur sa langue, toutes les marchandises y passaient, jusqu'aux cigares en chocolat et aux pipes de caramel rouge. Quand il crevait de sucreries, et que, pris de tendresse, il se payait une dernière lichade [3] sur la patronne, dans un coin, celle-ci le trouvait tout sucré, les lèvres comme des pralines. Un homme joliment gentil à embrasser !

---

1. *La gargamelle* : la gorge, le gosier. \ 2. *Culottes* : cuites. \ 3. *Une lichade* : un baiser.

Positivement. il devenait tout miel. Les Boche disaient qu'il
850 lui suffirait de tremper son doigt dans son café, pour en faire
un vrai sirop.

Lantier, attendri par ce dessert continu, se montrait paternel
pour Gervaise. Il lui donnait des conseils, la grondait de ne plus
aimer le travail. Que diable ! une femme, à son âge, devait
855 savoir se retourner ! Et il l'accusait d'avoir toujours été gourmande. Mais, comme il faut tendre la main aux gens, même
lorsqu'ils ne le méritent guère, il tâchait de lui trouver de petits
travaux. Ainsi, il avait décidé Virginie à faire venir Gervaise
une fois par semaine pour laver la boutique et les chambres ;
860 ça la connaissait l'eau de potasse ; et, chaque fois, elle gagnait
trente sous. Gervaise arrivait le samedi matin, avec un seau et
sa brosse, sans paraître souffrir de revenir ainsi faire une sale et
humble besogne, la besogne des torchons de vaisselle, dans ce
logement où elle avait trôné en belle patronne blonde. C'était
865 un dernier aplatissement, la fin de son orgueil.

Un samedi, elle eut joliment du mal. Il avait plu trois jours,
les pieds des pratiques semblaient avoir apporté dans le
magasin toute la boue du quartier. Virginie était au comptoir,
en train de faire la dame, bien peignée, avec un petit col et des
870 manches de dentelle. À côté d'elle, sur l'étroite banquette de
moleskine rouge, Lantier se prélassait, l'air chez lui, comme le
vrai patron de la baraque ; et il envoyait négligemment la
main dans un bocal de pastilles à la menthe, histoire de
croquer du sucre, par habitude.

875 « Dites donc, madame Coupeau ! cria Virginie qui suivait le
travail de la laveuse, les lèvres pincées, vous laissez de la crasse,
là-bas. dans ce coin. Frottez-moi donc un peu mieux ça ! »

Gervaise obéit. Elle retourna dans le coin, recommença à
laver. Agenouillée par terre, au milieu de l'eau sale, elle se
880 pliait en deux, les épaules saillantes, les bras violets et raidis.
Son vieux jupon trempé lui collait aux fesses. Elle faisait sur

le parquet un tas de quelque chose de pas propre, dépeignée, montrant par les trous de sa camisole l'enflure de son corps, un débordement de chairs molles qui voyageaient, roulaient
885 et sautaient, sous les rudes secousses de sa besogne ; et elle suait tellement, que, de son visage inondé, pissaient de grosses gouttes.

« Plus on met de l'huile de coude, plus ça reluit », dit sentencieusement Lantier, la bouche pleine de pastilles.
890 Virginie, renversée avec un air de princesse, les yeux demi-clos, suivait toujours le lavage, lâchant des réflexions.

« Encore un peu à droite. Maintenant, faites bien attention à la boiserie... Vous savez, je n'ai pas été très contente, samedi dernier. Les taches étaient restées. »

895 Et tous les deux, le chapelier et l'épicière, se carraient davantage, comme sur un trône, tandis que Gervaise se traînait à leurs pieds, dans la boue noire. Virginie devait jouir, car ses yeux de chat s'éclairèrent un instant d'étincelles jaunes, et elle regarda Lantier avec un sourire mince. Enfin, ça la vengeait
900 donc de l'ancienne fessée du lavoir, qu'elle avait toujours gardée sur la conscience !

Cependant, un léger bruit de scie venait de la pièce du fond, lorsque Gervaise cessait de frotter. Par la porte ouverte on apercevait, se détachant sur le jour blafard de la cour, le profil
905 de Poisson, en congé ce jour-là, et profitant de son loisir pour se livrer à sa passion des petites boîtes. Il était assis devant une table et découpait, avec un soin extraordinaire, des arabesques dans l'acajou d'une caisse à cigares.

« Écoutez, Badingue ! cria Lantier, qui s'était remis à lui
910 donner ce surnom, par amitié ; je retiens votre boîte, un cadeau pour une demoiselle. »

Virginie le pinça, mais le chapelier, galamment, sans cesser de sourire, lui rendit le bien pour le mal en faisant la souris le long de son genou, sous le comptoir ; et il retira sa main d'une façon naturelle, lorsque le mari leva la tête, montrant son impériale et ses moustaches rouges, hérissées dans sa face terreuse.

« Justement, dit le sergent de ville, je travaillais à votre intention, Auguste. C'était un souvenir d'amitié.

— Ah ! fichtre alors, je garderai votre petite machine ! reprit Lantier en riant. Vous savez, je me la mettrai au cou avec un ruban. »

Puis, brusquement, comme si cette idée en éveillait une autre :

« À propos ! s'écria-t-il, j'ai rencontré Nana, hier soir. »

Du coup, l'émotion de cette nouvelle assit Gervaise dans la mare d'eau sale qui emplissait la boutique. Elle demeura suante, essoufflée, avec sa brosse à la main.

« Ah ! murmura-t-elle simplement.

— Oui, je descendais la rue des Martyrs, je regardais une petite qui se tortillait au bras d'un vieux, devant moi, et je me disais : Voilà un troufignon[1] que je connais… Alors, j'ai redoublé le pas, je me suis trouvé nez à nez avec ma sacrée Nana… Allez, vous n'avez pas à la plaindre, elle est bien heureuse, une jolie robe de laine sur le dos, une croix d'or au cou, et l'air drolichon avec ça !

— Ah ! » répéta Gervaise d'une voix plus sourde.

Lantier, qui avait fini les pastilles, prit un sucre d'orge dans un autre bocal.

« Elle a un vice, cette enfant ! continua-t-il. Imaginez-vous qu'elle m'a fait signe de la suivre, avec un aplomb bœuf. Puis, elle a remisé son vieux quelque part, dans un café… Oh ! épatant, le vieux ! vidé, le vieux !… Et elle est revenue me rejoindre sous une porte. Un vrai serpent ! gentille, et faisant sa tata[2], et vous lichant[3] comme un petit chien ! Oui, elle m'a

---

1. *Un troufignon* : un derrière. \ 2. *Faire sa tata* : faire sa précieuse. \ 3. *En vous lichant* : en vous embrassant.

945 embrassé, elle a voulu savoir des nouvelles de tout le monde…
Enfin, j'ai été bien content de la rencontrer.

— Ah ! » dit une troisième fois Gervaise

Elle se tassait, elle attendait toujours. Sa fille n'avait donc
pas eu une parole pour elle ? Dans le silence, on entendait de
950 nouveau la scie de Poisson. Lantier, égayé, suçait rapidement
son sucre d'orge, avec un sifflement des lèvres.

« Eh bien, moi, je ne puis la voir, je passerai de l'autre côté
de la rue, reprit Virginie, qui venait encore de pincer le chapelier d'une main féroce. Oui, le rouge me monterait au front,
955 d'être saluée en public par une de ces filles. Ce n'est pas parce
que vous êtes là, madame Coupeau, mais votre fille est une jolie
pourriture. Poisson en ramasse tous les jours qui valent davantage. »

Gervaise ne disait rien, ne bougeait pas, les yeux fixes dans
960 le vide. Elle finit par hocher lentement la tête, comme pour
répondre aux idées qu'elle gardait en elle, pendant que le
chapelier, la mine friande, murmurait :

« De cette pourriture-là, on s'en ficherait volontiers des
indigestions. C'est tendre comme du poulet… »

965 Mais l'épicière le regardait d'un air si terrible qu'il dut s'in-
terrompre et l'apaiser par une gentillesse. Il guetta le sergent
de ville, l'aperçut le nez sur sa petite boîte, et profita de ça pour
fourrer le sucre d'orge dans la bouche de Virginie. Alors, celle-
ci eut un rire complaisant. Puis, elle tourna sa colère contre la
970 laveuse.

« Dépêchez-vous un peu, n'est-ce pas ? Ça n'avance guère la
besogne, de rester là comme une borne… Voyons, remuez-
vous, je n'ai pas envie de patauger dans l'eau jusqu'à ce soir. »

Et elle ajouta plus bas, méchamment :

975 « Est-ce que c'est ma faute si sa fille fait la noce ! »

Sans doute, Gervaise n'entendit pas. Elle s'était remise à
frotter le parquet, l'échine cassée, aplatie par terre et se traînant

avec des mouvements engourdis de grenouille. De ses deux mains, crispées sur le bois de la brosse elle poussait devant elle un flot noir, dont les éclaboussures la mouchetaient de boue, jusque dans ses cheveux. Il n'y avait plus qu'à rincer, après avoir balayé les eaux sales au ruisseau.

Cependant, au bout d'un silence, Lantier qui s'ennuyait haussa la voix.

« Vous ne savez pas, Badingue, cria-t-il, j'ai vu votre patron hier, rue de Rivoli. Il est diablement ravagé, il n'en a pas pour six mois dans le corps... Ah! dame! avec la vie qu'il fait! »

Il parlait de l'empereur. Le sergent de ville répondit d'un ton sec, sans lever les yeux :

« Si vous étiez le gouvernement, vous ne seriez pas si gras.

— Oh! mon bon, si j'étais le gouvernement, reprit le chapelier en affectant une brusque gravité, les choses iraient un peu mieux, je vous en flanque mon billet... Ainsi, leur politique extérieure, vrai! ça fait suer, depuis quelque temps. Moi, moi qui vous parle, si je connaissais seulement un journaliste, pour l'inspirer de mes idées... »

Il s'animait, et comme il avait fini de croquer son sucre d'orge, il venait d'ouvrir un tiroir, dans lequel il prenait des morceaux de pâte de guimauve qu'il gobait en gesticulant.

« C'est bien simple... Avant tout, je reconstituerais la Pologne, et j'établirais un grand État scandinave, qui tiendrait en respect le géant du Nord... Ensuite, je ferais une république de tous les petits royaumes allemands... Quant à l'Angleterre, elle n'est guère à craindre; si elle bougeait, j'enverrais cent mille hommes dans l'Inde... Ajoutez que je reconduirais, la crosse dans le dos, le Grand Turc à La Mecque, et le pape à Jérusalem... Hein? l'Europe serait vite propre. Tenez! Badingue, regardez un peu... »

Il s'interrompit pour prendre à poignée cinq ou six morceaux de guimauve.

« Eh bien, ce ne serait pas plus long que d'avaler ça. »

Et il jetait, dans sa bouche ouverte, les morceaux les uns après les autres.

« L'empereur a un autre plan, dit le sergent de ville au bout de deux grandes minutes de réflexion.

— Laissez donc! reprit violemment le chapelier. On le connaît, son plan! L'Europe se fiche de nous... Tous les jours, les larbins des Tuileries ramassent votre patron sous la table, entre deux gadoues du grand monde. »

Mais Poisson s'était levé. Il s'avança et mit la main sur son cœur, en disant :

« Vous me blessez, Auguste. Discutez sans faire de personnalités. »

Virginie alors intervint, en les priant de lui flanquer la paix. Elle avait l'Europe quelque part. Comment deux hommes qui partageaient tout le reste, pouvaient-ils s'attraper sans cesse à propos de la politique? Ils mâchèrent un instant de sourdes paroles. Puis, le sergent de ville, pour montrer qu'il n'avait pas de rancune, apporta le couvercle de sa petite boîte, qu'il venait de terminer; on lisait dessus, en lettres marquetées : *À Auguste, souvenir d'amitié.* Lantier, très flatté, se renversa, s'étala, si bien qu'il était presque sur Virginie. Et le mari regardait ça, avec son visage couleur de vieux mur, dans lequel ses yeux troubles ne disaient rien; mais les poils rouges de ses moustaches remuaient tout seuls par moments, d'une drôle de façon, ce qui aurait pu inquiéter un homme moins sûr de son affaire que le chapelier.

Cet animal de Lantier avait ce toupet tranquille qui plaît aux dames. Comme Poisson tournait le dos, il lui poussa l'idée farce de poser un baiser sur l'œil gauche de Mme Poisson. D'ordinaire, il montrait une prudence sournoise; mais, quand il s'était disputé pour la politique, il risquait tout, histoire d'avoir raison sur la femme. Ces caresses goulues, chipées effrontément derrière le sergent de ville, le vengeaient de

l'Empire, qui faisait de la France une maison à gros numéro.
1045 Seulement, cette fois, il avait oublié la présence de Gervaise.
Elle venait de rincer et d'essuyer la boutique, elle se tenait
debout près du comptoir, à attendre qu'on lui donnât ses
trente sous. Le baiser sur l'œil la laissa très calme, comme une
chose naturelle dont elle ne devait pas se mêler. Virginie parut
1050 un peu embêtée. Elle jeta les trente sous sur le comptoir,
devant Gervaise. Celle-ci ne bougea pas, ayant l'air d'attendre
toujours, secouée encore par le lavage, mouillée et laide
comme un chien qu'on tirerait d'un égout.

« Alors, elle ne vous a rien dit ? demanda-t-elle enfin au
1055 chapelier.

— Qui ça ? cria-t-il. Ah ! oui, Nana !… Mais non, rien autre
chose. La gueuse a une bouche ! un petit pot de fraise ! »

Et Gervaise s'en alla avec ses trente sous dans la main. Ses
savates éculées crachaient comme des pompes, de véritables
1060 souliers à musique, qui jouaient un air en laissant sur le
trottoir les empreintes mouillées de leurs larges semelles.

Dans le quartier, les soûlardes de son espèce racontaient
maintenant qu'elle buvait pour se consoler de la culbute de sa
fille. Elle-même, quand elle sifflait son verre de rogome[1] sur
1065 le comptoir, prenait des airs de drame, se jetait ça dans le
plomb en souhaitant que ça la fît crever. Et, les jours où elle
rentrait ronde comme une bourrique, elle bégayait que c'était
le chagrin. Mais les gens honnêtes haussaient les épaules ; on
la connaît celle-là, de mettre les culottes de poivre[2] d'Assom-
1070 moir sur le compte du chagrin ; en tout cas, ça devait s'appeler
du chagrin en bouteille. Sans doute, au commencement, elle
n'avait pas digéré la fugue de Nana. Ce qui restait en elle
d'honnêteté se révoltait ; puis, généralement, une mère n'aime
pas se dire que sa demoiselle, juste à la minute, se fait peut-être

---

1. *Rogome* : eau-de-vie. \ **2.** *Culottes de poivre* : cuites à l'eau-de-vie poivrée.

1075 tutoyer par le premier venu. Mais elle était déjà trop abêtie, la tête malade et le cœur écrasé, pour garder longtemps cette honte. Chez elle, ça entrait et ça sortait. Elle restait très bien des huit jours sans songer à sa gourgandine ; et, brusquement, une tendresse ou une colère l'empoignait, des fois à jeun, des
1080 fois le sac plein, un besoin furieux de pincer Nana dans un petit endroit, où elle l'aurait peut-être embrassée, peut-être rouée de coups, selon son envie du moment. Elle finissait par n'avoir plus une idée bien nette de l'honnêteté. Seulement, Nana était à elle, n'est-ce pas ? Eh bien ! lorsqu'on a une propriété, on ne
1085 veut pas la voir s'évaporer.

Alors, dès que ces pensées la prenaient, Gervaise regardait dans les rues avec des yeux de gendarme. Ah ! si elle avait aperçu son ordure, comme elle l'aurait raccompagnée à la maison ! On bouleversait le quartier, cette année-là. On perçait
1090 le boulevard Magenta et le boulevard Ornano[1], qui emportaient l'ancienne barrière Poissonnière et trouaient le boulevard extérieur. C'était à ne plus s'y reconnaître. Tout un côté de la rue des Poissonniers était par terre. Maintenant, de la rue de la Goutte-d'Or, on voyait une immense éclaircie, un coup de
1095 soleil et d'air libre ; et, à la place des masures qui bouchaient la vue de ce côté, s'élevait, sur le boulevard Ornano, un vrai monument, une maison à six étages, sculptée comme une église, dont les fenêtres claires, tendues de rideaux brodés, sentaient la richesse. Cette maison-là, toute blanche, posée
1100 juste en face de la rue, semblait l'éclairer d'une enfilade de lumière. Même, chaque jour, elle faisait disputer Lantier et Poisson. Le chapelier ne tarissait pas sur les démolitions de Paris ; il accusait l'empereur de mettre partout des palais, pour renvoyer les ouvriers en province ; et le sergent de ville, pâle
1105 d'une colère froide, répondait qu'au contraire l'empereur

---

1. Allusion aux travaux d'Haussmann qui débutent en 1854.

songeait d'abord aux ouvriers, qu'il raserait Paris, s'il le fallait, dans le seul but de leur donner du travail. Gervaise, elle aussi, se montrait ennuyée de ces embellissements, qui lui dérangeaient le coin noir de faubourg auquel elle était accoutumée. Son ennui venait de ce que, précisément, le quartier s'embellissait à l'heure où elle-même tournait à la ruine. On n'aime pas, quand on est dans la crotte, recevoir un rayon en plein sur la tête. Aussi, les jours où elle cherchait Nana, rageait-elle d'enjamber des matériaux, de patauger le long des trottoirs en construction, de buter contre des palissades. La belle bâtisse du boulevard Ornano la mettait hors des gonds. Des bâtisses pareilles, c'était pour des catins comme Nana.

Cependant, elle avait eu plusieurs fois des nouvelles de la petite. Il y a toujours de bonnes langues qui sont pressées de vous faire un mauvais compliment. Oui, on lui avait conté que la petite venait de planter là son vieux, un beau coup de fille sans expérience. Elle était très bien chez ce vieux, dorlotée, adorée, libre même, si elle avait su s'y prendre. Mais la jeunesse est bête, elle devait s'en être allée avec quelque godelureau[1], on ne savait pas bien au juste. Ce qui semblait certain, c'était qu'un après-midi, sur la place de la Bastille, elle avait demandé à son vieux trois sous pour un petit besoin, et que le vieux l'attendait encore. Dans les meilleures compagnies, on appelle ça pisser à l'anglaise. D'autres personnes juraient l'avoir aperçue depuis, pinçant un chahut au *Grand Salon de la Folie*, rue de La Chapelle. Et ce fut alors que Gervaise s'imagina de fréquenter les bastringues du quartier. Elle ne passa plus devant la porte d'un bal sans entrer. Coupeau l'accompagnait. D'abord, ils firent simplement le tour des salles, en dévisageant les traînées qui se trémoussaient. Puis, un soir, ayant de la monnaie, ils s'attablèrent et burent un saladier de vin à la française, histoire de

---

1. *Godelureau* : jeune élégant, prétentieux.

se rafraîchir et d'attendre voir si Nana ne viendrait pas. Au bout d'un mois, ils avaient oublié Nana, ils se payaient le bastringue pour leur plaisir, aimant regarder les danses. Pendant des heures, sans rien se dire, ils restaient le coude sur la table, hébétés, au milieu du tremblement du plancher, s'amusant sans doute au fond à suivre de leurs yeux pâles les roulures de barrière[1], dans l'étouffement et la clarté rouge de la salle.

Justement, un soir de novembre, ils étaient entrés au *Grand Salon de la Folie*, pour se réchauffer. Dehors, un petit frisquet coupait en deux la figure des passants. Mais la salle était bondée. Il y avait là-dedans un grouillement du tonnerre de Dieu, du monde à toutes les tables, du monde au milieu, du monde en l'air, un vrai tas de charcuterie ; oui, ceux qui aimaient les tripes à la mode de Caen pouvaient se régaler. Quand ils eurent fait deux fois le tour sans trouver une table, ils prirent le parti de rester debout, à attendre qu'une société eût débarrassé le plancher. Coupeau se dandinait sur ses pieds, en blouse sale, en vieille casquette de drap sans visière, aplatie au sommet du crâne. Et, comme il barrait le passage, il vit un petit jeune homme maigre qui essuyait la manche de son paletot, après lui avoir donné un coup de coude.

« Dites donc ! cria-t-il, furieux, en retirant son brûle-gueule de sa bouche noire, vous ne pourriez pas demander excuse ?.... Et ça fait le dégoûté encore, parce qu'on porte une blouse ! »

Le jeune homme s'était retourné, toisant le zingueur, qui continuait :

« Apprends un peu, bougre de greluchon, que la blouse est le plus beau vêtement, oui ! le vêtement du travail !... Je vas t'essuyer, moi, si tu veux, avec une paire de claques... A-t-on jamais vu des tantes[2] pareilles qui insultent l'ouvrier ! »

---

1. *Les roulures de barrière* : les prostituées le long de la barrière. \ **2.** *Tantes* : homosexuels.

Gervaise tâchait vainement de le calmer. Il s'étalait dans ses guenilles, il tapait sur sa blouse, en gueulant :

1170 « Là-dedans, il y a la poitrine d'un homme. »

Alors, le jeune homme se perdit au milieu de la foule, en murmurant :

« En voilà un sale voyou ! »

Coupeau voulut le rattraper. Plus souvent qu'il se laissât
1175 mécaniser[1] par un paletot ! Il n'était seulement pas payé, celui-là ! Quelque pelure d'occasion[2] pour lever une femme sans lâcher un centime. S'il le retrouvait, il le collait à genoux et lui faisait saluer la blouse. Mais l'étouffement était trop grand, on ne pouvait pas marcher. Gervaise et lui tournaient avec lenteur
1180 autour des danses ; un triple rang de curieux s'écrasaient, les faces allumées, lorsqu'un homme s'étalait ou qu'une dame montrait tout en levant la jambe ; et, comme ils étaient petits l'un et l'autre, ils se haussaient sur les pieds, pour voir quelque chose, les chignons et les chapeaux qui sautaient. L'orchestre,
1185 de ses instruments de cuivre fêlés, jouait furieusement un quadrille, une tempête dont la salle tremblait ; tandis que les danseurs, tapant des pieds, soulevaient une poussière qui alour-dissait le flamboiement du gaz. La chaleur était à crever.

« Regarde donc ! dit tout d'un coup Gervaise.
1190 — Quoi donc ?

— Ce caloquet de velours, là-bas. »

Ils se grandirent. C'était, à gauche, un vieux chapeau de velours noir, avec deux plumes déguenillées qui se balançaient ; un vrai plumet de corbillard. Mais ils n'apercevaient toujours
1195 que ce chapeau, dansant un chahut de tous les diables, cabrio-lant, tourbillonnant, plongeant et jaillissant. Ils le perdaient parmi la débandade enragée des têtes, et ils le retrouvaient, se

---

1. *Se laisser mécaniser* : être l'objet de la moquerie de quelqu'un. \ **2.** *Pelure d'occasion* : vête-ment pauvre.

balançant au-dessus des autres, d'une effronterie si drôle, que les gens, autour d'eux, rigolaient, rien qu'à regarder ce chapeau
1200 danser, sans savoir ce qu'il y avait dessous.

« Eh bien ? demanda Coupeau.

— Tu ne reconnais pas ce chignon-là ? murmura Gervaise, étranglée. Ma tête à couper que c'est elle ! »

Le zingueur, d'une poussée, écarta la foule. Nom de Dieu !
1205 oui, c'était Nana ! Et dans une jolie toilette encore ! Elle n'avait plus sur le derrière qu'une vieille robe de soie, toute poissée d'avoir essuyé les tables des caboulots [1], et dont les volants arrachés dégobillaient de partout. Avec ça, en taille, sans un bout de châle sur les épaules, montrant son corsage nu aux
1210 boutonnières craquées. Dire que cette gueuse-là avait eu un vieux rempli d'attentions, et qu'elle en était tombée à ce point, pour suivre quelque marlou qui devait la battre ! N'importe, elle restait joliment fraîche et friande, ébouriffée comme un caniche, et le bec rose sous son grand coquin de
1215 chapeau.

« Attends, je vais te la faire danser ! » reprit Coupeau.

Nana ne se méfiait pas, naturellement. Elle se tortillait, fallait voir ! Et des coups de derrière à gauche, et des coups de derrière à droite, des révérences qui la cassaient en deux, des
1220 battements de pieds jetés dans la figure de son cavalier, comme si elle allait se fendre ! On faisait cercle, on l'applaudissait, et, lancée, elle ramassait ses jupes, les retroussait jusqu'aux genoux, toute secouée par le branle du chahut, fouettée et tournant pareille à une toupie, s'abattant sur le plancher dans de
1225 grands écarts qui l'aplatissaient, puis reprenant une petite danse modeste, avec un roulement de hanches et de gorge d'un chic épatant. C'était à l'emporter dans un coin pour la manger de caresses.

---

1. *Caboulots* : cabarets mal famés.

Cependant, Coupeau, tombant en plein dans la pastourelle, dérangeait la figure et recevait des bourrades.

« Je vous dis que c'est ma fille ! cria-t-il. Laissez-moi passer ! »

Nana, précisément, s'en allait à reculons, balayant le parquet avec ses plumes, arrondissant son postérieur et lui donnant de petites secousses, pour que ce fût plus gentil. Elle reçut un maître coup de soulier, juste au bon endroit, se releva et devint toute pâle en reconnaissant son père et sa mère. Pas de chance, par exemple !

« À la porte ! » hurlaient les danseurs.

Mais Coupeau, qui venait de retrouver dans le cavalier de sa fille le jeune homme maigre au paletot, se fichait pas mal du monde.

« Oui, c'est nous, gueulait-il. Hein ! tu ne t'attendais pas… Ah ! c'est ici qu'on te pince, et avec un blanc-bec qui m'a manqué de respect tout à l'heure ! »

Gervaise, les dents serrées, le poussa, en disant :

« Tais-toi !… Il n'y a pas besoin de tant d'explications. »

Et, s'avançant, elle flanqua à Nana deux gifles soignées. La première mit de côté le chapeau à plumes, la seconde resta marquée en rouge sur la joue blanche comme un linge. Nana, stupide, les reçut sans pleurer, sans se rebiffer. L'orchestre continuait, la foule se fâchait et répétait violemment :

« À la porte ! à la porte !

— Allons, file ! reprit Gervaise ; marche devant ! et ne t'avise pas de te sauver ou je te fais coucher en prison ! »

Le petit jeune homme avait prudemment disparu. Alors, Nana marcha devant, très raide, encore dans la stupeur de sa mauvaise chance. Quand elle faisait mine de rechigner, une calotte par-derrière la remettait dans le chemin de la porte. Et ils sortirent ainsi tous les trois, au milieu des plaisanteries et des huées de la salle, tandis que l'orchestre achevait la pastourelle, avec un tel tonnerre que les trombones semblaient cracher des boulets.

La vie recommença. Nana, après avoir dormi douze heures dans son ancien cabinet, se montra très gentille pendant une semaine. Elle s'était rafistolée une petite robe modeste, elle portait un bonnet dont elle nouait les brides sous son chignon. Même, prise d'un beau feu, elle déclara qu'elle voulait travailler chez elle ; on gagnait ce qu'on voulait chez soi, puis on n'entendait pas les saletés de l'atelier ; et elle chercha de l'ouvrage, elle s'installa sur une table avec ses outils, se levant à cinq heures, les premiers jours, pour rouler ses queues de violettes. Mais, quand elle en eut livré quelques grosses, elle s'étira les bras devant la besogne, les mains tordues de crampes, ayant perdu l'habitude des queues et suffoquant de rester enfermée, elle qui s'était donné un si joli courant d'air de six mois. Alors, le pot à colle sécha, les pétales et le papier vert attrapèrent des taches de graisse, le patron vint trois fois lui-même faire des scènes en réclamant ses fournitures perdues. Nana se traînait, empochait toujours des tatouilles [1] de son père, s'empoignait avec sa mère matin et soir, des querelles où les deux femmes se jetaient à la tête des abominations. Ça ne pouvait pas durer ; le douzième jour, la garce fila, emportant pour tout bagage sa robe modeste à son derrière et son bonnichon sur l'oreille. Les Lorilleux, que le retour et le repentir de la petite laissaient pincés, faillirent s'étaler les quatre fers en l'air, tant ils crevèrent de rire. Deuxième représentation, éclipse second numéro, les demoiselles pour Saint-Lazare [2], en voiture ! Non, c'était trop comique. Nana avait un chic pour se tirer les pattes ! Ah bien ! si les Coupeau voulaient la garder maintenant, ils n'avaient plus qu'à lui coudre son affaire [3] et à la mettre en cage !

---

1. *Tatouilles* : volées de coups, raclées. \ 2. *Demoiselles pour Saint-Lazare* : prostituées pour la prison de femmes de Saint-Lazare. \ 3. *Lui coudre son affaire* : lui mettre une ceinture de chasteté.

Les Coupeau, devant le monde, affectèrent d'être bien débar-
rassés. Au fond, ils rageaient. Mais la rage n'a toujours qu'un
temps. Bientôt, ils apprirent, sans même cligner un œil, que
Nana roulait[1] le quartier. Gervaise, qui l'accusait de faire ça
1295 pour les déshonorer, se mettait au-dessus des potins ; elle
pouvait rencontrer sa donzelle[2] dans la rue, elle ne se salirait
seulement pas la main à lui envoyer une baffe ; oui, c'était bien
fini, elle l'aurait trouvée en train de crever par terre, la peau nue
sur le pavé, qu'elle serait passée sans dire que ce chameau venait
1300 de ses entrailles. Nana allumait tous les bals des environs. On
la connaissait de *La Reine-Blanche* au *Grand Salon de la Folie*.
Quand elle entrait à l'*Élysée-Montmartre*, on montait sur les
tables pour lui voir faire, à la pastourelle, l'écrevisse qui renifle.
Comme on l'avait flanquée deux fois dehors, au *Château Rouge*,
1305 elle rôdait seulement devant la porte, en attendant des
personnes de sa connaissance. *La Boule Noire*, sur le boulevard,
et *Le Grand Turc*, rue des Poissonniers, étaient des salles comme
il faut où elle allait lorsqu'elle avait du linge. Mais, de tous les
bastringues du quartier, elle préférait encore le bal de *L'Ermi-
1310 tage*, dans une cour humide, et le *Bal Robert*, impasse du Cadran,
deux infectes petites salles éclairées par une demi-douzaine de
quinquets, tenues à la papa[3], tous contents et tous libres, si bien
qu'on laissait les cavaliers et leurs dames s'embrasser au fond,
sans les déranger[4]. Et Nana avait des hauts et des bas, de vrais
1315 coups de baguette, tantôt nippée comme une femme chic,
tantôt balayant la crotte comme une souillon. Ah ! elle menait
une belle vie !

Plusieurs fois, les Coupeau crurent apercevoir leur fille dans
des endroits pas propres. Ils tournaient le dos, ils décampaient
1320 d'un autre côté, pour ne pas être obligés de la reconnaître. Ils

---

1. *Nana roulait le quartier* : Nana se prostituait dans le quartier. \ **2.** *Donzelle* : femme de mauvaise vie. \ **3.** *À la papa* : d'une manière tranquille. \ **4.** Comme le souligne Henri Mitterand, tous ces noms de bals populaires sont authentiques.

n'étaient plus d'humeur à se faire blaguer de toute une salle, pour ramener chez eux une voirie[1] pareille. Mais, un soir, vers dix heures, comme ils se couchaient, on donna des coups de poing dans la porte. C'était Nana qui, tranquillement, venait demander à coucher ; et dans quel état, bon Dieu ! nu-tête, une robe en loques, des bottines éculées, une toilette à se faire ramasser et conduire au Dépôt. Elle reçut une rossée, naturellement ; puis, elle tomba goulûment sur un morceau de pain dur, et s'endormit, éreintée, avec une dernière bouchée aux dents. Alors, ce train-train continua. Quand la petite se sentait un peu requinquée, elle s'évaporait un matin. Ni vu ni connu ! l'oiseau était parti. Et des semaines, des mois s'écoulaient, elle semblait perdue, lorsqu'elle reparaissait tout d'un coup, sans jamais dire d'où elle arrivait, des fois sale à ne pas être prise avec des pincettes, et égratignée du haut en bas du corps, d'autres fois bien mise, mais si molle et vidée par la noce, qu'elle ne tenait plus debout. Les parents avaient dû s'accoutumer. Les roulées n'y faisaient rien. Ils la trépignaient[2], ce qui ne l'empêchait pas de prendre leur chez-eux comme une auberge, où l'on couchait à la semaine. Elle savait qu'elle payait son lit d'une danse, elle se tâtait et venait recevoir la danse, s'il y avait bénéfice pour elle. D'ailleurs, on se lasse de taper. Les Coupeau finissaient par accepter les bordées de Nana. Elle rentrait, ne rentrait pas, pourvu qu'elle ne laissât pas la porte ouverte, ça suffisait. Mon Dieu ! l'habitude use l'honnêteté comme autre chose.

Une seule chose mettait Gervaise hors d'elle. C'était lorsque sa fille reparaissait avec des robes à queue et des chapeaux couverts de plumes. Non, ce luxe-là, elle ne pouvait pas l'avaler. Que Nana fît la noce, si elle voulait ; mais, quand elle venait chez sa mère, qu'elle s'habillât au moins comme une ouvrière doit être habillée. Les robes à queue faisaient une

---

1. *Voirie* : femme de mauvaise vie. \ 2. *Ils la trépignaient* : ils la rouaient de coups.

révolution dans la maison : les Lorilleux ricanaient ; Lantier,
tout émoustillé, tournait autour de la petite, pour renifler sa
bonne odeur, les Boche avaient défendu à Pauline de
1355   fréquenter cette rouchie [1], avec ses oripeaux [2]. Et Gervaise se
fâchait également des sommeils écrasés de Nana, lorsque,
après une de ces fugues, elle dormait jusqu'à midi, dépoi-
traillée, le chignon défait et plein encore d'épingles à
cheveux, si blanche, respirant si court, qu'elle semblait
1360   morte. Elle la secouait des cinq ou six fois dans la matinée,
en la menaçant de lui flanquer sur le ventre une potée d'eau.
Cette belle fille fainéante, à moitié nue, toute grasse de vice
l'exaspérait en cuvant ainsi l'amour dont sa chair semblait
gonflée, sans pouvoir même se réveiller. Nana ouvrait un
1365   œil, le refermait, s'étalait davantage.

Un jour, Gervaise qui lui reprochait sa vie crûment et lui
demandait si elle donnait dans les pantalons rouges [3], pour
rentrer cassée à ce point, exécuta enfin sa menace en lui secouant
sa main mouillée sur le corps. La petite, furieuse, se roula dans
1370   le drap, en criant :

« En voilà assez, n'est-ce pas ? maman ! Ne causons pas des
hommes, ça vaudra mieux. Tu as fait ce que tu as voulu, je fais
ce que je veux.

— Comment ? comment ? bégaya la mère.

1375   — Oui, je ne t'en ai jamais parlé, parce que ça ne me regardait pas ; mais tu ne te gênais guère, je t'ai vue assez souvent
te promener en chemise, en bas, quand papa ronflait… Ça ne
te plaît plus maintenant, mais ça plaît aux autres. Fiche-moi
la paix, fallait pas me donner l'exemple ! »

1380   Gervaise resta toute pâle, les mains tremblantes, tournant
sans savoir ce qu'elle faisait, pendant que Nana, aplatie sur

---

1. *Cette rouchie* : cette cocotte, cette femme de mauvaise vie. \ **2.** *Oripeaux* : guenilles.
\ **3.** *Pantalons rouges* : pantalons portés par les soldats à l'époque.

sa gorge, serrant son oreiller entre ses bras, retombait dans l'engourdissement de son sommeil de plomb.

Coupeau grognait, n'ayant même plus l'idée d'allonger des
1385 claques. Il perdait la boule, complètement. Et, vraiment, il n'y avait pas à le traiter de père sans moralité, car la boisson lui ôtait toute conscience du bien et du mal.

Maintenant, c'était réglé. Il ne dessoûlait pas de six mois, puis il tombait et entrait à Sainte-Anne ; une partie de campagne pour
1390 lui. Les Lorilleux disaient que M. le duc de Tord-Boyaux[1] se rendait dans ses propriétés. Au bout de quelques semaines, il sortait de l'asile, réparé, recloué, et recommençait à se démolir, jusqu'au jour où, de nouveau sur le flanc, il avait encore besoin d'un raccommodage. En trois ans, il entra ainsi sept fois à
1395 Sainte-Anne. Le quartier racontait qu'on lui gardait sa cellule. Mais le vilain de l'histoire était que cet entêté soûlard se cassait davantage chaque fois, si bien que, de rechute en rechute, on pouvait prévoir la cabriole finale, le dernier craquement de ce tonneau malade dont les cercles pétaient les uns après les
1400 autres.

Avec ça, il oubliait d'embellir ; un revenant à regarder ! Le poison le travaillait rudement. Son corps imbibé d'alcool se ratatinait comme les fœtus qui sont dans des bocaux, chez les pharmaciens. Quand il se mettait devant une fenêtre, on aper-
1405 cevait le jour au travers de ses côtes, tant il était maigre. Les joues creuses, les yeux dégouttants, pleurant assez de cire pour fournir une cathédrale, il ne gardait que sa truffe de fleurie, belle et rouge, pareille à un œillet au milieu de sa trogne dévastée. Ceux qui savaient son âge, quarante ans sonnés,
1410 avaient un petit frisson, lorsqu'il passait, courbé, vacillant, vieux comme les rues. Et le tremblement de ses mains redoublait, sa main droite surtout battait tellement la breloque[2] que,

---

1. *Tord-Boyaux* : eau-de-vie. \ **2.** *Sa main {…} battait la breloque* : sa main tremblait.

certains jours, il devait prendre son verre dans ses deux poings, pour le porter à ses lèvres. Oh! ce nom de Dieu de tremble-
1415 ment! c'était la seule chose qui le taquinât encore, au milieu de sa vacherie générale[1]! On l'entendait grogner des injures féroces contre ses mains. D'autres fois, on le voyait pendant des heures en contemplation devant ses mains qui dansaient, les regardant sauter comme des grenouilles, sans rien dire, ne se
1420 fâchant plus, ayant l'air de chercher quelle mécanique inté-rieure pouvait leur faire faire joujou de la sorte; et, un soir, Gervaise l'avait trouvé ainsi, avec deux grosses larmes qui coulaient sur ses joues cuites de pochard.

Le dernier été, pendant lequel Nana traîna chez ses parents
1425 les restes de ses nuits, fut surtout mauvais pour Coupeau. Sa voix changea complètement, comme si le fil-en-quatre[2] avait mis une musique nouvelle dans sa gorge. Il devint sourd d'une oreille. Puis, en quelques jours, sa vue baissa; il lui fallait tenir la rampe de l'escalier, s'il ne voulait pas dégringoler. Quant à
1430 sa santé, elle se reposait, comme on dit. Il avait des maux de tête abominables, des étourdissements qui lui faisaient voir trente-six chandelles. Tout d'un coup, des douleurs aiguës le prenaient dans les bras et dans les jambes; il pâlissait, il était obligé de s'asseoir, et restait sur une chaise hébété pendant des
1435 heures; même, après une de ces crises, il avait gardé son bras paralysé tout un jour. Plusieurs fois, il s'alita, il se pelotonnait, se cachait sous le drap, avec le souffle fort et continu d'un animal qui souffre. Alors, les extravagances de Sainte-Anne recommençaient. Méfiant, inquiet, tourmenté d'une fièvre
1440 ardente, il se roulait dans des rages folles, déchirait ses blouses, mordait les meubles, de sa mâchoire convulsée; ou bien il tombait à un grand attendrissement, lâchant des plaintes de fille, sanglotant et se lamentant de n'être aimé par personne.

---

1. *Sa vacherie générale* : son avachissement total. \ **2.** *Fil-en-quatre* : eau-de-vie très forte.

Un soir, Gervaise et Nana, qui rentraient ensemble, ne le trou-
1445 vèrent plus dans son lit. À sa place, il avait couché le traversin.
Et, quand elles le découvrirent, caché entre le lit et le mur, il
claquait des dents, il racontait que des hommes allaient venir
l'assassiner. Les deux femmes durent le recoucher et le rassurer
comme un enfant.

1450 Coupeau ne connaissait qu'un remède, se coller sa chopine
de cric, un coup de bâton dans l'estomac, qui le mettait debout.
Tous les matins, il guérissait ainsi sa pituite [1]. La mémoire avait
filé depuis longtemps, son crâne était vide ; et il ne se trouvait
pas plus tôt sur les pieds, qu'il blaguait la maladie. Il n'avait
1455 jamais été malade. Oui, il en était à ce point où l'on crève en
disant qu'on se porte bien. D'ailleurs, il déménageait aussi
pour le reste. Quand Nana rentrait, après des six semaines de
promenade, il semblait croire qu'elle revenait d'une commission dans le quartier. Souvent, accrochée au bras d'un monsieur,
1460 elle le rencontrait et rigolait, sans qu'il la reconnût. Enfin, il
ne comptait plus, elle se serait assise sur lui, si elle n'avait pas
trouvé de chaise.

Ce fut aux premières gelées que Nana s'esbigna une fois
encore, sous le prétexte d'aller voir chez la fruitière s'il y avait
1465 des poires cuites. Elle sentait l'hiver, elle ne voulait pas
claquer des dents devant le poêle éteint. Les Coupeau la
traitèrent simplement de rosse, parce qu'ils attendaient les
poires. Sans doute elle rentrerait ; l'autre hiver, elle était bien
restée trois semaines pour descendre chercher deux sous de
1470 tabac. Mais les mois s'écoulèrent, la petite ne reparaissait
plus. Cette fois, elle avait dû prendre un fameux galop.
Lorsque juin arriva, elle ne revint pas davantage avec le soleil.
Décidément, c'était fini, elle avait trouvé du pain blanc
quelque part. Les Coupeau, un jour de dèche, vendirent le lit

---

1. *Sa pituite* : son flegme.

1475 de fer de l'enfant, six francs tout ronds qu'ils burent à Saint-
Ouen. Ça les encombrait, ce lit.

En juillet, un matin, Virginie appela Gervaise qui passait,
et la pria de donner un coup de main pour la vaisselle, parce
que la veille Lantier avait amené deux amis à régaler. Et,
1480 comme Gervaise lavait la vaisselle, une vaisselle joliment
grasse du gueuleton du chapelier, celui-ci, en train de digérer
encore dans la boutique, cria tout d'un coup :

« Vous ne savez pas, la mère ! j'ai vu Nana, l'autre jour. »

Virginie, assise au comptoir, l'air soucieux en face des bocaux
1485 et des tiroirs qui se vidaient, hocha furieusement la tête. Elle
se retenait, pour ne pas en lâcher trop long ; car ça finissait par
sentir mauvais. Lantier voyait Nana bien souvent. Oh ! elle n'en
aurait pas mis la main au feu, il était homme à faire pire, quand
une jupe lui trottait dans la tête. Mme Lerat, qui venait d'en-
1490 trer, très liée en ce moment avec Virginie, dont elle recevait les
confidences, fit sa moue pleine de gaillardise [1], en demandant :

« Dans quel sens avez-vous vue ?

— Oh ! dans le bon sens, répondit le chapelier, très flatté,
riant et frisant ses moustaches. Elle était en voiture ; moi, je
1495 pataugeais sur le pavé… Vrai, je vous le jure ! Il n'y aurait pas
à se défendre, car les fils de famille qui la tutoient de près sont
bigrement heureux ! »

Son regard s'était allumé, il se tourna vers Gervaise, debout
au fond de la boutique, en train d'essuyer un plat.

1500 « Oui, elle était en voiture, et une toilette d'un chic !…. Je
ne la reconnaissais pas, tant elle ressemblait à une dame de la
haute [2], les quenottes blanches dans sa frimousse fraîche comme
une fleur. C'est elle qui m'a envoyé une risette avec son gant…
Elle a fait un vicomte, je crois. Oh ! très lancée ! Elle peut se

---

1. *Pleine de gaillardise* : pleine de gaieté grivoise. \ **2.** *Une dame de la haute* : une bourgeoise.

1505 ficher de nous tous, elle a du bonheur par-dessus la tête, cette
gueuse!... L'amour de petit chat! Non, vous n'avez pas idée
d'un petit chat pareil!»

Gervaise essuyait toujours son plat, bien qu'il fût net et
luisant depuis longtemps. Virginie réfléchissait, inquiète de
1510 deux billets qu'elle ne savait pas comment payer le lendemain;
tandis que Lantier, gros et gras, suant le sucre dont il se nourrissait, emplissait de son enthousiasme pour les petits
trognons[1] bien mis la boutique d'épicerie fine, mangée déjà
aux trois quarts, et où soufflait une odeur de ruine. Oui, il
1515 n'avait plus que quelques pralines à croquer, quelques sucres
d'orge à sucer, pour nettoyer le commerce des Poisson. Tout
d'un coup, il aperçut, sur le trottoir d'en face, le sergent de ville
qui était de service et qui passait boutonné, l'épée battant
la cuisse. Et ça l'égaya davantage. Il força Virginie à regarder
1520 son mari.

«Ah bien! murmura-t-il, il a une bonne tête ce matin,
Badingue!... Attention! il serre trop les fesses, il a dû se faire
coller un œil de verre quelque part, pour surprendre son
monde.»

1525 Quand Gervaise remonta chez elle, elle trouva Coupeau
assis au bord du lit, dans l'hébétement d'une de ses crises. Il
regardait le carreau de ses yeux morts. Alors, elle s'assit elle-
même sur une chaise, les membres cassés, les mains tombées
le long de sa jupe sale. Et, pendant un quart d'heure, elle resta
1530 en face de lui, sans rien dire.

«J'ai eu des nouvelles, murmura-t-elle enfin. On a vu ta
fille... Oui, ta fille est très chic et n'a plus besoin de toi. Elle
est joliment heureuse, celle-là, par exemple!... Ah! Dieu de
Dieu! je donnerais gros pour être à sa place.»

---

1. *Trognon* : terme affectueux désignant un enfant, une jeune fille.

1535   Coupeau regardait toujours le carreau. Puis, il leva sa face
ravagée, il eut un rire d'idiot, en bégayant :

« Dis donc, ma biche, je ne te retiens pas... T'es pas encore
trop mal, quand tu te débarbouilles. Tu sais, comme on dit, il
n'y a pas si vieille marmite qui ne trouve son couvercle...
1540 Dame ! si ça devait mettre du beurre dans les épinards ! »

XII

Ce devait être le samedi après le terme, quelque chose comme le 12 ou le 13 janvier, Gervaise ne savait plus au juste[1]. Elle perdait la boule, parce qu'il y avait des siècles qu'elle ne s'était rien mis de chaud dans le ventre. Ah! quelle semaine infernale! un ratissage complet, deux pains de quatre livres le mardi qui avaient duré jusqu'au jeudi, puis une croûte sèche retrouvée la veille, et pas une miette depuis trente-six heures, une vraie danse devant le buffet! Ce qu'elle savait, par exemple, ce qu'elle sentait sur son dos, c'était le temps de chien, un froid noir, un ciel barbouillé comme le cul d'une poêle, crevant d'une neige qui s'entêtait à ne pas tomber. Quand on a l'hiver et la faim dans les tripes, on peut serrer sa ceinture, ça ne vous nourrit guère.

Peut-être, le soir, Coupeau rapporterait-il de l'argent. Il disait qu'il travaillait. Tout est possible, n'est-ce pas? et Gervaise, attrapée pourtant bien des fois, avait fini par compter sur cet argent-là. Elle, après toutes sortes d'histoires, ne trouvait plus seulement un torchon à laver dans le quartier; même une vieille dame dont elle faisait le ménage, venait de la flanquer dehors, en l'accusant de boire ses liqueurs. On ne voulait d'elle nulle part, elle était brûlée; ce qui l'arrangeait dans le

---

1. Si l'on se réfère aux notes d'Henri Mitterand dans l'édition de la Pléiade, il s'agit de janvier 1869.

fond, car elle en était tombée à ce point d'abrutissement, où l'on préfère crever que de remuer ses dix doigts. Enfin, si Coupeau rapportait sa paie, on mangerait quelque chose de
25 chaud. Et, en attendant, comme midi n'avait pas sonné, elle restait allongée sur la paillasse, parce qu'on a moins froid et moins faim, lorsqu'on est allongé.

Gervaise appelait ça la paillasse ; mais, à la vérité, ça n'était qu'un tas de paille dans un coin. Peu à peu, le dodo avait filé
30 chez les revendeurs du quartier. D'abord, les jours de débine[1], elle avait décousu le matelas, où elle prenait des poignées de laine, qu'elle sortait dans son tablier et vendait dix sous la livre, rue Belhomme. Ensuite, le matelas vidé, elle s'était fait trente sous de la toile, un matin, pour se payer du café. Les oreillers
35 avaient suivi, puis le traversin. Restait le bois de lit, qu'elle ne pouvait mettre sous son bras, à cause des Boche, qui auraient ameuté la maison, s'ils avaient vu s'envoler la garantie du propriétaire. Et cependant, un soir, aidée de Coupeau, elle guetta les Boche en train de gueuletonner, et déménagea le lit
40 tranquillement, morceau par morceau, les bateaux, les dossiers, le cadre de fond. Avec les dix francs de ce lavage, ils fricotèrent[2] trois jours. Est-ce que la paillasse ne suffisait pas ? Même la toile était allée rejoindre celle du matelas ; ils avaient ainsi achevé de manger le dodo, en se donnant une indigestion de
45 pain, après une fringale de vingt-quatre heures. On poussait la paille d'un coup de balai, le poussier était toujours retourné, et ça n'était pas plus sale qu'autre chose.

Sur le tas de paille, Gervaise, tout habillée, se tenait en chien de fusil, les pattes ramenées sous sa guenille de jupon, pour
50 avoir plus chaud. Et, pelotonnée, les yeux grands ouverts, elle remuait des idées pas drôles, ce jour-là. Ah ! non, sacré mâtin !

---

1. *Les jours de débine* : les jours de misère. \ **2.** *Ils fricotèrent* : ils se régalèrent, ils firent la noce.

on ne pouvait continuer ainsi à vivre sans manger ! Elle ne
sentait plus sa faim ; seulement, elle avait un plomb dans l'estomac, tandis que son crâne lui semblait vide. Bien sûr, ce
55 n'était pas aux quatre coins de la turne qu'elle trouvait des
sujets de gaieté ! Un vrai chenil, maintenant, où les levrettes
qui portent des paletots, dans les rues, ne seraient pas demeu-
rées en peinture. Ses yeux pâles regardaient les murailles nues.
Depuis longtemps, ma tante avait tout pris. Il restait la
60 commode, la table et une chaise ; encore le marbre et les tiroirs
de la commode s'étaient-ils évaporés par le même chemin que
le bois de lit. Un incendie n'aurait pas mieux nettoyé ça, les
petits bibelots avaient fondu, à commencer par la toquante,
une montre de douze francs, jusqu'aux photographies de la
65 famille, dont une marchande lui avait acheté les cadres ;
une marchande bien complaisante, chez laquelle elle portait
une casserole, un fer à repasser, un peigne, et qui lui allongeait cinq sous, trois sous, deux sous, selon l'objet, de quoi
remonter avec un morceau de pain. À présent, il ne restait
70 plus qu'une vieille paire de mouchettes [1] cassée, dont la
marchande lui refusait un sou. Oh ! si elle avait su à qui
vendre les ordures, la poussière et la crasse, elle aurait vite
ouvert boutique, car la chambre était d'une jolie saleté ! Elle
n'apercevait que des toiles d'araignées, dans les coins, et les
75 toiles d'araignées sont peut-être bonnes pour les coupures,
mais il n'y a pas encore de négociant qui les achète. Alors,
la tête tournée, lâchant l'espoir de faire du commerce, elle
se recroquevillait davantage sur sa paillasse, elle préférait
regarder par la fenêtre le ciel chargé de neige, un jour triste
80 qui lui glaçait la moelle des os.

Que d'embêtements ! À quoi bon se mettre dans tous ses
états et se turlupiner la cervelle ? Si elle avait pu pioncer [2] au

---

1. *Mouchettes* : ciseaux servant à moucher les chandelles. \ 2. *Pioncer* : dormir.

moins ! Mais sa pétaudière de cambuse[1] lui trottait par la tête.
M. Marescot, le propriétaire, était venu lui-même, la veille,
85 leur dire qu'il les expulserait, s'ils n'avaient pas payé les deux
termes arriérés dans les huit jours. Eh bien, il les expulserait,
ils ne seraient certainement pas plus mal sur le pavé ! Voyez-
vous ce sagouin avec son pardessus et ses gants de laine, qui
montait leur parler des termes, comme s'ils avaient eu un bour-
90 sicot[2] caché quelque part ! Nom d'un chien ! au lieu de se serrer
le gaviot[3], elle aurait commencé par se coller quelque chose
dans les badigoinces[4] ! Vrai, elle le trouvait trop rossard[5], cet
entripaillé, elle l'avait où vous savez, et profondément encore !
C'était comme sa bête brute de Coupeau, qui ne pouvait plus
95 rentrer sans lui tomber sur le casaquin[6] : elle le mettait dans
le même endroit que le propriétaire. À cette heure, son endroit
devait être bigrement large, car elle y envoyait tout le monde,
tant elle aurait voulu se débarrasser du monde et de la vie. Elle
devenait un vrai grenier à coups de poing. Coupeau avait un
100 gourdin qu'il appelait son éventail à bourrique ; et il éventait
la bourgeoise, fallait voir ! des suées abominables, dont elle
sortait en nage. Elle, pas trop bonne non plus, mordait et grif-
fait. Alors, on se trépignait dans la chambre vide, des peignées[7]
à se faire passer le goût du pain. Mais elle finissait par se ficher
105 des dégelées[8] comme du reste. Coupeau pouvait faire la Saint-
Lundi[9] des semaines entières, tirer des bordées qui duraient des
mois, rentrer fou de boisson et vouloir la réguiser[10], elle s'était
habituée, elle le trouvait tannant, pas davantage. Et c'était ces
jours-là, qu'elle l'avait dans le derrière. Oui, dans le derrière,
110 son cochon d'homme ! dans le derrière, les Lorilleux, les Boche

---

1. *Sa pétaudière de cambuse* : son logis pauvre et désordonné. \ 2. *Un boursicot* : un pactole. \ 3. *Se serrer le gaviot* : se serrer le gosier. \ 4. *Les badigoinces* : les mandibules. \ 5. *Rossard* : homme sans pudeur, sans scrupule. \ 6. *Tomber sur le casaquin de quelqu'un* : se jeter sur quelqu'un, le battre. \ 7. *Peignées* : coups échangés. \ 8. *Dégelées* : volées de coups. \ 9. *Faire la Saint-Lundi* : ne pas travailler. \ 10. *La réguiser* : la battre.

et les Poisson ! dans le derrière, le quartier qui la méprisait !
Tout Paris y entrait, et elle l'y enfonçait d'une tape, avec un
geste de suprême indifférence, heureuse et vengée pourtant de
le fourrer là.

Par malheur, si l'on s'accoutume à tout, on n'a pas encore pu
prendre l'habitude de ne point manger. C'était uniquement là
ce qui défrisait Gervaise. Elle se moquait d'être la dernière des
dernières, au fin fond du ruisseau, et de voir les gens s'essuyer,
quand elle passait près d'eux. Les mauvaises manières ne la
gênaient plus, tandis que la faim lui tordait toujours les
boyaux. Oh ! elle avait dit adieu aux petits plats, elle était
descendue à dévorer tout ce qu'elle trouvait. Les jours de noce,
maintenant, elle achetait chez le boucher des déchets de viande
à quatre sous la livre, las de traîner et de noircir dans une
assiette ; et elle mettait ça avec une potée de pommes de terre,
qu'elle touillait au fond d'un poêlon. Ou bien elle fricassait un
cœur de bœuf, un rata dont elle se léchait les lèvres. D'autres
fois, quand elle avait du vin, elle se payait une trempette, une
vraie soupe de perroquet. Les deux sous de fromage d'Italie,
les boisseaux de pommes blanches, les quarts de haricots secs
cuits dans leur jus, étaient encore des régals qu'elle ne pouvait
plus se donner souvent. Elle tombait aux arlequins [1], dans les
gargots borgnes [2], où, pour un sou, elle avait des tas d'arêtes de
poisson mêlées à des rognures de rôti gâté. Elle tombait plus
bas, mendiait chez un restaurateur charitable les croûtes des
clients, et faisait une panade, en les laissant mitonner le plus
longtemps possible sur le fourneau d'un voisin. Elle en arrivait,
les matins de fringale, à rôder avec les chiens, pour voir aux
portes des marchands, avant le passage des boueux ; et c'était
ainsi qu'elle avait parfois des plats de riches, des melons

---

1. *Arlequins* : déchets de cuisine. \ **2.** *Gargots borgnes* : restaurants bon marché et mal
famés.

pourris, des maquereaux tournés, des côtelettes dont elle visitait le manche, par crainte des asticots. Oui, elle en était là ; ça
répugne les délicats, cette idée, mais si les délicats n'avaient
rien tortillé de trois jours, nous verrions un peu s'ils bou-
145 deraient contre leur ventre ; ils se mettraient à quatre pattes et
mangeraient aux ordures comme les camarades. Ah ! la
crevaison des pauvres, les entrailles vides qui crient la faim, le
besoin des bêtes claquant des dents et s'empiffrant de choses
immondes, dans ce grand Paris si doré et si flambant ! Et dire
150 que Gervaise s'était fichu des ventrées d'oie grasse ! Maintenant, elle pouvait s'en torcher le nez. Un jour, Coupeau lui
ayant chipé deux bons de pain pour les revendre et les boire,
elle avait failli le tuer d'un coup de pelle, affamée, enragée par
le vol de ce morceau de pain.

155   Cependant, à force de regarder le ciel blafard, elle s'était
endormie d'un petit sommeil pénible. Elle rêvait que ce ciel
chargé de neige crevait sur elle, tant le froid la pinçait. Brusquement, elle se mit debout, réveillée en sursaut par un grand
frisson d'angoisse. Mon Dieu ! est-ce qu'elle allait mourir ?
160 Grelottante, bavarde, elle vit qu'il faisait jour encore. La nuit
ne viendrait donc pas ! Comme le temps est long, quand on n'a
rien dans le ventre ! Son estomac s'éveillait, lui aussi, et la
torturait. Tombée sur la chaise, la tête basse, les mains entre
les cuisses pour se réchauffer, elle calculait déjà le dîner, dès que
165 Coupeau apporterait l'argent : un pain, un litre, deux portions
de gras-double à la lyonnaise. Trois heures sonnèrent au coucou
du père Bazouge. Il n'était que trois heures. Alors elle pleura.
Jamais elle n'aurait la force d'attendre sept heures. Elle avait
un balancement de tout son corps, le dandinement d'une petite
170 fille qui berce sa grosse douleur, pliée en deux, s'écrasant l'estomac, pour ne plus le sentir. Ah ! il vaut mieux accoucher que
d'avoir faim ! Et, ne se soulageant pas, prise d'une rage, elle se
leva, piétina, espérant rendormir sa faim comme un enfant

qu'on promène. Pendant une demi-heure, elle se cogna aux
quatre coins de la chambre vide. Puis, tout d'un coup, elle s'arrêta, les yeux fixes. Tant pis! ils diraient ce qu'ils diraient, elle
leur lècherait les pieds s'ils voulaient, mais elle allait emprunter
dix sous aux Lorilleux.

L'hiver, dans cet escalier de la maison, l'escalier des pouilleux,
c'étaient de continuels emprunts de dix sous, de vingt sous, des
petits services que ces meurt-de-faim se rendaient les uns aux
autres. Seulement, on serait plutôt mort que de s'adresser aux
Lorilleux, parce qu'on les savait trop durs à la détente. Gervaise,
en allant frapper chez eux, montrait un beau courage. Elle avait
si peur, dans le corridor, qu'elle éprouva ce brusque soulagement
des gens qui sonnent chez les dentistes.

« Entrez! » cria la voix aigre du chaîniste.

Comme il faisait bon, là-dedans! La forge flambait allumait
l'étroit atelier de sa flamme blanche, pendant que Mme Lorilleux
mettait à recuire une pelote de fil d'or. Lorilleux, devant son
établi, suait, tant il avait chaud, en train de souder des maillons
au chalumeau. Et ça sentait bon, une soupe aux choux mijotait
sur le poêle, exhalant une vapeur qui retournait le cœur de
Gervaise et la faisait s'évanouir.

« Ah! c'est vous, grogna Mme Lorilleux, sans lui dire
seulement de s'asseoir. Qu'est-ce que vous voulez? »

Gervaise ne répondit pas. Elle n'était pas trop mal avec les
Lorilleux, cette semaine-là. Mais la demande des dix sous lui
restait dans la gorge, parce qu'elle venait d'apercevoir Boche,
carrément assis près du poêle, en train de faire des cancans. Il
avait un air de se ficher du monde, cet animal! Il riait comme
un cul, le trou de la bouche arrondi, et les joues tellement
bouffies qu'elles lui cachaient le nez; un vrai cul, enfin!

« Qu'est-ce que vous voulez? répéta Lorilleux.

— Vous n'avez pas vu Coupeau? finit par balbutier Gervaise.
Je le croyais ici. »

Les chaînistes et le concierge ricanèrent. Non, bien sûr, ils n'avaient pas vu Coupeau. Ils n'offraient pas assez de petits verres pour voir Coupeau comme ça. Gervaise fit un effort et
210 reprit en bégayant :

« C'est qu'il m'avait promis de rentrer… Oui, il doit m'apporter de l'argent… Et comme j'ai absolument besoin de quelque chose… »

Un gros silence régna. Mme Lorilleux éventait rudement le
215 feu de la forge, Lorilleux avait baissé le nez sur le bout de chaîne qui s'allongeait entre ses doigts, tandis que Boche gardait son rire de pleine lune, le trou de la bouche si rond, qu'on éprouvait l'envie d'y fourrer le doigt, pour voir.

« Si j'avais seulement dix sous », murmura Gervaise à voix
220 basse.

Le silence continua.

« Vous ne pourriez pas me prêter dix sous ?… Oh ! je vous les rendrais ce soir ! »

Mme Lorilleux se tourna et la regarda fixement. En voilà une
225 peloteuse[1] qui venait les empaumer[2]. Aujourd'hui, elle les tapait de dix sous, demain ce serait de vingt, et il n'y avait plus de raison pour s'arrêter. Non, non, pas de ça. Mardi, s'il fait chaud !

« Mais, ma chère, cria-t-elle, vous savez bien que nous
230 n'avons pas d'argent ! Tenez, voilà la doublure de ma poche. Vous pouvez nous fouiller… Ce serait de bon cœur, naturellement.

— Le cœur y est toujours, grogna Lorilleux ; seulement, quand on ne peut pas, on ne peut pas. »

235 Gervaise, très humble, les approuvait de la tête. Cependant, elle ne s'en allait pas, elle guignait l'or du coin de l'œil, les liasses d'or pendues au mur, le fil d'or que la femme tirait à la

---

1. *Peloteuse* : flatteuse, lèche-botte. \ 2. *Empaumer* : duper, rouler.

filière de toute la force de ses petits bras, les maillons d'or en
tas sous les doigts noueux du mari. Et elle pensait qu'un bout
240 de ce vilain métal noirâtre aurait suffi pour se payer un bon
dîner. Ce jour-là, l'atelier avait beau être sale, avec ses vieux
fers, sa poussière de charbon, sa crasse des huiles mal essuyées,
elle le voyait resplendissant de richesses, comme la boutique
d'un changeur. Aussi se risqua-t-elle à répéter, doucement :

245 « Je vous les rendrais, je vous les rendrais, bien sûr... Dix
sous, ça ne vous gênerait pas. »

Elle avait le cœur tout gonflé, en ne voulant pas avouer
qu'elle se brossait le ventre depuis la veille. Puis, elle sentait
ses jambes qui se cassaient, elle eut peur de fondre en larmes,
250 bégayant encore :

« Vous seriez si gentils !... Vous ne pouvez pas savoir...
Oui, j'en suis là, mon Dieu ! j'en suis là... »

Alors, les Lorilleux pincèrent les lèvres et échangèrent un
mince regard. La Banban mendiait, à cette heure ! Eh bien, le
255 plongeon était complet. C'est eux qui n'aimaient pas ça ! S'ils
avaient su, ils se seraient barricadés, parce qu'on doit toujours
être sur l'œil avec les mendiants, des gens qui s'introduisent
dans les appartements sous des prétextes, et qui filent en démé-
nageant les objets précieux. D'autant plus que, chez eux, il y
260 avait de quoi voler ; on pouvait envoyer les doigts partout, et
en emporter des trente et des quarante francs, rien qu'en
fermant le poing. Déjà plusieurs fois, ils s'étaient méfiés, en
remarquant la drôle de figure de Gervaise, quand elle se plantait devant l'or. Cette fois, par exemple, ils allaient la surveiller.
265 Et, comme elle s'approchait davantage, les pieds sur la claie de
bois, le chaîniste lui cria rudement, sans répondre davantage à
sa demande :

« Dites donc ! faites un peu attention, vous allez encore
emporter des brins d'or à vos semelles. Vrai, on dirait que vous
270 avez là-dessous de la graisse, pour que ça colle. »

485

Gervaise, lentement, recula. Elle s'était appuyée un instant
à une étagère, et voyant Mme Lorilleux lui examiner les mains,
elle les ouvrit toutes grandes, les montra, disant de sa voix
molle, sans se fâcher, en femme tombée qui accepte tout :

275 « Je n'ai rien pris, vous pouvez regarder. »

Et elle s'en alla, parce que l'odeur forte de la soupe aux
choux et la bonne chaleur de l'atelier la rendaient trop malade.

Ah ! pour le coup, les Lorilleux ne la retinrent pas ! Bon
voyage, du diable s'ils lui ouvraient encore ! Ils avaient assez vu
280 sa figure, ils ne voulaient pas chez eux de la misère des autres,
quand cette misère était méritée. Et ils se laissèrent aller à une
grosse jouissance d'égoïsme, en se trouvant calés, bien au
chaud, avec la perspective d'une fameuse soupe. Boche aussi
s'étalait, enflant encore ses joues, si bien que son rire devenait
285 malpropre. Ils se trouvaient tous joliment vengés des anciennes
manières de la Banban, de la boutique bleue, des gueuletons,
et du reste. C'était trop réussi, ça prouvait où conduisait
l'amour de la frigousse[1]. Au rancart les gourmandes, les paresseuses et les dévergondées !

290 « Que ça de genre ! ça vient quémander des dix sous ! s'écria
Mme Lorilleux derrière le dos de Gervaise. Oui, je t'en fiche, je
vas lui prêter dix sous tout de suite, pour qu'elle aille boire la
goutte ! »

Gervaise traîna ses savates dans le corridor, alourdie, pliant
295 les épaules. Quand elle fut à sa porte, elle n'entra pas, sa
chambre lui faisait peur. Autant marcher, elle aurait plus chaud
et prendrait patience. En passant, elle allongea le cou dans la
niche du père Bru, sous l'escalier ; encore un, celui-là, qui
devait avoir un bel appétit, car il déjeunait et dînait par cœur
300 depuis trois jours ; mais il n'était pas là, il n'y avait que son

---

1. *Frigousse* : choux cuisinés, repas.

trou, et elle éprouva une jalousie, en s'imaginant qu'on pouvait l'avoir invité quelque part. Puis, comme elle arrivait devant les Bijard, elle entendit des plaintes, elle entra, la clef étant toujours sur la serrure.

« Qu'est-ce qu'il y a donc ? » demanda-t-elle.

La chambre était très propre. On voyait bien que Lalie avait, le matin encore, balayé et rangé les affaires. La misère avait beau souffler là-dedans, emporter les frusques, étaler sa ribambelle d'ordures, Lalie venait derrière, et récurait tout, et donnait aux choses un air gentil. Si ce n'était pas riche, ça sentait bon la ménagère, chez elle. Ce jour-là, ses deux enfants, Henriette et Jules, avaient trouvé de vieilles images, qu'ils découpaient tranquillement dans un coin. Mais Gervaise fut toute surprise de trouver Lalie couchée, sur son étroit lit de sangle, le drap au menton, très pâle. Elle couchée, par exemple ! elle était donc bien malade !

« Qu'est-ce que vous avez ? » répéta Gervaise, inquiète.

Lalie ne se plaignait plus. Elle souleva lentement ses paupières blanches, et voulut sourire de ses lèvres qu'un frisson convulsait.

« Je n'ai rien, souffla-t-elle très bas, oh ! bien vrai, rien du tout. »

Puis, les yeux refermés, avec un effort :

« J'étais trop fatiguée tous ces jours-ci, alors je fiche la paresse, je me dorlote, vous voyez. »

Mais son visage de gamine, marbré de taches livides, prenait une telle expression de douleur suprême, que Gervaise, oubliant sa propre agonie, joignit les mains et tomba à genoux près d'elle. Depuis un mois, elle la voyait se tenir aux murs pour marcher, pliée en deux par une toux qui sonnait joliment le sapin. La petite ne pouvait même plus tousser. Elle eut un hoquet, des filets de sang coulèrent aux coins de sa bouche.

« Ce n'est pas ma faute, je ne me sens guère forte, murmura-t-elle comme soulagée. Je me suis traînée, j'ai mis un peu

335 d'ordre… C'est assez propre, n'est-ce pas?… Et je voulais nettoyer les vitres, mais les jambes m'ont manqué. Est-ce bête! Enfin, quand on a fini, on se couche. »

Elle s'interrompit, pour dire :

« Voyez donc si mes enfants ne se coupent pas avec leurs 340 ciseaux. »

Et elle se tut, tremblante, écoutant un pas lourd qui montait l'escalier. Brutalement, le père Bijard poussa la porte. Il avait son coup de bouteille comme à l'ordinaire, les yeux flambants de la folie furieuse du vitriol. Quand il aperçut Lalie 345 couchée, il tapa sur ses cuisses avec un ricanement, il décrocha le grand fouet, en grognant :

« Ah! nom de Dieu, c'est trop fort! nous allons rire!… Les vaches se mettent à la paille en plein midi, maintenant!… Est-ce que tu te moques des paroissiens, sacrée feignante?… 350 Allons, houp! décanillons[1]! »

Il faisait déjà claquer le fouet au-dessus du lit. Mais l'enfant, suppliante, répétait :

« Non, papa, je t'en prie, ne frappe pas… Je te jure que tu aurais du chagrin… Ne frappe pas.

355 — Veux-tu sauter, gueula-t-il plus fort, ou je te chatouille les côtes!… Veux-tu sauter, bougre de rosse! »

Alors, elle dit doucement :

« Je ne puis pas, comprends-tu?… Je vais mourir. »

Gervaise s'était jetée sur Bijard et lui arrachait le fouet. 360 Lui, hébété, restait devant le lit de sangle. Qu'est-ce qu'elle chantait là, cette morveuse? Est-ce qu'on meurt si jeune, quand on n'a pas été malade! Quelque frime pour se faire donner du sucre! Ah! il allait se renseigner, et si elle mentait!

---

1. *Décanillons!* Levons-nous!

365 « Tu verras, c'est la vérité, continua-t-elle. Tant que j'ai pu, je vous ai évité de la peine... Sois gentil, à cette heure, et dis-moi adieu, papa. »

Bijard tortillait son nez, de peur d'être mis dedans. C'était pourtant vrai qu'elle avait une drôle de figure, une figure 370 allongée et sérieuse de grande personne. Le souffle de la mort, qui passait dans la chambre, le dessoûlait. Il promena un regard autour de lui, de l'air d'un homme tiré d'un long sommeil, vit le ménage en ordre, les deux enfants débarbouillés, en train de jouer et de rire. Et il tomba sur une chaise, balbutiant :

375 « Notre petite mère, notre petite mère... »

Il ne trouvait que ça, et c'était déjà bien tendre pour Lalie, qui n'avait jamais été tant gâtée. Elle consola son père. Elle était surtout ennuyée de s'en aller ainsi, avant d'avoir élevé tout à fait ses enfants. Il en prendrait soin, n'est-ce pas ? Elle 380 lui donna de sa voix mourante des détails sur la façon de les arranger, de les tenir propres. Lui, abruti, repris par les fumées de l'ivresse, roulait la tête en la regardant passer de ses yeux ronds. Ça remuait en lui toutes sortes de choses ; mais il ne trouvait plus rien, et avait la couenne trop brûlée pour pleurer.

385 « Écoute encore, reprit Lalie après un silence. Nous devons quatre francs sept sous au boulanger ; il faudra payer ça... Mme Gaudron a un fer à nous que tu lui réclameras... Ce soir, je n'ai pas pu faire de la soupe, mais il reste du pain, et tu mettras chauffer les pommes de terre... »

390 Jusqu'à son dernier râle, ce pauvre chat restait la petite mère de tout son monde. En voilà une qu'on ne remplacerait pas, bien sûr ! Elle mourait d'avoir eu à son âge la raison d'une vraie mère, la poitrine encore trop tendre et trop étroite pour contenir une aussi large maternité. Et, s'il perdait ce trésor, 395 c'était bien la faute de sa bête féroce de père. Après avoir tué la maman d'un coup de pied, est-ce qu'il ne venait pas de massacrer la fille ! Les deux bons anges seraient dans la fosse,

et lui n'aurait plus qu'à crever comme un chien au coin d'une borne.

Gervaise, cependant, se retenait pour ne pas éclater en sanglots. Elle tendait les mains, avec le désir de soulager l'enfant ; et, comme le lambeau de drap glissait, elle voulut le rabattre et arranger le lit. Alors, le pauvre petit corps de la mourante apparut. Ah ! Seigneur ! quelle misère et quelle pitié ! Les pierres auraient pleuré. Lalie était toute nue, un reste de camisole aux épaules en guise de chemise ; oui, toute nue, et d'une nudité saignante et douloureuse de martyre. Elle n'avait plus de chair, les os trouaient la peau. Sur les côtes, de minces zébrures violettes descendaient jusqu'aux cuisses, les cinglements du fouet imprimés là tout vifs. Une tache livide cerclait le bras gauche, comme si la mâchoire d'un étau avait broyé ce membre si tendre, pas plus gros qu'une allumette. La jambe droite montrait une déchirure mal fermée, quelque mauvais coup rouvert chaque matin en trottant pour faire le ménage. Des pieds à la tête, elle n'était qu'un noir. Oh ! ce massacre de l'enfance, ces lourdes pattes d'homme écrasant cet amour de quiqui, cette abomination de tant de faiblesse râlant sous une pareille croix ! On adore dans les églises des saintes fouettées dont la nudité est moins pure. Gervaise, de nouveau, s'était accroupie, ne songeant plus à tirer le drap, renversée par la vue de ce rien-du-tout pitoyable, aplati au fond du lit ; et ses lèvres tremblantes cherchaient des prières.

« Madame Coupeau, murmura la petite, je vous en prie… »

De ses bras trop courts, elle cherchait à rabattre le drap, toute pudique, prise de honte pour son père. Bijard, stupide, les yeux sur ce cadavre qu'il avait fait, roulait toujours la tête, du mouvement ralenti d'un animal qui a de l'embêtement.

Et quand elle eut recouvert Lalie, Gervaise ne put rester là davantage. La mourante s'affaiblissait, ne parlant plus, n'ayant plus que son regard, son ancien regard noir de petite fille

résignée et songeuse, qu'elle fixait sur ses deux enfants, en train
de découper leurs images. La chambre s'emplissait d'ombre,
Bijard cuvait sa bordée dans l'hébétement de cette agonie.
Non, non, la vie était trop abominable ! Ah ! quelle sale chose !
435 ah ! quelle sale chose ! Et Gervaise partit, descendit l'escalier,
sans savoir, la tête perdue, si gonflée d'emmerdement qu'elle
se serait volontiers allongée sous les roues d'un omnibus, pour
en finir.

Tout en courant, en bougonnant contre le sacré sort, elle se
440 trouva devant la porte du patron, où Coupeau prétendait
travailler. Ses jambes l'avaient conduite là, son estomac
reprenait sa chanson, la complainte de la faim en quatre-vingt-
dix couplets, une complainte qu'elle savait par cœur. De cette
manière, si elle pinçait Coupeau à la sortie, elle mettrait la
445 main sur la monnaie, elle achèterait les provisions. Une petite
heure d'attente au plus, elle avalerait bien encore ça, elle qui
se suçait les pouces depuis la veille.

C'était rue de la Charbonnière, à l'angle de la rue de Chartres,
un fichu carrefour dans lequel le vent jouait aux quatre coins.
450 Nom d'un chien ! il ne faisait pas chaud, à arpenter le pavé.
Encore si l'on avait eu des fourrures ! Le ciel restait d'une vilaine
couleur de plomb, et la neige, amassée là-haut, coiffait le quartier d'une calotte de glace. Rien ne tombait, mais il y avait un
gros silence en l'air, qui apprêtait pour Paris un déguisement
455 complet, une jolie robe de bal, blanche et neuve. Gervaise levait
le nez, en priant le bon Dieu de ne pas lâcher sa mousseline tout
de suite. Elle tapait des pieds, regardait une boutique d'épicier,
en face, puis tournait les talons, parce que c'était inutile de se
donner trop faim à l'avance. Le carrefour n'offrait pas de distrac-
460 tions. Les quelques passants filaient raide, entortillés dans des
cache-nez ; car, naturellement, on ne flâne pas, quand le froid
vous serre les fesses. Cependant, Gervaise aperçut quatre ou cinq
femmes qui montaient la garde comme elle, à la porte du maître

zingueur ; encore des malheureuses, bien sûr, des épouses guet-
465 tant la paie, pour l'empêcher de s'envoler chez le marchand de
vin. Il y avait une grande haridelle[1], une figure de gendarme,
collée contre le mur, prête à sauter sur le dos de son homme.
Une petite, toute noire, l'air humble et délicat, se promenait de
l'autre côté de la chaussée. Une autre, empotée, avait amené ses
470 deux mioches, qu'elle traînait à droite et à gauche, grelottant
et pleurant. Et toutes, Gervaise comme ses camarades de
faction, passaient et repassaient, en se jetant des coups d'œil
obliques, sans se parler. Une agréable rencontre, ah ! oui, je t'en
fiche ! Elles n'avaient pas besoin de lier connaissance, pour
475 connaître leur numéro. Elles logeaient toutes à la même enseigne
chez misère et compagnie. Ça donnait plus froid encore, de les
voir piétiner et se croiser silencieusement, dans cette terrible
température de janvier.

Pourtant, pas un chat ne sortait de chez le patron. Enfin, un
480 ouvrier parut, puis deux, puis trois ; mais ceux-là, sans doute,
étaient de bons zigs, qui rapportaient fidèlement leur prêt, car
ils eurent un hochement de tête en apercevant les ombres
rôdant devant l'atelier. La grande haridelle se collait davantage
à côté de la porte ; et, tout d'un coup, elle tomba sur un petit
485 homme pâlot, en train d'allonger prudemment la tête. Oh ! ce
fut vite réglé ! Elle le fouilla, lui ratissa la monnaie. Pincé, plus
de braise, pas de quoi boire une goutte ! Alors, le petit homme,
vexé et désespéré, suivit son gendarme en pleurant de grosses
larmes d'enfant. Des ouvriers sortaient toujours, et comme la
490 forte commère, avec ses deux mioches, s'était approchée, un
grand brun, l'air roublard, qui l'aperçut, rentra vivement pour
prévenir le mari ; lorsque celui-ci arriva en se dandinant, il avait
étouffé deux roues de derrière, deux belles pièces de cent sous
neuves, une dans chaque soulier. Il prit l'un de ses gosses sur

---

1. *Haridelle* : rosse.

495 son bras, il s'en alla en contant des craques[1] à sa bourgeoise
qui le querellait. Il y en avait de rigolos, sautant d'un bond
dans la rue, pressés de courir béquiller[2] leur quinzaine avec les
amis. Il y en avait aussi de lugubres, la mine rafalée[3], serrant
dans leur poing crispé les trois ou quatre journées sur quinze
500 qu'ils avaient faites, se traitant de feignants et faisant des
serments d'ivrogne. Mais le plus triste, c'était la douleur de
la petite femme noire, humble et délicate : son homme, un
beau garçon, venait de se cavaler sous son nez, si brutalement
qu'il avait failli la jeter par terre ; et elle rentrait seule, chan-
505 celant le long des boutiques, pleurant toutes les larmes de
son corps.

Enfin, le défilé avait cessé. Gervaise, droite au milieu de la
rue, regardait la porte. Ça commençait à sentir mauvais. Deux
ouvriers attardés se montrèrent encore, mais toujours pas de
510 Coupeau. Et, comme elle demandait aux ouvriers si Coupeau
n'allait pas sortir, eux, qui étaient à la couleur, lui répondirent
en blaguant que le camarade venait tout juste de filer avec
Lantimêche par une porte de derrière, pour mener les poules
pisser. Gervaise comprit. Encore une menterie de Coupeau, elle
515 pouvait aller voir s'il pleuvait ! Alors, lentement, traînant sa
paire de ripatons[4] éculés, elle descendit la rue de la Charbonnière. Son dîner courait joliment devant elle, et elle le regardait courir, dans le crépuscule jaune, avec un petit frisson. Cette
fois, c'était fini. Pas un fifrelin, plus un espoir, plus que de la
520 nuit et de la faim. Ah ! une belle nuit de crevaison, cette nuit
sale qui tombait sur ses épaules !

Elle montait lourdement la rue des Poissonniers, lorsqu'elle
entendit la voix de Coupeau. Oui, il était là, à *La Petite Civette*
en train de se faire payer une tournée par Mes-Bottes. Ce

---

1. *Des craques* : des mensonges. \ **2.** *Béquiller* : manger. \ **3.** *Rafalée* : miséreuse. \ **4.** *Ripatons* :
souliers.

525 farceur de Mes-Bottes, vers la fin de l'été, avait eu le truc
d'épouser pour de vrai une dame, très décatie déjà, mais qui
possédait de beaux restes ; oh ! une dame de la rue des Martyrs,
pas de la gnognote de barrière. Et il fallait voir cet heureux
mortel, vivant en bourgeois, les mains dans les poches, bien
530 vêtu, bien nourri. On ne le reconnaissait plus, tellement il était
gras. Les camarades disaient que sa femme avait de l'ouvrage
tant qu'elle voulait chez des messieurs de sa connaissance. Une
femme comme ça et une maison de campagne, c'est tout ce
qu'on peut désirer pour embellir la vie. Aussi Coupeau
535 guignait-il Mes-Bottes avec admiration. Est-ce que le lascar
n'avait pas jusqu'à une bague d'or au petit doigt !

Gervaise posa la main sur l'épaule de Coupeau, au moment
où il sortait de *La Petite-Civette*.

« Dis donc, j'attends, moi… J'ai faim. C'est tout ce que tu
540 paies ? »

Mais il lui riva son clou[1] de la belle façon.

« T'as faim, mange ton poing !… Et garde l'autre pour
demain ! »

C'est lui qui trouvait ça patagueule[2], de jouer le drame
545 devant le monde ! Eh bien ! quoi ! il n'avait pas travaillé, les
boulangers pétrissaient tout de même. Elle le prenait peut-
être pour un dépuceleur de nourrices, à venir l'intimider avec
ses histoires.

« Tu veux donc que je vole », murmura-t-elle d'une voix
550 sourde.

Mes-Bottes se caressait le menton d'un air conciliant.

« Non, ça, c'est défendu, dit-il. Mais quand une femme sait
se retourner… »

Et Coupeau l'interrompit pour crier bravo ! Oui, une femme
555 devait savoir se retourner. Mais la sienne avait toujours été une

---

1. *Il lui riva son clou* : il lui cloua le bec. \ 2. *Patagueule* : compassé, qui fait la tête.

guimbarde [1], un tas. Ce serait sa faute, s'ils crevaient sur la paille. Puis, il retomba dans son admiration devant Mes-Bottes. Était-il assez suiffard [2], l'animal ! Un vrai propriétaire ; du linge blanc et des escarpins un peu chouettes ! Fichtre ! ce n'était pas de la ripopée [3] ! En voilà un au moins dont la bourgeoise menait bien la barque !

Les deux hommes descendaient vers le boulevard extérieur. Gervaise les suivit. Au bout d'un silence, elle reprit, derrière Coupeau :

« J'ai faim, tu sais… J'ai compté sur toi. Faut me trouver quelque chose à claquer. »

Il ne répondit pas, et elle répéta sur un ton navrant d'agonie :

« Alors, c'est tout ce que tu paies ?

— Mais, nom de Dieu ! puisque je n'ai rien ! gueula-t-il, en se retournant furieusement. Lâche-moi, n'est-ce pas ? ou je cogne ! »

Il levait déjà le poing. Elle recula et parut prendre une décision.

« Va, je te laisse, je trouverai bien un homme. »

Du coup, le zingueur rigola. Il affectait de prendre la chose en blague, il la poussait, sans en avoir l'air. Par exemple, c'était une riche idée ! Le soir, aux lumières, elle pouvait encore faire des conquêtes. Si elle levait un homme, il lui recommandait le restaurant du *Capucin*, où il y avait des petits cabinets dans lesquels on mangeait parfaitement. Et, comme elle s'en allait sur le boulevard extérieur, blême et farouche, il lui cria encore :

« Écoute donc, rapporte-moi du dessert, moi j'aime les gâteaux… Et, si ton monsieur est bien nippé, demande-lui un vieux paletot, j'en ferai mon beurre. »

---

1. *Une guimbarde* : une femme laide. \ **2.** *Suiffard* : élégant, chic. \ **3.** *Ripopée* : mauvais vin, chose sans qualité.

Gervaise, poursuivie par ce bagou infernal, marchait vite. Puis, elle se trouva seule au milieu de la foule, elle ralentit le pas. Elle était bien résolue. Entre voler et faire ça, elle aimait mieux faire ça, parce qu'au moins elle ne causerait du tort à 590 personne. Elle n'allait jamais disposer que de son bien. Sans doute, ce n'était guère propre, mais le propre et le pas propre se brouillaient dans sa caboche, à cette heure ; quand on crève de faim, on ne cause pas tant philosophie, on mange le pain qui se présente. Elle était remontée jusqu'à la chaussée Clignan- 595 court. La nuit n'en finissait plus d'arriver. Alors, en attendant, elle suivit les boulevards, comme une dame qui prend l'air avant de rentrer pour la soupe.

Ce quartier où elle éprouvait une honte, tant il embellissait, s'ouvrait maintenant de toutes parts au grand air. Le boulevard 600 Magenta, montant du cœur de Paris, et le boulevard Ornano, s'en allant dans la campagne, l'avaient troué à l'ancienne barrière, un fier abattis de maisons, deux vastes avenues encore blanches de plâtre, qui gardaient à leurs flancs les rues du faubourg Pois- sonnière et des Poissonniers, dont les bouts s'enfonçaient, 605 écornés, mutilés, tordus comme des boyaux sombres. Depuis longtemps, la démolition du mur de l'octroi avait déjà élargi les boulevards extérieurs, avec les chaussées latérales et le terre-plein au milieu pour les piétons, planté de quatre rangées de petits platanes. C'était un carrefour immense débouchant au loin sur 610 l'horizon, par des voies sans fin, grouillantes de foule, se noyant dans le chaos perdu des constructions. Mais, parmi les hautes maisons neuves, bien des masures branlantes restaient debout ; entre les façades sculptées, des enfoncements noirs se creusaient, des chenils bâillaient, étalant les loques de leurs fenêtres. Sous 615 le luxe montant de Paris, la misère du faubourg crevait et salis- sait ce chantier d'une ville nouvelle, si hâtivement bâtie.

Perdue dans la cohue du large trottoir, le long des petits platanes, Gervaise se sentait seule et abandonnée. Ces échappées

d'avenues, tout là-bas, lui vidaient l'estomac davantage ; et
620 dire que, parmi ce flot de monde, où il y avait pourtant des
gens à leur aise, pas un chrétien ne devinait sa situation et ne
lui glissait dix sous dans la main ! Oui, c'était trop grand,
c'était trop beau, sa tête tournait et ses jambes s'en allaient,
sous ce pan démesuré de ciel gris, tendu au-dessus d'un si vaste
625 espace. Le crépuscule avait cette sale couleur jaune des crépus-
cules parisiens, une couleur qui donne envie de mourir tout de
suite, tellement la vie des rues semble laide. L'heure devenait
louche, les lointains se brouillaient d'une teinte boueuse.
Gervaise, déjà lasse, tombait justement en plein dans la rentrée
630 des ouvriers. À cette heure, les dames en chapeau, les messieurs
bien mis habitant les maisons neuves, étaient noyés au milieu
du peuple, des processions d'hommes et de femmes encore
blêmes de l'air vicié des ateliers. Le boulevard Magenta et la rue
du faubourg Poissonnière en lâchaient des bandes, essoufflées
635 de la montée. Dans le roulement plus assourdi des omnibus
et des fiacres, parmi les haquets[1], les tapissières, les fardiers[2],
qui rentraient vides et au galop, un pullulement toujours crois-
sant de blouses et de bourgerons couvrait la chaussée. Les
commissionnaires[3] revenaient, leurs crochets sur les épaules.
640 Deux ouvriers, allongeant le pas, faisaient côte à côte de
grandes enjambées, en parlant très fort, avec des gestes, sans se
regarder ; d'autres, seuls, en paletot et en casquette, marchaient
au bord du trottoir, le nez baissé ; d'autres venaient par cinq ou
six, se suivant et n'échangeant pas une parole, les mains dans
645 les poches, les yeux pâles. Quelques-uns gardaient leurs pipes
éteintes entre les dents. Des maçons, dans un sapin, qu'ils
avaient frété à quatre, et sur lequel dansaient leurs auges[4],
passaient en montrant leurs faces blanches aux portières. Des

---

1. *Haquets* : charrettes longues et étroites. \ **2.** *Fardiers* : chariots servant à transporter des fardeaux très pesants. \ **3.** *Commissionnaires* : ceux qui font une course pour quelqu'un. \ **4.** *Auges* : récipients de bois dans lesquels les maçons délaient le plâtre.

peintres balançaient leurs pots à couleur ; un zingueur rapportait une longue échelle, dont il manquait d'éborgner le monde ; tandis qu'un fontainier [1] attardé, avec sa boîte sur le dos, jouait l'air du bon roi Dagobert dans sa petite trompette, un air de tristesse au fond du crépuscule navré. Ah ! la triste musique, qui semblait accompagner le piétinement du troupeau, les bêtes de somme se traînant, éreintées ! Encore une journée de finie ! Vrai, les journées étaient longues et recommençaient trop souvent. À peine le temps de s'emplir et de cuver son manger, il faisait déjà grand jour, il fallait reprendre son collier de misère. Les gaillards pourtant sifflaient, tapant des pieds, filant raide, le bec tourné vers la soupe. Et Gervaise laissait couler la cohue, indifférente aux chocs, coudoyée à droite, coudoyée à gauche, roulée au milieu du flot ; car les hommes n'ont pas le temps de se montrer galants, quand ils sont cassés en deux de fatigue et galopés par la faim.

Brusquement, en levant les yeux, la blanchisseuse aperçut devant elle l'ancien hôtel Boncœur. La petite maison, après avoir été un café suspect, que la police avait fermé, se trouvait abandonnée, les volets couverts d'affiches, la lanterne cassée, s'émiettant et se pourrissant du haut en bas sous la pluie, avec les moisissures de son ignoble badigeon lie-de-vin. Et rien ne paraissait changé autour d'elle. Le papetier et le marchand de tabac étaient toujours là. Derrière, par-dessus les constructions basses, on apercevait encore des façades lépreuses de maisons à cinq étages, haussant leurs grandes silhouettes délabrées. Seul, le bal du *Grand Balcon* n'existait plus ; dans la salle aux dix fenêtres flambantes venait de s'établir une scierie de sucre, dont on entendait les sifflements continus. C'était pourtant là, au fond de ce bouge de l'hôtel Boncœur, que toute la sacrée vie avait commencé. Elle restait debout, regardant la

---

1. *Fontainier* : fabricant et vendeur des fontaines de ménage.

680 fenêtre du premier, où une persienne arrachée pendait, et
elle se rappelait sa jeunesse avec Lantier, leurs premiers attrapages, la façon dégoûtante dont il l'avait lâchée. N'importe,
elle était jeune, tout ça lui semblait gai, vu de loin. Vingt ans
seulement, mon Dieu! et elle tombait au trottoir. Alors, la vue
685 de l'hôtel lui fit mal, elle remonta le boulevard du côté de
Montmartre.

Sur les tas de sable, entre les bancs, des gamins jouaient
encore, dans la nuit croissante. Le défilé continuait, les
ouvrières passaient, trottant, se dépêchant, pour rattraper le
690 temps perdu aux étalages; une grande, arrêtée, laissait sa main
dans celle d'un garçon, qui l'accompagnait à trois portes de
chez elle; d'autres, en se quittant, se donnaient des rendez-
vous pour la nuit, au *Grand Salon de la Folie* ou à *La Boule
Noire*. Au milieu des groupes, des ouvriers à façon s'en retour-
695 naient, leurs toilettes pliées sous le bras. Un fumiste[1], attelé à
des bricoles, tirant une voiture remplie de gravats, manquait
de se faire écraser par un omnibus. Cependant, parmi la foule
plus rare, couraient des femmes en cheveux, redescendues
après avoir allumé le feu, et se hâtant pour le dîner; elles
700 bousculaient le monde, se jetaient chez les boulangers et les
charcutiers, repartaient sans traîner, avec des provisions dans
les mains. Il y avait des petites filles de huit ans, envoyées en
commission, qui s'en allaient le long des boutiques, serrant sur
leur poitrine de grands pains de quatre livres aussi hauts
705 qu'elles, pareils à de belles poupées jaunes, et qui s'oubliaient
pendant des cinq minutes devant des images, la joue appuyée
contre leurs grands pains. Puis, le flot s'épuisait, les groupes
s'espaçaient, le travail était rentré; et, dans les flamboiements
du gaz, après la journée finie, montait la sourde revanche des
710 paresses et des noces qui s'éveillaient.

---

1. *Fumiste* : ouvrier dont le métier est d'installer ou de réparer des cheminées.

Ah! oui, Gervaise avait fini sa journée! Elle était plus éreintée que tout ce peuple de travailleurs, dont le passage venait de la secouer. Elle pouvait se coucher là et crever, car le travail ne voulait plus d'elle, et elle avait assez peiné dans son existence, pour dire : « À qui le tour ? moi, j'en ai ma claque ! » Tout le monde mangeait, à cette heure. C'était bien la fin, le soleil avait soufflé sa chandelle, la nuit serait longue. Mon Dieu! s'étendre à son aise et ne plus se relever, penser qu'on a remisé ses outils pour toujours et qu'on fera la vache éternellement! Voilà qui est bon, après s'être esquintée pendant vingt ans! Et Gervaise, dans les crampes qui lui tordaient l'estomac, pensait malgré elle aux jours de fête, aux gueuletons et aux rigolades de sa vie. Une fois surtout, par un froid de chien, un jeudi de la mi-carême, elle avait joliment nocé. Elle était bien gentille, blonde et fraîche, en ce temps-là. Son lavoir, rue Neuve, l'avait nommée reine, malgré sa jambe. Alors, on s'était baladé sur les boulevards, dans des chars ornés de verdure, au milieu du beau monde qui la reluquait joliment. Des messieurs mettaient leurs lorgnons comme pour une vraie reine. Puis, le soir, on avait fichu un balthazar[1] à tout casser, et jusqu'au jour on avait joué des guiboles. Reine, oui, reine! avec une couronne et une écharpe, pendant vingt-quatre heures, deux fois le tour du cadran! Et, alourdie, dans les tortures de sa faim, elle regardait par terre, comme si elle eût cherché le ruisseau où elle avait laissé choir sa majesté tombée.

Elle leva de nouveau les yeux. Elle se trouvait en face des abattoirs qu'on démolissait; la façade éventrée montrait des cours sombres, puantes, encore humides de sang. Et, lorsqu'elle eut redescendu le boulevard, elle vit aussi l'hôpital de Lariboisière, avec son grand mur gris, au-dessus duquel se dépliaient en éventail les ailes mornes, percées de fenêtres

---

1. *Un balthazar* : un repas copieux.

régulières ; une porte, dans la muraille, terrifiait le quartier, la porte des morts, dont le chêne solide, sans une fissure, avait la sévérité et le silence d'une pierre tombale. Alors, pour s'échapper, elle poussa plus loin, elle descendit jusqu'au pont du chemin de fer. Les hauts parapets de forte tôle boulonnée lui masquaient la voie ; elle distinguait seulement, sur l'horizon lumineux de Paris, l'angle élargi de la gare, une vaste toiture, noire de la poussière du charbon ; elle entendait, dans ce vaste espace clair, des sifflets de locomotives, les secousses rythmées des plaques tournantes, toute une activité colossale et cachée. Puis, un train passa, sortant de Paris, arrivant avec l'essoufflement de son haleine et son roulement peu à peu enflé. Et elle n'aperçut de ce train qu'un panache blanc, une brusque bouffée qui déborda du parapet et se perdit. Mais le pont avait tremblé, elle-même restait dans le branle de ce départ à toute vapeur. Elle se tourna, comme pour suivre la locomotive invisible, dont le grondement se mourait. De ce côté, elle devinait la campagne, le ciel libre, au fond d'une trouée, avec de hautes maisons à droite et à gauche, isolées, plantées sans ordre, présentant des façades, des murs non crépis, des murs peints de réclames géantes, salis de la même teinte jaunâtre par la suie des machines. Oh ! si elle avait pu partir ainsi, s'en aller là-bas, en dehors de ces maisons de misère et de souffrance ! Peut-être aurait-elle recommencé à vivre. Puis, elle se retrouva lisant stupidement les affiches collées contre la tôle. Il y en avait de toutes les couleurs. Une, petite, d'un joli bleu, promettait cinquante francs de récompense pour une chienne perdue. Voilà une bête qui avait dû être aimée !

Gervaise reprit lentement sa marche. Dans le brouillard d'ombre fumeuse qui tombait, les becs de gaz s'allumaient ; et ces longues avenues, peu à peu noyées et devenues noires, reparaissaient toutes braisillantes, s'allongeant encore et coupant la nuit, jusqu'aux ténèbres perdues de l'horizon. Un grand souffle

775 passait, le quartier élargi enfonçait des cordons de petites flammes sous le ciel immense et sans lune.

C'était l'heure où, d'un bout à l'autre des boulevards, les marchands de vin, les bastringues, les bousingots, à la file, flambaient gaiement dans la rigolade des premières tournées et du
780 premier chahut. La paie de grande quinzaine emplissait le trottoir d'une bousculade de gouapeurs[1] tirant une bordée[2]. Ça sentait dans l'air la noce, une sacrée noce, mais gentille encore, un commencement d'allumage, rien de plus. On s'empiffrait au fond des gargotes ; par toutes les vitres éclairées, on voyait des
785 gens manger, la bouche pleine, riant sans même prendre la peine d'avaler. Chez les marchands de vin, des pochards s'installaient déjà, gueulant et gesticulant. Et un bruit du tonnerre de Dieu montait, des voix glapissantes, des voix grasses, au milieu du continuel roulement des pieds sur le trottoir. « Dis
790 donc ! viens-tu becqueter ?... Arrive, clampin ! je paie un canon de la bouteille... Tiens ! v'la Pauline ! ah bien ! non, on va rien se tordre ! » Les portes battaient, lâchant des odeurs de vin et des bouffées de cornet à pistons[3]. On faisait la queue devant l'Assommoir du père Colombe, allumé comme une cathédrale pour
795 une grand-messe ; et, nom de Dieu ! on aurait dit une vraie cérémonie, car les bons zigs chantaient là-dedans avec des mines de chantres au lutrin, les joues enflées, le bedon arrondi. On célébrait la Sainte-Touche, quoi ! une sainte bien aimable, qui doit tenir la caisse au paradis. Seulement, à voir avec quel entrain ça
800 débutait, les petits rentiers, promenant leurs épouses, répétaient en hochant la tête qu'il y aurait bigrement des hommes soûls dans Paris, cette nuit-là. Et la nuit était très sombre, morte et glacée, au-dessus de ce bousin[4], trouée uniquement par les lignes de feu des boulevards, aux quatre coins du ciel.

---

1. *Gouapeurs* : flâneurs. \ **2.** *Tirant une bordée* : allant de cabaret en cabaret. \ **3.** *Cornet à pistons* : instrument analogue à la trompette, mais plus court. \ **4.** *Bousin* : tapage, vacarme.

805   Plantée devant l'Assommoir, Gervaise songeait. Si elle avait
eu deux sous, elle serait entrée boire la goutte. Peut-être qu'une
goutte lui aurait coupé la faim. Ah! elle en avait bu des
gouttes! Ça lui semblait bien bon tout de même. Et, de loin,
elle contemplait la machine à soûler, en sentant que son
810 malheur venait de là, et en faisant le rêve de s'achever avec de
l'eau-de-vie, le jour où elle aurait de quoi. Mais un frisson lui
passa dans les cheveux, elle vit que la nuit était noire. Allons,
la bonne heure arrivait. C'était l'instant d'avoir du cœur et de
se montrer gentille, si elle ne voulait pas crever au milieu de
815 l'allégresse générale. D'autant plus que de voir les autres bâfrer
ne lui remplissait pas précisément le ventre. Elle ralentit encore
le pas, regarda autour d'elle. Sous les arbres, traînait une ombre
plus épaisse. Il passait peu de monde, des gens pressés, traversant vivement le boulevard. Et, sur ce large trottoir sombre et
820 désert, où venaient mourir les gaietés des chaussées voisines,
des femmes, debout, attendaient. Elles restaient de longs
moments immobiles, patientes, raidies comme les petits
platanes maigres; puis, lentement, elles se mouvaient, traînaient leurs savates sur le sol glacé, faisaient dix pas et s'arrê-
825 taient de nouveau, collées à la terre. Il y en avait une, au tronc
énorme, avec des jambes et des bras d'insecte, débordante et
roulante[1], dans une guenille de soie noire, coiffée d'un foulard
jaune; il y en avait une autre, grande, sèche, en cheveux, qui
avait un tablier de bonne; et d'autres encore, des vieilles replâ-
830 trées, des jeunes très sales, si sales, si minables, qu'un chiffon-
nier ne les aurait pas ramassées. Gervaise, pourtant, ne savait
pas, tâchait d'apprendre, en faisant comme elles. Une émotion
de petite fille la serrait à la gorge; elle ne sentait pas si elle avait
honte, elle agissait dans un vilain rêve. Pendant un quart
835 d'heure, elle se tint toute droite. Des hommes filaient, sans

---

1. *Roulante* : marrante, tordante.

tourner la tête. Alors, elle se remua à son tour, elle osa accoster un homme qui sifflait, les mains dans les poches, et elle murmura d'une voix étranglée :

« Monsieur, écoutez donc… »

840   L'homme la regarda de côté et s'en alla en sifflant plus fort.

Gervaise s'enhardissait. Et elle s'oublia dans l'âpreté de cette chasse, le ventre creux, s'acharnant après son dîner qui courait toujours. Longtemps, elle piétina, ignorante de l'heure et du chemin. Autour d'elle, les femmes, muettes et noires, sous les
845   arbres, voyageaient, enfermaient leur marche dans le va-et-vient régulier des bêtes en cage. Elles sortaient de l'ombre, avec une lenteur vague d'apparitions ; elles passaient dans le coup de lumière d'un bec de gaz, où leur masque blafard nettement surgissait ; et elles se noyaient de nouveau, reprises par l'ombre,
850   balançant la raie blanche de leur jupon, retrouvant le charme frissonnant des ténèbres du trottoir. Des hommes se laissaient arrêter, causaient pour la blague, repartaient en rigolant. D'autres, discrets, effacés, s'éloignaient, à dix pas derrière une femme. Il y avait de gros murmures, des querelles à voix
855   étouffée, des marchandages furieux, qui tombaient tout d'un coup à de grands silences. Et Gervaise, aussi loin qu'elle s'enfonçait, voyait s'espacer ces factions de femme dans la nuit, comme si, d'un bout à l'autre des boulevards extérieurs, des femmes fussent plantées. Toujours, à vingt pas d'une autre, elle
860   en apercevait une autre. La file se perdait, Paris entier était gardé. Elle, dédaignée, s'enrageait, changeait de place, allait maintenant de la chaussée de Clignancourt à la Grande Rue de la Chapelle.

« Monsieur, écoutez donc… »

865   Mais les hommes passaient. Elle partait des abattoirs, dont les décombres puaient le sang. Elle donnait un regard à l'ancien hôtel Boncœur, fermé et louche. Elle passait devant l'hôpital Lariboisière, comptait machinalement le long des façades

les fenêtres éclairées, brûlant comme des veilleuses d'agonisant,
870 avec des lueurs pâles et tranquilles. Elle traversait le pont du
chemin de fer, dans le branle des trains, grondant et déchirant
l'air du cri désespéré de leurs sifflets. Oh! que la nuit faisait
toutes ces choses tristes! Puis, elle tournait sur ses talons, elle
s'emplissait les yeux des mêmes maisons, du défilé toujours
875 semblable de ce bout d'avenue; et cela à dix, à vingt reprises,
sans relâche, sans un repos d'une minute sur un banc. Non,
personne ne voulait d'elle. Sa honte lui semblait grandir de ce
dédain. Elle descendait encore vers l'hôpital, elle remontait
vers les abattoirs. C'était sa promenade dernière, des cours
880 sanglantes où l'on assommait, aux salles blafardes où la mort
raidissait les gens dans les draps de tout le monde. Sa vie avait
tenu là.

« Monsieur, écoutez donc… »

Et brusquement, elle aperçut son ombre par terre. Quand
885 elle approchait d'un bec de gaz, l'ombre vague se ramassait et
se précisait, une ombre énorme, trapue, grotesque tant elle
était ronde. Cela s'étalait, le ventre, la gorge, les hanches,
coulant et flottant ensemble. Elle louchait si fort de la jambe,
que, sur le sol, l'ombre faisait la culbute à chaque pas; un vrai
890 guignol! Puis, lorsqu'elle s'éloignait, le guignol grandissait,
devenait géant, emplissait le boulevard, avec des révérences qui
lui cassaient le nez contre les arbres et contre les maisons. Mon
Dieu! qu'elle était drôle et effrayante! Jamais elle n'avait si
bien compris son avachissement. Alors, elle ne put s'empêcher
895 de regarder ça, attendant les becs de gaz, suivant des yeux le
chahut[1] de son ombre. Ah! elle avait là une belle gaupe[2] qui
marchait à côté d'elle! Quelle touche! Ça devait attirer les
hommes tout de suite. Et elle baissait la voix, elle n'osait plus
que bégayer dans le dos des passants.

---

1. *Chahut* : danse lascive. \ 2. *Gaupe* : fille à la conduite lamentable.

900 « Monsieur, écoutez donc… »

Cependant, il devait être très tard. Ça se gâtait, dans le quartier. Les gargots étaient fermés, le gaz rougissait chez les marchands de vin, d'où sortaient des voix empâtées d'ivresse. La rigolade tournait aux querelles et aux coups. Un grand 905 diable dépenaillé gueulait :

« Je vas te démolir ; numérote tes os ! »

Une fille s'était empoignée avec son amant, à la porte d'un bastringue, l'appelant sale mufe et cochon malade, tandis que l'amant répétait : « Et ta sœur ? » sans trouver autre chose. La 910 soûlerie soufflait dehors un besoin de s'assommer, quelque chose de farouche, qui donnait aux passants plus rares des visages pâles et convulsés. Il y eut une bataille, un soûlard tomba pile, les quatre fers en l'air, pendant que son camarade, croyant lui avoir réglé son compte, fuyait en tapant ses gros 915 souliers. Des bandes braillaient de sales chansons, de grands silences se faisaient, coupés par des hoquets et des chutes sourdes d'ivrognes. La noce de la quinzaine finissait toujours ainsi, le vin coulait si fort depuis six heures, qu'il allait se promener sur les trottoirs. Oh ! de belles fusées, des queues de 920 renard élargies au beau milieu du pavé, que les gens attardés et délicats étaient obligés d'enjamber, pour ne pas marcher dedans ! Vrai, le quartier était propre ! Un étranger, qui serait venu le visiter avant le balayage du matin, en aurait emporté une jolie idée. Mais, à cette heure, les soûlards étaient chez 925 eux, ils se fichaient de l'Europe[1]. Nom de Dieu ! les couteaux sortaient des poches et la petite fête s'achevait dans le sang. Des femmes marchaient vite, des hommes rôdaient avec des yeux de loup, la nuit s'épaississait, gonflée d'abominations.

---

1. *Ils se fichaient de l'Europe* : ils ne se rendaient pas compte des dangers pesant sur le continent européen, liés à l'unification allemande. Celle-ci renferme les germes de la guerre franco-prussienne (1870).

Gervaise allait toujours, gambillant[1], remontant et redescendant avec la seule pensée de marcher sans cesse. Des somno-
lences la prenaient, elle s'endormait, bercée par sa jambe ;
puis, elle regardait en sursaut autour d'elle, et elle s'apercevait
qu'elle avait fait cent pas sans connaissance, comme morte. Ses
pieds à dormir debout s'élargissaient dans ses savates trouées.
Elle ne se sentait plus, tant elle était lasse et vide. La dernière
idée nette qui l'occupât, fut que sa garce de fille, au même
instant, mangeait peut-être des huîtres. Ensuite, tout se
brouilla, elle resta les yeux ouverts, mais il lui fallait faire un
trop grand effort pour penser. Et la seule sensation qui persis-
tait en elle, au milieu de l'anéantissement de son être, était celle
d'un froid de chien, d'un froid aigu et mortel comme jamais
elle n'en avait éprouvé. Bien sûr, les morts n'ont pas si froid
dans la terre. Elle souleva pesamment la tête, elle reçut au
visage un cinglement glacial. C'était la neige qui se décidait
enfin à tomber du ciel fumeux, une neige fine, drue, qu'un
léger vent soufflait en tourbillons. Depuis trois jours, on l'attendait. Elle tombait au bon moment.

Alors, dans cette première rafale, Gervaise, réveillée, marcha
plus vite. Des hommes couraient, se hâtaient de rentrer, les
épaules déjà blanches. Et, comme elle en voyait un qui venait
lentement sous les arbres, elle s'approcha, elle dit encore :

« Monsieur, écoutez donc... »

L'homme s'était arrêté. Mais il n'avait pas semblé entendre.
Il tendait la main, il murmurait d'une voix basse :

« La charité, s'il vous plaît... »

Tous deux se regardèrent. Ah ! mon Dieu ! Ils en étaient là,
le père Bru mendiant, Mme Coupeau faisant le trottoir ! Ils
demeuraient béants en face l'un de l'autre. À cette heure, ils
pouvaient se donner la main. Toute la soirée, le vieil ouvrier

---

1. *Gambillant* : gigotant.

960 avait rôdé, n'osant aborder le monde, et la première personne
qu'il arrêtait, était une meurt-de-faim comme lui. Seigneur!
n'était-ce pas une pitié? avoir travaillé cinquante ans, et
mendier! s'être vue une des plus fortes blanchisseuses de la rue
de la Goutte-d'Or, et finir au bord du ruisseau! Ils se regar-
965 daient toujours. Puis, sans rien se dire, ils s'en allèrent chacun
de son côté, sous la neige qui les fouettait.

C'était une vraie tempête. Sur ces hauteurs, au milieu de ces
espaces largement ouverts, la neige fine tournoyait, semblait
soufflée à la fois des quatre points du ciel. On ne voyait pas à
970 dix pas, tout se noyait dans cette poussière volante. Le quartier
avait disparu, le boulevard paraissait mort, comme si la rafale
venait de jeter le silence de son drap blanc sur les hoquets des
derniers ivrognes. Gervaise, péniblement, allait toujours, aveuglée, perdue. Elle touchait les arbres pour se retrouver. À mesure
975 qu'elle avançait, les becs de gaz sortaient de la pâleur de l'air,
pareils à des torches éteintes. Puis, tout d'un coup, lorsqu'elle
traversait un carrefour, ces lueurs elles-mêmes manquaient; elle
était prise et roulée dans un tourbillon blafard, sans distinguer
rien qui pût la guider. Sous elle, le sol fuyait, d'une blancheur
980 vague. Des murs gris l'enfermaient. Et, quand elle s'arrêtait,
hésitante, tournant la tête, elle devinait, derrière ce voile de
glace, l'immensité des avenues, les files interminables des becs
de gaz, tout cet infini noir et désert de Paris endormi.

Elle était là, à la rencontre du boulevard extérieur et des
985 boulevards de Magenta et d'Ornano, rêvant de se coucher par
terre, lorsqu'elle entendit un bruit de pas. Elle courut, mais la
neige lui bouchait les yeux, et les pas s'éloignaient, sans qu'elle
pût saisir s'ils allaient à droite ou à gauche. Enfin elle aperçut
les larges épaules d'un homme, une tache sombre et dansante,
990 s'enfonçant dans un brouillard. Oh! celui-là, elle le voulait,
elle ne le lâcherait pas! Et elle courut plus fort, elle l'atteignit,
le prit par la blouse.

« Monsieur, monsieur, écoutez donc… »

L'homme se tourna. C'était Goujet. Voilà qu'elle raccro-
chait la Gueule-d'Or, maintenant ! Mais qu'avait-elle donc fait
au bon Dieu, pour être ainsi torturée jusqu'à la fin ? C'était le
dernier coup, se jeter dans les jambes du forgeron, être vue par
lui au rang des roulures de barrière, blême et suppliante. Et ça
se passait sous un bec de gaz, elle apercevait son ombre
difforme qui avait l'air de rigoler sur la neige, comme une
vraie caricature. On aurait dit une femme soûle. Mon Dieu !
ne pas avoir une lichette de pain, ni une goutte de vin dans le
corps, et être prise pour une femme soûle ! C'était sa faute,
pourquoi se soûlait-elle ? Bien sûr, Goujet croyait qu'elle avait
bu et qu'elle faisait une sale noce.

Goujet, cependant, la regardait, tandis que la neige effeuillait
des pâquerettes dans sa belle barbe jaune. Puis, comme elle baissait la tête en reculant, il la retint.

« Venez », dit-il.

Et il marcha le premier. Elle le suivit. Tous deux traversèrent le quartier muet, filant sans bruit le long des murs. La
pauvre Mme Goujet était morte au mois d'octobre, d'un
rhumatisme aigu. Goujet habitait toujours la petite maison de
la rue Neuve, sombre et seul. Ce jour-là, il s'était attardé à
veiller un camarade blessé. Quand il eut ouvert la porte et
allumé une lampe, il se tourna vers Gervaise, restée humble-
ment sur le palier. Il dit très bas, comme si sa mère avait encore
pu l'entendre :

« Entrez. »

La première chambre, celle de Mme Goujet, était
conservée pieusement dans l'état où elle l'avait laissée. Près de
la fenêtre, sur une chaise, le tambour se trouvait posé, à côté
du grand fauteuil qui semblait attendre la vieille dentellière.
Le lit était fait, et elle aurait pu se coucher, si elle avait quitté
le cimetière pour venir passer la soirée avec son enfant. La

chambre gardait un recueillement, une odeur d'honnêteté et de bonté.

« Entrez », répéta plus haut le forgeron.

Elle entra, peureuse, de l'air d'une fille qui se coule dans un endroit respectable. Lui, était tout pâle et tout tremblant, d'introduire ainsi une femme chez sa mère morte. Ils traversèrent la pièce à pas étouffés, comme pour éviter la honte d'être entendus. Puis, quand il eut poussé Gervaise dans sa chambre, il ferma la porte. Là, il était chez lui. C'était l'étroit cabinet qu'elle connaissait, une chambre de pensionnaire, avec un petit lit de fer garni de rideaux blancs. Contre les murs, seulement, les images découpées s'étaient encore étalées et montaient jusqu'au plafond. Gervaise, dans cette pureté, n'osait avancer, se retirait, loin de la lampe. Alors, sans une parole, pris d'une rage, il voulut la saisir et l'écraser entre ses bras. Mais elle défaillait, elle murmura :

« Oh ! mon Dieu !… oh ! mon Dieu !… »

Le poêle, couvert de poussière de coke, brûlait encore, et un restant de ragoût, que le forgeron avait laissé au chaud, en croyant rentrer, fumait devant le cendrier. Gervaise, dégourdie par la grosse chaleur, se serait mise à quatre pattes pour manger dans le poêlon. C'était plus fort qu'elle, son estomac se déchirait, et elle se baissa, avec un soupir. Mais Goujet avait compris. Il posa le ragoût sur la table, coupa du pain, lui versa à boire.

« Merci ! merci ! disait-elle. Oh ! que vous êtes bon ! Merci ! »

Elle bégayait, elle ne pouvait plus prononcer les mots. Lorsqu'elle empoigna la fourchette, elle tremblait tellement qu'elle la laissa retomber. La faim qui l'étranglait lui donnait un branle sénile de la tête. Elle dut prendre avec les doigts. À la première pomme de terre qu'elle se fourra dans la bouche, elle éclata en sanglots. De grosses larmes roulaient le long de ses joues, tombaient sur son pain. Elle mangeait toujours, elle dévorait

goulûment son pain trempé de ses larmes, soufflant très
1060 fort, le menton convulsé. Goujet la força à boire, pour qu'elle
n'étouffât pas ; et son verre eut un petit claquement contre
ses dents.

« Voulez-vous encore du pain ? » demandait-il à demi-voix.
Elle pleurait, elle disait non, elle disait oui, elle ne savait pas.
1065 Ah ! Seigneur ! que cela est bon et triste de manger, quand on
crève ! Et lui, debout en face d'elle, la contemplait. Maintenant,
il la voyait bien, sous la vive clarté de l'abat-jour. Comme elle
était vieillie et dégommée ! La chaleur fondait la neige sur ses
cheveux et ses vêtements, elle ruisselait. Sa pauvre tête bran-
1070 lante était toute grise, des mèches grises que le vent avait envolées, le cou engoncé dans les épaules, elle se tassait, laide et
grosse à donner envie de pleurer. Et il se rappelait leurs amours,
lorsqu'elle était toute rose, tapant ses fers, montrant le pli de
bébé qui lui mettait un si joli collier au cou. Il allait, dans ce
1075 temps, la reluquer pendant des heures, satisfait de la voir. Plus
tard, elle était venue à la forge, et là ils avaient goûté de
grosses jouissances, tandis qu'il frappait sur son fer et qu'elle
restait dans la danse de son marteau. Alors, que de fois il avait
mordu son oreiller, la nuit, en souhaitant de la tenir ainsi dans
1080 sa chambre ! Oh ! il l'aurait cassée, s'il l'avait prise, tant il la
désirait ! Et elle était à lui, à cette heure, il pouvait la prendre.
Elle achevait son pain, elle torchait ses larmes au fond du
poêlon, ses grosses larmes silencieuses qui tombaient toujours
dans son manger.

1085 Gervaise se leva. Elle avait fini. Elle demeura un instant la
tête basse, gênée, ne sachant pas s'il voulait d'elle. Puis croyant
voir une flamme s'allumer dans ses yeux, elle porta la main à
sa camisole, elle ôta le premier bouton. Mais Goujet s'était mis
à genoux, il lui prenait les mains, en disant doucement :

1090 « Je vous aime, madame Gervaise, oh ! je vous aime encore
et malgré tout, je vous le jure ! »

— Ne dites pas cela, monsieur Goujet ! s'écria-t-elle affolée de le voir ainsi à ses pieds. Non, ne dites pas cela, vous me faites trop de peine ! »

1095 Et comme il répétait qu'il ne pouvait pas avoir deux sentiments dans sa vie, elle se désespéra davantage.

« Non, non, je ne veux plus, j'ai trop de honte… pour l'amour de Dieu ! relevez-vous. C'est ma place, d'être par terre. »

Il se releva, il était tout frissonnant, et d'une voix balbu-
1100 tiante :

« Voulez-vous me permettre de vous embrasser ? »

Elle, éperdue de surprise et d'émotion, ne trouvait pas une parole. Elle dit oui de la tête. Mon Dieu ! elle était à lui, il pouvait faire d'elle ce qu'il lui plairait. Mais il allongeait seule-
1105 ment les lèvres.

« Ça suffit entre nous, madame Gervaise, murmura-t-il. C'est toute notre amitié, n'est-ce-pas ? »

Il la baisa sur le front, sur une mèche de ses cheveux gris. Il n'avait embrassé personne, depuis que sa mère était morte. Sa
1110 bonne amie Gervaise seule lui restait dans l'existence. Alors, quand il l'eut baisée avec tant de respect, il s'en alla à reculons tomber en travers de son lit, la gorge crevée de sanglots. Et Gervaise ne put pas demeurer là plus longtemps ; c'était trop triste et trop abominable de se retrouver dans ces conditions,
1115 lorsqu'on s'aimait. Elle lui cria :

« Je vous aime, monsieur Goujet, je vous aime bien aussi… Oh ! ce n'est pas possible, je comprends… Adieu, adieu, car ça nous étoufferait tous les deux. »

Et elle traversa en courant la chambre de Mme Goujet, elle
1120 se retrouva sur le pavé. Quand elle revint à elle, elle avait sonné rue de la Goutte-d'Or, Boche tirait le cordon. La maison était toute sombre. Elle entra là-dedans comme dans son deuil. À cette heure de nuit, le porche béant et délabré, semblait une gueule ouverte. Dire que jadis elle avait ambitionné un coin

1125 de cette carcasse de caserne ! Ses oreilles étaient donc bouchées, qu'elle n'entendait pas à cette époque la sacrée musique de désespoir qui ronflait derrière les murs ! Depuis le jour où elle y avait fichu les pieds, elle s'était mise à dégringoler. Oui, ça devait porter malheur d'être ainsi les uns sur les autres, dans
1130 ces grandes gueuses de maisons ouvrières ; on y attrapait le choléra de la misère. Ce soir-là, tout le monde paraissait crevé. Elle écoutait seulement les Boche ronfler, à droite ; tandis que Lantier et Virginie, à gauche, faisaient un ronron, comme des chats qui ne dorment pas et qui ont chaud, les yeux fermés.
1135 Dans la cour, elle se crut au milieu d'un vrai cimetière ; la neige faisait par terre un carré pâle : les hautes façades montaient, d'un gris livide, sans une lumière, pareilles à des pans de ruine ; et pas un soupir, l'ensevelissement de tout un village raidi de froid et de faim. Il lui fallut enjamber un
1140 ruisseau noir, une mare lâchée par la teinturerie, fumant et s'ouvrant un lit boueux dans la blancheur de la neige. C'était une eau couleur de ses pensées. Elles avaient coulé, les belles eaux bleu tendre et rose tendre !

Puis, en montant les six étages, dans l'obscurité, elle ne put
1145 s'empêcher de rire ; un vilain rire, qui lui faisait du mal. Elle se souvenait de son idéal, anciennement : travailler tranquille, manger toujours du pain, avoir un trou un peu propre pour dormir, bien élever ses enfants, ne pas être battue, mourir dans son lit. Non, vrai, c'était comique, comme tout ça se réalisait !
1150 Elle ne travaillait plus, elle ne mangeait plus, elle dormait sur l'ordure, sa fille courait le guilledou[1], son mari lui flanquait des tatouilles[2] ; il ne lui restait qu'à crever sur le pavé, et ce serait tout de suite, si elle trouvait le courage de se flanquer par la fenêtre, en rentrant chez elle. N'aurait-on pas dit qu'elle avait
1155 demandé au Ciel trente mille francs de rente et des égards ?

---

1. *Courir le guilledou* : aller en quête d'aventures galantes. \ **2.** *Tatouilles* : raclées.

Ah! vrai, dans cette vie, on a beau être modeste, on peut se fouiller[1]! Pas même la pâtée et la niche, voilà le sort commun. Et ce qui redoublait son mauvais rire, c'était de se rappeler son bel espoir de se retirer à la campagne, après vingt ans de repassage. Eh bien, elle y allait, à la campagne. Elle voulait son coin de verdure au Père-Lachaise.

Lorsqu'elle s'engagea dans le corridor, elle était comme folle. Sa pauvre tête tournait. Au fond, sa grosse douleur venait d'avoir dit un adieu éternel au forgeron. C'était fini entre eux, ils ne se reverraient jamais. Puis, là-dessus, toutes les autres idées de malheur arrivaient et achevaient de lui casser le crâne. En passant, elle allongea le nez chez les Bijard, elle aperçut Lalie morte, l'air content d'être allongée, en train de se dorloter pour toujours. Ah bien! les enfants avaient plus de chance que les grandes personnes! Et, comme la porte du père Bazouge laissait passer une raie de lumière, elle entra droit chez lui, prise d'une rage de s'en aller par le même voyage que la petite.

Ce vieux rigolo de père Bazouge était revenu, cette nuit-là, dans un état de gaieté extraordinaire. Il avait pris une telle culotte, qu'il ronflait par terre, malgré la température; et ça ne l'empêchait pas de faire sans doute un joli rêve, car il semblait rire du ventre en dormant. La camoufle[2], restée allumée, éclairait sa défroque[3], son chapeau noir aplati dans un coin, son manteau noir qu'il avait tiré sur ses genoux, comme un bout de couverture.

Gervaise, en l'apercevant, venait tout d'un coup de se lamenter si fort, qu'il se réveilla.

« Nom de Dieu! fermez donc la porte! Ca fiche un froid!… Hein! c'est vous!… Qu'est-ce qu'il y a? qu'est-ce que vous voulez? »

---

1. *On peut se fouiller!* On peut courir! \ **2.** *La camoufle* : la chandelle. \ **3.** *Sa défroque* : ses frusques, ses guenilles.

Alors, Gervaise, les bras tendus, ne sachant plus ce qu'elle bégayait, se mit à le supplier avec passion.

« Oh ! emmenez-moi, j'en ai assez, je veux m'en aller... Il ne faut pas me garder rancune. Je ne savais pas, mon Dieu ! On ne sait jamais, tant qu'on n'est pas prête... Oh ! oui, l'on est content d'y passer un jour !... Emmenez-moi, emmenez-moi, je vous crierai merci ! »

Et elle se mettait à genoux, toute secouée d'un désir qui la pâlissait. Jamais elle ne s'était ainsi roulée aux pieds d'un homme. La trogne du père Bazouge, avec sa bouche tordue et son cuir encrassé par la poussière des enterrements, lui semblait belle et resplendissante comme un soleil. Cependant, le vieux, mal éveillé, croyait à quelque mauvaise farce.

« Dites donc, murmurait-il, il ne faut pas me la faire !

— Emmenez-moi répéta plus ardemment Gervaise. Vous vous rappelez, un soir, j'ai cogné à la cloison ; puis, j'ai dit que ce n'était pas vrai, parce que j'étais encore trop bête... Mais, tenez ! donnez vos mains, je n'ai plus peur ! Emmenez-moi faire dodo, vous sentirez si je remue... Oh ! je n'ai que cette envie, oh ! je vous aimerai bien ! »

Bazouge, toujours galant, pensa qu'il ne devait pas bousculer une dame qui semblait avoir un tel béguin pour lui. Elle déménageait, mais elle avait tout de même de beaux restes, quand elle se montait[1].

« Vous êtes joliment dans le vrai, dit-il d'un air convaincu ; j'en ai encore emballé trois, aujourd'hui, qui m'auraient donné un fameux pourboire, si elles avaient pu envoyer la main à la poche... Seulement, ma petite mère, ça ne peut pas s'arranger comme ça...

— Emmenez-moi, emmenez-moi, criait toujours Gervaise, je veux m'en aller...

_____

1. *Quand elle se montait* : quand elle s'excitait, quand elle se montait la tête.

– Dame ! il y a une petite opération auparavant… Vous savez, couic ! »

Et il fit un effort de la gorge, comme s'il avalait sa langue. Puis, trouvant la blague bonne, il ricana.

Gervaise s'était relevée lentement. Lui non plus ne pouvait donc rien pour elle ? Elle rentra dans sa chambre, stupide, et se jeta sur sa paille, en regrettant d'avoir mangé. Ah ! non, par exemple, la misère ne tuait pas assez vite.

XIII

Coupeau tira une bordée, cette nuit-là. Le lendemain, Gervaise reçut dix francs de son fils Étienne, qui était mécanicien dans un chemin de fer ; le petit lui envoyait des pièces de cent sous de temps à autre, sachant qu'il n'y avait pas gras à la maison. Elle mit un pot-au-feu et le mangea toute seule, car cette rosse de Coupeau ne rentra pas davantage le lendemain. Le lundi personne, le mardi personne encore. Toute la semaine se passa. Ah ! nom d'un chien ! si une dame l'avait enlevé, c'est ça qui aurait pu s'appeler une chance. Mais, juste le dimanche, Gervaise reçut un papier imprimé, qui lui fit peur d'abord, parce qu'on aurait dit une lettre du commissaire de police. Puis, elle se rassura, c'était simplement pour lui apprendre que son cochon était en train de crever à Sainte-Anne. Le papier disait ça plus poliment, seulement ça revenait au même. Oui, c'était bien une dame qui avait enlevé Coupeau, et cette dame s'appelait Sophie Tourne-de-l'œil, la dernière bonne amie des pochards.

Ma foi, Gervaise ne se dérangea pas. Il connaissait le chemin, il reviendrait bien tout seul de l'asile ; on l'y avait tant de fois guéri, qu'on lui ferait une fois de plus la mauvaise farce de le remettre sur ses pattes. Est-ce qu'elle ne venait pas d'apprendre le matin même que, pendant huit jours, on avait aperçu Coupeau, rond comme une balle, roulant les marchands de vin de Belleville, en compagnie de Mes-Bottes ! Parfaitement,

25 c'était même Mes-Bottes qui finançait ; il avait dû jeter le
grappin sur le magot de sa bourgeoise, des économies gagnées
au joli jeu que vous savez. Ah ! ils buvaient là du propre argent,
capable de flanquer toutes les mauvaises maladies ! Tant mieux,
si Coupeau en avait empoigné des coliques. Et Gervaise était
30 surtout furieuse, en songeant que ces deux bougres d'égoïstes
n'auraient seulement pas songé à venir la prendre pour lui
payer une goutte. A-t-on jamais vu ! une noce de huit jours, et
pas une galanterie aux dames ! Quand on boit seul, on crève
seul, voilà !

35 Pourtant, le lundi, comme Gervaise avait un bon petit
repas pour le soir, un reste de haricots et une chopine [1], elle se
donna le prétexte qu'une promenade lui ouvrirait l'appétit. La
lettre de l'asile, sur la commode, l'embêtait. La neige avait
fondu, il faisait un temps de demoiselle, gris et doux, avec un
40 fond vif dans l'air qui ragaillardissait. Elle partit à midi, car
la course était longue ; il fallait traverser Paris, et sa gigue [2]
restait toujours en retard. Avec ça, il y avait une nuée de
monde dans les rues ; mais le monde l'amusait, elle arriva très
gentiment. Lorsqu'elle se fut nommée, on lui en raconta une
45 raide : il paraît qu'on avait repêché Coupeau au Pont-Neuf ;
il s'était élancé par-dessus le parapet, en croyant voir un
homme barbu qui lui barrait le chemin. Un joli saut, n'est-
ce pas ? et quant à savoir comment Coupeau se trouvait sur le
Pont-Neuf, c'était une chose qu'il ne pouvait pas expliquer
50 lui-même.

Cependant, un gardien conduisit Gervaise. Elle montait un
escalier, lorsqu'elle entendit des gueulements qui lui donnèrent
froid aux os.

« Hein ? il en fait une musique ! dit le gardien.
55 — Qui donc ? demanda-t-elle.

---

1. *Chopine* : bouteille de vin. \ **2.** *Gigue* : jambe.

— Mais votre homme! Il gueule comme ça depuis avant-hier. Et il danse, vous allez voir. »

Ah! mon Dieu! quelle vue! Elle resta saisie. La cellule était matelassée du haut en bas; par terre, il y avait deux paillassons, l'un sur l'autre; et, dans un coin, s'allongeaient un matelas et un traversin, pas davantage. Là-dedans, Coupeau dansait et gueulait. Un vrai chienlit[1] de la Courtille[2], avec sa blouse en lambeaux et ses membres qui battaient l'air; mais un chienlit pas drôle, oh! non, un chienlit dont le chahut effrayant vous faisait dresser tout le poil du corps. Il était déguisé en un-qui-va-mourir. Cré nom! Quel cavalier seul! Il butait contre la fenêtre, s'en retournait à reculons, les bras marquant la mesure, secouant les mains, comme s'il avait voulu se les casser et les envoyer à la figure du monde. On rencontre des farceurs dans les bastringues, qui imitent ça; seulement, ils l'imitent mal, il faut voir sauter ce rigodon[3] des soûlards, si l'on veut juger quel chic ça prend, quand c'est exécuté pour de bon. La chanson a son cachet aussi, une engueulade continue de carnaval, une bouche grande ouverte lâchant pendant des heures les mêmes notes de trombone enroué. Coupeau, lui, avait le cri d'une bête dont on a écrasé la patte. Et, en avant l'orchestre, balancez vos dames!

« Seigneur! qu'est-ce qu'il a donc?... qu'est-ce qu'il a donc?... » répétait Gervaise, prise de taf.

Un interne, un gros garçon blond et rose, en tablier blanc, tranquillement assis, prenait des notes. Le cas était curieux, l'interne ne quittait pas le malade.

« Restez un instant, si vous voulez, dit-il à la blanchisseuse; mais tenez-vous tranquille... Essayez de lui parler, il ne vous reconnaîtra pas. »

---

1. *Chienlit* : désordre, pagaille. \ **2.** *Courtille* : ensemble des jardins et des guinguettes de Belleville. \ **3.** *Rigodon* : danse gaie et animée à la mode aux XVIIe et XVIIIe siècles.

Coupeau, en effet, ne parut même pas apercevoir sa femme. Elle l'avait mal vu en entrant, tant il se disloquait. Quand elle le regarda sous le nez, les bras lui tombèrent. Était-ce Dieu possible qu'il eût une figure pareille, avec du sang dans les yeux et des croûtes plein les lèvres ? Elle ne l'aurait bien sûr pas reconnu. D'abord, il faisait trop de grimaces, sans dire pourquoi, la margoulette tout d'un coup à l'envers, le nez froncé, les joues tirées, un vrai museau d'animal. Il avait la peau si chaude, que l'air fumait autour de lui ; et son cuir était comme verni, ruisselant d'une sueur lourde qui dégoulinait. Dans sa danse de chicard[1] enragé, on comprenait tout de même qu'il n'était pas à son aise, la tête lourde avec des douleurs dans les membres.

Gervaise s'était rapprochée de l'interne, qui battait un air du bout des doigts sur le dossier de sa chaise.

« Dites donc, monsieur, c'est sérieux alors, cette fois ? »

L'interne hocha la tête sans répondre.

« Dites donc, est-ce qu'il ne jacasse pas tout bas ?... Hein ? vous entendez, qu'est-ce que c'est ?

— Des choses qu'il voit, murmura le jeune homme. Taisez-vous, laissez-moi écouter. »

Coupeau parlait d'une voix saccadée. Pourtant, une flamme de rigolade lui éclairait les yeux. Il regardait par terre, à droite, à gauche, et tournait, comme s'il avait flâné au bois de Vincennes, en causant tout seul.

« Ah ! ça, c'est gentil, c'est pommé[2]... Il y a des chalets, une vraie foire. Et de la musique un peu chouette ! Quel balthazar ! ils cassent les pots, là-dedans... Très chic ! V'là que ça s'illumine ; des ballons rouges en l'air, et ça saute, et ça file !... Oh ! oh ! que de lanternes dans les arbres !... Il fait joliment bon ! Ça pisse de partout, des fontaines, des cascades, de l'eau qui

---

1. *Chicard* : type de carnaval. \ **2.** *C'est pommé* : c'est complet, c'est achevé.

chante, oh! d'une voix d'enfant de chœur... Épatant! les cascades!»

Et il se redressait, comme pour mieux entendre la chanson
120 délicieuse de l'eau; il aspirait l'air fortement, croyant boire la pluie fraîche envolée des fontaines. Mais, peu à peu, sa face reprit une expression d'angoisse. Alors, il se courba, il fila plus vite le long des murs de la cellule, avec de sourdes menaces.

125 «Encore des fourbis, tout ça!... Je me méfiais... Silence, tas de gouapes[1]! Oui, vous vous fichez de moi. C'est pour me turlupiner que vous buvez et que vous braillez là-dedans avec vos traînées. Je vas vous démolir, moi, dans votre chalet!... Nom de Dieu! voulez-vous me foutre la paix!»

130 Il serrait les poings; puis, il poussa un cri rauque, il s'aplatit en courant. Et il bégayait, les dents claquant d'épouvante:

«C'est pour que je me tue. Non, je ne me jetterai pas!... Toute cette eau, ça signifie que je n'ai pas de cœur. Non, je ne me jetterai pas!»

135 Les cascades, qui fuyaient à son approche, s'avançaient quand il reculait. Et, tout d'un coup, il regarda stupidement autour de lui, il balbutia, d'une voix à peine distincte:

«Ce n'est pas possible, on a embauché des physiciens contre moi!

140 — Je m'en vais, monsieur, bonsoir! dit Gervaise à l'interne. Ça me retourne trop, je reviendrai.»

Elle était blanche. Coupeau continuait son cavalier seul, de la fenêtre au matelas, et du matelas à la fenêtre, suant, s'échinant, battant la même mesure. Alors, elle se sauva. Mais elle
145 eut beau dégringoler l'escalier, elle entendit jusqu'en bas le sacré chahut de son homme. Ah! mon Dieu! qu'il faisait bon dehors, on respirait!

---

1. *Gouapes*: flâneurs.

Le soir, toute la maison de la Goutte-d'Or causait de l'étrange maladie du père Coupeau. Les Boche, qui traitaient la Banban par-dessous la jambe maintenant, lui offrirent pourtant un cassis dans leur loge, histoire d'avoir des détails. Mme Lorilleux arriva, Mme Poisson aussi. Ce furent des commentaires interminables. Boche avait connu un menuisier qui s'était mis tout nu dans la rue Saint-Martin, et qui était mort en dansant la polka ; celui-là buvait de l'absinthe. Ces dames se tortillèrent de rire, parce que ça leur semblait drôle tout de même, quoique triste. Puis, comme on ne comprenait pas bien, Gervaise repoussa le monde, cria pour avoir de la place ; et, au milieu de la loge, tandis que les autres regardaient, elle fit Coupeau, braillant, sautant, se démanchant avec des grimaces abominables. Oui, parole d'honneur ! c'était tout à fait ça ! Alors, les autres s'épatèrent : pas possible ! un homme n'aurait pas duré trois heures à un commerce pareil. Eh bien, elle le jurait sur ce qu'elle avait de plus sacré, Coupeau durait depuis la veille, trente-six heures déjà. On pouvait aller y voir, d'ailleurs, si on ne la croyait pas. Mais Mme Lorilleux déclara que, merci bien ! elle était revenue de Sainte-Anne ; elle empêcherait même Lorilleux d'y ficher les pieds. Quant à Virginie dont la boutique tournait de plus mal en plus mal, et qui avait une figure d'enterrement, elle se contenta de murmurer que la vie n'était pas toujours gaie, ah ! sacredié, non ! On acheva le cassis, Gervaise souhaita le bonsoir à la compagnie. Lorsqu'elle ne parlait plus, elle prenait tout de suite la tête d'un ahuri de Chaillot[1], les yeux grands ouverts. Sans doute elle voyait son homme en train de valser. Le lendemain, en se levant, elle se promit de ne plus aller là-bas. À quoi bon ? Elle ne voulait pas perdre la boule, à son tour. Cependant, toutes les dix minutes, elle retombait dans ses réflexions, elle était sortie, comme on

---

1. *Ahuri de Chaillot* : fou hébété.

dit. Ça serait curieux pourtant, s'il faisait toujours ses ronds de
180 jambe. Quand midi sonna, elle ne put tenir davantage, elle ne
s'aperçut pas de la longueur du chemin, tant le désir et la peur
de ce qui l'attendait lui occupaient la cervelle.

Oh! elle n'eut pas besoin de demander des nouvelles. Dès le
bas de l'escalier, elle entendit la chanson de Coupeau. Juste le
185 même air, juste la même danse. Elle pouvait croire qu'elle venait
de descendre à la minute, et qu'elle remontait. Le gardien de la
veille, qui portait des pots de tisane dans le corridor, cligna de
l'œil en la rencontrant, pour se montrer aimable.

« Alors, toujours? dit-elle.

190 — Oh! toujours », répondit-il sans s'arrêter.

Elle entra, mais elle se tint dans le coin de la porte, parce
qu'il y avait du monde avec Coupeau. L'interne blond et rose
était debout, ayant cédé sa chaise à un vieux monsieur décoré,
chauve et la figure en museau de fouine. C'était bien sûr le
195 médecin en chef, car il avait des regards minces et perçants
comme des vrilles. Tous les marchands de mort subite vous
ont de ces regards-là.

Gervaise, d'ailleurs, n'était pas venue pour ce monsieur, et
elle se haussait derrière son crâne, mangeant Coupeau des yeux.
200 Cet enragé dansait et gueulait plus fort que la veille. Elle avait
bien vu, autrefois, à des bals de la mi-carême, des garçons de
lavoir solides s'en donner pendant toute une nuit; mais jamais,
au grand jamais, elle ne se serait imaginé qu'un homme pût
prendre du plaisir si longtemps; quand elle disait prendre du
205 plaisir, c'était une façon de parler, car il n'y a pas de plaisir à
faire malgré soi des sauts de carpe, comme si on avait avalé une
poudrière. Coupeau, trempé de sueur, fumait davantage, voilà
tout. Sa bouche semblait plus grande, à force de crier. Oh! les
dames enceintes faisaient bien de rester dehors. Il avait tant
210 marché du matelas à la fenêtre, qu'on voyait son petit chemin
à terre; le paillasson était mangé par ses savates.

Non, vrai, ça n'offrait rien de beau, et Gervaise, tremblante, se demandait pourquoi elle était revenue. Dire que, la veille au soir, chez les Boches, on l'accusait d'exagérer le tableau ! Ah
215 bien ! elle n'en avait pas fait la moitié assez ! Maintenant, elle voyait mieux comment Coupeau s'y prenait, elle ne l'oublierait jamais plus, les yeux grands ouverts sur le vide. Pourtant, elle saisissait des phrases entre l'interne et le médecin. Le premier donnait des détails sur la nuit, avec des mots qu'elle
220 ne comprenait pas. Toute la nuit, son homme avait causé et pirouetté, voilà ce que ça signifiait au fond. Puis, le vieux monsieur chauve, pas très poli d'ailleurs, parut enfin s'apercevoir de sa présence ; et, quand l'interne lui eut dit qu'elle était la femme du malade, il se mit à l'interroger, d'un air méchant
225 de commissaire de police.

« Est-ce que le père de cet homme buvait ?

— Oui, monsieur, un petit peu, comme tout le monde… Il s'est tué en dégringolant d'un toit, un jour de ribote.

— Est-ce que sa mère buvait ?

230 — Dame ! monsieur, comme tout le monde, vous savez, une goutte par-ci, une goutte par-là… Oh ! la famille est très bien !… Il y a eu un frère, mort très jeune dans des convulsions. »

Le médecin la regardait de son œil perçant. Il reprit, de sa
235 voix brutale :

« Vous buvez aussi, vous ? »

Gervaise bégaya, se défendit, posa la main sur son cœur pour donner sa parole sacrée.

« Vous buvez ! Prenez garde, voyez où mène la boisson…
240 Un jour ou l'autre, vous mourrez ainsi. »

Alors, elle resta collée contre le mur. Le médecin avait tourné le dos. Il s'accroupit, sans s'inquiéter s'il ne ramassait pas la poussière du paillasson avec sa redingote ; il étudia longtemps le tremblement de Coupeau, l'attendant au passage, le

245 suivant du regard. Ce jour-là, les jambes sautaient à leur tour, le tremblement était descendu des mains dans les pieds ; un vrai polichinelle, dont on aurait tiré les fils, rigolant des membres, le tronc raide comme du bois. Le mal gagnait petit à petit. On aurait dit une musique sous la peau ; ça partait
250 toutes les trois ou quatre secondes, roulait un instant ; puis ça s'arrêtait et ça reprenait, juste le petit frisson qui secoue les chiens perdus, quand ils ont froid l'hiver, sous une porte. Déjà le ventre et les épaules avaient un frémissement d'eau sur le point de bouillir. Une drôle de démolition tout de même, s'en
255 aller en se tordant, comme une fille à laquelle les chatouilles font de l'effet !

   Coupeau, cependant, se plaignait d'une voix sourde. Il semblait souffrir beaucoup plus que la veille. Ses plaintes entre-coupées laissaient deviner toutes sortes de maux. Des milliers
260 d'épingles le piquaient. Il avait partout sur la peau quelque chose de pesant ; une bête froide et mouillée se traînait sur ses cuisses et lui enfonçait des crocs dans la chair. Puis, c'étaient d'autres bêtes qui se collaient à ses épaules, en lui arrachant le dos à coups de griffes.

265   « J'ai soif, oh ! j'ai soif ! » grogna-t-il continuellement.

   L'interne prit un pot de limonade sur une planchette et le lui donna. Il saisit le pot à deux mains, aspira goulûment une gorgée, en répandant la moitié du liquide sur lui, mais il cracha tout de suite la gorgée, avec un dégoût furieux, en criant :
270   « Nom de Dieu ! c'est de l'eau-de-vie ! »

   Alors, l'interne, sur un signe du médecin, voulut lui faire boire de l'eau, sans lâcher la carafe. Cette fois, il avala la gorgée, en hurlant, comme s'il avait avalé du feu.

   « C'est de l'eau-de-vie, nom de Dieu ! c'est de l'eau-de-vie ! »
275   Depuis la veille, tout ce qu'il buvait était de l'eau-de-vie. Ça redoublait sa soif, et il ne pouvait plus boire, parce que tout le brûlait. On lui avait apporté un potage, mais on cherchait

à l'empoisonner bien sûr, car ce potage sentait le vitriol. Le pain était aigre et gâté. Il n'y avait que du poison autour de lui. La cellule puait le soufre. Même il accusait des gens de frotter des allumettes sous son nez pour l'empester.

Le médecin venait de se relever et écoutait Coupeau, qui maintenant voyait de nouveau des fantômes en plein midi. Est-ce qu'il ne croyait pas apercevoir sur les murs des toiles d'araignées grandes comme des voiles de bateau ! Puis ces toiles devenaient des filets avec des mailles qui se rétrécissaient et s'allongeaient, un drôle de joujou ! Des boules noires voyageaient dans les mailles, de vraies boules d'escamoteur, d'abord grosses comme des billes, puis grosses comme des boulets ; et elles enflaient, et elles maigrissaient, histoire simplement de l'embêter. Tout d'un coup, il cria :

« Oh ! les rats, v'là les rats, à cette heure ! »

C'étaient les boules qui devenaient des rats. Ces sales animaux grossissaient, passaient à travers le filet, sautaient sur le matelas, où ils s'évaporaient. Il y avait aussi un singe, qui sortait du mur, qui rentrait dans le mur, en s'approchant chaque fois si près de lui, qu'il reculait, de peur d'avoir le nez croqué. Brusquement, ça changea encore ; les murs devaient cabrioler, car il répétait, étranglé de terreur et de rage :

« C'est ça, aïe donc ! secouez-moi, je m'en fiche !... Aïe donc ! la cambuse ! aïe donc ! par terre !... Oui, sonnez les cloches, tas de corbeaux ! jouez de l'orgue pour m'empêcher d'appeler la garde !... Et ils ont mis une machine derrière le mur, ces racailles ! Je l'entends bien, elle ronfle, ils vont nous faire sauter... Au feu ! nom de Dieu ! au feu. On crie au feu ! voilà que ça flambe. Oh ! ça s'éclaire, ça s'éclaire ! tout le ciel brûle, des feux rouges, des feux verts, des feux jaunes... À moi ! au secours ! au feu ! »

Ses cris se perdaient dans un râle. Il ne marmottait plus que des mots sans suite, une écume à la bouche, le menton mouillé de salive. Le médecin se frottait le nez avec le doigt, un tic qui lui était sans doute habituel, en face des cas graves. Il se tourna vers l'interne, lui demanda à demi-voix :

« Et la température, toujours quarante degrés, n'est-ce pas ?
315 — Oui, monsieur. »

Le médecin fit une moue. Il demeura encore là, deux minutes, les yeux fixés sur Coupeau. Puis, il haussa les épaules, en ajoutant :

« Le même traitement, bouillon, lait, limonade citrique,
320 extrait mou de quinquina[1] en potion... Ne le quittez pas, et faites-moi appeler. »

Il sortit, Gervaise le suivit, pour lui demander s'il n'y avait plus d'espoir. Mais il marchait si raide dans le corridor, qu'elle n'osa pas l'aborder. Elle resta plantée là un instant, hésitant à
325 rentrer voir son homme. La séance lui semblait déjà joliment rude. Comme elle l'entendait crier encore que la limonade sentait l'eau-de-vie, ma foi ! elle fila, ayant assez d'une représentation. Dans les rues, le galop des chevaux et le bruit des voitures lui firent croire que tout Sainte-Anne était à ses
330 trousses. Et ce médecin qui l'avait menacée ! Vrai, elle croyait déjà avoir la maladie.

Naturellement, rue de la Goutte-d'Or, les Boche et les autres l'attendaient. Dès qu'elle parut sous la porte, on l'appela dans la loge. Eh bien ! est-ce que le père Coupeau durait
335 toujours ? Mon Dieu ! oui, il durait toujours. Boche semblait stupéfait et consterné : il avait parié un litre que le père Coupeau n'irait pas jusqu'au soir. Comment ! il durait encore ! Et toute la société s'étonnait, en se tapant sur les cuisses. En voilà un gaillard qui résistait ! Mme Lorilleux calcula les heures :
340 trente-six heures et vingt-quatre heures, soixante heures. Sacré mâtin, soixante heures déjà qu'il jouait des quilles et de la

---

1. *Quinquina* : écorce amère aux propriétés toniques, utilisée pour faire baisser la fièvre.

gueule ! On n'avait jamais vu un pareil tour de force. Mais
Boche, qui riait jaune à cause de son litre, questionnait
Gervaise d'un air de doute, en lui demandant si elle était bien
345 sûre qu'il n'eût pas défilé la parade [1] derrière son dos. Oh ! non,
il sautait trop fort, il n'en avait pas envie. Alors, Boche, insistant davantage, la pria de refaire un peu comme il faisait, pour
voir. Oui, oui, encore un peu ! à la demande générale ! la société
lui disait qu'elle serait bien gentille, car justement il y avait là
350 deux voisines, qui n'avaient pas vu la veille, et qui venaient de
descendre exprès pour assister au tableau. La concierge criait
au monde de se ranger, les gens débarrassaient le milieu de la
loge, en se poussant du coude avec un frémissement de curiosité. Cependant, Gervaise baissait la tête. Vrai, elle craignait
355 de se rendre malade. Pourtant, désirant prouver que ce n'était
pas histoire de se faire prier, elle commença deux ou trois petits
sauts ; mais elle devint toute chose, elle se rejeta en arrière ;
parole d'honneur, elle ne pouvait pas. Un murmure de désap-
pointement courut : c'était dommage, elle imitait ça à la
360 perfection. Enfin, si elle ne pouvait pas ! Et, comme Virginie
retournait à sa boutique, on oublia le père Coupeau, pour
causer vivement du ménage Poisson, une pétaudière maintenant ; la veille, les huissiers étaient venus ; le sergent de ville
allait perdre sa place ; quant à Lantier, il tournait autour de la
365 fille du restaurant d'à côté, une femme magnifique, qui parlait
de s'établir tripière. Dame ! on en rigolait, on voyait déjà une
tripière installée dans la boutique ; après la friandise, le solide.
Ce cocu de Poisson avait une bonne tête, dans tout ça ;
comment diable un homme dont le métier était d'être malin,
370 se montrait-il si godiche chez lui ? Mais on se tut brusquement,
en apercevant Gervaise qu'on ne regardait plus et qui s'essayait
toute seule au fond de la loge, tremblant des pieds et des mains,

---

1. *Défilé la parade* : décédé.

faisant Coupeau. Bravo! c'était ça, on n'en demandait pas davantage. Elle resta hébétée, ayant l'air de sortir d'un rêve.
375 Puis, elle fila raide. Bien le bonsoir, la compagnie! elle montait pour tâcher de dormir.

Le lendemain, les Boche la virent partir à midi, comme les deux autres jours. Ils lui souhaitaient bien de l'agrément. Ce jour-là, à Sainte-Anne, le corridor tremblait des gueulements
380 et des coups de talon de Coupeau. Elle tenait encore la rampe de l'escalier, qu'elle l'entendit hurler :

« En v'là des punaises!... Rappliquez un peu par ici que je vous désosse!... Ah! ils veulent m'escoffier[1], ah! les punaises!... Je suis plus rupin que vous tous! Décarrez[2], nom
385 de Dieu! »

Un instant, elle souffla devant la porte. Il se battait donc avec une armée! Quand elle entra, ça croissait et ça embellissait. Coupeau était fou furieux, un échappé de Charenton! Il se démenait au milieu de la cellule, envoyant les mains partout,
390 sur lui, sur les murs, par terre, culbutant, tapant dans le vide; et il voulait ouvrir la fenêtre, et il se cachait, se défendait, appelait, répondait, tout seul pour faire ce sabbat, de l'air exaspéré d'un homme cauchemardé par une flopée de monde. Puis, Gervaise comprit qu'il s'imaginait être sur un toit, en train de
395 poser des plaques de zinc. Il faisait le soufflet avec sa bouche, il remuait des fers dans le réchaud, se mettait à genoux, pour passer le pouce sur les bords du paillasson, en croyant qu'il le soudait. Oui, son métier lui revenait, au moment de crever, et s'il gueulait si fort, s'il se crochait[3] sur son toit, c'était que
400 des mufes l'empêchaient d'exécuter proprement son travail. Sur tous les toits voisins, il y avait de la fripouille qui le mécanisait. Avec ça, ces blagueurs lui lâchaient des bandes de rats

---

1. *M'escoffier* : me tuer. \ **2.** *Décarrez* : décampez. \ **3.** *S'il se crochait* : s'il se battait à coups de poings et de pieds.

dans les jambes. Ah! les sales bêtes, il les voyait toujours!
Il avait beau les écraser, en frottant son pied sur le sol de
405 toutes ses forces, il en passait de nouvelles ribambelles, le
toit en était noir. Est-ce qu'il n'y avait pas des araignées
aussi! Il serrait rudement son pantalon pour tuer contre sa
cuisse de grosses araignées, qui s'étaient fourrées là. Sacré
tonnerre! il ne finirait jamais sa journée, on voulait le
410 perdre, son patron allait l'envoyer à Mazas[1]. Alors, en se
dépêchant, il crut qu'il avait une machine à vapeur dans le
ventre; la bouche grande ouverte, il soufflait de la fumée,
une fumée épaisse qui emplissait la cellule et qui sortait par
la fenêtre; et, penché, soufflant toujours, il regardait dehors
415 le ruban de fumée se dérouler, monter dans le ciel, où il
cachait le soleil.

« Tiens! cria t-il, c'est la bande de la chaussée Clignancourt,
déguisée en ours, avec des fla-fla[2]...»

Il restait accroupi devant la fenêtre, comme s'il avait suivi
420 un cortège dans une rue, du haut d'une toiture.

« V'là la calvacade, des lions et des panthères qui font des
grimaces... Il y a des mômes habillés en chiens et en chats...
Il y a la grande Clémence, avec sa tignasse pleine de plumes.
Ah! sacredié! elle fait la culbute, elle montre tout ce qu'elle
425 a!... Dis donc, ma biche, faut nous carapater... Eh! bougres
de roussins, voulez-vous bien ne pas la prendre!... Ne tirez
pas, tonnerre! ne tirez pas... »

Sa voix montait, rauque, épouvantée, et il se baissait vivement, répétant que la rousse[3] et les pantalons rouges étaient
430 en bas, des hommes qui le visaient avec des fusils. Dans le mur,
il voyait le canon d'un pistolet braqué sur sa poitrine. On
venait lui reprendre la fille.

---

1. *Mazas* : prison pour dettes ouverte en 1850. \ **2.** *Fla-fla* : étalage pompeux. \ **3.** *La rousse* :
la police.

« Ne tirez pas, nom de Dieu ! ne tirez pas… »

Puis, les maisons s'effondraient, il imitait le craquement
435 d'un quartier qui croule ; et tout disparaissait, tout s'envolait.
Mais il n'avait pas le temps de souffler, d'autres tableaux
passaient, avec une mobilité extraordinaire. Un besoin furieux
de parler lui remplissait la bouche de mots, qu'il lâchait sans
suite, avec un barbotement de la gorge. Il haussait toujours la
440 voix.

« Tiens, c'est toi, bonjour !… Pas de blague ! ne me fais pas
manger tes cheveux. »

Et il passait la main devant son visage, il soufflait pour
écarter des poils. L'interne l'interrogea :
445 « Qui voyez-vous donc ?

— Ma femme, pardi ! »

Il regardait le mur, tournant le dos à Gervaise. Celle-ci eut
un joli trac, et elle examina aussi le mur, pour voir si elle ne
s'apercevait pas. Lui, continuait de causer.
450 « Tu sais, ne m'embobine pas… Je ne veux pas qu'on
m'attache… Fichtre ! te voilà belle, t'as une toilette chic. Où
as-tu gagné ça, vache ! Tu viens de la retape, chameau !
Attends un peu que je t'arrange !… Hein ? tu caches ton
monsieur derrière tes jupes. Qu'est-ce que c'est que celui-là ?
455 Fais donc la révérence, pour voir… Nom de Dieu ! c'est
encore lui ! »

D'un saut terrible, il alla se heurter la tête contre la muraille,
mais la tenture rembourrée amortit le coup. On entendit seulement le rebondissement de son corps sur le paillasson, où la
460 secousse l'avait jeté.

« Qui voyez-vous donc ? répéta l'interne.

— Le chapelier ! le chapelier ! » hurlait Coupeau.

Et, l'interne ayant interrogé Gervaise, celle-ci bégaya sans
pouvoir répondre, car cette scène remuait en elle tous les
465 embêtements de sa vie. Le zingueur allongeait les poings.

« À nous deux, mon cadet ! Faut que je te nettoie à la fin ! Ah ! tu viens tout de go[1], avec cette drogue[2] au bras, pour te ficher de moi en public. Eh bien, je vas t'estrangouiller[3], oui, oui, moi ! et sans mettre des gants encore !... Ne fais pas le
470 fendant[4]... Empoche ça. Et atout ! atout ! atout ! »

Il lançait ses poings dans le vide. Alors, une fureur s'empara de lui. Ayant rencontré le mur en reculant, il crut qu'on l'attaquait par derrière. Il se retourna, s'acharna sur la tenture. Il bondissait, sautait d'un coin à un autre, tapait du ventre,
475 des fesses, d'une épaule, roulait, se relevait. Ses os mollissaient, ses chairs avaient un bruit d'étoupes[5] mouillées. Et il accompagnait ce joli jeu de menaces atroces, de cris gutturaux et sauvages. Cependant, la bataille devait mal tourner pour lui, car sa respiration devenait courte, ses yeux sortaient de
480 leurs orbites ; et il semblait peu à peu pris d'une lâcheté d'enfant.

« À l'assassin ! à l'assassin !... Foutez le camp, tous les deux. Oh ! les salauds, ils rigolent. La voilà les quatre fers en l'air, cette garce !... Il faut qu'elle y passe, c'est décidé... Ah ! le brigand,
485 il la massacre ! Il lui coupe une quille avec son couteau. L'autre quille est par terre, le ventre est en deux, c'est plein de sang... Oh ! mon Dieu, oh ! mon Dieu, oh ! mon Dieu... »

Et, baigné de sueur, les cheveux dressés sur le front, effrayant, il s'en alla à reculons, en agitant violemment les bras,
490 comme pour repousser l'abominable scène. Il jeta deux plaintes déchirantes, il s'étala à la renverse sur le matelas, dans lequel ses talons s'étaient empêtrés.

« Monsieur, monsieur, il est mort ! » dit Gervaise les mains jointes.

---

1. *Tout de go* : tout d'un coup, de façon abrupte. \ 2. *Drogue* : femme désagréable. \ 3. *Estrangouiller* : étrangler. \ 4. *Ne fais pas le fendant* : ne te prends pas pour un important. \ 5. *Étoupes* : résidus du chanvre.

495   L'interne s'était avancé, tirant Coupeau au milieu du
matelas. Non, il n'était pas mort. On l'avait déchaussé ; ses
pieds nus passaient, au bout ; et ils dansaient tout seuls, l'un à
côté de l'autre, en mesure, d'une petite danse pressée et régulière.

500   Justement, le médecin entra. Il amenait deux collègues, un
maigre et un gras, décorés comme lui. Tous les trois se penchèrent, sans rien dire, regardant l'homme partout ; puis, rapidement, à demi-voix, ils causèrent. Ils avaient découvert l'homme
des cuisses aux épaules, Gervaise voyait, en se haussant, ce torse
505 nu étalé. Eh bien, c'était complet, le tremblement était
descendu des bras et monté des jambes, le tronc lui-même
entrait en gaieté à cette heure ! Positivement, le polichinelle
rigolait aussi du ventre. C'étaient des risettes le long des côtes,
un essoufflement de la berdouille[1], qui semblait crever de rire.
510 Et tout marchait, il n'y avait pas à dire ! les muscles se faisaient
vis-à-vis, la peau vibrait comme un tambour, les poils valsaient
en se saluant. Enfin, ça devait être le grand branle-bas, comme
qui dirait le galop de la fin, quand le jour paraît et que tous les
danseurs se tiennent par la patte en tapant du talon.

515   « Il dort », murmura le médecin en chef.

    Et il fit remarquer la figure de l'homme aux deux autres.
Coupeau, les paupières closes, avait de petites secousses
nerveuses qui lui tiraient toute la face. Il était plus affreux
encore, ainsi écrasé, la mâchoire saillante, avec le masque
520 déformé d'un mort qui aurait eu des cauchemars. Mais les
médecins, ayant aperçu les pieds, vinrent mettre leurs nez
dessus d'un air de profond intérêt. Les pieds dansaient
toujours. Coupeau avait beau dormir, les pieds dansaient ! Oh !
leur patron pouvait ronfler, ça ne les regardait pas, ils conti-
525 nuaient leur train-train, sans se presser ni se ralentir. De vrais

---

1. *La berdouille* : le ventre.

pieds mécaniques, des pieds qui prenaient leur plaisir où ils le trouvaient.

Pourtant, Gervaise, ayant vu les médecins poser leurs mains sur le torse de son homme, voulut le tâter elle aussi. Elle s'ap-
530 procha doucement, lui appliqua sa main sur une épaule. Et elle la laissa une minute. Mon Dieu ! qu'est-ce qui se passait donc là-dedans ? Ça dansait jusqu'au fond de la viande ; les os eux-mêmes devaient sauter. Des frémissements, des ondulations arrivaient de loin, coulaient pareils à une rivière, sous la peau. Quand elle
535 appuyait un peu, elle sentait les cris de souffrance de la moelle. À l'œil nu, on voyait seulement les petites ondes creusant des fossettes, comme à la surface d'un tourbillon ; mais, dans l'intérieur, il devait y avoir un joli ravage. Quel sacré travail ! un travail de taupe ! C'était le vitriol de l'Assommoir qui donnait là-bas des
540 coups de pioche. Le corps entier en était saucé, et dame ! il fallait que ce travail s'achevât, émiettant, emportant Coupeau, dans le tremblement général et continu de toute la carcasse.

Les médecins s'en étaient allés. Au bout d'une heure, Gervaise, restée avec l'interne, répéta à voix basse :
545 « Monsieur, monsieur, il est mort... »

Mais l'interne, qui regardait les pieds, dit non de la tête. Les pieds nus, hors du lit, dansaient toujours, ils n'étaient guère propres et ils avaient les ongles longs. Des heures encore passèrent. Tout d'un coup, ils se raidirent, immobiles. Alors,
550 l'interne se tourna vers Gervaise, en disant :

« Ça y est. »

La mort seule avait arrêté les pieds.

Quand Gervaise rentra rue de la Goutte-d'Or, elle trouva chez les Boche un tas de commères qui jabotaient [1] d'une voix
555 allumée. Elle crut qu'on l'attendait pour avoir des nouvelles, comme les autres jours.

---

1. *Jabotaient* : bavardaient à plusieurs.

« Il est claqué », dit-elle en poussant la porte, tranquillement, la mine éreintée et abêtie.

Mais on ne l'écoutait pas. Toute la maison était en l'air. Oh !
une histoire impayable ! Poisson avait pigé[1] sa femme avec
Lantier. On ne savait pas au juste les choses, parce que chacun
racontait ça à sa manière. Enfin, il était tombé sur leur dos au
moment où les deux autres ne l'attendaient pas. Même on ajoutait des détails que les dames se répétaient en pinçant les lèvres.
Une vue pareille, naturellement, avait fait sortir Poisson de
son caractère. Un vrai tigre ! Cet homme, peu causeur, qui
semblait marcher avec un bâton dans le derrière, s'était mis à
rugir et à bondir. Puis, on n'avait plus rien entendu. Lantier
devait avoir expliqué l'affaire au mari. N'importe, ça ne pouvait
plus aller loin. Et Boche annonçait que la fille du restaurant d'à
côté prenait décidément la boutique, pour y installer une
triperie. Ce roublard de chapelier adorait les tripes. Cependant,
Gervaise, en voyant arriver Mme Lorilleux avec Mme Lerat, répéta
mollement :

« Il est claqué… Mon Dieu ! quatre jours à gigoter et à
gueuler… »

Alors, les deux sœurs ne purent pas faire autrement que de
tirer leurs mouchoirs. Leur frère avait eu bien des torts, mais
enfin c'était leur frère. Boche haussa les épaules, en disant assez
haut pour être entendu de tout le monde :

« Bah ! c'est un soûlard de moins ! »

Depuis ce jour, comme Gervaise perdait la tête souvent, une
des curiosités de la maison était de lui voir faire Coupeau. On
n'avait plus besoin de la prier, elle donnait le tableau gratis,
tremblement des pieds et des mains, lâchant de petits cris
involontaires. Sans doute elle avait pris ce tic-là à Sainte-Anne,
en regardant trop longtemps son homme. Mais elle n'était pas

---

1. *Avait pigé* : avait pris.

chanceuse, elle n'en crevait pas comme lui. Ça se bornait à des grimaces de singe échappé, qui lui faisaient jeter des trognons
590 de choux par les gamins, dans les rues.

Gervaise dura ainsi pendant des mois. Elle dégringolait plus bas encore, acceptait les dernières avanies, mourait un peu de faim tous les jours. Dès qu'elle possédait quatre sous, elle buvait et battait les murs. On la chargeait des sales commis-
595 sions du quartier. Un soir, on avait parié qu'elle ne mangerait pas quelque chose de dégoûtant, et elle l'avait mangé, pour gagner dix sous. M. Marescot s'était décidé à l'expulser de la chambre du sixième. Mais, comme on venait de trouver le père Bru mort dans son trou, sous l'escalier, le propriétaire avait
600 bien voulu lui laisser cette niche. Maintenant, elle habitait la niche du père Bru. C'était là-dedans, sur de la vieille paille, qu'elle claquait du bec, le ventre vide et les os glacés. La terre ne voulait pas d'elle, apparemment. Elle devenait idiote, elle ne songeait seulement pas à se jeter du sixième sur le pavé de
605 la cour, pour en finir. La mort devait la prendre petit à petit, morceau par morceau, en la traînant ainsi jusqu'au bout dans la sacrée existence qu'elle s'était faite. Même on ne sut jamais au juste de quoi elle était morte. On parla d'un froid et chaud. Mais la vérité était qu'elle s'en allait de misère, des
610 ordures et des fatigues de sa vie gâtée. Elle creva d'avachis-sement, selon le mot des Lorilleux. Un matin, comme ça sentait mauvais dans le corridor, on se rappela qu'on ne l'avait pas vue depuis deux jours ; et on la découvrit déjà verte, dans sa niche.

615 Justement, ce fut le père Bazouge qui vint, avec la caisse des pauvres sous le bras, pour l'emballer. Il était encore joliment soûl ce jour-là, mais bon zig tout de même, et gai comme un pinson. Quand il eut reconnu la pratique à laquelle il avait affaire, il lâcha des réflexions philosophiques, en préparant son
620 petit ménage.

« Tout le monde y passe... On n'a pas besoin de se bousculer, il y a de la place pour tout le monde... Et c'est bête d'être pressé, parce qu'on arrive moins vite... Moi, je ne demande pas mieux que de faire plaisir. Les uns veulent, les autres ne veulent 625 pas. Arrangez un peu ça, pour voir... En v'là une qui ne voulait pas, puis elle a voulu. Alors, on l'a fait attendre... Enfin, ça y est, et, vrai ! elle l'a gagné ! Allons-y gaiement ! »

Et, lorsqu'il empoigna Gervaise dans ses grosses mains noires, il fut pris d'une tendresse, il souleva doucement cette 630 femme qui avait eu un si long béguin pour lui. Puis, en l'allongeant au fond de la bière avec un soin paternel, il bégaya, entre deux hoquets :

« Tu sais, écoute bien... c'est moi, Bibi-la-Gaieté, dit le consolateur des dames... Va, t'es heureuse. Fais dodo, ma 635 belle ! »

DOSSIER

LIRE L'ŒUVRE

LIRE L'ŒUVRE

QUESTIONNAIRE DE LECTURE

LE TITRE

1. À quel lieu du roman le titre renvoie-t-il ? De quelle réalité annonce-t-il le traitement dans le roman ?

2. Quel sens figuré est associé à ce titre ? Est-il bien choisi ? Pourquoi ?

3. Au départ, Zola pensait intituler son roman *La Simple Vie de Gervaise Macquart*. Quelles différences établissez-vous avec le titre finalement retenu ? Quel sens donnez-vous à ce choix ?

L'ESPACE ET LE TEMPS

4. Quels sont les lieux que voit Gervaise depuis sa fenêtre à la fin du chapitre I ? Comparez avec les lieux évoqués au chapitre XII. Qu'en concluez-vous sur la construction du récit ? Quel sens donnez-vous à l'évocation de ces lieux par rapport à la destinée de Gervaise ?

5. Où se situe l'essentiel de l'action romanesque ? Situez ce quartier dans le Paris du XIXe siècle.

6. Qu'est-ce qui caractérise la vie de ce quartier ?
▪ Pour répondre
Observez les activités des personnages, leurs relations, leur mode de vie.

7. À quelles occasions sort-on de ce quartier ? À quels événements ces sorties sont-elles associées ? En quoi cela est-il révélateur des personnages, de leur milieu et du lien qu'ils entretiennent avec leur quartier ?

8. À quelle époque, sous quel régime politique l'action se déroule-t-elle ? Quels sont les indices du texte qui vous permettent de répondre ? Les références au contexte historique vous paraissent-elles au premier plan du roman ?

9. Quand l'action commence-t-elle ? Quand se termine-t-elle ? Relevez les différents indices de temps qui jalonnent le roman. Que constatez-vous ?

10. Confrontez la durée de l'action au chapitre VII et au chapitre VIII. Relevez d'autres exemples de chapitres reposant sur un traitement inégal de la durée de l'action. Qu'en concluez-vous sur le traitement du temps selon les chapitres du roman ?

L'ACTION

11. Donnez des titres résumant le contenu de chacun des treize chapitres. Quelle évolution de Gervaise constatez-vous ?

■ Pour répondre
Observez les différents lieux occupés par Gervaise : qu'en déduisez-vous sur son parcours ?

12. Quel est l'idéal de Gervaise au début du roman ? Retrouvez sa formulation dans le chapitre II au cours de sa conversation avec Coupeau. Comparez avec la situation finale. Que constatez-vous ?

13. Quelles raisons le récit donne-t-il pour expliquer que Gervaise se retrouve dans cette situation ?

■ Pour répondre
Pensez aux personnages que Gervaise rencontre, à sa psychologie, mais aussi au milieu social dans lequel elle évolue.

LES PERSONNAGES

14. Classez les différents personnages selon le rôle qu'ils jouent par rapport à Gervaise.

■ Pour répondre
Rappelez-vous qu'un même personnage peut jouer plusieurs rôles : adjuvant, opposant.

15. Quelle vision Zola donne-t-il du milieu ouvrier à travers les personnages de Mes-Bottes et Bec-Salé d'une part, de Goujet d'autre part ?

16. Pourquoi le personnage de Virginie réapparaît-il dans le roman ? Comment le rapport de force entre elle et Gervaise a-t-il évolué entre la scène du lavoir et la scène de sa réapparition ? Quelle est l'expression récurrente qui caractérise Virginie dans le roman ? À quoi est-elle ainsi identifiée ?

17. Qui est le père Bazouge ? Quel sens donnez-vous à sa rencontre avec Gervaise à la fin du chapitre consacré à la noce ? Que représente-t-il symboliquement ?

18. Quelle est la destinée de Lalie ? Quel rôle jouent ce personnage et l'épisode qui lui est consacré dans le roman ?

LA NARRATION

19. Relisez les passages consacrés à l'alambic au chapitre II. À quoi est-il comparé ? Quel est l'effet produit ?

20. Dans la Préface, Zola affirme : « La forme seule a effaré. On s'est fâché contre les mots. Mon crime est d'avoir eu la curiosité littéraire de ramasser et de couler dans un moule très travaillé la langue du peuple. » Montrez comment le romancier parvient à rendre compte de cette « langue du peuple ».

▬ Pour répondre

Observez par exemple le chapitre XII : vocabulaire, syntaxe, niveau de langue, délimitations entre discours du narrateur et discours des personnages.

21. Quelle première définition proposeriez-vous du naturalisme après votre lecture du roman et les réponses aux questions précédentes ?

L'ŒUVRE DANS L'HISTOIRE

LE CONTEXTE HISTORIQUE ET SOCIAL

LE MONDE OUVRIER SOUS LE SECOND EMPIRE

L'attraction de la ville

L'action du roman s'étend de 1850 à 1869 ; elle recouvre donc la quasi-totalité du Second Empire (1851-1870). Celui-ci est indiscutablement une période de modernisation économique et d'ouverture au monde extérieur. Les importantes transformations sociales qui en sont les conséquences n'ont cependant pas permis à l'empereur de résoudre la question sociale. Napoléon III s'est en effet heurté de façon croissante à l'hostilité des milieux ouvriers.

Le monde ouvrier est un monde composite. Certains éléments proviennent de l'exode rural : de 1850 à 1880, un peu plus de 70 000 personnes quittent la campagne tous les ans. Ceux qui partent sont souvent les plus marginaux du monde rural : journaliers, mendiants, domestiques, artisans itinérants. En ville, ils côtoient des artisans ruinés, des saisonniers, des gens des anciens métiers. Tout ce petit peuple est attiré par les chantiers de l'Empire : construction des voies ferrées, travaux d'urbanisme, mise en route de nouvelles mines, ouverture d'usines. L'embauche y est immédiate, car ces tâches n'exigent pas de qualification.

Des conditions de vie difficiles

L'exode rural vient ainsi grossir les villes et la société urbaine traduit, dans sa géographie, les nouvelles hiérarchies. Les bourgeois s'établissent dans les nouveaux quartiers, comme à Paris, où ils s'installent à l'ouest de la ville, autour des Champs-Élysées. Cet habitat et le mode de vie ostentatoire qui s'y attache tranchent avec ceux des quartiers ouvriers périphériques, vastes zones de taudis. Si les crises économiques s'estompent pendant le Second Empire, les transformations urbaines pèsent cependant sur le niveau de vie des ouvriers. Les loyers augmentent et les possibilités de logement se restreignent. De surcroît le marché du travail est instable, et les patrons imposent des réductions de salaires quand leur activité connaît des difficultés momentanées.

Dès lors, dans le monde des travailleurs, le niveau de vie demeure toujours proche du minimum vital. Tout élément nouveau, tout imprévu peut faire basculer dans l'indigence : une naissance et la progéniture qui devient trop nombreuse, la maladie, une période de chômage, un accident peuvent avoir des conséquences extrêmement graves… Et ces processus sont d'autant plus rapides que les solidarités traditionnelles, si vivantes à la campagne, disparaissent en ville. Il ne faut donc pas s'étonner de constater qu'un ouvrier parisien sur deux emprunte au mont-de-piété. Cette précarité s'accompagne de conditions de travail exécrables. Journée de 11 à 12 heures, intensification des rendements, instauration d'amendes et remise en vigueur du livret ouvrier constituent un carcan répressif d'où l'ouvrier a l'illusion de s'échapper par le jeu, la violence, la débauche, l'alcool : au cabaret, les ouvriers oublient l'usine. Cette situation difficile explique la constance des revendications ouvrières, qui débouchent sur l'obtention du droit de grève en 1864. Les deux années qui précèdent l'abdication de Napoléon III connaissent une intensification des troubles sociaux. Elles débouchent sur la Commune, conséquence des contradictions de l'Empire.

LA GOUTTE-D'OR, UN QUARTIER POPULAIRE AUX MARGES DU POLITIQUE

Un univers en marge de la grande Histoire

Le quartier de la Goutte-d'Or et le monde de Gervaise et de Coupeau ne semblent pas concernés par la vie politique du pays. Si le contexte social de l'époque est présent dans l'œuvre, les événements, quant à eux, en sont absents. D'ailleurs les références temporelles qui jalonnent le roman sont floues et imprécises, et ne permettent pas au lecteur de situer les épisodes les uns par rapport aux autres, comme si la réalité historique échappait aux personnages et n'avait pas de répercussion sur leur vie.

Le roman passe sous silence un grand nombre d'événements : des événements internationaux comme la guerre de Crimée en 1854 sont à peine mentionnés ; d'autres, comme les batailles de Napoléon III pour l'unification italienne, sont ignorés. L'histoire intérieure de la France est également négligée. Nulle trace dans *L'Assommoir* des attentats auxquels l'empereur a été confronté, comme l'attentat d'Orsini, le 14 janvier 1858, par exemple. Pas de références non plus aux mouvements sociaux : aucune des grèves qui ont émaillé le Second Empire n'est mentionnée dans *L'Assommoir*. Alors que le roman s'inscrit dans un contexte ouvrier, il n'est fait mention ni du droit de grève, accordé en 1864 par Napoléon III, ni de la fondation, la même année, de la première association internationale des travailleurs, dont le manifeste est dû à Karl Marx.

Le coup d'État de 1851 est ainsi évoqué de façon allusive dans le roman, comme un événement parmi d'autres, dont le seul effet est de renforcer l'amitié de Coupeau et de Goujet, sans l'aide duquel le zingueur se serait fait prendre sur les barricades. Coupeau, qui « se fiche pas mal de la République, de Bonaparte et de tout le tremblement », était allé voir l'émeute pour s'amuser parce qu'il « adorait la poudre » et que « les coups de fusils lui semblaient drôles » (chap. IV).

Des personnages apolitiques

De façon plus générale, le roman traduit un manque d'intérêt du monde des ouvriers et des artisans pour le politique. La conversation politique se résume souvent à des propos à l'emporte-pièce, impulsifs, stéréotypés et tenus sous l'effet de l'alcool, à l'occasion d'une fête ou de retrouvailles au café. Les points de vue politiques s'expriment essentiellement sous une forme établie par la tradition populaire : les faibles tiennent un discours satirique à l'égard des puissants. À la suite de son accident, Coupeau tient des propos hargneux au sujet des bourgeois (chap. IV) et bien plus tard, lorsqu'il décide de se remettre au travail, il s'arrête chez la mère Louis où, avec Bec-Salé dit Bois-sans-Soif, il « tape sur les patrons ». Le discours politique est un exutoire où l'on se plaît à rire des frasques sentimentales de l'empereur, évoquées dans de nombreuses anecdotes où il est désigné par le surnom de « Badinguet », dont les protagonistes du roman ne connaissent pas même l'origine : « Vous savez que Badinguet s'est fichu des claques avec sa bourgeoise l'autre soir devant toute sa cour, raconta Bec-Salé, dit Boit-sans-Soif. Ma parole d'honneur ! Et à propos de rien, en s'asticotant. Badinguet était éméché » (chap VIII). À l'exception d'« un romantisme national » qui se fait entendre dans les chansons fredonnées au cours de la fête de Gervaise, le lien du quartier ouvrier au monde politique s'exprime sur un mode dérisoire, métaphorisé par le jeu de cartes républicain auquel les personnages jouent dans le café : « Cependant Mes-Bottes qui regardait son jeu, donnait un coup de poing triomphant sur la table. Il faisait quatre-vingt-treize » (chap. VIII).

Par ce désengagement et cette absence de conscience politique, Zola traduit le fatalisme de l'ouvrier-artisan pour qui le politique ne change rien à sa vie. Au cours du repas de noces, au sein du chapitre III, alors que Madinier, patron d'une cartonnerie, s'indigne de la loi du 31 mai 1850 qui écarte du suffrage toute une partie du monde ouvrier, Coupeau s'écrie : « En voilà une blague, la politique ! Est-ce que ça existe pour nous ?... » Et les propos du père Bru à la fête de Gervaise confirment le désenchantement des travailleurs : « On ne veut plus de moi nulle part pour travailler... Je suis trop vieux [...] Ça se comprend, ils ont raison [...] Oui , c'est ma faute. On doit se coucher et crever, quand on ne peut plus travailler » (chap. VII). Même Goujet, qui s'affirme républicain, ne participe pas à l'émeute en 1851 parce qu'il partage le sentiment d'un peuple lassé, après 1848, « de payer aux bourgeois les marrons qu'il tir[e] des cendres, en se brûlant les pattes » (chap. IV). Seul Lantier semble avoir une culture politique. Opposé à Napoléon III, il lit Louis Blanc, Lamartine, Eugène Sue, et demande le journal lorsqu'il rejoint ses camarades au café. Dans ses conversations avec le sergent de ville Poisson, il conteste le gouvernement en place et rappelle à Étienne, avant son départ pour Lille, une des idées clés du saint-simonisme : « Souviens-toi que le producteur n'est pas un esclave, mais que quiconque n'est pas un producteur est un frelon » (chap. VIII).

Une vision partiale de la réalité politique

Ce personnage qui, contrairement aux autres, possède un savoir politique, n'a pas pour autant de conscience politique. Lui qui rêve de redevenir chapelier ne manque pas, à certains moments, de prendre le parti des détenteurs du pouvoir : « Cependant Lantier défendait les patrons. Ils avaient parfois joliment du mal, il en savait quelque chose lui qui sortait des affaires. De la jolie fripouille les ouvriers ! » (Ibid.) Personnage parasite qui exploite sans vergogne Gervaise, Lantier suscite l'antipathie et même la répulsion d'un lecteur qui ne lui accorde aucune crédibilité.

On peut toutefois s'interroger sur les intentions de Zola lorsqu'il choisit de privilégier la figure de Lantier. Car, ce faisant, le romancier ne tient pas compte du vaste mouvement de réunions publiques qui a marqué l'époque, et auquel Denis Poulot fait référence dans son ouvrage intitulé *La Question sociale. Le sublime ou le travailleur comme il est en 1870 et ce qu'il peut être.* Zola a également choisi de ne pas faire apparaître le contenu de certaines de ses notes préparatoires dans le roman : « Mme Lerat. Cause politique. Est républicaine. » Cette veuve qui dans *L'Assommoir* occupe un poste de responsabilité à l'atelier de fleuristes *Titreville*, loin d'encourager la conscience politique des jeunes ouvrières, ne sait que se rendre complice de leurs conversations grivoises et de leurs vies dissolues. Par ailleurs le romancier ne fait pas non plus mention de l'ouvrier militant, qui existe bel et bien dans les banlieues ouvrières. En fait, Zola met en scène la réalité du faubourg parisien en s'attachant surtout à la partie de la population où la conscience de classe n'existe pas. À l'évidence, le souci de Zola est de montrer un monde apolitique évoluant en marge de la légalité. Si ce monde ouvrier ne se soucie pas du politique, le politique non plus ne se soucie pas de lui. La réalité géographique du quartier de la Goutte-d'Or le prouve bien.

UN MONDE OUVRIER AUX MARGES DE LA VILLE ET DE LA CITÉ

Les mutations de la périphérie urbaine

Le quartier de la Goutte-d'Or, situé au nord de Paris, est emblématique de la vie ouvrière dans les périphéries et les banlieues urbaines dans la seconde moitié du XIXe siècle. Ces faubourgs connaissent une croissance importante à l'époque, en raison du développement industriel qui rejette les populations modestes aux abords des villes. Le coût de la vie augmentant dans la capitale, les pauvres s'établissent à la périphérie. Certains ateliers quittent les quartiers artisanaux de la capitale pour les communes situées au-delà de l'octroi, en quête d'espace et de prix moins élevés. Cette périphérie, comme le montre l'historien John M. Merriman [1], offre aussi tous les moyens de communication nécessaires à l'approvisionnement en matières premières et produits manufacturés (routes, rivières,

---

1. John M. Merriman *Aux marges de la ville. Faubourgs et banlieues en France 1815-1870,* Le Seuil, 1994, chap. 1 : « Centre et périphérie » , p. 9.

canaux, et chemins de fer auquel il est fait référence dans *L'Assommoir*).
C'est ce qui explique que les ateliers, les manufactures et les entrepôts
des zones périphériques attirent une main-d'œuvre importante. On vient
s'installer dans la banlieue proche de Paris parce que les prix y sont moins
chers, et aussi parce qu'on peut trouver du travail dans la capitale. Au
premier chapitre, *L'Assommoir* donne ainsi à voir le flot ininterrompu
d'hommes qui « s'engouffrent dans la ville », les files d'ouvriers qui vont
travailler à Paris le matin.

Un espace marginal et marginalisé

La situation géographique du faubourg génère deux formes de marginalité, dont *L'Assommoir* se fait le parfait témoin. La première marginalité est une marginalité spatiale. Elle est encouragée par le maintien
de fortifications autour de la ville de Paris. Le mur de l'octroi, construit
en 1680, isole davantage encore le quartier de la Goutte-d'Or du centre
de la ville. C'est ce mur que Gervaise aperçoit de la fenêtre de l'hôtel
Boncœur à l'ouverture du roman, alors qu'elle attend le retour de Lantier.
Au-delà de cette barrière assimilée à « une bande de désert » séparant
le faubourg du centre-ville, Paris apparaît comme un monde étrange. Le
texte évoque le mouvement des yeux de Gervaise, regardant « au-delà
de cette muraille grise et interminable qui entour[e] la ville d'une bande
de désert ». Cette marginalité spatiale explique en grande partie le climat
sinistre de la banlieue. Sous le Second Empire on relègue dans les
faubourgs tout ce qui ne participe pas à l'activité et au dynamisme de la
ville : ainsi hospices et hôpitaux sont chassés du centre. À l'ouverture
du roman, Gervaise retrace le sombre horizon qui s'étend sous ses yeux :
à sa droite, les abattoirs et, à sa gauche, l'hôpital de Lariboisière en
construction. C'est dans les zones périphériques de Paris que se déve-
loppent les quartiers les plus défavorisés avec les plus forts taux de
pauvreté. On rencontre là les ouvriers sans qualification, qui trouvent
néanmoins facilement des emplois pénibles qu'ils peuvent quitter sur
un simple coup de tête. Ce rapport peu réglementé au monde du travail
se fait bien sentir dans *L'Assommoir* : ainsi, au chapitre VIII, Bibi-la-
Grillade abandonne son travail et, à *La Petite Civette*, explique à ses camarades qu'il a « lâché [son patron] hier... Tous de la crapule, de la
canaille... ». Dans le même chapitre Coupeau, qui a la velléité de se

remettre au travail, invite Bibi-la-Grillade à l'accompagner : « Le patron m'a dit d'emmener un camarade si je pouvais. » Mais l'autre refuse : « Merci, répondit Bibi-la-Grillade, je me purge. »

Cette marginalité spatiale de l'univers décrit par le roman explique aussi la défiguration du paysage. À l'origine, les faubourgs de Paris constituent un espace mi-rural mi-urbain : ainsi, le quartier de la Goutte-d'Or doit son nom aux vignes qui y étaient cultivées depuis le XIIIe siècle. Cependant, en se prolétarisant, la banlieue perd son caractère agricole et entre dans un processus de délabrement dont le roman de Zola ne cesse de rendre compte. Crasse, boue, moisissure, humidité envahissent aussi bien les espaces intérieurs que les espaces extérieurs. Dans L'Assommoir, il est constamment fait référence à la pauvreté des lieux et des logements : de la crasse qui « s'entête » dans la chambre de l'hôtel Boncœur aux odeurs de graillon et d'oignon cuit qui émanent des logements de la maison de la Goutte-d'Or, jusqu'au trou sordide où vit le père Bru et où meurt Gervaise. Au cours des différentes étapes du roman, le lecteur observe d'ailleurs une gradation de la saleté, qui finit par triompher de l'homme lui-même. Aussi la scène au cours de laquelle Gervaise tente d'oublier ses ennuis en se promenant avec Goujet a-t-elle un caractère dérisoire : autour des deux personnages s'étend un paysage rongé par la tristesse du monde industriel, où la nature est à l'agonie (chap. VIII). Cet enlaidissement des faubourgs est accentué par la transformation de la structure urbaine à partir des années 1860, au cours desquelles les travaux d'Haussmann refoulent les plus démunis vers la périphérie et renforcent les clivages sociaux. L'Assommoir se fait le témoin de ce phénomène au chapitre XII, où Gervaise assiste éberluée à la métamorphose de la ville : « Sous le luxe montant de Paris, la misère du faubourg crevait et salissait le chantier d'une ville nouvelle si hâtivement bâtie. » Cette marginalité spatiale explique et entraîne une seconde marginalité, culturelle celle-ci.

Un espace sans culture ni mémoire

« Pour l'ordre établi ceux qui vivent dans les faubourgs sont des sortes de vagabonds qui cherchent dans le faubourg un asile avant de trouver un emploi », rappelle John M. Merriman [1]. On comprend pourquoi c'est

---

1. *Ibid.*, chap. 3.

dans la périphérie de la capitale que Gervaise et Lantier, venus de la province, trouvent refuge. Par la description du quartier de la Goutte-d'Or, Zola met en scène un monde de laissés-pour-compte qui ne se soucient pas de l'ordre social ni de la loi. Le quartier de la Goutte-d'Or vit selon ses propres règles, sans représentant des institutions officielles, en marge d'une société qui l'oublie. Dans le quartier de la Goutte-d'Or, il n'existe aucun lieu de vie culturelle, aucun lieu de culte. Église et mairie sont loin et ni le maire ni le curé ne se souvient des habitants de la Goutte-d'Or. Lors des noces de Gervaise et Coupeau, le maire est en retard et le mariage est si vite expédié que les invités « se regard[ent], se croyant volés d'une bonne moitié de la cérémonie ». Le curé, auquel il a fallu marchander une messe à cinq francs, arrive, quant à lui, l'air maussade, dans la poussière d'un coup de balai et « sembl[e] les unir au milieu d'un déménagement, pendant une absence du Bon Dieu » (chap. III). Dans le quartier où vivent les personnages de *L'Assommoir* il n'y a pas d'école, et Gervaise est obligée de mettre Étienne « dans une petite pension de Chartres où elle paie cent sous (*ibid.*). Rappelons à ce propos que Coupeau ne sait ni lire ni écrire.

Ni les institutions civiles ni les institutions religieuses n'intègrent donc les habitants du faubourg. On comprend mieux la distance des gens du quartier avec la vie politique du pays. Alors que la capitale déborde de vitalité économique et politique, la vie, dans l'univers de Gervaise, n'est rythmée que par les velléités de chacun, les ragots tristes et sordides, les scènes de violence conjugale. Le quartier de la Goutte-d'Or est un quartier sans Histoire, sans mémoire. La marginalité culturelle et sociale du quartier n'offre aucune échappatoire aux personnages. L'exclusion de l'espace du savoir est mise en scène dans l'épisode grotesque de la visite au Louvre, où la noce se perd et suscite les quolibets des passants (chap. III). Le Louvre, pour les laissés-pour-compte de la Goutte-d'Or, devient un monstre labyrinthique et menaçant.

Cette marginalité culturelle explique aussi en grande partie le rapport particulier du monde ouvrier à la nourriture et à l'alcool.

LA REVANCHE DES CORPS

La prostitution

Dans le discours bourgeois, la vie des faubourgs est associée à la vulgarité, aux mœurs légères et à l'ivrognerie. Le peuple ouvrier lui-même
appelle les boulevards de Paris « les rives du nouveau monde [1] ». S'il est
vrai qu'en cette seconde moitié du XIXᵉ siècle les prostituées sont très
présentes dans le centre des villes, « lieu de toutes les consommations [2] », les plus démunies d'entre elles cherchent souvent refuge dans
la périphérie. À la fin de *L'Assommoir*, Gervaise, affamée, sans aucun
recours, se prostitue sur les boulevards extérieurs, là où la vie est la moins
chère. L'univers de la prostitution est évoqué au début du roman par
Adèle et Virginie. Quant à Nana, l'héroïne éponyme du roman, c'est elle
qui incarne le mieux la prostitution à laquelle est souvent réduite la
femme dans ce contexte de misère et de violence.

L'ivrognerie

Par ailleurs la périphérie est souvent associée à la boisson. Les cabarets,
guinguettes, tavernes situés en dehors de la ville vendent l'alcool moins
cher. Ils attirent ainsi une large clientèle. Sous le Second Empire l'image
de l'ivrognerie populaire s'étend et les cafés d'au-delà de l'octroi sont
les lieux où les pauvres viennent boire et s'amuser. *L'Assommoir* exprime
bien cette réalité, puisque les lieux de divertissement y occupent un
espace important. Les noms de cabarets et de tavernes sont très
nombreux dans le roman de Zola. : « *L'Assommoir, La Petite Civette, La
Boule Noire, Le Papillon, Le petit bonhomme qui tonne, Le Veau à Deux
Têtes*…

Sous le Second Empire la consommation d'alcool augmente dans les
classes populaires et l'ivrognerie reste particulièrement vivace dans le
monde artisanal et dans la petite industrie. C'est là une façon d'oublier
la misère dont *L'Assommoir* se fait parfaitement l'écho. En effet si la
fréquentation de ces lieux est due en partie à leurs prix modiques, elle
s'explique surtout par le fait qu'ils offrent des espaces d'accueil et de
vie sociale, ainsi qu'un exutoire au vide et à la monotonie du quotidien.

---

1. *Id., ibid.*, p. 81. \ 2. *Id., ibid.*

Dans *La Vie ouvrière sous le Second Empire*[1], Georges Duveau montre comment l'ouvrier boit pour oublier sa misère et comment, par exemple à l'enterrement d'un camarade mort en état d'ivresse, on se console par la consommation d'alcool. Zola illustre donc le rapport à l'alcool du monde ouvrier des faubourgs, dans son roman où les drames suscités par l'alcool s'oublient dans l'alcool, lequel donne à l'ouvrier l'illusion de lutter contre l'immobilisme d'une existence dont il se sent dépossédé.

Les repas

Cette vie marginalisée et à certains égards déshumanisée explique aussi le rapport du monde populaire à la nourriture. Même si la qualité de celle-ci s'améliore dans le monde ouvrier sous le Second Empire, les crises de subsistance sont encore fréquentes. La crainte toujours présente du manque se manifeste dans plusieurs épisodes du roman, où la nourriture est consommée selon une logique de compensation et de voracité : les noces, la fête de Gervaise, la communion de Nana et jusqu'à l'enterrement de la mère Coupeau donnent lieu à des ripailles.

C'est là un moyen de prévention, mais c'est aussi une double compensation aux difficultés engendrées par la pauvreté et la marginalisation sociale. La nourriture, associée à l'alcool, est l'occasion de convivialité, d'échange social, et ce n'est qu'au cours de la fête de Gervaise, par exemple, qu'« une fraternité s'étab[lit] avec la rue ». Le festin est aussi un plaisir sans limite où l'individu s'oublie et noie sa conscience. Dans cet espace marginalisé dépourvu de références politiques et culturelles, la jouissance, au lieu de constituer un nouveau rituel susceptible de donner sens à la vie, ne conduit qu'à une nouvelle forme de destruction.

LE CONTEXTE CULTUREL : LE MOUVEMENT NATURALISTE

Même si la notion de naturalisme est attachée au nom de Zola, il faut signaler d'une part que l'écrivain ne l'a pas inventée et que, d'autre part, son œuvre s'inscrit dans la lignée de recherches antérieures. Lorsque,

---

1. Georges Duveau, *La Vie ouvrière sous le Second Empire*, Gallimard, 1946, p. 498-522.

en 1868, Zola a l'idée de composer *Les Rougon-Macquart. Histoire naturelle et sociale d'une famille sous le Second Empire*, il s'inscrit en effet dans la filiation de *La Comédie humaine* de Balzac. Le succès de *L'Assommoir* fait de Zola le chef de file des écrivains naturalistes, qu'il réunit dans sa maison de Médan. Pour comprendre en quoi *L'Assommoir* est un roman naturaliste, il faut donc d'abord revenir au réalisme et à la volonté de représenter la réalité dans le texte littéraire, volonté liée au contexte historique et social du XIXᵉ siècle.

C'est ensuite seulement que l'on peut rappeler que le naturalisme est un mouvement fondé par Zola, qui lui a assuré un large succès, avant de tenter de définir quelques-uns des principes essentiels de la « méthode » naturaliste.

LE NATURALISME : UN MOUVEMENT LITTÉRAIRE DANS LA CONTINUITÉ DU RÉALISME

La représentation ou l'imitation de la réalité (*mimésis*) est une tradition de la littérature occidentale, déjà définie par Platon au IVᵉ siècle avant J.-C. dans le livre X de *La République*. Si l'on définit de façon large la notion de réalisme comme la représentation de la réalité, on doit donc convenir qu'elle n'est pas une invention du XIXᵉ siècle. Mais celui-ci lui a donné une inflexion particulière : c'est après 1848, en effet, que se développe l'idée de représenter la réalité présente en traitant des sujets tirés du quotidien, voire de la banalité la plus prosaïque.

En outre, l'influence de Walter Scott, dont les romans *Ivanhoé* (1819), *Quentin Durward* (1823) sont très populaires en France, a développé depuis le début du XIXᵉ siècle le goût pour la représentation fidèle d'une réalité historique incarnée par des personnages types. Toutes les conditions sont donc réunies dans la seconde moitié du siècle pour que le roman évolue vers une observation de plus en plus précise de la société de l'époque et se caractérise par la volonté d'en expliquer les fonctionnements.

BALZAC ET STENDHAL, DEUX PRÉCURSEURS DU RÉALISME ET DU REFUS DE L'IDÉALISATION EN ART

Balzac et Stendhal s'inscrivent dans la continuité du roman historique, mais ils privilégient la réalité contemporaine, non les époques révolues. Contemporains du romantisme, ils prennent aussi en compte la modernité en intégrant dans leurs œuvres des éléments d'ordre politique, social et historique liés à leur temps. Même si Stendhal aime le romanesque, il s'est attaché à théoriser le refus de l'idéalisme et le souci de la vérité : « Eh, monsieur, un roman est un miroir qui se promène sur une grand-route. Tantôt il reflète à nos yeux l'azur des cieux, tantôt la fange des bourbiers de la route » (*Le Rouge et le Noir*, IIᵉ partie, chap. 19).

Quant à Balzac, que Zola considère comme son maître, il met en scène dans *La Comédie humaine* les grandes transformations sociales du XIXᵉ siècle avec le déclin de l'aristocratie et de ses valeurs, et la montée d'une bourgeoisie d'affaires et du pouvoir de l'argent. Dans l'*Avant-propos* à la *Comédie humaine* (1842), il affirme sa volonté de peindre les espèces sociales comme Buffon a dépeint les espèces animales, et de se faire le secrétaire de l'histoire de la société française. Ainsi Stendhal et Balzac, qui ne se contentent pas de représenter le réel mais en révèlent les mécanismes, apparaissent comme d'authentiques précurseurs du réalisme.

LE RÉALISME : UN MOUVEMENT THÉORISÉ PAR CHAMPFLEURY ET DURANTY

La naissance du mouvement réaliste est indissociable de la désillusion politique née de 1848. En effet, après la révolution de février 1848, qui met fin à un régime sclérosé, le pays accueille avec enthousiasme la proclamation de la République, qu'accompagnent le suffrage universel et la liberté de la presse et de réunion. Cependant, dès juin 1848, les manifestations ouvrières sont écrasées dans le sang. La libéralisation politique a été éphémère.

Cette désillusion s'exprime notamment par l'émergence d'une nouvelle esthétique romanesque, le « réalisme ». Le terme est d'abord employé par l'écrivain Champfleury pour caractériser l'art du peintre Courbet, dont la toile intitulée *L'Après-dîner à Ornans*, exposée au Salon en 1849, fait scandale. Son sujet s'inspire d'une scène de la vie quotidienne : au premier plan, un chien est étendu devant la table de la salle commune d'une ferme. Trois hommes sont assis ; l'un s'est assoupi, l'autre bourre sa pipe, tandis qu'un quatrième personnage joue du violon. Aucune idéalisation, aucun message édifiant pour un tableau dont les dimensions (1,95 m sur 2,57 m) sont habituellement réservées à la « grande peinture », celle qui traite de sujets religieux, historiques ou mythologiques. De même, dans *Un enterrement à Ornans*, en 1850, Courbet prend pour modèles les gens du village et les représente grandeur nature.

Champfleury devient le porte-parole du mouvement réaliste, qu'il veut étendre à la littérature. Selon lui, le romancier doit s'appuyer sur l'observation de la réalité et décrire des milieux qu'il connaît bien. Son style doit être le plus neutre possible. L'écrivain Duranty, quant à lui, fonde la revue *Réalisme* en 1856, où il rappelle les principes de l'écriture réaliste, qu'il définit comme une écriture dépeignant l'époque contemporaine : « Le roman est la reproduction exacte, sincère du milieu social, de l'époque où on vit [...] aussi simple que possible pour être compréhensible à tout le monde. » Flaubert, avec *Madame Bovary*, publié en 1857, s'impose comme le modèle de l'écrivain réaliste, même s'il refuse cette étiquette. L'écriture réaliste se signale par quelques caractéristiques majeures : le refus du romanesque, le rôle de la description qui passe par le point de vue du personnage (et qui, ainsi, le révèle et prend souvent une dimension symbolique), l'usage du style indirect libre pour véhiculer des propos dont on ne sait s'il faut attribuer la paternité au narrateur ou au personnage. Cependant, le terme « réaliste » est très souvent connoté péjorativement, associé à l'idée de grossièreté, de vulgarité, d'obscénité.

LE NATURALISME : UNE VERSION « SCIENTIFIQUE » DU RÉALISME

Les sciences naturelles et les sciences médicales, qui connaissent un développement notable à l'époque, jouent un rôle essentiel dans l'élaboration des théories naturalistes, et l'on retrouve dans les romans naturalistes certains thèmes qui évoquent les recherches contemporaines. Ainsi, les théories du savant anglais Charles Darwin (1809-1882, auteur de *L'Origine des espèces par la sélection naturelle*, publié en 1859) influencent l'œuvre de Zola, qui, comme le scientifique anglais, montre l'animalité originelle de l'homme à travers certains comportements bestiaux et instinctifs qu'il prête aux personnages de *L'Assommoir*. Par ailleurs, les recherches sur l'hérédité connaissent des avancées décisives : c'est en 1866, en effet, que Mendel formule ses fameuses lois. Zola lui aussi manifeste son intérêt pour les recherches sur l'hérédité lorsqu'il construit minutieusement l'arbre généalogique des *Rougon-Macquart* et lorsqu'il insiste sur la part considérable de l'hérédité dans les comportements des personnages. Le romancier a puisé ses connaissances dans le *Traité philosophique et physiologique de l'hérédité naturelle* (1868), du docteur Lucas, et le destin qu'il prête à Gervaise lui permet de valider ses hypothèses sur le poids des déterminismes héréditaires : fille d'alcoolique et femme battue, l'héroïne accomplit, à travers les malheurs qui la frappent, les différentes étapes d'un itinéraire déjà programmé, auquel elle ne peut échapper.

En outre, l'étude des phénomènes psychiques extrêmes (la folie, la névrose, l'hystérie) se développe, notamment grâce aux travaux de Jean-Martin Charcot (1825-1893) et de Claude Bernard (1813-1878). Dans le domaine littéraire, *Germinie Lacerteux* (1865), des frères Goncourt, est le premier exemple de roman prenant la femme hystérique pour sujet. On retrouve cet intérêt dans *L'Assommoir*, lorsque Zola peint la démence alcoolique de Coupeau dans la scène célèbre du *delirium tremens*. Enfin, le dernier quart du xixe siècle est marqué par un développement de la recherche dans de nombreuses disciplines : à l'époque où le physicien autrichien Ludwig Boltzmann (1844-1906) formule le second principe de la thermodynamique, Zola s'intéresse aussi aux principes de cette science, qui connaissent leur application dans la machine à vapeur. Cet intérêt se manifeste notamment par l'attention accordée aux machines dans *L'Assommoir* : l'alambic, la forge de Goujet, la machine à vapeur du lavoir sont autant de réalités technologiques modernes qui reçoivent un traitement privilégié.

Comme le réalisme, le naturalisme se soucie donc de représenter la modernité et d'en expliquer le fonctionnement. Mais son originalité, on vient de le voir, tient à l'importance qu'il accorde au savoir scientifique, aussi bien dans la conception d'ensemble des œuvres que dans le détail des récits, dont de nombreux événements sont expliqués à la lumière de théories en vogue au cours de la seconde moitié du XIXe siècle.

LE NATURALISME : UN MOUVEMENT ANIMÉ PAR ZOLA

Trois événements fondateurs

En 1865, trois événements sont à l'origine de l'émergence du naturalisme. Tout d'abord, la parution de l'*Introduction à la médecine expérimentale*, de Claude Bernard, nourrit la réflexion théorique que Zola développe ensuite dans *Le Roman expérimental* (1880). Ensuite, la publication, en janvier 1865, de *Germinie Lacerteux*, des frères Goncourt, histoire d'une servante menant une double vie qui la précipite dans la déchéance physiologique et morale jusqu'à sa mort à l'hôpital, permet d'établir l'acte de naissance du mouvement littéraire naturaliste. Enfin, dans *Le Salut public de Lyon*, Zola salue avec des commentaires enthousiastes la méthode des frères Goncourt, qui ont voulu « fouiller en pleine nature humaine », « ne rien voiler du cadavre humain ». Le sujet de leur roman suscite le même enthousiasme :

> MM. de Goncourt ont écrit pour les hommes de nos jours : leur Germinie n'aurait pu vivre à aucune autre époque que la nôtre : elle est la fille du siècle[1].

D'emblée, Zola s'engage donc dans le combat en faveur du naturalisme.

Le succès et la célébrité

Par la publication de *Thérèse Raquin* en 1867, par ses prises de position en faveur de la peinture nouvelle publiées dans ses *Compte rendus* du Salon de 1866 et illustrées par Manet, par la campagne qu'il mène en faveur d'un nouveau roman dans des articles réunis sous le titre *Mes haines* en 1866, Zola se fait le porte-parole d'aspirations nouvelles. En 1869, il bâtit le projet des *Rougon-Macquart* dont il fait paraître le premier volume, *La Fortune des Rougon*, en 1871.

De 1876 à 1884, le naturalisme connaît une période faste : les publications se multiplient et le mouvement s'étend à l'étranger. La personna-

---

1. « Germinie Lacerteux par MM. Edmond et Jules Goncourt », *Le Salut public de Lyon*, 24 février 1865, recueilli dans *Mes haines*, 1866.

lité de Zola joue un rôle très important dans le succès que connaît le mouvement : le public aime l'audace de ses œuvres et est fasciné par ses qualités de théoricien. *L'Assommoir* en particulier suscite l'intérêt de jeunes écrivains d'origine modeste, qui rejoignent Zola. De 1865 à 1877, le mouvement naturaliste va de succès en scandales, double direction parfaitement illustrée par les conditions de diffusion de *L'Assommoir*, dont la parution en feuilleton est arrêtée sous la pression des abonnés du *Bien public* en mai 1876, et que l'on s'arrache en 1877, lors de sa publication en volume chez le libraire Charpentier. En 1880, la publication des *Soirées de Médan*, recueil de nouvelles réunissant, autour de Zola, Paul Alexis, Henri Céard, Léon Hennique, Joris-Karl Huysmans et Guy de Maupassant, constitue aux yeux de l'opinion le manifeste du naturalisme.

LE NATURALISME : UNE MÉTHODE EXPÉRIMENTALE

Une appellation venue de l'univers scientifique

Comme le rappelle Alain Pagès dans *Le Naturalisme*[1], le terme de « naturalisme » a derrière lui une longue histoire lorsque Zola le reprend à son compte. Depuis le XVIIe siècle, il est employé dans le domaine de l'histoire naturelle, des sciences naturelles et de la biologie. Un « naturaliste » est un savant qui pratique les sciences de la nature, notamment la botanique, la minéralogie ou la zoologie. Au XVIIIe siècle vient s'ajouter à ce sens une signification philosophique : le naturaliste est celui qui explique « les phénomènes par les lois du mécanisme et sans recourir à des causes surnaturelles » (*Dictionnaire* de Furetière, 1727). Enfin, au XIXe siècle, le terme est utilisé en peinture pour désigner l'évolution de l'art vers la représentation du réel.

En 1865, Zola reprend les trois sens du mot : l'écrivain naturaliste est à la fois un savant, un philosophe et un peintre, qui procède selon une méthode particulière.

---

1. Alain Pagès, *Le Naturalisme*, PUF, coll. « Que sais-je ? » 1989, n° 604.

La méthode expérimentale

Pour l'écrivain naturaliste, il s'agit d'expliquer le réel à partir des découvertes de la science en utilisant une méthode identique, fondée sur l'expérience et l'enquête : pour Zola, le romancier est un « savant spécial qui emploie l'outil des autres savants, l'observation et l'analyse », comme il l'écrit dans *Le Roman expérimental*.

C'est sur ces principes scientifiques que reposent les principes de construction de la famille des Rougon-Macquart. L'objectif de Zola est d'étudier une famille sur cinq générations et de vérifier ainsi les lois biologiques de l'hérédité qui, dans son œuvre, favorise notamment la propagation de la folie et de l'alcoolisme. Il s'agit aussi de montrer les déterminismes sociologiques en faisant coexister cinq milieux différents sous le Second Empire : le peuple, les commerçants, la bourgeoisie, le grand monde, le monde plus marginal des artistes et des prostituées. Expliquer le réel de façon scientifique suppose que le roman donne lieu à une sorte de démonstration. Ainsi, chaque roman des *Rougon-Macquart* met en scène un personnage particulier dans une expérience particulière : *L'Assommoir* veut démontrer, à travers l'expérience de Gervaise, que l'ouvrière d'origine provinciale transplantée dans le cadre parisien est condamnée à la déchéance, à l'ivrognerie et à la mort. Ainsi, l'hypothèse s'appuie sur l'observation du réel, elle permet le montage d'une expérience destinée à la vérifier. En racontant l'histoire de Gervaise au milieu de figures d'ouvriers comme Coupeau, Goujet, Bibi-la-Grillade et Bec-Salé dans l'existence quotidienne du quartier populaire de la Goutte-d'Or à Paris, Zola étudie bien le mécanisme de « la déchéance fatale d'une famille ouvrière, dans le milieu empesté de nos faubourgs », comme il le revendique dans la Préface du roman. À la différence d'un Balzac, qui montre comment un individu devient un héros par sa volonté hors du commun, son énergie, son appétit de puissance, et son utilisation des rouages de la société pour s'élever, Zola met en scène une héroïne victime d'un processus social qui la broie. L'idéal de travail de Gervaise, sa volonté de trouver un « trou un peu propre » pour vivre, ses rêves d'honnêteté n'ont rien à voir avec l'ambition de réussite sociale d'un héros balzacien comme Rastignac : c'est tout simplement le contexte social qui lui refuse toute dignité. Gervaise n'est pas un être d'exception, elle incarne la vie ordinaire d'une modeste fille du peuple en quête de tranquillité. Et son destin n'a rien d'exceptionnel : il est, selon Zola, celui qui attend les femmes appartenant au même milieu que son héroïne.

En effet, malgré sa bonne volonté et ses efforts, Gervaise glisse progressivement dans la déchéance, comme le révèle la construction à caractère démonstratif du roman. Les six premiers chapitres, jusqu'à la fête donnée par la blanchisseuse, montrent le succès progressif des efforts fournis, mais ils laissent déjà entrevoir les menaces qui entraîneront sa chute : l'accident de Coupeau engendre la misère et des difficultés dans le couple, sa condition de femme fait d'elle la proie des appétits masculins incarnés par Coupeau et Lantier, sa naïveté l'empêche de préserver son espace et de se défendre dans un monde régi par des rapports de force dont elle ne maîtrise pas les codes. La deuxième partie du roman montre ensuite ces forces à l'œuvre, dans un mouvement qui conduit peu à peu la jeune femme jusqu'à la mort.

Le rôle de la documentation

Le roman naturaliste s'appuie, dans son investigation de la réalité, sur de longues enquêtes préalables. Avec L'Assommoir, en 1877, Zola fait entrer la classe ouvrière, dont il a pu observer les conditions de vie, dans le roman. En effet, à son arrivée à Paris, l'écrivain a vécu la vie des milieux ouvriers et artisans qu'il met en scène dans L'Assommoir, il a connu les années de misère qu'il décrit avec vérité au chapitre x. Le dossier préparatoire et l'« Ébauche » du roman contiennent des notes prises dans des livres de médecine montrant les méfaits de l'alcoolisme pour l'organisme humain. Ils consignent aussi des recherches de vocabulaire technique concernant les métiers évoqués (blanchisseuse, couvreur, boulonnier), dont Zola indique les instruments et les conditions de travail. Ils réunissent enfin des notes prises sur le quartier de la Goutte- d'Or, des termes de vocabulaire empruntés au Dictionnaire de la langue verte (1866), d'Alfred Delvau, que le romancier utilise en les mettant dans la bouche de ses personnages.

Zola croit au progrès, il croit en la possibilité de connaître, de comprendre et donc d'améliorer l'homme et la société. C'est ce but pédagogique, social, humaniste qu'il assigne à ce qu'il appelle « le roman expérimental ». Zola revendique donc l'apport des sciences dans l'étude des faits humains et sociaux. Mais il insiste aussi sur le rôle de l'invention dans la mise en place de l'expérience montée à partir de l'observation :

> Un reproche bête qu'on nous fait, à nous autres écrivains natura-
> listes, c'est de vouloir être uniquement des photographes. Nous
> avons beau déclarer que nous acceptons le tempérament, l'ex-
> pression personnelle, on n'en continue pas moins à nous répondre
> 5 par des arguments imbéciles sur l'impossibilité d'être strictement
> vrai, sur le besoin d'arranger les faits pour constituer une œuvre
> d'art quelconque. Eh bien ! avec l'application de la méthode expé-
> rimentale au roman, toute querelle cesse. L'idée d'expérience
> entraîne avec elle l'idée de modification. Nous portons bien des
> 10 faits vrais, qui sont notre base indestructible ; mais, pour montrer
> les mécanismes des faits, il faut que nous produisions et que nous
> dirigions les phénomènes ; c'est là notre part d'invention, de génie
> dans l'œuvre [1].

La documentation n'est donc pas une fin en soi : si elle donne au travail du romancier son assise et sa crédibilité scientifique, elle doit être complétée par le travail d'invention qui permet d'agencer poétiquement la succession des faits.

LE CONTEXTE BIOGRAPHIQUE

Né en 1840 à Paris, Zola vit à Aix-en-Provence de 1843 à 1858. Son père, brillant ingénieur d'origine italienne, meurt en 1847, laissant la famille dans une situation difficile. Au collège Bourbon, où il fait l'ex-périence de l'inégalité sociale, Zola se noue d'amitié avec Paul Cézanne. Il lit Lamartine, Hugo, Musset, et rêve de devenir poète.

ZOLA JOURNALISTE

En 1857, Madame Zola se fixe à Paris et Émile entre au lycée Saint-Louis. La situation difficile de sa famille, qui s'installe dans un petit apparte-ment modeste, lui fait découvrir la pauvreté et l'amène à observer avec

---

1. « Le roman expérimental », 1879, recueilli dans Le Roman expérimental, 1880.

attention le contexte où il vit. Ses romans sur le peuple sont nourris de toutes ces réalités. En 1859, il échoue au baccalauréat et abandonne les études. Il cherche alors du travail et mène une vie de bohème avec son ami Cézanne.

En 1862, il trouve un emploi à la librairie Hachette comme attaché de presse et chef de la publicité. Il découvre le monde de l'édition et entre en contact avec des écrivains. Il fait notamment la connaissance du critique littéraire et philosophe Taine, de Littré, de Sainte-Beuve et de tout un milieu influencé par le positivisme et les idées libérales. Il fréquente les artistes de l'époque et plus particulièrement les peintres, avec lesquels il garde des liens étroits et dont il évoquera l'univers dans *L'Œuvre* en 1886. Il commence lui-même à travailler comme journaliste et à publier.

En 1864, il publie les *Contes à Ninon* et en 1865, avec plus de succès, *La Confession de Claude*. La même année, il s'enthousiasme pour le roman des Goncourt, *Germinie Lacerteux*. Il collabore également à quelques journaux et revues, notamment au *Figaro* et à *La Nouvelle Revue de Paris*. À partir de 1866, il quitte la librairie Hachette et vit du grand nombre d'articles qu'il écrit : chroniques, articles de critique littéraire et artistique, articles d'opinion. Dans *L'Événement*, il s'enthousiasme pour les Goncourt, Balzac, Flaubert, Stendhal. Critique d'art, il loue Manet, Courbet, Renoir, Pissaro, dans des articles qui font scandale et où il s'attaque à la peinture académique. *Mes haines*, publié en 1866, est son premier recueil d'articles littéraires et artistiques. À partir de 1868, collaborant à un certain nombre de journaux républicains, il acquiert la réputation d'un journaliste remuant, proche de la mouvance que *Le Figaro* qualifie de « putride ». La même année, *Thérèse Raquin*, roman publié sans grand succès en 1866, est réédité avec une Préface. C'est à cette époque que Zola lit des ouvrages sur l'hérédité et la physiologie, et notamment *Le Traité philosophique et physiologique de l'hérédité naturelle* (1868) du docteur Lucas.

ZOLA ROMANCIER : *LES ROUGON-MACQUART,* HISTOIRE D'UNE FAMILLE

Durant cette période, Zola s'attache à la réalisation d'une fresque littéraire inspirée de *La Comédie Humaine* de Balzac, consacrée à l'histoire d'une famille sous le Second Empire : *Les Rougon-Macquart*. Il s'agit de présenter l'étude à la fois psychologique, physiologique et sociale d'une famille sur plusieurs générations. Cette perspective explique le choix du sous-titre du cycle des *Rougon-Macquart* : « Histoire naturelle et sociale d'une famille sous le Second Empire ». Zola construit l'arbre généalogique des *Rougon-Macquart* en s'appuyant sur l'ouvrage du docteur Lucas. Ce projet qui devait réunir au départ dix romans, finit par en compter vingt et constitue l'œuvre la plus caractéristique du roman naturaliste. *La Fortune des Rougon*, le premier des vingt volumes, paraît en 1871 ; *Le Docteur Pascal*, dernier volume du cycle, paraît en 1893.

Le thème de l'hérédité est le fil directeur des *Rougon-Macquart*, et Zola explore dans chacun des romans du cycle les modifications du tempérament familial et les formes de la transmission des tares héréditaires dans un milieu social donné. Mais il étudie aussi la diversité des milieux sociaux, et chaque roman donne lieu à une critique du régime en place. *Les Rougon-Macquart* explorent ainsi toutes les catégories sociales : du peuple (*L'Assommoir,* 1877 ; *Germinal*, 1885 ; *La Bête humaine*, 1890) à la bourgeoisie d'affaires (*La Curée*, 1872 ; *L'Argent*, 1891), en passant par les paysans (*La Terre*, 1887), les commerçants (*Le Ventre de Paris*, 1873) et l'univers de la haute prostitution (*Nana*, 1880).

C'est en 1877, grâce à la parution de *L'Assommoir*, que Zola devient célèbre. Le scandale qui suit la publication du roman fait de lui l'auteur le plus contesté, mais aussi le plus lu de Paris. Cette œuvre originale attire à lui de jeunes écrivains comme Henry Céard, Léon Hennique, Huysmans, Octave Mirbeau, Maupassant. Zola achète à Médan, à une trentaine de kilomètres à l'ouest de Paris, une maison qui devient le fief du mouvement naturaliste et où il passe le plus clair de son temps. Il multiplie les écrits théoriques (*Le Roman expérimental*, 1880 ; *Les Romanciers naturalistes*, 1881 ; *Le Naturalisme au théâtre*, 1881 ; *Documents littéraires*) et les articles polémiques dans *Le Bien Public*, dont il voudrait faire l'organe du naturalisme. Il fait figure de chef de l'école naturaliste, dont *Les Soirées de Médan* (1880) apparaissent comme le manifeste.

Mais les années qui suivent sont plus troubles. Zola est profondément affecté par la mort de Flaubert (1880) et par celle de sa mère. Il perd l'amitié de Cézanne, qui croit se reconnaître dans le personnage de Claude Lantier lors de la publication, en 1886, de *L'Œuvre*. Goncourt et

Daudet, jaloux de son succès, s'éloignent. En 1888 un événement heureux vient bouleverser sa vie personnelle : il tombe amoureux de Jeanne Rozerot, une lingère engagée par sa femme. Elle lui donnera deux enfants. La correspondance que l'écrivain lui a adressée a été publiée aux éditions Gallimard en septembre 2004. L'année où il rencontre l'amour, Zola découvre aussi la photographie, nouveau langage qu'il appréhende avec passion.

En 1893, on fête la publication du dernier tome des *Rougon-Macquart*, *Le Docteur Pascal*, mais la vie de Zola est assombrie par les brouilles avec les amis qui se sont écartés de lui ou par l'hostilité que lui manifestent certains auteurs, tel Huysmans qui se tourne vers une écriture plus mystique. Le roman psychologique et le symbolisme sont désormais au goût du jour.

LES DERNIERS ÉCRITS ET L'AFFAIRE DREYFUS

De plus en plus attiré par le courant de pensée socialiste, Zola s'engage avec conviction dans les débats politiques de la fin du xixe siècle. Il prend parti pour le capitaine Dreyfus, dénonce les manœuvres menées contre celui-ci, contre la République et les juifs. Le 13 juillet 1898, dans *L'Aurore*, Zola adresse une lettre ouverte au président de la République, intitulée *J'accuse*, à la suite de laquelle il est condamné à la prison et à l'exil. C'est là qu'il commence un dernier cycle, laïque, scientiste et socialisant, *Les Quatre Évangiles*, qui comprennent *Fécondité* (1899), *Travail* (1901), *Vérité* (1903, posthume), et *Justice* (resté inachevé). Ses engagements idéologiques lui coûtent son entrée à l'Académie française.

Il meurt asphyxié le 29 septembre 1902 : la cheminée de sa chambre a été bouchée par un antidreyfusard, comme le révèle l'enquête menée par Jean Bedel dans son ouvrage *Zola assassiné* (Flammarion, 2002). En 1906, Dreyfus est réhabilité.

A RÉCEPTION DE *L'ASSOMMOIR*

Dès sa publication en feuilleton en 1876 dans *Le Bien Public*, *L'Assommoir* suscite des réactions âpres et violentes, et fait de Zola la cible de toutes formes d'attaques. Un an plus tard, alors que le livre paraît en librairie chez Charpentier, le grand public se l'arrache. Le succès est proportionnel au scandale et révèle la réception paradoxale dont *L'Assommoir* est l'objet.

LES RÉACTIONS DES CONTEMPORAINS

Des critiques virulentes

La publication de *L'Assommoir* provoque un tollé, un scandale énorme dont la presse se fait l'écho. À la parution du sixième chapitre le 7 juin 1876, *Le Bien Public* annonce que la publication est interrompue. Choquée par le langage osé du roman, la presse royaliste s'indigne. On lit dans le journal royaliste *La Gazette de France* : « M. Émile Zola est le chef de la Commune littéraire » (20 avril 1876). Dans *Le Gaulois*, Pontmartin qualifie le roman d'« abominable dévergondage ». Dans *Le Figaro* du 1er septembre 1876, Albert Millaud écrit : Ce n'est plus de la crudité, c'est de la pornographie », et Zola est même accusé de socialisme ! On ne manque pas, lors de la publication en librairie, de renouveler les attaques et, dans *Le Journal des débats* (14 mars 1877), Henry Houssaye affirme que *L'Assommoir* est « le suicide du réalisme [1] ». Le romancier fait l'objet de caricatures impitoyables et *L'Assommoir* est parodié sur des scènes connues ou au café-concert. L'adaptation au théâtre du roman ne fait qu'encourager toutes ces attaques qui sont autant de publicité pour *L'Assommoir*. Citons parmi ces adaptations : *L'Assommoir pour rire*, de Maurice Ordonneau, « vaudeville » en trois actes (Bouffes du Nord, 8 février 1879) ; *L'Assommoir pour rire*, « précédé d'une conférence sur *L'Assommoir*, ambiguë parodie de deux auteurs qui restent dans ces eaux-là » (15 février 1879) ; *Les Gommeux de L'Assommoir*, « parodie vaudeville » en un acte de Paul Burani (17 mai 1879). Ballets et pantomimes sont autant de parodies de *L'Assommoir*, qui mettent en scène des spectacles de clowns et de marionnettes, sans compter les chansons qui accompagnent les revues parodiques et se répandent sur les boulevards [2].

---

1. Pour une connaissance plus complète de l'accueil de la critique, se référer à A. Pagès et O. Morgan, *Guide Émile Zola*, Ellipses, 2002., p. 253. \ 2. Les parodies de *L'Assommoir* sont recensées dans A. Pagès et O. Morgan, *Guide Émile Zola*, *op. cit.*, p. 433-437 et dans le numéro 73 des *Cahiers naturalistes*, 1999.

Les écrivains ne manquent pas de crier au scandale. Victor Hugo s'of-fusque de l'image négative que *L'Assommoir* donne du peuple : « Oui, elles existent, ces plaies, elles saignent, elles purulent ; ce n'est pas une raison suffisante pour les donner en spectacle. Il faut pénétrer dans ces horreurs mais pour les adoucir, les guérir. » Charles Floquet parle d'une œuvre « malsaine et ordurière ». Chamfleury lui-même, premier théo-ricien du réalisme, ne mâche pas ses mots : « En 1877 le monde devient bas, horrible [...] en même temps paraissent des saletés comme *L'As-sommoir*. [...] Ne pas couper court aux immondices de *L'Assommoir* est une faute que paieront plus tard les gouvernants et la nation », écrit-il dans *Le Journal* du 25 mars 1877. Le jugement de Flaubert est négatif. Dans une lettre à la princesse Mathilde, le 4 octobre 1876, on lit : « J'ai lu un fragment de *L'Assommoir* [...] Je trouve cela ignoble, absolument. Faire vrai ne me paraît pas être la première condition de l'art. »

L'enthousiasme des écrivains

Flaubert est le premier à revenir sur son jugement. Un an après avoir tenu des propos sans pitié, il reconnaît les qualités d'écriture du roman : « Il y a dans ces longues pages malpropres une puissance réelle. » Les futurs écrivains des soirées de Médan, Léon Hennique, Henry Céard, Joris-Karl Huysmans, Paul Alexis, sont les premiers à prendre le parti de Zola. Léon Hennique donne une conférence sur *L'Assommoir* à Paris et J.-K. Huysmans, le 1er avril 1877, publie dans *L'Actualité de Bruxelles* quatre articles qui prennent la défense de *L'Assommoir* et font office de premier manifeste de l'école naturaliste : « La société a deux faces : nous montrons ces deux faces, nous nous servons de toutes les couleurs de la palette, du noir comme du bleu », écrit Huysmans, qui exprime les principes d'une nouvelle esthétique romanesque. Dans sa correspon-dance avec Zola (lettre du 7 janvier 1877), le jeune écrivain rappelle son enthousiasme pour *L'Assommoir*, dont il apprécie particulièrement les descriptions qui donnent à voir et à entendre la vie du peuple :

> Je viens de lire le dernier numéro de *L'Assommoir*. C'est beau ! oh, mais absolument beau ! Gervaise faisant le trottoir dans la boue et regardant le chahut de son ombre est admirable, et le refrain : Monsieur écoutez donc, qui revient sans cesse est poignant jus-qu'aux larmes !...

Mallarmé, quant à lui, est surtout sensible à la nouveauté linguistique de l'œuvre. Il est le seul à pressentir dans la langue du roman la modernité d'une écriture qui ne parle pas pour le peuple, mais le fait parler :

> Voilà une bien grande œuvre ; et digne d'une époque où la vérité devient la forme populaire de la beauté ! Ceux qui vous accusent de n'avoir pas écrit pour le peuple se trompent dans un sens, autant que ceux qui regrettent un idéal ancien ; vous en avez trouvé un qui est moderne, c'est tout,

écrit le poète à Zola le 3 février 1877. Zola a droit aussi aux encouragements de Paul Bourget qui lui déclare : « C'est votre meilleur roman […] faites-nous encore des livres de cette force-là et vous serez le Balzac de la fin du siècle. »

Des reproches esthétiques et politiques

En réalité, *L'Assommoir* choque parce qu'il remet en question à la fois le bon goût littéraire et la vision lyrique du peuple : à droite, on reproche à Zola de mépriser le beau et le goût ; à gauche, on lui en veut de donner une image négative de la classe ouvrière. Zola est accusé d'avoir trahi la réalité sociale, on lui reproche de n'avoir dépeint qu'une frange minoritaire et apolitique du monde des faubourgs, on l'accuse de mépriser le peuple.

Le romancier se défend en rappelant à plusieurs reprises l'utilité et la visée de son projet, sa volonté de donner la parole au peuple, de le révéler dans sa réalité sans l'idéaliser, comme le fait Victor Hugo dans *Les Misérables* (1862). Dans sa *Correspondance*, il revient à plusieurs reprises sur la dimension idéologique de son roman : « Oui, le peuple est ainsi, mais parce que la société le veut bien », ou encore :

> J'ai fait une œuvre utile en analysant un certain coin du peuple, dans *L'Assommoir.* J'ai fait ce qu'il y avait à faire ; j'ai montré les plaies, j'ai éclairé violemment des souffrances et des vices, que l'on peut guérir.

Dans la Préface qu'il rajoute à son roman, Zola exprime sa confiance dans la postérité :

C'est une œuvre de vérité, le premier roman sur le peuple, qui ne mente pas et qui ait l'odeur du peuple. [...] Je me remets au temps et à la bonne foi publique pour me découvrir enfin sous l'amas des sottises entassées.

Le temps lui donnera raison.

L'ouverture sur l'Europe

Dans ce climat de scandale et d'euphorie, l'un des enjeux importants de la publication de *L'Assommoir* est de contribuer à la notoriété européenne de Zola. C'est à *L'Assommoir* que le romancier naturaliste doit son succès en Italie, où l'on est par ailleurs sensible aux origines vénitiennes de l'écrivain. À partir de 1877, l'Italie s'attache avec un vif intérêt à toutes les publications de Zola et *L'Assommoir* y connaît même des adaptations théâtrales. En Allemagne et en Autriche, la traduction de l'œuvre de Zola s'amorce avec *L'Assommoir* et *Les Contes à Ninon*. C'est en 1879, dans *Le Messager de L'Europe*, revue de Saint-Pétersbourg, que Zola publie pour la première fois son manifeste du *Roman expérimental* avant de le faire paraître dans un périodique français. Ajoutons qu'en Amérique, les premières traductions de l'œuvre zolienne datent des années 1878-1879 et sont l'objet d'« un succès de scandale [1] ».

LA RELECTURE OPÉRÉE PAR LE XXᵉ SIÈCLE

Les romans de Zola ont mis du temps à se défaire d'une étiquette péjorative, qui faisait d'eux les incarnations d'une esthétique du laid. Une certaine intelligentsia universitaire, comme le rappelle Pierre-Marc de Biasi, n'a pas manqué de manifester ses réserves à l'égard de Zola et depuis que le concours de l'agrégation existe, l'œuvre zolienne n'a été retenue que deux fois dans le programme des œuvres à étudier par les candidats [2]. *L'Assommoir* est l'héritier, comme l'ensemble de l'œuvre de Zola, d'un certain nombre d'idées reçues. Dans un article du *Magazine littéraire* d'octobre 2002, Pierre-Marc de Biasi relate l'anecdote suivante :

---

1. Pour une information plus complète, se référer à A. Pagès et O. Morgan, *Guide Émile Zola, op. cit.*, p. 415-430. \ **2.** Pierre-Marc de Biasi, « Zola, l'autre visage », *Magazine littéraire*, n° 413, octobre 2002, p. 23.

À un cinéaste qui venait de réaliser un film assez réaliste sur le prolétariat marseillais, un journaliste suggère en croyant lui faire plaisir : « Votre film, on dirait vraiment du Zola, non ? » Piqué au vif, le cinéaste réplique : « Ah ! vous n'y êtes pas du tout ! c'est le contraire ! Mon projet n'était absolument pas misérabiliste et d'autre part, faites-moi la grâce de reconnaître qu'il y a un vrai projet esthétique dans mon travail. »

Cet épisode laisse bien entendre que le roman zolien, quand il concerne le monde ouvrier, est souvent lu comme un roman de documentation. Est-ce la raison pour laquelle *L'Assommoir*, qui a connu de 1898 à 1955 de nombreuses adaptations cinématographiques, est abandonné par le monde du cinéma depuis la réalisation et le succès du film de René Clément, *Gervaise* (1955) ?

Malgré la persistance de ces clichés, Zola continue de susciter l'intérêt, voire la fascination. Une recherche active, illustrée depuis vingt ans par les noms de Colette Becker, Henri Mitterand et Alain Pagès, a fait justice d'un grand nombre de préjugés qui avaient réduit l'œuvre zolienne à l'expression d'un naturalisme pur et dur. Les études historiques, sociologiques, esthétiques et les analyses du contexte et de la réception de l'œuvre s'efforcent toujours d'explorer la complexité de l'univers romanesque zolien. Si l'on se réfère à l'état de la recherche proposé par Alain Pagès [1], on ne peut qu'être ébloui de l'intérêt que le romancier éveille auprès des jeunes chercheurs mais aussi des lectures diverses qu'il a suscitées sous la plume de grands auteurs comme Michel Serres, Gilles Deleuze, Michel Butor. Sous la direction d'Alain Pagès, cette recherche zolienne donne lieu à la publication annuelle des *Cahiers naturalistes*, dont le numéro 52, datant de 1978, est entièrement consacré à *L'Assommoir* [2]. À ce titre, les derniers travaux de Colette Becker, qui portent sur les dossiers préparatoires de Zola et où *L'Assommoir* est pleinement concerné, révèlent toute la richesse et la dynamique de l'imaginaire zolien. C'est à ce Zola créateur de mythes que l'exposition de la BNF en 2002 rend hommage : un Zola avant tout artiste et attentif aux évolutions esthé-

---

1. A. Pagès et O. Morgan, *Guide Émile Zola, op. cit.* \ 2. *Cahiers naturalistes,* n° 52, 1978, sous la direction d'Henri Mitterand.

tiques, comme le rappelle Michèle Sacquin, commissaire de l'exposition, dans une interview donnée au *Magazine littéraire* [1] la même année.

Le souci d'analyser de plus en plus précisément l'écriture zolienne explique la sensibilité toujours plus grande de notre époque à la modernité de *L'Assommoir* et surtout à l'usage que le romancier y fait du style indirect libre. Dans le discours d'« Hommage à Zola » que Céline prononce à l'occasion du Pèlerinage de Médan d'octobre 1933, le créateur du récit oralisé rappelle ce qu'il doit à l'écriture naturaliste : « Depuis *L'Assommoir* [...] on n'a pas fait mieux. Les choses en sont restées là avec quelques variantes. Avait-il, Zola, travaillé trop bien pour ses successeurs [2] ? » C'est la raison pour laquelle, à propos de *L'Assommoir,* la critique actuelle parle d'écriture célinienne. Jean-Louis Cabanès [3], par exemple, se référant tout particulièrement à la description de l'alcoolisme de Coupeau, montre comment la prose zolienne naît d'une réécriture des traités médicaux :

> Zola ré[é]crit une observation médicale dans une prose rythmée, « voisée », blagueuse, quasi célinienne, conjoignant le pathétique, le comique, le grotesque (on crève de rire) par effet de loupe sur un détail.

Cette modernité relève aussi du contenu de l'œuvre, dont les analyses et les intuitions sociales, comme le rappelle Colette Becker [4], sont très actuelles. Dans *L'Assommoir,* Zola rend compte de l'importance et du rôle que joue, pour un individu ou pour un groupe social, l'espace dans lequel il vit. En montrant à quel point l'appropriation de l'espace est déterminante pour l'intégration de l'individu, il offre à nos problèmes actuels des clés de lecture.

Toutes ces caractéristiques expliquent peut-être le succès que *L'Assommoir* connaît auprès du jeune public. Au lycée, on lit *L'Assommoir* avec un enthousiasme souvent sans réserve et qui en dit long sur la modernité et l'actualité du roman.

---

1. Pierre-Marc de Biasi, « Zola, l'autre visage », *Magazine littéraire, op. cit.,* p. 49. \ **2.** A. Pagès et O. Morgan, *Guide Émile Zola, op. cit.,* p. 462. \ **3.** J.-L. Cabanès, « La chair et les mots », *Magazine littéraire,* n° 413, octobre 2002, p. 43. \ **4.** C. Becker, *Émile Zola, L'Assommoir,* PUF, 1994.

GROUPEMENT DE TEXTES : DESTINS DE FEMMES ET ESTHÉTIQUES ROMANESQUES AU XIXᵉ SIÈCLE

Après avoir lu les textes 1 à 5 réunis ci-dessous, vous répondrez aux questions suivantes.

1. Comment chacun de ces portraits est-il construit ? Quels procédés dominants peut-on y observer ?

2. Sous quel(s) point(s) de vue sont-ils menés ? Quelles remarques cela vous suggère-t-il ?

3. Dans quel registre dominant s'inscrivent-ils ? Quels sont les effets produits ?

4. Quelle place le narrateur tient-il dans les différents portraits ?

5. En quoi chacun d'eux est-il emblématique d'une esthétique romanesque propre au XIXᵉ siècle ?

6. Pourquoi leur confrontation permet-elle d'identifier les principes de l'esthétique naturaliste et plus précisément les principes du naturalisme de Zola ?

TEXTE 1 • Victor Hugo, *Les Misérables* (1862), Iʳᵉ partie, livre IV

Fantine, ouvrière chez M. Madeleine, est renvoyée à la suite d'une dénonciation. La misère effrayante dans laquelle elle se retrouve, la condamne à se prostituer.

XI

CHRISTUS NOS LIBERAVIT

Qu'est-ce que c'est que cette histoire de Fantine ? C'est la société achetant une esclave.

À qui ? À la misère.

À la faim, au froid, à l'isolement, à l'abandon, au dénûment.
5 Marché douloureux. Une âme pour un morceau de pain. La misère offre, la société accepte.

La sainte loi de Jésus-Christ gouverne notre civilisation, mais elle ne la pénètre pas encore. On dit que l'esclavage a disparu de

la civilisation européenne. C'est une erreur. Il existe toujours, mais
10 il ne pèse plus que sur la femme, et il s'appelle prostitution.

Il pèse sur la femme, c'est-à-dire sur la grâce, sur la faiblesse,
sur la beauté, sur la maternité. Ceci n'est pas une des moindres
hontes de l'homme.

Au point de ce douloureux drame où nous sommes arrivés, il
15 ne reste plus rien à Fantine de ce qu'elle a été autrefois. Elle est
devenue marbre en devenant boue. Qui la touche a froid. Elle
passe, elle vous subit et elle vous ignore; elle est la figure désho-
norée et sévère. La vie et l'ordre social lui ont dit leur dernier
mot. Il lui est arrivé tout ce qui lui arrivera. Elle a tout ressenti,
20 tout supporté, tout éprouvé, tout souffert, tout perdu, tout
pleuré. Elle est résignée de cette résignation qui ressemble à l'indifférence comme la mort ressemble au sommeil. Elle n'évite
plus rien. Elle ne craint plus rien. Tombe sur elle toute la nuée
et passe sur elle tout l'océan ! que lui importe ! c'est une éponge
25 imbibée.

Elle le croit du moins, mais c'est une erreur de s'imaginer qu'on
épuise le sort et qu'on touche le fond de quoi que ce soit.

Hélas ! qu'est-ce que toutes ces destinées ainsi poussées pêle-
mêle ? où vont-elles ? pourquoi sont-elles ainsi ?
30 Celui qui sait cela voit toute l'ombre.

Il est seul. Il s'appelle Dieu.

TEXTE 2 • Honoré de Balzac, *Eugénie Grandet* (1839)

Cet extrait retrace le portrait de Nanon, fidèle servante du père Grandet,
ancien tonnelier et homme très fortuné de la ville de Saumur.

La Grande Nanon, ainsi nommée à cause de sa taille haute de cinq
pieds huit pouces, appartenait à Grandet depuis trente-cinq ans.
Quoiqu'elle n'eût que soixante livres de gages, elle passait pour
une des plus riches servantes de Saumur. Ces soixante livres, accu-
5 mulées depuis trente-cinq ans, lui avaient permis de placer
récemment quatre mille livres en viager chez maître Cruchot.
Ce résultat des longues et persistantes économies de la Grande
Nanon parut gigantesque. Chaque servante, voyant la pauvre
sexagénaire avec du pain pour ses vieux jours, était jalouse d'elle

10 sans penser au dur servage par lequel il avait été acquis. À l'âge
de vingt-deux ans, la pauvre fille n'avait pu se placer chez personne, tant sa figure semblait repoussante ; et certes ce sentiment
était bien injuste : sa figure eût été fort admirée sur les épaules
d'un grenadier de la garde ; mais en tout il faut, dit-on, l'à-pro-
15 pos. Forcée de quitter une ferme incendiée où elle gardait les
vaches, elle vint à Saumur, où elle chercha du service, animée de
ce robuste courage qui ne se refuse à rien. Le père Grandet pensait alors à se marier, et voulait déjà monter son ménage. Il avisa
cette fille rebutée de porte en porte. Juge de la force corporelle
20 en sa qualité de tonnelier, il devina le parti qu'on pouvait tirer
d'une créature femelle taillée en Hercule, plantée sur ses pieds
comme un chêne de soixante ans sur ses racines, forte des hanches,
carrée du dos, ayant des mains de charretier et une probité vigou-
reuse comme l'était son intacte vertu. Ni les verrues qui ornaient
25 ce visage martial, ni le teint de brique, ni les bras nerveux, ni les
haillons de la Nanon n'épouvantèrent le tonnelier, qui se trouvait encore dans l'âge où le cœur tressaille. Il vêtit alors, chaussa,
nourrit la pauvre fille, lui donna des gages, et l'employa sans trop
la rudoyer. En se voyant ainsi accueillie, la Grande Nanon pleura
30 secrètement de joie, et s'attacha sincèrement au tonnelier, qui
d'ailleurs l'exploita féodalement. Nanon faisait tout : elle faisait
la cuisine, elle faisait les buées [1], elle allait laver le linge à la Loire,
le rapportait sur ses épaules ; elle se levait au jour, se couchait
tard ; faisait à manger à tous les vendangeurs pendant les récoltes,
35 surveillait les halleboteurs [2] ; défendait, comme un chien fidèle,
le bien de son maître ; enfin, pleine d'une confiance aveugle en
lui, elle obéissait sans murmure à ses fantaisies les plus saugre-
nues.

TEXTE 3 • Gustave Flaubert, *Madame Bovary* (1857), IIᵉ partie

Lors des comices agricoles qui se déroulent dans la petite ville normande
de Yonville l'Abbaye, au cours de la distribution des médailles, les offi-
ciels appellent sur l'estrade Catherine-Nicaise-Élisabeth Leroux, afin de

---

1. *Buées* : lessives. \ 2. *Halleboteurs* : les grapilleurs, ceux qui, après la vendange, cueillent
les raisins grapillés dans les vignes.

lui remettre une médaille d'argent « pour cinquante-quatre ans de service dans la même ferme ».

Alors on vit s'avancer sur l'estrade une petite vieille femme de maintien craintif, et qui paraissait se ratatiner dans ses pauvres vêtements. Elle avait aux pieds de grosses galoches de bois, et, le long des hanches, un grand tablier bleu. Son visage maigre,
5 entouré d'un béguin sans bordure, était plus plissé de rides qu'une pomme de reinette flétrie, et des manches de sa camisole rouge dépassaient deux longues mains, à articulations noueuses. La poussière des granges, la potasse des lessives et le suint des laines les avaient si bien encroûtées, éraillées, durcies, qu'elles sem-
10 blaient sales quoiqu'elles fussent rincées d'eau claire ; et, à force d'avoir servi, elles restaient entr'ouvertes, comme pour présenter d'elles-mêmes l'humble témoignage de tant de souffrances subies. Quelque chose d'une rigidité monacale relevait l'expression de sa figure. Rien de triste ou d'attendri n'amollissait ce regard pâle.
15 Dans la fréquentation des animaux, elle avait pris leur mutisme et leur placidité. C'était la première fois qu'elle se voyait au milieu d'une compagnie si nombreuse ; et, intérieurement effarouchée par les drapeaux, par les tambours, par les messieurs en habit noir et par la croix d'honneur du Conseiller, elle demeurait tout immo-
20 bile, ne sachant s'il fallait s'avancer ou s'enfuir, ni pourquoi la foule la poussait et pourquoi les examinateurs lui souriaient. Ainsi se tenait, devant ces bourgeois épanouis, ce demi-siècle de servitude.

TEXTE 4 • Jules et Edmond de Goncourt, *Germinie Lacerteux* (1865)

Le roman retrace les tristes aventures d'une servante, Germinie Lacerteux. Son amour pour un être indigne, Jupillon, la conduit jusqu'à la prostitution et à la vie la plus sordide.

De cette rupture, Germinie tomba où elle devait tomber, au-dessous de la honte, au-dessous de la nature même. De chute en chute, la misérable et brûlante créature roula à la rue. Elle ramassa les amours qui s'usent en une nuit, ce qui passe, ce qu'on rencontre,
5 ce que le hasard des pavés fait trouver à la femme qui vague. Elle n'avait plus besoin de se donner le temps du désir : son caprice était furieux et soudain, allumé sur l'instant. Affamée du premier venu,

elle le regardait à peine, et n'aurait pu le reconnaître. Beauté, jeunesse, ce physique d'un amant où l'amour des femmes les plus
10 dégradées cherche comme un bas idéal, rien de tout cela ne la ten-
tait plus, ne la touchait plus. Ses yeux, dans tous les hommes, ne
voyaient plus que l'homme : l'individu lui était égal. La dernière
pudeur et le dernier sens humain de la débauche, la préférence, le
choix, et jusqu'à ce qui reste aux prostituées pour conscience et
15 pour personnalité, le dégoût même, – elle l'avait perdu !

Et elle s'en allait par les rues, battant la nuit, avec la démarche
suspecte et furtive des bêtes qui fouillent l'ombre et dont l'appétit quête. Comme jetée hors de son sexe, elle attaquait elle-même,
elle sollicitait la brutalité, elle abusait de l'ivresse, et c'était à elle
20 qu'on cédait. Elle marchait, flairant autour d'elle, allant à ce qu'il
y a d'embusqué, d'impur dans les terrains vagues, aux occasions
du soir et de la solitude, aux mains qui attendaient pour s'abattre
sur un châle. Sinistre et frémissante, les passants de minuit la
voyaient, à la lueur des réverbères, se glisser et comme ramper,
25 courbée, effacée, les épaules pliées, rasant les ténèbres, avec un de
ces airs de folle et de malade, un de ces égarements infinis qui font
travailler sur des abîmes de tristesse le cœur du penseur et la pensée du médecin.

TEXTE 5 • Émile Zola, *L'Assommoir* (1877), chapitre XII

La déchéance physique de Gervaise s'accompagne d'une terrible
déchéance morale. Dans le chapitre XII du roman, désespérée et sans
recours, elle se prostitue sur les boulevards.

Et, brusquement, elle aperçut son ombre par terre. Quand elle
approchait d'un bec de gaz, l'ombre vague se ramassait et se précisait, une ombre énorme, trapue, grotesque tant elle était ronde.
Cela s'étalait, le ventre, la gorge, les hanches, coulant et flottant
5 ensemble. Elle louchait si fort de la jambe, que, sur le sol, l'ombre
faisait la culbute à chaque pas ; un vrai guignol ! Puis, lorsqu'elle
s'éloignait, le guignol grandissait, devenait géant, emplissait le
boulevard, avec des révérences qui lui cassaient le nez contre les
arbres et contre les maisons. Mon Dieu ! qu'elle était drôle et
10 effrayante ! Jamais elle n'avait si bien compris son avachissement.

Alors, elle ne put s'empêcher de regarder ça, attendant les becs de
gaz, suivant des yeux le chahut de son ombre. Ah ! elle avait là une
belle gaupe qui marchait à côté d'elle ! Quelle touche ! Ça devait
attirer les hommes tout de suite. Et elle baissait la voix, elle n'osait
15 plus que bégayer dans le dos des passants.

L'ŒUVRE DANS UN GENRE

LA SITUATION DU ROMAN À LA FIN DU XIXᵉ SIÈCLE

UN GENRE ADAPTÉ À SON ÉPOQUE

Si le roman connaît un grand succès au XIXᵉ siècle, c'est parce qu'il peut rendre compte des réalités inédites de la vie moderne, dans la mesure où il n'est pas entravé (comme l'était la tragédie par exemple) par un grand nombre de codes et de règles strictes.

C'est pour cette raison que le XIXᵉ siècle est celui du roman : genre souple et ouvert, le roman offre toute liberté à l'écrivain désireux de représenter les différentes facettes de l'expérience individuelle des personnages, et la manière dont cette expérience est déterminée par les lois de la société. Le roman invente une écriture nouvelle, il joue avec les points de vue et les voix narratives, avec l'espace et la temporalité. C'est dans ce genre ouvert que s'inscrit le projet de *L'Assommoir* : montrer le milieu populaire de l'intérieur, sans idéalisation, en le donnant à voir et à entendre dans ses aspects les plus prosaïques.

UN GENRE INFLUENCÉ PAR LE FEUILLETON ET LE MÉLODRAME

Grâce aux progrès de l'alphabétisation et en raison de la diffusion de plus en plus importante de la presse, les romans commencent souvent par paraître en feuilletons dans les journaux, assurant de la sorte une large audience à leurs auteurs. Ainsi, *L'Assommoir* est d'abord publié en feuilleton en 1876, avant de paraître en volume en 1877. Ce mode de diffusion a des répercussions sur l'écriture romanesque : souvent stéréotypée et dramatisée, elle se caractérise par des rebondissements en série et des renversements de situation dictés par la nécessité de maintenir le lecteur en haleine. De grands écrivains comme Balzac, Dumas, Hugo, George Sand ou Jules Verne useront de ces procédés pour donner du rythme à leur narration. Dans *L'Assommoir*, les fins de chapitres annoncent souvent un avenir sombre : à la fin du chapitre I, alors que Lantier vient de l'abandonner, Gervaise éprouve « une épouvante sourde » en regardant les boulevards extérieurs. De même, à la fin du chapitre II, alors qu'elle se décide à épouser Coupeau, elle sent peser sur elle, « écrasante », la grande maison ouvrière de la rue de la Goutte-d'Or. Le chapitre III, consacré à la noce, se termine sur la menace du père Bazouge : « Ça ne vous empêchera pas d'y passer, ma petite… Vous serez peut-être bien contente d'y passer, un jour… » Cette construction dramatique correspond bien à l'esthétique du roman-feuilleton.

Le roman du XIXᵉ siècle est également influencé par l'esthétique du mélodrame, genre théâtral populaire très en vogue à l'époque [1], qui se signale par certaines caractéristiques spécifiques. Le système des personnages, dans lequel des héros ou des héroïnes naïfs et vertueux sont confrontés à la noirceur du monde, est volontiers manichéen. De plus, dans ce genre qui se soucie peu de vraisemblance, les situations extrêmes sont nombreuses, et prennent la forme de reconnaissances imprévues ou de renversements brutaux de situations. Bien sûr, le destin de Gervaise n'est pas celui d'une héroïne de mélodrame : si tel était le cas, tout se terminerait bien, par un heureux mariage ou un renversement de fortune inattendu. Cependant le système des personnages de *L'Assommoir*, où le lumineux Goujet représente l'incarnation du Bien, seul espoir dans un univers où Gervaise ne trouve nul appui, présente quelques analogies avec le mélodrame. De même, le « roman » de la petite Lalie reprend la tradition du mélodrame dans les scènes qui montrent le père Bijard en train de battre sa femme et sa fille. Dans ces scènes stéréotypées donnant à voir la violence de l'ouvrier alcoolique, et visant la recherche de l'émotion jusqu'à l'insoutenable, il s'agit avant tout, à l'instar du mélodrame, de « faire pleurer », comme le note Zola dans son dossier préparatoire.

UN GENRE QUI INTRODUIT LE PEUPLE EN LITTÉRATURE

Le roman social est un sous-genre important du roman. Le maître en est Eugène Sue, qui remporte un succès prodigieux avec *Les Mystères de Paris*, publiés en feuilleton entre 1842 et 1843. Ce roman populaire à succès, véritable modèle du genre, met en scène les bas-fonds de la capitale. L'ouverture du roman témoigne de son projet :

---

1. On mentionnera notamment le triomphe, en 1874, des *Deux Orphelines*, pièce d'Adolphe d'Ennery (1811-1899) et Eugène Cormon (1811-1903).

Un *tapis-franc*, en argot de vol et de meurtre, signifie un estaminet ou un cabaret du plus bas étage. Un repris de justice qui, dans cette langue immonde, s'appelle un *ogre*, ou une femme de même dégradation, qui s'appelle une *ogresse*, tiennent ordinairement ces tavernes, hantées par le rebut de la population parisienne ; forçats libérés, escrocs, voleurs, assassins y abondent [1].

Comme Eugène Sue, Zola a la volonté de peindre les milieux populaires, mais il privilégie l'analyse sociale.

De même, en 1862, Hugo donne, avec *Les Misérables*, une grande fresque du peuple. Mais son roman s'inscrit dans un romantisme humanitaire. Cette œuvre immense relève d'abord du roman d'aventures, dans la mesure où son intrigue multiplie les surprises, les rebondissements et les renversements de situation. C'est aussi un roman historique, dans lequel Hugo fait un long récit de la bataille de Waterloo et où il présente une chronique de la Restauration. C'est enfin un roman à visée didactique, comme le révèle la note liminaire des *Misérables* :

Tant qu'il existera, par le fait des lois et des mœurs, une damnation sociale créant artificiellement, en pleine civilisation, des enfers, et compliquant d'une fatalité humaine la destinée qui est divine ; tant que les trois problèmes du siècle, la dégradation de l'homme par le prolétariat, la déchéance de la femme par la faim, l'atrophie de l'enfant par la nuit, ne seront pas résolus ; tant que, dans certaines régions l'asphyxie sociale sera possible ; en d'autres termes, et à un point de vue plus étendu encore, tant qu'il y aura sur la terre ignorance et misère, des livres de la nature de celui-ci pourront ne pas être inutiles.

La vision du peuple donnée par Hugo s'appuie sur l'idée de la bonté de l'homme et de la possibilité de son salut. Dans *L'Assommoir*, en revanche, nulle perspective de rédemption. Zola montre l'homme tel qu'il est, fruit d'un contexte désespérant dans sa laideur et ses aspects sordides. En refusant toute intervention directe du narrateur, il fait entrer le lecteur dans le monde populaire ouvrier, et donne à voir la fatalité sociale.

---

1. Eugène Sue, *Les Mystères de Paris*, édition de Francis Lacassin, Robert Laffont, coll. « Bouquins », 1989.

L'image qu'il donne du peuple est alors à l'opposé de celle construite par l'idéalisme romantique.

ÉLÉMENTS DE NARRATOLOGIE : LA POÉTIQUE DE *L'ASSOMMOIR*

La théorie naturaliste a des conséquences sur la poétique mise en œuvre dans *L'Assommoir*. En effet, l'investigation de la réalité sous tous ses aspects, y compris les plus prosaïques, se traduit dans les choix d'écriture : les descriptions sont abondantes, et le récit, conduit par un narrateur au profil très discret et limitant volontairement les signes de sa présence, met en scène des personnages inscrits dans un milieu populaire, et recourt fréquemment aux discours rapportés. En effet, le langage des personnages, tout comme les techniques de la description, participent de l'effet de réel.

Mais le narrateur, tout en s'effaçant derrière ses personnages afin de rendre compte au plus près de leurs sentiments et de leurs émotions, est aussi celui qui orchestre, organise, agence le récit pour lui donner sens. La définition que Zola donne en 1865 de l'œuvre d'art : « un coin de nature vu à travers un tempérament », met en évidence, dans le travail créateur, l'importance du regard de l'artiste qui cadre, choisit et agence les différents épisodes, qui donne un sens au discontinu, à l'incohérent, à l'inorganisé du réel. Ainsi, la place et les fonctions du narrateur dans le récit déterminent les choix narratifs opérés.

C'est ce double souci du petit fait vrai et de la transfiguration poétique par la vision et le travail sur la forme qui caractérise la place particulière de *L'Assommoir* au sein du mouvement naturaliste et, plus largement, dans l'histoire du roman moderne.

LA CONFUSION DES POINTS DE VUE : L'EFFACEMENT DU NARRATEUR

Dans le roman naturaliste tel que l'entend Zola, il importe de distinguer qui parle et qui voit.

La voix du narrateur naturaliste doit être la plus neutre possible : « il n'aura ni à s'indigner, ni à approuver personnellement » (*Le Roman expérimental* [1]). La narration se caractérise par l'absence d'intervention directe du narrateur.

Ce dernier abandonne son omniscience pour déléguer ses pouvoirs au personnage de Gervaise, qui devient un relais de l'information. L'*incipit* de *L'Assommoir* est représentatif de cette technique romanesque. Nous assistons à un début *in medias res*, au sens où nous sommes plongés directement au milieu de l'action, comme le montre la première phrase : « Gervaise avait attendu Lantier jusqu'à deux heures du matin. » Le personnage est connu et d'emblée la mention du nom de son ami induit le genre d'histoire qui va suivre, celle d'une femme du peuple abandonnée. La deuxième phrase contient les mêmes indices. La narration rétrospective (« Depuis huit jours, au sortir du Veau à Deux Têtes où ils mangeaient, il l'envoyait se coucher avec les enfants et ne reparaissait que tard dans la nuit, en racontant qu'il cherchait du travail ») peut être considérée comme rendant compte des pensées de Gervaise. Le narrateur se confond ainsi avec son personnage. De même, pour justifier les informations nécessaires données au début du roman sur les lieux, le milieu social et la situation, la description est prise en charge par le personnage : « Et, lentement, de ses yeux voilés de larmes, elle faisait le tour de la misérable chambre garnie, meublée d'une commode de noyer [...]. » Nouvelle venue dans le quartier – elle est arrivée peu de temps auparavant de Plassans, en province –, Gervaise découvre avec curiosité et précision le spectacle de la rue.

La description suit ainsi le regard d'un personnage dans un espace qu'il connaît mal (c'est le cas de Gervaise), ou qu'il connaît bien : au chapitre II, Coupeau, qui connaît les lieux et le fonctionnement de l'alambic, en explique le mécanisme à Gervaise : « Elle eut la curiosité d'aller regarder, au fond, derrière la barrière de chêne, le grand alambic de cuivre rouge, qui fonctionnait sous le vitrage clair de la petite cour ; et le zingueur, qui l'avait suivie, lui expliqua comment ça marchait [...]. » Très vite, cependant, la description cesse d'être objective et glisse dans le mythe sous le regard tout à la fois fasciné et effrayé de Gervaise, pour qui l'alambic devient un monstre infernal et tentateur, capable de tout engloutir par

---

1. Émile Zola, *Le Roman expérimental*, Garnier-Flammarion, 1971, p. 79.

son travail lent et régulier. Ce passage du réel au symbole est caractéristique de l'écriture de Zola, qui se livre à une transfiguration poétique
du réel – nous y reviendrons. Ce qu'il faut surtout retenir de ces différents exemples, c'est l'idée que le narrateur s'efface volontiers derrière
ses personnages : l'illusion réaliste n'en est que plus forte, dans la mesure
où le lecteur croit être directement mis en présence des actions, des
paroles ou des pensées des différents personnages évoluant sous ses
yeux. En même temps, parce qu'il favorise ainsi la confusion entre narrateur et personnage, le roman naturaliste zolien brouille les repères et
les distinctions qu'établit soigneusement une narration plus tradition-
nelle. Les mêmes effets de brouillage sont perceptibles dans l'usage qui
est fait dans *L'Assommoir* du style indirect libre.

LE BROUILLAGE DES VOIX : L'USAGE DU STYLE INDIRECT LIBRE

L'usage tout à fait novateur que fait Zola du discours indirect libre lui
permet de rendre compte au plus près du personnage de Gervaise dans
son intériorité, son vocabulaire et sa syntaxe propres, sa vision des choses
et sa relation au monde. Le chapitre XII, à la fin duquel Gervaise, en fin
de course, revient sur sa vie, nous met en contact direct avec l'état de
déchéance, de décrépitude et de désespoir absolu qui est le sien à ce
point du récit :

> Elle se souvenait de son idéal, anciennement : travailler tranquille,
> manger toujours du pain, avoir un trou un peu propre pour dor-
> mir, bien élever ses enfants, ne pas être battue, mourir dans son
> lit. Non, vrai, c'était comique, comme tout ça se réalisait ! Elle ne
> travaillait plus, elle ne mangeait plus, elle dormait sur l'ordure,
> sa fille courait le guilledou, son mari lui flanquait des tatouilles ;
> il ne lui restait qu'à crever sur le pavé, et ce serait tout de suite, si
> elle trouvait le courage de se flanquer par la fenêtre en rentrant
> chez elle. N'aurait-on pas dit qu'elle avait demandé au Ciel trente
> mille francs de rente et des égards ? Ah ! vrai, dans cette vie, on a
> beau être modeste, on peut se fouiller ! Pas même la pâtée et la
> niche, voilà le sort commun. Et ce qui redoublait son mauvais rire,
> c'était de se rappeler son bel espoir de se retirer à la campagne,
> après vingt ans de repassage. Eh bien ! elle y allait, à la campagne.
> Elle voulait son coin de verdure au Père-Lachaise.

Ainsi, bien souvent, la voix du narrateur se confond avec celle de ses personnages, le passage de la narration ou de la description aux pensées du personnage se faisant insensiblement par glissement autour de l'usage de l'imparfait, comme dans ce passage du chapitre VI, où Gervaise aperçoit Coupeau attablé en train de boire :

> Elle passa vite pour ne pas avoir l'air de les moucharder. Mais elle se retourna : *c'était bien* Coupeau qui se jetait son petit verre de schnick dans le gosier, d'un geste familier déjà. *Il mentait donc, il en était donc* à l'eau-de-vie maintenant ! Elle rentra désespérée ; toute son épouvante de l'eau-de-vie la reprenait. Le vin, e*lle le pardonnait*, parce que le vin nourrit l'ouvrier ; les alcools, au contraire, *étaient* des saletés, des poisons qui ôtaient à l'ouvrier le goût du pain. Ah ! le gouvernement aurait dû empêcher la fabrication de ces cochonneries[1] !

De nombreux passages du roman glissent ainsi du côté du style indirect libre. Les délimitations claires entre le récit d'une part et les pensées des personnages d'autre part sont gommées. Il y a fusion, confusion, interpénétration des formes de discours et des pensées, comme le montre le début du chapitre V :

> Justement, les Boches, depuis le terme d'avril, avaient quitté la rue des Poissonniers et tenaient la loge de la grande maison, rue de la Goutte-d'Or. Comme ça se rencontrait, tout de même ! Un des ennuis de Gervaise, qui avait vécu si tranquille sans concierge dans son trou de la rue Neuve, était de retomber sous la sujétion de quelque mauvaise bête, avec laquelle il faudrait se disputer pour un peu d'eau répandue, ou pour la porte refermée trop fort le soir. Les concierges sont une si sale espèce ! Mais, avec les Boche, ce serait un plaisir. On se connaissait, on s'entendrait toujours. Enfin, ça se passerait en famille.

Les phrases exclamatives peuvent être attribuées à Gervaise, tout comme les trois dernières. Mais au langage familier caractéristique du personnage se mêle aussi un langage soutenu qui ne peut pas être celui de Gervaise (l'utilisation du terme « sujétion », par exemple, est dès

---

1. C'est nous qui soulignons.

lors à mettre au compte du narrateur) : c'est l'un de ces nombreux exemples de fusion des langages que livre le roman. Cette technique romanesque formidablement novatrice ouvre le champ à tout le roman moderne et au *continuum* de la voix intérieure, au courant de la conscience. Bien plus, Zola traduit la déchéance et la dégradation de Gervaise à travers le langage argotique qui envahit le chapitre XII, la défiguration du langage par l'argot venant redoubler celle de l'héroïne ravagée par la faim et l'alcool. L'utilisation de la langue du peuple, de l'argot, de la langue orale renvoie au projet naturaliste, mais aussi à une entreprise esthétique d'extension de la langue populaire à l'ensemble du roman, dont le résultat est de plonger totalement le lecteur dans la voix du quartier dans un effet de polyphonie saisissant, puisque nous avons l'impression d'entendre véritablement, derrière la voix du narrateur et en même temps que lui, la voix des habitants de la Goutte-d'Or qui rendraient compte des événements dans le langage qui leur est propre.

L'UNITÉ DU PROJET ROMANESQUE : L'OMNIPRÉSENCE D'UN « TEMPÉRAMENT »

Zola, on s'en souvient, définissait l'œuvre d'art comme l'évocation d'« un coin de nature vu à travers un tempérament ». Si le narrateur se fait discret dans *L'Assommoir*, c'est par un choix délibéré. Mais un narrateur discret ne veut pas dire un narrateur absent. L'effacement du narrateur n'est qu'apparent. En effet, le système des personnages mis en place, le choix des scènes, leur organisation (parallélisme, opposition), leur récurrence (description de la blanchisserie), l'utilisation de certaines images sont autant de manifestations de la voix du « tempérament ».

Ainsi, dans l'*incipit*, Zola choisit les éléments du décor pour leur valeur évocatoire et symbolique. Tout s'anime autour de Gervaise et tout lui est hostile : le pantalon est « mangé par la boue » ; la malle, « grande ouverte », montre « ses flancs vides », images d'une misère dévorante ; les dix fenêtres du bal du Grand-Balcon sont « flambantes » et éclairent « d'une nappe d'incendie la coulée noire des boulevards extérieurs », l'opposition symbolique des couleurs annonçant le malheur venu des mauvais lieux. À la description de la chambre de l'hôtel Boncœur succède celle du quartier. Le décor de la vie ouvrière est ainsi planté, conformément aux principes que Zola met en avant dans sa lettre au *Bien public* du 13 février 1877 :

> La question du logement est capitale, les puanteurs de la rue, l'escalier sordide, l'étroite chambre où dorment pêle-mêle les pères et les filles, les frères et les sœurs, sont la grande cause de la dépravation des faubourgs. Le travail écrasant qui rapproche l'homme de la brute, le salaire insuffisant qui décourage et fait chercher l'oubli, achèvent d'emplir les cabarets et les maisons de tolérance.

Mais Zola va plus loin encore, en construisant dans l'ensemble du roman un espace symbolique de la vie de Gervaise et, au-delà, de la condition ouvrière. Illuminé par le soleil levant, Paris apparaît comme un univers mythique, mais inaccessible du fait de la barrière qui l'entoure. Ainsi, chaque fois que Gervaise voudra franchir cette limite, comme lors de la promenade de la noce à travers la ville au chapitre III, elle se perdra et ce sera une expérience malheureuse. Les bornes de cet espace sont l'abattoir, l'hôpital, et la bande de désert qui longe le mur de l'octroi, connotant un aspect sinistre et de mauvais augure que l'on retrouve au chapitre XII lors de la déambulation de Gervaise dans un espace barré par l'hôpital et l'abattoir. De même, la grande maison ouvrière et l'alambic du père Colombe sont présentés comme des animaux monstrueux, des forces hostiles prêtes à engloutir leur proie. Quant à Gervaise, elle est symboliquement assimilée au troupeau des ouvriers que nous voyons partir au travail dans les dernières lignes de l'*incipit*, et que nous retrouverons à la fin du roman, bêtes de somme rentrant d'une longue journée de travail à la nuit tombée, et promis, comme elle, à l'abattoir ou à l'hôpital.

UNE PROGRESSION SIGNIFIANTE : LA STRUCTURE DU RÉCIT

Un diptyque signifiant

La construction du roman obéit également à des choix concertés porteurs de sens. Ainsi, les treize chapitres qui constituent L'*Assommoir* s'organisent en deux ensembles autour du chapitre VII, placé au centre du roman, qui réunit tous les personnages autour du repas offert par Gervaise à l'occasion de sa fête.

Le mouvement qui va du chapitre I au chapitre VI correspond à l'ascension sociale de Gervaise. Elle se traduit par une progression dans l'espace, puisque Gervaise passe de la chambre de l'hôtel Boncœur, occupée au chapitre I, à l'appartement de la petite maison de la rue Neuve-de-la-Goutte-d'Or, au chapitre IV. Elle loue la boutique de ses rêves et s'installe comme blanchisseuse au rez-de-chaussée de la grande maison ouvrière de la rue de la Goutte-d'Or. À partir du chapitre VIII jusqu'à la fin du roman, le parcours de Gervaise devient celui d'une déchéance. Au chapitre IX, Gervaise cède sa boutique à son ennemie Virginie, tandis que le ménage s'installe au sixième étage de la grande maison, escalier B, « sous les toits, dans le coin des pouilleux » (p. 381). Elle finit par vendre tout le mobilier et dormir sur la paille au chapitre XII. Enfin, elle se réfugie dans la niche du père Bru, sous l'escalier.

Un système d'échos

D'un mouvement à l'autre, Zola établit des correspondances, des échos entre les chapitres : le chapitre IX, qui raconte la dérive du commerce de blanchisserie, constitue le négatif du chapitre V, où la blanchisserie prospère. Le chapitre XII qui revient, à travers la déambulation de Gervaise, sur tous les lieux de son existence, constitue un bilan tragique de sa vie : « Elle descendait encore vers l'hôpital, elle remontait vers les abattoirs. C'était sa promenade dernière, des cours sanglantes où l'on assommait, aux salles blafardes où la mort raidissait les gens dans les draps de tout le monde. Sa vie avait tenu là » (p. 505). De même, l'idéal énoncé par Gervaise au chapitre II, « de travailler tranquille, de manger toujours du pain, d'avoir un trou un peu propre pour dormir » (p. 53) est repris au chapitre XII, en un constat d'une ironie noire : « Elle se souvenait de son idéal, anciennement : travailler tranquille, manger toujours du pain, avoir un trou un peu propre pour dormir, bien élever ses enfants, ne pas être battue, mourir dans son lit. Non, vrai, c'était comique, comme tout ça se réalisait ! » (p. 513). L'évolution de la couleur des eaux de la teinturerie est également révélatrice de la dégradation de la vie de l'héroïne : à la fin du chapitre II (p. 79), l'eau est d'abord « bleue, d'un azur profond de ciel d'été, où la petite lampe de nuit du concierge allum[e] des étoiles » ; au chapitre V (p. 156), elle passe au « vert pomme très tendre », couleur de l'espoir, pour finir, au chapitre XII, sur « un ruisseau noir, une mare lâchée par la teinturerie […] une eau couleur de ses pensées. Elles avaient coulé les belles eaux bleu tendre et rose tendre ! » (p. 513).

La construction du roman naturaliste est agencée de telle sorte que tout y fait sens, l'œuvre entretenant tout un réseau de signes et de symboles. Ainsi, le destin tragique de Gervaise est annoncé à la fin du chapitre I, lorsque la jeune femme se demande « si sa vie, désormais, allait tenir là, entre un abattoir et un hôpital » (p. 43). Au chapitre II, sa rencontre avec l'alambic et la peur qu'elle éprouve, à la fin du chapitre, devant la grande maison ouvrière, sont elles aussi prémonitoires. La noce du chapitre III se réduit à une errance sous l'orage, et le chapitre se clôt sur la rencontre avec Bazouge, le croque-mort, dont les paroles sonnent comme celles d'un émissaire du destin : « Ça ne vous empêchera pas d'y passer, ma petite… Vous serez peut-être bien contente d'y passer, un jour… » (p. 118). La chute de Coupeau au chapitre IV, outre son rôle dramatique, puisqu'elle entraîne le personnage dans la paresse et la boisson, a un rôle symbolique. Au chapitre V, l'atmosphère corrompue de la blanchisserie, au milieu du linge sale, annonce la déchéance de Gervaise, tout comme celle de Coupeau au chapitre VI. Enfin, lors de la fête donnée par Gervaise au chapitre VII, le retour de Lantier ainsi que la présence du père Bru peuvent être interprétés comme des signes négatifs.

LES PERSONNAGES DU MILIEU OUVRIER : L'UNITÉ D'UNE PERSPECTIVE

À l'instar de Balzac, Zola crée des personnages représentatifs d'une société. Comme son devancier, il fait évoluer ses personnages, membres de la famille des Rougon-Macquart, dans des œuvres diverses : Gervaise est née Macquart, elle est marquée par la tare héréditaire de l'alcoolisme. Ses trois enfants Claude, Étienne et Nana, seront chacun le protagoniste d'un roman (*L'Œuvre*, *Germinal*, *Nana*). Mais, avant tout, les personnages zoliens s'inscrivent dans un groupe social : le peuple, le monde des ouvriers et des petits artisans. Dans la lignée de Flaubert, Zola met en avant des personnages ordinaires dans des situations ordinaires, et le roman zolien est un roman social qui relate la vie d'un quartier populaire dans son quotidien marqué par la promiscuité, la pauvreté, l'alcoolisme.

L'Assommoir s'attache surtout au personnage de Gervaise, à son évolution, ou plutôt à sa dégradation au contact des autres personnages. Contrairement au roman balzacien ou stendhalien, le roman zolien n'est pas un roman d'apprentissage : il n'inscrit pas son héros dans un processus de progression sociale ou sentimentale. Ainsi, Gervaise apparaît comme une héroïne déchue : elle est la proie de ses hommes, Coupeau et Lantier, mais aussi de sa générosité envers les autres, comme les Lorilleux ou Virginie. Elle est aussi victime de ses propres failles : son hérédité liée à l'alcool, sa faiblesse, son statut de femme. Le roman met donc en scène un personnage pris dans un engrenage social et psychologique fatal. D'ailleurs Gervaise boite, infirmité pouvant rappeler celle d'Œdipe (étymologiquement « l'homme aux pieds enflés », l'homme qui boite car il est celui qui a été attaché par les pieds), héros tragique par excellence. Ainsi, elle devient l'incarnation d'un monde ouvrier condamné, dans une société qui interdit toute promotion sociale et morale du peuple. Le personnage prend alors une dimension symbolique.

Les trois figures d'ouvriers qui gravitent autour d'elle, incarnent chacune un type : Lantier, ouvrier chapelier, beau parleur et fainéant ; Coupeau, « ouvrier parisien gouailleur et rigolo », ouvrier zingueur sérieux et travailleur, entraîné à boire et incarnant les ravages de l'alcoolisme dans la scène de *delirium tremens* ; Goujet enfin, un forgeron « d'une force herculéenne », timide amoureux de Gervaise, qui incarne le bon ouvrier, tempérant et économe. D'autres personnages, comme le père Colombe, Fauconnier, Poisson, Lerat, Queue-de-vache, Bec-Salé... contribuent à la représentation du monde ouvrier : le fait que leurs noms renvoient à l'animalité n'est certainement pas le fait du hasard.

Enfin, avec Nana, Zola montre l'influence néfaste du milieu qui, dès l'enfance, fait de la fille de Gervaise « une vaurienne finie ». Nana se fait entretenir pour échapper à la misère, et tombe ainsi dans une autre fatalité. Les personnages de Lalie et de son père ravagé par l'alcool préfigurent le destin tragique de Gervaise : leur histoire constitue un modèle réduit du roman, un roman dans le roman. Le destin des filles de ce milieu tient dans l'alternative que chacune incarne : devenir une « traînée », comme Nana, ou une enfant martyre, comme Lalie.

LE CHOIX D'UN TITRE ÉVOCATEUR :
LA COHÉRENCE D'UN DESTIN

Un assommoir est d'abord une arme pour assommer, puis un piège conçu pour assommer, enfin, métaphoriquement, dans l'argot populaire, une mauvaise eau-de-vie qui assomme, et, par suite, l'établissement où on peut la boire. Le titre renvoie donc à une réalité quotidienne du monde ouvrier, mais aussi, symboliquement, à la fatalité qui s'abat sur Gervaise, à sa destinée tragique. L'assommoir évoque également le bistrot du père Colombe, mais aussi tous les débits de boisson présents dans le quartier de la Goutte-d'Or, et dans lesquels les ouvriers trouvent un exutoire.

D'emblée, le destin de Gervaise semble scellé par la fatalité de l'alcool : alors qu'elle laisse errer son regard depuis la fenêtre de l'hôtel Boncœur, elle s'arrête sur les comptoirs des marchands de vin où « des groupes s'offr[ent] des tournées, s'oubli[ient] là, debout, emplissant les salles, crachant, toussant, s'éclaircissant la gorge à coups de petits verres ». Dès l'ouverture du chapitre II, on retrouve Gervaise attablée avec Coupeau en train de manger une prune à l'Assommoir du père Colombe. Les chapitres VIII et X s'y déroulent aussi : Gervaise passe la porte du débit de boisson et se met à boire comme les autres, tandis que Bec-Salé joue des consommations au tourniquet avec Coupeau :

> La plume du tourniquet grinçait, l'image de la Fortune, une grande femme rouge, placée sous un verre, tournait et ne mettait plus au milieu qu'une tache ronde, pareille à une tache de vin.
>
> [...]
>
> Et Gervaise s'intéressait au tourniquet. Elle soiffait à tire-larigot, et appelait Mes-Bottes « mon fiston ». Derrière elle, la machine à soûler fonctionnait toujours, avec son murmure de ruisseau souterrain ; et elle désespérait de l'arrêter, de l'épuiser, prise contre elle d'une colère sombre, ayant des envies de sauter sur le grand alambic comme sur une bête, pour le taper à coups de talon et lui crever le ventre. Tout se brouillait, elle voyait la machine remuer, elle se sentait prise par ses pattes de cuivre, pendant que le ruisseau coulait maintenant au travers de son corps (p. 423-424).

Enfin, à la fin de son parcours, au chapitre XII, Gervaise n'a même plus de révolte : « Et, de loin, elle contemplait la machine à soûler, en sentant que son malheur venait de là, et en faisant le rêve de s'achever avec de l'eau-de-vie, le jour où elle aurait de quoi » (p. 503). Ainsi, « la simple histoire de Gervaise Macquart » est le récit tragique de la lutte impossible du personnage contre une force inexorable et fatale incarnée par l'assommoir.

BILAN : SPÉCIFICITÉ ET MODERNITÉ DE L'ÉCRITURE NATURALISTE DANS *L'ASSOMMOIR*

LE RÉEL TRANSFIGURÉ : UNE VISION PLUS VRAIE QUE LE VRAI

Construit sur le projet de donner une image fidèle de la réalité, *L'Assommoir* évoque la réalité géographique, historique et sociale du Second Empire dans les milieux populaires. Mais cette réalité est transfigurée par le travail de l'écriture qui donne une vision épique, mythique et poétique du monde. Ainsi, à la fin du chapitre II, la grande maison ouvrière devient un monstre écrasant et menaçant :

> La maison paraissait d'autant plus colossale qu'elle s'élevait entre deux petites constructions basses, chétives, collées contre elle ; et, carrée, pareille à un bloc de mortier gâché grossièrement, se pourrissant et s'émiettant sous la pluie, elle profilait sur le ciel clair, au-dessus des toits voisins, son énorme cube brut, ses flancs non crépis, couleur de boue, d'une nudité indéterminable de murs de prison, où des rangées de pierres d'attente semblaient des mâchoires caduques, bâillant dans le vide (p. 57-58). [...] Et Gervaise lentement promenait son regard, l'abaissait du sixième étage au pavé, remontait, surprise de cette énormité, se sentant au milieu d'un organe vivant, au cœur même d'une ville, intéressée par la maison, comme si elle avait eu devant elle une personne géante (p. 59). [...] Alors il sembla à Gervaise que la maison était sur elle, écrasante, glaciale à ses épaules (p. 79).

L'univers est soumis à un grossissement qui met en lumière l'essence même de la réalité, dans la mesure où le lecteur est ainsi informé indirectement de menaces et de dangers dont les personnages n'ont pas encore conscience. Par cette écriture, le naturalisme parvient à la poétisation du réel.

LE TRAVAIL SUR LA LANGUE : VERS LE ROMAN MODERNE

S'il est évident que l'usage de la langue orale et de l'argot est au service du naturalisme, ce constat ne suffit pas à rendre compte de la modernité de Zola. En effet, le travail sur la langue auquel le romancier se livre revêt une portée à la fois esthétique et morale. : il s'agit là d'une volonté d'élaborer une esthétique nouvelle qui a valeur de projet moral. Mallarmé a compris l'enjeu de cette écriture, comme en témoigne la lettre de février 1877 qu'il adresse à Zola : « Voilà une bien grande œuvre, et digne d'une époque où la vérité devient la forme populaire de la beauté. » Il commente le projet de Zola en le qualifiant d'« admirable tentative linguistique, grâce à laquelle tant de modes d'expression souvent ineptes forgés par de pauvres diables prennent la valeur des plus belles formules littéraires puisqu'ils arrivent à nous faire sourire ou presque pleurer, nous lettrés ! »

C'est ce qui se passe dans le chapitre XII, lors de la déambulation de Gervaise. Nous sommes projetés dans le personnage dont l'avilissement du langage traduit la déchéance. Nous percevons la vision du monde de Gervaise à travers son langage. La réalité du monde ouvrier se dessine alors à travers la réalité du langage du personnage : on peut parler là d'un effet *poétique*, au sens étymologique du terme, puisque c'est par le langage que la vision est créée. *L'Assommoir* n'est pas le livre d'un observateur, mais le roman d'un créateur qui, par l'écriture, délivre une vision particulière du monde. La vision noire et désenchantée que Gervaise construit avec ses mots est celle d'une classe ouvrière condamnée à la dégradation par une société qui l'exclut en la repoussant dans les faubourgs, loin des lieux de culture, en l'enfermant dans un univers sans espoir. C'est aussi par l'usage de la langue orale que Céline traduira la vision d'un monde absurde et tragique à travers son personnage Bardamu dans *Voyage au bout de la nuit*, en 1932.

GROUPEMENT DE TEXTES :
L'ÉCRITURE NATURALISTE DANS *L'ASSOMMOIR*

TEXTE 6 • *L'Assommoir,* chapitre II

> « Et elle se leva [...] la boisson me fait froid. »

> **> PAGES 54-55, LIGNES 302-336**

Une description : l'alambic

La première apparition de l'alambic dans le roman joue un rôle essentiel aux plans réaliste, symbolique et dramatique. Objet de fascination pour les ouvriers, l'alambic devient un monstre sacré dévorateur, annonciateur de la déchéance de Gervaise et de Coupeau.

1. Identifiez les différentes composantes du texte : discours narratif, discours descriptif, paroles rapportées. Comment passe-t-on d'une composante à l'autre ? Quel est l'effet produit ?

2. Quel rôle jouent Mes-Bottes et ses camarades dans le passage ? Observez la manière dont ils sont caractérisés, leur façon de parler, le fantasme de Mes-Bottes concernant l'alambic.

3. Montrez la différence des points de vue de Coupeau et de Gervaise sur l'alambic.

4. Relevez les termes désignant l'alambic dans le texte. Quels sont les procédés stylistiques utilisés ? Quel est le registre ainsi créé ?

TEXTE 7 • *L'Assommoir,* chapitre VI

> « C'était le tour de la Gueule-d'Or [...] de grande dame. »

> **> PAGES 205-206, LIGNES 269-301**

Un personnage : Goujet

À travers le personnage de Goujet, Zola montre le bon ouvrier. Son affrontement avec Bec-Salé dit Boit-Sans-Soif prend alors une dimension symbolique.

1. Relevez les passages narratifs et caractérisez la façon de travailler de Goujet.

2. Qui voit la scène ? Pour qui Goujet accomplit-il sa prouesse ? Quel sens symbolique prend-elle ?

3. Relevez les termes désignant Fifine, puis ceux s'appliquant à Dédèle. À quel personnage les deux masses sont-elles respectivement assimilées ? En quoi cette différence éclaire-t-elle la valeur du travail de Goujet ?

4. Le portrait de Goujet : relevez les termes qui désignent l'ouvrier. Quelle transfiguration observez-vous ?

TEXTE 8 . *L'Assommoir*, chapitre VII

« Ah ! tonnerre ! […] Deux litres suffirent. »

> PAGES 256-257, LIGNES 602-652

Une scène : la fête de Gervaise

Le repas donné par Gervaise constitue l'apothéose du roman. Dans le rapport à la nourriture, au corps, Zola montre, sans idéalisation et sans complaisance, la vérité sur le monde ouvrier.

1. Que font les personnages ? Comment sont-ils identifiés ? Quelle vision nous est donnée, ici, des ouvriers ?

2. Comment les plats sont-ils décrits ?

3. Relevez les discours rapportés. Sur quoi portent-ils ? Que révèlent-ils des préoccupations et du rapport du peuple à la nourriture ?

4. En quoi cette scène est-elle révélatrice d'une esthétique naturaliste soucieuse à la fois de vérité et de transfiguration symbolique de la réalité ?

TEXTE 9 . *L'Assommoir*, chapitre XII

« Ah ! oui, Gervaise avait fini ! […] d'une pierre tombale. »

> PAGES 500-501, LIGNES 711-744

Le dénouement : la déambulation de Gervaise

Le passage marque l'une des étapes paroxystiques de la déchéance de Gervaise et donne une dimension à la fois grotesque, pathétique et tragique à la reine déchue qu'est l'héroïne aux yeux d'un narrateur plein de compassion.

1. Relevez les passages transcrivant le monologue intérieur au discours indirect libre : sur quels aspects de la vie de Gervaise portent-ils ? Pour quelle raison la blanchisseuse revient-elle sur ces souvenirs ?

2. Quel sens donnez-vous au souvenir de reine de carnaval qu'elle évoque ?

3. À quelle réalité les lieux du dernier paragraphe renvoient-ils ? Ces mêmes lieux étaient mentionnés au début du roman : quel effet leur retour ici produit-il ?

4. Quel regard le narrateur porte-t-il sur son personnage ? Commentez notamment la phrase : « Et, alourdie, dans les tortures de sa faim, elle regardait par terre, comme si elle eût cherché le ruisseau où elle avait laissé choir sa majesté tombée », en analysant son lexique, son rythme, le registre employé.

ARGUMENTER, COMMENTER, RÉDIGER

L'étude de l'argumentation dans l'œuvre intégrale privilégie deux objets.

▓ L'argumentation dans l'œuvre. *Chaque genre littéraire, chaque œuvre intégrale exprime un point de vue sur le monde. Un roman, une pièce de théâtre, un recueil de poésies peuvent défendre des thèses à caractère esthétique, politique, social, philosophique, religieux, etc. Ordonner les épisodes d'une œuvre intégrale, élaborer le système des personnages, recourir à tel ou tel procédé de style, c'est aussi, pour un auteur, se donner les moyens d'imposer un point de vue ou d'en combattre d'autres. Ce premier aspect est étudié dans une présentation synthétique, adaptée à la particularité de l'œuvre étudiée.*

▓ L'argumentation sur l'œuvre. *Après publication, les œuvres suscitent des sentiments qui s'expriment dans des lettres, des articles de presse, des ouvrages savants... Chaque réaction exprime donc un point de vue sur l'œuvre, loue ses qualités, blâme ses défauts ou ses excès, éclaire ses enjeux. Une série d'exercices permet d'analyser des réactions publiées à différentes époques, dans lesquelles les lecteurs de l'œuvre, à leur tour, entendent faire partager leurs enthousiasmes, leurs doutes ou leurs réserves.*

Quelle vision du monde, quelles valeurs une œuvre véhicule-t-elle, et comment se donne-t-elle les moyens de les diffuser ? Quelles réactions a-t-elle suscitées, et comment les lecteurs successifs ont-ils voulu imposer leurs points de vue ? L'étude de l'argumentation dans l'œuvre et à propos de l'œuvre permet de répondre à cette double série de questions.

PRÉAMBULE : QUELLE ARGUMENTATION DANS *L'ASSOMMOIR* ?

Du fait de l'effacement du narrateur, de l'interpénétration entre narration, description et discours des personnages, il semble difficile de déterminer la dimension argumentative d'un roman dans lequel il n'est jamais aisé de répondre à la question : « Qui parle ? »

Cependant Zola, dans la Préface à *L'Assommoir* qu'il rédige en 1877 pour se défendre des attaques dont il a été l'objet, justifie ainsi ses intentions :

> J'ai voulu peindre la déchéance fatale d'une famille ouvrière, dans le milieu empesté de nos faubourgs. Au bout de l'ivrognerie et de la fainéantise, il y a le relâchement des liens de la famille, les ordures de la promiscuité, l'oubli progressif des sentiments honnêtes, puis comme dénouement, la honte et la mort. C'est de la morale en action, simplement.

L'organisation du récit, le système des personnages, la façon dont le discours de Gervaise est progressivement contaminé par la trivialité et la dimension symbolique conférée à certains éléments du récit relèvent d'un choix qui donne un sens à l'œuvre. La peinture du milieu ouvrier répond à un projet démonstratif dont le but est de donner à penser. Le constat doit entraîner une prise de conscience du lecteur.

Dans sa Préface Zola revendique la nouveauté de son propos : « C'est une œuvre de vérité, le premier roman sur le peuple qui ne mente pas et qui ait l'odeur du peuple. » En faisant entendre tout au long de *L'Assommoir* la voix des personnages, en refusant toute intervention directe, Zola parvient à montrer le peuple de l'intérieur, sans envolée lyrique ni idéalisation. Mais le romancier fait aussi le choix de couler « la langue du peuple » « dans un moule très travaillé », révélant ainsi un parti pris esthétique au service de son projet de représenter le peuple dans sa vérité et sa crudité. Dans *Le Roman expérimental*, en 1880, Zola définit ainsi le but qu'il assigne à l'entreprise naturaliste :

> Je résume notre rôle de moralistes expérimentateurs. Nous montrons le mécanisme du futile et du nuisible. Nous dégageons le déterminisme des phénomènes humains et sociaux pour qu'on puisse un jour dominer et diriger ces phénomènes.

Si *L'Assommoir* n'exprime pas la révolte ni l'espoir d'un avenir meilleur, comme le fait *Germinal*, l'autre roman du peuple dans les *Rougon-Macquart*, c'est qu'il présente un engrenage dans lequel les personnages sont pris, et qu'en le présentant, il révèle la force des pesanteurs sociales, visibles également dans l'espace.

Ainsi, à la fois parce qu'il se définit comme un traité de « morale en action » et parce qu'il révèle la volonté de produire une représentation esthétique et militante du peuple, *L'Assommoir* est bien porteur d'une argumentation. Le contenu de celle-ci peut être mis en évidence au moyen d'une analyse des rôles et du système des personnages d'une part, du traitement de l'espace dans le roman d'autre part. Ces considérations nous conduiront à poser la question de la nature et de la portée de l'engagement de l'écrivain.

« MES PERSONNAGES NE SONT PAS MAUVAIS »

DES DESTINS INDIVIDUELS PORTEURS DE SIGNIFICATION

Une ouvrière : Gervaise

Selon la thèse du romancier naturaliste, ce sont le milieu et l'hérédité qui déterminent la vie et la destinée humaines. Les personnages sont donc placés dans une situation donnée, comme pour une expérience scientifique : le romancier observe et rend compte des résultats de cette expérience.

Ainsi, *L'Assommoir* est le récit de l'histoire d'une ouvrière à l'hérédité alcoolique et au tempérament faible, jetée dans le Paris misérable des faubourgs : « C'était sur ce pavé, dans cet air de fournaise, qu'on la jetait toute seule avec les petits » (fin du chapitre I). Cette faiblesse qui la perdra est présente dès le début, alors qu'elle a décidé de ne plus se remettre en ménage : « [...] mon malheur a été une fameuse leçon. Vous savez, les hommes maintenant, ça ne fait plus mon affaire. On ne me repincera pas de longtemps », déclare-t-elle à Coupeau qui l'a invitée à manger une prune à l'Assommoir (chap. II). Pourtant, face aux demandes pressantes du zingueur, elle cède : « Coupeau, voyant la jeune femme à bout d'arguments, silencieuse et vaguement souriante, avait saisi ses mains, l'attirait vers lui. Elle était dans une de ces heures d'abandon dont elle se méfiait tant, gagnée, trop émue pour rien refuser et faire de la peine à quelqu'un » (*ibid.*). De même, au chapitre v, Gervaise fait preuve de complaisance face aux premiers débordements de Coupeau, qui se montre entreprenant envers elle et ses ouvrières : « Que voulez-vous ? il n'a pas sa raison, on ne peut pas se fâcher. Quand je le bousculerais, ça n'avancerait à rien. J'aime mieux dire comme lui et le coucher ; au moins, c'est fini tout de suite et je suis tranquille… »

La gourmandise de Gervaise est signe, pour Zola, d'intempérance et de laisser-aller. L'oie mangée sur l'établi de travail lors de la fête traduit bien le basculement du travail au plaisir, marquant le début de la déchéance de Gervaise, alors que la blanchisseuse semble au sommet de sa réussite. Son destin est alors scellé et la deuxième partie du roman enregistre les conséquences de plus en plus graves de sa faiblesse jointe à son hérédité dans un milieu hostile (les habitants de la grande maison de la rue de la Goutte-d'Or se montrent médisants), victime de ses deux hommes, Coupeau et Lantier. Défiguration, prostitution et mort dans une niche oubliée de tous sont les dernières étapes de sa descente aux enfers.

Un ouvrier sérieux : Coupeau

Coupeau est présenté au début du roman comme un ouvrier sérieux : sobre, il se souvient de son père, zingueur comme lui, qui s'est tué en tombant d'un toit alors qu'il avait bu. Le ménage qu'il forme avec Gervaise semble donc un modèle, comme le montre le sommaire des quatre premières années de leur mariage au début du chapitre IV : « Ce furent quatre années de dur travail. Dans le quartier, Gervaise et Coupeau étaient un bon ménage, vivant à l'écart, sans batteries, avec un tour de promenade régulier le dimanche, du côté de Saint-Ouen [...]. »

La chute de Coupeau et ses conséquences mettent en branle l'expérimentation naturaliste. Le romancier insiste d'abord sur le sentiment d'injustice : « Et, quand les jambes lui revinrent, il garda une sourde rancune contre le travail » (chap. IV). Les mois de convalescence lui font perdre l'habitude du travail : « [...] c'était comme une lente conquête de la paresse » (*ibid.*), et il se met à fréquenter les débits de boisson : « [...] à plusieurs reprises, après des journées de désœuvrement, passées de

chantier en chantier, de cabaret en cabaret, il était rentré éméché »
(*ibid*.).

Comme l'affirme Zola dans sa Préface : « Mes personnages ne sont pas
mauvais, ils ne sont qu'ignorants ou gâtés par le milieu de rude besogne
et de misère où ils vivent. » La dégradation du couple est perceptible au
chapitre v. Gervaise, qui possède la boutique dont elle rêvait, accepte
une première compromission alors que Coupeau rentre plus ivre que
d'habitude : « Elle s'abandonnait, étourdie par le léger vertige qui lui
venait du tas de linge, sans dégoût pour l'haleine visqueuse de Coupeau.
Et le gros baiser qu'ils échangèrent à pleine bouche, au milieu des saletés
du métier, était comme une première chute dans le lent avachissement
de leur vie. » Le retour de Lantier et l'alcoolisme de Coupeau accélèrent
la décomposition du ménage. Au chapitre ix, alors que Coupeau est prêt
à partir travailler, il rencontre ses compagnons de boisson et se laisse
entraîner dans tous les mauvais lieux du quartier. Le milieu et l'hérédité
alcoolique de Coupeau s'unissent là encore. Il finira à l'hôpital après une
crise de *delirium tremens*.

Une fille d'ouvrier : Nana

Élevée dans une telle atmosphère, témoin des débordements de son père
et des amours adultères de sa mère avec Lantier, Nana ne peut qu'être
pervertie par le milieu : enfant habitée par le vice, elle devient une fille
entretenue. Pour elle aussi le destin semble tout tracé.

Ainsi, le destin des personnages a bien une visée argumentative à travers
le caractère didactique de la démonstration : aucun espoir, les personnages sont voués à la déchéance, quoi qu'il arrive.

UN SYSTÈME DE PERSONNAGES À VISÉE ARGUMENTATIVE

Parce que les personnages de *L'Assommoir* incarnent des forces anti-
thétiques, ils constituent un système à visée argumentative. En effet,
aux forces du Mal qu'incarnent Lantier, Coupeau, Virginie ou les Lorilleux,
s'opposent les forces du Bien à travers la figure lumineuse de Goujet que
la couleur or de ses cheveux réunit à Gervaise. Providentiel, c'est lui qui
aide Gervaise à réaliser son rêve en lui prêtant l'argent nécessaire pour
la location de sa blanchisserie. C'est encore lui qui propose à Gervaise

de l'enlever à ce milieu néfaste. C'est lui enfin qui la recueille alors qu'elle cherche à se prostituer. De même, à la figure démoniaque de Virginie, représentée par les étincelles jaunes de ses yeux de chat, s'opposent la bonté naturelle et la générosité de Gervaise, tout comme l'enfant martyre Lalie, figure du dévouement et de la douceur, s'oppose à Nana, figure du vice et de la perversité.

Cette opposition manichéenne des personnages est porteuse d'un sens symbolique qui fait d'eux les figures allégoriques des forces qui s'affrontent dans ce quartier ouvrier où celles du Mal l'emportent sur celles du Bien.

L'ESPACE, OU LE RÉALISME DU ROMAN

La dimension argumentative du roman apparaît aussi de façon évidente dans le traitement de l'espace, qu'il s'agisse de l'espace intérieur ou de l'espace extérieur. Tout au long du texte, il est fait référence à des lieux habités par les personnages, que Zola se plaît à nous révéler au cours de longues descriptions. Du chapitre I au chapitre XIII, nous parcourons successivement la chambre de l'hôtel Boncœur, la grande maison de la rue de la Goutte-d'Or où vivent les Lorilleux, le logement des Coupeau rue Neuve-de-la-Goutte-d'Or, l'appartement des Coupeau contigu à la blanchisserie, l'appartement des Goujet, la chambre de la petite Lalie, le dernier logement misérable de Gervaise, jusqu'au trou du père Bru.

Le lecteur est amené à traverser tous ces lieux et à en découvrir la sinistre pauvreté. Dès l'ouverture du récit, il est projeté dans la misère de l'hôtel Boncœur où, malgré l'entretien de la chambre par Gervaise, « la pièce rest[e] noire, lamentable, avec son plafond fumeux, son papier décollé par l'humidité » et où « la crasse s'entêt[e] et s'étal[e] sous le torchon » (chap. I). Au chapitre II, la grande maison de la Goutte-d'Or donne lieu à une description extérieure et intérieure tout aussi accablante. La maison s'érige sous les yeux de Gervaise comme « un énorme cube » imposant et écrasant. Gervaise perçoit « [des] flancs non crépis, couleur de boue, d'une nudité interminable de murs de prison » ; une fois sous le porche, son regard est saisi par « des murailles grises mangées d'une lèpre jaune, rayées de bavures par l'égouttement des toits

[…] ». Cette déambulation lugubre se poursuit à l'escalier B de la maison et dans l'appartement des Lorilleux, auxquels Gervaise et Coupeau, au chapitre II, vont rendre visite pour leur annoncer leur mariage. À l'insalubrité de l'escalier s'ajoutent les odeurs répugnantes qui en émanent : « violente odeur de cuisine, humidité fétide, puanteur ou âcreté de l'oignon cuit » (chap. II). Dans cette vaste maison où se côtoient habitations et ateliers d'artisans, on découvre le logement des Lorilleux, fermé, obscur, synthèse improbable de cuisine et de chambre. Crasse et exiguïté sont les deux leitmotive de la description. Le thème de l'exiguïté va s'accentuant tout au long du récit : étroitesse du logement des Coupeau rue Neuve-de-la-Goutte-d'or (chap. IV) où « la cuisine [est] grande comme la main et toute noire », petitesse effrayante du logement qu'ils occupent à l'escalier B après avoir vendu la blanchisserie (chap. X). La même comparaison revient alors : « La chambre était large comme la main » et dans le cabinet, le lit de Nana « tenait à peine ». Enfin, « le trou du père Bru », sous un escalier, est le seul lieu que le vieil homme sans ressources peut s'offrir.

L'INFLUENCE DÉTERMINANTE DE L'ESPACE SUR LE COMPORTEMENT OUVRIER

Par l'évocation de ces réalités sordides, Zola donne à voir le quotidien ouvrier et révèle l'influence de cet espace étouffant sur les comportements. Dans *La Vie ouvrière en France sous le Second Empire*, l'historien Georges Duveau souligne que la condition des milieux populaires s'aggrave sensiblement sous le Second Empire [1]. La transformation de la ville, le refoulement de la classe ouvrière vers la périphérie contribuent à la « taudification ». Georges Duveau rappelle également que, sous le Second Empire, les conditions de vie de l'ouvrier travaillant à domicile sont plus difficiles que celles de l'ouvrier travaillant en usine ou en atelier [2].

Faire parcourir au lecteur tous ces espaces est bien la preuve d'une visée dénonciatrice : Zola s'applique à montrer comment les hommes vivant dans ces lieux finissent par leur ressembler. On peut remarquer à ce

1. G. Duveau, *La Vie ouvrière en France sous le Second Empire*, Gallimard, 1946, p. 343.
\ 2. *Id.*, *ibid.*, p. 348, 355-356.

propos que le rétrécissement de l'espace occupé par Gervaise accompagne sa progressive déchéance morale et physique. Au chapitre XII, elle se confond presque avec le lieu hideux où elle vit : « Sur le tas de paille, Gervaise tout habillée se tenait en chien de fusil, les pattes ramenées sous sa guenille de jupon, pour avoir plus chaud [...]. » La façon dont les lieux défigurent les êtres est bien mise en évidence également chez les Lorilleux. Leur mesquinerie, l'absence de lien entre eux ou avec les habitants du quartier semblent la conséquence de leur séjour dans le lieu confiné où ils sont condamnés à vivre et à travailler. Rappelons, au sujet des Lorilleux, les propos tenus par Zola lui-même dans une lettre adressée au directeur du *Bien Public* le 10 février 1877 : « Mais quelle vie est la leur, dans quelles galères ils s'atrophient et se déjettent ? La même besogne les cloue pendant des années dans un coin étouffant sous le feu de leur forge qui les dessèche. » Ainsi, le romancier naturaliste, par la description d'un lieu qui ancre ses personnages dans la réalité du XIXe siècle, montre bien comment le moi se construit ou s'aliène en fonction de la relation qu'il entretient avec l'espace où il vit.

LA NOIRCEUR DU FAUBOURG OU LA LENTE DESTRUCTION DES HOMMES

Le traitement de l'espace extérieur acquiert lui aussi une visée dénonciatrice. Zola révèle comment l'abjection du faubourg extérieur participe à la destruction de l'individu et à la perte de son identité. Tout au long du récit, l'accent est mis sur l'enlaidissement des lieux et sur la noirceur de paysages réduits à la juxtaposition de lieux de travail, d'ateliers. Il suffit de songer à la rue Marcadet (chap. VI) que Gervaise emprunte pour rendre visite à Goujet. C'est un monde d'une tristesse absolue qui s'ouvre à elle : « C'était une rue où elle n'aurait pas demeuré pour tout l'or du monde, une rue large, sale, noire [...]. » C'est ce même univers sombre à l'horizon fermé qu'elle retrouve lorsqu'elle tente de s'éloigner avec Goujet, au chapitre VIII. Dans une lettre à Yves Guyot datant du 10 février 1877, Zola écrit :

> Si l'on voulait me forcer absolument à conclure, je dirais que tout *L'Assommoir* peut se résumer dans cette phrase : [...] Assainissez les faubourgs et augmentez les salaires. La question du logement est capitale. Les puanteurs de la rue, l'escalier sordide, l'étroite

chambre où dorment pêle-mêle les pères et les filles, les frères et les sœurs, sont la grande cause de la dégradation des faubourgs.

Néanmoins, il serait périlleux de croire que par ces propos Zola nous invite à voir dans son roman un document dont la finalité serait une dénonciation des conditions objectives de la vie ouvrière sous Napoléon III. S'il évoque effectivement la réalité ouvrière, *L'Assommoir* va bien au-delà d'une simple dimension réaliste pour atteindre une portée symbolique, qui contribue aussi à sa visée argumentative.

ENFERMEMENT ET EXCLUSION :
« UNE VISION CATASTROPHIQUE DE LA CLASSE OUVRIÈRE »

Dans un article sur *L'Assommoir* publié dans *Les Cahiers naturalistes* (n° 52), Colette Becker rappelle que le projet de Zola est de donner à son œuvre un caractère excessif. Aussi écrit-elle : « Plus qu'un documentaire sur une fraction de la classe ouvrière, le roman offre la vision catastrophique de la classe ouvrière [1]. » L'analyse de Colette Becker signifie bien que, par l'exagération, c'est le caractère tragique de la condition ouvrière que Zola tend à révéler, et la description de l'espace s'y prête bien.

Examinons d'abord le motif du « trou », récurrent dans le récit. Il est introduit au chapitre II, lorsque Gervaise explique à Coupeau ce qu'est son idéal : « Mon idéal, ce serait [...] d'avoir un trou un peu propre pour dormir, vous savez, un lit, une table et deux chaises, pas davantage... ». Ce motif prend très vite un caractère symbolique ; il jalonne la narration et finit par incarner le dernier lieu sordide occupé par Gervaise, à savoir le « trou » du père Bru. Le traitement de l'espace dans le récit évoque l'enlisement progressif de Gervaise, son enfermement. Le cercle tragique se dessine dès le premier chapitre, où le regard de l'héroïne va de l'abattoir à l'hôpital Lariboisière, sans échappatoire possible. Ce même cercle tragique est esquissé à la fin du roman lorsque Gervaise se prostitue sur les boulevards extérieurs. Elle est prisonnière d'un monde sans issue : « Sur ces hauteurs, au milieu de ces espaces largement ouverts, la neige fine tournoyait, semblait soufflée à la fois des quatre points du ciel. On

---

1. *Les Cahiers naturalistes*, n° 52, Société littéraire des Amis d'Émile Zola et Éditions Fasquelle, 1978, p. 43.

ne voyait qu'à dix pas, tout se noyait dans cette poussière volante. [...]
Gervaise, péniblement, allait toujours aveuglée, perdue » (chap. XII).

La même condamnation à l'enfermement symbolique frappe aussi les autres personnages. Il suffit de songer à la déambulation grotesque de la noce à travers le Louvre : après s'être perdue, elle ne retrouve sa sérénité qu'au *Moulin d'Argent*... chez le marchand de vin. L'alcool envahit l'espace du roman, comme le souligne le commentaire du narrateur lors de la description de l'alambic :

> L'alambic, sourdement, sans une flamme, sans une gaieté dans les reflets éteints de ses cuivres, continuait, laissait couler sa sueur d'alcool, pareil à une source lente et entêtée qui à la longue devait envahir la salle, se répandre sur les boulevards extérieurs, inonder le trou immense de Paris (chap. II).

Dans cette description épique et visionnaire, Zola pressent l'écrasement de la classe ouvrière. Pourtant, comme le rappelle Jeanne Gaillard dans un article des *Cahiers naturalistes* [1], l'alcoolisme n'est pas un mal spécifiquement ouvrier, et il ne touche pas particulièrement l'ouvrier parisien au XIXe siècle. Zola ne souhaite pas seulement décrire la réalité : au-delà du réalisme, l'espace, dans le roman, acquiert une portée symbolique et prophétique. Zola le montre chargé de forces hostiles qui menacent d'écrasement le monde ouvrier. Paris, véritable monstre mythologique, « dévore le flot ininterrompu d'hommes » ; le Louvre, monstre labyrinthique, égare ceux qui s'aventurent dans ses couloirs : autant de forces sociales et culturelles prêtes à broyer ou à duper le monde ouvrier. L'alambic, monstre mythique et menaçant, est seul à offrir un accueil et à donner une place à ceux que tant d'autres lieux rejettent. Dans *L'Assommoir*, les lieux se font écho et ils ne cessent de rappeler, comme le feraient des oracles, l'avenir tragique et la fatale déchéance qui menace le monde ouvrier. Faut-il alors voir dans ce roman l'œuvre d'un écrivain engagé ?

---

1. *Ibid.*, p.31.

ZOLA, UN ÉCRIVAIN ENGAGÉ ?

UN ROMAN SANS CARACTÈRE POLITIQUE

Le traitement de l'espace et sa signification nous amènent logiquement à poser la question de l'engagement de Zola dans ce roman. Si nous nous appuyons sur une définition classique de l'auteur engagé, qui fait de lui un écrivain engageant sa pensée dans le débat public et dans la critique politique, nous ne pouvons que constater l'absence de caractère politique de *L'Assommoir*. C'est sans doute ce qui explique l'accueil défavorable que lui a réservé la critique et notamment la critique dite « de gauche ».

Les milieux républicains ont en effet reproché à Zola de donner une vision dégradante, falsifiée du peuple et d'encourager ainsi le mépris de la bourgeoisie pour la classe ouvrière. Zola, de son côté, n'a cessé de rappeler le bien-fondé de son projet, aussi bien dans ses préfaces que dans ses lettres et ses articles. On se souvient de la phrase de la Préface de *L'Assommoir* où il affirme qu' « il s'ag[it] là du premier roman sur le peuple, qui ne mente pas et qui ait l'odeur du peuple ».

L'ENGAGEMENT DE ZOLA : UN SOUCI DE VÉRITÉ

Si l'on peut parler d'un engagement de Zola, il s'exprime indirectement et de façon détournée. Dans *L'Assommoir*, le politique est absent parce que le Capital est absent : le peuple n'est pas confronté à son principal ennemi. La marginalisation qu'il subit est une façon de l'écarter du politique, de le soustraire à la vie de la Cité.

Ainsi, le quartier de la Goutte-d'Or devient une sorte de ghetto où les ouvriers vivent hors de la ville et des forces qui l'activent. C'est alors que s'opère une sorte de glissement, de déplacement du rapport de force. Au lieu de s'en prendre aux vrais responsables de leur condition, les habitants de la Goutte-d'Or s'en prennent à leurs voisins, à ceux qu'ils côtoient, et les relations conflictuelles du quartier sont une sorte de substitut, de dérive, de simulacre du rapport de force entre la classe ouvrière et le Capital. Cela explique en grande partie la violence des propos, le caractère mesquin, indifférent, voire sordide des relations entre les membres d'une même famille ou des familles entre elles.

L'ASSOMMOIR, UN RÉCIT MYTHIQUE ?

L'Assommoir n'annonce pas une révolte ouvrière, et ne place aucun espoir dans la lutte du peuple. Il dénonce symboliquement une machine sociale malade et en danger. Comme l'affirme Françoise Gaillard dans un article sur *L'Assommoir* publié dans *Les Cahiers naturalistes* (n° 52)[1], « pour Zola, le mal est au cœur de l'ordre bourgeois [...] la société capitaliste s'est fondée sur une faute inexpiable, sur une tare originelle qui va peser de plus en plus sur la balance [...] ». Dans *L'Assommoir*, le peuple est en quelque sorte l'organe malade d'une société qui souhaite le rejeter. Mais il est bien là et présage de tout envenimer. Françoise Gaillard met bien au jour la portée symbolique de l'alambic qui menace de « déferl[er] en une inondation de mort [...] et de se dévers[er] sur Paris ». Le déferlement de l'alcool est une métaphore du déferlement populaire, il figure un déluge et une catastrophe inévitables.

Dans *L'Assommoir*, Zola dénonce un ordre bourgeois exposé à des risques dont celui-ci ne perçoit pas la gravité et il révèle le caractère tragique de sa cécité : l'« inéluctable enlisement » de la classe ouvrière[2] ne peut qu'engendrer l'inéluctable destruction de la société tout entière. Le roman devient ainsi un mythe moderne, au sens où il propose, à travers le destin de quelques personnages, une explication du fonctionnement du monde, explication d'autant plus saisissante qu'elle s'inscrit sous le signe du grotesque.

GROUPEMENT DE TEXTES : JUGEMENTS CRITIQUES

TEXTE 10 • Zola, article pour *La Tribune* (18 octobre 1868)

À partir de 1868, Zola commence à s'imposer dans le monde de la presse. Il prend la parole dans de nombreux périodiques comme *La Tribune*, journal républicain et antilibéral. Dans l'article du 18 octobre 1868, il expose ses idées concernant la classe ouvrière.

---

1. Françoise Gaillard, « À chacun sa vérité », *ibid.*, p. 24. \ 2. Cette expression est empruntée au titre de l'article de Colette Becker, « La condition ouvrière dans *L'Assommoir*, un inéluctable enlisement », publié dans *Les Cahiers naturalistes*, n° 52, *op. cit.*, p. 42.

[...] Les beaux messieurs ont d'aristocratiques dégoûts pour les plaisirs du peuple. Ils se grisent avec du champagne et lui reprochent le vin frelaté des barrières. S'ils daignent parfois lui voler ses filles, ils le raillent sur ses misérables amours, sur ses jouis-
5 sances grossières. C'est là cependant une simple question de milieu. Les ouvriers étouffent dans les quartiers étroits et fangeux où ils sont obligés de s'entasser. Ils habitent les ruelles noires qui avoisinent la rue Saint-Antoine, les trous pestilentiels de la vallée Mouffetard. Ce n'est pas pour eux qu'on assainit la ville;
10 chaque nouveau boulevard qu'on perce les jette en plus grand nombre dans les vieilles maisons des faubourgs. Quand le dimanche vient, ne sachant où aller respirer un peu d'air pur, ils s'attablent au fond des cabarets; la pente est fatale, le travail demande une récréation, et lorsque l'argent manque, lorsque l'ho-
15 rizon est fermé, on prend le plaisir qu'on a sous la main.

Mais ouvrez l'horizon, appelez le peuple hors des murs, donnez-lui des fêtes en plein air, et vous le verrez peu à peu quitter les bancs du cabaret pour les tapis d'herbe verte. Dimanche, pendant que je me promenais au milieu de la foule joyeuse, j'ai rêvé la créa-
20 tion de vastes champs de foire aux quatre coins de Paris. M. Haussmann, qui est plein de sollicitude pour les riches, a fait des bois de Boulogne et de Vincennes des promenades princières, où les heureux de ce monde peuvent aller bercer leurs rêveries, au trot régulier de leurs chevaux de luxe; ce sont là des paradis ter-
25 restres dont la porte s'ouvre également pour les grandes et pour les petites dames. Les ouvriers doivent fuir ces allées propres, ces larges avenues encombrées de calèches dont la vue leur donnerait des envies mauvaises; le soir, en se couchant sur leur grabat, ils songeraient avec colère aux coussins moelleux de ces voitures sur
30 lesquels s'étalaient de gros hommes à face de bœuf, et le lendemain ils seraient capables de se fâcher sérieusement et de demander pourquoi ils gagnent si peu quand des coquins volent tant. Peut-être le préfet de la Seine croit-il avoir assez fait pour les pauvres, en semant Paris de squares. Mais quels tristes coins de
35 nature, quelles promenades poussiéreuses et étouffantes! Des ruisseaux coulent autour des arbres maigres, des grilles isolent les moindres bouts de gazon, les bancs sont rares et les chaises se

paient. Ces bocages de carton sont bons pour les petits bourgeois
malingres. Le peuple, au sang puissant, aux souffles forts, a
45 d'autres besoins de ciel libre : il lui faut la rase campagne, les arbres
vrais, les vastes prairies où il puisse courir en liberté, sans qu'un
écriteau lui défende de fouler les brins de mousse sous les clous de
ses gros souliers.

Je souhaite ardemment que mon projet soit pris en considéra-
50 tion. Il y a le Bois des lorettes et des marquises, il faut qu'il y ait
la Plaine des ouvrières et des travailleurs. Certes, les emplacements
ne manquent pas, et la Ville de Paris est assez riche pour acheter
quelques milliers de mètres de terrain et pour en faire cadeau à ses
enfants. On choisira, aux quatre coins des fortifications, quatre
55 champs immenses qu'on se gardera bien d'attifer à l'anglaise. Le
peuple n'a que faire de cascades, de lacs, de chalets rustiques, joujoux ridicules que l'administration semble conserver précieuse-
ment sous verre. Il préférera la campagne dans sa rudesse, la campagne où l'on court sans craindre de se heurter à des arbres de tôle
60 vernie. Et il viendra en foule, s'il est certain de trouver, dans ces
jardins populaires, de l'ombre, de l'air et de la liberté. Ce seront,
comme je l'ai dit, des champs de foire toujours ouverts, où l'on
pourra créer des gymnases, des salles de danse, des jeux de toutes
sortes. Le petit commerce y établira ses échoppes, les gros sous des
65 pauvres y feront vivre d'autres pauvres. Et, le dimanche, les
ouvriers auront ainsi un lieu de réjouissance publique, qui les
détournera des cabarets, et où ils trouveront la gaieté saine nécessaire à leur vie de labeur.

1. Quels reproches Zola adresse-t-il à la bourgeoisie au début de son
article ?

2. Pour quelles raisons peut-on dire que le traitement de l'espace dans
L'Assommoir illustre parfaitement les propos tenus par Zola dans cet
article ? Vous répondrez en vous appuyant sur des exemples précis tirés
du roman.

3. Pourquoi peut-on dire que les propos de Zola dans cet article résu-
ment certains principes de la pensée naturaliste ?

Dans cette lettre, Zola répond à l'accueil sévère qui lui a été réservé lors de la publication de *L'Assommoir*. Albert Millaud, qui dirige alors *Le Figaro*, a été l'un de ses détracteurs les plus virulents.

À Albert Millaud
Paris, 9 septembre 1876

Monsieur et cher confrère,

Je désire rester très courtois à votre égard. Vous semblez me défier de répondre à une question que vous me posez, et c'est pourquoi je crois devoir vous écrire de nouveau, tout en vous laissant libre de faire de ma réponse l'usage qu'il vous plaira.

5 Vous me traitez *d'écrivain démocratique et quelque peu socialiste*, et vous vous étonnez de ce que je peins une certaine classe ouvrière sous des couleurs vraies et attristantes.

D'abord, je n'accepte pas l'étiquette que vous me collez dans le dos. J'entends être un romancier tout court, sans épithète ; si vous
10 tenez à me qualifier, dites que je suis un romancier naturaliste, ce qui ne me chagrinera pas. Mes opinions politiques ne sont pas en cause, et le journaliste que je puis être n'a rien à démêler avec le romancier que je suis. Il faudrait lire mes romans, les lire sans prévention, les comprendre et voir nettement leur ensemble, avant
15 de porter les jugements tout faits, grotesques et odieux, qui circulent sur ma personne et sur mes œuvres. Ah ! si vous saviez comme mes amis s'égayent de la légende stupéfiante dont on régale la foule, chaque fois que mon nom paraît dans un journal ! Si vous saviez combien le buveur de sang, le romancier féroce, est
20 un honnête bourgeois, un homme d'étude et d'art, vivant sagement dans son coin, tout entier à ses convictions ! Je ne démens aucun conte, je travaille, je laisse au temps et à la bonne foi publique le soin de me découvrir enfin sous l'amas des sottises entassées.

25 Quant à ma peinture d'une certaine classe ouvrière, elle est telle que je l'ai voulue, sans une ombre, sans un adoucissement. Je dis ce que je vois, je verbalise simplement, et je laisse aux moralistes le soin de tirer la leçon. J'ai mis à nu les plaies d'en haut, je n'irai

certes pas cacher les plaies d'en bas. Mon œuvre n'est pas une
30 œuvre de parti et de propagande ; elle est une œuvre de vérité.

Je me défends de conclure dans mes romans, parce que, selon
moi, la conclusion échappe à l'artiste. Pourtant, si vous désirez
connaître la leçon qui, d'elle-même, sortira de *L'Assommoir*, je la
formulerai à peu près en ces termes : instruisez l'ouvrier pour le
35 moraliser, dégagez-le de la misère où il vit, combattez l'entasse-
ment et la promiscuité des faubourgs où l'air s'épaissit et s'em-
peste, surtout empêchez l'ivrognerie qui décime le peuple en tuant
l'intelligence et le corps. Mon roman est simple, il raconte la
déchéance d'une famille ouvrière, gâtée par le milieu, tombant au
40 ruisseau ; l'homme boit, la femme perd courage ; la honte et la
mort sont au bout. Je ne suis pas un faiseur d'idylles, j'estime
qu'on n'attaque bien le mal qu'avec un fer rouge.

Et permettez-moi encore de répondre à votre distinction entre
le dialogue et le récit, pour l'emploi du langage de la rue. Vous
45 me concédez que je puis donner à mes personnages leur langue
accoutumée. Faites encore un effort, comprenez que des raisons
d'équilibre et d'harmonie générale m'ont seules décidé à adopter
un style uniforme. Vous me citez Balzac qui justement a fait une
tentative pareille, lorsqu'il a pastiché l'ancienne langue française
50 dans ses *Contes drolatiques*. Je pourrais vous indiquer d'autres précédents, des livres écrits d'un bout à l'autre sur un plan particulier. D'ailleurs, ce langage de la rue vous gêne donc beaucoup ? Il
est un peu gros, sans doute, mais quelle verdeur, quelle force et
quel imprévu d'images, quel amusement continu pour un gram-
55 mairien fureteur ! Je ne comprends pas comment l'écrivain, en
vous, n'est point chatouillé par le côté purement technique de la
question.

Enfin, croyez, Monsieur et cher confrère, que dans toute la boue
humaine qui me passe par les mains je prends encore la plus
60 propre, que j'ai, surtout pour *L'Assommoir*, choisi les vérités les
moins effroyables, que je suis un brave homme de romancier qui
ne pense pas à mal, et dont l'unique ambition est de laisser une
œuvre aussi large et aussi vivante qu'il le pourra.

1. À quelle stratégie argumentative Zola a-t-il recours pour construire sa lettre et répondre à Albert Millaud ? Observez en particulier l'ouverture de chaque paragraphe.

2. Comment Zola définit-il son œuvre dans le quatrième paragraphe et en quoi cette définition illustre-t-elle les principes de l'esthétique naturaliste ?

3. Comment, dans cette lettre, Zola justifie-t-il l'emploi de la langue argotique ?

TEXTE 12 • Paul Bourget, lettre à Zola (2 février 1877)

L'écrivain Paul Bourget fait part à Zola de son enthousiasme à la lecture de *L'Assommoir*. Il exprime aussi quelques réserves.

À Émile Zola
2 février 1877

Mon cher Ami,

Je comptais causer de *L'Assommoir* avec vous demain au Bœuf (nature) ; il se trouve que je serai empêché. Je vous écris donc ces quelques lignes pour vous remercier du livre et vous envoyer mon premier sentiment.

5   D'abord, c'est votre meilleur roman. La fureur même des attaques le prouve. Vous êtes absolument dans une terre à vous. Rien de Flaubert, rien de Goncourt, rien de Balzac ou de Dickens. Vous avez inventé une manière. Elle est troublante comme toutes les découvertes, bouleversant tant d'idées reçues qu'il faut oser
10 pour vous admirer comme vous avez osé pour écrire. Je vous admire, moi, et je vous jure que la conquête de mon imagination par votre talent a été longue. Si ce n'est pas la plus brillante de vos victoires, ç'aura été, je crois, une des plus difficiles.

Mais, voici mes réserves sur ce livre.

15 1. Il n'y a pas de centre. Il n'y a pas un point où on sente battre le pouls de l'intrigue, où toutes les forces amassées donnent – un nœud si vous voulez. Ce sont des tableaux de la vie qui font galerie. Vous me direz que c'est mieux la Vie, que rien n'arrive. Je ne saurai que répondre sinon que le procédé à la Balzac qui coule tout
20 le passé dans la crise finale de quelque angoisse (*Le Père Goriot, Le Curé de Tours*) me semble plus intense et aussi vrai.

2. Il y a une découverte de style dans le milieu tel que les personnages le voient. Mais on pourrait vous reprocher de manquer l'effet en l'outrant. Pour nous qui lisons, ces populaceries sont une
25 surprise ; le contexte nous étonne – il n'étonnerait pas les gens qui y vivent, et comme nous ne saurions nous mettre à leur point de vue, ne vous semble-t-il pas que vous produisiez en nous une sensation de curiosité piquée qui enlève du naturel au récit. – C'est horriblement compliqué ce que je vous dis là – et peut-être y a-
30 t-il un vice irrémédiable dans l'art mis au point de vue de ceux qu'on peint.

3. La fin n'est pas assez intense après le merveilleux paysage du « Monsieur, écoutez donc ». Chose singulière, le *delirium tremens* si bien décrit m'a laissé froid. Mais admirable le trait de Gervaise
35 imitant son homme.

4. Réellement le style du début est moins carré que celui du milieu et de la fin. On sent que vous vous êtes enflammé à l'œuvre, que vous avez inventé en créant. Mais cette disproportion ne déplaît pas parce que le style s'encanaille avec les héros et l'illu-
40 sion en est plus forte.

Ah ! vous êtes un terrible homme. Les jeunes gens que je vois, nous tous, nous vous mettons au premier rang et si je vous écris franchement ce que je pense du livre, c'est pour vous prouver combien je suis passionnément pris par votre talent. Je me suis dis-
45 puté à propos de vous dimanche dernier, chez d'Aurevilly en vous défendant pied à pied contre cet autre terrible homme, cet épouvantant que vous épouvantez – ce qui n'est pas un mince éloge.

Allons, adieu, faites-nous encore quelques livres de cette force-là et vous serez le Balzac de la fin du siècle. Il y a dans votre suc-
50 cès une moralité que nul ne voit : vous êtes le seul homme du moment qui croit à la Volonté.

Mes respects à Madame Zola et à vous de cœur.

1. Dans sa lettre, Paul Bourget affirme : « D'abord, c'est votre meilleur roman. La fureur même des attaques le prouve. » À quoi ces attaques font-elles référence ? Expliquez la relation de cause à effet sur laquelle reposent les propos de Paul Bourget.

2. Qu'est-ce qui justifie l'admiration de Paul Bourget pour *L'Assommoir* ? Relevez et analysez dans le premier paragraphe les arguments qui fondent son enthousiasme.

3. Au sujet de *L'Assommoir*, Paul Bourget fait part à Zola de quelques réserves. Reformulez chacune d'entre elles sous la forme d'un argument.

4. « La fin n'est pas assez intense après le merveilleux paysage des "Monsieur, écoutez donc" », affirme Paul Bourget à propos de la fin du roman. Vous direz dans un paragraphe argumenté si vous partagez ou non le point de vue de Paul Bourget.

TEXTE 13 • Mallarmé, lettre à Zola (3 février 1877)

Mallarmé est l'un des écrivains à avoir été le plus sensible à la nouveauté de l'écriture de *L'Assommoir*.

À Émile Zola
3 février 1877

Mon cher confrère,

[...]Voilà une bien grande œuvre ; et digne d'une époque où la vérité devient la forme populaire de la beauté ! Ceux qui vous accu-
5 sent de n'avoir pas écrit pour le peuple se trompent dans un sens, autant que ceux qui regrettent un idéal ancien ; vous en avez trouvé un qui est moderne, c'est tout. La fin sombre du livre et votre admirable tentative de linguistique, grâce à laquelle tant de modes d'expression souvent ineptes forgés par de pauvres diables
10 prennent la valeur des plus belles formules littéraires puisqu'ils arrivent à nous faire sourire ou presque pleurer, nous lettrés ! cela m'émeut au dernier point ; est-ce chez moi disposition naturelle toutefois, ou réussite peut-être plus difficile encore de votre part, je ne sais ? mais le début du roman reste jusqu'à présent la por-
15 tion que je préfère. La simplicité si prodigieusement sincère des descriptions de Coupeau travaillant ou de l'atelier de la femme me tiennent sous un charme que n'arrivent point à me faire oublier les tristesses finales : c'est quelque chose d'absolument nouveau dont vous avez doté la littérature, que ces pages si tranquilles qui
20 se tournent comme les jours d'une vie [...].

1. Quel aspect particulier de *L'Assommoir* Mallarmé loue-t-il lorsqu'il évoque « [cette] admirable tentative de linguistique » ?

2. À quels aspects du roman Mallarmé attribue-t-il la nouveauté et la modernité de l'œuvre de Zola ?

TEXTE 14 • Paul Lafargue, *Critiques littéraires* (1936)

Au xxᵉ siècle les jugements critiques demeurent divers. À la lecture des propos de Paul Lafargue, on s'aperçoit qu'une critique négative de *L'Assommoir* subsiste.

> [...] Bien plus, *L'Assommoir* doit être considéré comme une mauvaise action. Publié quelques années après la Commune, à l'époque de la pire réaction, alors que la forme républicaine de l'État était encore mise en question, ce roman fut très favorablement
> 5 accueilli par les réactionnaires. Il leur plut d'assurer son succès, car ils étaient très heureux de voir représenter la classe ouvrière devant laquelle ils avaient tremblé, sous l'aspect de dégoûtants ivrognes. [...]

1. Quel est le principal reproche que Paul Lafargue adresse à *L'Assommoir* ?

2. Dans un paragraphe argumenté, vous soutiendrez la thèse inverse de celle de Paul Lafargue.

TEXTE 15 • Jean Fréville, *Zola semeur d'orages* (1952),

Éditions sociales, DR.

L'auteur de *Germinal* apparaît comme le symbole de l'écrivain engagé. Cependant, la critique marxiste reproche à Zola sa défiance des révolutionnaires et sa vision sociale moralisatrice.

> Chacun doit se tirer d'affaire par ses propres moyens. Si l'ouvrier se montre laborieux, habile, économe – à condition de ne jamais manquer de travail et de ne pas tomber malade –, il coulera des jours heureux. Mais si la malchance le poursuit, s'il mécontente
> 5 sa clientèle, s'il musarde, s'il boit, il roulera à l'abîme...
> La misère serait donc imputable surtout à l'ouvrier lui-même, à sa paresse, à son relâchement ! Les facteurs économiques et sociaux s'effacent derrière le facteur individuel. Travailleur, ne

bois pas, maîtrise tes vices, affirme-toi courageux à la tâche,
10 épargne, et l'avenir t'appartiendra... Telle est, quoi qu'en pense
l'auteur, la morale de *L'Assommoir*. Alors, à quoi bon invoquer la
fatalité du milieu, si la sobriété et l'économie suffisent pour s'y
soustraire ?

Zola résout la question sociale en préconisant l'ascension de
15 l'ouvrier au sein de la société bourgeoise, son accession à la petite
propriété. Qu'il s'établisse à son compte, ouvre son échoppe ou sa
boutique, devienne artisan, petit patron ! Gervaise aurait connu
ce destin enviable si son mari ne s'était mis à boire. Goujet, le forgeron généreux, possède son appentis, son enclume, des écono-
20 mies. Il répand joie et confiance autour de lui, il est un exemple,
parce qu'il a su rester honnête, sérieux et sobre. Mais tous, à cause
des conditions mêmes du marché, ne pourraient s'établir à leur
compte, en supposant qu'on ferme les assommoirs et que les bri-
coliers deviennent des modèles de vertu !

25 L'idéal de Zola dans *L'Assommoir* – indépendance des petits
métiers, maintien et défense de l'artisanat – est réactionnaire sur
le plan économique et social, inefficace sur le plan individuel.
Comme Coupeau et ses amis, les artisans du Moyen Âge, assez irré-
guliers au travail, fêtaient par des libations nombreuses les saints
30 du calendrier, ainsi qu'en témoignent les vieilles chansons.

1. Selon Jean Fréville, quelles sont les deux catégories d'ouvriers distinguées par Zola ?

2. Quel reproche Jean Fréville adresse-t-il à Zola ? De quel domaine relève
sa critique ?

3. Répondez à l'auteur en un paragraphe argumenté montrant que la
fatalité sociale est bien à l'œuvre dans *L'Assommoir*. Vous choisirez un
argument que vous développerez par un ou plusieurs exemples.

TEXTE 16 • R. M. Albérès, Introduction à *L'Assommoir* (1967)

DR

Notre plus grand plaisir en relisant *L'Assommoir* est de pénétrer
dans un monde littéraire qui possède ses lois. Sous la dénomina-
tion de roman, c'est une forme de création qui se montre somme
toute aussi rigoureuse que la tragédie classique. Le décor est déter-

⁵ miné par les conventions qui lui donnent son homogénéité et, en
un sens, sa pureté. Certes il ne s'agit pas, comme chez Racine, de
l'antichambre d'un palais, où l'on doit s'exprimer en alexandrins.
Mais, de manière plus précise, tout le roman se crée obligatoire-
ment en fonction d'un certain lieu et d'un certain milieu social
¹⁰ qui se doivent d'être définis de manière plus familière, avec une
complaisante précision documentaire et sociologique, à l'aide de
détails « vrais ». D'ailleurs, Zola a dessiné le plan du quartier de
la Goutte-d'Or... Une autre précision s'impose dans cette forme
rigoureuse du roman : tout personnage doit y avoir une destinée
¹⁵ délimitée, étroitement rattachée à celle des autres, l'ensemble for-
mant un agencement d'une précision parfaite. C'est ainsi que le
personnage le plus insignifiant de *L'Assommoir*, le dernier sur la
liste des personnages, c'est-à-dire le vieux miséreux que l'on
appelle le père Bru, apparaît tout aussi bien au début de l'histoire
²⁰ pour venir se chauffer dans la boutique de Gervaise qu'à la dernière page pour lui céder le galetas où elle mourra... Quant aux
personnages principaux, Gervaise, Coupeau et Lantier, ils sont
inséparables dans l'intrigue (alors qu'aucune vraisemblance réaliste ne contraignait Zola à faire rentrer Lantier en scène, pour pré-
²⁵ cipiter la déchéance de Gervaise et de Coupeau). Virginie, l'ancienne rivale de Gervaise, se réconcilie avec elle au milieu du
roman pour reparaître dans les derniers chapitres et y devenir la
patronne de Gervaise humiliée, qui doit frotter le sol à ses pieds.
Ainsi les « personnes du drame » se tiennent étroitement, sans
³⁰ qu'il manque un maillon de la chaîne. Comme dans une tragédie
bien construite, on pourrait tracer un graphique de leurs inter-
connexions psychologiques et dramatiques. Il aurait la cohérence
géométrique des graphiques par lesquels on représente une molé-
cule chimique : aucun atome n'est là pour rien, ils sont tous rat-
³⁵ tachés, selon leurs « valences » les uns aux autres... Nous sommes
loin du roman libre et bavard des siècles précédents, et même des
années précédentes, où l'on multipliait à plaisir les personnages
superfétatoires. *L'Assommoir* a la rigueur d'une tragédie.
Une fatalité y est aussi continuellement présente. (Et qui, après
⁴⁰ Zola, en a su créer une ? sauf Green, Bernanos, Mauriac, Malraux
et Camus, ce qui fait peu.) Je ne fais pas allusion à la théorie géné-

rale de l'hérédité, un peu surfaite, dans les « Rougon-Macquart »,
mais à cette manière qu'a Zola de nous faire pressentir, dès les premières pages, que la destinée d'un être est fixée par les dieux —
45 même si ces dieux sont des lois biologiques ou sociales. De même
qu'à la première scène d'*Andromaque*, Oreste est déjà voué aux
Erinnyes, de même, au premier chapitre de *L'Assommoir*, Gervaise
attendant dans son galetas, avec ses deux enfants, un amant infidèle, est visiblement et sensiblement prédestinée à être ce qu'elle
50 sera jusqu'à sa mort la compagne d'un homme brutal que domi-
nent l'alcool et la débauche... Sa vaillance, son honnêteté, ses sur-
sauts de défense et ses désirs d'une meilleure vie, ce sont les sou-
bresauts de l'animal tragique, déjà pris dans le piège du destin.
Un je-ne-sais-quoi nous avertit d'avance que Gervaise est perdue.
55 Elle se débat contre le destin, mais le jeu est fait d'avance, comme
sur un autre plan, chez Oedipe. Peut-être cette prémonition de la
fatalité est-elle due au fait que Zola crée une Gervaise trop pure,
trop honnête, nous laissant deviner par là que le drame est des-
tiné à nous montrer comment elle sera déçue, meurtrie, et finale-
60 ment souillée..

C'est une fatalité intérieure et personnelle ; celle d'un être par
son caractère même, la réussite ou l'échec, un être qui est « fait »
d'avance, quelles que soient ses qualités secondaires, pour la
déchéance. De cette prédestination, les astrologues prétendaient
65 rendre compte, ou aussi bien, Freud. Et Aldous Huxley lui donnait une forme de boutade en disant qu'il n'arrive jamais rien à un
être qui ne lui soit intrinsèquement semblable. Gervaise est destinée à être une victime.

C'est ainsi que nous aimons dans *L'Assommoir* sa rigueur : un cer-
70 tain choix esthétique (que nous appellerons naturaliste si l'on
veut) dans la manière de préciser et d'installer le décor ; une exi-
gence admirable dans l'agencement, et telle qu'elle ne peut se
comparer qu'à celle de la tragédie ; et, en fin de compte, ce sens
d'une fatalité qui domine toutes les grandes oeuvres. Peu importe
75 la définition exacte de cette fatalité, car il faudrait des centaines
de pages pour la séparer de l'ancien « fatum » tragique, des fatalités plus ou moins psychologiques ou poétiques qui vont de
Manon Lescaut au *Grand Meaulnes*, des fatalités sociales qui vont

de Gil Blas à Aragon, ou des fatalités tragiques qui vont de Racine
80 à Giraudoux. Mais, avec des théories un peu contestables, Zola
impose dans *L'Assommoir* son propre « fatum » celui de Gervaise,
une jeune femme modèle (et presque un peu trop modèle) qui,
avec la meilleure volonté du monde, ne trouvera pas la voie d'une
vie honorable, ou, du moins, paisible. Est-ce la faute des hommes,
85 dégradés par l'eau-de-vie ? Est-ce la faute du milieu social ? Est-
ce la faute de Dieu ?

Peu importe la réponse, car toute tragédie est une question sans
réponse ou une réponse sans question. Ce que je veux dire ici, c'est
que *L'Assommoir* nous apporte les grandeurs de la tragédie, avec
90 quelques facilités en plus : celles de son style. Tragédie laïque et
populiste, certes. Les dieux n'y interviennent pas directement, et
c'est ce qu'ils avaient de mieux à faire en 1877. La « tragédie » n'est
plus fondée sur la noblesse ; quelques rues sales, pittoresques
d'ailleurs, entre Pigalle et La Chapelle ; quelques personnages,
95 ouvriers dans leurs bons jours, chômeurs et soiffards dans leurs
mauvais jours. Et ainsi, au-delà d'un sujet que Zola avait peut-
être un peu simplifié, nous retrouvons une autre fatalité que celle
de l'alambic et de l'hérédité : ce pessimisme foncier qui, comme
une forme laïque du péché originel, donne toute destinée comme
100 perdue d'avance — hormis celle des avaricieux comme les
Lorilleux... N'est-ce pas ce pessimisme même que l'on trouve,
dans le même tiers de siècle, chez Thomas Hardy, chez Strindberg,
chez Tchekhov souvent, et chez Ibsen aussi, quoi qu'il s'y mêle
d'idéologie morale sociale ?

1. Quelles qualités R. M. Albérès reconnaît-il à *L'Assommoir* ?

2. À quel autre genre littéraire le roman est-il assimilé ? Comment Zola
justifie-t-il ce rapprochement ?

3. Comment R. M. Albérès montre-t-il que *L'Assommoir* est un mythe
moderne ?

4. « Elle se débat contre le destin, mais le jeu est fait d'avance », affirme
Albérès à propos de Gervaise. Développez cet argument dans un paragraphe, en vous appuyant sur des exemples précis tirés du roman.

TEXTE 17 • Aimé Guedj, « Les révolutionnaires de Zola », *Les Cahiers naturalistes*, n° 36 (1968)

Société littéraire des Amis d'Émile Zola et Éditions Fasquelle, p. 135-137.

Zola ne semble connaître que le socialisme utopique, le marxisme ne constituant à ses yeux qu'une de ses variantes. Cette réduction nous choque, mais elle n'a pas de quoi surprendre au XIXᵉ siècle. Aussi bien, dans la mesure où elle vise le socialisme utopique,
5 l'ironie de Zola paraît justifiée. Une théorie qu'aucune pratique ne confirme – et nous avons vu avec quelle intelligence politique Zola condamnait cette pratique – ne peut être qu'illusoire. Mais une pratique qui ne se fonde sur aucune théorie, ne peut être efficace. Et cela, Zola n'en a pas conscience. Il rejette toute idéologie
10 au nom de la science et il substitue à une action politique contre le capitalisme une observation naturaliste de ses lois. Prisonnier de sa conception étroite du déterminisme, Zola ne peut concevoir une intervention consciente de l'homme dans sa propre histoire, d'autant que cette histoire naturalisée perd son caractère spécifi-
15 quement humain. Zola met tous ses espoirs dans les progrès de la science et dans une meilleure connaissance du « *circulus* social [1] ».

1. Selon Aimé Guedj, comment les partis pris de Zola s'expliquent-ils ?

2. « Zola ne peut concevoir une intervention consciente de l'homme dans sa propre histoire » : montrez en quoi l'histoire de Gervaise illustre ce propos.

TEXTE 18 • Edmonde Charles-Roux, *Les Cahiers naturalistes*, n° 52 (1978)

Société littéraire des Amis d'Émile Zola et Éditions Fasquelle, p. 7.

À l'occasion du centenaire de *L'Assommoir*, la Société littéraire des Amis d'Émile Zola se réunit à Médan pour un colloque consacré à ce roman. Edmonde Charles-Roux ouvre la journée par un discours dans lequel elle rend hommage à l'écriture de *L'Assommoir*.

[…] On peut dès lors se poser la question : comment le *naturaliste* qu'est Zola – et il ne se fait pas défaut de nous le rappeler en toutes occasions ! – comment cet écrivain convaincu que l'observation

---

1. *Circulus social* : il s'agit du mouvement de la société.

scientifique, et les lois de l'hérédité sont les seuls moteurs de son
5 œuvre, comment peut-il être *épique ?* N'y a-t-il pas là une contradiction ? Au vrai je ne pose cette question que pour mieux la réfuter. Le génie de Zola est de n'avoir jamais privilégié l'observation
scientifique au détriment de l'invention poétique. Il emprunte à
la science, c'est évident, mais à aucun moment (encore qu'il refuse
10 d'en convenir), à aucun moment il n'oublie que le romancier ne
saurait être seulement savant. De même – et *L'Assommoir* me paraît
être, de tous ses romans, celui qui illustre le mieux ce propos – on
peut dire que l'observation approfondie d'un milieu social, l'étude
de son langage particulier, la laborieuse documentation que tout
15 cela implique n'ont jamais sur Zola d'effets contraignants. Ce ne
sont que stimulants aptes à provoquer l'illumination créatrice ; ce
ne sont que matrices de l'imagination romanesque, matériaux
d'où l'écrivain tire ses certitudes et son souffle.

1. Quelle est la contradiction pointée par Edmonde Charles-Roux au
début de son jugement, et comment cette contradiction est-elle levée
dans l'œuvre de Zola ?

2. Rappelez sur quels principes repose le registre épique et citez deux
scènes de *L'Assommoir* qui vous semblent s'inscrire dans ce registre, en
justifiant votre réponse.

3. Pourquoi peut-on affirmer que l'ensemble du roman relève surtout
du grotesque ? Sur quels principes ce registre repose-t-il ? Justifiez votre
réponse par deux exemples précis tirés du roman.

4. Pour quelles raisons peut-on affirmer avec Edmonde Charles-Roux que,
dans *L'Assommoir*, Zola mêle l'observation scientifique à l'invention
poétique ? Vous répondrez en vous appuyant sur un ou deux exemples
empruntés au roman.

5. Pourquoi peut-on affirmer que, dans ce passage, Edmonde Charles-
Roux définit la spécificité même du naturalisme de Zola ?

SUJETS

INVENTION ET ARGUMENTATION

Sujet 1

1. Étudiez les indices d'énonciation dans la Préface de *L'Assommoir* (p. 7-8). Quel est l'effet produit ?

2. Quels sont les arguments des adversaires de Zola ?

3. Quels arguments l'écrivain leur oppose-t-il ?

4. Vous êtes un critique contemporain de Zola. En vous appuyant sur des arguments et des exemples précis, vous lui écrivez pour dresser un réquisitoire contre Gervaise ou, au contraire, prendre sa défense.

Sujet 2

TEXTE 19 • Extraits du découpage du film *Gervaise* (1956)

Cités dans André Farwagi, *René Clément*, DR.

René Clément a adapté *L'Assommoir* au cinéma. Voici le découpage qu'il propose de la scène du retour de Lantier au moment de la fête chez Gervaise.

Séquence n° 19 W – Boutique.

P. A. (plan américain) [1]

Gervaise, les poings aux tempes, regarde entrer les deux hommes. Elle est hagarde. Elle a peur, mais en même temps, elle est soulagée. Elle ne comprend pas.

5 *Mme Putois a fini sa chanson.*

P. M. (plan moyen) [2] – Contrechamp [3]

Coupeau entre dans la pièce de l'air le plus naturel du monde, et reprend sa place, faisant asseoir Lantier à côté de lui.

COUPEAU, *désinvolte, fait une vague présentation.*

10 — Un ami.

La plupart des convives n'ont pas fait attention à l'incident.

---

1. *Plan américain* : personnage cadré mi-cuisse. \ **2.** *Plan moyen* : personnage cadré entier. \ **3.** *Contrechamp* : figure employée pour filmer alternativement deux personnages.

P. P. (prise de vue en plongée)[1] de Goujet regardant Gervaise qui reste glacée.

P. P. près de la porte.

15 *Lantier, lui, ne regarde même pas Gervaise. Il est à son aise. Il adresse de petits signes de tête aux personnes qu'il reconnaît, Virginie, les Boche.*
Coupeau, de bonne humeur, s'adresse à Gervaise.

COUPEAU. – Hé! Remue-toi un peu! Fais-lui chauffer un peu de café!

20 P. P.
Gervaise, qui voit que les choses n'ont pas mal tourné, est soulagée. Elle se lève (panoramique)[2], un peu molle, absente, et va vers la cuisine.
GERVAISE, *docile*. – Oui... bien. Si tu crois?...
Nous la suivons dans la...

Séquence n° 19 X – Cuisine

25 P. E. (plan d'ensemble)[3]
Nana est endormie dans son petit lit. Les autres enfants (Étienne et Lalie) dorment accoudés sur la table. Ils ont trop mangé et trop bu.

Panoramique
Gervaise place une cafetière sur le fourneau. Elle est épuisée et boule-
30 *versée. Tout de suite derrière elle entre Goujet. Il a un visage dur.*
Gervaise se retourne à son entrée. Ils se regardent. Il y a entre eux quelque chose de nouveau, de très tendu. Ils ne sont pas dans leur état naturel.
C'est presque comme s'ils allaient se battre. Et ils parlent à voix basse, à cause des convives d'à côté, dont on entend les voix ralenties, et des enfants
40 *qui dorment.*
GOUJET, *froid*. – Qui c'est, ce type?
GERVAISE, *presque agressive*. – Qu'est-ce que ça peut bien vous faire?
GOUJET. – C'est Lantier, hein?
45 GERVAISE. – Eh bien, oui, c'est lui.

---

1. *Plongée*: plan dans lequel la caméra surplombe le sujet filmé. \ **2.** *Panoramique*: mouvement de la caméra qui permet de balayer un décor, de suivre un déplacement. \ **3.** *Plan d'ensemble*: mouvement de la caméra qui permet de balayer l'espace.

Travelling avant lent sur eux en P. P.

Goujet serre les mâchoires. Il est plus dur. Il va partir.

GOUJET. – Bravo ! Alors, bonsoir...

Gervaise le retient par le bras. Elle lui dit, presque suppliante, qu'elle
50 *n'en peut plus.*

GERVAISE. – Ne partez pas encore !

GOUJET, *aigu.* – Ça vous fait tant que ça de le revoir ?

GERVAISE, *qui se raidit, secoue la tête.* – Non, non... Je vous jure,
rien... Rien du tout... Peur... seulement peur... Oui, ça, il me fait
55 peur...

*Ils sont très près l'un de l'autre. Brusquement, Gervaise saisit Goujet
par le bras.*

GERVAISE, *à voix basse, ardente.* – Embrassez-moi !

Goujet la prend aux épaules.
60 *Un très court moment d'hésitation.*

GOUJET. – Vous avez un peu trop bu, Gervaise...

GERVAISE, *très vite.* – Oui... Vous aussi... Profitons-en...

Ils s'embrassent.

1. Comparez le découpage du film au passage correspondant dans le roman. Que constatez-vous concernant la durée de l'action dans le film ?

2. Quel rôle le cinéaste fait-il jouer au personnage de Goujet ?

3. Quel rôle joue le langage non verbal ici ?

4. À partir de cet extrait, rédigez un article de critique cinématographique comparant les mérites respectifs du film et du roman.

Sujet 3

Vous venez de découvrir par vos lectures personnelles toutes les attaques dont Zola a été l'objet lors de la parution de *L'Assommoir*. Vous êtes indigné par ce que vous ressentez comme une insupportable injustice à l'égard du romancier et de son roman.
Vous éprouvez alors le désir de rendre hommage à l'écrivain en lui adressant une lettre où vous lui exprimez à la fois votre révolte pour l'incompréhension dont il a été l'objet et votre admiration pour son œuvre, *L'Assommoir*.

VERS L'ÉPREUVE

Sujet 4 : lecture d'image (ci-contre)

1. Quelles scènes, quels personnages du roman de Zola retrouve-t-on ici ?

2. Comment le dessinateur a-t-il rendu la progression dramatique du roman ?

3. Que pensez-vous de la représentation de Gervaise : la place qu'elle occupe, l'image qu'elle incarne, sa représentation physique ?

4. Quels aspects du roman le caricaturiste met-il en valeur ? Selon vous, à quel public s'adresse-t-il ?

5. Sujet d'invention : supposez que Zola découvre cette caricature dans la presse. Imaginez la lettre ouverte qu'il adresse au journal pour commenter le choix des scènes, la représentation des personnages, et la lecture du roman qu'induit cette caricature. Il évaluera le degré de fidélité de l'image à son œuvre et validera ou infirmera les choix qui y sont faits.

Sujet 5 : lecture d'image (p. 629)

1. Cette image vous semble-t-elle fidèle au roman de Zola ? Pourquoi ?

2. À votre avis, quel personnage masculin du roman est représenté aux côtés de Gervaise ?

3. Résumez l'intrigue à laquelle cette affiche semble inviter.

COMMENTAIRES

Sujet 6

TEXTE 20 • _L'Assommoir_, chapitre III

« C'était très grand [...] le sentiment général : c'était tapé. »

> PAGES 95-96, LIGNES 450-483

Après avoir répondu aux questions suivantes, vous présenterez un commentaire de ce texte en montrant par exemple le décalage entre le lieu et la noce, ainsi que le sens symbolique de la visite de la noce au Louvre.

1. Relevez les différentes formes de discours rapportés. Quel effet créent-ils ?

Caricature de « *L'Assommoir* ou l'Affaissée du lavoir Saint-Chabrillat »
par Stop L. Morel-Retz (1825-1899), in *Le Journal amusant* du 22 fevrièr 1879.
ph © collection Kharbine-Tapabor.

2. Par quoi les visiteurs sont-ils frappés dans le musée ? Comment interpréter ces réactions ?

3. Que représente le tableau intitulé *Le Radeau de la Méduse* ? Quel rapport pouvez-vous établir entre ce tableau et le roman ?

Sujet 7

TEXTE 21 • **L'Assommoir, chapitre v**

« Vous arrivez trop tôt, [...] Coupeau entra. »

> PAGES 171-172, LIGNES 501-536

Après avoir répondu aux questions suivantes, vous présenterez un commentaire de ce texte en montrant par exemple comment ce passage révèle l'ascension sociale de Gervaise, tout en préfigurant sa déchéance.

1. En quoi le premier paragraphe met-il en évidence l'activité de Gervaise ?

2. Relevez les champs lexicaux dominants dans le deuxième paragraphe. À quel aspect de Gervaise sont-ils liés ?

3. Commentez la construction grammaticale de la dernière phrase. Quel sens symbolique pouvez-vous lui donner ?

Sujet 8

TEXTE 22 • **L'Assommoir, chapitre iii**

« La noce retourna sur ses pas [...] contente d'avoir vu ça. »

> PAGES 98-99, LIGNES 550-589

Après avoir répondu aux questions suivantes, vous commenterez cet extrait du roman. Vous vous attacherez en particulier au registre grotesque dans lequel il s'inscrit et à sa portée symbolique.

1. Montrez que ce passage superpose deux points de vue différents qui contribuent tous deux à l'aspect comique de la scène.

2. Pourquoi peut-on dire que l'entrelacement et la fusion du discours narratif et du discours descriptif participent au caractère *grotesque* de la scène ?

Affiche du film de René Clément, *Gervaise*, 1956.
ph © collection Christophe L.

3. Montrez que le passage repose sur l'emploi de différents discours rapportés et analysez-en l'effet.

4. Quelle est la visée de ce passage ?

Sujet 9

TEXTE 23 • *L'Assommoir,* **chapitre** XII

« Que d'embêtements ! […] heureuse et vengée de le fourrer là. »

> PAGES 479-481, LIGNES 81-114

Après avoir répondu aux questions suivantes, vous commenterez ce passage en vous attachant tout particulièrement à l'emploi du langage argotique et à ses enjeux.

1. Qui parle au sein de ce passage ? Comment appelle-t-on cette forme de discours rapporté ? Quel est l'effet produit ?

2. Analysez la progression du passage : que révèle-t-elle sur l'état psychologique de Gervaise ?

3. Quelle métamorphose de Gervaise l'emploi d'un niveau de langue vulgaire suggère-t-il particulièrement ?

4. Comment l'emploi du langage argotique permet-il de préciser le rapport du narrateur à ses personnages ainsi que sa vision générale du peuple ?

DISSERTATIONS

Sujet 10

Au cours d'une conversation avec son biographe Alfred Barbou, Victor Hugo affirme au sujet de *L'Assommoir* : « Je trouve les œuvres réalistes malsaines et mauvaises […] Il est de ces tableaux que l'on ne doit pas faire. Que l'on ne m'objecte pas que tout cela est vrai, que cela se passe ainsi. Je le sais, je suis descendu dans toutes les misères, mais je ne veux pas qu'on les donne en spectacle. Vous n'avez pas le droit de nudité sur la misère et sur le malheur. »
Le roman, selon vous, doit-il répondre à la définition que sous-tendent les propos de Victor Hugo ? Le roman ne doit-il pas tout montrer ?

■ Indications pour traiter le sujet

Il est important de souligner la structure du libellé qui repose ici sur une affirmation suivie de négations. L'affirmation elle-même a une valeur négative. Pour saisir cet aspect négatif, il faut s'interroger sur la portée implicite des propos de Victor Hugo lorsqu'il caractérise de « malsaine » et « mauvaise » l'esthétique réaliste. Il se situe dès le départ sur un plan moral. On peut supposer que le réalisme pour Hugo est malsain sur deux plans différents : dans l'image que le romancier donne du peuple et dans l'image que le romancier donne de la littérature. À plusieurs reprises le sujet insiste sur le refus de Victor Hugo de donner à voir l'aspect sordide de la réalité. La dernière phrase laisse entendre que l'écrivain réaliste viole en quelque sorte l'intimité du pauvre et du miséreux. Il faut également songer à l'esthétique romantique à laquelle se réfère implicitement Hugo. Cette esthétique repose sur une idéalisation du peuple et se refuse à en donner une image dégradante.

Il s'agit donc, pour réfuter les propos de Hugo, de montrer de façon plus large l'intérêt d'une esthétique réaliste et de démontrer comment, en disant tout, le roman se place davantage encore au service du peuple et de sa dignité. Par ailleurs, il sera également nécessaire de se demander si Hugo ne donne pas une définition trop restrictive de la beauté littéraire.

Sujet 11

Un critique contemporain affirme : « Le roman, parce qu'il est un genre qui appréhende le réel, ne peut relever du poétique. »
Vous analyserez cette affirmation en vous interrogeant tout particulièrement sur le paradoxe qu'elle met en jeu. Vous vous demanderez si réalité et poésie sont inconciliables dans le roman.

■ Indications pour traiter le sujet

Le sujet repose sur un paradoxe. Il met en jeu deux notions apparemment inconciliables : la représentation de la réalité et sa dimension poétique. La représentation de la réalité renvoie davantage au caractère prosaïque du roman. Il s'agit alors de se demander pourquoi réalité et poésie peuvent apparaître comme deux dimensions inconciliables au sein de l'œuvre romanesque.

Il s'agit par ailleurs d'envisager comment, du prosaïque, peut naître le poétique. On songera pour l'étude de ce sujet à l'esthétique romantique, à l'esthétique réaliste, à l'esthétique naturaliste, et de façon plus large au roman du xxe siècle dans son rapport à la réalité.

BIBLIOGRAPHIE

Éditions de L'Assommoir

ZOLA Émile, *L'Assommoir*, édition annotée par Henri Mitterand, Gallimard, coll. « Bibliothèque de la Pléiade », 1961.

ZOLA Émile, *L'Assommoir*, préface de Jacques Dubois, GF-Flammarion, 1969.

ZOLA Émile, *L'Assommoir*, édition établie et annotée par Henri Mitterand, préface de Jean-Louis Bory, Gallimard, coll. « Folio », 1978.

ZOLA Émile, *L'Assommoir*, dossier et documents de Colette Becker, Robert Laffont, coll. « Bouquins », 1991.

Ouvrages sur le contexte historique de L'Assommoir

DUVEAU Georges, *La Vie ouvrière en France sous le Second Empire*, Gallimard, 1946.

MERRIMAN John, *Aux marges de la ville. Faubourgs et banlieues en France, 1815-1870*, Le Seuil, 1991.

Ouvrage collectif (dir. WILLARI C.), *La France ouvrière*, tome I, *Des origines à 1920*, Éditions sociales, 1993.

« La France de Napoléon III : 1848-1880 », in *Nouvelle Histoire de la France*, France Loisirs, 1998.

Ouvrages sur Zola et sur le naturalisme

BECKER Colette, *Lire le réalisme et le naturalisme*, Dunod, 1998.

BERNARD Marc, *Zola*, Le Seuil, coll. « Écrivains de toujours », 1977.

DEZALAY Auguste, *Lectures de Zola*, Armand Colin, 1973.

MITTERAND Henri, *Zola et le naturalisme*, PUF, coll. « Que sais je ? » 1999.

MITTERAND Henri, « Passion. Les délires de la vérité. Émile Zola », *Textuel*, septembre 2002.

MITTERAND Henri (textes réunis par), *Émile Zola. Écrits sur le roman*, Le Livre de poche, 2004.

MITTERAND Henri (textes rassemblés par), *Zola, le roman naturaliste, anthologie*, Le Livre de poche, 2004.

PAGÈS Alain, *Le Naturalisme*, PUF, coll. « Que sais je ? » 1989.

PAGÈS Alain et MORGAN Owen, *Guide Émile Zola*, Ellipses, 2002.

THÉRENTY Marie-Ève, *Les Mouvements littéraires du XIXe et du XXe siècle*, Hatier, coll. « Profil », 2001.

« Zola, un autre visage », *Le Magazine littéraire*, octobre 2002.

Ouvrages sur L'Assommoir

BECKER Colette, *Dossiers, documents sur L'Assommoir*, Robert Laffont, coll. « Bouquins », 1991.

BECKER Colette, *Émile Zola, L'Assommoir*, PUF, coll. « Études littéraires », 1994.

BECKER Colette et Landes Agnès, *Émile Zola, L'Assommoir,* Hatier, coll. « Profil d'une œuvre », 1999.

Les Cahiers naturalistes, n° 52, Société littéraire des Amis d'Émile Zola et Éditions Fasquelle, 1978.

DUBOIS Jacques, *L'Assommoir de Zola : société, discours, idéologie*, Larousse Université, coll. « Thèmes et Textes », 1973.

MITTERAND Henri, notes de *L'Assommoir*, Gallimard, coll. « Bibliothèque de la Pléiade », 1961.

Filmographie

ZECCA Ferdinand, *Le Rêve d'un buveur*, France, 1898.

ZECCA Ferdinand, *Les Victimes de l'alcoolisme*, France, 1902.

CAPELLANI Albert, *L'Assommoir*, Pathé, France, 1909.

GRIFFITH D. W., *A Drunkard's Reformation*, États-Unis, 1909.

TUEDE Emmanuel, DGRUBEN Fal, *Le Piège,* Danemark, 1909.

BOURGEOIS Gérard, *Les Victimes de l'alcool*, France, 1912.

CHAUTARD É., *Le Poison de l'humanité*, France, 1912.

MORGAN Sidney, *Drink*, Grande-Bretagne, 1917.

MAUDRU Charles, DE MERSAN Maurice, *L'Assommoir*, France, 1921.

ROUDÈS Gaston, *L'Assommoir*, France, 1933.

CLÉMENT René, *Gervaise*, France, 1956.

Ressources électroniques

www.cahiers-naturalistes.com : ce site donne accès à l'index complet des *Cahiers naturalistes* depuis 1955 et aux références de plus de 1500 articles.

www.dur.ac.uk/SMEL/depts/french/Baguley/Bibliog/intro.htm : toute la bibliographie zolienne de David Baguley.

www.chass.utoronto.ca/french : site du Centre Zola de Toronto, à l'origine de l'édition en dix volumes de la *Correspondance*, réalisée en collaboration avec l'équipe Zola de l'Item (CNRS).

www.ualberta.ca/~aizen : site de l'AIZEN, association sur Zola et le naturalisme installée aux États-Unis, qui organise un colloque annuel et publie une revue.

COLLECTION CLASSIQUES & CIE

Achevé d'imprimer par 🦁 Grafica Veneta à Trebaseleghe - Italie
Dépôt légal : 93949-5/02 - Octobre 2013